ARAKKUR

Die Große Schlucht

Pascal Wokan

Korrektorat/Lektorat: Gabriele Rögner
Pascal Wokan, 61184 Karben, Am Fliederbusch 6

ISBN: 9781545131688

Für Nadine

INHALT

Eintragen und keine Neuigkeit mehr verpassen:

Newsletter
www.pwokan.com
www.facebook.com/PascalWokanAutor
www.instagram.com/wokanpascal
https://twitter.com/PascalWokan

KARTE

Ferne Lande
Nordpass
Meran
Grenzwacht
Barin
Norfall
Ardus
Kallyen
Kreuzweg
Nebeltal
Landamar
Torec
Tores
Illindar
Amerys
Valentar
Elyrien
Hellos
Elyrische See
Pylantische See
Lynsan
Hafen
Minen
Andural

PROLOG

Schnee fiel vom Himmel.

Kronprinz Ashron runzelte die Stirn und sah hinauf zum ersten Mond. Die helle Scheibe verschwand beinahe hinter der dichten Wolkendecke, nur einige silbrige Strahlen drangen hervor und tauchten das Land in düsteres Licht. Schnee war im westlichen Kallyen nichts Ungewöhnliches, dennoch fror er erbärmlich. Es war kalt, zu kalt für seinen Geschmack.

Von einem kleinen Hügel ließ Ashron seinen Blick schweifen. Direkt am Fuß der Anhöhe erstreckte sich ein weites und größtenteils schneebedecktes Tal. Dahinter waren die Westgebirge erkennbar, die sich wie lange Finger in den Himmel erhoben. An den Ausläufern der Gebirge wuchsen dichte Wälder aus grünen Nadel- und Rankenbäumen. Einige wogen leicht im Wind, andere wanderten umher und rissen ihre großen Wurzeln aus der gefrorenen Erde. Er war nicht ganz sicher, glaubte allerdings, einige Dornlinge dazwischen zu erkennen, die sich nicht entscheiden konnten, an welcher Stelle sie sich niederlassen sollten. Ihm ging es ebenfalls so, er verharrte schon seit geraumer Weile an seiner Position. Denn er wusste nicht, wie es weitergehen sollte. Es wurde langsam Zeit, eine Entscheidung zu treffen, sein Zögern verschlimmerte die Situation.

Nachdenklich beobachtete Ashron seine Leibgardisten, die frierend in der Kälte standen. Weiße Kristalle glitzerten in ihren Bärten, sie wechselten unruhig von einem Bein auf das andere und bliesen in die Hände.

Rodan, ein enger Vertrauter und Kommandant der Leibgarde, bemerkte seinen Blick und trat respektvoll an ihn heran. »Mein Prinz, habt Ihr eine Entscheidung getroffen?«, fragte er.

Ashron fuhr durch die steif gefrorenen Haare, bedacht, sich die Nervosität nicht anmerken zu lassen. »Es macht einfach keinen Sinn«, sagte er. »Sie müssen irgendwo hier draußen sein!«

»In dieser Hinsicht kann ich Euch nur zustimmen, mein Prinz. Eine vollständige Garnison einfach so spurlos verschwunden? Eher unwahrscheinlich.« Rodan zögerte. »Trotzdem rate ich Euch, eine Entscheidung zu treffen.«

Ashron nickte. Dies war einer der Gründe, warum er den erfahrenen Kommandanten auf die Reise mitgenommen hatte. Rodan war nicht nur ein treuer Freund, der niemals scheute, seine Meinung offen mitzuteilen, er hatte auch einen Blick für das Wesentliche.

»Du hast recht, Rodan, es ist Zeit.«

»Wie lauten Eure Befehle?«

»Es gibt keine andere Möglichkeit, wir müssen sicher sein. Durchsucht das weite Tal dort unten, danach werden wir umkehren!«

»Wie Ihr befehlt, mein Prinz. Ich gebe allerdings zu bedenken, dass wir bereits eine Weile unterwegs sind. Um ehrlich zu sein, werden die Männer langsam unruhig.«

»Ich habe es ebenfalls bemerkt, Rodan, aber die Pflicht ruft. Wir können uns ihr nicht entziehen.«

»Verzeiht mir, ich wollte nicht an unserer Mission zweifeln. Es ist nur so, dass wir …«

»Gib das Zeichen für den Aufbruch!«, unterbrach Ashron ihn.

»Wie Ihr befehlt, mein Prinz!« Rodan salutierte und entfernte sich mit schnellen Schritten.

Ashron sah ihm eine Weile nach. Als er sicher war, dass sein Befehl gewissenhaft ausgeführt wurde, stapfte er in die entgegengesetzte Richtung, den Hang hinunter. Ein sanfter Windstoß kam auf und blies ihm Schneeflocken ins Gesicht, die sofort auf seiner Haut schmolzen. Vorsichtig wischte er darüber und hüllte sich enger in seinen weiten, blauen Mantel. Zwar trug er ein warmes, geschmeidiges Gewand aus schimmernden, grauen Ketten über Schichten von hartem Leder, dennoch drang die beißende Kälte langsam durch und ließ ihn frösteln.

Er blieb stehen und atmete die kalte Luft tief ein, auch wenn die in seiner Lunge brannte. Ihre Suche verlief ziellos. Sollte den Soldaten der Grenzwacht in dieser Wildnis wirklich etwas zugestoßen sein, hätten sie schon längst irgendwelche Hinweise finden müssen. Viel wahrscheinlicher war, dass die Männer desertiert waren. Es wäre nicht das erste Mal, dass Grenzpatrouillen ihren Treueeid brachen – in seiner Heimat Illindar waren derlei Tatsachen keine Seltenheit. Aber nicht hier, nicht in Kallyen. An diesem Ort sprachen die Menschen immerzu von Ehre und Pflicht, sie waren beinahe besessen davon. Also blieb Ashron nichts anderes übrig, als seine Soldaten weiterhin dem unbarmherzigen Wetter auszusetzen und die Suche voranzutreiben. Andernfalls hätte er zugeben müssen, dass er gescheitert oder gar der Aufgabe nicht gewachsen war. Das würde aber gegen seine Überzeugung gehen, schließlich war er ein Mann, der zu seinem Wort stand. Wenn er sich einer Aufgabe verschrieben hatte, setzte er alles daran, diese auch zu erfüllen – ohne Rücksicht auf Verluste.

Ashron erinnerte sich noch genau, wie er gemeinsam mit seiner Leibgarde aus Ardus, der Hauptstadt des westlichen Kallyens, aufgebrochen war. Sieben Umläufe waren sie geritten, nach Westen und Nordwesten und dann wieder nach Westen, immer weiter von der Grenzwacht fort. Jeder Umlauf war schlimmer als der Umlauf zuvor gewesen. Heute war der schlimmste von allen.

»Mein Prinz!«

Ashron schrak aus seinen Gedanken und wandte sich den Soldaten zu, die sich ein ganzes Stück von ihm entfernt befanden. Er hatte gar nicht bemerkt, wie weit er die Anhöhe hinabgewandert war.

»Was gibt es?«, rief er. »Habt ihr einen Hinweis gefunden?«

»Nicht nur einen Hinweis«, antwortete Rodan und winkte eifrig. »Wir haben sie gefunden. Seht!«

Schwer atmend eilte Ashron den Hang hinauf und ging zu seinen Soldaten. Sein Herz tat einen Sprung, als er einen unförmigen Körper zu ihren Füßen erkannte. Tatsächlich lag dort ein vermisster Soldat der Grenzwacht, der aufgrund einer Schneewehe zuerst nicht erkennbar gewesen war. Halb zugeschüttet, drehte er die Leiche mit der Stiefelspitze um. Der gefrorene Körper knirschte und landete mit Schwung auf dem Rücken.

»Bei Kelthors Krone!«, fluchte Rodan. »Was ist mit ihm passiert?«

»Ich bin nicht ganz sicher«, sagte Ashron, während er die Leiche genauer betrachtete. In der Mitte des Oberkörpers klaffte ein großes Loch, der Brustkorb samt Rüstung war aufgebrochen. An der Stelle, an der das Herz sitzen sollte, war nur eine schwarze Leere erkennbar. Die gesamte linke Körperseite war mit getrocknetem Blut gesprenkelt, die Augen blickten tot und trüb in den Himmel.

Ashron wurde unruhig. Zwar hatten sie den Tod der Soldaten in Erwägung gezogen, allerdings hatten sie nicht mit etwas Derartigem gerechnet. Eine ganze Garnison, einfach so niedergemetzelt? Das war höchst unwahrscheinlich und warf ein ganz neues Bild auf ihre Mission.

»Er ist bereits eine Weile tot«, stellte er fest und untersuchte eine seitliche Wunde genauer. Das gefrorene Blut des Soldaten bröckelte unter seinen Händen. »Diese Wunde stammt eindeutig von einem Schwertstich, das war kein wildes Tier.«

»Seid Ihr sicher, mein Prinz?«

»Ja, die Form der Wunde ist unverkennbar. Siehst du, wie der Schnitt am Brustkorb entlangläuft, Rodan?«

Der Kommandant beugte sich mit zusammengekniffenen Augen nach vorne. »Bei Kelthors Sandalen, Ihr habt recht!«

Sie wechselten einen schnellen Blick.

Der Kommandant verstand sofort, was zu tun war. Er nahm

seinen Helm ab und fuhr über die kurzen Haarstoppeln. Dann wandte er sich den Soldaten zu. »Männer, grabt die anderen Soldaten aus und seht euch die Leichen genau an. Anschließend kehrt ihr zu mir zurück und berichtet von Art und Form der Wunden.«

Die Gardisten salutierten und kamen umgehend dem Befehl nach.

Ashron musterte die Leiche nachdenklich. Es galt, eine Entscheidung zu treffen, die Situation musste aus einem ganz neuen Blickwinkel betrachtet werden. Zwar trieb es ihn, das Schicksal der Soldaten genauer zu untersuchen, allerdings musste er wachsam und vorsichtig sein. Er trug die Verantwortung für seine Soldaten und durfte ihr Leben nicht leichtfertig aufs Spiel setzen.

Als er zum Himmel sah, bemerkte er beunruhigt, dass der Schnee immer dichter fiel. Aufgrund des Wetters war in der Ferne kaum noch etwas erkennbar.

Ein Moment verging bis sich Kommandant Rodan zurückmeldete und die Vermutung bestätigte: Die Soldaten der Grenzwacht waren tatsächlich von Waffen getötet worden.

»Wie sind Eure Befehle, mein Prinz?«, fragte er.

Ashron sah erneut den Hang hinab und dachte einen Augenblick nach. Sollte er dem wirklich weiter nachgehen? Er befand sich auf unbekanntem Territorium, weit entfernt von seiner Heimat. Im Grunde schuldete er dem Herzog der westlichen Ländereien überhaupt nichts - umzukehren wäre keine Schande. Und doch hatte er sich bereit erklärt, die Suche nach den Grenzsoldaten persönlich in die Hand zu nehmen. Es war wichtig, Herzog Bessyn von Kallyen von seinen tatsächlichen Absichten zu überzeugen. So viel hing mittlerweile davon ab.

Rodan regte sich nervös. »Wir werden nicht umkehren, oder?«

Als Ashron ihn schließlich ansah, wusste er, dass seine Entscheidung bereits gefallen war. »Es ändert nichts an unserer Mission. Wir müssen herausfinden, was geschehen ist!«

»Verzeiht mir, mein Prinz, aber es ist unsere Aufgabe für

Eure Sicherheit zu sorgen. Wir sollten umkehren und den Herzog über unseren Fund informieren. Wenn es sich um eine unbekannte Bedrohung handelt, könnte es ...«

Ashron hob die Hand und brachte ihn zum Verstummen. »Wir werden nicht umkehren, ehe wir sicher sind! Verstanden, Soldat?«

Rodan salutierte, machte auf dem Absatz kehrt und gab den Befehl an die Gardisten weiter. Mürrisch nahmen sie die Anweisung zur Kenntnis, begannen jedoch, wieder die Umgebung abzusuchen.

Ashron blickte über die weite Ebene zu dem verhangenen Berggipfel. Sein Atem ging stoßweise und gefror in der kalten Luft. Als er den Blick abermals über die Ebene, in Richtung der nahen Gebirgskette streifen ließ, bemerkte er aus den Augenwinkeln eine Bewegung.

Ruckartig riss er den Kopf herum. Fahle Formen jagten über den Schnee und verschwanden wieder. Er kniff die Augen zusammen, vielleicht hatte er sich getäuscht ...

Wieder nahm er eine Bewegung wahr.

»Männer, bereithalten!«, gab er den Befehl und wappnete sich.

»Mein Prinz?«, fragte Rodan.

Die Gardisten wurden nervös, er spürte förmlich, wie ihre Anspannung wuchs. Er zog sein Schwert, das vertraute Gewicht in den Händen fühlte sich gut und willkommen an.

Die Formen wurden jetzt schneller und kamen immer näher, bis sie auf einmal wieder verschwanden. Er gab seinen Gardisten ein Zeichen, sich zu formieren.

Plötzlich wurde ein Soldat mit einem dumpfen Aufschrei nach hinten geschleudert und blieb reglos liegen. Eine Schneewehe trieb an seiner vorherigen Position auseinander.

»Was war ...?« Die Stimme eines anderen Soldaten überschlug sich wie die eines Kindes, als er ebenfalls durch die Luft flog und mit einem hörbaren Knacken auf dem Kopf landete.

Ashron bewahrte einen kühlen Kopf und versuchte, durch den dichten Schneefall etwas zu erkennen. Seine Hand zitterte, aber er kämpfte seine Furcht nieder.

Ein Schatten schälte sich aus der Finsternis. Hager und hart blickten zwei rote, stechende Augen aus einem zerfurchten, weißen Gesicht.

»Ihr müsst Prinz Ashron sein, der Thronerbe von Andural«, erklang eine Stimme, die sich so rau wie raschelndes Papier anhörte. Der Sprecher hob den Kopf, gekleidet war er in einen schwarzen Mantel, dessen Kapuze den Kopf bedeckte. Auf Brusthöhe des weiten Mantels prangte ein fremdartiges, spiralförmiges Wappen. Zwei weitere Gestalten traten aus der Dunkelheit und blieben in kurzer Entfernung stehen.

Ashron brachte hastig Abstand zwischen sich und den Fremden. Seine Soldaten warfen ihm einen raschen Blick zu. »Wer seid Ihr, dass Ihr es wagt, mich und meine Soldaten anzugreifen?«, fragte er und verfluchte sich für seine schwache Stimme. Er warf den langen Mantel über seine Schultern, um beide Arme für den Kampf freizuhalten.

Der Fremde leckte über die gesprungenen Lippen. »Wer wir sind, ist unerheblich. Ein Versprechen wurde gegeben und eingehalten. Jetzt ist die Zeit gekommen, um zu sterben.«

Ashron musste kein Zeichen geben, seine Gardisten waren die besten Kämpfer im gesamten Königreich. Nicht grundlos begleiteten sie ihn quer durch Andural zur westlichen Grenze. Lautlos setzten sie sich in Bewegung und drangen auf die Angreifer ein.

»Dann soll es so sein«, flüsterte er und hob ebenfalls sein Schwert. Der lange Stahl schnitt durch die Luft und traf mit einem lauten Klirren auf Widerstand. Sein Kontrahent hatte ebenfalls ein Schwert gezogen, mit einem geschwungenen und klaren Muster, das quer über die Scheide verlief. Obwohl es lang und dünn war, wusste Ashron, dass es jedem seiner Hiebe standhalten würde.

Immer härter und schneller schwang er sein Schwert, aber jeder Hieb wurde gekontert und abgefedert. Wieder und wieder schlug er zu, das helle Klirren des Metalls drang über die Ebene und dröhnte in seinen Ohren. Er kam sich vor wie ein

Kind, das zum ersten Mal ein Schwert in der Hand hielt.

Todesschreie drangen an seine Ohren.

Ashron riss den Kopf herum und sah, wie einem seiner Soldaten durch eine unsichtbare Kraft der gesamte Brustpanzer eingedrückt wurde. Der Mann schrie sich die Seele aus dem Leib, bis er mit einem gurgelnden Laut verstummte. Ein anderer Soldat blieb mitten in der Bewegung stehen, schwenkte herum und stieß sein Schwert in den Nacken eines Kameraden.

»Das ist ... das ist unmöglich!«, raunte Ashron, schalt sich aber sofort für seine Unachtsamkeit. Der Fremde schlug nach seinem Kopf, nur knapp entkam er mit einer schnellen Seitwärtsbewegung.

»Ihr wisst anscheinend mit einem Schwert umzugehen, Kronprinz Ashron«, höhnte der Fremde.

»Überrascht Euch das? Ich wurde von den besten Schwertmeistern Andurals ausgebildet!« Ashron sprang nach vorne und beschrieb mit seinem Schwert einen hohen Bogen. Bevor es jedoch sein Ziel erreichen konnte, blieb es auf einmal in der Luft stehen. Er lehnte sich mit seinem ganzen Körpergewicht dagegen, doch irgendeine ungreifbare Macht schien das Schwert gefangen zu halten – es sogar in seine Richtung zu drücken.

»Ihr steht Mächten gegenüber, die weit über Euren Verstand gehen, Kronprinz!«

»Was geschieht hier?« Er zerrte verzweifelt an der Klinge.

Der Fremde fixierte ihn mit seinem stechenden Blick und hielt die rechte Hand erhoben. »Ihr würdet es nicht verstehen, Ihr seid noch nicht erwacht.«

Ashron runzelte die Stirn. »Erwacht? Was meint Ihr?«

»Es ist unwichtig, ich kann es aber deutlich spüren. Ihr seid nur ein Mensch, der noch nicht verstanden hat, was in ihm schlummert.«

»Verdammt, wovon redet Ihr?«

Der Fremde riss die Hand zur Seite, gleichzeitig wurde Ashron das Schwert aus den Armen gerissen. Ungläubig sah er zu, wie die lange Klinge durch die Luft flog und mit der Spitze voran im Schnee stecken blieb. Sie federte einmal hin und her, dann stand sie still.

»Versteht Ihr es nun?«, fragte der hagere Mann und kam langsam auf ihn zu. »Euer Ende ist unausweichlich.«

»Das Gleiche könnte man von Euch behaupten!« Ashron zog blitzschnell einen Dolch aus der Hüfte und stürmte auf den Fremden zu. Ehe er aber zum Angriff übergehen konnte, schlug der Feind mit einer gleichmäßigen Bewegung seine Hand ab. Der scharfe Stahl fraß sich gleichermaßen durch Haut, Fleisch und Knochen.

Ashron schrie, während ein glühend heißer Schmerz in seinem Arm explodierte. Die blutige Hand fiel samt Dolch in den Schnee und blieb dampfend liegen. Panisch versuchte er, bei Bewusstsein zu bleiben und mit der anderen Hand den Dolch aufzunehmen, der kalte Wind trieb ihm jedoch Tränen in die Augen und verschleierte seine Sicht. Mit einer harten Bewegung wurde ihm der Kopf in den Nacken gerissen und er spürte Stahl an der Kehle.

»Hört Ihr die Schreie Eurer sterbenden Männer?«, flüsterte eine grausame Stimme an seinem Ohr. »Ihnen steht ein leichtes Ende bevor, sie werden einfach nur getötet. Ihr, mein Prinz, habt ein anderes Schicksal vor Euch. Ihr seid ein geborener Anführer, Ihr wisst, wie man andere Menschen lenkt und beeinflusst.«

Ashron war gezwungen, in den Himmel zu blicken. Der zweite Mond prangte bereits am Firmament und sandte seine silbrigen Strahlen über die schneebedeckte Ebene. Er kam ihm heller und schöner vor als je zuvor. Mit letzter Kraft krallte er sich an den Mantel seines Feindes und riss ein Stück heraus.

»Worum geht es Euch?«, fragte er verzweifelt. »Um die große Schlucht Arakkur? Um die Knolle?«

Der Fremde lachte. »Ihr seid nur ein erster Schritt in einem großen Spiel.«

»Wenn Ihr mich tötet, werdet Ihr nichts gewinnen! Wer auch immer Ihr seid, Ihr werdet gerichtet werden!«

Ashrons Brust zog sich zusammen, als er sah, wie eine Klinge in Rodans Brust gerammt wurde. Stumm sandte Ashron ein Gebet an seinen Schutzgott. Sie waren verloren.

»Ja, betet zu Eurem falschen Gott, Kronprinz. Er wird Euch nicht retten können.«

Er schloss die Augen, um ihn fielen seine treuen Männer. Ein Lachen erklang. Es war das Letzte, was Ashron hörte.

ERSTER TEIL

ELHAN

Die Schupfwurzel wächst nur in trockenen Gebieten. Zu viel Feuchtigkeit weicht die Außenhaut auf. Sie zählt zu den essbaren und ungefährlichen Pflanzenarten Andurals. Im Rohzustand schmeckt sie sehr bitter, gekocht und eingelegt entfaltet sie ihr Aroma und nimmt einen süßlichen Geschmack mit scharfer Note an.

Enzyklopädie der Wesensarten Andurals

Elhan öffnete träge ein Auge. Sein Magen rumorte, als er durch die Gitterstäbe griff und eine Schale mit dünnem Brei von einem Sklavenhändler entgegennahm. Er führte die Schale durch die eisernen Stäbe, roch daran und verzog angewidert das Gesicht. Der matschige Brei war ekelhaft und ließ ihn jedes Mal würgen. An den Rändern der Schale erkannte man noch die verkrusteten Stücke vorheriger Mahlzeiten. Dennoch war er dankbar, etwas anderes würde er nicht bekommen. Eine Mahlzeit pro Umlauf, mehr gab es nicht.

Elhan aß mit den Fingern, es war ihm egal, dass diese dreckig waren. Sauberkeit und Zurückhaltung waren Dinge, die man sich an diesem Ort nicht leisten konnte. Es war lange her, seit er zuletzt sauber gewesen war –er konnte sich fast nicht mehr erinnern.

Während er das karge Mahl in den Mund schob, beobachtete er seine Umgebung. Sie waren zu sechst, allesamt Sklaven, die misstrauisch ihre Umgebung beäugten. Er konnte es nachvollziehen, ihm ging es ebenfalls so. Erst vor wenigen Umläufen hatte einer der Sklaven versucht, sein Essen zu stehlen. Noch immer spürte er die Abdrücke an seiner Kehle. Es war ihm egal, dass er den anderen Sklaven ebenfalls verletzt hatte. Tatsächlich war ihm mittlerweile alles egal.

Hastig schlang Elhan den Rest des Breis hinunter und unterdrückte den aufkommenden Würgereiz. Die Schale warf er einfach in die Ecke zwischen Unrat und Schmutz. Es war unerheblich, letztendlich machte es keinen Unterschied, ob sie am Boden oder im Dreck lag. Sie wuschen die Schalen sowieso nicht aus, beim nächsten Umlauf würde er die vertrockneten Überreste des heutigen Mahls auskratzen müssen.

Ein anderer Sklave reagierte blitzschnell und griff danach. Seine Zunge wanderte an den Rändern entlang und leckte die letzten vertrockneten Reste auf.

Elhan beobachtete ihn mit nur halb geöffneten Augen. Glaubte der Mann wirklich, dass er noch etwas in der Schale finden würde? Alle litten Hunger, alle waren bis auf die Knochen abgemagert. Sein einst braunes Haar war stumpf und verfilzt. Der Bart im Gesicht wurde immer länger und struppiger, es fühlte sich seltsam an, wenn er mit seiner rechten Hand hindurchfuhr. Sachte befühlte er die andere Hand, die in einem unnatürlichen Winkel vom Körper abstand. Ein Finger war nach innen gewachsen, ein anderer überkreuzte klauenförmig den großen Daumen. Manchmal fragte sich Elhan, warum er mit dieser Behinderung geboren war, warum es ihn getroffen hatte und nicht jemand anderen. Aber er hatte es längst akzeptiert. Vermutlich würde es nicht besser werden, eher noch schlimmer.

Elhan unterdrückte einen Seufzer, als er daran erinnert wurde, wohin der Konvoi unterwegs war. Arakkur, die große Schlucht, eine riesige Wunde im Fleisch der Erde, die sich quer durch das ganze Land zog. In den tiefen Stollen der Schlucht würde er als Sklave sein Ende finden.

Verzweifelt schlug Elhan die Hände vor das Gesicht. Es war hoffnungslos. Er war ein Sklave, ein Verbrecher – nein schlimmer, er war ein Krüppel.

Der andere Sklave leckte weiter genüsslich an der Schale. Seine Augen waren weit aufgerissen und das Gesicht von Dreck verschmiert. Er kicherte leise, als würde er über einen Witz lachen, den nur er verstand.

Elhan wandte angeekelt den Blick ab. Ob er auch bald so aussehen würde? Gebrochen, verloren und nur noch ein Schatten seiner selbst? Was machte es schon aus, wenn man sich entwürdigte, alle Vernunft über Bord warf und verrückt wurde? Das würde die Situation wenigstens erträglich machen.

Ja, verrückt sein wäre wahrscheinlich gar nicht so schlecht. Dann könnte ich es einfach geschehen lassen und müsste nicht mehr darüber nachdenken.

Der Wagen setzte sich rumpelnd in Bewegung.

Elhan blickte auf die endlosen Hügel, die er durch die eisernen Gitter seines Gefängnisses sah. Grüne Wiesen und unzählige hohe Rankenbäume erstreckten sich in alle Richtungen. Direkt in ihrer Nähe erkannte er die länglichen Ranken, die suchend über den Boden krochen. Rollte der Wagen zu dicht an ihnen vorbei, wechselten sie die Richtung oder gruben sich in den Boden. Erst nach einiger Zeit krochen sie wieder hervor. In einiger Entfernung sah Elhan sogar Felsknospen, die zaghaft ihre bunten Blütenblätter entfalteten und einen süßlichen Geruch verströmten. Sehnsüchtig streckte er seine rechte Hand aus, er kam aber nicht hin.

Diese Felsknospen sehen frisch aus. Auf dem Markt hätte man bestimmt …

Er schüttelte den Kopf. Das waren Gedanken eines anderen Menschen, eines anderen Lebens. Er war nun ein Sklave, ein Ehrloser.

»Woher kommst du?«, flüsterte jemand neben ihm.

Elhan sah zur Seite. Ein Sklave in dreckigen Lumpen und mit verfilzten, schwarzen Haaren blickte ihm auffordernd entgegen. Elhan erinnerte sich, dass sie den Mann vor einigen Umläufen am Wegesrand aufgegriffen hatten. Natürlich war er wie alle zuvor kein Sklave gewesen.

Er schloss die Augen und ignorierte dessen stechenden

Blick. Es war unwichtig, woher man kam, unwichtig, wer man zuvor gewesen war.

»Ich bin kein Verbrecher, das musst du mir glauben!«, sprach der Sklave weiter. »Ich habe nie jemandem etwas getan.«

Verstand dieser Mann nicht, dass es letztendlich unerheblich war, was er glaubte? Er war ein Sklave und würde es auch den Rest seines Lebens bleiben.

»Ich habe nichts getan, sie haben meine Frau ermordet, sie haben …«

»Es ist unerheblich«, raunte Elhan und blickte ihn träge an.

»Was?«

»Ich sagte, es interessiert sie nicht. Hier gibt es kein Mitgefühl, keine Vernunft. Du hattest einfach nur Pech.«

Der Mann sah ihn sprachlos an und schlurfte auf seinen Platz zurück. Vermutlich hatten sie wirklich seine Frau ermordet und zuvor sogar geschändet. Dies war Norfall, das nördlichste Herzogtum Andurals, das Land des Sklavenhandels. Was auch immer die Veränderung herbeigeführt hatte, das göttliche Recht galt nicht mehr. Die Sklavenhändler taten, was ihnen beliebte. Sie waren nur noch sich Rechenschaft schuldig – sich und ihrem korrupten Herzog.

Elhan verspürte einen Stich, als er an seinen Vater dachte. Sie hatten ihn grundlos getötet, einfach so. Während er darüber nachdachte, übermannte ihn wie die vielen Male zuvor Trauer, allerdings vergoss er keine Tränen. Er fühlte sich ausgebrannt und leer, wie ein ausgetrockneter Fluss. Zu viel Zeit war mittlerweile vergangen und zu viel Leid hatte er ertragen müssen.

Nein, ich darf nicht aufgeben! Ich muss weiter durchhalten, es gibt keine andere Möglichkeit. Überleben.

Elhan riss sich aus seiner Benommenheit und beobachtete erneut die Umgebung. Vorne erkannte er Horntiere, die mit ihren braunen Schuppen und dem keilförmigen breiten Kopf den Wagen zogen.

Wir hatten auch Horntiere gehabt. Sie waren nur größer und besser genährt gewesen.

Das schwere Schnaufen der Tiere war bis zu ihnen zu hören, genauso roch Elhan die leichten Ausdünstungen, die ein Zeichen waren, dass sie nicht sehr gut gepflegt wurden.

Selbst die Horntiere sind nichts anderes als Sklaven. Weggeworfenes, trostloses Leben.

Der Sklave, der ihn zuvor angesprochen hatte, rückte wieder näher. »Wir planen einen Ausbruch«, sagte er mit gedämpfter Stimme. »Wenn sie das nächste Mal den Käfig öffnen«, er blickte sich hastig um, »werden wir sie angreifen und fliehen. Die anderen wissen bereits Bescheid.«

Elhan schwieg. Ein Krampf zuckte durch seinen verkrüppelten Arm. Nervös massierte er ihn. Er hatte bereits damit gerechnet, dass sie früher oder später einen Ausbruch wagen würden. Es war aber sinnlos, es gab kein Entkommen. Warum konnten sie ihn nicht einfach in Ruhe lassen? Es war wichtig, nicht aufzufallen, um zu überleben.

»Also?« Der Mann sah ihn auffordernd an.

»Es wird nicht gelingen«, sagte Elhan. »Wir sind sechs Sklaven, unterernährt und schwach. Sie sind bewaffnet und wesentlich mehr als wir.« Tatsächlich waren sie nicht der einzige Wagen des Konvois. Es gab noch drei weitere und für jeden Wagen waren mindestens zwei Sklavenhändler und vier Aufseher zuständig.

»Doch, wir können es schaffen!« Der Mann blickte sich immer wieder um.

»Sei still!«, zischte Elhan. »Wenn sie uns hören, denken sie noch, dass ich etwas damit zu tun habe!«

»Wir brauchen dich! Je mehr wir sind, desto eher können wir fliehen!«

»Nein.«

»Warum nicht, wir …?«

»Ich sagte, nein!«, rief Elhan und beugte sich vor. »Ich werde euch nicht helfen.«

Das Gesicht des Sklaven verfinsterte sich. »Willst du hier verrotten?«

Elhan wandte sich ab. »Was ich will, ist nicht wichtig.«

»Das ist also deine letzte Antwort?«

»Ja, so scheint es.«

»Du bist armselig ... das bist du wirklich«, murmelte der Mann und warf ihm einen angewiderten Blick zu. »Sieh dich doch an! Du siehst nicht nur aus wie ein Sklave, du verhältst dich auch so!«

Elhan schloss die Augen und schwieg. Es war unsinnig, darüber zu reden oder überhaupt nachzudenken.

Überleben ... ich muss überleben.

»Willst du etwa sterben?«

»Vielleicht«, flüsterte er. Sollte der Sklave doch denken, was er wollte. Er wusste nicht, ob er sterben wollte. Überleben, darum ging es letztendlich. Vielleicht bot sich an der Schlucht eine Gelegenheit zu entkommen. Zwar hatte er sie noch nie mit eigenen Augen gesehen, irgendeine Möglichkeit würde sich aber vielleicht finden.

Die Schlucht ist meine letzte Hoffnung. Es ...

»Was macht ihr da?«

Der laute Ausruf riss Elhan aus seinen Gedanken. Er öffnete die Augen einen Spalt weit. Ein breit gebauter Aufseher stand am Wagengitter.

Der andere Sklave stand weiterhin vor ihm. »Er plant einen Ausbruch, er will uns anstiften!«

Elhan rappelte sich auf. »Nein, das stimmt nicht! Ich habe damit nichts ...«

»Er plant eine Verschwörung!«, fiel ihm der Sklave ins Wort. »Er stiftet uns zur Flucht an!«

Elhans Faust krachte in sein Gesicht. Die Nase gab unter dem Schlag nach und brach mit einem scheußlichen Knacken. Mit einem lauten Schrei landete der Sklave auf den Holzdielen und presste seine Hände auf die blutende Wunde.

Der Aufseher hatte den Angriff stillschweigend verfolgt und sein Gesicht nahm nun einen finsteren Ausdruck an. Er machte die anderen Wärter aufmerksam und stapfte mit schweren Schritten auf die Tür zu.

Fieberhaft überlegte Elhan, was er tun sollte. Der andere

Sklave lag vor ihm am Boden und wimmerte vor sich hin. Es war nicht seine Absicht gewesen, ihn zu verletzen. Wieso hatte er das getan?

Der Aufseher griff an die eiserne Kette, die quer über seine Brust gespannt war, und öffnete die Tür. Mit einem knirschenden Geräusch ging sie auf und schlug gegen das Eisengitter. Die anderen Sklaven im Wagen regten sich und verkrochen sich furchtsam in die Ecken. Gebrochene, stumme Gestalten – ohne jegliche Hoffnung.

»Du da, herkommen!«, bellte der Aufseher.

Elhan ließ den Kopf hängen, warf dem wimmernden Sklaven am Boden einen vorwurfsvollen Blick zu und schlurfte langsam zur Tür.

»Seht, er hat versucht, mich ...«

Weiter kam er nicht, die Kette des Aufsehers schlug ihm brutal gegen die Stirn und warf ihn zu Boden. Glühender Schmerz explodierte in seinem Kopf, Sterne tanzten vor seinen Augen. Schützend legte er die Hand vor das Gesicht.

Ein weiterer Schlag ging auf ihn nieder.

Elhan schrie vor Schmerzen auf. Blut lief ihm die Stirn hinab und seine Sicht trübte sich. Ein weiterer Hieb traf ihn am Fuß, er spürte es kaum noch.

»Bitte ...«, flehte er und vernahm am Rande Gelächter.

Ein vierter Hieb, dann nur noch Schwärze.

CATHIEN

Der Schuppenhund ist ein Überlebenskünstler. Er schafft es, sowohl in wärmeren als auch in kälteren Gebieten zu überleben. Die Schuppen auf seiner Haut können die Farbe wechseln, der lange Schwanz wird oftmals zur Verteidigung verwendet. Er ist der geborene Jäger, unberechenbar und gefährlich. Häufig wird er unterschätzt, was fatale Folgen nach sich ziehen kann.

Enzyklopädie der Wesensarten Andurals

Cathien wanderte unruhig durch die hohen Hallen ihres Anwesens in Ardus, der Hauptstadt des westlichen Herzogtums Kallyens. Sie fühlte sich von den grauen Steinwänden eingeengt, das prasselnde Kaminfeuer am anderen Ende des Saals beruhigte sie nicht wie sonst immer. Unentwegt beschäftigten sich ihre Gedanken mit dem politischen Debakel, dem ihre Familie ausgesetzt war. Die Ermordung Ashrons, des Thronerben von Andural, lag bereits eine ganze Weile zurück und noch immer verspürte sie einen Stich, wenn sie daran dachte. Zwar hatte sie den Prinzen kaum gekannt, trotzdem trieb sein Verlust sie fast an den Rand der Verzweiflung.

Ashron, wie konntest du nur so unglaublich leichtsinnig sein?

Cathien hatte um das Temperament des Prinzen gewusst und sich diesen Umstand auch in der Vergangenheit zunutze gemacht. Ansonsten wäre es ihr nach vielen mühsamen Verhandlungen nicht gelungen, ihn zu bewegen, um ihre Hand anzuhalten.

»Ich habe meine Eltern bitter enttäuscht«, murmelte sie. »Wenn sie sich nicht meinem Willen gebeugt hätten, wäre all das nicht passiert.« Ihre Hände ballten sich zu Fäusten, bis es beinahe schmerzte. »Ich hätte das Bündnis zum Wohl des ganzen Königreichs gebracht und nun? Nun haben wir gar nichts mehr!«

Sie näherte sich einem Spiegel an der Wand und betrachtete ihr Ebenbild. Erschöpfung und Trauer waren ihr anzusehen. Seit mehreren Umläufen fühlte sie sich rastlos und konnte nicht mehr schlafen. Mit dem Tod des Kronprinzen Ashron waren all ihre Träume und Hoffnungen begraben worden. Er war ermordet worden, getötet im Herzogtum ihrer Eltern.

Verschwendete Zeit, alles Verschwendung! Mit diesem naiven Bund habe ich großes Unheil über meine ganze Familie gebracht ... Warum musste er sich nur auf die Suche nach den Soldaten machen?

Fragen quälten sie, die nach einer Antwort verlangten.

Ihr Schuppenhund lag winselnd am Boden und spürte ihre Unruhe. Die spitz zulaufende Schnauze und das Muster am Körper wechselten die Farbe zwischen blau-grau und dunkelblau, ein Anzeichen für seine Nervosität. Cathien kraulte ihn am Nacken zwischen den Hornplatten, darauf achtend, sich nicht an den scharfen Schuppen zu schneiden. Eine grüne Zunge schnellte hervor und leckte ihr über den Unterarm.

»Ich weiß, ich weiß«, raunte sie. »Ich bin heute keine angenehme Gesellschaft.«

Ein Windstoß wehte durch das hohe Fenster und brachte ihre Haare in Unordnung. Sie strich einige blonde Strähnen aus dem Gesicht.

»Alles, wofür ich gekämpft habe, ist verloren! Der Prinz ist tot, der Bund nichtig. Meine Familie wird für seinen Tod verantwortlich gemacht und die Schürfrechte an der Schlucht eingegrenzt. Ich habe so lange gekämpft und jetzt?«

Der Schuppenhund starrte sie aus schlitzförmigen Augen an.

Ich muss mich beruhigen und an einer Lösung arbeiten. Ich bin schließlich die Tochter eines Herzogs!

Cathien betrachtete nachdenklich ihr grünes langes Kleid. Es war aus feinem Stoff geschnitten und betonte ihre schmale Figur. Während sie gedankenversunken dastand, fielen ihr wieder die blonden Haare ins Gesicht. Es galt, eine Entscheidung zu treffen, um das drohende Unheil abzuwenden, das auf ihre Heimat zukam. Sie beschloss, ihren Vater aufzusuchen und das Problem erneut anzugehen. Obwohl sie wusste, dass es schwer sein würde, ihren Vater zu überzeugen, konnte niemand sie abbringen. Er nannte sie stur, sie bezeichnete diese Eigenschaft als Willensstärke.

Mit großen Schritten folgte sie dem Flur in Richtung des Speisesaals. Sie kam an hohen Steinwänden vorbei, die mit filigranen Kerzenhaltern bestückt waren, welche angenehmes Licht spendeten.

Am Ende des Gangs begegnete sie einer Wache, die sie grüßte und sofort Haltung annahm. Man wusste um Cathiens Temperament, ihre lautstarken Debatten waren am Hofe des Herzogs allgemein bekannt.

Richtig so, soll er ruhig strammstehen. Wenigstens einer, der seiner Pflicht nachkommt!

Sie betrat den Speisesaal und sah ihren Vater an der langen Tafel sitzen. Sein Blick war trüb, die Stirn sorgenvoll gefurcht. Lustlos stocherte er in einer Suppe. Cathien sah genauer hin und erkannte eine graue, rot-geäderte Knolle, die in trüber Flüssigkeit schwamm. Da die Knolle jedoch keinerlei Regung zeigte, musste es sich um eine aus den letzten Überresten der Vorratskammer handeln.

Der Saal war wie stets mit prächtigen Bannern, edlen Holzstühlen und Gemälden ihrer Vorgänger verziert. Geschwungene Kerzenhalter standen in den Ecken, das große herzogliche Banner Kallyens thronte an der Decke: schneeweiß, in der Mitte das alles sehende Auge der Göttin Magari. Ein großes prasselndes Kaminfeuer am anderen Ende des Saals spendete Wärme, allerdings reichte es nicht, um die Kälte in den Mauern des Anwesens zu verdrängen. Es war eine andere Kälte, die letzten Endes Einzug in die Hauptstadt Kallyens fand - tief und beunruhigend.

Cathien sah sich im Saal um und erkannte einmal mehr die Verwahrlosung, die seit einiger Zeit das Anwesen in eisernem Griff hielt. Mehrere Gemälde hingen schief, ein dicker Staubfilm bedeckte die Holzmöbel, Risse liefen quer über den gepflasterten Steinboden und ihr Vater saß gedankenversunken mit zerknittertem Mantel an der langen Tafel. Er war allein, ihre Mutter Ateria war nicht anwesend.

Der Schuppenhund lief neben Cathien, als sie in die Mitte des Saals wanderte. Dabei verursachten die scharfen Krallen auf dem Steinboden ein klackerndes Geräusch. Er streckte die spitze Schnauze in die Luft und sog den scharfen und unverkennbaren Geruch der Knolle ein. Hechelnd ließ er sich neben Cathien nieder und blickte sie aufmerksam aus seinen gelben, schlitzförmigen Augen an.

Sie stemmte die Hände in die Hüften, schob das Kinn vor und sah ihren Vater herausfordernd an. Es war Zeit, die Situation anzugehen. Es war Zeit, etwas zu unternehmen.

»Vater, wir müssen reden«, begann sie. »Wenn sich nicht bald etwas ändert, wird der Erlass des Königs den finanziellen Ruin von Kallyen nach sich ziehen. Ich weiß, dass du die Situation aussitzen willst, aber uns bleibt nichts anderes übrig, als endlich etwas zu tun.« Ihre Brust bebte, als sie auf eine Reaktion ihres Vaters wartete.

»Cathien, meine Liebe, wir haben das doch bereits besprochen«, sagte Bessyn. »Mir ist durchaus bewusst, dass wir aufgrund der eingeschränkten Schürfgebiete an der großen Schlucht nun weniger Einfluss auf den Abbau der Knolle haben. Ich weiß sehr gut über unsere Situation Bescheid.« Er hob den Kopf. »Aber wir müssen die Entscheidung des Königs vorläufig akzeptieren. Vergiss nicht, dass er uns für den Tod seines Erstgeborenen verantwortlich macht. Eine offene Anschuldigung, die wir nicht ohne weiteres widerlegen können.« Er ließ die Schultern hängen und stocherte in der trüben Suppe.

»Vater, solange unser Einfluss eingeschränkt ist, wird das

schwerwiegende Folgen für unsere Ländereien haben. Du weißt doch, dass der Handel mit der Knolle die Fundamente des Handels bestimmt. Wenn wir nicht aufpassen, wird Valentar daraus einen Vorteil ziehen, der uns in arge Bedrängnis bringen könnte.«

Bessyn furchte die Stirn. »Erinnere mich lieber nicht an das benachbarte Herzogtum. Es gab wieder einige Vorfälle in den Grenzgebieten.« Er seufzte schwer. »Hör zu, Cathien. Ich kann nicht zum Hof des Königs reisen und gegen seinen Erlass aufbegehren. Mir sind die Hände gebunden.«

Cathien biss auf die Lippen und beobachtete ihren Vater. Sie erkannte die Sorgenfalten in seinem sonst lebhaften Gesicht. Der graue Schnurrbart hing schlaff hinunter und die blutunterlaufenen Augen starrten trübselig durch die Gegend.

»Ich bin mittlerweile zu schwach und zu alt für eine Reise zum Hof des Königs«, fuhr er fort. »Selbst die Knollen schenken mir nur noch bedingt Kraft. Außerdem würde es sowieso keinen Unterschied machen, das Urteil wurde bereits gesprochen. Wir müssen einen kühlen Kopf bewahren und die Folgen abschätzen.«

»Vater, wir *müssen* etwas unternehmen!« Sie ging vor dem Tisch auf und ab. »Wir wissen, dass niemand aus unseren Reihen für das Attentat verantwortlich ist. Wir haben sogar den Beweis.« Ihre Hand knallte auf den Tisch und gab das zerrissene Stück Stoff preis, das sie in der Hand der Leiche des Prinzen gefunden hatten. Ein Symbol war abgebildet, welches von keinem der bekannten Herzogtümer verwendet wurde: Eine Spirale, die sich zum Zentrum verjüngte. Keinem ihrer Gelehrten war es gelungen, einen Hinweis auf den Ursprung des Symbols zu finden, was eine Frage nach der anderen aufwarf.

»Ein Stück Stoff ist noch lange kein Beweis, meine ungestüme Tochter.« Bessyn lächelte müde. »Als Herzog ist man gezwungen, Entscheidungen zu treffen. Ich habe mich entschieden, dem Urteil des Königs Folge zu leisten und abzuwarten. Es gilt, größeren Schaden zu verhindern. Als meine Erbin wirst du irgendwann ebenfalls vor schwierigen Entscheidungen stehen, die dir vielleicht nicht gefallen werden. Du wirst lernen müssen, das zu akzeptieren, und du wirst lernen müssen, Opfer zu bringen.« Bessyn unterstrich seine Worte mit einem Klopfen des Bestecks auf die Tischplatte.

Cathien kämpfte ihre Ungeduld nieder. »Lass uns einen Boten an den Hof des Königs entsenden. Lass uns das Beweisstück dem König vorlegen. Wenn er es sieht, wird er den Ernst der Lage erkennen, da bin ich sicher.«

»Jetzt siehst du aus wie deine Mutter, den Schmollmund vorgeschoben, die Arme verschränkt und der strenge Blick … wunderbar.« Er legte ein schmales Lächeln auf. »Ein Bote wäre zu riskant und man würde ihm auch keinen Glauben schenken. Nein, das ist keine Lösung.« Er legte eine kurze Pause ein und tippte an die Stirn. »Wir müssten ein Zeichen setzen, das den König zwingt, sich der Sache genauer anzunehmen. Ein Zeichen, das gleichzeitig auch die Aufmerksamkeit der anderen Herzöge erregt. Der König hat ohne weitere Nachforschungen gehandelt, unüberlegt und rachsüchtig. Ich kann seine Handlungen nachvollziehen, es wirkt trotzdem sehr untypisch auf mich. Aber so ist er nun einmal, ich habe es schon lange vermutet. König Thyr ist ein hinterhältiger und durchtriebener …«

»Schicke mich«, flüsterte Cathien.

»… Halunke, der die Herzöge gegeneinander … was?« Verwundert blickte er auf.

»Ich reise zusammen mit zehn deiner treuesten Leibwächter ins östliche Illindar und lege dem König das Beweisstück vor. Es wird eine Bestätigung der Treue und Wertschätzung Kallyens sein, überreicht von der einzigen Tochter und Erbin des westlichen Herzogs. Dieses Zeichen des Respekts kann der König nicht übersehen.«

Stille senkte sich über die Halle.

»Das kommt überhaupt nicht in Frage!«, ereiferte sich Bessyn und sprang auf. »Du hast keine Ahnung, wie es in der Welt vor sich geht! Meine Tochter, allein unterwegs durch ganz Andural, vorbei an diesen Speichelleckern in Landamar, über die große Schlucht hinaus, zum korrumpierten und schwächlichen König in Illindar. Du weißt nicht, was du da verlangst!«

Cathien begegnete seinem Blick gelassen. Es war nun an ihm, unruhig vor dem Tisch hin und her zu wandern. Ihr war natürlich bewusst, dass sie ein gefährliches Spiel trieb, sie sah aber keine andere Möglichkeit, die Situation ihrer Heimat zum Besseren zu wenden. Die Welt war gefährlich, die übrigen Herzöge durchtrieben und hinterhältig. Sie mussten den König überzeugen und die Schmach beseitigen, ansonsten könnte das Konsequenzen für sie haben. Es gab keine andere Lösung.

Jetzt habe ich ihn, er wird es einsehen. So unruhig, wie er ist, geht er bestimmt gerade den Plan im Kopf durch. Er wiegt die Vor- und Nachteile ab.

»Das geht nicht, Cathien. Nein, das ist mein letztes Wort!«

Der Schuppenhund ließ sich neben Cathien nieder und peitschte mit dem Schwanz auf den Boden.

Tapp, tapp, tapp.

»Wie sollte das überhaupt gehen, er wird dich nicht einmal vorlassen!«

Tapp, tapp, tapp.

Cathien schluckte eine Erwiderung hinunter. Nun brauchte sie Geduld.

»Wir wissen nichts über das Symbol, es könnte auch genauso gut eine Intrige des Königs sein. Jeder weiß, dass er seinen Sohn gleichzeitig liebte und verachtete. Der glorreiche Prinz, der sich den Wünschen seines Vaters entgegenstellt und die Tochter des westlichen Herzogs vor den Bund der Götter führen will. Er würde darüber nachdenken müssen, ja. Und doch ist es viel zu riskant.«

Tapp, tapp, tapp

»Aber der Bund zwischen dir und dem Prinzen war vertraglich festgehalten und kam nicht zustande. Es ergibt keinen Sinn, dass wir ihn hätten ermorden wollen. Damit hätten wir uns geschadet. Wer das nicht einsieht, hat die Intelligenz eines Horntiers!«

Tapp, tapp, tapp.

»Er müsste der Sache nachgehen. Wenn es sich wirklich um einen unbekannten Feind handelt oder gar eine Verschwörung der anderen Herzöge, muss er dem nachgehen und dich anhören.« Er zögerte. »Es ist aber zu riskant!«

Cathien beobachtete ihren Vater. Das war der Grund, warum sie ihn so sehr liebte. Er wusste es und sie ebenfalls. Sie hatte gesiegt, ihr Vorschlag war die einzig logische Konstante. Der unverfälschte Beweis an Treue: Die Erbin des Herzogs und Verlobte des verstorbenen Thronerben suchte persönlich den Hof des Königs auf.

Sie schloss die Hand um ein metallisches Medaillon, das an einer Schnur auf ihrer Brust ruhte. Warm fühlte sie die kleine Scheibe in der Handinnenfläche. Das Auge Magaris, ihrer Schutzgöttin, war eingeritzt. Sie war ganz nah bei ihr, Cathien konnte es spüren.

Bessyn wanderte noch eine Weile durch den Raum und führte seinen Monolog fort. Auf einmal wandte er sich ihr zu und starrte sie finster an. Der Raum kühlte merklich ab, als hätte der Beschluss ihres Vaters Einfluss auf die Temperatur gehabt.

»Zehn Mann meiner besten Gardisten«, sagte er düster. »Jeder reitet auf einem unserer schnellsten Steppenläufer. Du wirst täglich einen Bericht entsenden und mich über deine Reise informieren! Sollten sich Schwierigkeiten ergeben, wirst du ohne Umschweife umkehren! Das ist ein Befehl, der keine Widerworte duldet.« Bessyn schien viele Zyklen gealtert zu sein, trotzdem wirkte er zu diesem Zeitpunkt lebendiger als in den letzten Umläufen zuvor.

Sie nahm ihn in den Arm und küsste seine Wange. »Danke, Vater, ich werde dich nicht enttäuschen«, flüsterte sie liebevoll und küsste ihn erneut, was Bessyn ein Schmunzeln entlockte.

»Du bist stur, aber auch stark. Du bist meine Tochter und ich bin sehr stolz auf dich. Ich weiß, du wirst mich nicht enttäuschen.«

Sie hielten sich einen Moment in den Armen, bis ihr Vater die Stille durchbrach. »Geh jetzt, meine Tochter. Bereite deine Abreise vor. Ich werde alles veranlassen. Mögen die Götter über dich wachen.«

Grau und dunkel war der nächste Morgen, dicke Schneeflocken trieben umher und bedeckten das Land mit einem stillen, weißen Vorhang. Am Himmel war noch die Sichel des zweiten Mondes erkennbar, die Sonne ging langsam hinter der dichten Wolkendecke auf. Der Morgen glich eher einem grauen Ahnen, einem ganz leichten Anflug von Helligkeit auf den erhabenen Umrissen der Mauern von Ardus.

»Magari wacht über euch«, intonierte Herzog Bessyn die alten Bräuche. »Sie spendet euch Wachsamkeit und begleitet euch auf eurer weiten Reise.«

Er stand mit seiner Gemahlin im Durchgangsbereich des Stadttores. Viele Menschen waren gekommen, um sie zu verabschieden. Gehüllt in warme Kleidung, standen sie schweigend auf der Straße und hoben die gespreizte rechte Hand zum Gruß.

Cathien verspürte einen Stich in der Brust. Das war ihre Heimat, ihr Zuhause. Sie blickte sich um und betrachtete noch einmal die Hauptstadt Ardus: graumelierte Steinhäuser, spitz zulaufende braune Dächer. In der Mitte das große Anwesen des Herzogs, das eindrucksvollste Gebäude der Stadt. Dahinter die Schneeberge und die alten Wälder.

Aus dem Augenwinkel beobachtete sie ihre Gefährten. Zehn der besten Soldaten des Herzogtums, sowie ihr persönlicher Diener Arnen, der unruhig auf seinem Steppenläufer saß und sie mit unergründlichem Blick musterte, würden sie begleiten. Es handelte sich bei den Tieren um besonders prächtige Exemplare aus dem benachbarten Herzogtum Valentar, das für die Züchtung dieser Tiere bekannt war. Unter den Gardisten befand sich auch Galdan, der Hauptmann des Trupps. Sie kannte den alten Mann seit Kindheitstagen und freute sich sehr, dass er ihre Mission begleitete. Sein graues Haar ging an den Schläfen bereits zurück, eine lange Narbe schnitt schräg durch seine Lippe. Mit entschlossenem Ausdruck nickte er ihr zu.

Cathien begutachtete ihren Steppenläufer, seine vier Vorderbeine und die stämmigeren zwei Hinterbeine. Der Kopf endete in einem kurzen Rüssel und einer langen Zunge, die schwarzen Nüstern lagen seitlich am Halsende. Die hellblaue Haut fühlte sich unter ihren Fingern kühl und glatt an, der lange Schwanz peitschte wild umher. Je nach Zucht konnte ein Steppenläufer ohne Pause mehrere Umläufe am Stück laufen. Sie hatte insgeheim beschlossen, diesen Umstand zu nutzen.

Gedankenverloren fuhr sie an ihrer mit Eisen verstärkten Lederrüstung entlang. An der Hüfte ging die Rüstung in einen langen geschlitzten Rock über. Dicke, gefütterte Wanderstiefel hielten ihre Füße warm, das widerspenstige, lange Haar hatte sie zu einem Zopf geflochten.

Ein Windstoß kam auf und die Kälte trieb ihr Tränen in die Augen. Langsam wanderte ihre Hand zu der flachen Metallscheibe, die auf ihrer Brust lag. Sogar durch den Stoff fühlte sie die leichte Wärme, die das Medaillon verströmte. Stumm schickte sie ein Gebet an die Göttin des zweiten Mondes, während sie ein letztes Mal ihre Heimat betrachtete. Sie würde nicht ruhen, bis sich das Schicksal Kallyens zum Besseren gewandt hatte.

Es ist so weit, ich werde meinen Auftrag erfüllen!

Cathien wandte sich ihren Gefährten zu. »Seid ihr bereit?«

Sie nickten grimmig.

Nun heißt es Abschied nehmen. Wann werde ich meine Heimat wiedersehen?

Wehmütig blickte sie in die Ferne und sog die Luft tief durch die Nase ein. »Dann los!«

Sie preschte mit ihrem Steppenläufer über die Ebene vorweg - fühlte die starken Muskeln und den heißen Atem ihres

Tieres. Der Wind peitschte ihr ins Gesicht, der gleichmäßige Rhythmus des Tieres beruhigte sie. Ein Gefühl von Freiheit, aber auch grimmige Entschlossenheit überkamen sie.

ALRAEL

Der Schirmspringer ist ein sehr scheues Wesen. Nähert man sich dem Tier, klappt es im Nacken einen Hautlappen auf, der den Kopf schirmartig umschließt. Durch den Schwung entsteht Auftrieb. Der Schirmspringer fliegt nicht, er hüpft von Position zu Position. Der Körper ist schwarz, der Schirm wurde in rötlichen Farben beobachtet.

Enzyklopädie der Wesensarten Andurals

Alrael beobachtete einen kleinen Schirmspringer, der auf einem Stein landete und dann durch die Luft hüpfte. Es war ein herrlicher Morgen und der Geruch nach frischem Tau hing noch wie ein sanfter Dunstschleier in der Luft. Die ersten Boten des Morgengrauens zeigten sich über der Stadt. Ein Lichtschimmer färbte die Unterseiten der sich auftürmenden Wolken, ein verwaschenes Glühen erhellte den östlichen Horizont.

Alrael sah dem Schirmspringer hinterher, dessen Umrisse langsam verblassten.

Wie funktioniert das? Der Schirm klappt aus dem Nacken aus, entfaltet sich und rotiert um eine Achse. Das sorgt für einen Auftrieb, der das Tier durch die Luft befördert. Aber wie genau wird …

»Nun, was hast du beizutragen?«

Alrael wandte sich mit einem gedehnten Seufzer seinem Vater zu, König Thyr, dem Herrscher von Andural. Sie standen gemeinsam am Rand einer weitläufigen Terrasse des Palastes von Amerys, der Hauptstadt von Illindar. Die Terrasse bot Aussicht über die gesamte Pracht der Stadt. Er musste sich strecken, um zu den hohen, spitzen Türmen aufzusehen, deren Enden kaum noch erkennbar waren. Manche Menschen behaupteten, die Erbauer der Türme hatten beabsichtigt, den Göttern nahe zu sein. Heute war allerdings niemand mehr in der Lage, solch eindrucksvolle Bauwerke zu errichten, da viel Wissen im Lauf der Zeit verloren gegangen war. Rote und gelbe Ziegeldächer erstreckten sich bis zum Horizont. In der Ferne hörte er die Glocken, die mit ihren reinen Stimmen im Wind schlugen. Viele Häuser waren aus weißen Marmorsteinen errichtet, mit breiten Fenstern und eleganten Balkonen. Dadurch strahlten sie eine beeindruckende Erhabenheit aus, die fast an ein Wunder grenzte. Er wusste es aber besser, denn der Glanz der Stadt reichte nicht in die vielen ärmeren Viertel. Dort tummelten sich unzählige mittellose Menschen, darunter Bettler, Huren, Kranke und eine Menge Verbrecher. Die Stadt war seit vielen Zyklen in schlechtem Zustand, die Kluft zwischen reichen und ärmeren Leuten wurde immer größer.

»Wie viele Menschen leben in dieser Stadt, Vater?«, fragte Alrael.

»Zehntausend? Hunderttausend? Unwichtig.«

Alrael nickte gedankenverloren. Es war unmöglich, eine genaue Zahl festzustellen. Ashron, sein großer Bruder und ehemaliger Thronerbe Andurals, hatte um die schlechten Zustände der Stadt gewusst und versucht, die Situation zu verbessern. Nun war er tot und all das, wofür er gestanden hatte, für immer vergessen.

Alraels Blick streifte den blühenden Garten, der unterhalb des hohen Balkons angelegt worden war. Verschiedene Pflanzen und Blumenarten des gesamten Königreiches umfassten das Gelände. Er sah Saugstängel an der einen Seite, deren glockenförmige Kopfenden in blauer und violetter Farbe erstrahlten. Auf der anderen Seite krochen Nebelranken über den Boden, die sonst nur in sehr feuchten Gebieten zu finden waren. Direkt unter ihm wuchsen die sehr gefährlichen

Fächerblumen mit ihren rot leuchtenden Blättern und einige Schritte entfernt saugten sich blaue Messerblätter an knorrigen Bäumen fest. Etwas weiter entfernt krochen zu seinem Erstaunen sogar Farbtupfer über den Boden. Es handelte sich um wunderschöne bunte Pflanzen, die stetig die Farbe wechselten.

»Prächtig, nicht wahr?«, bemerkte der König. »Pflanzen und Blumen aus dem gesamten Königreich. Eine gefährlicher als die andere. Unsummen Som habe ich ausgegeben. Wusstest du, dass der große Wedel einer Fächerblume schlagartig zusammenklappt und daran haftende Opfer unter die Erde zieht? Eine Blume, schön und anmutig und gleichzeitig so schnell und gefährlich. Ein falscher Schritt und du bist erledigt!« König Thyr lachte halbherzig, als ob er gerade einen Scherz gemacht hätte. Seine fleischige Hand vollführte die Bewegung einer zuschnappenden Pflanze. »Aber natürlich wusstest du das bereits, du bist ja mein kleiner Gelehrter, ein wahrhaft Wissender durch und durch.« Er sah ihn kurz verächtlich an, dann wandte er sich ab. »Du bist eine verdammte Schande, mein Sohn. Ich werde dich aber formen und zu dem machen, der du sein solltest.«

Wohl eher zu demjenigen, der ich deiner Meinung nach sein sollte. Einzig, damit ich deine kleinen Machenschaften nicht störe!

Alrael verspürte einen Anflug Wut. Es war niemals vorgesehen gewesen, dass er das Erbe seines Vaters antreten sollte. Der Tod seines Bruders hatte eine tiefe Narbe im Königreich hinterlassen. Die Zukunft des Reiches war ungewiss, Versprechungen, Verhandlungen und Bündnisse waren nichtig. Ashron war zweifellos beliebt gewesen und hatte als Hoffnung des Reiches gegolten. Durch und durch das Abbild eines ruhmreichen Prinzen, sowohl vom Verhalten, als auch von seinem Auftreten her. Während Ashron groß, blond und muskulös gewesen war, stets mit einem verschmitzten Lächeln im Gesicht, das so manches Frauenherz hatte höher schlagen lassen, allseits beliebt und begehrt, war Alrael klein und dürr, hatte dreckig blonde Haare, nur spärlichen Bartwuchs und besaß zwei verschiedenfarbige Augen, die von vielen als abstoßend und widernatürlich bezeichnet wurden.

Meine Unsicherheit und die Vorliebe für das Studium der Geschichte werden ebenfalls nicht als königliche Eigenschaften angesehen. In seinen Augen bin ich eine Schande ...

»Hast du nichts zu sagen, mein kleiner Gelehrter?«, hakte Thyr nach. »Oder träumst du wieder und hinterfragst die Grundsätze der Welt? Die Suche nach dem Sinn, wie du es immer nennst.« Er machte eine wegwerfende Geste. »Verschone mich damit, ich habe keine Verwendung dafür.«

Es stimmte, was sein Vater sagte. Er war ein Gelehrter, der sich dem Wissen verschrieben hatte. Der Himmel war blaugrün, aber warum war das so? Warum war der Himmel nicht hellblau? Warum wuchs die Knolle nur in Arakkur, der großen Schlucht? Warum konnten in diesem elenden Königreich selbst Pflanzen einen unachtsamen Menschen schwer verletzen oder gar töten? Das waren alles Fragen, denen sich Alrael an jedem Umlauf widmete, es war seine Begierde, seine Leidenschaft.

Und dann kommt natürlich noch die Tatsache hinzu, dass ich keine Frauen begehre. In den Augen meines Vaters absolut widerlich.

Aus dem Augenwinkel betrachtete er seinen Vater, den König Andurals, den gnadenlosen Schmied, der seit jeher seine Macht und seinen Einfluss mit eiserner Hand verteidigte. Viel war nicht mehr übrig, denn der einst stolze und erhabene König war einem intriganten Fettsack gewichen, der ohne Hilfe kaum noch aus dem Bett kam. Wenn er sich nicht der Fleischeslust widmete, fraß er sich voll und trank bis zum Umfallen. Ein roter, wallender Mantel umfloss seinen dicken Wanst. Juwelen und Edelsteine glitzerten an der filigranen Krone, die kaum noch auf den fleischigen Kopf passte. Trotz seines mittlerweile verwahrlosten Äußeren hatte König Thyr allerdings nicht an Schläue eingebüßt, denn sein Verstand war noch immer messerscharf. Er verstand, was es bedeutete, ein so konfliktbeladenes Königreich zusammenzuhalten und die

Mächtigsten des Landes an der langen Leine zu halten.

Vater versteht nicht, dass ich seine Machenschaften längst durchschaut habe. Anders als mein naiver Bruder weiß ich um die Scheinbündnisse und die angeheizten Fehden der einzelnen Herzöge, um diese unter seiner Knute zu halten. Vielleicht habe ich kein königliches Aussehen, aber einen wachen Verstand.

»Dein Bruder hat nicht erkannt, dass wir als Herrscher dieses Landes keine Bündnisse schmieden dürfen.«, erläuterte Thyr. »Wir sind wie Götter, die über den Herzögen thronen und ihnen kleine Krumen hinwerfen. Das Bündnis mit diesem Herzog Bessyn aus Kallyen hat ihn den Kopf gekostet und wir müssen die Sauerei nun aufwischen!«

Alrael verfolgte die Hängebacken seines Vaters, die ein Eigenleben zu entwickeln schienen. Einmal mehr widerte ihn der Anblick an. Er empfand Verachtung für seinen Vater, die viel tiefer reichte als Hass. Hass wäre so ehrlich und einfach gewesen. Verachtung hingegen entstand aus vielen kleinen Dingen, die sich im Lauf der Zeit wie ein Puzzle zusammensetzten. Erst konnte man nicht erkennen, was im Endeffekt herauskommen würde. Waren aber alle Puzzleteile sortiert, ergab sich ein Großes und Ganzes. Verachtung war der treffende Ausdruck.

»Wer den Handel kontrolliert, kontrolliert auch die Herzöge«, fuhr Thyr fort und lehnte sich mit seinem massigen Leib weit über die Brüstung. »Der Trick ist, Zusprüche zu gewähren und sich wohltätig zu geben, im gleichen Atemzug aber hart und schnell zuzuschlagen, um mögliche Feinde ohne Kompromisse auszuschalten. So wie die Fächerblume. Schön und anmutig, aber gnadenlos und schnell!«

Schön und anmutig? Wohl eher alt und schwabbelig.

Alrael beobachtete die Wächter in den rotgoldenen Farben Illindars, die am Eingang der Terrasse standen und das Gehabe des Königs mit besorgtem Ausdruck beobachteten.

Ja, ihr seid klüger als ihr ausseht. Ihr wisst ganz genau, wenn dieser alte Fettsack über die Brüstung fällt, dann war es das! Dann rollen Köpfe und es ist vorbei mit der Langeweile … dann heißt es

Schlachten, Blut und Tod!

Er musste tief seufzen. So viele Leben hingen mittlerweile an einem seidenen Faden, seines nicht ausgenommen.

»Genau genommen kontrollieren wir aber nicht den Handel, Vater«, sagte er. »Herzog Ramor von Landamar sitzt an der Quelle der Macht. Wie du sicherlich weißt, verläuft die große Schlucht Arakkur durch seine zentralen Ländereien und die Einnahmen der Passagen fließen in seine prallgefüllte Börse.«

»Gut erkannt, mein Prinz«, wisperte eine Stimme hinter ihm. »Der Herzog steht aber bereits unter unserer Kontrolle.«

Alrael hatte sich längst an die Eigenarten Zohns gewöhnt, des Meisterspions des Königs. Offenbar bereitete es dem Freude, seine Berufung zur Lebensaufgabe zu machen.

Zohn trat aus dem Schatten und ließ sich zu Füßen des Königs nieder. Der gab ihm mit einem Handzeichen zu verstehen, dass er sich erheben durfte. Die Soldaten hatten mit keiner Wimper gezuckt, Alrael entgingen aber nicht die nervöse Blicke, die sie sich nun zuwarfen.

Zohn richtete sich auf. »Es ist alles veranlasst, mein Gebieter. Ihr könnt beruhigt sein.«

Alrael lief es jedes Mal eiskalt den Rücken hinab, wenn er den Spion sprechen hörte. Zohns Haut war dunkelbraun, die Kapuze stets tief in das Gesicht gezogen. Zwei tiefgründige, dunkle Augen blickten aus einem kalten und gefühllosen Gesicht. Er trug ein weites, braunes Gewand, das seinen gesamten Körper einhüllte. Es hieß, die Meisterspione würden weit im Süden Lynsans ausgebildet werden, in einer fernen Stadt südlich des Sees von Eleryn und den Minen von Deregon.

Thyr nickte feierlich und deutete auf seinen Sohn. »Wir sprachen gerade über die Pflichten eines Königs und wie man die Herzöge unter Kontrolle hält. Nachdem mein schändlicher Sohn nun in der Erbfolge aufgerückt ist, bin ich der Meinung, dass wir unsere Pläne mit ihm teilen sollten.«

Da gäbe es noch einige verkrüppelte Bastarde, aber keinen, der noch bei klarem Verstand ist …

Zohn blickte den König erstaunt an. »Mein Gebieter, ich

halte das für gefährlich. Sollte etwas nach außen gelangen, sind all unsere Pläne …«

Der König schnitt ihm mit einer herrischen Geste das Wort ab. »Er wird lernen müssen, sich deiner zu bedienen und wie man die Herzöge gegeneinander ausspielt. Erläutere ihm den Plan. Jetzt, sofort!« Er verschränkte seine wulstigen Finger über dem Bauch und ließ sie dort ruhen. »Sieh, mein Sohn, selbst ein Meisterspion ist nur Wachs in unseren Händen. Er weiß, dass er mir irgendwann zur Last fallen wird, und dennoch muss er gewissenhaft seinen dreckigen Aufgaben nachkommen. Merke dir das!«

»Wie immer beweist mein Gebieter seine unendliche Weisheit«, bemerkte Zohn und verbeugte sich tief. Er blickte Alrael mit seinen tiefen und unergründlichen Augen an. Den Mund zu einem geraden Strich zusammengepresst, war es schwer, ihn zu durchschauen.

Interessant, selbst einen Tadel nimmt er gelassen hin …

»Nun, mein Prinz, wie Ihr sicherlich wisst, trauert der König um den Verlust seines geliebten Sohnes Ashron, den ehemaligen Thronerben und Erstgeborenen des Reiches.« Zohn verschränkte die Arme hinter dem Rücken. Er trat einen Schritt auf Alrael zu, was diesen bewog, direkten Augenkontakt zu suchen.

Wirklich befremdlich dieser Blick. Ich glaube nicht, dass er sonderlich viele Freunde hat.

»In seiner Weisheit hat mein Gebieter erkannt, dass es bereits seit langem einen Zwist zwischen den drei Herzogtümern jenseits der großen Schlucht gibt: im Süden Valentar, im Westen Kallyen und im Norden Norfall.«

Als ob das nicht jeder wüsste. Applaus, der Meisterspion hat seinen Zweck erfüllt!

»Schwächelt eines der Herzogtümer, spielt das den Rivalen in die Hände. Haben sie erst einmal Blut geleckt, wird es schwer, sie abzubringen. Es ist ein brüchiger Friede, der jenseits der Schlucht herrscht und wir planen, gezielt einzuschreiten.«

»Ist das so? Und wie genau wollt ihr das in eurer unendlichen Weisheit bewerkstelligen?«

»Nun, wir werden ihre Fehden schüren und ihre Aufmerksamkeit von der großen Schlucht weglenken. Im Hintergrund bietet das den Ländereien Illindars und damit der Krone Gelegenheit, den Einfluss wieder auszuweiten, der seit geraumer Zeit unter verschiedenen Situationen gelitten hat. Allem voran das, mit Verlaub, närrische Verhalten des Thronerben, der die Gunst der Herzöge gewinnen wollte und Schürfrechte der Krone abgegeben hat. Das hat den Einfluss des Königs massiv eingeschränkt. Denn wer die Schlucht kontrolliert, kontrolliert auch den Handel. Und wer den Handel kontrolliert, kontrolliert die Herzöge.«

»Richtig, es geht einzig und alleine um Kontrolle«, unterbrach ihn der König und zog etwas aus seinem weiten, flaumigen Mantel. Mit zwei Fingern hielt er es nach oben. »Darum geht es. Pläne in Plänen, die wiederum in Plänen gründen. Die verdammte Knolle, die nur in Arakkur wächst!«

Die rot-geäderte, gräuliche Knolle wickelte sich langsam um die Finger des Königs und streckte suchend einen Abzweig in die Luft. Es musste sich um eine sehr frische Knolle handeln, denn so lebendig bekam man sie nur selten zu Gesicht.

»Tausend Som für eine Knolle in dieser Größe, aber das ist sie wert.« Er stopfte sie in den Umhang zurück.

Alrael wusste um die Bedeutung der Pflanze. Sie verlängerte das Leben der Wohlhabenden und war Angelpunkt des wirtschaftlichen Systems. Sein Vater erfreute sich bereits aufgrund des regelmäßigen Verzehrs eines langen Lebens. Trotzdem forderte das Alter mittlerweile seinen Tribut.

König Thyr gab Zohn ein Zeichen, seine Ausführungen fortzusetzen.

»Um dies zu erwirken, wird Herzog Bessyn von Kallyen demnächst eines grausamen Todes sterben. Es wird durchaus kein natürlicher Tod sein, er wird mit unserer Hilfe seine Atemseele aushauchen. Wir haben einen Mann in seinen Reihen, der mit der Ausführung des Plans bereits begonnen hat.«

Thyr lachte leise. »Gier und Macht sind ein guter Antrieb, das war schon immer so!«

Zohn nickte zustimmend. »Wie wir die Menschen in der westlichen Region kennen, werden sie den Vorfall penibel untersuchen. Genau genommen erwarten wir sogar, dass sie das tun.«

»Verdammt eitel und so stolz! Das werden wir ihnen endgültig nehmen!«

»So ist es, mein Gebieter. Die Spur wird ins südliche Herzogtum Valentar führen. Seit Generationen gibt es Konflikte in den Grenzgebieten der beiden Herzogtümer, die wir uns nun zunutze machen. Während sie also ihre Aufmerksamkeit auf das benachbarte Herzogtum richten, werden wir das Herzogtum Norfall im Norden Andurals an uns binden. Wie Ihr vielleicht wisst, mein Prinz, verfügt Kallyen über ein weitaus kampferprobteres Heer als Valentar oder Norfall. Das liegt an dem Klima, der harten Arbeit in den angrenzenden Wäldern und der eisernen Disziplin der Menschen dort. Norfall kann sich nur einer Sklavenarmee rühmen, Valentar hingegen ist schwach und kann zum Großteil nur auf Viehtreiber und Bauern zurückgreifen.«

Zohn wischte über die Stirn und wartete, dass der König ihm bedeutete, weiterzusprechen.

Ein Mord an einem hochrangigen Herzog? Er würde wirklich so weit gehen? Das wirft ein ganz neues Licht auf seine Machenschaften.

»Während nun Kallyen einen Anschlag Valentars vermutet und der König bereits Kallyen geschwächt hat, indem er sich das Schürfrecht aneignete, wird Valentar sich hilfesuchend an Norfall wenden. So wie wir Herzog Sathus von Valentar kennen, wird er es schaffen, ein Zweckbündnis zu erzwingen, aber nur unter der Bedingung, dass er Schürfgebiete abgibt. Der Herzog von Norfall erhält von uns gleichzeitig Zugeständnisse hinsichtlich der Sklaverei, die das Fundament der nördlichen Ländereien bildet. Somit erlangen wir längerfristig sein Wohlwollen und wiegen ihn in Sicherheit. Gleichzeitig lenken wir von dem Mord und einer möglichen Verbindung zur Krone ab.« Der Spion räusperte sich. »Gemeinsam werden sie Kallyen in die Zange nehmen und unter Druck setzen.«

»Aber dadurch stärken wir doch im Grunde nur das Herzogtum Norfall? Wo ist der Sinn?«, warf Alrael ein.

Zohn nickte knapp. »Ein berechtigter Einwand, mein Prinz. Norfall wird aber durch diese Situation geschwächt werden. Wenn Jachek in das Geschehen eingreift – wird er seine Grenzen preisgeben. Es wird sehr lange dauern, bis ein klarer Gewinner aus dieser Situation hervorgeht. In ihrer Not werden sich die einzelnen Herzöge schließlich an die Krone wenden müssen. Die Krone hingegen gibt sich wohlwollend und mildtätig. Natürlich bedürfen einige Elemente dieses Plans aber noch eines gewissen Feinschliffs.«

Alrael runzelte die Stirn. Er wusste, dass mehr dahintersteckte. Es war aber noch nicht der Zeitpunkt, weiter nachzufragen.

»Das gibt uns die Gelegenheit, unseren Einfluss an der Schlucht auszuweiten, gleichzeitig aber auch mehr und mehr die Unsicherheit in den Regionen jenseits der Schlucht zu fördern. Dadurch wird es uns möglich sein, unseren Einfluss über Arakkur wieder erstarken zu lassen.« Zohn warf dem König einen raschen Blick zu. »Der Herzog von Landamar steht bereits unter unserer Kontrolle und wird sich nicht entgegenstellen. In Krisensituationen fallen Schürfgebiete direkt an die Krone. Während sich also die Herzöge an den Grenzen bekriegen, werden sich die Machtverhältnisse zu unseren Gunsten stabilisieren und die törichten Unterfangen des ehemaligen Thronerben zunichtemachen. Zusammengefasst bedeutet es, dass wir in allen anderen Herzogtümern Unsicherheit schüren und sie gegeneinander aufbringen. Illindar, und damit gleichbedeutend die Krone, wird hingegen distanziert im Hintergrund bleiben und sich die Schürfgebiete in der Schlucht nach und nach einverleiben.« Der dunkelhäutige Mann schloss mit diesen Worten seinen Bericht und verbeugte sich leicht vor seinem König.

»Das reicht, Zohn, du langweilst mich«, grollte Thyr. »Immer diese schwulstigen Worte, nenne die Sauerei doch beim Namen: Wir hacken diesen alten Säcken die verdammten Köpfe ab!«, Er setzte seinen massigen Leib in Bewegung, dabei wippte er mit dem Kopf, wodurch das Kinn in seinem wulstigen Hals verschwand.

»Gestattet mir noch eine Frage, mein Gebieter«, säuselte Alrael, Zohns Tonfall nachahmend. »Angenommen, die Herzogtümer jenseits der Schlucht geraten in den angestrebten Konflikt und versinken im Chaos. Angenommen, alles wird sich so ergeben, wie es dir vorschwebt, und Illindar erhält die unangefochtene Kontrolle über die große Schlucht.« Er warf seinem Vater einen ernsten Blick zu. »Bei all diesen Plänen und Intrigen steht immer noch die Frage im Raum, wer wirklich meinen vorbildlichen und göttlich verehrten Bruder ermordet hat. Du glaubst doch wohl nicht, dass der Herzog von Kallyen hinter dem Anschlag steckt, oder? Schließlich hatten sie einen Bund arrangiert, die Ermordung des Prinzen hätte in jeglicher Hinsicht einen Nachteil für sie zur Folge gehabt.« Alrael pochte mit seiner Hand auf das Geländer, um die Wichtigkeit seiner Worte zu betonen.

Ein Schatten legte sich über Thyrs Gesicht. »Es kann nur der Herzog von Kallyen gewesen sein, dieser gebrechliche, alte Widerling! Wer das nicht erkennt, ist blind! Letztendlich ist es aber unerheblich, dadurch hat sich für uns eine gute Gelegenheit gegeben, zu handeln. Wir können die Ermordung meines Erstgeborenen also zum Vorteil nutzen. Schließlich habe ich ja noch einen Erben.«

Alrael konnte kaum glauben, was er hörte. War ihm der Tod seines Sohnes wirklich egal? Natürlich hatten dessen Handlungen den Einfluss der Krone geschwächt, aber das geschah im Sinne der Allgemeinheit. Alrael konnte sich noch an die Worte seines Bruders erinnern, mit welcher Inbrunst der für Gleichberechtigung und Frieden hatte kämpfen wollen. Ihn hatte das nicht wirklich berührt, sein Interesse galt anderen Dingen. Trotzdem …

»Erinnere dich an die Worte des Gardisten meines Bruders, Vater! Erinnere dich an die merkwürdigen Begebenheiten, die während seiner ...«

»Das bisschen, was wir aus dem Boten herausbekommen haben, reicht nicht aus!«, fuhr Thyr dazwischen. »Da schleppt sich dieser elende Nichtsnutz quer durch Andural, um hier abzukratzen und nicht mal sinnvolle Informationen zu bieten!«

»Wenig sinnvolle Informationen? Das kann unmöglich dein Ernst sein!«

Der König warf ihm einen finsteren Blick zu. »Es ist unerheblich. Wir werden diese Situation ausnutzen und den Herzögen den Kopf abschlagen!« Die letzten Worte schrie er und sandte einen Regen aus Spucke in die Umgebung.

Wenn man die gesamte Energie nutzen würde, die er jeden Umlauf in seinen Körper hineinstopft ... was könnte man alles damit anfangen?

Alrael bemerkte, dass er der Floskeln seines Vaters überdrüssig wurde, und verneigte sich steif. Dem schweigenden Zohn nickte er knapp zu und verließ eiligen Schrittes die Terrasse. Mit rasselndem Atem bog er um die Ecke, seine Fassade an Selbstsicherheit begann zu bröckeln. Schweiß brannte in seinen Augen, die Haare fielen ihm in die Stirn. Er schlug die Hände vor das Gesicht und versuchte, sich zu beruhigen.

Ich bin ein Gelehrter, verdammt! Kein hinterhältiger Schurke, der an jeder Stelle ein Messer fürchten muss.

Der sonnige Umlauf kam ihm nun nicht mehr halb so schön vor.

ZUM ERSTEN MOND

Der Steppenläufer verfügt über hohe Ausdauer. Ohne zusätzliches Gewicht kann er mehrere Umläufe seine Geschwindigkeit beibehalten. Die großen Nüstern des Tieres befinden sich am Halsansatz. Der Kopf endet in einem schmalen Rüssel, mit dem er Blütensaft saugen kann. Die Hautfarbe des Tieres wird hauptsächlich in Blautönen beobachtet.

Enzyklopädie der Wesensarten Andurals

Cathien beobachtete den Atem, der den schwarzen Nüstern des Steppenläufers entstieg und sich in der kalten Abendluft in weißen Dampf verwandelte. Dabei bewegten sich die starken Muskeln des Tieres in gleichmäßigem Rhythmus und der lange Schwanz peitschte unruhig durch die Gegend.

Während sie über die Ebenen jagten, sah sie zum blaugrünen Himmel hinauf, der sich am westlichen Horizont bereits verdunkelte. Der erste Mond würde schon bald aufgehen und seine silbernen Strahlen über das Land werfen.

Die weite, schneebedeckte Ebene wich zunehmend bewaldeten und hügeligen Gebieten, was den Reittieren das Vorankommen erschwerte und sie zu mehr Pausen zwang. Durch die ungewohnte Anstrengung spürte Cathien mittlerweile jeden Muskel im Leib. Ihre Beine schmerzten, ihre Arme waren steif und ihr Gesicht fühlte sich aufgrund des kalten, stechenden Windes taub an. Wie lange sie bereits unterwegs waren, konnte sie nicht feststellen. Es mussten aber mindestens vier Umläufe sein.

»Herrin, wir sollten bald eine Rast einlegen«, sagte Arnen.

Cathien sah zur Seite und beobachtete ihren Diener, dem man die Strapazen der Reise deutlich ansah. Sein sonst sorgfältig gestutzter Bart begann zu wuchern, die schwarze Reisekleidung wies etliche Schlammspritzer auf und das Gesicht war von tiefen Furchen durchzogen.

Ich sehe vermutlich nicht besser aus.

»Ja, ich denke auch, dass es Zeit ist«, stimmte sie zu. »Die Sonne geht unter und der erste Mond wird bald aufziehen. Bis dahin sollten wir einen Unterschlupf gefunden haben.«

»Wenn Ihr die Bemerkung gestattet: Wir sind bislang überraschend gut vorangekommen. Damit hätte ich nicht gerechnet.«

»So ist es, allerdings nicht schnell genug.«

»Herrin?«

Sie zuckte die Schultern. »Ich will so schnell wie möglich nach Amerys, um den Palast des Königs aufzusuchen. Jede Verzögerung kostet Zeit.«

»Mit Verlaub, ich denke, wir sollten trotzdem …«

»Eine Rast einlegen?« Sie lächelte. »Ja, das sollten wir.«

Hauptmann Galdan hatte das Gespräch bislang stillschweigend belauscht und ritt nun auf gleiche Höhe heran. »Herrin, dort hinten ist ein Gasthof für Reisende«, bemerkte er. »Ich schlage vor, dass wir uns dort ein paar Kerzen ausruhen.«

»Eine gute Idee, Hauptmann. Gebt es an Eure Soldaten weiter, wir werden dort eine Weile rasten.«

Sie steuerten den Gasthof an, der in einiger Entfernung an einer alten Handelsstraße lag. Das graue Steingebäude stand auf einem kleinen Hügel in bewaldetem Gebiet und war von einzelnen Holzstreben durchzogen, die ein verspieltes Muster ergaben. Direkt am Eingang wuchsen mehrere Rankenbäume und bildeten mit den dichten Verästelungen ein Dach über dem Gebäude. Die dicken, grauen Stämme standen eng zusammen, unförmige Wurzeln rangen unter der Erde miteinander.

Einzelne Ranken hingen aus den Kronen und krochen suchend über den Boden. In den hohen Fenstern des Gebäudes brannte bereits ein helles Licht. Auf einem Aushängeschild war eine flache Scheibe abgebildet und darunter stand die Aufschrift »Zum ersten Mond«.

Sie verfielen in leichten Trab, während sie sich auf den Gasthof zubewegten. Als Cathien die ersten Geräusche und den Duft nach Essen wahrnahm, musste sie lächeln. Eine Rast würde ihnen guttun, sie benötigten ihre Kraft für die kommenden Umläufe.

Kurze Zeit später betraten Cathien und ihre Gefährten den Gasthof und feuchte, warme Luft drang ihnen entgegen. Stimmen und Gelächter erfüllten den zum Bersten gefüllten Raum. Am hinteren Ende prasselte ein Kaminfeuer, die Luft war schwer und rauchgeschwängert. Graue Steinkrüge wurden an den runden Holztischen geleert und wieder gefüllt. Der Ort pulsierte von Leben und Betriebsamkeit. An einem der kleineren Tische saß ein alter Mann mit einer Laute. Er entlockte dem Instrument einige klare Töne und begann ein sehr altes und bekanntes Lied zu singen. Die versammelten Gäste erkannten es sofort, sangen begeistert mit und trommelten im Takt:

Geht durch Länder, schneebedeckt,
lauft durch Wälder, über den Berg.

Trampt durch Täler, steigt auf Höhen,
schwimmt durch Flüsse, Nord nach Süd!

Wandert im Sommer, auch im Winter,
und dann weiter, bis zum Herbst.

Geht hier weiter, ob Hitz' und Kält',
ohne Rast und ohne Ruh!

Cathien ließ sich an einem Tisch nieder, worauf sich der Wirt des Gasthofs näherte.

»Was darf ich Euch bringen, Herrin?«, fragte er.

»Ein großes Stück von Eurem besten Braten für mich und meine Gefährten«, sagte sie.

»Sehr wohl, Herrin.« Er verschwand im dichten Gedränge des Raumes.

»Das nenne ich Leben«, seufzte Hauptmann Galdan. »Ein bisschen was anderes als die Kälte da draußen.«

»Ja, die Wärme verdrängt endlich diese hartnäckige Kälte aus meinen Knochen«, gab Cathien zu. »Es war richtig, eine Rast einzulegen.«

Sie lauschte dem Lied des alten Mannes, das sie von Kindesbeinen an kannte. Erst trommelte sie im Takt, dann sang sie begeistert mit. Selbst der sonst eher zurückhaltende Arnen klatschte in die Hände und setzte ein scheues Lächeln auf.

Der Lautenspieler vernahm ihre klare Stimme und forderte sie auf, lauter zu singen. Erst jetzt bemerkten einige Gäste, wer sich in dem Gasthof niedergelassen hatte und hoben begeistert die Steinkrüge.

Keine kriecherischen Verneigungen, sondern einfach nur ehrliche Anerkennung. Das Leben hier ist zu hart, um sich solch unsinnigen Gepflogenheiten zu widmen.

Cathien erhob sich und sang begeistert die letzte Strophe.

Nun lasst uns singen, hier und dort.
Ha, die Reise wird gemacht!

Nutz' den Tag, geh hinaus,
lebt das Leben, ohne Ruh!

Die Menge applaudierte und Cathien verneigte sich elegant.

Hitze stieg ihr ins Gesicht, sie errötete und setzte sich wieder auf ihren Stuhl.

»Ich wusste gar nicht, dass Ihr eine so schöne Stimme habt, Herrin«, schmunzelte Galdan. Er leckte über seine Lippen, in der eine scharfe Kerbe erkennbar war.

Cathien freute sich über das Lob. Aus dem Augenwinkel bemerkte sie den Wirt, der sich dem Tisch näherte und ihnen auf einem runden Teller eingelegtes Fleisch in einer scharfen Soße brachte. Dazu gab es gewürzte Brotfladen und Gerstenmalz. Als er sich abwenden wollte, hielt sie ihn auf.

»Ich danke Euch und bitte um eine Unterkunft für mich und meine Gefährten.«

Der Wirt verneigte sich steif. »Selbstverständlich, Herrin. Wir wissen natürlich, wer Ihr seid, und es ist uns eine Ehre und eine Freude Euch in unserem bescheidenen Gasthof willkommen zu heißen.«

»Die Freude ist ganz meinerseits. Wir haben eine weite Reise hinter uns und noch einiges vor. Veranlasst alles Nötige, damit wir ein paar Kerzen ruhen können.«

»Ich werde meine Töchter sogleich anweisen, die obere Etage für Euch herzurichten. Sobald Ihr mit dem Mahl fertig seid, werdet Ihr einen heißen Zuber in Eurem Zimmer vorfinden. Solltet Ihr darauf bestehen, werden meine Töchter Euch waschen.«

»Das wird nicht nötig sein, ich danke Euch aber trotzdem für dieses Angebot.« Sie unterdrückte ein Gähnen. »Lasst diese Männer wissen, dass die nächste Runde auf mich geht. Ich werde mich direkt nach meinem Mahl auf mein Zimmer zurückziehen.«

Der Wirt verneigte sich noch einmal. »Sehr wohl, meine Herrin, und habt Dank für Eure Großzügigkeit.«

Die spendable Geste sprach sich schnell herum und erneut wurden die steinernen Krüge auf die Tochter des Herzogs erhoben. Sie quittierte die Dankesgrüße mit einem müden Lächeln und gähnte herzhaft. Ihrem Diener entging das nicht und er half ihr beim Aufstehen.

»Herrin, lasst uns Euer Zimmer aufsuchen, damit Ihr ein paar Kerzen ruhen könnt«, raunte er ihr zu und versuchte, sie zu stützen.

»Ach Arnen, du kannst dich doch selbst kaum noch auf den Beinen halten.«

»Wenn Ihr darauf besteht.«

»Das tue ich. Ich danke dir, aber das schaffe ich wirklich allein.«

Cathiens Beine schmerzten und ihr Rücken rebellierte, als sie aufstand. Dennoch wies sie seine Unterstützung ab, raffte ihre Reitkleidung und begab sich auf ihr Zimmer. Sie war zwar etwas schwach auf den Beinen, wollte aber nicht auf andere angewiesen sein. Als Anführerin der Truppe musste sie Stärke zeigen.

Ein Bad, ein Bett und etwas Ruhe. Genau das, was ich jetzt brauche!

Eine Viertelkerze später lag Cathien in einer großen, bronzenen Wanne und genoss die Wärme. Das lange, blonde Haar war wie ein Fächer auf dem Wasser ausgebreitet und folgte den sanften Wellen. Man hatte Duftwasser hinzugefügt, das den unangenehmen Geruch der Reittiere überdecken sollte. Mit geübten Bewegungen seifte sie sich ein, während das dampfende Wasser sie umgab. Cathien spürte, wie sich ihre Muskeln allmählich entspannten, und schloss seufzend die Augen.

So muss das sein. Ein bisschen Ruhe und Erholung habe ich verdient. Was Vater und Mutter wohl gerade machen?

Sie ging in Gedanken die letzten Umläufe ihrer Reise durch und kam zu dem Schluss, dass sie bereits eine sehr große Strecke zurückgelegt hatten. Die Grenze zum benachbarten Herzogtum Landamar war nahe, zuerst mussten sie sich aber durch das Nebeltal begeben. Danach ging es weiter nach Terez und über die große Schlucht Arakkur. Spätestens dort würden sie ihre Steppenläufer zurücklassen müssen und mit Himmelsschwingen über die Schlucht fliegen. Auf der anderen Seite angekommen, müssten sie sich neue Reittiere besorgen, die längst nicht so prächtig und agil wie ihre derzeitigen Steppenläufer sein würden. Vermutlich würden sie auf einen Wagen angewiesen sein, der von Horntieren gezogen wurde. Ihr nächster größerer Zwischenstopp wäre die Stadt Vessyn, die an die Herzogtümer Landamar, Illindar und Lynsan grenzte.

Ich wollte schon immer nach Vessyn, die Stadt soll wunderschön sein. Eine Stadt, die überall mit Leuchtmoos bewachsen ist, das im Mondschein zu glühen anfängt. Was für ein Anblick das sein muss!

Cathien griff nach ihrem Medaillon und strich die Rillen entlang.

Magari, schenke mir Wachsamkeit auf meiner Reise. Sorge dafür …

Ein Klopfen unterbrach ihr Gebet.

Müde öffnete sie die Augen und erhob sich ein Stück aus der Wanne. »Ich bin erschöpft, kommt in einer halben Kerze wieder!«, rief sie und ließ sich wieder zurücksinken.

»Herrin, es ist sehr wichtig«, drang eine Stimme durch die geschlossene Tür. »Ein Bote hat uns erreicht. Er bringt Nachricht aus Ardus.«

»Ich bin gleich da, geleitet den Boten in einen Nebenraum und gebt ihm etwas Warmes zu trinken!«

Cathien glitt aus der Wanne und griff nach den trocknen Tüchern. Sie trocknete sich ab und warf ihre braune Reitkleidung über, der allerdings immer noch der Gestank der letzten Umläufe anhaftete. Beinahe wäre sie auf den nassen Dielen ausgerutscht, zwang sich aber, Ruhe zu bewahren und nichts zu überstürzen.

Cathien las den Bericht bereits zum dritten Mal, während ihr

Tränen in die Augen traten. Trotzig wischte sie über das Gesicht und versuchte, sich zu beruhigen. Ihre Hände zitterten, ihr Atem ging stoßweise. Erneut las sie die Botschaft ihrer Mutter Ateria und versuchte, einen Sinn hinter den Worten zu erkennen:

Meine liebe Cathien,
du musst sofort umkehren, es ist etwas Schreckliches geschehen! Bessyn ist letzte Nacht eingeschlafen und nicht mehr aufgewacht, der örtliche Heiler glaubt an ein Herzversagen. Einige Umläufe zuvor ging es ihm schon nicht gut, er hat dauernd über Schmerzen in der Brust geklagt, sich aber geweigert, sich untersuchen zu lassen. Ich habe auf ihn eingeredet, du weißt aber, wie er war. Stur wie ein Horntier!
Nun ist er wirklich von uns gegangen und meine Trauer kennt keine Grenzen. Ich fühle mich allein, die Hallen sind so kalt ohne ihn. Ich glaube nicht, dass er einfach so gestorben ist. Ich kann und will das nicht wahrhaben! Nicht so kurz nach den schrecklichen Ereignissen an der Grenzwacht. Es muss einen Zusammenhang geben und ich werde ihn herausfinden!
Cathien, du musst sofort umkehren und nach Ardus zurückkommen. Es ist zu gefährlich, der König wird dich nicht mehr anhören. Wir müssen unseren Einfluss über die Ländereien deines Vaters stärken und die Bevölkerung beruhigen! Ich habe das Gefühl, dass wir in ein Spiel geraten sind, das wir nicht verstehen. Wir sind blind und können nur zusammen diese Hürden meistern. Ich weiß, du bist genauso stur wie dein Vater, ich bitte dich aber dennoch, vernünftig zu sein und meinem Wunsch nachzukommen.
Der Bote hat den Auftrag, dich und deine Truppe zurückzugeleiten. Ich erwarte dich in spätestens zehn Umläufen wieder an meiner Seite.
In Liebe und Trauer
Deine Mutter Ateria, Herzogin von Kallyen

Tropfen landeten auf dem Pergament und verwischten einige Buchstaben.

Tot. Einfach so.

Sie spürte eine Berührung an ihrer Schulter. Arnen wollte ihr Trost spenden, sie wollte allerdings keinen Trost, sondern schreien. So lange, bis sie nicht mehr schreien konnte. Wütend über ihre Schwäche wischte sie das Gesicht am Ärmel ab und hob das Kinn. Die Männer um sie hielten den Blick gesenkt und schwiegen zurückhaltend.

»Der Herzog ist tot!«, verkündete sie und bemühte sich, das Zittern aus ihrer Stimme zu vertreiben. »Er ist in der letzten Nacht verstorben, seine Atemseele weilt nun bei den Göttern.« Sie unterdrückte einen Schluchzer. »Meine Mutter befiehlt unsere Umkehr. Bereits am nächsten Morgen sollen wir aufbrechen und Richtung Heimat zurückreiten.«

Galdan, der Hauptmann der Garde, salutierte grimmig. »Jawohl, meine Herrin.«

Die anderen Soldaten schlugen sich ebenfalls auf die Brust, Arnen hingegen beobachtete sie aufmerksam.

Du kennst mich sehr gut Arnen. Du weißt es! Es ist unausweichlich.

Cathien hielt kurz inne und ließ die Hand mit der Botschaft langsam sinken. Dann warf sie die noch feuchten Haare aus dem Gesicht, stemmte die Hände in die Hüften und sah einen nach dem anderen an. Als sie sprach, klang ihre Stimme hart und entschlossen. »Und doch werden wir nicht umkehren! Wir werden unseren Auftrag ausführen!«

Die Männer hoben erstaunt den Kopf.

»Aber Herrin, der Herzog ist tot«, hielt Galdan dagegen. »Es ergibt keinen Sinn mehr, den Auftrag auszuführen.« Er fuhr mit der Zunge über die Spalte in seiner Lippe. »Es fällt mir schwer, es zu sagen ... vermutlich wurde er sogar umgebracht und es soll wie ein natürlicher Tod aussehen. Herrin, wir müssen für Eure Sicherheit sorgen. Ich bitte Euch, lasst uns umkehren!«

»Nein!«, entgegnete Cathien.

»Aber ...«

»Ich sagte nein!« Mit dem letzten Wort schrie sie ihre Wut

hinaus. »Wir werden nicht aufgeben und wir werden nicht zurückgehen! Wenn es wirklich ein Anschlag war, bin ich in Ardus genauso gefährdet wie auf der Reise nach Illindar. Der Herzog konnte nicht beschützt werden, warum sollte das bei mir gelingen?«

»Herrin, ich bitte Euch. Es ist zu gefährlich!«

Cathien schüttelte den Kopf. »Wir haben die Chance, dem König unsere Beweise vorzulegen, und werden die Möglichkeit nutzen, das Ansehen des Herzogtums wiederherzustellen!« Sie schwieg einen Augenblick und ließ die Männer über ihre Worte nachdenken. Der heiße Zorn, der sich langsam wie Gift durch ihre Adern fraß, vertrieb die Trauer. Mit eiserner Stimme sprach sie schließlich weiter. »Wenn wir es schaffen, am Königshof anzukommen, haben wir einen Grund mehr, bei ihm vorzusprechen. Meine Mutter wird es herausfinden, sollte es sich bei dem Tod meines Vaters um ein Attentat handeln. Wenn es wirklich Mord war, entkräftet das den Vorwurf an der Ermordung des Thronerben von Andural. Zusammen mit dem vorgelegten Beweis wird uns der König Glauben schenken müssen. Das ist es, was wir zu tun haben. Wir werden ihn überzeugen und den Ruhm unseres Herzogtums wiederherstellen!« Sie blickte ihren Leibwächtern feierlich ins Gesicht. »Mein Vater hat euch auserwählt. Ihr seid die besten und treuesten Soldaten Kallyens, ich vertraue auf euren Schutz und euren unerschütterlichen Glauben an Ruhm, Ehre und Gehorsam.«

Bessyns Worte gingen ihr durch den Kopf: *Appelliere niemals an ihre Vernunft. Gib ihnen ein eindeutiges Ziel: Ruhm, Ehre und Gehorsam. Sie müssen Logik hinter deinen Gedanken erkennen. Bitte nicht, sondern befiehl!*

»Vielleicht sind es närrische Absichten, die uns in Gefahr bringen. Vielleicht ist es eine Entscheidung, die alles aufs Spiel setzt. Nun ist aber der Zeitpunkt gekommen, da wir erkennen müssen, was es heißt, ein Kallyener zu sein! Wir sind stark, wir werden nicht weichen und wir werden unseren Auftrag zu Ende bringen.«

Die Gardisten spreizten die Finger der rechten Hand vor der Brust.

»Es wird uns eine Ehre sein, Euch zu folgen«, rief Galdan mit fester Stimme. »Und wenn es unseren Tod bedeuten mag, werden wir ihm lachend ins Gesicht spucken!« Die restlichen Soldaten stimmten ein. Selbst der Bote der Herzogin verneigte sich vor ihr.

Cathien nickte grimmig und fühlte eiserne Entschlossenheit in sich reifen.

EIN ANDERES LEBEN

Kelthor ist der Gott des Feuers und des Lichts. Symbolisiert wird er durch einen Kreis mit Strahlen, die sich nach außen verjüngen. Ältere Überlieferungen vergleichen ihn mit der Sonne. Könige unterwerfen sich seinem Urteil. Er gilt als der Vatergott, die ursprüngliche Kraft.

Enzyklopädie des Neunerbundes

Elhan fiel in einen bodenlosen Abgrund. Dichter Rauch umschloss sein Blickfeld. Er spürte nichts, sah nichts. Um ihn war kühle, schwarze Leere.

Etwas drückte auf sein Gesicht. Die Last wurde immer größer, schien ihn fast zu betäuben. Irgendwo waren Geräusche. Die Leere umfloss sein Bewusstsein, durchtränkte seine Gedanken und machte ihn schwach und blind.

Einfach loslassen und aufhören, zu denken. Fallen lassen. Tief in den Abgrund.

Wieder ein Geräusch. Nebel umhüllte seinen Verstand. Druck lag auf der Brust, das Herz trommelte dahinter.

Poch, poch, poch.

Loslassen. Frei. Allein.

Taubheit bemächtigte sich seiner. Etwas stach in seinen Arm, Schmerz jagte durch den gesamten Körper. Es kribbelte überall, ein Schrei in der Ferne, ein Fluchen in der Nähe. Etwas schlug auf seine Brust ein.

Schlagartig öffnete Elhan die Augen und spie aus. Grelles

Sonnenlicht blendete seine Augen. Er wollte sich bewegen, doch ein unsäglicher Schmerz zuckte durch seinen gesamten Körper. Tausend Geräusche drangen gleichzeitig auf ihn ein, während sich seine Sicht allmählich klärte.

Er lag auf dem dreckigen Holzboden des vergitterten Sklavenwagens. Ein alter, runzliger Mann beugte sich über ihn. Derber Mundgeruch und ein zahnloses Grinsen schlugen ihm entgegen.

»Willkommen zurück!«, sagte der alte Mann. »Wirst aber wahrscheinlich nicht ganz so glücklich sein, mein Kleiner!«

Elhan setzte sich mühsam auf. Sein Kopf schmerzte fürchterlich, sein linker Arm war mit Lumpen umwickelt und taub. Als er versuchte, sich am Kopf zu kratzen, spürte er dort ebenfalls einen Verband.

»Schön vorsichtig, Junge!«, mahnte der runzlige Mann und hob drohend den Finger. »Hat mich einige Zeit gekostet, das hinzubekommen. Kannst froh sein, dass du überhaupt wieder aufgewacht bist.«

Elhan sah den alten Mann verwirrt an. Der trug nicht mehr als ein dreckiges Leinenhemd und eine verschlissene graue Hose.

»Sieh mich nicht so an, ich sehe immer noch besser aus als du!«

Tatsächlich wurde er sich nun der eigenen Situation bewusst. Das sowieso schon lädierte Hemd hing nur noch in Fetzen an ihm.

Ganz ruhig, immerhin lebe ich noch.

Vorsichtig befühlte er seinen Körper und zuckte zusammen.

Lange Wunde am linken Arm. Angebrochener Knöchel im rechten Fuß. Geprellte Rippen, mindestens zwei gebrochen. Eine Platzwunde am Kopf, vielleicht sogar schlimmer. Wahrscheinlich lange Schürfwunden am Rücken.

Es war ein Wunder, dass er überhaupt noch am Leben war. Sein gesamter Körper bestand aus einem einzigen Leiden. Was war passiert? Er erinnerte sich nur noch schwach an den Schmerz, an die aufgeplatzten Wunden und wie die Kette des

Aufsehers immer wieder auf ihn eingeschlagen hatte.

Elhan sah sich eingehend um. Der verräterische Sklave, der ihn in diese Lage gebracht hatte, war nicht zu sehen. Die restlichen Sklaven saßen in den Ecken und beobachteten ihn aus unergründlichen Augen. Einer lag stöhnend am Boden, offensichtlich war er schwer verwundet. Ein Röcheln entrang sich dessen Kehle, dann war er plötzlich still.

»Na, den hat es jetzt erwischt«, bemerkte der Alte. »War sowieso nur noch ein Lumpenhaufen, mehr Knochen als Fleisch.« Er lachte gackernd.

Elhan betrachtete den Sklaven am Boden. Blut rann aus dem Mund, die Augen blickten starr und leblos nach oben. Ein Augenblick verging, dann sah er, wie heller Rauch aus dem Körper floss, sich langsam zu einem Knäuel verdichtete und in den Himmel schwebte. Rasch wandte er den Blick ab. Der Tod ließ ihn stets frösteln.

Er wandte sich wieder dem Alten zu. »Offenbar verdanke ich Euch mein Leben, obwohl ich Euren Namen nicht weiß.«

»Oh, welch zuckersüße Worte mein Geliebter wählt. Wie Ihr meint, Euer Hoheit!« Der Alte verfiel in schallendes Gelächter.

Scheint eindeutig nicht ganz richtig im Kopf zu sein.

»Oh, das bin ich durchaus!«, entgegnete der alte Mann und schenkte ihm ein zahnloses Grinsen.

Elhan stutzte. »Bitte was?«

»Ganz recht, ich habe dir immerhin dein kleines Leben gerettet. Hättest du das durchgemacht, was ich erlebt habe, wärst auch du ein wenig verrückt.«

»Es lag mir fern, dich in irgendeiner Weise zu beleidigen. Ich bin es nur nicht gewohnt, dass sich jemand um mich kümmert.« Er kratzte am Kopf. Die Wunde juckte ununterbrochen und machte ihn wahnsinnig.

»Wenn du meinst, Junge. Warst ja auch eine ganze Weile weg!«

»Wie lange?«

»Wie lange was?«

»Wie lange war ich bewusstlos?«

»Drei ganze Umläufe, mein Kleiner.«

»Drei ganze Umläufe? Bei Cernunnos! Es scheint mich wirklich übel erwischt zu haben.«

»So ist es. Aber glücklicherweise war ich ja da.«

Elhan regte sich unruhig. »Was ist mit dem anderen Sklaven passiert? Ich meine denjenigen ...« Er stockte. Der alte Mann konnte nichts davon wissen, schließlich wurde er erst nach Elhans Ohnmacht in den Wagen verfrachtet.

»Oh, du meinst diesen miesen Verräter?« Der Alte zeigte grinsend zu der Leiche am anderen Ende des Wagens.

Elhan stutzte, als er diese nun erkannte. Es handelte sich um den Sklaven, der ihm die Schuld zugeschoben hatte und Grund für sein Leiden war.

»Ganz richtig, hat den anderen nicht so ganz gefallen, dass er ihren Plan verraten hat, Junge.« Der Alte fing an zu gackern und warf den übrigen Sklaven im Käfig einen Blick zu. »Sie haben sein Essen gestohlen und ihn einfach Ratzfatz umgebracht!«

Obwohl Elhan diese Tat verabscheuungswürdig fand, konnte er kein Mitleid empfinden. Es war die Schuld des Sklaven gewesen. Er biss auf die Lippe und verzog vor Schmerz das Gesicht. Sein Kopf pochte unentwegt und der Knöchel zuckte jedes Mal, wenn er sich ein kleines Stück bewegte. Am Himmel schien die Sonne und sandte grelle Strahlen auf das Land. Die sommerliche Feuchtigkeit trieb ihm Schweiß in die Augen, glücklicherweise besaß der Wagen ein Dach und schützte sie vor der sengenden Hitze.

Als Elhan sich umsah, bemerkte er, dass die Landschaft sich zunehmend änderte und trockener wurde. Das Gras wurde spärlicher, Wandersträucher krochen am Wegesrand und wippten mit ihren langen Halmen. Sobald der Wagen an ihnen vorbeigerollt war, verwurzelten sie sich sofort im Boden und bewegten sich nicht mehr.

Die Sklavenkolonne fuhr auf der Handelsstraße, die von Norden zur großen Schlucht reichte. Es war nur noch eine Frage der Zeit, bis sie die Grenze Landamars passierten, dem zentralen Herzogtum Andurals.

Elhan beobachtete den alten Mann. Im Grunde war es unerheblich, ob er den Namen des Alten kannte oder nicht. Er wollte sich aber zumindest für dessen Hilfe bedanken. »Wie ist dein Name?«, fragte er und hob die rechte Hand an die Stirn, um sich vor den hellen Sonnenstrahlen zu schützen.

Der alte Mann sprang plötzlich ruckartig auf und klatschte begeistert in die Hände. Dabei sang er und wippte im Takt:

Die Schlucht, oh die Schlucht.
So fern und doch so nah.

Komm daher, komm herum,
Lass es sein, ist schade drum.

Schlagartig wurde er wieder still und ließ sich auf die Holzdielen fallen, während er mit dem Kopf hin und her wippte.

Elhan runzelte die Stirn. Entweder war der alte Mann vollkommen verrückt oder er versuchte, ihn zum Narren zu halten. »Diese Verbände sehen gut aus, obwohl du nur Stofffetzen meiner Kleidung verwendet hast«, bemerkte er und wusste nicht, warum er überhaupt versuchte, ein Gespräch aufzubauen. Es war unerheblich, überflüssig. Und doch war es ihm wichtig, ein paar Dinge zu erfahren. Vorsichtig roch er an dem Verband. »Dem Geruch nach zu urteilen, hast du den Saft eines Saugstängels darauf geträufelt und das Ganze mit Gras zusammengebunden. Aber dieses andere Aroma, was ist das?«

Der Alte schürzte die Lippen. »Blauer Trichterling.«

»Blauer Trichterling? Aber der ist doch hochgiftig! Wie konntest du ...« Er sprang auf, allerdings knickte sein rechtes Bein ein und er fiel wieder zu Boden.

Der Alte sah ihn belustigt an. »Hält Fäulnis fern und verstärkt die Wirkung von Saugstängelchen, mein Kleiner!«

Elhan war verblüfft. Zwar war er niemals ein Heiler gewesen und besaß nur bruchstückhaftes Wissen um die heilige Kunst, trotzdem schien ihm das Ganze etwas seltsam. »Wie bist du an diese Mittel gekommen?«

»Hab das Zeug bei mir gehabt, als sie mich aufgegriffen haben. Waren meine letzten Reste, Kleiner. Hab immer was bei mir.«

»Wer bist du?«

Der Alte tanzte wild durch die Gegend. »Ich bin frei, ich bin frei!«

»Ich meine es ernst. Wer bist du?«

Plötzlich blieb der Alte stehen und drehte ruckartig den Kopf zur Seite. »Ah, den hat's jetzt auch erwischt. Schade drum.«

Tatsächlich bewegte sich der andere Sklave nicht mehr. Elhan beugte sich etwas nach vorne, um mehr zu sehen. Wieder sah er, wie einige helle Schwaden aus Mund und Nase der Leiche krochen, sich sammelten und davonstoben.

»Kannst mir ruhig glauben, der ist erledigt! Hab's diesen Drecksäcken schon vorher gesagt. Der macht keine zwei Umläufe mehr mit. Aber wer hört schon auf den armen Itras?«

»Itras, ist das dein Name?« Elhan ließ sich gegen die hölzerne Wand sinken.

»Mein Name ist Itras, Itras, Itras. Dumm di dumm.« Erneut erschall sein gackerndes Gelächter. »Ich komme von hier und dort, dumm di dumm.«

In Ordnung, ich gebe es einstweilen auf. Das Gespräch ist vollkommen sinnlos.

Elhan schloss einen Moment die Augen und versuchte, seine Umgebung auszublenden. Es gelang ihm aber nicht, denn das stete Rattern des Wagens, das tiefe Schnaufen der Horntiere und die klagenden Schreie der Sklaven brannten sich tief in seine Gedanken. Er versuchte, seine Sinne beisammenzuhalten, konnte aber immer mehr die Verzweiflung spüren, die ihn mit eisernem Griff gefangen hielt.

Was soll nur aus mir werden? In diesem Zustand halte ich doch keinen einzigen Umlauf in der Schlucht durch!

Es war hoffnungslos, er würde sterben. Genau wie sein Vater, wie seine Mutter und all jene, die ihn einst begleitet hatten.

Wie Staub im Wind.

»Fang nicht an zu heulen, so schlecht rieche ich jetzt auch nicht!«, schimpfte Itras und sprang zornig auf.

»Ich wollte nicht …«, stotterte Elhan.

»Schon gut, schon gut, Jungchen. War ja nur ein Scherz. Lustig, oder?«

Ich werde aus dem Kerl einfach nicht schlau!

»Woher kommst du?«, fragte Elhan.

»Ich komme von dem Ort, der unser Ziel ist, Kleiner.«

Elhan starrte ihn ungläubig an. »Aus Arakkur? Moment, du bist aus Arakkur entkommen?«

»Warum fragst du alles doppelt und dreifach? Bist du dumm im kleinen Köpfchen?«

Es ist unmöglich, aus Arrakur zu entkommen. Unmöglich! Oder doch? Ich war noch nie dort, es soll aber ein schrecklicher Ort sein. Alles verloren …

Elhan schüttelte den Kopf und spürte das dumpfe Pochen der vielen Wunden an seinem Körper. Die Sonne stand nun höher am Himmel, der zweite Mond ging unter. Zu dieser frühen Kerze war das Land in grelles Licht getaucht. Erst, sobald der zweite Mond untergegangen war, würde das Licht abnehmen und der Himmel einen bläulichen, leicht grünen Ton annehmen.

»Wunderschön, nicht wahr?«, flüsterte Itras. »So wenige Menschen wissen die Wunder der Welt zu schätzen. Gier, Macht, Leid, Tod. Sie sind blind für die Wunder um sie.«

Elhan war von der Ernsthaftigkeit überrascht, konnte ihm aber nur zustimmen. Gemeinsam blickten sie dem Untergang des zweiten Mondes entgegen, bis er schließlich am westlichen Horizont sein Ende fand.

Je weiter sie nach Süden kamen, desto wärmer wurde es. Man sagte, dass in der Schlucht die Temperaturen stark schwankten. Einige Stollen wären kalt und trocken, andere hingegen feucht und schwül. Arakkur, die große Schlucht. Eine bodenlose Tiefe, die bis in das Zentrum der Erdkugel reichte. Einzugsort der Mächtigen, Schandfleck der Sklaverei. Nur dort wuchs die graue, rot-geäderte Knolle. Wie eine Wunde zog sie sich durch das gesamte Land. Sie fand ihren Anfang in den Bergen der nordöstlichen Gegend, nahe der Gebirgskette Norfalls. Von dort verlief sie schräg hinunter in die südwestlichen Gebirgsketten Valentars. Je weiter sich die Schlucht ins Landesinnere erstreckte, desto breiter wurde sie. Ihre breiteste Stelle fand sie im Herzogtum Landamar, das dadurch in zwei Hälften geteilt wurde. Die eine Hälfte lag auf der Nordseite, die andere auf der Südseite. Nur mit Himmelsschwingen war es möglich, die Kluft zu überqueren. Er wusste nicht viel über diese Tiere, Berichten zufolge schien es sich aber um sehr eindrucksvolle Wesen zu handeln, die in den tiefen Gebieten der Schlucht heranwuchsen.

Elhan seufzte schwer und rieb den tauben Arm. Es war hoffnungslos, er war verloren. Blut. Tod. Schmerz. Nichts als Leid würde er an diesem Ort vorfinden. Er schloss die Augen und stürzte in tiefe Verzweiflung.

Es ist hoffnungslos, ich bin verloren ...

Der Druck hinter den Augen nahm langsam zu. Sein Kopf fühlte sich doppelt so groß an, der Schmerz wurde immer gewaltiger.

Ratternd bewegten sich die Sklavenwagen über die Ebene. Das stete Ächzen und Stöhnen der Gefangenen begleitete sie auf ihrem Weg. Die Luft war geschwängert von den ersten Anzeichen des beginnenden Sommers.

DAS NEBELTAL

Der Som ist die Währungseinheit Andurals. Hundert Klein-Som entsprechen einem Som. Hundert Som entsprechen einem Groß-Som. Die Oberfläche der flachen, metallischen Scheibe ist mit dem Symbol Kelthors versehen.

Historie und Geographie in Andural

Sie ritten in einer schweigenden Gruppe, so finster wie Trauergäste bei einer Totenfeier, und Cathien konnte es ihnen kaum verübeln. Es war ein düsterer Ort, den sie durchquerten. Eine Ebene, die kaum etwas anderes als nackte Erde bot. Höchstens noch Schluchten aus reinem Felsen, aus denen Steinhauer wie Zähne aus dem Fleisch der Erde ragten. Der Himmel war ein stilles, graues Nichts, schwer wie geschmolzenes Blei, der stets fallenden Schnee oder kalten Regen versprach, aber nie welchen schenkte. Die Gemeinschaft ritt gruppiert dahin, als ob sie sich wärmesuchend aneinanderdrängten, und tatsächlich waren sie in dieser kalten Ebene auf tausenden Schritten das einzig Warme, das Einzige, das sich hier, wo die Zeit eingefroren schien, bewegte.

Der Weg war breit, aber die Steine gesprungen und uneben. Streckenweise hatten Schlammströme ihn vollkommen bedeckt. Cathien betrachtete die Rillen in den Steinen und hing ihren Gedanken nach. Seit geraumer Zeit sprach sie nur selten und überließ mehr und mehr dem Hauptmann die Führung. In ihrem Kopf drehte sich alles um die Botschaft, die sie von ihrer

Mutter erhalten hatte.

Vater, warum lässt du uns in dieser schwierigen Zeit allein? Wie konnte das geschehen?

Als sie eine Träne an der Wange spürte, wischte sie trotzig darüber. Die Gardisten beobachteten sie, allerdings wünschte sie weder über den Tod ihres Vaters noch über die Verweigerung des Befehls ihrer Mutter zu sprechen. Am gestrigen Umlauf hatte Hauptmann Galdan sogar versucht, sie zu überzeugen, häufiger Rast einzulegen und sich etwas zu schonen. Aber die Männer verstanden nicht, dass der Auftrag ihr ein Ziel gab, um nicht über den Tod ihres Vaters nachzudenken.

Ich muss mich auf die Reise konzentrieren!

Nachdem sie die Grenzgebiete Kallyens passiert und die Ebene hinter sich gelassen hatten, erreichten sie das Nebeltal, das in einer weitläufigen Talsenke lag und die Grenze zwischen den westlichen und nördlichen Ländereien markierte. Feuchter Nebel schlug ihnen entgegen, durchsetzt von durchdringendem Geruch nach Moder und Erde. Graue und weiße Nebelschwaden flossen durch die Umgebung, klebten wie Honig am Boden oder türmten sich wie Ungeheuer über ihnen. In der Nähe raschelten Blätter, während eine Felsknospe ihre Blütenblätter entfaltete.

Als Cathien sie beobachtete, rollte sich die Knospe zu einer dichten Kugel zusammen. Einige Schritte vor ihr kroch eine dunkelgrüne Nebelranke über den Boden, eine weitere kreuzte ihren Weg und verschwand im dichten Nebel. Obwohl sie warme Kleidung trug, begann sie zu frösteln.

»Geht es Euch gut, Herrin?«, fragte Galdan mit einem schiefen Seitenblick. »Seit einigen Umläufen seid Ihr sehr schweigsam.«

Sie legte ein gezwungenes Lächeln auf. »Es ist nichts. Habt aber Dank für Eure Nachfrage.«

»Mit Verlaub, wir wissen natürlich, dass Euch der Tod Eures Vaters sehr nahegeht. Wir sind ebenfalls ...«

Cathien hob die Hand. »Ich danke Euch für Eure Anteilnahme, kann Euch aber versichern, dass alles in bester Ordnung ist.«

Der Hauptmann ließ nervös die Fingerknöchel knacken und sah einen Moment aus, als würde er etwas erwidern wollen. Er entschied aber anders und akzeptierte ihren Beschluss.

Mit einem müden Seufzer befahl sie dem Trupp, anzuhalten und ließ sich aus dem Sattel ihres Steppenläufers gleiten. Sie rollte ihre Decke am Boden aus und ließ sich nieder. Aus der Proviant tasche zog sie etwas Gewürzbrot und reichte ihrem Diener eine Hälfte, als er sich neben sie setzte. Die anderen folgten dem Beispiel und schon bald vernahm man nur noch das Schnaufen und Stampfen der Steppenläufer, die den Boden nach frischem Gras absuchten.

»Habt Dank, Herrin«, sagte Arnen und biss herzhaft in das Brot.

»Lass gut sein, Arnen. Sag, warst du schon einmal hier?«, fragte sie zwischen zwei Bissen.

»Herrin?«

»Na ja, ich meine hier im Nebeltal. So heißt es doch, oder?«

Arnen trank einen Schluck aus seiner Flasche und sah zum ersten Mond, der in dieser Nacht von den dichten Nebelschwaden des Tals verdeckt wurde. »Ja, dies ist das Nebeltal, Herrin. Ich war einmal in der Vergangenheit hier. Normalerweise versucht man, diese Umgebung eher zu meiden.«

»Wieso das?« Sie beobachtete die Männer, die Holz stapelten und einige Versuche brauchten, es anzuzünden. »Es erspart uns mehrere Umläufe, Arnen. Wenn wir auf der Handelsstraße geblieben wären, wären wir längst nicht so schnell vorangekommen.«

»Nun, das Nebeltal ist nicht ganz ungefährlich. Seht Ihr diese fächerartige Blume dort hinten?« Er zeigte auf eine rote Blume, die am Wegesrand wuchs. »Man nennt sie Fächerblume und bei diesem Exemplar handelt es sich noch um eine kleine Variante, Herrin. Seht Euch den Schirmspringer an, der dort durch die Luft hüpft.«

Cathien folgte den Bewegungen des kleinen Tieres.

»Seht genau hin«, forderte er sie auf.

Aufmerksam beobachtete sie, wie das kleine Tier sich auf einem der Fächer niederließ. Schneller als sie blinzeln konnte klappte der Fächer ein und versank im Boden.

»Was ist passiert?«, rief sie überrascht.

»Nun, das Tier wird in den Fächer eingerollt und dann in einem Sack unterhalb der Erde gefangen gehalten. Der Sack ist wie eine Art Magen und löst sein Opfer langsam auf.« Er zuckte die Achseln. »Wie ich bereits sagte, ein gefährlicher Ort.«

Cathien betrachtete nachdenklich die Pflanze. Zwar hatte sie bereits von Fächerblumen gehört, allerdings war ihr nicht bewusst gewesen, wie gefährlich die waren. An einem braunen Rankenbaum in der Nähe sah sie zwei riesige blaue Blätter, die sich leicht im Wind wogen. Neugierig machte sie ihren Diener aufmerksam.

»Ah, ein Messerblatt. Versucht, ihm nicht zu nahe zu kommen, Herrin«, warnte Arnen und biss von dem Gewürzbrot ab.

»Ich nehme an, sie sind auch gefährlich?«

Hauptmann Galdan räusperte sich. »Sehr gefährlich sogar. Ihre Blätter sind scharf wie eine Klinge und schneiden tief in die Haut, wenn man an ihnen vorbeiläuft.« Er grinste verwegen. »Sie setzen ein Gift frei, das Euch lähmt. Und während Ihr am Boden liegt, klettern diese Drecksdinger vom Baum und fressen Euch. Ich habe schon einmal …«

»Das reicht!«, unterbrach sie ihn. »Danke, Hauptmann Galdan. Hier ist also alles gefährlich. Richtig?«

»Wir sind bei Euch, Herrin«, versicherte Arnen. »Euch kann nichts passieren.«

Die zarte Tochter des Herzogs, unfähig, auf sich aufzupassen …

»Es scheint so«, entgegnete sie zerknirscht.

»Ist irgendetwas, Herrin?«

»Nein, alles in Ordnung. Es sind nur die Umstände, die mich etwas rastlos machen.«

»Das verstehe ich. Benötigt Ihr vielleicht noch eine Decke? In diesen Tälern ist es nachts meist sehr kühl.«

»Nein, danke. Ich bin vollauf zufrieden. Auch wenn dieser harte Boden meinen sowieso geschundenen Rücken umbringt.« Sie bedachte ihn mit einem neugierigen Blick. »Sag mir, Arnen, woher weiß ein kallyenischer Diener so viel über die Pflanzenwelt Andurals?«

Er ließ sich Zeit mit der Antwort. »Nennen wir es allgemeines Interesse, Herrin«, sagte er schließlich. »Mich hat die lebendige Vielfalt Andurals schon immer zum Staunen gebracht. In meiner Kindheit habe ich viel Zeit in der Natur zugebracht. Bin umhergewandert und habe von dem gelebt, was mir die Natur geboten hat.«

Cathien horchte auf. »Du redest so selten über deine Kindheit, Arnen. Wie kommt das?«

»Ein anderes Mal vielleicht, Herrin. Es ist mir unangenehm, darüber zu sprechen.«

Ich habe auch nichts anderes erwartet.

Sie biss noch einmal in das Gewürzbrot. »Was gäbe ich für einen kühlen Krug Würzbier«, seufzte sie.

»Wir treffen vermutlich bald auf den Kreuzweg, Herrin. Der ist für reichhaltigen Handel bekannt. Vielleicht finden wir einen Händler.« Er gähnte und rollte sich in seine Decke ein.

Die Gardisten sprachen noch eine Weile und schärften ihre Schwerter. Das sanfte Schaben machte sie müde. Viele Dinge gingen ihr durch den Kopf, schon bald vernahm sie aber das leichte Schnarchen ihres Dieners und schlief ebenfalls ein.

Ein Geräusch in der Nähe ließ Cathien aufschrecken. Unruhig setzte sie sich und rieb den Schlaf aus den Augen.

Der erste Mond schien matt am Himmel, der zweite war noch nicht aufgegangen. Graue Nebelschwaden flossen durch die Gegend. Neben ihr vernahm sie das leise Schnarchen von Arnen, die anderen Männer schliefen ebenfalls.

Was ist los? Warum bin ich wach geworden?

Sie blickte durch den dichten Nebel in Richtung des Waldrands und erschrak. Gelbe schlitzförmige Augen sahen ihr entgegen, deren Umrisse sie undeutlich erkannte.

»Ruhig, nicht erschrecken, Herrin«, vernahm sie Galdans raue Stimme, während er sich neben sie setzte.

»Wir müssen die Männer wecken, zwischen den Dornlingen da hinten sind ...«

Galdan legte ihr einen Finger auf die Lippen. »Sssht«, machte er. »Wir sind außer Gefahr, es sind nur Schuppenhunde.«

»Schuppenhunde?«, fragte sie leise.

»Ja, Ihr kennt vermutlich nur die dressierten und geprägten Tiere aus Eurer Heimat. Dies sind aber wilde Schuppenhunde, die in Rudeln jagen.« Er sah sie leicht verschmitzt an. »Sie werden uns nichts tun, wir sind eine zu große Gruppe.«

Cathien nickte unsicher und sah wieder zum Wegesrand. Zwischen den hohen, stachligen Bäumen erkannte sie nun die Umrisse der Tiere, deren Schuppen das fahle Licht des Mondes reflektierten.

»Worauf warten sie?«, fragte sie.

»Sie beobachten uns, nichts weiter. Ich halte mich nicht für einen Wissenden auf dem Gebiet, Herrin. Ich nehme aber an, dass die Schuppenhunde uns fürchten. Vermutlich wollen sie uns den Rücken nicht zuwenden. Es ist also quasi ein kalter Frieden, eine Pattsituation.«

»Galdan, anscheinend haltet Ihr die Tiere für sehr intelligent. Das wundert mich.«

»Warum? Ich habe gelernt, meine Feinde nicht zu unterschätzen. Das bringt das Leben eines Soldaten mit sich. Versucht, noch etwas zu schlafen. Wir wachen über Euch.« Er hob die Hand, als sie etwas erwidern wollte. »Ihr wollt Stärke beweisen, das wissen wir.«

Cathien unterdrückte einen Seufzer. »Ihr habt recht, Galdan.«

»Vielen Dank für Euer Zugeständnis. Bedenkt bitte, dass Ihr mich und meine Männer entehrt, wenn Ihr uns von unseren Pflichten abhaltet.«

»Das war nicht meine Absicht. Es liegt mir einfach im Blut.

Manchmal kann ich mich nicht zurückhalten.«

»Das wissen wir.« Galdan leckte über seine gespaltene Lippe. »Trotzdem ist es unsere Aufgabe, für Eure Sicherheit zu sorgen. Nehmt uns die bitte nicht, Herrin.«

Er stand auf und bewegte sich vorsichtig an den Schlafenden vorbei. In einiger Entfernung postierte er sich und betrachtete den dichten Nebel. Nachdenklich legte Cathien sich wieder hin. Die Welt war ein gefährlicher Ort, das wurde ihr zunehmend bewusst.

Die Gefahr lauerte überall.

PLÄNE SCHMIEDEN

Norfall ist das nördlichste Gebiet Andurals. Es grenzt im Westen an Kallyen, im Süden an Landamar. Das südlichste Gebiet bildet Valentar. Im Osten, auf der anderen Seite der Schlucht, liegt Illindar. Südlich von Illindar grenzen die Ländereien an die Elyrische See und Lynsan. Erst weit im Süden befindet sich Deregon. Eine alte Minenstadt, einsam und verlassen.

Historie und Geographie in Andural

Geschwollene Hände umschlossen eine graue, rot-geäderte Knolle, die sich langsam um deren Finger bog. Sie wanderte in der fleischigen Hand zu einem mit Fett verschmierten Mund hinauf. Schmatzend und schlürfend wurde die Knolle zerkaut und hinuntergewürgt. Der linke Finger pulte in einer großen Zahnlücke und brachte ein Stück Knorpel hervor, das nun in einem Spuckeregen auf den Boden klatschte.

Alrael beobachtete seinen Vater beim Essen und verspürte Ekel. Immer wieder stellte er sich die Frage, wie ein Mensch sich nur so verändern konnte.

Werde ich in einigen Zyklen genauso aussehen? Sabbernd auf einem alten Stuhl sitzen? Stetig mit der Angst leben, beim nächsten Bissen zu platzen?

Er stocherte lustlos in seiner Suppe. Direkt daneben lag eine graue Knolle in würziger Soße und kroch über den Tellerboden. Er würde sie so oder so nicht anrühren, das verlangte seine Überzeugung. Daneben befand sich etwas Fleischiges, umrahmt von gedünstetem Gemüse. Trotzdem blieb er lieber bei Gewürzbrot und Suppe, auf mehr war ihm der Appetit vergangen.

Alrael sah sich in dem prunkvoll eingerichteten Speisesaal um. An den weiß verputzten Marmorwänden hingen die Banner der Herzogtümer Andurals, darunter das braune Banner von Norfall, zwei übereinander gekreuzte Ketten. Rechts davon das hellblaue Banner Lynsans, verziert mit dem Fischerhaken, dem Symbol des Wassergottes Herudar. Valentars kleines sandfarbenes Banner hing schlaff darunter. Er konnte es nicht richtig erkennen, wusste aber, was sich darauf befand: ein unvollendeter Mond, das Zeichen der Göttin Sydenia. Und in der Mitte der Halle prangte das glorreiche Banner Illindars: Auf rotem Hintergrund ein Kreis mit Strahlen, die sich nach außen verjüngten. Das Sonnensymbol Kelthors, dem Gott des Feuers und Lichts. Kallyens weißes Banner mit dem Auge der Magari schien der Wut des Königs zum Opfer gefallen zu sein. Er konnte es jedenfalls nicht erkennen.

»Sag mir, geschätzter Vater, was hast du mit dem Banner Kallyens angestellt?«, fragte Alrael quer über die lange Tafel hinweg. »Es gab so einen schönen Kontrast zu dem dunklen Rot unserer Ländereien. Oder möchtest du uns deine unvergleichliche Macht demonstrieren, indem du das Banner deines Feindes abgehängt hast?«

Der König ließ den Rest der Wurzel in die Suppe fallen und wischte den fettigen Mund mit seinem weißen Ärmelumschlag ab. Noch immer haftete braune Soße an seinem Mund, allerdings schien es ihn nicht weiter zu stören. Ein Diener trat an ihn heran und nahm die Reste des Essens entgegen.

»Spotte du nur, mein kleiner Gelehrter. Du wirst noch verstehen, was es heißt, wahre Macht zu demonstrieren.« Thyr schenkte ihm ein überlegenes Grinsen.

Was hat dieser alte Kerl jetzt wieder ausgeheckt?

Einige Reste der grauen Haarpracht des Königs hatten sich in der Krone verfangen. Er kämmte diese stets von der einen

Seite auf die andere, um seinen kahlen Schädel zu verbergen.

»Wir haben schon lange nicht mehr über deine Abartigkeit gesprochen«, fügte der König an, faltete seine Hände vor dem Bauch und ließ sie dort ruhen.

Ah, daher weht der Wind. Nun denn, spielen wir dein Spiel.

»Welche Abartigkeit meinst du genau, Vater?«, fragte Alrael und ahmte die Pose seines Vaters nach. »Oder sprichst du etwa von den Abartigkeiten meines Bruders, die sich innerhalb der Stadt tummeln und nicht einmal wissen, dass sie nur aus einer Laune entstanden sind? Also ich kann mich erinnern, dass uns die letzte Lust des geschätzten Ashrons einen ganzen Batzen Som gekostet hat.« Alrael zwinkerte ihm zu. »Der Letzte war doch dieser kleine Bursche, der mit dem Kopf nach unten im Fluss schwamm, oder? Nein, Moment, das war die Kleine, die unter mysteriösen Umständen verschwand. Aber natürlich wusste mein göttlicher Bruder nichts davon, dafür hast du immerhin gesorgt.«

»Oh, du kannst reden, du kleiner Mistkerl. Das werde ich dir aber noch austreiben, keine Sorge!«

»So, wirst du das? Wie genau beabsichtigst du, das zu tun?«

Ein Schatten legte sich über Thyrs Gesicht. Ein Blinzeln später war er verschwunden. »Wir haben Wichtigeres zu besprechen«, sagte er und unterbrach Alrael mit einer herrischen Geste, als der zu einer Erwiderung ansetzen wollte. »Halt die Klappe und hör mir zu!«

Alrael zog einen Schmollmund, kam der Aufforderung aber nach.

Thyr sammelte sich einen Moment. »Der Plan ist ins Rollen gekommen, der Herzog von Kallyen ist tot«, sagte er schließlich. »Jetzt beginnt die nächste Phase. Sie werden die Spur nach Valentar verfolgen und demnächst wird Jachek, der Herzog aus Landamar hier eintreffen.«

Der zweitfetteste Mann des Landes kommt nach Illindar? Möge Kelthor ihn preisen! Lasset die Tische unter dem Gewicht ihres Futters einstürzen!

»Ich möchte, dass du ihn empfängst und bei der Besprechung anwesend bist. Dieser Empfang ist äußerst wichtig, obwohl wir Herzog Ramor bereits unter Kontrolle halten. Und wehe, du kleiner Mistkerl lässt dir deine Abartigkeit anmerken! Beobachte und lerne. Du bist die einzige Hoffnung, das Blut meiner Familie weiterzugeben.«

Ja, weil bei deinen ganzen Vergewaltigungen jedes Mal eine Missgeburt herauskommt. Das hast du dir selbst zuzuschreiben!

»Und kein Wort über die Missgeburten!«

»Also wirklich, Vater. Das wäre das Letzte, worüber ich nachdenken würde.«

»Du hast es nicht gesagt, aber gedacht.«

Alrael zuckte mit den Schultern. »In Ordnung. Ich werde den alten Fettsack empfangen und mich mit Freuden in seiner Schleimspur suhlen. Was erhoffst du dir davon?«

Der König gab dem Diener mit einem Wink zu verstehen, dass er den nächsten Gang erwartete. Es war nicht genau erkennbar, worum es sich handelte. Alrael vermutete allerdings, dass es wieder eine sehr fettige Angelegenheit werden würde.

»Herzog Ramor von Landamar hat derzeit den größten Einfluss auf die Schlucht«, begann Thyr und leckte etwas Soße von den Fingern. »Er kontrolliert den Abbau und die Passagen laufen unter seiner Anweisung. Und doch ist auch er nur ein Bauer in unserem großen Spiel. Er ist ein Händler, der von wahrer Politik nichts versteht. Bereits seit vielen Zyklen hockt er im Zentrum Andurals und versteht nicht, was um ihn geschieht. Er ist gezwungen, die Neutralität und damit den Frieden zu wahren. Ein Krieg der Herzöge wird das Letzte sein, was in seinem Interesse ist, denn sein Herzogtum wird in diesem Falle das erste sein, das fällt. Folglich hält er still und wahrt das göttliche Gesetz.«

Alrael wusste, dass diese Tatsache nicht zu leugnen war. Der Herzog war zwar einflussreich, aber auch gleichermaßen eingeschränkt. Aufgrund der verschiedenen Schluchtgebiete, die den anderen Herzogtümern und der Krone unterstanden, gab es keinerlei Absprachen. Die Grabungen und Erntearbeiten verliefen nach keinem Muster, vollkommen planlos. Daraus resultierten katastrophale Folgen, die nicht nur ihn finanziell zurückwarfen. Eine sinnvolle Struktur musste her, ein komplexer Plan, um die einzelnen Grabungsgebiete besser zu manövrieren und Kontakte mit den dort wütenden Felswühlern zu vermeiden. Die Zustände der Arbeiter waren menschenunwürdig, obwohl es sich zum Großteil um Sträflinge und Gefangene handelte. Und doch lag es nicht in der Macht des Herzogs, diese Situation zu ändern. Bedrängt von den anderen Herzogtümern war es ein brüchiger Frieden, der an der großen Schlucht herrschte.

»Die Konflikte der Herzöge sind wichtig für unseren Plan und kommen uns auch in Arakkur zugute«, erläuterte Thyr. »Trotzdem bringt es uns gar nichts, wenn sich diese verdammten Hurenböcke dort gegenseitig abschlachten. Sie sollen sich auf der anderen Seite der Schlucht die Köpfe einschlagen, in Arakkur brauchen wir Kontrolle! Und zwar die Kontrolle durch die Krone!«

Alrael musste ihm insgeheim zustimmen, da es an dieser Aussage nichts zu rütteln gab. Er beendete seinen Versuch, etwas zu essen, und ließ den Löffel auf die Knolle fallen. Sofort wickelten sich einzelne Verästelungen um das Holz.

»Wie erwartest du, dieses Ziel zu erreichen?«, wollte er wissen.

»Wir werden sehr aussagekräftige Argumente haben, mein Sohn. Er ist ein Mann des Geldes, der sich aber vor allem um seine beiden Töchter sorgt.«

»Willst du sie entführen lassen, Vater?«, seufzte er gelangweilt. »Wieder eines deiner kleinen Spielchen?«

»Besser.« Thyr grinste verschlagen. »Wir werden es nicht tun und lassen ihn das wissen.«

Alrael war des Spiels überdrüssig. Pläne in Plänen. Es lief doch immer auf das Gleiche hinaus. »Lasse mich an deiner Weisheit teilhaben, oh du durchtriebener König!«

»Wir werden ihm Sicherheit in dieser unruhigen Zeit bieten. Was will ein mächtiger Händler mehr als alles andere?« Der König legte eine gewichtige Pause ein, ehe er die Frage selbst beantwortete: »Noch mehr Macht natürlich!« Dabei schlug er mit seiner flachen Hand auf den Tisch, dass ein Steinkrug seinen Inhalt quer über den Tisch ergoss. »Er fürchtet einen Krieg der Herzöge. Seine Macht kann er aber nicht ausbauen, solange wir ihm im Nacken sitzen. Seine fetten Weiber werden wie Königinnen behandelt und bei Hofe aufgezogen. Er wird Versprechungen erhalten und Einfluss. Vor allem wird er aber Sicherheit erhalten, denn wir sind die mächtigste Partei in diesem Spiel.«

Alrael musste sich überwinden, den Plan als Genialität anzusehen. »Sehr durchdacht, Vater. Er wird nicht wissen, wie ihm geschieht, wenn du ihm dein Messer in den Rücken rammst. Nicht wahr?«

Thyr ließ sich Zeit mit seiner Antwort und nahm einen tiefen Zug aus einem neuen Krug. Wein spritzte quer über den Tisch, als er schallend lachte. »Du hast das Spiel durchschaut, du kleiner Drecksack! Vielleicht wird doch noch ein König aus dir.«

Alrael gab ein Schnauben von sich und spielte mit dem Messer. Er stach die Knolle in eine Abzweigung, worauf sie wild zappelte. Es war Zeit, die Aufmerksamkeit auf ein anderes Thema zu lenken. Vorsichtig, äußerst vorsichtig gab er seine Gedanken preis, während der König den Tisch abräumen ließ. »Ich habe noch einmal den Bericht des Gardisten durchgelesen, Vater.« Thyr musterte ihn aus dunklen Augen, Alrael sprach aber unbeirrt weiter: »Mir kommt alles sehr merkwürdig vor. Wie können drei Angreifer einen ganzen Trupp Königs-Gardisten besiegen? Ich meine, das waren die besten Soldaten des gesamten Reiches. Eine ganze Kompanie wird von drei Angreifern bezwungen?«

»Seltsam, in der Tat«, pflichtete Thyr bei. »Und doch nur die Worte eines halb toten Eidbrechers. Der Prinz wurde abgeschlachtet und ihm fällt nichts anderes ein als zu *überleben*?«

»Hätte er nicht überlebt, wüssten wir nicht, was sich dort zugetragen hat«, hielt Alrael dagegen. »Eidbrecher hin oder her, der Mann ist … der Mann war ein Held. Aber was, wenn mehr an der Geschichte dran ist? Männer, die durch die Luft fliegen? Brustpanzer, die sich verformen? Ich war in den Archiven und habe nachgeforscht, ich bin auf einige ...«

»NEIN!«, schrie Thyr und sprang auf. »Du bist ein Prinz, du bist Politiker! Du bist kein Historiker!« Er beugte sich drohend vor. »Die königlichen Archive sind ab sofort für dich verboten! Du Nichtsnutz wirst aufhören mit deinen Träumereien. Soldaten fliegen durch die Luft? Schon mal von einem Horntier gerammt worden? Rätsel gelöst, wir haben Wichtigeres zu tun!«

Schwer atmend und mit rotem Gesicht pochte der König noch einmal auf den Tisch und verließ anschließend mit wehendem Mantel den Saal. Die Krone hing schief auf dem Kopf, das spärliche Haar gab den kahlen Schädel preis.

Alrael blieb noch einen Moment gedankenversunken sitzen, bis er hinter sich ein Räuspern vernahm.

»Sag, Zohn, was hältst du von den Plänen unseres geschätzten Königs?«, fragte er und stand langsam auf.

»Ich lebe, um zu dienen, mein Prinz«, sagte der Spion mit einer tiefen Verbeugung. »Er ist mittlerweile des Lebens überdrüssig, da die rege Einnahme der Knolle sein Dasein über normale Verhältnisse verlängert hat.«

Alrael nickte. »Sein Körper schwemmt auf, er verfällt immer mehr dem Wahn. Es ist wie Medizin, die in Maßen hilft, zu viel einen Menschen allerdings umbringen kann. Er ist mittlerweile einfach zu alt.«

Zohn verbeugte sich erneut.

»Mit seinen wahnsinnigen Handlungen stürzt er das ganze Königreich in Unsicherheit. Vielleicht sogar in den Krieg.« Alrael war überrascht, wie wichtig ihm die Tatsache nun erschien.

»Es ist die Handlung eines Vaters, der seinen Sohn verloren hat. Erst die Ehefrau, dann den Sohn. Ihr seid der einzige Erbe, denn der Samen des Königs ist verdorben. Es wird so weitergehen, letztendlich sind wir aber nur seine Diener.«

»Ich bin nicht sein Diener, Zohn!«, widersprach Alrael und

knirschte mit den Zähnen.

Zohn blickte den Prinzen aus unergründlichen Augen kurz an und wandte sich ab. Während er aus dem Speisesaal ging, vernahm Alrael noch dessen Worte. »In der Tat, das seid Ihr nicht. Oder vielleicht doch?«

DER KREUZWEG

Das Horntier lebt in warmen Regionen und meidet Gebiete mit viel Vegetation. Der massige Körper ist mit harten Hornplatten versehen, der breite Kopf endet an der Vorderseite in einem verhornten Keil. Das Horntier ist sehr zahm und zutraulich, wird daher häufig auch als Last- und Zugtier verwendet.

Enzyklopädie der Wesensarten Andurals

Cathien und ihre Gefährten ritten über hügeliges Gebiet und ließen das Nebeltal und die Grenze Landamars weit hinter sich. Die blühende Flora und die dichten Wälder veränderten sich, die Umgebung wurde trocken und staubig. Große Steinformationen ragten am Wegesrand empor. Flache, bräunliche Felsblöcke, die mehrere Schichten aufwiesen und in die Breite ausfächerten. Längliche Grashalme und verschiedene bunte Pflanzenarten wippten in den Ritzen hin und her. Sobald sie vorbeigeritten waren, zogen sich die Pflanzen in Wellen in den Boden zurück.

Nach einer Kerze erreichten sie schließlich den Kreuzweg, an dem die Handelsrouten aus Kallyen und Norfall ineinander übergingen. Die breite Straße verlief geradlinig durch die hügelige Landschaft nach Terez, der Hauptstadt des Herzogtums Landamar. Der Kreuzweg war eine bekannte Handelsroute, auf der viele Reisende und Händler unterwegs waren.

Erleichtert stellte Cathien fest, dass sie die erste Etappe ihrer Reise nach Illindar ohne Zwischenfälle beendet hatten.

Trotzdem lag noch ein weiter Weg vor ihnen. Von nun an würden sie in leichtem Schritt reiten, um die Tiere etwas zu schonen.

Sie tätschelte beruhigend den kräftigen Hals ihres Steppenläufers, nachdem die geringere Geschwindigkeit das Tier nervös hin und her tänzeln ließ. Die blaue Haut fühlte sich feucht und warm an, aus den seitlichen Nüstern drang weißer Dampf. Mittlerweile gewöhnte sie sich an die Strapazen der Reise und musste sich immer mehr eingestehen, dass sie ihre neu gewonnene Freiheit genoss. Dieses Gefühl machte die schmerzenden Muskeln mehr als wett.

Aus den Augenwinkeln beobachtete sie Arnen, der unsicher auf seinem Steppenläufer saß. Es schien ihm schwerzufallen, das Tier unter Kontrolle zu halten. Immer wieder gab es schnaubende Geräusche von sich oder scherte plötzlich seitlich aus.

»Er scheint dich nicht so recht zu mögen«, bemerkte sie.

Arnen lächelte flüchtig. »Ja, wir sind uns noch nicht so ganz einig. Der Steppenläufer will immer etwas anderes als ich.« Er hieb einmal kräftig mit den Zügeln auf die Flanke des Tieres, worauf es laut schnaubte und seinen Anweisungen Folge leistete.

Cathien streckte sich etwas im Sattel und bemühte sich, eine angenehmere Sitzposition zu finden. Nachdem sie in den vergangenen Nächten im Freien hatten lagern müssen, tat ihr der Rücken weh und sie fühlte sich ganz steif. Es blieb ihnen aber nichts anderes übrig, denn in den Grenzgebieten gab es nur wenige Gasthöfe und Städte. Ab und an reihten sich einsame Höfe am Wegesrand entlang. Sie entschieden aber jedes Mal, größeres Aufsehen zu vermeiden.

Mein Vater würde in Ohnmacht fallen, wenn er wüsste, dass seine Tochter unter nächtlichem Himmel auf dem Boden schläft!

Cathien musste bei diesem Gedanken schmunzeln. Gleichzeitig spürte sie aber auch, wie sich ihre Brust verkrampfte. Der Tod ihres Vaters lag zu kurz zurück.

»Gestattet Ihr mir eine persönliche Bemerkung, Herrin?«,

fragte Arnen.

Cathien tauchte aus ihren Gedanken auf und hielt schützend eine Hand vor die Augen. Die Sonne schien hell, es wurde immer wärmer.

»Du kannst mich alles fragen, Arnen«, sagte sie. Am Wegesrand wuchs eine wunderschöne violette Felsknospe, die ihre länglichen Blütenblätter entfaltete. Feiner Blütenstaub flog durch die Luft und verströmte süßes Aroma.

»Ich habe Euren Vater lange Zeit gekannt, Herrin. Er war ein mitfühlender und weiser Man, trotz der harten Entscheidungen, die er als Herzog fällen musste.«

Cathien presste den Mund zu einer schmalen Linie zusammen. Es fiel ihr schwer, über ihn zu sprechen. »Ja, das war er wirklich«, flüsterte sie. »Es war ihm immer wichtig, dass ich eigene Entscheidungen treffe. Bereits seit Kindestagen hat er mich erzogen, eine würdige Nachfolgerin zu sein. Eine würdige Erbin Kallyens.« Sie schüttelte den Kopf und bemerkte, wie ihr einige Tränen in die Augen traten. »Er hat mich nie für meine Entscheidungen getadelt und immer wieder betont, dass ich mir aussuchen durfte, von wem und vor allem wann ich mich vor die Götter führen lasse.«

»Und Ihr habt Euch für Ashron entschieden.« Sein Steppenläufer schnaubte unruhig. Er klopfte dem zahmen Tier mit der Hand auf den Hals und sagte einige beruhigende Worte. »Wenn ich mich recht entsinne, war Euer Vater anfangs nicht sehr angetan.«

»Ja, er hat getobt!«

»Ich erinnere mich, man hat es bis an die Tore des herzoglichen Anwesens gehört. Noch heute spricht manch einer in Ardus davon.«

Sie lachte freudlos auf. »Eines meiner großen Talente: Meinen Vater zur Weißglut treiben.«

Seine Mundwinkel zuckten. »Wenigstens habt Ihr ein Talent.«

»War das etwa ein Scherz?«

»Und wenn es so wäre?«

»Dann würde ich dich fragen, was du mit dem schweigsamen Diener angestellt hast, den ich seit meiner Kindheit kenne.«

Er neigte leicht den Kopf. »Dieser Punkt geht an Euch.«

»Ach Arnen, ich sehe den Sturm auf Kallyen zukommen, aber ich weiß nicht, ob es genügt, was wir vorhaben, um ihn aufzuhalten.«

Arnens Gesicht verhärtete sich. »Eure Mutter muss sich nun allein dem politischen Sturm stellen, ich verstehe.«

»Vielleicht hätte ich sie nicht allein lassen dürfen.«

»Sagt so etwas nicht, Herrin! Euer Auftrag ist wichtig, sie wird es verstehen. Eure Mission gilt dem Wohl aller Menschen in Kallyen, womöglich sogar in ganz Andural.«

»Meinst du wirklich, dass es reichen wird?«

»Ich bin sogar sicher.«

»Vielleicht hast du recht, Arnen.«

»Seht Ihr? Ich beliebe zu scherzen, Ihr lasst Euch ohne größere Diskussion überzeugen. So lernt jeder von uns dazu.«

Ein Lächeln huschte über ihre Lippen. »Das war sehr weise. Bist du vielleicht einer dieser Gelehrten aus Amerys?«

»Ich und ein Gelehrter?«, fragte er in gespieltem Erstaunen. »Ich bin nur ein gewöhnlicher Diener mit einer leicht *entflammbaren* Herrin.«

»Jetzt machst du dich aber über mich lustig.«

»Verzeiht, Herrin. Es war ...«

Sie lachte leise. »Siehst du? Jetzt habe ich dich erwischt.«

Er stutzte. »In der Tat. Dann möchte ich Euch nicht weiter widersprechen. Erlaubt Ihr mir ein paar weitere Anmerkungen und Fragen, Herrin?«

Sie winkte auffordernd.

»Der Bund mit dem Thronerben Ashron, was hat wirklich dahintergesteckt? Ich bin mit den politischen Situationen des Landes nicht vertraut, mir erschien dieser Bund aber nicht aus gefühlsmäßigen Gründen entstanden zu sein.«

»Deine Vermutung trifft zu, das Bündnis war rein politischer Natur. Auch wenn ich zugeben muss, dass Ashron durchaus ein beeindruckender Mann gewesen ist.«

»Was habt ihr erhofft? Euch muss doch sicherlich klar gewesen sein, dass Ihr den anderen Herzögen Einfluss nehmt. Ein offizielles Bündnis zwischen der Krone und Kallyen dürfte niemandem wirklich gefallen haben, oder?«

»Natürlich hat es das nicht.« Sie wischte den Schweiß von der Stirn. »Aber darum ging es auch gar nicht.«

»Herrin?«

Ihr Steppenläufer strauchelte und es dauerte einen Moment, bis sie ihn wieder unter Kontrolle hatte. »Prinz Ashron stand für Gleichberechtigung, Arnen.«

»Ich verstehe immer noch nicht ganz.«

»Unser Bund war ein Symbol für die Einheit. Kallyen, das westlichste Herzogtum diesseits der Schlucht, und Illindar, das östlichste Herzogtum jenseits der Schlucht und damit Sitz des Königs. Zusammen hätten wir die größten Schürfgebiete an der Schlucht kontrolliert.«

»Ah, Ihr wolltet die anderen Herzöge in Bedrängnis bringen.«

»Nicht ausschließlich. Wir wollten auch mit gutem Beispiel vorangehen.«

»Ich verstehe, Ihr wolltet also nicht nur in Arakkur Veränderungen herbeiführen. Das war ein gewagter Plan.«

»Ja, das war es. Letztendlich ging es Ashron darum, die Zustände des einzelnen Menschen zu verbessern. Gleichberechtigung, eingeschränkte Sklaverei und eine Veränderung des Handels mit der Knolle. Er schrieb immerzu von Symbolen und ihren Bedeutungen. Er war schon beinahe besessen. So ganz unrecht hatte er aber nicht, denn mittlerweile ist offenkundig wirklich alles außer Kontrolle geraten.«

»Wie meint Ihr das?«

»Denk doch einmal nach, Arnen! Ich bin zwar eine Hochwohlgeborene, aber auch mir entgeht nicht, dass die Reichen immer reicher werden und die Armen immer ärmer. Hier hat sich eine derart tiefe Kluft gebildet, die mittlerweile unüberwindbar erscheint. Ashron wollte etwas ändern. Er hat bis zu seinem Ende geglaubt, dass es Auswirkungen auf den Rest hat, wenn wir mit gutem Beispiel vorangehen.«

»Verzeiht die persönliche Bemerkung, aber diese Einstellung finde ich naiv.«

Cathien schüttelte energisch den Kopf. »Ich würde es nicht als naiv bezeichnen. Prinz Ashron war ein Träumer, der lediglich zu viel in zu kurzer Zeit erreichen wollte.«

»Es war ein gewagtes Spiel, vielleicht hättet Ihr aber längerfristig Eure Ziele erreicht, Herrin«, entgegnete Arnen aufmunternd.

»Ich weiß es nicht«, seufzte sie, »vielleicht hast du aber recht. Ashron hatte wahrlich große Pläne in Bezug auf das Königreich und zu gerne hätte ich ihn auf diesem Weg begleitet. Es bringt allerdings nichts, Vergangenem hinterher zu trauern. Was geschehen ist, ist geschehen. Wir müssen nun mit den Konsequenzen leben und versuchen, das Beste daraus zu machen.«

»Geht Euch der Tod des Prinzen sehr nahe?«

»Ja und nein. Ich kannte ihn kaum. Wie ich bereits sagte, hatte Ashron alles, was ein Frauenherz höher schlagen ließ ...«

Hauptmann Galdan meldete sich von weiter hinten. »Herrin, wir werden bald die ersten Städte Landamars erreichen«, rief er. »Ich rate Euch, einen Umlauf in einem abgelegenen Gasthof zu rasten. Von dort ist es nicht mehr weit nach Terez.«

Cathien gab mit einem Wink ihre Zustimmung.

»Habt Dank für diese Erläuterungen«, sagte Arnen. »Ihr tut das Richtige, meine Herrin. Dennoch solltet Ihr Euch nicht zu viel abverlangen. Vor allem solltet Ihr die Gardisten etwas schonen.«

Erst nachdem Arnen sie aufmerksam gemacht hatte, bemerkte sie, wie zusammengesunken die Soldaten auf ihren Reittieren saßen. Die drückende Hitze musste in den Rüstungen unerträglich sein. Hinzu kamen Ausrüstung und Gepäck, das zumindest bis Terez reichen musste. Cathien hingegen hatte sich ihrer Rüstung entledigt und einen luftigen braunen Reitüberzug angelegt. Je weiter sie aber nach Süden kamen, desto wärmer würde es werden. Noch lag eine angenehme Frische in der Luft, die würde jedoch nicht mehr lange anhalten.

»Bald, wir werden bald eine längere Rast einlegen«, versprach sie und sah in die Ferne. Eine einsame Fluggeißel kreiste mit ihren ledrigen Schwingen über ihnen und hielt nach einem lohnenswerten Opfer Ausschau.

Weiter vorne kamen ihnen einige Händler entgegen. Einer präsentierte essbare Wurzeln in den Schaukästen. Die Außenwand des kastenförmigen Wagens bestand aus dunklem Holz und wurde von braunen Horntieren gezogen.

Aus einer Laune trabte sie auf den Händler zu. »Werter Händler, habt Ihr auch Gewürzbrot im Angebot?«, fragte sie.

Der stämmige Mann setzte ein strahlendes Lächeln auf und überließ die Zügel einem kleinen Jungen. Offenbar handelte es sich um seinen Sohn, der die Stricke geschickt in die Hände nahm. Anschließend verschwand der Händler im hinteren Wagenteil und erschien an einer aufgeklappten Seitenwand.

»Gewürzbrot, helle Fladen und Schupfwurzeln habe ich heute im Angebot«, sagte er. »Ich werde meine Reste erst in einer der kommenden Städte auffüllen können. Selten ein so gutes Geschäft auf der nördlichen Handelsroute gemacht. Mein Lager ist fast leer.«

»Wie steht es mit Gewürzbier?«

»Leider nichts mehr verfügbar.«

»Wie viel verlangt Ihr für zehn Gewürzbrote, Fladen und Wurzeln?«, fragte sie und nahm ihre Börse heraus.

Der Händler überlegte kurz. »Im Gesamtpaket? Sagen wir zwanzig Som.«

Das war ein guter Preis, weshalb sie entschied, das Angebot anzunehmen. Der Händler überreichte ihr die Waren in einem braunen Sack und bedankte sich herzlich. Sie bedankte sich ebenfalls, gab den Sack an ihre Gardisten weiter und sah noch, wie der Händler wieder in dem vorderen Wagenabteil Platz nahm und dem Jungen sanft den Kopf tätschelte.

Als Cathien sah, wie dem Jungen vor Stolz die Brust schwoll, ließ sie sich zu ihren Männern zurückfallen.

Einige Kerzen später legten sie eine Rast am Wegesrand ein und stärkten sich. Cathien biss in eine sandfarbene Schupfwurzel, deren Verästelungen sich sanft um ihre Finger wickelten. Die Wurzel schmeckte süß und besaß ein scharfes Aroma. In Kallyen wuchsen diese Pflanzen eher spärlich, dort war man auf die Versorgung durch Wildtiere und verschiedene Pilzarten angewiesen. In Landamar fand man diese Wurzeln aber reichlich, besonders auf der Handelsstraße.

Während sie genüsslich kaute, ließ Arnen sich neben ihr nieder.

»Herrin, ich habe nachgedacht.« Er hatte stets einen förmlich ernsten Tonfall, nur selten sah sie ihn lächeln. »Der Tod Eures Vaters ergibt keinen Sinn. Ich weiß, Ihr möchtet nicht darüber sprechen, aber, mit Verlaub, irgendwann werdet Ihr Euch den Tatsachen stellen müssen.«

Cathien konnte spüren, wie die Trauer sie wieder übermannte.

Du bist die Tochter eines Herzogs, verdammt! Beruhige dich und kontrolliere deine Gefühle!

Als sie sich halbwegs gefangen hatte, gab sie ihrem Diener mit einem Wink zu verstehen, fortzufahren.

»Alles hängt irgendwie zusammen: die vermissten Soldaten, der Anschlag auf den Thronerben, die Eingrenzung der Schürfrechte und schließlich der Tod Eures Vaters.« Arnen senkte verschwörerisch die Stimme und rückte etwas näher zu ihr. »Ich befürchte, wir befinden uns mitten in einem Spiel, das wir nicht verstehen.«

Cathien beobachtete einen Steinkrabbler, während der den Boden mit seinen langen Fühlern abtastete. »So politisch interessiert, Arnen? Das bin ich gar nicht gewohnt von dir. Ich stimme dir aber zu, alles muss irgendwie zusammengehören.« Sie kramte in ihrer braunen Tasche und förderte einen zerrissenen, schwarzen Stoffstreifen hervor. Genau in der Mitte war ein Symbol abgebildet, das sich wie eine Spirale nach innen verjüngte. Der Stoff fühlte sich so weich an, dass er wie Wasser durch ihre Finger zu rinnen schien.

»Das ist das Beweisstück?«, fragte Arnen.

»Ja, das Symbol ist uns gänzlich unbekannt. Die Aufzeichnungen in unseren Archiven haben keinen Vergleich ergeben. Es ähnelt keinem Zeichen eines der herzoglichen Gebiete Andurals. Gleichermaßen stellt es aber auch kein Symbol eines unserer Götter dar. Ich habe den Neunerbund vollständig überprüft, sogar alle bekannten Bedeutungen und Merkmale von Jad.«

»Und?«

»Nichts. Absolut nichts.«

Arnen nahm einen tiefen Schluck aus seinem Schlauch, bevor er antwortete. »Die königlichen Archive von Amerys sollen unendlich groß sein. So viele Schriftrollen und Bücher wie man im ganzen Leben nicht lesen könnte. Die Gelehrten dort sollen alles Wissen der Welt hüten. So sagt man zumindest. Vielleicht werden wir dort fündig oder aber ein Gelehrter erkennt das Symbol und dessen Bedeutung.« Er rieb vorsichtig über den schwarzen Stoff. »Er ist so fein und doch so hart.«

Cathien musste ihm zustimmen, es war wirklich ein außergewöhnlicher Stoff. Viele Fragen gingen ihr durch den Kopf, angefangen mit den merkwürdigen Ereignissen rund um die Grenzwacht. Ein ganzer Trupp Soldaten: spurlos verschwunden. Der Thronerbe samt seiner Leibgarde: besiegt und ermordet. Sie hatten einige Umläufe später die geschändeten Leichen gefunden und untersucht. Einige waren durch tiefe Schwertwunden verletzt worden, anderen hingegen war der Brustkorb geöffnet und das Herz entfernt worden.

Warum das Herz? Eine Mahnung? Oder hat das einen tieferen Sinn?

Einer der Leibwächter hatte anscheinend überlebt und war, ohne Rücksicht auf sich zu nehmen, direkt nach Amerys, zum Palast des Königs gereist. Vermutlich hatte er als Bote im Auftrag des Prinzen gehandelt.

Warum ist er nicht nach Ardus geritten? Hatte es ihm der Prinz befohlen? Warum nur? Wir hätten ihnen helfen können!

Cathien schüttelte den Kopf. Sie wurde unruhiger, je länger sie darüber nachdachte.

Der König, was für ein Mann wird er sein? Wie wird er mich empfangen? Vater sprach nicht sehr gut von ihm, dennoch ist er der König. Er muss einfach gerecht sein und mich anhören!

Es war allgemein bekannt, dass der König der Fleischeslust frönte und sich der Sucht nach der Knolle hingab. Ehemals ein starker und furchteinflößender Herrscher, der mit eiserner Hand das Reich und dessen Ländereien geformt hatte, war er im Lauf der Zeit immer mehr dem Suff erlegen. Manche behaupteten, er könnte sich aufgrund seines Leibesumfangs kaum noch aus dem Bett bewegen. Lange Zeit hielt der König die Herzöge an der langen Leine, seine Macht war gefestigt, die Herzöge konkurrierten. Er überließ die Zügel mehr und mehr seinem Erstgeborenen. Dieser nutzte seine Macht jedoch, um sie aufzugeben und zu verteilen. Zu spät bemerkte der König, dass sich die Situation änderte und welchen Schaden sein Sohn angerichtet hatte.

»Stimmt etwas nicht, Herrin?«, fragte Arnen.

»Entschuldige bitte, ich war in Gedanken. Ja, der Stoff ist wirklich ungewöhnlich fein gearbeitet.« Sie atmete tief durch. »Ich musste gerade über Ashron und den König nachdenken. Nach dem Tod des Thronerben wird nun Alrael, der Zweitgeborene, der neue Kronprinz. Was weißt du von ihm, Arnen?«

»Nicht viel. Er soll ein Knabenliebhaber sein, der sich weder Politik noch Macht widmet. Es heißt, dass er sich in seiner Kammer verkriecht und eingehende Beziehungen mit dem gesamten Dienerbestand hat. Die Betonung liegt auf *eingehend*.«

»Ja, das habe ich auch gehört. Mein Vater hat aber immer gesagt, dass man sich vor den Unscheinbaren hüten sollte. Sie wüssten ihre Stärken und wahren Absichten stets gut zu verbergen.«

»Ein weiser Mann, Euer Vater. Einer der größten Denker unserer Zeit.«

Cathien steckte das Beweismittel in die Tasche. Als sie in einiger Entfernung ein großes Horntier über die Ebene traben sah, welches den Boden nach irgendetwas absuchte, das sie nicht sehen konnte, siegte ihre Neugier. »Was tut es da?«, fragte sie und zeigte auf das Horntier.

»Soweit ich weiß, sucht es nach Steinkrabblern. Seht Ihr den keilförmigen Schädel, Herrin?«

Cathien kniff die Augen zusammen. »Ja, ich kann ihn erkennen. Was ist damit?«

»Das Horntier rammt den Kopf auf die Felsplatten des Krabblers und bricht diese in mehrere Teile. Anschließend kann es die Überreste des Tieres problemlos fressen.«

Sie warteten einen Augenblick, bis das Horntier wie beschrieben reagierte.

»Interessant«, sagte Cathien. »Erst wird der Feind geschwächt, dann wird ihm der Gnadenstoß versetzt.«

»In der Tat. In der Welt der Menschen funktioniert es nicht anders.«

»Ja, wir haben so viel vor uns. So viele Rätsel müssen gelüftet werden. Ich weiß nicht, wie wir alles schaffen sollen.«

Er ließ sich Zeit mit einer Antwort und nahm einen weiteren Schluck aus dem Schlauch. »Euer Vater sagte immer: einen Schritt nach dem anderen. Ich denke, er war ein sehr kluger Mann, und wir sollten seinen Rat beherzigen.«

Sie spürte einen tiefen Stich in der Seite. Das waren wirklich die Worte ihres Vaters gewesen.

»Er war ein guter Mann, Euer Vater«, fuhr er fort und blickte in die Ferne. »Es gibt nicht mehr viele von seiner Sorte.«

Sie riss etwas von dem Gewürzbrot ab. Es war dunkel, mit vielen Körnern durchsetzt und schmeckte sehr würzig. Das Brot schmeckte herrlich und vertrieb ein wenig die dunklen Gedanken aus ihrem Kopf.

Arnen stand steifbeinig auf und streckte sich mit einem lauten Stöhnen. »Wir stehen Euch zur Seite, Cathien. Wir werden es schaffen.«

Sie freute sich über das vertrauliche Gespräch, es gab ihr Mut und Kraft, die nächste Zeit zu überstehen.

Ein Anführer ist nur so lange stark, wie ihm seine Männer loyal folgen.

Mit einem Seufzen stand sie auf. Mehrere Wagen, schwer beladen mit Gewürzbier, rollten an ihnen vorbei. Der malzige Geruch, den der dunkelbraune Wagen verströmte, war unverkennbar. Sie kramte ihr Gepäck zusammen und gab den Männern den Befehl zum Aufbruch. Mürrisch kamen sie der Aufforderung nach. Der Hauptmann der Garde salutierte und lud das Gepäck wieder auf die Reittiere.

Cathien atmete noch einmal tief ein und stieg auf ihr Tier.

DAS GÖTTLICHE GESETZ

[...]und Dieben breche man jeden einzelnen Knochen der linken Hand, auf dass jeder Mensch, ob Kind, Vater oder Mutter, ihre Schandtaten erkennen kann!

Recht und Unrecht

Die Umläufe schleppten sich dahin, während der Gefangenenwagen mit einem steten Rattern über die breite Handelsstraße rollte. Bei jedem Schlagloch machte er einen Sprung und Elhan konnte die Erschütterung bis tief in die Knochen spüren. Sobald ihnen Händler, Wanderer oder Schaulustige entgegenkamen, wurden die Sklaven beschimpft oder mit angeekelten Blicken bedacht. Manche bespuckten sie sogar und sprachen ein leises Gebet an ihre Schutzgötter. Sklaven waren in ihren Augen Verbrecher, Abschaum und Ehrlose. Raub, Mord und Vergewaltigung, alles war dabei.

Die Temperaturen stiegen an, die Sonne brannte unbarmherzig auf sie. Der Wagen spendete zwar durch das Dach an einigen Stellen Schatten, allerdings drangen trotzdem wenige helle Strahlen durch die Gitter. Nachdem sie die Grenze zu Landamar passiert hatten, bewegte sich der Konvoi nun in Richtung des Zentrums, nach Terez, der Hauptstadt des Herzogtums Landamar. Die Umgebung wurde zunehmend trockener, Vegetation war nur spärlich vorhanden. Einige blasse Wandersträucher krochen durch das karge Gebiet, um sich an feuchteren Stellen niederzulassen. In einiger Entfernung sah

Elhan sogar einen gelben Peitschling, der sich mit seinen langen Beinen sprunghaft durch die Gegend bewegte. Ab und an begegneten sie einzelnen Menschenansammlungen. Erst vor einer Kerze war ihnen ein Dutzend Arbeiter und Händler entgegengekommen. Alle zog es nach Terez, zur großen Schlucht Arakkur.

Elhan rieb den Knöchel, der mittlerweile dank der Pflege des alten Mannes wieder einigermaßen belastbar war. Den Verband hatte Itras vor wenigen Kerzen abgenommen. Natürlich nicht, ohne ihm mitzuteilen, dass er ganz und gar wirklich ein nicht ganz so hübscher Kerl war. Dennoch hatte Elhan ihm gedankt und war über das Ergebnis sehr erstaunt: Die Wunden waren, trotz der Umstände und der dreckigen Lumpen, verheilt. Itras hatte behauptet, er sollte auf die Narben pissen, das würde helfen. Da er dabei jedoch lauthals gelacht hatte, war Elhan etwas unsicher, ob er diesem Vorschlag nachkommen sollte. Obwohl die vielen Wunden mittlerweile verheilt waren und nur noch silbrige Narben von den schlimmen Verletzungen zeugten, wusste Elhan, in welch schlechter Verfassung er sich befand. In der großen Schlucht überlebten nur die Stärksten. Er hingegen besaß einen verkrüppelten Arm, war von kleiner und schmächtiger Statur und in schlechter Verfassung. Das karge Essen würde dieser Tatsache nur entgegenkommen, schon jetzt spürte er den Gewichtsverlust aufgrund der langen Zeit in dem Käfig.

Mit einem schweren Seufzer sah er zum wolkenlosen Himmel. Er spürte, wie ihm der Schweiß die Brust hinabfloss, die letzten Fetzen seiner Kleidung durchnässte und diese unangenehm an seiner Haut kleben ließ.

Aus einer Eingebung blickte er zur Seite und betrachtete den neuesten Sklaven in ihrem Wagen. Am vorherigen Umlauf hatten sie ihn halb tot an einer Weggabelung aufgegriffen. Niemand fragte nach, wer er war und warum er dort gelegen hatte. Sie waren Sklaven und Ehrlose, also hatte man ihn einfach in die hintere Ecke des Wagens geworfen. Nun kauerte der Mann in der Ecke, zitterte wie Laub im Wind und atmete rasselnd. Seine Haut war blass, die Augen blickten fiebrig und er brabbelte unentwegt unzusammenhängende Sätze - entweder aus Erschöpfung oder Unterernährung. Vermutlich sogar beides.

Ein Sklavenhändler kam mit einem Wasserkübel zu ihrem Wagen. Der untersetzte Mann hinkte leicht, vielleicht hatte er eine Behinderung oder irgendwann einmal das Bein gebrochen und es war falsch zusammengewachsen. Seine Kleidung - eine schwarz und grün gestreifte Hose und ein dunkelblaues Hemd - war wohl einst sehr elegant gewesen, doch jetzt wirkte sie eher verschlissen und heruntergekommen. Seine kurzen, grauen Haare standen wirr vom Kopf ab. Kettenglieder, das typische Erkennungsmerkmal der Sklavenhändler aus Norfall, baumelten an seiner Hüfte. War er früher vielleicht etwas anderes als ein Sklavenhändler gewesen, vielleicht wohlhabend, ein Mann von Ehre und Verstand? Nicht alle Menschen aus Norfall waren dem Sklavenhandel verschrieben, es gab ebenso viele gute Menschen dort, die alltäglichen Dingen nachgingen. Dieses Leben, das andauernde Verkaufen und Kaufen von Leben, musste irgendwann Auswirkungen auf den Geist eines Mannes haben. Es stumpfte ab und machte blind.

Der Sklavenhändler hielt Abstand zum Wagen und beobachtete den röchelnden Sklaven im vorderen Bereich. Er rief den Namen eines großen Mannes und deutete auf den Sklaven. Beide redeten leise aufeinander ein, der Große nickte und zog eine Keule aus dem Gürtel.

Elhan wandte sich ab und schloss die Augen, hörte aber noch das schwere Atmen des Mannes. Er wappnete sich vor dem, was nun kommen würde. Er war schwach und kraftlos, wie sollte er diesem helfen können? Es ging ihn nichts an, vermutlich war der bereits beinahe tot. Zu wenig Wasser, zu wenig Nahrung – irgendeinen Grund würde es schon geben.

Die Käfigtür öffnete sich knirschend.

Wussten sie, dass sie dem Mann helfen konnten? Es war so einfach, nichts anderes hatte Itras einige Umläufe zuvor bei ihm getan.

Gebt ihm etwas Wasser und ein richtiges Hemd, dann wird er vielleicht überleben.

Es spielte keine Rolle, sie würden ihm nicht helfen. Männer starben, sie waren sowieso schon alle halb tot, wenn sie in die Käfige gesperrt wurden. Elhan war zu schwach, er sollte sich nicht einmischen. Selbst der Alte war ungewöhnlich still.

Das Röcheln wurde schlimmer.

Verdammt!

»Haltet ein!«, rief Elhan und stand erschöpft auf.

Der Sklavenhändler blieb in der Käfigtür stehen, der Untersetzte hingegen kratzte verwirrt am Kopf.

Elhan humpelte zu dem Sklaven, die Augen seiner Mitinsassen folgten ihm. Er sah den Mann genauer an. Natürlich war er weder richtig in der Heilkunde bewandert noch wusste er, was er tat. Dennoch wollte er nicht einfach tatenlos zusehen.

»Ich vermute, dass dieser Mann mehr Wasser braucht«, erklärte Elhan und verlieh seiner Stimme Nachdruck. »Er war bereits vollkommen unterernährt, als ihr ihn aufgegriffen habt. Die letzten Umläufe haben ihm stark zugesetzt. Ihr müsst ihm einfach mehr Wasser und Nahrung geben, dann wird er bestimmt überleben!«

Was tue ich hier überhaupt? Vielleicht ist der Mann krank, vielleicht sehen sie es als weiteren Grund, mir eine Keule über den Schädel zu ziehen.

Der untersetzte Sklavenhändler nickte dem anderen zu. »Hol ihn raus!«

Elhan entspannte sich. Warum musste er sich wieder einmischen? Das war riskant, er spürte immer noch die letzten Schläge. Es ging ums Überleben und das würde ihm nicht gelingen, wenn er Aufmerksamkeit auf sich lenkte. Was machte ein weiterer toter Sklave schon für einen Unterschied? Vielleicht wäre es eine Erlösung für diesen Mann, wenn jemand seinem Leiden ein Ende setzen würde? Trotzdem regte sich ganz tief in Elhans Hinterkopf eine Art Gewissen. Er konnte nicht zusehen, er musste etwas tun. Vorsichtig humpelte er an seinen Platz zurück und bemerkte, wie Itras den Kopf schüttelte.

Warum schüttelt er den Kopf? Mir hat er doch auch geholfen!

Die Wagentür fiel knirschend zu.

Elhan lehnte sich zurück und schloss die Augen. Sie würden ihm etwas Wasser geben, er würde vermutlich überleben. Wozu würde ein toter Sklave nutzen? Ein toter Sklave bedeutete weniger Gewinn.

Ein dumpfer Aufschlag drang durch die Luft, gefolgt von einem zweiten knackenden Geräusch.

Elhan riss die Augen auf und sprang hoch. Sofort schoss ein heißer Schmerz durch seinen rechten Knöchel. Hastig schaute er dorthin, wo der Sklavenhändler den Kranken hatte fallen lassen. Der Mann hob erneut die Keule und schlug zu. Ein Knacken ertönte, als die Keule auf den Schädel traf. Der Sklave hatte sich weder gewehrt noch in irgendeiner Weise reagiert. Der Schädel war gesprungen, Blut verteilte sich auf dem staubigen Boden. Sofort stieg heller Rauch hervor und zerstob in der Luft.

»Nein!«, schrie Elhan und schlug verzweifelt gegen das Wagengitter.

Der Sklavenhändler blickte unwirsch auf. »Was soll das?«

»Er hätte überleben können, verdammt!« Seine Stimme überschlug sich. »Wie konntet ihr das nur tun?«

Der Untersetzte warf ihm einen finsteren Blick zu. »Ruhe, Abschaum!«

Hinter ihm ritten Soldaten auf Steppenläufern vorbei. Einer blieb stehen und stieg ab.

»Was geht hier vor?«, fragte eine gebieterische Stimme.

Elhan sah erstaunt auf. Eine Frau kam ihnen entgegengeschritten und verstand es, einen Auftritt hinzulegen. Die braune, verdreckte Reitkleidung täuschte nicht über ihre Weiblichkeit hinweg, der geschlitzte Rock betonte eher noch ihre Figur. Eine klassische Schönheit, mit langen, blonden Haaren, die zu einem Zopf geflochten waren. Sie hatte ein rundes, entschlossenes Kinn und einen vollen Mund, der nun zu einem dünnen Strich zusammengepresst war. Mit dunkelgrünen, wachen Augen musterte sie das Geschehen und verschränkte die Arme unter dem Busen.

Der Sklavenhändler beachtete sie nicht und ging langsam auf Elhan zu. »Er war wertlos, Sklave«, sagte er. »Hätte zu viel Wasser und Essen benötigt, kein Gewinn für uns.«

Die Frau stemmte die Hände in die Hüften, während ihre Soldaten ebenfalls abstiegen und die Speere in den Boden rammten. Andere Sklavenhändler und Aufseher bemerkten den Tumult und näherten sich zurückhaltend. Der untersetzte Sklavenhändler beachtete die Neuankömmlinge allerdings nicht.

In Elhan brodelte heißer Zorn. »Er war ein Mensch, verdammt! Weder war er krank noch hatte er irgendein Leiden. Er hatte einfach nur Durst und Hunger!«

»Das ist egal, er war wertlos.« Der Sklavenhändler wandte sich der Fremden zu. »Verschwindet, das geht Euch nichts an!«

Sie machte einen drohenden Schritt auf ihn zu. »Ihr seid Euch offensichtlich nicht im Klaren, wem Ihr gegenübersteht?«,

»Du bist offensichtlich eine Hochwohlgeborene aus Kallyen«, erwiderte der Untersetzte und musterte sie unverfroren. »Vermutlich sogar die Tochter des Herzogs. Das erkennt man sofort an deinen Gardisten und deinem verdammt stolzen Gehabe.« Er senkte drohend den Kopf. »Geh dorthin zurück, wo du herausgekrochen bist! Bald habt ihr im Westen sowieso nichts mehr zu sagen.«

Wie auf ein Zeichen packten die anderen Sklavenhändler ihre Keulen, hielten jedoch weiterhin Abstand. Sie waren den Soldaten der Fremden an Zahl weit überlegen. Elhan bemerkte die Stille, die sich nun wie ein dunkles Tuch über das Geschehen senkte. Niemand wusste, was folgen würde.

»Ein widerlicher kleiner Sklaventreiber, dem es Freude bereitet, anderen Schmerzen zuzufügen!«, zischte die Fremde. »Ihr seid unter meiner Würde!« Ohne ein weiteres Wort stapfte sie an ihm vorbei in Richtung des Wagens. Der untersetzte Mann trat ihr nicht in den Weg und hob belustigt eine Augenbrauc.

Sie kam auf Elhans Wagen zu, sah sich um und rümpfte die Nase. »Bekommt ihr wenigstens genug zu essen?«, fragte sie.

Elhan lehnte immer noch am Gitter. »Wir bekommen … Essen, ja«, sagte er wahrheitsgemäß. Sie machte ihn nervös. »Der Mann hätte aber vermutlich mehr als wir benötigt, er ist bereits geschwächt am Wegesrand aufgegriffen worden.«

Nachdenklich schürzte sie die Lippen. »Er wurde aufgegriffen? Er war also gar kein Verbrecher?«

Elhan schüttelte den Kopf. Was tat er da? Er durfte die Aufmerksamkeit nicht auf sich lenken, er musste überleben!

Die Frau wandte sich wieder dem Sklavenhändler zu. »Gilt das göttliche Gesetz hier draußen nicht mehr? Was ist geschehen?«

»Du glaubst ihm, kleine Herzogin?«, fragte er verblüfft. »Er ist ein dreckiger Verbrecher! Ein Dieb, schau dir seine linke Hand an!« Der belustigte Ausdruck war aus seinem Gesicht gewichen. »Wir kennen das göttliche Gesetz und wir haben es eingehalten. Der Sklave war ein Verbrecher! Wie wir mit Verbrechern verfahren, ist unsere Sache, Weib!«

Die Fremde nickte, als hätte sie diese Antwort erwartet, und drehte sich wieder zu Elhan. »Kommt es häufiger vor, dass schuldlose Menschen einfach in die Wagen geworfen werden?«

Er wurde sich bewusst, dass er die Situation immer mehr verschlimmerte. Natürlich hielten sie ihn für einen Dieb, niemand wusste, dass er bereits von Geburt an eine verkrüppelte linke Hand hatte.

»Es ist … ich …«, stotterte er. Der heiße Zorn in seinem Inneren nahm ab und Verzweiflung bemächtigte sich seiner. Wer war er schon, dass er es wagte, das göttliche Gesetz herauszufordern? Was sollte diese Frau schon ändern? Noch mehr Mord und Verderben wegen eines Toten? »Ich bin ein Niemand«, flüsterte er. »Verzeiht mir, Herrin.« Mit gesenktem Blick schlurfte er in eine Ecke und ließ sich schwerfällig nieder.

»Da siehst du es, nur ein dreckiger Verbrecher!«, rief der Untersetzte.

Die Frau schüttelte den Kopf und beobachtete Elhan weiter.

»Nein, das glaube ich nicht. Ich kann aber weder etwas für dich noch für die anderen Sklaven tun. Einige haben sicherlich ihre Behandlung verdient.«

Elhan hob müde den Kopf und nickte ihr zu. »Habt Dank für Eure Worte. Ich werde Euch das nicht vergessen.« Scham. Enttäuschung. Verzweiflung. Er war ein Niemand.

Die Frau bedachte den Sklavenhändler mit einem geringschätzigen Blick und stieg auf ihr Reittier. Die Soldaten folgten sofort ihrem Beispiel, aber nicht ohne noch einmal drohend die Hände auf ihre Schwertgriffe zu legen.

»Ich reise zum Hof des Königs und werde von diesem Erlebnis berichten«, rief sie. »Denn auch ich weiß, wer Ihr seid, Raschik aus Norfall.« Ein letztes Mal blickte sie sich um, dann ritt sie in vollem Galopp mit ihrem Gefolge weiter.

Elhan schloss die Augen und spürte Raschiks Blick im Nacken.

Dumm, das war einfach nur dumm.

MITTEL ZUM ZWECK

Das Messerblatt ist ein parasitäres Tier, das sich vorzugsweise an Rankenbäumen festsaugt und diesen Flüssigkeit entzieht. Seine großen, breiten Blätter sind äußerst scharf und schneiden unachtsamen Opfern die Haut auf. Gleichzeitig wird ein Gift in der Wunde freigesetzt, das die Blutung erhöht und das Opfer lähmt. Es wurden blaue und grüne Farbtöne beobachtet.

Enzyklopädie der Wesensarten Andurals

Alrael schwirrte der Kopf. Er saß an einem alten Holztisch in den königlichen Archiven und durchblätterte einen dicken Wälzer. Das Buch hatte seine Aufmerksamkeit erregt, weil es einen interessanten Titel auf dem Einband trug: »Prinzip von Wirkung und Ursache in der Natur«. Seiner Meinung nach gehörte es zum Gelehrtendasein, ein Problem aus allen möglichen Blickwinkeln zu betrachten. Leider erforderte das manchmal, dass man sich einen staubigen Wälzer vornehmen musste, dessen Inhalt weit über den eigenen Verstand ging. Trotzdem wollte er nichts unversucht lassen, da ihm die Geschichte des Boten und damit das Ableben seines Bruders nicht mehr aus dem Kopf gingen. Sein Vater wollte sich nicht weiter damit beschäftigen, deshalb lag es an ihm, dem Rätsel auf den Grund zu gehen.

Erneut las er die Textpassage, die er bereits unzählige Male gelesen hatte, aber nicht schlau daraus wurde.

Der Kreislauf ist ein gleichmäßiger Rhythmus im Gesamtgefüge. Eingehend betrachtet, ergibt sich eine Diskrepanz zwischen Definitionsweise und Erfahrungssatz. Ungeeignet für die normale existenzielle Ereignislage, stößt die Wirkung auf einige substantielle Hindernisse.

Müde massierte Alrael den Nacken und blickte aus dem Fenster. Die Sonne ging langsam unter, der erste Mond würde bald aufgehen. Auf seiner Suche nach weiteren Informationen hatte er sich am frühen Morgen in die Archive begeben. Während er den ganzen Umlauf die alten, staubigen Bücher durchgearbeitet hatte, war ihm gar nicht bewusst gewesen, wie weit der Umlauf bereits fortgeschritten war.

Er unterdrückte ein Gähnen und richtete seine Aufmerksamkeit wieder auf seine Arbeit. Eine einzelne Kerze brannte auf dem Tisch und beleuchtete den Bericht des Boten. Es war nur eine wortgetreue Abschrift, aber er war froh, wenigstens darauf zugreifen zu können. Es hatte ihn einige Gefälligkeiten gekostet, aber nicht nur das, er hatte zum ersten Mal seine Stellung als Kronprinz in Anspruch nehmen müssen. Das war ungewohnt gewesen und hatte ihm sogar gefallen. Sein Vater würde vermutlich bald davon erfahren, das war ihm aber einstweilen egal. Er konnte einfach nicht anders, er musste dem Geheimnis auf den Grund gehen. Erneut las er die geschriebenen Worte:

Wir wurden angegriffen. Ich bin geflohen. Eidbrüchig. Ich sollte aber gehen, er hat mich losgeschickt. Was hätte ich tun sollen? Anmerkung: Der Soldat wird hingewiesen, die Ereignisse zu schildern.

Alrael übersprang die nächsten Passagen, da sie nur sinnlose Informationen enthielten. Einige Zeilen darunter standen die wirklich wichtigen Aussagen:

Sie haben uns einfach durch die Luft geschleudert. Einer hat sich das Genick gebrochen. Ich habe es nicht verstanden. Einer dieser merkwürdigen Fremden hat einen Gardisten in den Bauch gestoßen. Der gesamte Panzer hat sich verformt und ihn zerquetscht. Sah noch, wie einer dem eigenen Bruder das Schwert in den Nacken gestochen hat.
Anmerkung: Der Soldat wiederholt den Satz dreimal, es scheint wichtig zu sein. Seine Kräfte schwinden, er ist kaum noch bei Bewusstsein.
Ich bin geflohen. Habe mir ein Reittier genommen und bin abgehauen. Wollte nach Ardus, wurde aber verfolgt. Verfolgt. Verfolgt.
Anmerkung: Er wiederholt das Wort, ein Wachmann rüttelt den Soldaten an der Schulter.
Bin nach Terez. Über die Schlucht. Habe mir das Bein gebrochen. Bin weiter. Wurde immer noch verfolgt. Verfolgt.
Anmerkung: Der Soldat ist seinen Wunden erlegen.

Alrael rieb die Schläfen. Das ergab alles keinen Sinn. Soldaten, die durch die Luft flogen? Männer, die sich grundlos gegenseitig abschlachteten? Ein Mann, der Stahl zertrümmerte? Der Bericht gab mehrere Hinweise auf Fremde. Welche Fremde? Eines anderen Herzogtums? Oder war der Soldat wirklich nicht mehr bei klarem Bewusstsein gewesen? Er musste eine richtige Tortur hinter sich gehabt haben. Quer durch Andural, über die Schlucht, um schließlich mit gebrochenem Verstand auf einem Seziertisch zu sterben. Grausame Welt. Er verspürte eine Art Mitleid, aber nur ein ganz kleines bisschen.

Er gähnte herzhaft und steckte das Buch in seine Tasche.

Ein junger Diener in den typischen, eng anliegenden Gewändern Illindars in Orange und Weiß trat an ihn heran. Es war ein wirklich attraktiver Diener, mit blonden lockigen Haaren und einem spitzen Gesicht.

»Wünscht Ihr noch etwas, mein Herr?«

»Nein danke, ich werde das Buch mitnehmen«, sagte Alrael und zwinkerte ihm zu. »Ich danke dir aber für deine Aufmerksamkeit. Sag mir, dienst du häufig dem Archivar in diesem Bereich?«

Was ein hübscher Bursche …

»Mein Herr, ich sollte jetzt wirklich gehen. Mein Meister schickt mich und …«.

»Moment!«, unterbrach Alrael ihn und stand auf. Er umrundete den jungen Mann und wischte ein Staubkorn von dessen Schulter. Das Spiel begann ihm zu gefallen. Die Unsicherheit. Die Scham.

»Wie ist dein Name?«

»Loris, mein Herr.«

Alrael umrundete ihn nochmal und legte eine Hand auf dessen Hüfte. Er spürte, wie sich der junge Mann unter dieser Berührung versteifte, sich kurze Zeit später allerdings wieder entspannte.

Ah, habe ich es mir doch gedacht.

»Du wirst mir in drei Kerzen Gesellschaft leisten, Loris. Wir werden uns in meinen Privatgemächern treffen. Sei pünktlich und wasche dich vorher!« Alrael konnte sich ein Grinsen nicht verkneifen.

Der Diener blickte ihn erst erstaunt an, begann dann aber zaghaft zu lächeln. »Sehr wohl, mein Herr. Ich bin Euch gerne zu Diensten.«

»In der Tat, du wirst mir wirklich zu Diensten sein. Nun geh, du bist entlassen.« Mit einer herrischen Geste forderte er Loris auf, den Raum zu verlassen.

Und wie du mir zu Diensten sein wirst …

Alrael verließ gut gelaunt das Archiv und bog auf dem Gang in den Ostflügel des Palastes ein. Einmal mehr wurde ihm bewusst, wie verschwenderisch das Gebäude eingerichtet war. An jeder Marmorwand hingen protzige Bilder in goldenen Rahmen. Der Boden war bedeckt mit wertvollen und farbenfrohen Teppichen, kostbare Vasen funkelten auf aufwendig geschnitzten Tischen. An jeder Ecke standen Marmorbüsten seines Vaters und von dessen Vorgängern. Die Fenster in den hohen Wänden waren mit bunten Glasgemälden geschmückt.

Alrael fand diese Verschwendung maßlos, wusste aber, dass sein Vater großen Wert darauf legte, den Eindruck von Macht und Reichtum zu vermitteln. Als Gelehrter hatte er für solcherlei Dinge nicht viel übrig. Sein Reichtum fand auf einer anderen Ebene statt – auf der Ebene des Wissens und der Erkenntnis.

Er ging schneller und erkannte bereits in einiger Entfernung den Gang, der zu seinen privaten Gemächern führte. In einer Viertelkerze sollte die Unterredung mit dem Herzog von Landamar beginnen, er wollte diese so schnell wie möglich hinter sich bringen.

Oh, das wird eine schöne Nacht!

Mit Schwung stieß Alrael die Tür zu seinen Gemächern auf und warf ein elegantes Gewand über, das man passend für den Anlass entworfen hatte. Seiner Ansicht nach war es nur eine weitere Verschwendung in einer Reihe unendlicher Heucheleien. Trotzdem musste er zugeben, dass der rote, eng anliegende Überwurf durchaus etwas für sich hatte. Genau wie der Wappenrock eines Soldaten ging die Gewandung über die Knie. Lange Ärmel waren mit verschlungenen Mustern versehen und konnten über einen Bund an den Händen angepasst werden. Das ermöglichte, sowohl eine elegante Variation zu vermitteln, bot aber gleichzeitig auch eine praktischere Handhabung. Zuletzt noch die schwarze, gemusterte Hose, die der vollständigen Garderobe eine geheimnisvolle Aura verlieh. Der Kragen sollte zugeknöpft werden, er verzichtete aber schon aus Protest. Kurz blickte er in den Wandspiegel und begutachtete seine Gesamterscheinung.

Ich sehe durchaus königlich aus, wären da nicht die unterschiedlichen Augenfarben. Dennoch könnte ich mich an den Anblick gewöhnen.

Eine Weile stand er noch vor dem Spiegel, rang sich dann aber doch durch, die Kragenknöpfe zu schließen - es passte einfach besser ins Gesamtbild. Als er zufrieden nickte, vernahm er schon das drängende Klopfen eines Dieners an seiner Tür.

Pünktlich auf die Viertelkerze genau.

»Mein Prinz, Ihr werdet bereits erwartet!«

»Gemach, ich bin auf dem Weg«, rief Alrael und rieb etwas Duftwasser auf die Wangen. Lächelnd schritt er durch die Tür.

Es wird Zeit, das Schauspiel hinter mich zu bringen.

Pünktlich stand Alrael neben seinem Vater im Thronsaal des Palastes. Der König saß auf dem steinernen Thron und bemühte sich, ein königliches Bild abzugeben. Das gelang ihm nur geringfügig, schließlich war es nun bereits eine Weile her, seit er zuletzt einen Ehrengast empfangen hatte. Die Pflichten eines Königs erforderten für gewöhnlich, den steten Willen, die Wünsche und das Leiden des Volkes zu teilen. Thyr war allerdings ein Mann, der sich in den vergangenen Zyklen eher dem Müßiggang verschrieben hatte, worauf sein Umfang stetig gewachsen war, bis schließlich seine Leibesfülle nicht mehr in die steinernen Vorgaben des Thrones passte. Die umstehenden Wachen ließen sich nichts anmerken, Alrael spürte aber, wie nervös sie aufgrund des Gebarens des Königs waren.

Als sein Vater erneut auf dem Thron herumrutschte und sich lauthals beschwerte, konnte Alrael seinen Zorn nicht mehr zurückhalten. »Bei Morgoris‘ Socken!«, fluchte er. »Vater, du bist einfach zu fett!«

Der König verzog das Gesicht. »Heute so ehrlich, mein Sohn? Du willst diese Angelegenheit wohl schnell hinter dich bringen, nicht wahr?«

Alrael ging nicht auf die Spitze ein und richtete seine Aufmerksamkeit auf den prächtig eingerichteten Saal. Farbenfrohe Banner hingen an den Wänden, darunter einige, die er bislang noch nie in seinem Leben gesehen hatte. Er vermutete, dass es sich um Familienbanner einiger wichtiger Würdenträger handelte, die explizit für den heutigen Empfang geladen worden waren. Der marmorierte Boden war auf Hochglanz poliert, sodass ihn die Spiegelung der Kerzen fast blendete. Teure

Schnitzarbeiten mit dem Sonnenzeichen Kelthors waren als Verzierungen an den Wänden aufgebaut. Duftwässer in gläsernen Schalen spendeten frisches Aroma, zwischen ihnen standen Saugstängel in teuren Vasen und wippten immer wieder hin und her. In der unteren Ebene des Saals hatten sich einige wichtige Persönlichkeiten aus ganz Illindar versammelt. Sie tuschelten miteinander und warfen sich verstohlene Blicke zu. Vermutlich würden sie wie stets irgendwelche Intrigen aushecken oder Bündnisse schmieden, Alrael war dieser Spielereien überdrüssig. Insgeheim waren alle nur Speichellecker, die vom großen Ganzen etwas abhaben wollten. Ob wichtige Kaufmänner, Händler oder Hochwohlgeborene, alle waren gleich.

Ein geiziger Haufen, dem es nur noch um Macht geht.

Diener in den orangefarbenen Gewändern Illindars bewegten sich zwischen ihnen hin und her. Er konnte ihnen die Unsicherheit ansehen. Niemand wusste, was der heutige Umlauf bringen würde.

Alrael sah zur Seite und beobachtete seinen Vater, den mächtigen König Andurals. Er trug einen rot-orangefarbenen Anzug und einen passenden weißen Mantel. Seine goldene Krone war auf Hochglanz poliert, das königliche Schwert stand in einer eisernen Halterung neben dem Thron. All das täuschte aber nicht über seinen gesundheitlichen Zustand hinweg: Er atmete schwer, Schweiß lief ihm die Stirn hinunter, die Augen waren verquollen und die Nase dunkelrot angelaufen. Der Bauch wies dunkle Flecken auf und ragte über die enge Hose hinaus. Seine fleischigen Finger verkrampften sich immer wieder um die Thronlehnen. Der Stein musste ihn tief in die Hüften schneiden, es sah jedenfalls nicht sehr angenehm aus, wie die Hälfte seines Umfangs darüber schwappte.

Alrael grinste ihn frech an. Es war ihm ein Vergnügen, seinen Vater so leiden zu sehen. Er fühlte sich wohl, bot er doch einen direkten Kontrast zu seinem heruntergekommenen Vater. Der Abend wurde seiner Meinung nach mit jeder verstreichenden Kerze besser und besser.

»Grinse du nur, das wird dir gleich vergehen«, schnaubte Thyr und trommelte nervös mit den Fingern auf die Armlehne.

Alrael kniff die Augen zusammen.

Was hat dieser alte Fettsack jetzt wieder ausgeheckt?

Vyron, der oberste Palastdiener, näherte sich dem Thron und verbeugte sich anmutig. König Thyr warf ungehalten eine violette Frucht nach ihm. Sie klatschte gegen Vyrons Brust und hinterließ eine lange Spur auf der orangefarbenen Garderobe.

»Schluss damit, hol ihn rein!«, befahl er.

Der hagere Mann gab nicht zu erkennen, was in ihm vorging. »Sehr wohl, mein König.« Er verbeugte sich wieder tief, diesmal etwas schneller und mit weniger Anmut.

Und schon sind wir wieder ein einfacher Diener. Wie leicht das Leben doch mit uns spielt!

Während der oberste Palastdiener ein Zeichen gab, fing Alrael lauthals zu lachen an. »Man kann viel über dich sagen, Vater, aber du hast einen fantastischen Sinn für Theatralik!«

Thyr überging die Spitze und blickte konzentriert dem Gast entgegen, der nun durch die hohen Tore den Saal betrat. Sofort nahmen die vielen Wachen an den Wänden Haltung an und im Saal kehrte Stille ein. Alle Anwesenden beobachteten voller Spannung die Neuankömmlinge. Herzog Ramor von Landamar war schließlich nicht irgendjemand, er war der König der Händler, einer der reichsten und mächtigsten Hochwohlgeborenen im gesamten Königreich. Es war Gunst und Ehre zugleich, dass er dem König Andurals persönlich seine Aufwartung machte. Gleichermaßen zeigte es aber auch deutlich, dass Thyr, trotz seines schwindenden Einflusses, noch immer Macht über die Herzöge des Landes hatte.

»Ich gratuliere dir Vater, der Herzog ist nur fast so fett wie du«, kicherte Alrael. »Was gebt ihr zwei doch für ein wunderbares Paar ab. Der fette König des Reiches und der fette König der Händler.« Er unterdrückte einen Lachanfall.

Sein Vater funkelte ihn kurz an, blickte dann wieder Herzog

Ramor entgegen, der nun mit federnden Schritten vor dem Thron stehen blieb. Der Mann war massig und fett, selbst der weite dunkelblaue Mantel konnte nicht darüber hinwegtäuschen. Sein fülliges, schwarzes Haar ergraute bereits an den Schläfen. Er trug Sehgläser auf der roten Nase, mehrere glänzende Ketten auf der Brust und viele kleine, edelsteinbesetzte Ringe an den Fingern. In der linken Hand prangte ein teuer aussehender, goldener Spazierstock. Mit einer Eleganz, die man seiner Leibesfülle nicht zugetraut hätte, verbeugte er sich vor dem König und trat beiseite. Hinter ihm gingen drei Frauen, eine hässlicher als die andere. Sie waren in bunte Seidenkleider gequetscht worden, die mehr preisgaben als sie verdecken sollten. Eine der drei Frauen, es musste sich wohl um die Mutter handeln, gab ihrem Gemahl die Hand. Sie nickte dem König zu, der den Gruß erwiderte. Die beiden Töchter traten vor und senkten die Blicke. Mit anmutigen Knicksen boten sie ihre Ehrerbietung dar, Alrael hingegen hätte verzichten können.

»Ich heiße Euch willkommen in Amerys, der schönsten Stadt Andurals«, rief der König. »Möge Kelthor Eure Wege mit Licht erfüllen!«

Alrael verzog angewidert das Gesicht. Sein Vater sprach zwar viel von dem Schutzgott Illindars und fluchte auch zu gerne in dessen Namen, letztendlich war er aber kein gläubiger Mensch. Er besaß nicht einmal ein Schutzmedaillon.

Der Herzog verbeugte sich erneut. »Die Götter meinen es gut mit uns, mein König. Mein Schutzgott Jad ebnete uns den Weg, wir konnten ohne Probleme Eure wunderschöne Stadt erreichen.« Herzog Ramor sprach mit leichtem Dialekt, es hörte sich an, als würden die Wörter sich überschlagen.

König Thyr nickte weise und forderte den Herzog auf, sich zu erheben.

»Ihr ehrt uns mit dieser Einladung. Es erfüllt uns mit Freude, dass Ihr den Bund mit Landamar stärken wollt.«

Wohl eher ausbeuten will er euch, der fiese Drecksack. Und dann rammt er euch ein Messer in den Rücken!

»Stets war Landamar ein treuer Verbündeter des Königreichs. Nie kam uns in den Sinn, Eure Herrschaft anzuzweifeln«, fuhr Ramor fort.

Natürlich nicht, ihr wollt euren Hals schließlich behalten.

»Das Bündnis wird gestärkt, wir haben die Götter für dieses großzügige Angebot gepriesen!«

Gieriger Heuchler, dir geht es doch ebenfalls nur um die eigenen Taschen!

»Es ist eine unvergleichliche Ehre für meine Familie, nein, für alle Menschen in meinen Ländereien. Landamar wird sich wahrlich glücklich schätzen.«

Na, so viel Ehre ist das jetzt auch wieder nicht, bei diesem Fettsack anzutanzen. Nun komm schon zum Punkt!

»Wir haben uns lange beraten und stimmen den Bedingungen zu!«

Der König klatschte begeistert in die Hände. Alrael nahm es gelangweilt zur Kenntnis und beobachtete einen jungen, schmächtigen Diener, dem seine Gewandung wirklich außerordentlich gut stand.

»Wir sind hocherfreut, unsere Blutlinie mit der eines so göttlichen Herrschers zu vereinen.«

Waren es drei oder vier Kerzen?

»Das freut mich sehr zu hören, mein lieber Ramor«, sagte Thyr. »Wir werden in den nächsten Umläufen mit den Vorbereitungen beginnen. Ein Bund vor den Göttern mit allem Schnickschnack, der dazu gehört.«

Alrael stieß einen gelangweilten Seufzer aus. »So? Wer von diesen elenden Heuchlern da unten wird denn mit diesem Horntier unter die Decke springen?«

»Du.«

»Man stelle sich einmal vor, sie ...« Er bekam einen Hustenanfall und schnappte nach Luft.

Thyr lachte schallend. »Habe ich dir das nicht gesagt? Du wirst mit ihr den Bund vor den Göttern eingehen!«

Geschieht das gerade wirklich?

Alrael starrte seinen Vater völlig entgeistert an. »Bei Morgoris' Socken! Wie konntest du ...« Er hielt inne, als er dem stählernen Blick seines Vaters begegnete. Es war der Blick eines Herrschers, der seinen Willen ohne Rücksicht auf Verluste durchsetzen würde. Ein König, der sogar bereit war, den eigenen Sohn zu opfern.

Stille senkte sich über die Halle. Diener, Soldaten und Hochwohlgeborene schwiegen gleichermaßen, gespannt, was folgen würde. Niemand schien damit gerechnet zu haben, am wenigsten Alrael.

Er hat mich ausgetrickst, dieser miese Drecksack! Natürlich, jetzt ergibt alles einen Sinn. Die Andeutungen des Spions. Wie sicher Vater war, dass der Herzog unter seiner Kontrolle stehen würde. Und ich bin ein verdammter Narr, ich hätte es wissen müssen!

Alrael fühlte, wie ihm der Boden unter den Füßen weggezogen wurde. Eine Frau ehelichen? Diese Frau ehelichen? Das konnte nicht wahr sein, er war nur eine Figur im Spiel seines Vaters. Der Herzog beobachtete ihn, sein Gesicht nahm für kurze Zeit einen finsteren Ausdruck an.

Die ältere und wesentlich massigere der beiden Töchter trat einige Schritte nach vorne und verbeugte sich erneut. Dabei drohten ihre Brüste aus dem Kleid zu rutschen. »Ich danke Euch für dieses Angebot, mein Herr«, hauchte sie und warf Alrael einen anzüglichen Blick zu. »Ich kann Euch versichern, dass ich unberührt bin und meine Lenden fruchtbar sind.«

Deine Lenden sind also unberührt? Ich muss gleich kotzen …

Alrael schluckte hörbar und war einen Moment sprachlos. »Ich bin erfreut, das zu hören«, stotterte er und sortierte seine Gedanken.

»Vorsicht!«, mahnte der König mit eiserner Stimme.

Alrael hatte keine andere Wahl, er musste dem Bund zustimmen. Es würde das gesamte Königreich auseinanderreißen, wenn er dem Herzog nun eine Schmach zuteilwerden lassen würde. Den bereits festgelegten Bund, vermutlich war er sogar schon vertraglich verhandelt, nun nichtig zu erklären, würde eine Beleidigung darstellen, die mit keiner finanziellen Summe beglichen werden konnte. Er war eine Figur im Spiel seines Vaters.

Den eigenen Sohn geopfert ... den eigenen Sohn geopfert wie einen Bauern. Vielleicht ist das nicht der erste Sohn, den er geopfert hat?

Alrael betrachtete König Thyr aus den Augenwinkeln. Zum ersten Mal in seinem Leben verspürte er Angst. Nackte, kalte Angst. Der König warf ihm einen auffordernden Blick zu. Seine Augen waren unergründlich und dunkel.

»Ich freue mich natürlich auf unseren angehenden Bund vor den Göttern«, sagte Alrael mit brüchiger Stimme.

Der Saal brach in tobenden Applaus aus. Alrael hatte allerdings nur Augen für seinen Vater.

DIE GROSSE SCHLUCHT

Im Osten geht die helle Sonne auf,
so fern im Westen geht sie unter.
Sydenia, erstrahle im Licht,
Magari, die Schwester,
war ewiglich.

Von Sonne, Monden und Göttern

Kalt und klar hatte der Morgen begonnen, mit einem frischen Wind, der vom Ende des Sommers zeugte. Hohe Töne erklangen, als der Wind durch Schluchten, vorbei an großen Felsformationen, zu einem Konvoi mehrerer Sklavenwagen jagte. Träge ließ er sich auf dem Boden nieder und wirbelte einige Blätter empor. Wie in einem Tanz flogen sie in verschlungenen Mustern durch die Gegend, immer höher, immer weiter. Der Wind schwoll an, wirbelte zwischen den engen Gitterstäben hindurch und zerzauste die Haare eines jungen Mannes. Er umtoste ihn, umfloss ihn. Mit einem leisen Seufzer zerstob der Wind und verschwand.

Elhan wischte die langen Haare aus dem Gesicht. Während er die Umgebung betrachtete, streifte sein Blick die anderen Sklaven in seinem Wagen. Sie stürzten sich mit Heißhunger auf den Brei, selbst Itras kratzte gierig an den Rändern der Schale. Ein großer Sklave mit einer wulstigen Narbe im Gesicht beobachtete ihn mit zusammengekniffenen Augen. Sein Haar war dunkel, die Haut leicht gebräunt und die untere Gesichtshälfte von einem wuchernden Bart bedeckt. Vermutlich handelte es sich um einen Landamarer.

Elhan wich dem Blick nicht aus, er musste Stärke beweisen. Rasch beendete er seine Mahlzeit und warf die Schale in die Ecke. Irgendwann würden sie wieder versuchen, ihm das Essen wegzunehmen, das wusste er. Noch aber war es nicht soweit, noch waren sie nicht verzweifelt genug. Es war allerdings nur eine Frage der Zeit.

Reflexartig befühlte Elhan seinen Hals. Die Abdrücke des letzten Angriffs waren mittlerweile verheilt. Sein Hemd – ehemals leuchtend weiß und geschnitten nach der neuesten Mode – war nur noch ein dunkelgrauer Fetzen, verschmiert mit braunen Schlieren und Blut. Irgendwann, er wusste nicht mehr, wann das gewesen war, hatte er sich entschlossen, das Hemd auszuziehen. Nun saß er mit gekreuzten Beinen und nacktem Oberkörper in der schwülen Hitze und schloss die Augen.

Die Sonne brannte heiß und rötlich am Horizont, einige Wolken wurden von ihr umrahmt und bildeten ein buntes Farbenspiel, wie Farbtupfer auf einem Gemälde. Die Umgebung war trocken und felsig, mehrere kleinere Städte zogen an ihnen vorüber. In Kürze würden sie Terez, die Hauptstadt von Landamar, erreichen und anschließend direkten Kurs zur großen Schlucht einschlagen.

Elhan spürte keine Furcht mehr, er fühlte im Grunde gar nichts mehr. Die vielen Umläufe in dem Wagen hatten jegliche Empfindungen ausgebrannt und eine gleichgültige, leere Hülle hinterlassen. Die kürzlich zurückliegende Ermordung des Mitinsassen hatte ihn zwar erschüttert, war aber zu einer unbedeutenden Nebensächlichkeit geworden.

Der Tod ist mittlerweile normal für uns. Wir stumpfen ab, werden blind und gefühllos. Wo soll das enden?

Ab und zu ertappte er sich, wie seine Gedanken zu der fremden Frau wanderten, die sich für die Sklaven eingesetzt hatte.

Wie hat der Sklaventreiber sie genannt? Tochter des westlichen Herzogs. Ja, das war es gewesen. Dann muss es sich offensichtlich um Cathien handeln, Tochter des Bessyn. Jeder in Andural kennt die Namen der Mächtigsten im Land …

Er fand es sehr ungewöhnlich, dass sich ausgerechnet eine Hochwohlgeborene für sie eingesetzt hatte. Sonst waren Menschen ihrer Herkunft eher mit sich beschäftigt. Das Schicksal eines Einzelnen kümmerte sie normalerweise nicht. Sie waren durchtrieben, hinterhältig und machtgierig – jeder wusste es. Und doch hatte sich diese fremde Frau für die Gefangenen eingesetzt. Aber nicht nur das, er hatte seltsamerweise das Gefühl gehabt, dass sie aus Überzeugung gehandelt hatte. Sie hatte jedoch nichts ausrichten können. Was hätte sie auch tun sollen? Die Sklaven waren Verbrecher und Mörder, nichts weiter als Abschaum und Dreck. Mittlerweile erkannte er immer deutlicher, dass seine Situation vollkommen hoffnungslos war.

Elhans Gedanken wirbelten umher wie ein tosender Fluss. Einzelne Stränge traten an die Oberfläche und wurden wieder fortgespült. Sein Vater, ermordet und wie Schlamm am Boden liegengelassen. Der Wagen, zerstört und ausgeraubt. Die Horntiere, gequält und abgeschlachtet. Seine Schreie, als sie ihn von der Leiche seines Vaters weggerissen hatten. Der Gefangene, kaltblütig erschlagen.

Er saß am Boden und spürte immer deutlicher, dass er den Verstand verlor. Wie sollte es weitergehen? Was würde ihn am Ende seiner Reise erwarten? Vielleicht wäre der Tod wirklich eine Erlösung, ein Ende dieser Tortur. Seine Gedanken wurden immer trüber, ein steter Strom einzelner Fäden. Er ließ sich treiben, hörte auf zu denken. Irgendwo in der Ferne vernahm er einen leisen Schrei. Es wurde dunkel, alles verschwamm um ihn. Bald würde er …

Eine Hand legte sich auf seine Schulter.

Träge öffnete Elhan seine Augen und sah in das runzlige Gesicht des alten Mannes.

»Besinne dich auf deine Umgebung«, sagte der Alte und schenkte ihm ein zahnloses Grinsen.

Elhan blinzelte. »Was?«

»Das ist nicht gut für dich, Kleiner. Du musst bei Verstand bleiben!« Er kroch auf seinen Platz zurück und wippte mit dem Kopf hin und her.

Elhan starrte ihn verwirrt an. Er versuchte, seine Gedanken zu sammeln, aber es fiel ihm schwer. Der Mann mit der großen Narbe im Gesicht beäugte ihn wieder. Er spürte dessen Blick, es war ihm egal.

Am Rande seines Sichtfelds nahm er nun mehrere hölzerne Gebäude wahr, die Landschaft veränderte sich zunehmend. Wie viel Zeit inzwischen vergangen war, konnte er nicht sagen. War es eine Kerze gewesen? Mehrere Kerzen oder gar ein ganzer Umlauf?

Immer noch leicht benommen, stand Elhan auf und streckte die steifen Glieder. Itras hatte recht, er musste seine Gedanken beisammenhalten. Letztendlich ging es darum, zu überleben. Behutsam betastete er seinen linken Unterarm und fühlte über die silbrige Narbe, die kaum noch erkennbar war. Die Wunde an seinem Kopf war ebenfalls verheilt, der rechte Knöchel wieder belastbar.

Nach einer Weile bemerkte er, dass der Wagen langsamer wurde und es einen schrägen Hang hinaufging. Das schwere Schnaufen der Horntiere drang bis zu ihnen, während sich die Sklaventreiber in ihrem kehligen Dialekt etwas zuriefen. Die Straßen wurden schmaler, große Holzbauten in verschiedenen Größen säumten den Wegesrand. Dazwischen standen gut gekleidete Männer, die lachend in ein großes Gebäude schlenderten. Frauen und Kinder, die große Körbe unter den Armen trugen und auf die Sklavenwagen zeigten. Händler, die lautstark ihre Ware anpriesen. Der Konvoi rollte an einem breit angelegten Holzgebäude vorbei, das unzählige graue Knollen in Schaukästen feilbot. Horntiere in jeder Größe waren an Holzstreben gebunden, Schuppenhunde rannten über die staubigen Straßen. Kein Haus sah aus wie das andere. Es gab sogar vereinzelt Stein- und Marmorhäuser. Bunte Tücher waren zwischen mehreren Gebäuden gespannt, an einigen hingen Banner und Stoffreste. Wandersträucher und Felsknospen krochen über den Boden und kreuzten beinahe den Weg eines schwer beladenen Fuhrwerks.

Überall um sich nahm Elhan das Leben wahr. Terez war eine Stadt ungreifbaren Ausmaßes. Hier war das Zentrum des Handels, der Ort, an dem die sagenhafte Knolle geerntet wurde. Mitten in der trockenen Ödnis und doch der Mittelpunkt des Reiches. Bislang hatte Elhan geglaubt, dass Norfalls Hauptstadt Merun eine große Stadt war, Terez hingegen war viel größer – das genaue Ausmaß konnte er noch nicht überblicken. Es war allerdings sofort erkennbar, dass all der Reichtum auf dem Rücken der Sklavenarbeiter fußte. Er sah sie in Gruppen, aneinandergekettet und beaufsichtigt von schwer gerüsteten Aufsehern. Teilweise in Lumpen gekleidet, teilweise vollkommen nackt, stolperten sie stumpfsinnig über die Straße. Die Wangen eingefallen, den Blick auf den Boden gerichtet, den Mund zu einem stummen Schrei geöffnet. Menschen liefen an ihnen vorbei und würdigten sie keines Blickes. Das göttliche Gesetz, Schandfleck eines ganzen Landes. Wer geraubt, gemordet oder sich sonst in irgendeiner Weise etwas zuschulden kommen lassen hatte, wurde verurteilt und in der großen Schlucht versklavt. Unter die Erde geworfen, sodass er niemandem mehr Leid antun konnte. Wie Staub im Wind.

Elhan bemerkte, dass ihn all das nicht mehr berührte. Er würde auch bald so aussehen. Stumpf und leblos, nur noch ein Schatten seiner selbst. Was hatte es für einen Zweck, dagegen aufzubegehren? Wer würde ihn anhören?

Ich bin ein Sklave, ich gehöre hierher …

Mit einem schweren Seufzer setzte er sich und massierte den verkrüppelten Arm.

»Eine Schande, nicht wahr?«, flötete Itras und klopfte im Takt auf den Oberschenkel. »Solch eine Verschwendung von Leben, nicht wahr, mein Kleiner?«

Elhan ignorierte ihn, musste ihm aber recht geben. Der Gefangene mit der schwulstigen Narbe beobachtete ihn wieder. Sollte er doch, es war ihm egal.

»Wenn wir erst da unten sind, wird dem kleinen Burschen niemand mehr helfen können«, flüsterte der Alte und tippte an die Stirn. »Da unten braucht man Freunde. Hörst du? Freunde!«

Elhan warf ihm einen schmalen Blick zu. »Du willst also mein Freund sein, Itras?«

»Ich bin doch schon dein Freund, mein Kleiner.« Er lachte gackernd. »Du bist mein Freund, ich bin dein Freund, wir alle sind Freunde.«

Elhan hatte keine Lust, einen weiteren Gedanken an den Verrückten zu verschwenden, und blickte auf die Straße.

»Sobald wir da unten sind, geht's rund. Du brauchst Verbündete, um zu überleben, Elhan.«

Es war das erste Mal, dass der alte Mann seinen Namen genannt hatte. Der Ernst in dessen Tonfall überraschte Elhan. Ihm fiel wieder ein, dass Itras bereits in der Schlucht gearbeitet hatte.

»Wie ist es da unten?«, hakte er nach.

»Kalt. Warm. Heiß. Nass. Trocken. Dunkel. Hell.« Kurz hielt Itras inne und schien in die Ferne zu blicken. »Ein Ort der Gegensätze, des Leids und der Wunder, Kleiner.« Er atmete tief ein und wieder aus. »Du wirst es sehen. Du wirst es sehen.«

»Gibt es eine Chance, zu überleben? Ich meine …« Er stockte, wusste nicht, wie er weiterreden sollte. Die ganze Situation erschien ihm so unwirklich. Sein ganzes Leben war ihm innerhalb eines Blinzelns genommen worden. Einfach alles: Vergangenheit, Gegenwart und Zukunft.

»Ich sitze hier, ich lebe«, sagte Itras mit schwerer Stimme.

Elhan schüttelte den Kopf und besah wieder die Umgebung. In einiger Entfernung sah er einige Schuppenhunde, die sich von auf dem Boden verstreutem Abfall ernährten. »Wir werden sterben, nicht wahr?«

»Ja, das werden wir, Junge.« Itras kicherte. »Aber noch nicht heute.«

Elhan ließ sich zurücksinken und ergab sich seinem Leid.

Einige Kerzen später ging es steil hinauf. Die prächtigen Holzbauten wurden weniger und machten zweckdienlichen Gebäuden Platz. Arbeiter werkelten an Holzblöcken, Schmiede bearbeiteten heißes Metall und schwer beladene Wagen rollten den Hang hinunter. Die Luft war staubig und trocken, ein feiner Geruch nach Schweiß und Erde schlug ihnen entgegen. In der Ferne ertönten Klopfgeräusche, dicht gefolgt von metallischem Klirren.

Der Wagen wurde nach einer Weile langsamer, während es immer heißer wurde. Mit Schwung ging es einen leichten Hang hinunter, bis der Konvoi schließlich stehen blieb.

Elhan spürte die Unruhe, die sich unter den Sklaven ausbreitete. Die Horntiere schnauften tief und ließen sich mit einem dumpfen Geräusch zu Boden fallen. Drei Sklavenhändler kamen zu ihrem Wagen, schwer bewaffnet mit Knüppeln und Ketten.

Die Wagentür öffnete sich knirschend.

»Aufstehen und rauskommen!«, befahl der Sklavenhändler namens Raschik. Seit dem Vorfall auf der Straße hatte er ihn nicht mehr zu Gesicht bekommen.

Die Gefangenen erhoben sich stöhnend und verließen den Wagen. Elhan war der Letzte, der hinaustrat. Staubiger Wind wehte ihm entgegen und brachte einen modrigen Geruch mit sich, der in seiner Nase kitzelte. Er rieb mit einem dreckigen Finger den Staub aus den Augen.

»In einer Reihe aufstellen!«, rief Raschik.

Elhan schlurfte zu Itras, während weitere Gefangene aus den Wagen geführt und neben ihnen aufgestellt wurden. Mehrere Sklavenhändler umringten sie. Er bemerkte, dass Raschik ihn mit einem gehässigen Grinsen beobachtete.

»Ihr seid Abschaum! Mörder! Diebe!« Der Sprecher, ein sehr kräftiger Sklavenhändler, trat in Elhans Sichtfeld. Eine goldene Kette spannte sich quer über dessen breite Brust. Es musste sich um eine wichtige Persönlichkeit innerhalb der Gruppe handeln. »Wenn es nach mir gehen würde, wärt ihr schon lange gehängt, erstochen oder ertränkt worden! Ich werde euch in einzelne Gruppen einteilen. Jede Gruppe steht für einen anderen Stollen. Der Preis für eure Arbeit wurde bereits entrichtet. Ihr seid wirklich ein jämmerlicher Haufen!« Damit warf er Raschik einen auffordernden Blick zu. »Dennoch habe ich einen hohen Preis für euch bezahlt und ihr werdet mir gute Dienste leisten.«

Ah, er ist also unser Käufer. Das erklärt natürlich einiges. Vermutlich wird er uns an verschiedene Schürfgebiete weiterverkaufen oder verleihen.

Elhans Kenntnisse über den Sklavenhandel und die einzelnen Abläufe waren eher gering, es schien ihm nie sonderlich erstrebenswert gewesen, sich näher damit zu befassen. Eine Tatsache, die ihn nun teuer zu stehen kam.

»Was passiert mit uns?«, raunte er Itras zu.

Dieser sah ihn kurz aus den Augenwinkeln an. »Entweder wirst du an irgendwelche Hochwohlgeborene verkauft. Dann hast du mehr Glück. Oder du wirst verliehen. Dann hast du weniger Glück.«

»Wieso?«, fragte Elhan rasch. Er kam sich wirklich einfältig vor.

»Hast du die Sklaven auf der Straße vorhin gesehen, Kleiner?«

»Ja, das habe ich. Sie waren mehr tot als lebendig. Was ist mit ihnen?«

»Das sind die, die weniger Glück hatten.«

»Ich will nicht so enden, Itras.«

»Das will niemand, Junge.«

Der reiche Sklavenhändler ging weiter vor ihnen auf und ab. Er rief irgendeinem Mann hinter ihnen etwas zu. Elhan verstand es nicht aufgrund des starken Akzents. Als er sich umdrehen wollte, explodierte seine Schulter vor Schmerz. Er schrie auf und stürzte zu Boden.

»Der da kommt mit mir!«, grollte Raschik.

Elhan bekam Staub in den Mund und musste husten.

»Der hier auch!«

Itras landete mit blutender Wunde am Kopf neben ihm. »Willkommen im Paradies«, flüsterte er.

Elhan stemmte sich stöhnend hoch und versuchte, ihm aufzuhelfen.

»Du gehörst jetzt mir, du dreckiger Sklave!«, raunte Raschik und senkte drohend den Kopf. »Wenn du mir Schande bereitest, wird es mir eine Freude sein, dich von deinem Leid zu erlösen.«

Was geschieht hier? Was …

Der Knüppel traf ihn in den Bauch. Stöhnend ging er wieder zu Boden.

»Nicht träumen! Hoch mit dir und mitkommen!«

Schwach stemmte er sich hoch und warf Raschik einen bösen Blick zu. Halb stolpernd, halb laufend gingen er und Itras hinter dem Norfaller her. Mit Ekel bemerkte Elhan, dass er sich erbrochen hatte. Reste seiner kargen Mahlzeit hingen ihm im Mundwinkel.

»Ihr seid ein Tyrann, ein Mörder!«, stieß er schwer atmend hervor.

»Oh, ich bin nicht nur ein Tyrann, hier unten bin ich ein König.« Raschik lachte und breitete die Arme aus.

Elhan hob den Blick und dann sah er sie: Arakkur, die große Schlucht. Direkt vor ihnen tat sich ein bodenloser Abgrund auf, der sich von einem zum anderen Horizont erstreckte. Wie eine Wunde im Fleisch der Erde klaffte die Schlucht in der weiten Ödnis auf. Als er in den Abgrund blickte, sah er nichts als Schwärze - eine dunkle, bedrohliche und nicht endende Schwärze. Überall um ihn erklangen klopfende und knirschende Geräusche: Metall auf Stein, laute Schreie, Seile, die gespannt wurden, und Steine, die abbröckelten. Die Luft war geschwängert von erdigem und staubigem Geruch. Grauer und schwarzer Rauch drang aus der Schlucht, irgendwo erklang ein dumpfer Aufprall. Die andere Seite der Schlucht war nur schwach erkennbar, sie musste sich sehr weit entfernt befinden. In der Ferne erkannte Elhan die sagenhaften Himmelsschwingen. Gigantische Flugtiere, die Passagiere über die Schlucht brachten. An verschiedenen Stellen der Schlucht gab es Holzkonstruktionen, die als Aufzüge dienten. Soldaten gaben Zeichen, dann bedienten Sklaven eine Vorrichtung. Sofort setzte sich die Konstruktion in Bewegung und ein kleiner Holzbau wurde langsam mit Hilfe eines kräftigen Seils in die Schlucht hinab- und wieder hochgefahren.

Elhan kniff die Augen zusammen und sah die Hänge der Schlucht genauer an. Dort konnte man Einbuchtungen und Plattformen erkennen. Soldaten standen auf den Plattformen und gaben Anweisungen, einige Sklaven luden irgendwelche Sachen ab und verschwanden in den Eingängen.

Er verspürte Furcht, nackte kalte Furcht. Hatte er zuletzt geglaubt, ein schweres Schicksal ertragen zu müssen, wurde er nun eines Besseren belehrt. »Das ist der Tod«, raunte er tonlos.

»Du hast es erfasst, du dreckiger, kleiner Sklave!«, meinte Raschik und stieß ihn mit dem Knüppel wieder an. »Los jetzt, ich habe heute noch einiges zu tun!«

Sie waren zu fünft: Elhan, Itras und drei weitere Sklaven, darunter der große Kerl mit der Narbe im Gesicht. Gemeinsam stolperten sie einen Weg entlang, vorbei an großen Holzgerüsten, schreienden Arbeitern und schwer beladenen Wagen. Überall waren Soldaten postiert und Händler begutachteten die Rohstoffe, die über die Zugsysteme nach oben transportiert wurden. Vereinzelt standen Hochwohlgeborene dabei und überwachten die Abläufe. Es war absolute Widersprüchlichkeit, fand Elhan. Ein toter Ort, der doch so viel Leben beinhaltete. Sie wurden schließlich zu einer Stelle geleitet, an der einige Soldaten in sandfarbenen Gewändern standen. Auf ihren Brüsten prangte das Symbol Valentars, der unvollendete Mond. Raschik nickte einem Soldaten auffordernd zu, der daraufhin einen lauten Befehl gab. Die Tür des Holzkonstrukts öffnete sich knarrend und Elhan schritt furchtsam über die Schwelle. Einen Moment schwankte das Objekt. Dann kam der Befehl des Soldaten und sie fuhren in die schwarze Tiefe.

Hinunter.

In die große Schlucht.

In den Tod.

ZWISCHENSPIEL – ATERIA

Magari ist die Göttin des zweiten Mondes und der Wachsamkeit. Sie ist die Zwillingsschwester der Sydenia und die Ehefrau des Jad. Vor allem in den westlichen Regionen wird Magari als Schutzgöttin verehrt. Dargestellt wird sie mit einem stilisierten Auge.

Enzyklopädie des Neunerbundes

Der Wind jagte weit im Westen über das weiße Land. Wie in einem stillen Tanz drehten sich Schneeflocken und flogen wild auseinander. Rankenbäume versuchten, sich mit ihren kräftigen Wurzeln dem Wind entgegenzusetzen. Der Wind aber kannte keine Gnade, keine Grenzen. Sie knickten ein und fielen mit berstenden Geräuschen zu Boden. Immer schneller und immer drängender jagte der Wind umher, wirbelte auf und ab, seitwärts und zurück. Über weite Ebenen hinweg, durch stille Wälder vorbei an reißenden Flüssen, hin zu einer großen Stadt aus Stein. Er jagte darauf zu und prallte gegen die hohe Mauer. Immer wieder blies der Wind mit geballter Kraft dagegen. Härter. Schneller. Größer.

Die Mauer hielt stand.

Mit einem leisen Seufzen fand der Wind sein Ende.

Es war ein windiger und kalter Umlauf. Ateria spürte, wie

die unbarmherzige Kälte durch ihre Kleidung sickerte, ihre Haut zum Prickeln brachte und sich tief in ihre Knochen fraß. Sie war alt, ihre Zyklen waren bereits gezählt. Jeden Morgen brauchte sie länger, um aus dem Bett zu kommen. Jeden Morgen fühlte sie sich ein wenig steifer und zerschlagener von der Nacht. Sollte der Schlaf nicht ursprünglich der Erholung dienen? Sie wusste es nicht und wollte es auch nicht mehr wissen. Ihr einst blondes langes Haar war mittlerweile von vielen grauen Strähnen durchsetzt. Das Gesicht voller Falten, die Augen stumpf und schwach. Sie hatte bereits so vieles verloren und war dabei, noch viel mehr zu verlieren.

Ateria richtete ihren Blick auf die weiße Schale, die sie in Händen hielt. Rote Papierfetzen lagen darin und raschelten im kalten Wind. Um sie stand die schweigende Menge, die gekommen war, um ihren Herzog zu verabschieden. Den Größten unter ihnen.

Die Papierfetzen erinnerten sie an die Botschaft, die sie von ihrer Tochter erhalten hatte.

»Cathien hat recht«, flüsterte sie. »Es ist die einzige Lösung, die einzige Möglichkeit auf Hoffnung.«

Das Herzogtum stand vor dem Ruin, der Einfluss ihrer Familie war geschwächt. Ateria hatte dem Herzog keine männlichen Erben schenken können. Jede Schwangerschaft, nachdem Cathien das Licht der Welt erblickt hatte, endete in einer Fehlgeburt. Jeder weitere Fehlschlag war wie eine Faust ins Gesicht und raubte ihr Kraft und Lebenswillen. Aber ihr ehrenvoller Mann hatte sich geweigert, eine andere Frau vor die Götter zu führen. Hatte sich geweigert, eine andere Frau mit seinem Samen zu befruchten. Bessyn hatte sie geliebt.

Langsam näherte sich Ateria dem Holzstapel, auf dem ihr verstorbener Gatte leblos und kalt lag. Die Arme waren an den Seiten abgelegt, die Hände gespreizt. Er war nackt, wie er das Licht der Welt erblickt hatte - nur ein weißes Tuch bedeckte seine Lenden. Schnitte an den Armen erinnerten, dass sie ihm das Blut abgeschöpft hatte, um es in einer rituellen Blutschale aufzufangen. In dieser lagen Papierfetzen, die den Lebenssaft bereits aufgesogen hatten und in der Kälte gefroren waren.

Ein Opfer für die Götter, genauso wie sie sich zum Wohl ihres Volkes opferte. Es wäre möglich, einen geachteten Mann zum neuen Herzog zu ernennen. Das Gesetz verbot das nicht, erlaubte es sogar. Der König hatte keinen Einfluss, er konnte es akzeptieren oder aber auch lassen. Seine Macht war in dieser Hinsicht beschränkt. Dennoch tat sie es nicht, bevor sie ihren Stolz verloren und ihre Atemseele ausgehaucht hatte. Sie war die Herzogin von Kallyen und würde es bis zu ihrem Lebensende bleiben. Das schwor sie bei allen Göttern des Neunerbundes.

»Mögen die Götter deine Atemseele bei ihrem Aufstieg begleiten. Möge sie hinaufsteigen in die lichten Gestade, eins mit den Göttern werden und dort ewig ruhen«, intonierte Ateria das Ritual und ergriff mit der rechten Hand die Fackel, die ihr von einem Soldaten gereicht wurde.

Lebe wohl, mein Geliebter.

Knisternd fing das trockene Holz Feuer. Die Menge stand still und hielt den Kopf gesenkt. Der Leichnam begann zu brennen.

Ateria griff in die Blutschale und nahm die Papierfetzen heraus. Sie knirschten, als sich ihre Hände darum schlossen. »Das ist sein Blut, seine Atemseele.« Sie warf die Fetzen ins Feuer. »Der Rauch weist den Weg in den Himmel«, schloss sie das Ritual und warf die letzten Reste hinein.

Eine Träne bahnte sich den Weg über ihr Gesicht. Am Kinn blieb sie noch eine Weile haften, bis sie ihren langen Weg auf den Boden suchte.

Ateria war schwach und von Kummer erfüllt, aber sie war auch stolz. Sie war die Herzogin von Kallyen und es galt, ein Rätsel zu lösen. Während Cathien ihr Leben aufs Spiel setzte, war es an ihr, die Verschwörung aufzudecken. Und das tat sie, kompromisslos und ohne Gnade.

Einige Kerzen später stand Ateria noch immer vor den Überresten des Scheiterhaufens. Es fühlte sich an, als wäre ein Teil ihrer Atemseele ebenfalls verbrannt. Der gute Teil, der lichte Teil. Die Hälfte von ihr, die Gnade kannte. Es war gut so, es musste so sein.

Ein Soldat näherte sich mit einem Räuspern. »Meine Herrin, wir haben ihn gefunden. Er befindet sich bereits seit einer ganzen Kerze im Kerker.«

»Gut«, gab sie schneidend Antwort.

»Wie lauten Eure Befehle?«, fragte der Soldat und hüllte sich enger in den Mantel. Es war kalt, Schneeflocken fielen vom Himmel.

»Führt mich zu ihm, lasst ein heißes Eisen vorbereiten!« Sie blickte ein letztes Mal auf die Asche ihres Mannes. Dann nickte sie entschlossen und drehte sich um.

Der Soldat verneigte sich und zitterte wie Laub im Wind. »Sehr wohl, meine Herrin!« Mit großen Schritten entfernte er sich Richtung Burg.

Ateria folgte ihm gemächlich. Sie lief an schweigenden Menschen vorbei, die ihrer gewohnten Arbeit nachgingen. In das Innere der Burg, durch kalte Flure und dunkle Gänge. Seit der Abwesenheit ihres Mannes und ihrer Tochter war alles kalt und dunkel: die Burg, das Land, das Leben. Der Diener würde nicht mehr weglaufen können, ihre Wachen hatten den Mann gefunden. Nun war es Zeit, sich seiner anzunehmen. Sie fühlte heißen Zorn in sich, es war ein gerechter Zorn.

Der Soldat gab die entsprechenden Anweisungen an andere Soldaten weiter und führte sie schließlich die steilen Stufen zum Kerker der Burg hinab. Sie hüllte sich tiefer in ihren weiten, grünen Mantel und atmete die abgestandene Luft ein, die ihr entgegenschlug. Unten angekommen, öffnete der Soldat eine rostige Metalltür, die mit einem Knirschen gegen die Wand schlug. Er salutierte und geleitete sie in den kleinen Raum. Die Wände waren aus altem Stein gefertigt, die Luft stank nach Blut und Feuchtigkeit. Es war kalt und schummrig, in der hinteren Ecke hing ein kleiner Mann an rostigen Handschellen.

Ateria trat in die Finsternis und verharrte vor dem Gefangenen. Er hob den Blick nicht, blieb stumm. Sein langes, verfilztes Haar hing in Strähnen in sein Gesicht und der Körper war vollständig von Platzwunden überzogen.

Sie haben den Gefangenen bereits mit Schlägen weich geprügelt – das ist gut.

Ein weiterer Soldat betrat den Raum und hielt ein heißes Eisen in der Hand. Es glühte in grellem Licht und erhellte einen Teil der düsteren Zelle.

Das ging schnell. Ihre Disziplin ist wirklich bemerkenswert.

Ateria widmete sich dem Gefangenen und musterte ihn einen Augenblick. Dann atmete sie tief durch und näherte sich ihm.

»Name!«, zischte sie.

Der Gefangene hob den Kopf an und spuckte ihr roten Rotz vor die Füße.

Ohne zu zögern, gab sie mit einem Wink ihrem Soldaten einen Befehl. Die Haut des Gefangenen zischte und brutzelte, als der heiße Stahl darauf traf. Gestank nach gebratenem Fleisch drang in ihre Nase, sie war jedoch unempfindlich dafür. Der Gefangene schrie sich die Seele aus dem Leib. Er schrie und schrie, bis der Soldat das Eisen wieder entfernte. Eine rotschwarze Wunde war über der rechten Hüfte des Gefangenen erkennbar.

»Name!«, forderte Ateria erneut.

Der geschundene Mann atmete stoßweise und war kaum noch bei Bewusstsein.

»Beantworte meine Frage und wir bringen es schnell hinter uns.«

Er schüttelte den Kopf und spuckte erneut vor ihre Füße.

Ateria nickte dem Soldaten auffordernd zu, worauf er mit dem glühenden Eisen auf den Gefangenen zuging. Seinem Gesicht war nichts anzumerken, sie erkannte es aber in seinen Augen. Er sträubte sich und doch verstand er, dass es notwendig war.

Ja, so was macht selbst den stärksten Mann schwach.

Die Haut auf der Brust des Gefangenen warf Blasen und färbte sich sofort schwarz. Er schrie leidend seinen Schmerz hinaus und warf immer wieder den Kopf herum.

Ateria gebot mit einem Handzeichen Einhalt. »Wir wollen sehen, wie viel wir von dir wegschneiden können, bis dein Innerstes schließlich ans Licht tritt«, sagte sie und forderte den Soldaten auf, die Füße des Gefangenen ebenfalls mit rostigen Fesseln zu binden. Ein zweiter Soldat zog an einem Hebel, wodurch die Hand- und Fußschellen straff auseinandergezogen wurden. Der Gefangene hing nun gespreizt in der Luft und war gezwungen, ihr in die Augen zu sehen. Es erfüllte sie mit Freude, dass er noch bei Bewusstsein war. Starr blickte er geradeaus, den Mund zu einer Linie gepresst.

Nun, dann beschleunigen wir das Ganze etwas.

»Schneidet ihm den Daumen der rechten Hand ab!«

Der Soldat zog ein Messer. Sie bemerkte seinen Widerwillen, er kam allerdings der Aufforderung nach. Er setzte das Messer an, der Gefangene warf ihr einen ungläubigen Blick zu.

Ateria nickte.

Der Daumen landete mit einem klatschenden Geräusch auf dem Boden. Es brauchte einen Moment, bis der Gefangene realisierte, was soeben geschehen war. Erst dann hallte sein Geschrei von den kalten Steinwänden wider. Sein Gesicht war zu einer Fratze verzogen, während er immer lauter schrie und schließlich in Ohnmacht fiel.

Ateria war erstaunt, wie viel Kraft noch in dem Burschen steckte. Dort, wo zuletzt noch der Daumen des Gefangenen war, hing nur noch ein kleiner blutiger Stummel. Der weiße Knochen war erkennbar.

»Macht ihn wach, wir haben noch Arbeit vor uns!«

Ein dritter Soldat kam mit einem Eimer Wasser herein. Erst schlug er den Gefangenen ins Gesicht. Als der sich nicht bewegte, schüttete er das eiskalte Wasser über ihn. Mit einem Stöhnen wurde der Gefangene wieder wach.

»Das war nur der Daumen«, zischte Ateria. »Wir machen mit einem nach dem anderen Finger weiter. Danach kommen die Zehen und am Ende die Augen.« Ateria blickte ihn starr an. »Danach geht es weiter mit deinen Gliedmaßen. Erst eine Hand, dann ein Unterarm. Zum Schluss werden wir uns deiner Zunge zuwenden. Das wird das Zeichen für dich sein, dass du für uns wertlos geworden bist.«

Der Gefangene brabbelte unverständliche Worte.

Ateria gab dem Soldaten wieder einen Wink. Er ging auf den Mann zu, ergriff die bereits lädierte Hand und schnitt einen zweiten Finger ab. Klatschend landete der neben dem blutigen Daumen auf dem Boden. Blut lief in Strömen die verstümmelte Hand hinunter. Der Gefangene stöhnte und ächzte, bewegte unkontrolliert die Lippen und zitterte am ganzen Körper.

»Lauter, sonst machen wir weiter!«

»Bitte ... ich gestehe«, drang es leise aus seinem Mund.

»Was gestehst du?«

Er verstummte.

Ein Soldat schlug ihn ins Gesicht. Mit einem hörbaren Knacken brach die Nase. Blut spritzte und lief über die geschundene Brust.

»Was gestehst du?«

»Ich habe ... ich habe dem Herzog an jedem Umlauf ein Gift verabreicht ... jeden Umlauf. Im Essen.« Ihm fiel der Kopf auf die Brust. Seine Nase pfiff bei jedem Atemzug. Rot lief es aus Mund und Nase, am Boden hatte sich eine große Pfütze gebildet.

»Das wissen wir bereits, sonst wärst du nicht hier!« Sie wurde langsam ungehalten, Geduld zählte mittlerweile nicht mehr zu ihren Stärken.

»Es war ... es war ...«. Der Gefangene wurde wieder ohnmächtig.

Sie gab ein Zeichen, Wasser schwappte über den nackten Körper. Als er immer noch nicht reagierte, schlug ein Soldat brutal auf das Gesicht ein. Der Kopf sah mittlerweile aus wie ein unförmiger, fleischiger Brocken.

Mit einem Ruck wurde der Gefangene wieder wach.

»Es war … es war?«, keifte sie.

Der Gefangene blickte sie stöhnend an. Lange würde er nicht mehr durchhalten. »Es war ein Auftrag. Ein Auftrag … Valentar.«

Ateria riss die Augen auf.

Valentar? Bei Valrysia, was ist das für ein Spiel?

Sie fuhr nervös durch die Haare. »Valentar, was ist damit?«

Der Gefangene atmete stockend. Blut lief aus unzähligen Wunden an seinem Körper hinab. Er war kaum noch bei Bewusstsein, hing schlaff in den gespannten Ketten.

»Bitte … es war ein Auftrag …«, stöhnte er.

»Von wem?«

Schwach sah der Gefangene auf. »Sathus …«, flüsterte er, dann fiel sein Kopf auf die Brust.

»Herzog Sathus von Valentar?«, hakte sie nach.

Der Gefangene antwortete nicht. Ein Soldat hob dessen Kopf an und fühlte den Puls. Er sah sie an und schüttelte den Kopf, der Mann war tot.

Ateria schenkte dem Umstand keine Beachtung, er hatte seinen Zweck erfüllt.

Herzog Sathus von Valentar? Dieser Bauer von einem Herzog? Ich war sicher … ich war sicher, der König steckt dahinter!

Die Soldaten standen zurückhaltend neben ihr und störten sie nicht in ihren Überlegungen.

Ich war so sicher! Wo sind wir hineingeraten?

Sie blickte auf und hatte eine Entscheidung getroffen. Ihre Mundwinkel verzogen sich zu einer Grimasse und sie spürte ihr Alter mehr denn je.

Warum?

Ein Soldat trat an sie heran und sah sie grimmig an. »Herrin?«

Ateria erkannte das Feuer in seinen Augen, sie waren bereit.

»Was sind Eure Befehle?«, fragte er.

ZWISCHENSPIEL – MORAN

Die Fächerblume ist eine sehr aggressive und gefährliche Pflanzenart. Sie besitzt fächerartige Blätter, die mit unzähligen Muskelsträngen versehen sind. Die Pflanze verströmt aus seitlichen Öffnungen einen süßlichen Duft, der kleinere Tierarten anlockt. Werden die Fächer berührt, klappen sie ein und ziehen ihre Opfer unter die Erde. In einem dehnbaren Sack werden diese dann zersetzt und verdaut.

Enzyklopädie der Wesensarten Andurals

Moran lehnte an einem braunen Rankenbaum und genoss den Ausblick über das weite Tal. Riesige Gebirge erstreckten sich von einem Horizont zum nächsten. Am Fuß der Berge wuchsen unzählige Nadelbäume, deren Spitzen mit weißem Puder bedeckt waren. Sie wogen sich leicht im Wind, einige warfen ihre Nadeln hin und her.

Moran sah zum Himmel. Die Sonne ging bereits unter, der zweite Mond glitzerte in der Ferne. Es waren aber noch einige Kerzen, bis er untergehen würde – genügend Zeit, um etwas zu entspannen.

Irgendwo in der Nähe vernahm er sogar das schrille Krächzen einer Fluggeißel. Er hielt nicht viel von diesen aggressiven Tieren, zu viel seines Viehs war bereits ihretwegen zugrunde gegangen. Es war aber nur ein einzelner Schrei – noch dazu in großer Entfernung – also bestand keinerlei Gefahr.

Er nahm einen tiefen Zug aus seiner Pfeife und spürte, wie

ihm das scharfe Aroma in den Mund strömte. Der blaue Rauch schmeckte beißend, aber gleichzeitig auch wohltuend. Sanft ließ er sich zurücksinken und begann, sich zu entspannen.

»Ah, das tut gut!«, seufzte er. »Schön nicht wahr?«

Er blies den Rauch kreisförmig aus dem Mund. Als er die blauen Kringel sah, die sanft durch die Luft schwirrten und sich schließlich auflösten, musste er lächeln. So war es richtig, ein ruhiger Abend nach einem harten Umlauf. Als Viehtreiber erfreute er sich der wenigen Momente, in denen er zur Ruhe kommen konnte. Stets erforderte die Aufsicht über das wilde Vieh seine Aufmerksamkeit, zu dieser Kerze wurden die Tiere aber glücklicherweise etwas ausgeglichener.

»Ah, diese Ruhe!«, brummte er und lächelte seinen Schuppenhund an, der neben ihm auf der Anhöhe stand. »Ich weiß ja nicht, warum ich mit dir rede. Du bist aber der Einzige, der mich wirklich versteht!« Er zog die breite Kappe tiefer ins Gesicht und spürte die Anwesenheit der Herde in der Umgebung. Sie hatte sich nicht weit entfernt, falls sie es doch tun würde, wäre sein Schuppenhund sofort zur Stelle.

»Bist ein braves Tier.« Moran tätschelte den Schuppenhund und nahm einen weiteren kräftigen Atemzug. Schmunzelnd sah er den bläulichen Schwaden hinterher. Als er erneut zog, bemerkte er mit Unwillen, dass sein Vorrat fast aufgebraucht war.

»Das war mein Rest!« Er gestikulierte wild mit der Pfeife. »Diese verdammte Knolle wird aber auch immer teurer! Zwanzig Som für eine einzige Fingerspitze! Wie soll ein armer Viehtreiber da noch überleben können, he? Elende Hochwohlgeborene! Die können mich alle mal!«

Moran legte eine Hand auf die Brust und bemühte sich, Ruhe zu bewahren. Achte auf dein Herz, hatte der Heiler gesagt. Er konnte aber nicht anders, der beißende Rauch umgab ihn, pochte wild in seinen Adern und trieb ihn an, irgendetwas zu tun.

»Ich werde …« Er stockte, weil er nicht mehr die Anwesenheit aller Tiere spürte. Mit einem schrillen Pfiff gab er dem Raubtier an seiner Seite ein Zeichen. Der Schuppenhund stürmte los und verschwand über die Anhöhe. Moran sah einen Augenblick hinterher, dann atmete er tief durch und schloss seine Augen wieder. Ganz zart fühlte er den kalten Wind auf der Wange, der von den fernen Bergen über das Land blies.

»Ich gratuliere, Ihr habt ihn gut unter Kontrolle!«, sagte eine Stimme in der Nähe.

Moran sah erschrocken auf. Er hatte den Fremden nicht bemerkt. Irgendwie war er auf einmal da gewesen, so eine Unachtsamkeit geschah ihm nicht oft. Neugierig betrachtete er seinen Nebenmann. Ein dunkler, langer Mantel, schwarze Gewänder. Die Kapuze über den Kopf gezogen, ein milchig weißes Gesicht an den Rändern erkennbar. Ihm war natürlich sofort klar, mit was für einer Person er es zu tun hatte.

»Zieh Leine, ich habe nichts, was sich für dich lohnen würde«, grummelte er. Der Fremde sah wie ein typischer Verbrecher aus. Warum mussten solche Halunken ihm nur immer den Umlauf vermiesen? Er war ein armer Viehtreiber! Elende Halunken!

»Oh, Ihr habt durchaus etwas. Vielleicht eine Geschichte? Oder eine Weisheit? Darf ein Mann sich nicht des wunderschönen Ausblicks erfreuen?«, fragte der Fremde mit einer seltsamen Stimme.

Moran musste gestehen, dass der Mann durchaus recht hatte. Trotzdem …

»Ist ja nichts dagegen zu sagen, macht das aber woanders.« Er runzelte die Stirn, die Herde war an diesem Umlauf sehr unruhig.

Seine Pfeife erlosch, fluchend klopfte er sie aus. »Jetzt habe ich deinetwegen meinen letzten Rest nicht geraucht!«

Der Fremde ging nicht auf die Bemerkung ein und starrte weiterhin auf das Tal hinab. Moran bemerkte, dass dessen Haut im Gesicht an vielen Stellen gesprungen war. Sollte er ihn darauf ansprechen? Warum nicht …

»Das sieht aber nicht gesund aus. Würde mal einen Heiler

drüber schauen lassen.« Recht so, das sah wirklich nicht schön aus.

Der Fremde verzog bei der Bemerkung verächtlich die Lippen. »Ich habe dich bereits vor einer ganzen Weile gespürt. Du hast diese Tiere wirklich außergewöhnlich gut unter Kontrolle.«

Moran zuckte mit den Schultern. »Bin eben ein Viehtreiber, gehört dazu.«

»Genau, es gehört dazu.« Der Fremde schwieg kurz. »Dieses Land ist so voller Leben, es ist bemerkenswert. Die ganzen Eindrücke haben uns förmlich erschlagen, ich bin diese Vielfalt nicht mehr gewohnt. Mehr als uns berichtet wurde.«

»Kommst wohl nicht von hier, was?«

»Nein, ich komme tatsächlich nicht von hier.«

Moran zuckte gleichgültig mit den Schultern und bemerkte aus dem Augenwinkel eine Bewegung. Ruckartig setzte er sich auf und starrte konzentriert in die Ferne. Ja, das waren eindeutig Formen, die immer näher kamen. Er spürte nach seinen Tieren, sie waren noch zu weit entfernt - irgendwo hinter der nächsten Anhöhe. Konzentriert kniff er die Augen zusammen. Die Formen waren jetzt deutlicher zu erkennen. Er hatte den Fremden an seiner Seite beinahe vergessen.

Der Mann drehte sich langsam um und sah ihm tief in die Augen. Es waren rote Augen, schrecklich, kaltblütig und dunkel, die Moran sofort einen Schauer über den Rücken jagten. Er erschrak innerlich und rappelte sich hastig auf. Dabei fiel ihm seine Pfeife aus der zitternden Hand.

»Was willst du von mir, du Halunke?«, rief er voller Furcht und fühlte wieder nach seinem Schuppenhund.

Der Fremde lächelte böse. Sie standen sich nun von Angesicht zu Angesicht gegenüber. »Ah, du bist wirklich begabt«, flüsterte er. »Diese Beeinflussung, dieses Gefühl. Verwässert, aber trotzdem mächtig.«

Die Viehherde preschte ohrenbetäubend über die Anhöhe heran und die schweren Hufe wühlten den Boden auf. Auf der anderen Seite kamen die stummen Gestalten immer näher.

Moran sah das verunstaltete Gesicht des Fremden an und wollte etwas sagen, als plötzlich seine Brust mit einem unsäglichen Schmerz explodierte. Er spuckte Blut, sein Sichtfeld trübte sich. Als er nach unten blickte, erkannte er, wie die Hand des Fremden in seinen Innereien wühlte. Bevor alles schwarz wurde, hörte Moran ein letztes Mal den fremden Mann flüstern: »Ah, da ist es ja. Vielen Dank dafür …«

Dann war es vorbei.

ZWEITER TEIL

DIE KNOLLE

Vorus ist der Gott der Träume und der Erkenntnis. Dargestellt wird er durch einen Kreis mit einem Knotennetz. Es ist Brauch, das Symbol an der Tür der Schlafgemächer anzubringen. Vorus wird nicht als persönlicher Schutzgott verehrt, der Brauch der Traumfänger ist allerdings in vielen Familien Tradition.

Enzyklopädie des Neunerbundes

Die Spitzhacke schlug mit Wucht auf die brüchige Wand ein. Knirschend flogen Steinsplitter umher, Staub und Dreck rieselten von der Decke. Die Spitzhacke wurde schwungvoll zurückgerissen und schlug an der gleichen Stelle ein. Wieder gab der spröde Stein nach und spuckte seinen Inhalt quer durch die Gegend.

Elhan hielt inne und wischte über die Stirn. Dreck blieb haften, aber es störte ihn nicht. Die Luft roch erdig und abgestanden. Das Atmen fiel ihm schwer, jeder Atemzug brannte fürchterlich in der Lunge. Feuchtigkeit benetzte seine Haut, Schweiß lief in Strömen an seinen Armen hinab.

Er blinzelte und untersuchte den Stein genauer. Der Brocken war genau in der Mitte zerbrochen. Schwerfällig griff er den Holzstiel der Spitzhacke fester, seine rechte Hand fühlte sich mittlerweile taub an. Die vielen Schwielen und Blasen auf der Haut spürte er kaum noch.

Elhan atmete tief ein, hob den Arm hoch über den Kopf und ließ ihn wieder mit Schwung niedersausen. Der Aufprall ließ die Spitzhacke zurückprallen und er konnte den Schlag in jeder Faser seines Körpers spüren. Durch die Wucht des Aufpralls wurde Staub aufgewirbelt und verklebte mit dem Schweiß auf seinen nackten Schultern.

Kraftlos und müde setzte er sich auf den Boden und schloss einen Augenblick die Augen.

Nur ganz kurz entspannen ... ganz kurz ...

Ein Krampf zuckte glühend heiß durch seinen linken Arm, aber er ließ ihn gewähren. Die Krämpfe kamen nun öfter, vermutlich lag es an den Umständen, in denen er sich befand. Seit mehreren Umläufen schuftete er nun in der großen Schlucht, seinen Stollen hatte er seit Beginn nicht mehr verlassen. Die Gänge waren dunkel und feucht, mit einer Breite von acht Schritten. Es fiel ihm schwer, einen klaren Gedanken zu fassen, die düstere Umgebung erdrückte ihn beinahe. Jeder Umlauf war gleich, jede Kerze verschwendete er seine Lebenskraft, nach den Knollen zu suchen, die nur an diesem Ort wuchsen. Hier gab es weder Sonne noch Monde, einzig kleine Leuchtpilze spendeten ein blaugrünes sanftes Licht. Zu manchen Stellen drang das schwache Licht allerdings nicht vor, weshalb es häufig vorkam, dass er zeitweise blind arbeiten musste. Doppelt erschwert wurde das durch seine Behinderung, die zu jeder Zeit ein Hindernis darstellte. Während andere Schluchtarbeiter die Maserung der Wände befühlen und gleichzeitig bearbeiten konnten, musste Elhan zwischendurch das Werkzeug abstellen. Selbst Itras kam schneller voran als er. Es bedeutete, dass er den Aufsehern weniger Ernte vorzeigen konnte, was teilweise Bestrafungen, aber auch weniger Mahlzeiten nach sich zog.

Das Essen war wie erwartet, karg und ekelhaft. Der graue Brei, der ihm bereits auf seiner Reise vorgesetzt worden war, offenbarte sich hier noch widerlicher. Elhan verspürte Übelkeit, wenn er nur daran dachte. Die Essensschalen wurden nicht gesäubert, Staub und Dreck des Vortages hafteten meistens noch darin. Wenn es keinen grauen Brei gab, wurden ihnen Pilze vorgesetzt, die in den dunklen Stollen der

Schlucht reichlich wuchsen. Darunter Trichterlinge, Schaumschläger und Leuchtpilze. An sich boten die Pilze alle wichtigen Bestandteile, die der Körper benötigte. Leider waren sie weder zubereitet noch in irgendeiner Weise angerichtet. Gekocht und in eine fade Suppe geworfen, schmeckten die Pilze bitter und erdig.

Trist, trostlos und bitter – genau wie sein Leben.

»Du musst weiterarbeiten, mein Kleiner!«

Elhan öffnete die Augen. Itras stand vor ihm und grub mit einer Schaufel im Boden. Er sah noch älter, noch heruntergekommener aus. Dürr, abgemagert und dreckig.

Vermutlich sehe ich nicht anders aus.

»Wenn du nicht arbeitest, wirst du bestraft!«

»Ich bin am Ende.« Er ließ sich kraftlos zurücksinken.

»Du musst, Junge. Sie werden dich sonst umbringen!«

Warum ließ ihn der alte Mann nicht einfach in Ruhe? War sterben denn wirklich so schlimm? War es nicht einfacher und schneller als dieses unbarmherzige Leben? Wo war da der Sinn?

»Lass mich in Ruhe und geh an einem anderen Ort graben, Itras«, raunte Elhan heiser. Irgendwo in der Ferne hörte er das ewige Trommeln von Stahl auf Stein, das sich bereits in seine Gedanken gebrannt hatte. Wenn er aufstand, vernahm er diese Geräusche, und wenn er einschlief ebenfalls. Es war wie ein gleichmäßiger Rhythmus, ein steter und unwillkommener Begleiter.

Mit einem Ruck wurde Elhan auf die Füße gerissen.

Er blinzelte verwirrt und versuchte, im trüben Licht zu erkennen, wer vor ihm stand. Es war der große, breitschultrige Kerl mit der Narbe über dem Auge.

»Arbeite, du Scheißhaufen, sonst werden wir alle bestraft!«, fuhr der Mann ihn an. Seine Stimme klang tief und rau.

Elhan schüttelte träge den Kopf und wich seinem Blick aus. »Ich kann nicht. Es tut mir leid.«

Die Faust des Sklaven traf ihn im Gesicht. Er überschlug sich mehrfach und blieb einige Schritte entfernt im Dreck liegen.

»Arbeite!« Der breitschultrige Kerl stapfte an ihm vorüber und verschwand in der Dunkelheit des Stollens.

Elhan blieb liegen, seine Wange pochte vor Schmerz. Kurz dachte er darüber nach, aufzustehen und es dem hässlichen Kerl heimzuzahlen. Er konnte aber nicht mehr, er war am Ende. Es hatte keinen Zweck, sein Schicksal war besiegelt.

»Das war nicht sehr klug, Junge« Itras trat wieder in sein Sichtfeld und schenkte ihm ein zahnloses Grinsen. »Itras hat dir doch gesagt, du sollst aufstehen. Warum hörst du nicht auf Itras?«

»Ich habe keine Kraft mehr, ich bin erledigt.«

»Du bist erledigt?« Das Gesicht des alten Mannes verfinsterte sich.

»Ja, sieh mich doch an!« Er atmete tief durch und bekam Staub in den Mund. »Ich bin ein einarmiger Krüppel! Mein ganzer Körper schmerzt. Ich bin hungrig, ich bin müde!«

»Und?«

»Hast du mir nicht zugehört?«

»Natürlich, Kleiner.«

»Ich habe doch gerade … ach, warum rede ich überhaupt mit dir? Das ist doch vollkommene Zeitverschwendung!«

»Sieh mich an!«

Elhan setzte sich langsam auf. Die Härte in der Stimme des alten Mannes verunsicherte ihn.

»Sieh mich an, Junge!«

»Ich sehe dich.«

»Nein, du siehst mich nicht! Du siehst nur den alten Itras, du siehst nicht mich. Sieh mich an!« Dabei klopfte er heftig auf die dürren Rippen.

»Was willst du von mir, Itras? Ist das wieder eines deiner wirren Spiele?« Er glaubte langsam, dass er am Durchdrehen war. Vielleicht wäre es besser, als Verrückter wäre es vermutlich einfacher, diese Situation zu ertragen.

»Ich bin alt, alt, alt. Ich bin schwach. Das hier ist nur eine Hülle, das bin nicht ich.« Itras wurde mit jedem weiteren Wort leiser.

»Ja, das sehe ich. Was willst du mir sagen? Dass du mehr zu leiden hast?« Elhan wurde nun lauter, er hatte genug. Genug von alledem.

»Siehst du es denn nicht?«, fragte Itras und schloss die Augen. »Ich bin überall. Es ist wunderschön, das Licht, die Farben!« Ein Lächeln glitt über seine Lippen, dann ließ er sich neben Elhan nieder. »Du siehst es nicht, kannst es nicht sehen. Aber du wirst, glaube mir. Du wirst!«

Elhan gab auf, er wurde aus dem alten Mann nicht schlau. Mühsam rappelte er sich auf, Dreck rieselte von den Überresten seiner Kleidung. Der Umlauf war vermutlich bereits weit fortgeschritten, auch wenn sich das unter der Erde nicht feststellen ließ. Sie würden bald kommen, Elhan hatte seine Quote noch nicht erfüllt.

Einige Kerzen später stieß er endlich auf eine Knolle.

Itras hob den Boden neben ihm aus, Elhan schlug derweil mit der Spitzhacke gegen die Seitenwand. Als er erneut mit viel Schwung das Werkzeug gegen die Erde sausen ließ, bemerkte er eine schnelle Bewegung im Dreck. Rasch ließ er die Hacke fallen und stieß mit der Hand zu. Immer tiefer wühlte er in den Eingeweiden der Erde, bis sich seine schwielige Hand schließlich um eine Wurzel schloss. Mit Kraft riss er die Hand aus der Wand und umklammerte eine zappelnde Knolle. Sie wand sich wie ein Wurm um die Hand und versuchte, sich festzukrallen. Die Knolle war so groß wie seine geschlossene Faust, grau, leicht schuppig und rot-geädert. Einige feuchte Fäden hingen noch an den vielen Abzweigungen, die er umgehend abwischte. Seufzend betrachtete er die Knolle. Sie war der Grund, warum er überhaupt hier war.

»Na bitte, Jungchen.« Itras erschien neben ihm und sah die Knolle an. »Ein guter Fund, lass mich auch mal an der Stelle nachsehen. Sonst heißt es später, zack, der alte Itras ist im

Sack!« Er lachte, als hätte er einen lustigen Witz gemacht.

Elhan konnte nicht lachen, nicht mehr. Seelenruhig betrachtete er die graue Knolle, die sich um seine Finger gewickelt hatte. Sie pulsierte sanft und fühlte sich warm an. Nun blieb sie ruhig - sie würde sich bis zur Abgabe nicht mehr bewegen.

»Erscheint dir das nicht auch alles etwas seltsam, Itras?«, fragte Elhan. »Warum reagiert die Knolle so eigenartig?« Er rieb über die gleichmäßige, gemusterte Oberfläche.

Itras sah ihn mit einem schiefen Seitenblick an. »Alles hat einen Sinn, Junge. Lieber nicht fragen. Fragen werfen nur neue Fragen auf.«

»Du hast recht, es hat sowieso keinen Sinn.« Elhan seufzte und begab sich zum Ausgang des Tunnels. Für heute hatte er seine Quote erfüllt.

Er würde weiterleben.

VERZÖGERUNGEN

Sydenia ist die Göttin des ersten Mondes und des Neuanfangs. Sie ist die Zwillingsschwester der Magari und die Ehefrau Kelthors. Sydenia wird häufig als Schöpfergöttin verehrt. Dargestellt wird sie durch den unvollendeten Mond.

Enzyklopädie des Neunerbundes

In der Nacht erreichten sie Terez, die Hauptstadt Landamars, und eine erste große Etappe ihrer Reise war vorüber. Cathien schätzte sich glücklich, dass bisher alles so reibungslos verlaufen war. Einzig der Zusammenstoß mit dem Sklavenkonvoi gab ihr zu denken. Immer wieder sah sie vor Augen, wie der Händler auf den Sklaven eingeprügelt hatte. Wie der Knüppel auf den Kopf des Mannes einschlug, obwohl der sich längst nicht mehr bewegt hatte. Das knackende Geräusch, als das Genick brach. Das Blut, das in hohem Bogen spritzte. Die Grausamkeit hatte sie zutiefst erschüttert und ihr lief es noch immer eiskalt den Rücken hinunter, wenn sie daran dachte.

Raschik, dieses elende Horntier! Wusste ich doch, mit wem ich es zu tun hatte.

Es war nur eine Vermutung gewesen, allerdings war allgemein bekannt, welche Sklavenhändler die nördlichen Routen Richtung Arakkur nahmen. Herzog Bessyn hatte ihr in der Vergangenheit sehr oft von den zuständigen Sklavenhändlern Norfalls berichtet, da es notwendig war, über die politischen Verflechtungen des benachbarten Herzogtums Bescheid zu wissen - zumal Raschik offensichtlich ein Mann mit sehr großem Einfluss und Bekanntheitsgrad war.

Während sie über das Ereignis nachdachte, war sie ein wenig von sich überrascht. Warum sie trotz der gefährlichen Situation ihren Kopf durchgesetzt hatte, konnte sie nicht gänzlich nachvollziehen. Sie wusste allerdings, dass der Grund für ihr Handeln der Blick des Sklaven gewesen war. Irgendetwas hatte sie an ihm gefangen genommen und bewogen, zu handeln. Die Hoffnungslosigkeit und Traurigkeit in seinen Augen hatten sie an sich erinnert. Aber was hätte sie schon ausrichten können? Sie befand sich ebenfalls in einer Lage, in der es größeres Aufsehen zu verhindern galt.

Cathien seufzte schwer und richtete ihre Aufmerksamkeit wieder auf ihre Umgebung. Ihren Gardisten machten die brennende Hitze und drückende Luft mittlerweile sehr zu schaffen. Ihr ging es nicht anders und ihr seidenes Gewand, das sie unter der verstärkten Lederrüstung trug, war von Schweiß durchtränkt und klebte unangenehm an ihrem Körper. Trotzdem ertrug sie die Situation mit Stolz und Würde und ließ sich nichts anmerken.

Arnen ritt auf gleiche Höhe heran. »Wir sind in Terez angekommen, Herrin«, sagte er. »Ich denke, es wird Zeit, sich eine Rast zu gönnen. Natürlich nur, wenn Ihr ebenfalls der Meinung seid.«

Sie stimmte ihm nickend zu und betrachtete die Häuser, an denen sie vorbeiritten. Terez war eine eindrucksvolle Stadt, gleichzeitig groß und erhaben, aber auch heruntergekommen und wirr. Es gab keine Struktur und die Häuser wurden einfach an Stellen hochgezogen, an denen es den Menschen gerade in den Sinn kam. Welche Ästhetik entstand und wie die einzelnen Gebäude harmonierten, war unwichtig. Vor kurzem waren Cathien und ihre Gefährten sogar an einem wahren Palast aus weißem Marmor vorbeigeritten, dessen Eigentümer Unsummen investiert haben musste. Direkt daneben hatte eine alte Spelunke gestanden, größtenteils aus morschem Holz errichtet. Geschrei und Lärm waren herausgedrungen.

Ein Gegensatz, der offenbar in dieser Stadt nicht selten war. Man musste einen halben Umlauf reiten, bis man das Zentrum von Terez erreichte. Um jedoch zur großen Schlucht zu gelangen, benötigte man einen ganzen Umlauf – wenn nicht sogar mehr. Mit jeder verstreichenden Kerze bemerkte Cathien allerdings, dass sie sich immer unwohler fühlte. Erst begann es mit einem Zwicken im Magen, dann entstand der stete Drang, sich umzusehen. Sie fühlte sich beobachtet und angreifbar.

Nach einer halben Kerze steuerten sie ein größeres Gasthaus am Ende der breiten Hauptstraße an. Cathien stieg von ihrem Steppenläufer ab, landete knirschend auf dem staubigen Boden und klopfte den Schmutz von der Kleidung. Der Marsch durch die Einöde war sehr anstrengend gewesen, weshalb sie von oben bis unten mit getrocknetem Schlamm und Dreck bespritzt war.

Einige blassgrüne Wandersträucher krochen am Boden entlang und ihre Halme wippten leicht hin und her. Diese hüfthohen Pflanzen waren in den zentralen Ländereien Andurals sehr häufig anzutreffen und stets ein Indiz, dass sich eine Wasserquelle in der Nähe befand. Als Cathien sich einer näherte, verwurzelte der Wanderstrauch sich sofort im Boden.

Sie atmete die schwüle Luft tief ein und wandte sich ihren Gardisten zu. »Wir rasten hier einige Kerzen und ziehen dann los, um die ...« Sie stockte.

Drei Männer urinierten gegen die Hauswand des Nachbargebäudes.

Während Arnen eine Maske der Gleichgültigkeit aufsetzte, zuckten die Soldaten die Achseln. Cathien errötete, als sie sah, wie einer der Männer sein nacktes Hinterteil hin und her schwang.

»Was für eine seltsame Stadt«, sagte sie kopfschüttelnd.

»Verzeiht, Herrin, aber das ist nun einmal Terez«, bemerkte Arnen und stieg ebenfalls mit Schwung von seinem Steppenläufer ab.

Bemüht, die drei Männer nicht weiter zu beachten, band sie ihren Steppenläufer an einem Pfahl fest und schritt durch die

Holztür des Gasthofes.

Eine Kerze später saßen sie an einem alten Holztisch im Gasthof. Tiefe Kerben zogen sich darüber, an den Rändern begann der Tisch zu schimmeln. Obwohl der Gasthof insgesamt einen sehr verwahrlosten Eindruck machte, glaubte Cathien, dass sie nichts Besseres finden würden. Der enge Raum war bis zum Bersten gefüllt, dichte Rauchschwaden schwängerten die verhangene Luft. Es roch nach Schweiß, Fett und Pfeifenrauch. Ein Arbeiter gab am benachbarten Tisch eine anzügliche Geschichte zum Besten, worauf die Männer um ihn derb lachten. Ein anderer Mann tätschelte unverfroren den Hintern einer Magd, während sie ihm einen vollen Steinkrug reichte. Sie zuckte mit keiner Wimper und ließ kommentarlos die unsittliche Behandlung über sich ergehen. Zwei junge Männer schrien sich lautstark an und gingen aufeinander los. Der Wirt bemerkte es, nickte zwei massigen Männern am Eingang zu, die daraufhin die Streitenden in hohem Bogen vor die Tür warfen.

Nach diesen Ereignissen hatte Galdan bestanden, den Gasthof zu verlassen. Cathien fühlte sich jedoch zu erschlagen und müde, also blieben sie, es sollte für den Moment genügen.

Sie ließ ihren Blick in dem gefüllten Raum umhergleiten und entdeckte am anderen Ende eine dicke Frau, die auf dem Tresen stand und ihre Stimme zu einem lauten Lied erhob:

Wollt ihr hören mein Lied und wollt glauben dran?
Von unsrem König, dem Thyr, heb ich zu singen an.

Der Som schimmert im Saale, jauchze vor Sucht.
Fröhlich trampt Mannen hin, zur großen Schlucht.

Vom Throne sprach er, zur niederen Schar:

Lasst uns saufen, wie der Himmel so wahr!

Mutig schritten sie dahin, Helden mit Mut.
Als die süße Luft roch nach Tod und Blut.

Und sie gingen weiter, fröhlich und rein.
Der Tod sie gleich holte, mit Kopf und Pein!

Der Saal bebte vor Lachen.

»Die Lieder waren auch mal besser.«, brummte Galdan und pulte in einer Zahnlücke herum.

»Da muss ich dir leider zustimmen, Galdan«, sagte sie. »Was ist das nur für eine verrückte Stadt? Die Menschen drehen vollkommen durch.«

»Terez ist etwas chaotisch, es geht aber in vielen Städten in Andural so zu«, warf Arnen ein und beobachtete eine junge Magd, die am Tisch vorbeilief. »Ihr seid in Kallyen aufgewachsen, das ist eine andere Welt, Herrin.«

Sie erinnerte sich, dass Arnen ursprünglich aus den Grenzgebieten Kallyens stammte und vermutlich derlei Gepflogenheiten gewöhnt war. Erst später war er nach Kallyen gekommen und in den Dienst ihres Vaters getreten. Man erkannte es, weil er mit ganz leichtem Akzent sprach. Einige Wörter wurden härter betont, andere nicht richtig ausgesprochen.

»Wie heißt noch gleich die Stadt, aus der du kommst, Arnen?«, fragte sie neugierig.

Arnen starrte unverfroren der Magd hinterher, die nun mit schwungvollen Hüftbewegungen an ihrem Tisch vorbeikam. Als er nicht antwortete, beugte sie sich etwas vor.

»Kannst du deine Aufmerksamkeit bitte vom Hintern der Magd auf mich verlagern?«

Ertappt riss er sich vom Anblick der jungen Frau los. »Verzeiht einem einfachen Mann, der lange in der Wildnis unterwegs war, Herrin.«

Die Soldaten am Tisch fingen an zu lachen. Cathien hingegen warf die Hände in die Luft und setzte eine ernste Miene auf.

»Starre ihr ruhig auf das Hinterteil, dabei bleibt es aber!«

Arnen schmunzelte und trank einen großen Schluck aus dem Steinkrug. Sie nahm ebenfalls einen Schluck und schmeckte den herben Geschmack des Würzbiers. Im Vergleich zu ihrer Heimat schmeckte es aber weniger würzig und seltsam lasch.

»Nichts gegen unser Würzbier zu Hause«, murrte Galdan.

»Dem kann ich nur beipflichten. Ein voller Krug kallyenischen Würzbieres würde jetzt bestimmt guttun.«

Er grinste verwegen. »Ich hätte nicht erwartet, dass Ihr eine solche Genießerin seid, Herrin.«

»Nur weil ich eine Hochwohlgeborene bin, bedeutet das noch lange nicht, dass ich nicht den Wert eines *richtigen* Bieres zu schätzen weiß.«

Galdan prostete ihr zu. Er war ein älterer Soldat mit grauem Bartwuchs und weichendem Haar. Seine Muskeln waren in der Vergangenheit stramm gewesen, mittlerweile neigte der Hauptmann allerdings zu Stämmigkeit. Die tiefe Kerbe in seiner Lippe verlieh ihm einen grimmigen Ausdruck.

Aus einer Laune beschloss sie, ihn darauf anzusprechen. »Die Narbe an Eurer Lippe, wie ist das passiert?«

Galdan verschluckte sich an seinem Würzbier. »Wie bitte, Herrin?«

»Die große Narbe in Eurem Gesicht?«

»Mit Verlaub Herrin, aber Ihr seid wirklich sehr forsch«, lachte er, worauf die anderen Soldaten einstimmten.

»Forsch? Ich? Wo kämen wir denn da hin?«

»Verzeiht einem alten Soldaten, Herrin. Ihr seid einfach einzigartig.« Galdan nahm einen großen Schluck und beugte sich verschwörerisch zu ihr. Sein Atem roch nach dem Bier, es war aber nicht unangenehm.

»Es war ein Raubüberfall in den Grenzgebieten. Wir erhielten eine Nachricht von den südlichen Städten Kallyens. Mit hundert Mann sind wir auf Befehl des Herzogs losgezogen und haben die räudigen Bastarde gefunden und aufgeknüpft.« Er leckte über die Lippen. »Es war nicht schön gewesen, aber wir hatten unsere Befehle. Diese Bastarde haben Frauen und Kinder verschleppt, sich an diesen vergangen und sie abgeschlachtet. Manchmal ist die Welt grausam. Und manchmal müssen Dinge getan werden, die eben getan werden müssen.« Wieder nahm er einen großen Schluck. »Einer von diesen Halunken hatte noch ein Messer bei sich, als wir ihn aufhängen wollten. Hat mir ins Gesicht gestochen und die Lippe zerschnitten. Daraufhin habe ich vor seinen Augen auch etwas zerschnitten.« Er lachte derb und die anderen Gardisten fielen ein.

Cathien fragte nicht weiter nach und wandte sich wieder Arnen zu, der das Gespräch stillschweigend verfolgt hatte. »Du hast meine Frage immer noch nicht beantwortet, Arnen.« Sie nippte ein wenig von dem Würzbier.

»Ah, ja … ich war etwas abgelenkt«, schmunzelte er. »Nun, ich komme aus einer kleinen Stadt in der südlichen Gegend von Kallyen. Sie hat einen interessanten Namen: Kelisan.« Er lächelte verlegen und rief nach der Magd.

Cathien bemerkte aus dem Augenwinkel, wie Galdan ihm einen nachdenklichen Blick zuwarf.

Kelisan, ein schöner Name für eine Stadt.

Eine Weile saßen sie noch beieinander und genossen die stille Zusammenkunft. Dann bezogen sie ihre Zimmer in den oberen Stockwerken. Der Hauptmann teilte Schichten für die Wache vor ihrer Tür ein, Cathien bekam aber nicht mehr viel mit. Sie fiel wie ein Stein in ihr Bett und schlief sofort tief und fest.

Der nächste Morgen begrüßte sie mit grau verhangenem Himmel. Es kam zwar selten vor, dass in Terez das Wetter umschlug, aber es geschah. Der Wind blies stürmisch gegen die Fensterläden und warf sie gegen die Außenwände. Heftige Böen fegten über das Land, ein Vorhang aus Regen ertränkte die trockenen Straßen.

Ursprünglich hatten sie geplant, an diesem Umlauf eine Passage über die Schlucht auszuhandeln. Nachdem der Sturm aber immer mehr zunahm, entschieden sie sich dagegen und brachten ihre Steppenläufer bei einem benachbarten Viehtreiber unter. Er würde sich bis zu ihrer Rückkehr um die Tiere kümmern, der Preis war bereits im Voraus verhandelt und bezahlt worden.

Cathien nutzte den Umlauf, um sich gründlich zu reinigen und zu entspannen. Sie verließ ihr Zimmer nur selten und genoss die Ruhe und Erholung. Die Soldaten wichen ihr fast nicht von der Seite und bezogen Position vor ihrem Zimmer. Die Erholung tat ihnen ebenfalls gut. Arnen hingegen trampte den ganzen Umlauf durch die Stadt und berichtete am Abend von den Dingen, die er erlebt und gesehen hatte. Anscheinend gab es sogar mehrere Freudenhäuser in Terez, was bei Cathien ein Stirnrunzeln, bei den Gardisten jedoch ein Schmunzeln hervorrief.

An den nächsten beiden Morgen war es immer noch sehr stürmisch und sie beschlossen, weiterhin in Terez zu bleiben. Cathien genoss zwar die Erholung, wurde aber langsam unruhig. Obwohl es nicht auf ein paar Umläufe mehr oder weniger ankam, war sie nicht einverstanden, kostbare Zeit zu verschwenden. Die Gardisten spürten ihre Unruhe, versicherten ihr aber, dass der Sturm bald vorüber sein würde.

Weitere vier Umläufe waren sie von dichtem Sturm eingekesselt und die Straßen der Stadt wirkten wie ausgestorben. Am Abend kam es jedoch zu einem Zwischenfall: Einer der Soldaten fing an zu husten. Zuerst dachten sie sich nichts und schenkten dem Umstand keine weitere Beachtung. Nachdem der Soldat jedoch am nächsten Morgen grünen Schleim spuckte und unter schwerem Fieber litt, entschieden sie, einen weiteren Umlauf in Terez zu verbringen.

Der Husten wurde an den folgenden Umläufen schlimmer und der Soldat erbrach mehrfach. Cathien ließ den Soldaten von einem örtlichen Heiler untersuchen. Als der das Zimmer des Erkrankten betrat, bewegte der Soldat sich nicht mehr. Er war an seinem Schleim erstickt, laut dem Heiler ein typisches Merkmal des aggressiven Sumpffiebers. Geschockt von diesem Ereignis, berieten sie einige Kerzen später im Gastraum und beschlossen, am nächsten Umlauf die Schlucht zu überqueren und ihre Reise fortzusetzen. Es war Zeit, diesen Ort zu verlassen.

Ein weiterer Soldat erkrankte.

Die Situation entglitt ihrer Kontrolle.

DIE PFLICHT EINES PRINZEN

Valrysia ist die Göttin der Zuneigung, Liebe und Gerechtigkeit. Sie ist sanft und gütig, aber auch hart und gerecht. Viele Frauen verehren sie als Schutzgöttin. Valrysia ist die Schwester des Gottes Kelthor und wird mit dem Symbol einer gespreizten Hand dargestellt.

Enzyklopädie des Neunerbundes

Vom eigenen Vater hintergangen!«, schäumte Alrael und bekam die Wut kaum in den Griff. »Wie konnte ich nur so naiv sein? Es war doch vollkommen klar gewesen, dass er sich die Treue Landamars mit Blut sichert.«

Er schlug mit der flachen Hand auf den Tisch und fing gerade noch das Tintenfass auf, bevor es seinen Inhalt quer über das Schriftstück ergoss, welches ausgebreitet dort lag.

»Ein Blutsband zwischen dem Thronerben und der Tochter des mächtigsten Herzogs des Reiches«, presste er hervor. »Insgeheim muss ich diesem durchtriebenen Halunken Respekt zollen. Ich habe nicht einmal bemerkt, wie er mich von Anfang an hinters Licht geführt hat!« Er warf die Hände in die Luft. »Nun ist es beschlossene Sache, ich soll eine Frau heiraten - eine unbeschreiblich Hässliche noch dazu!«

Dieser alte Fettsack, ich könnte ihm den Hals umdrehen!

Trotz seines Zorns und seiner Wut hatte er die hohlen Worte seines Vaters noch den ganzen Abend ertragen müssen, bis er endlich entlassen worden war. Die spöttischen Blicke der Anwesenden hatten sich in sein Gedächtnis gebrannt und begleiteten ihn seit jenem Umlauf als stille Zeugen seiner Schmach. Es war ein gefundenes Fressen für die zahlreichen Speichellecker des Königs gewesen, die sich nun an seinem Leid ergötzten: Der Kronprinz und Thronerbe Andurals war in Wahrheit nur ein ärmlicher Bauer im Spiel seines Vaters. Was Alrael aber am meisten beunruhigte, war die Tatsache, wie einfach es Thyr gelungen war, sein Fleisch und Blut so zu täuschen. Er opferte den eigenen Sohn, um seine hinterhältigen Ziele zu erreichen.

Und dann dieser kalte Blick in seinen Augen. Vollkommen ohne Schuld und Reue. Kalt. Berechnend …

Er zerknüllte ein Pergament und warf es auf den Boden. »Und dieser Speichellecker bezieht jetzt auch noch ein Anwesen in Amerys, damit ja nicht vergessen wird, was mir blüht!«

Alrael schauderte, wenn er daran dachte, dass der Bund bald vollzogen werden sollte. Seit der Bekanntmachung waren einige Umläufe vergangen und er bemühte sich seit diesem Zeitpunkt, seinem Vater aus dem Weg zu gehen. Das gelang ihm bisher recht gut, lange würde er einer Konfrontation aber nicht mehr entweichen können. Einzig die Nächte mit dem jungen Diener aus den königlichen Archiven beruhigten ihn ein wenig und lenkten ihn von seinen bevorstehenden Verpflichtungen ab.

Alrael stand auf, da er seine Gedanken nicht in den Griff bekam. Unruhig wanderte er in seinen privaten Gemächern hin und her und suchte nach einem Ausweg aus seiner Lage. Irgendwie musste er doch aus diesem Schlamassel herauskommen! Aber wie? Er sah keine Möglichkeit, vor allem nicht, nachdem er dem Bund zugestimmt hatte. Er hatte das jedoch tun und den Wünschen seines Vaters nachkommen müssen. Er hatte keine andere Wahl gehabt.

Alrael zog in einem langen Atemzug die Luft ein und zwang sich zur Ruhe. Mit einem schweren Seufzer ließ er sich an seinem Schreibtisch nieder und fuhr mit der linken Hand die schöne Maserung an der Oberfläche entlang. Ein sehr ansehnlicher Schreiner hatte ihm vor einer Weile den Tisch angefertigt. Das war jedoch nicht der einzige Gefallen, den der ihm getan hatte.

Erneut widmete sich Alrael seinen Unterlagen, unter anderem dem wissenschaftlichen Buch über Prinzipien in der Natur. Seine Augen tanzten über die sorgsam beschriebenen Blätter.

Der Fluss legt eine Beeinträchtigung nahe. Substantielle Einflüsse können für eine kinetische Expansion sorgen. Die Reaktion ruft eine Gegenreaktion vor, die Ursache erzielt eine Wirkung.

Wer auch immer dieses Buch geschrieben hatte, sollte bestraft werden! Ausgepeitscht oder was auch immer! Wer sollte denn daraus schlau werden?

Alrael schloss die Augen und dachte nach. Er kam mit seiner Arbeit nicht voran. Das Buch faszinierte ihn zwar, es ergab aber keinerlei Sinn. Er blätterte zur letzten Seite und las den Namen des Autors: *Phinius, Gelehrter des Königs.* Phinius, der Name kam ihm bekannt vor. Wenn er sich recht entsann, handelte es sich um einen Namen mit sehr alten Wurzeln. Sie hatten in der Vergangenheit eine ganze Reihe Gelehrter hervorgebracht, bis irgendwann die gesamte Familie, samt Kindern, verschwand. Ob es noch irgendwelche Verwandte in der Stadt gab? Er würde es irgendwann nachprüfen müssen, der Inhalt des Buches überstieg sein Wissen. Was genau ihn allerdings fesselte, konnte er nicht ganz begreifen. Vermutlich gab es keinerlei Verbindung zu den Ereignissen, die zum Tode seines Bruders geführt hatten. Dennoch lohnte es sich, alle Spuren zu überprüfen. Der König hatte sich mit dem Tod Ashrons abgefunden. Alrael war diesbezüglich sehr skeptisch, fast schien es, als wäre er glücklich über diesen Umstand. Ob es womöglich eine Verbindung gab? Unwahrscheinlich, das stand in keinerlei Relation zu dem Bericht des Boten. Aber hatte der König seinem Sohn nicht sogar geraten, den westlichen Ländereien einen Besuch abzustatten? Das ergab einfach alles keinen Sinn!

Pläne in Plänen. Politik ist nicht meine Welt!

Alrael legte das Buch zur Seite und massierte die Schläfen. Kurz schloss er die Augen.

Es klopfte an der Tür.

Ah, pünktlich zur dritten Kerze!

Alrael setzte ein Lächeln auf und öffnete schwungvoll die Tür. »Du bist wieder einmal ...« Sein Mund blieb offen stehen. Vor ihm stand sein Vater in all der Pracht, die er zu bieten hatte. Fettleibig, alt und widerlich.

»Na, überrascht, mich zu sehen?«, fragte der König grinsend. »Oder hast du vielleicht jemand anderen erwartet?«

Alrael schloss seinen Mund. »In der Tat. Das ist aber nicht weiter bedeutend. Ich habe noch einige wichtige Dinge zu erledigen. Wenn du erlaubst?«

»Einen Moment, ich möchte dir etwas zeigen.«

Aus den Augenwinkeln bemerkte Alrael die königlichen Wachen, die sich an der Seite der Tür postiert hatten.

Ah, ist es jetzt soweit? Will er sich endlich meiner entledigen?

»Was gibt es, Vater?«

»Warum so misstrauisch? Darf ein Vater nicht seinen geliebten Sohn besuchen?«

»Erspare uns bitte diese Floskeln!«

»Gib mir nur einen Moment deiner unglaublich kostbaren Zeit. Folge mir!« Damit machte der König auf dem Absatz kehrt und schlenderte durch die Gänge.

Alrael beschloss, trotz seines Misstrauens einstweilen das Spiel mitzuspielen.

Nach einer Viertelkerze gelangten sie zum Kerkertrakt von Amerys. Alrael spürte eine tiefe Unruhe, die seine Eingeweide fest im Griff hielt. Er schwieg und ließ sich nichts anmerken. Eine Weile folgte er den Wachen und seinem Vater die breiten Stufen in das dunkle Kellergewölbe hinab, bis sie schließlich vor einer Zelle stehen blieben. Ein dunkelgraues Gitter versperrte den Eingang. Dahinter schlug ihnen durchdringende Finsternis entgegen.

»Was machen wir hier?«, forderte er.

Thyr deutete mit einem Grinsen zur Tür, worauf einer der Soldaten aufschloss. »Hinein mit dir, mein treuer Sohn!«, sagte er.

Alrael verschränkte die Arme vor der Brust. »Du willst mich einsperren lassen?«

»Du sollst hineingehen und nachschauen, was drinnen ist, du verdammter Idiot!«

»Warum sollte ich das tun?«

»Weil ich es sage!«

Alrael begegnete eine Weile dem zornigen Blick seines Vaters. Dann zuckte er mit den Schultern und betrat vorsichtig die feuchte Zelle, die nach abgestandener Luft und Verwesung roch. Eine Wache folgte mit einer hellen Fackel und beleuchtete die hintere Ecke. Erst jetzt fiel Alrael auf, dass dort ein junger Mann lag und in rostigen Ketten gefangen war. Er war nackt und zitterte am ganzen Leib, ansonsten war er in guter Verfassung. Als Alrael erkannte, dass es sich um den Diener Loris handelte, sog er scharf die Luft ein.

»Gratuliere, du hast meinen Lustknaben gefangen genommen«, sagte er und war über die Härte in seiner Stimme überrascht. »Lass ihn sofort frei!«

Thyr ließ sein selbstgefälliges Grinsen einen Moment fallen. »Ihn freilassen? Wieso das denn? Dann hätte ich meine ganzen Bemühungen verschwendet. Ich habe immerhin noch etwas mit dir vor.« Er zögerte. »Wir spielen ein kleines Spiel. Pass genau auf, wir ...«

»Ich habe genug von deinen Spielen!«, unterbrach Alrael ihn. Seine Stimme klang kalt, wie ein sich drehender Wetzstein.

Thyrs Gesicht verfinsterte sich. »So? Du hast also genug?«

»Lass ihn sofort frei oder ich werde ... irgendwas tun«, stotterte Alrael. Er suchte nach einem Ausweg, obwohl er nicht einmal sicher war, warum ihn das Schicksal des Dieners so sehr berührte. Es war nur ein Diener – und doch konnte er es nicht ertragen, jemanden wegen seiner Unachtsamkeit leiden zu sehen. Es fühlte sich falsch an.

»Irgendwas tun?«, höhnte Thyr. »Ich sage dir, was wir nun tun werden. Wachen!«

Die Soldaten setzten sich in Bewegung und rissen den Diener auf die Beine. Zuvor hatte dieser die Auseinandersetzung stillschweigend beobachtet, nun sandte er Alrael einen traurigen Blick zu.

»Ich erkläre dir das nur ein einziges Mal, also hör mir genau zu!«

Ein weiterer Soldat betrat die Zelle und hielt einen Hammer in der Hand. Ein grobschlächtiges, einfaches Werkzeug, das gedacht war, möglichst große Schmerzen zu verursachen.

»Du wirst jetzt diesem Stück Dreck das Schienbein brechen!«

Alrael war einen Moment nicht fähig, zu antworten.

»Wenn du dich weigerst, haben meine Wachen den Befehl, ihn umzubringen.«

»Das ist selbst für deine Verhältnisse erbärmlich!«, widersprach er mit dünner Stimme. Die Situation und der Gestank der Zelle setzten ihm immer mehr zu.

Thyr gab ein Handzeichen. Ein Soldat zog sein Schwert aus der Scheide und hielt es an Loris' Kehle.

»Ein Handzeichen und dein kleiner Lustknabe wird geköpft.«

»Du bluffst, das ist unter deiner Würde!«

Es ist meine Schuld ... meine Schuld ...

»Nun denn, das gibt jetzt eine schöne Sauerei.« Thyr gab das Zeichen. »Wache!«, rief er laut.

Ein Holzblock mit einer Kuhle wurde herbeigeschafft und mit eisernem Griff drückten sie Loris' Kopf hinein.

Alrael überlegte panisch, während ihm mittlerweile Tränen in den Augen brannten.

Die Wache holte zum Schlag aus.

Ich muss etwas tun! Ich muss ...

»Halt!«, schrie er und konnte kaum glauben, was er tat. Sein Körper war mittlerweile schweißnass und sein Atem ging stockend.

Seit wann ist mir das Schicksal eines einzelnen Menschen wichtig?

»Gebt mir den Hammer!«, befahl er.

Die Wachen kamen der Aufforderung nach und banden den jungen Mann von dem Holzblock los. Alrael wurde die schwere Waffe in die Hand gedrückt und der Gefangene auf dem kalten Steinboden festgehalten.

»Bitte, ich habe nichts getan, mein Herr!«, flehte Loris.

Der König verschwand in den Schatten im hinteren Bereich der Zelle. »Los, das rechte Knie!« Eine Stimme so hart und schneidend wie Eisen.

Alrael zitterte am ganzen Körper, er konnte den Hammer kaum halten. Stumm blickte er in Loris' vorwurfsvolle Augen. Dann holte er aus und schlug den Hammer auf das Knie. Es brach mit einem knackenden Geräusch. Ein Knochen stach seitlich hervor, Blut lief daran hinunter. Aus Loris' Kehle drang ein unmenschlicher Laut.

Alrael konnte sich nicht mehr beherrschen und erbrach auf den Boden.

»Das linke Knie auch.« Wieder die kalte Stimme seines Vaters.

»Bitte ...«, stotterte Alrael. »Es ist genug, ich habe verstanden. Aber bitte nicht noch einmal.«

»Das linke Knie. *Sofort*!«

Er stemmte sich hoch und sah auf den wimmernden Gefangenen hinab, der vor Schmerz das Gesicht verzog. Wieder hob er den Hammer, merkte aber, dass er kurz vor einem Zusammenbruch stand. Mit einem lauten Ächzen sauste der Hammer zum zweiten Mal nieder und brach auch das linke Kniegelenk. Loris schrie und zappelte unkontrolliert im eisernen Griff der Soldaten.

Die Waffe fiel aus Alraels kraftloser Hand und er sank auf die Knie.

»Gnade bitte, Herr!«, flehte Loris, Schaumblasen und Erbrochenes hingen in seinen Mundwinkeln. Die Augen starrten an die Decke, er war kaum noch bei Bewusstsein.

Aus dem dunklen Winkel der Zelle scholl erneut die Stimme des Königs. »Die rechte Hand!«

Die Wachen waren hartgesottene Soldaten, die schon einiges erlebt hatten. Aber diese Grausamkeit schien selbst sie zu verunsichern. Einer verzog angewidert das Gesicht, der andere wandte den Kopf stumm der Wand zu.

Alrael lag auf den Knien und konnte sich nicht mehr bewegen. Sein ganzer Körper stand unter Schock und außerhalb seiner Kontrolle. Er fühlte sich taub, stumpf und von innen verbrannt.

Diese Grausamkeit …

»Die rechte Hand, sofort!« Kalt. Unbarmherzig. Unberechenbar.

Alrael stand zitternd auf.

Ich kann das nicht noch einmal tun!

»Es ist genug, ich habe verstanden«, raunte er. »Verschone ihn, Vater. Ich flehe dich an!«

Thyr trat mit einem grausamen Ausdruck im Gesicht aus dem Schatten und ging auf den Gefangenen zu. Mit einer ruppigen Bewegung zog er einen Dolch aus dem Gürtel.

»NEIN!« Alrael stürzte nach vorne, stolperte aber über die eigenen Füße.

Mit einer ruppigen Bewegung stieß Thyr den Dolch bis zum Heft in den Hals des jungen Mannes. Blut spritzte, die Wachen ließen den röchelnden Gefangenen los. Mit einem dumpfen Geräusch landete der auf dem kalten Boden und seine Augen färbten sich weiß.

Alrael lag benommen daneben, Loris' Blut tränkte seine Gewänder. In diesem Moment spürte er, wie etwas in seinem Inneren zerbrach. Von weit weg vernahm er noch einmal die Stimme seines Vaters, bevor er ohnmächtig wurde.

»Merke dir diese Lektion!«

STOLZ

Der Farbtupfer ist eine hüfthohe Pflanze, die über viele kleine, herzförmige Blätter verfügt. Die Blätter erblühen in allen möglichen Farben. Kontakt mit ihnen sorgt für einen Farbwechsel. Regnet es, entsteht ein schillerndes Farbenspiel.

Enzyklopädie der Wesensarten Andurals

Der Aufseher verzog das Gesicht, als Elhan ihm entgegenkam. Mort war ein kleiner und schmächtiger Mann, mit spitzem Kinn und einem fiesen Grinsen im Gesicht. Sein fettiges Haar hing in Strähnen von seinem Kopf. Das dreckige, sandfarbene Hemd hing aus der zerrissenen Hose. Insgesamt machte Mort einen sehr verwahrlosten Eindruck, trotzdem sah er weitaus besser aus als ein Sklavenarbeiter, immerhin trug er Schuhe. Der Aufseher bezog seinen Posten in der Nähe der Eingänge des Stollens. Nur einige Schritte entfernt ging der in eine große Holzplattform über, die mit einem Aufzug verbunden war.

»Wieder eine gefunden, he?«, grunzte Mort und nahm die Knolle entgegen. »Würd ja gern mal wissen, wie du das machst.«

Elhan schwieg und überging den höhnischen Blick des Aufsehers. Es war zwecklos, zu antworten, Worte waren Verschwendung, das hatte er bereits in seinen ersten Umläufen zu spüren bekommen.

Die graue Knolle löste sich nur widerwillig aus den Lücken

seiner verkrüppelten Hand. Sie zappelte wild herum und sah fast wie ein Tier aus.

»Dreckige kleine Dinger, he?«, fragte Mort. »Würd ja gern mal wissen, wieso du schon wieder eine hast.«

Erneut antwortete Elhan nicht. Er war es leid, mit seinen Peinigern zu diskutieren.

Mort hielt die Knolle in der Hand, die nun etwas weniger zappelte und sich zaghaft um seine Finger schlang. Er ließ sie in eine Kiste fallen und schlug den Deckel zu. Darin lagen weitere Knollen, die schon bald von Soldaten mit einem Aufzug an die Oberfläche gebracht werden würden.

Am Rande der Plattform erkannte Elhan sanftes Sonnenlicht. Es sah wunderschön aus, so rein und hell. Sofort verspürte er einen schmerzhaften Stich in der Brust. Langsam streckte er die Hand aus und erwartete, dass der Aufseher ihm eine kleine geschliffene Kugel gab. Die Kugel war ein Tauschmittel für eine Mahlzeit in den Unterkünften, die in einem anderen Abschnitt untergebracht waren und von Soldaten des Herzogs bewacht wurden. Den Soldaten war es egal, wie genau man sich diese Kugel verdient hatte. Nicht selten kam es vor, dass einem in der Dunkelheit der Stollen aufgelauert und das Tauschmittel gestohlen wurde. Er glaubte insgeheim, dass es den Aufsehern sogar darum ging, die Sklaven gegeneinander aufzuhetzen. So war die Wahrscheinlichkeit sehr gering, dass sie sich verbündeten und womöglich gemeinsam gegen ihre Peiniger vorgingen. Ein Ausbruch war unmöglich, die Oberfläche konnte nur mit Aufzügen erreicht werden. Diese wurden allerdings nur in Begleitung schwer bewaffneter Soldaten heruntergelassen.

Geduldig wartete er auf seine Bezahlung.

Mort grinste hinterlistig. »Ich hab dich was gefragt, bist du taub?«

»Ich habe deine Frage vernommen, kann sie jedoch nicht beantworten«, sagte Elhan.

Er würde sich hüten, den Aufseher herauszufordern. Das zog immer schlimme Folgen nach sich. Einige verliefen mittlerweile quer über seinen vernarbten Rücken. Der Schorf zwickte bei jeder Bewegung, es war unangenehm. Die Schmerzen nahm er mittlerweile kaum noch wahr, es war wie ein lästiges Gefühl am Rande seines Bewusstseins, das er einfach ausblendete.

»Ha! Ist das so? Du hältst dich für einen ganz Schlauen, he?«

Was will der Kerl von mir? Ich habe ihm die Knolle gegeben. Soll er mich doch mal kreuzweise!

Elhan wurde nervös, ließ sich aber nichts anmerken. Er hatte sich entschieden, allein zum Aufseher zu gehen, nachdem er bereits früh am Morgen eine Knolle gefunden hatte. Dadurch konnte er beruhigt weiterarbeiten und sich etwas schonen, da die Quote für den Umlauf zu diesem Zeitpunkt bereits erfüllt war. Es schien ihm vor einer Kerze noch eine gute Idee gewesen zu sein, jetzt verfluchte er sich allerdings insgeheim für seine Ungeduld.

»Mort, ich habe die Knolle vor einer ganzen Kerze gefunden. Es war Glück, nichts weiter. Du schuldest mir eine geschliffene Kugel.«

»Ja, das haste. Oder haste die einem anderen geklaut?«

»Ich bin ein Sklave und kein Dieb!«

»Macht für mich keinen Unterschied. Du elender, dreckiger Sklave wirst jetzt meine Frage beantworten!«

Elhan gefiel das gehässige Grinsen des Aufsehers überhaupt nicht, der Streit war es jedoch nicht wert. Er würde mit der nächsten Knolle wiederkommen, allerdings erst am Abend des nächsten Umlaufs, und dieses Mal in Begleitung anderer Arbeiter. Zwar gab es keine Freundschaften in den Stollen, dennoch würde Mort sich niemals trauen, die Kugeln vor einer ganzen Meute Arbeiter zurückzuhalten. Sicher konnte Elhan aber nicht sein.

Elhan ließ die Schultern hängen und entfernte sich in Richtung des Ausgangs. Seine schlurfenden Schritte hallten im Gang nach.

»He, du hast was vergessen!«, rief ihm Mort hinterher.

Er drehte sich misstrauisch um und sah, wie der Aufseher die geschliffene Kugel vor sich auf den Boden fallen ließ. Dann zog er die Hose hinunter, griff an seine Männlichkeit und urinierte genüsslich darauf. Dabei lachte er wie ein Verrückter.

»Hier, hol sie dir!«

Elhan war unsicher, was er tun sollte. Einerseits verspürte er großen Hunger und wollte sich eine Mahlzeit nicht entgehen lassen. Andererseits ekelte es ihn, sich vor diesem Unmenschen erniedrigen zu müssen. Mit Stolz war es eine seltsame Sache. Eine mit Stolz getragene Niederlage war manchmal auch ein Sieg.

Mort begann zu seufzen, als der gelbe Strahl nachließ. »Brauchst es wohl nicht, he?« Er band die Hose wieder zu. Eine Pfütze hatte sich vor seinen Füßen gebildet und die kleine, graue Kugel glitzerte feucht darin.

Elhan ließ niedergeschlagen den Kopf hängen. Die Schlucht war ein grausamer Ort, ohne Mitleid und ohne Gnade. »Macht es dir Spaß, arme Menschen zu quälen, Mort? Hast du keinen Stolz?« Es war eine ernst gemeinte Frage und er wunderte sich über seinen ruhigen Tonfall. Es hatte sich irgendwie gelangweilt angehört.

Mort entging diese Tatsache nicht und er wedelte abweisend mit der Hand. Vermutlich hatte er auf eine andere Reaktion gehofft. »Nimm die Kugel und hau ab!«

Elhan stand noch eine Weile da und sah dem Aufseher zu, der die Deckel der Kisten sortierte. Aus dem Augenwinkel bemerkte er eine Bewegung. Eine junge Sklavin in dreckigen Gewändern bewegte sich lautlos zu dem Aufseher. Sie sah Elhan nicht an und war ganz auf die kleine Kugel konzentriert.

Blitzschnell griff sie in die Pfütze und verschwand in der Dunkelheit des Stollens.

Elhan blieb stumm und sah einem Staubkorn zu, das im Sonnenlicht am Ende des Tunnels durch die Luft schwebte. Wie in einem Tanz vollführte das Staubkorn verschiedene Bewegungen und sank langsam dem Boden entgegen.

Es war wunderschön.

Einen Augenblick starrte er noch verträumt in die Ferne und

spürte eine tiefe Sehnsucht in sich reifen. Dann seufzte er und schritt in die Dunkelheit zurück. Obwohl er sich nicht umsah, konnte er Morts stechenden Blick im Nacken spüren.

MONDBEEREN

Vierundzwanzig Kerzen definieren einen vollständigen Umlauf. Zwölf Kerzen brennen zwischen Sonnenaufgang und Sonnenuntergang.

Von Sonne, Monden und Göttern

Blutblasen bildeten sich auf dem Mund des Mannes. Ein letztes verzweifeltes Röcheln, die Augen weit aufgerissen. Der Körper zuckte unkontrolliert, ein leidendes Stöhnen entkam der aufgedunsenen Kehle. Dann war er tot.

Cathien stand stumm vor dem Leichnam eines weiteren ihrer Gardisten. Sie kannte seinen Namen nicht, da sie ihn nie gefragt hatte. Unwillkürlich überlegte sie, weshalb sie sich nie erkundigt hatte, dabei hatte er sein Leben für sie gegeben.

Die Blicke der Männer brannten in ihrem Rücken. Sie sah ihn in deren Augen, fühlte ihn – den unausgesprochenen Vorwurf: Beide Männer waren wegen ihrer Sturheit gestorben. Erst hatte sie ihren kranken Vater zu dieser Mission überredet, dann hatte sie den ausdrücklichen Befehl ihrer Mutter missachtet. Ohne Gnade und wie von Sinnen, hatte sie die Soldaten einer wahren Tortur ausgesetzt, um möglichst schnell ihr Ziel zu erreichen. Und als ihre treuen Männer abrieten, den Gasthof weiter zu bewohnen, hatte sie deren Urteil nicht vertraut. Zwei Leben waren ihretwegen vergeudet worden. Sie trug die Schuld, sie allein war verantwortlich!

Cathien schlug die Hände vor das Gesicht und ließ ihrer

Trauer freien Lauf. Es war nicht der richtige Zeitpunkt, um Schwäche zu zeigen, aber sie konnte nicht an sich halten.

Eine Hand landete auf ihrer Schulter.

»Meine Herrin, es war nicht Eure Schuld. Sie gaben ihr Leben für eine gute Sache, weil sie an etwas geglaubt haben.«

Der treue Galdan, er ist den Tod gewöhnt.

»Sie haben geglaubt, für ein lohnenswertes Ziel zu sterben«, erwiderte sie stockend. »Aber sie sind wegen der törichten Entscheidungen einer naiven Frau gestorben!«

»Sagt so etwas nicht, damit entehrt Ihr meine Soldaten! Beide Männer haben an Euch geglaubt, weil Ihr die Erbin Kallyens seid.« Galdans tiefe Stimme wirkte beruhigend.

»Das bedeutet noch lange nicht, dass ich richtige Entscheidungen treffen kann.«

»Sie haben ihr Leben für Euch und für ganz Kallyen gegeben.« Er beugte sich leicht zu ihr. »Es waren gute Männer, gute Soldaten. Was wir jetzt brauchen, ist Hoffnung für uns alle. Ihr *müsst* stark sein!« Seine grobe Hand drückte etwas fester, fast tat es ihr weh. »Ihr seid unsere Hoffnung, meine Herrin. Ihr wisst es noch nicht, aber ich glaube fest, dass Ihr eine gute Anführerin seid.«

Überrascht wandte sie sich ihm zu. »Ich kann nicht einmal zehn Soldaten unversehrt von einem Ort zum anderen bringen!«

Galdan lächelte grimmig. »Doch, Ihr seid eine Anführerin. Wenn Ihr sprecht, hören Euch die Männer zu. Sie glauben an das, was Ihr ihnen sagt. Sie können es fühlen.« Er leckte über die gespaltenen Lippen. »Ihr habt einen eisernen Willen, wie Eure Mutter. Erhaltet ihn Euch und brecht nicht ein! Männer sterben, das ist der Lauf der Dinge. Sie sterben aber in dem Glauben, etwas Gutes getan zu haben. Das ist alles, was zählt.«

»Wie soll ich damit leben können, wenn andere aufgrund meiner Entscheidungen sterben?«

»Sie sind wegen einer Krankheit gestorben, nehmt deshalb keine Schuld auf Euch, die Euch nicht zusteht! Ihr habt uns sicher nach Terez geführt und Ihr werdet uns auch nach Illindar führen. Und wenn wir auf dem Weg sterben sollten, um Euch zu schützen, werden wir das tun!«

Cathien betrachtete die Leiche des toten Soldaten. Er hatte dunkelbraunes Haar und eine vorspringende Nase. Entschlossen sah sie auf. »Vater sprach davon. Er nannte es die Opfer, die man als Herzogin erdulden muss.«

»Der Herzog war ein weiser und gutherziger Mann.«

»Aber wie? Wie soll ich damit leben können?«

»Ertragt es! Erstarkt daran!«

»Galdan, Ihr sagt das, als wüsstet Ihr, wovon Ihr sprecht.«

»Herrin, ich bin Soldat. Aber nicht nur das, ich bin außerdem Hauptmann. Das bedeutet, dass ich es gewohnt bin, Männer in den Tod zu schicken, wenn es sich notwendig erweisen sollte.«

»Das ist es nicht, was ich sagen wollte.«

»Ich weiß, was Ihr sagen wolltet, Herrin. Es gibt zwei verschiedene Arten Menschen auf dieser Welt. Die einen sind schwach und knicken ein, sobald die Last der Verantwortung zu groß wird. Die anderen hingegen halten stand und werden dadurch noch stärker.« Er senkte seine Stimme zu einem rauen Flüstern. »Was für eine Art Mensch wollt Ihr sein?«

Eine halbe Kerze später stand Cathien noch immer vor der Leiche des Gardisten. Sie hatte die anderen Männer bis auf Arnen gebeten, ihr etwas Freiraum zu geben.

Immer wieder gingen ihr Galdans Worte durch den Kopf. Sie war nicht ganz sicher, was er mit seinen Worten gemeint hatte. Je länger sie allerdings darüber nachdachte, desto deutlicher konnte sie eine ungewohnte Entschlossenheit in sich spüren.

Was für eine Art Mensch möchte ich sein? Ich bin die Tochter eines Herzogs, ich bin erzogen worden, mit jeder Art von Problemen fertig zu werden. Dies ist meine Prüfung, ich muss mich der Ver-

antwortung würdig erweisen!

Es war die Pflicht einer Herzogin, über Leben und Tod zu entscheiden. Sie musste sich abfinden, auch wenn es ihr schwerfiel. Zwei Männer waren gestorben, beide aufgrund des Sumpffiebers.

Cathien schloss sanft die Augen des Soldaten. Sie hatte sich entschieden, sie würde an den Rückschlägen erstarken und neuen Mut schöpfen. Nun war es Zeit zu handeln, viel zu lange verweilten sie bereits in Terez.

Als sie den Blick schließlich hob, trat Arnen an sie heran. »Herrin?«, fragte er.

Einmal mehr war sie über die Veränderungen ihres Dieners erstaunt. Als Diener war es seine Pflicht, stets für ihr leibliches Wohl zu sorgen. Mittlerweile legte sie aber keinen Wert mehr auf den gesellschaftlichen Rang. Nach allem, was an den vergangenen Umläufen geschehen war, war er ein Freund für sie.

»Bitte, nenne mich Cathien.«, sagte sie. »Ich bin zwar die Tochter der Herzogin, aber hier draußen sind wir aufeinander angewiesen. Wir brauchen Vertrauen.«

Er sah sie mit einem nachdenklichen Ausdruck an und verbeugte sich leicht. »Wie Ihr meint, Cathien.«

Sie verließ den Raum und betrat den Gang. Arnen folgte ihr. Boden und Wände waren mit Holzlamellen ausgelegt, die bei jedem Schritt knarrten. »Ich habe gerade nachgedacht, wie schnell diese Krankheit vorangeschritten ist, und kam zu dem Schluss, dass sich die Soldaten das Sumpffieber bereits vor einer ganzen Weile eingefangen haben.«

»Ich habe auch darüber nachgedacht und komme zu dem gleichen Ergebnis, Herrin Cathien.«

»Nur Cathien, bitte.«

»Nun, dann nur Cathien.«

Eine Treppe führte sie in den Schankraum. Von da verließen den Gasthof und betraten die Straßen von Terez. Am Morgen war der Sturm weitergezogen und der Himmel so klar wie bei ihrer Ankunft vor vielen Umläufen. Die glühende Sonne hing an einem blaugrünen Himmel und sandte ihre Strahlen über das Land. Es war sehr heiß, die Luft trocken und staubig.

Während sie durch das dichte Gedränge schlenderten, sahen sie den Menschen zu, die ihren alltäglichen Dingen nachgingen. In einiger Entfernung wurde ihre Aufmerksamkeit von einem Händler erregt, der seine Ware lautstark anpries. Aus einer Laune näherte sich Cathien dem Laden und begutachtete die vielfältige Auswahl Früchte, welche aus allen Winkeln Andurals kamen. Der Händler setzte sein freundlichstes Lächeln auf und präsentierte mit einer ausholenden Geste seine Ware. Cathien richtete ihre Aufmerksamkeit auf eine besondere Frucht, die sie noch nie gesehen hatte. Es handelte sich um einen braunen Knäuel aus unzähligen, kleinen Verästelungen, die sich pulsierend um einen violetten Kern drehten. Durch die stete Bewegung entstand kein gezieltes Muster, die dünnen Zweige bewegten sich wild durcheinander.

Das ist wirklich beeindruckend, ich kann kaum den Blick abwenden ...

»Was ist das für eine Pflanze?«, fragte sie.

Der Händler zwirbelte das Ende seines schwarzen Bartes. »Das, meine geschätzte Dame, ist eine Mondpflanze. In ihrer Mitte befindet sich eine Mondbeere, die äußerst schmackhaft und sehr selten ist.«

»Eine Mondbeere, ich habe schon davon gehört«, raunte sie. »Sie soll belebend wirken und man fühlt sich für viele Stunden sorglos und frei.« Als sie ihren Finger nach der Beere ausstrecken wollte, pulsierten die Verästelungen schneller und bildeten eine Schutzschicht um den Kern. »Was ist passiert?«

»Wir können uns nicht richtig erklären, wie diese Pflanze funktioniert. Sie scheint jedenfalls den Kern beschützen zu wollen. Aber ist das nicht bei allen Pflanzen der Fall? Die Felsknospe zieht sich in den Boden zurück, wenn man sich ihr nähert.« Der Händler tippte auf einen dicken Finger. »Ein Wanderstrauch verwurzelt sich im Boden und fängt an zu vibrieren, wenn man dessen Halme berührt.« Wieder tippte er auf einen Finger. »Ranken kriechen davon, wenn man versucht, sie zu fangen.« Der Händler berührte einen dritten Finger und beugte sich verschwörerisch vor. »Aber natürlich wisst Ihr das, meine hübsch anzusehende Dame.«

»Ihr habt recht, das ist eine natürliche Schutzfunktion«, sagte sie. Das Gebaren des Mannes ging ihr auf die Nerven. »Wie viel verlangt Ihr für die Mondbeere?«

»Zwanzig Som«, antwortete er prompt.

»Zwanzig Som, bist du vollkommen übergeschnappt, Mann?«, platzte es aus Arnen. »Dafür sollte man dich elenden Schurken aufknüpfen!«

Cathien sah ihn erschrocken an. Der Händler hingegen verschränkte die Arme vor der Brust und nahm einen distanzierten Gesichtsausdruck an.

»Verzeiht meinem Gefährten«, sagte sie und warf Arnen einen tadelnden Blick zu. »Er ist heute nicht bei Sinnen.«

»Diese Verleumdung verletzt meine Ehre!«, empörte sich der Händler. »Ich werde nicht ...«

»Seid Ihr trotzdem bereit, zu verhandeln?«, unterbrach sie ihn.

»Weil Ihr so eine äußerst hübsche Dame seid«, er setzte wieder sein verschlagenes Lächeln auf, »gebe ich Euch die Frucht für achtzehn Som.«

Er ist also ein Feilscher, gut. Mit so etwas kenne ich mich aus. Zwar nicht mit dem Feilschen, aber mit Menschen.

Cathien runzelte die Stirn. »Sagt mir, wo habt Ihr diese Mondpflanze her?«

»Meine Dame, weit aus dem Süden, an der Grenze von Lynsan zur südlichen Gebirgskette. Genau genommen aus Pylentien.«

»Ihr habt sie also liefern lassen?«

»In der Tat! Mit einer Fuhre, die nur eine einzige dieser Mondbeeren beinhaltet. Es kommt sehr selten vor, dass man eine solche Beere in der Wildnis findet. Sehr selten!«

Sie bemerkte, wie eines seiner Augen zuckte. »Diese Fuhre, wo werden die Waren abgeliefert?« Das Pulsieren der Pflanze nahm sie gefangen.

»Meine Dame?« Wieder ein Zucken in den Augen.

»Wo werden die Waren abgeliefert?«, hakte sie nach.

»In einer der großen Lagerhallen am anderen Ende der Stadt.«

»Ihr habt die Pflanzen also dort erworben?«

»Wenn Ihr es wirklich wissen wollt: Ja, ich habe sie dort erworben.«

Nun hatte sie ihn genau dort, wo sie ihn haben wollte. »Sagt mir, wie viel habt Ihr bezahlt?«

»Meine ehrenwerte Dame, das geht Euch wirklich nichts an! Bezahlt Ihr nun oder nicht?«

Cathien jubelte innerlich auf. »Eine letzte Frage noch, edler Händler. Was sollte mich abhalten, zur Lagerhalle zu spazieren und eine Mondbeere zu kaufen? Natürlich zum gleichen Preis, den Ihr bezahlt habt.« Sie klimperte mit den Wimpern und konnte seine Wut förmlich spüren. Am Rande bekam sie mit, wie Arnen leise kicherte.

Der Händler öffnete den Mund und schloss ihn. Erst beim zweiten Mal gab er Antwort. »Fünfzehn Som und keinen Klein-Som weniger!«

Cathien knallte einige Som auf den Tisch und griff nach der Mondpflanze, deren Verästlungen wieder schneller pulsierten und einen engen Schild um das Herz bildeten. »Hier sind vierzehn Som. Ihr braucht nicht nachzuzählen, ich bin ein ehrlicher Mensch.«

Ohne ein weiteres Wort wandte sie sich ab und entfernte sich vom Laden. Der Händler blieb stumm, vermutlich hatte er trotzdem einen guten Gewinn gemacht.

Als sie einige Schritte entfernt waren, fing Arnen lauthals an zu lachen. »Das war wirklich einmalig, Cathien. Wahrscheinlich wird er jetzt für immer Angst vor kleinen, blonden Frauen haben!« Er grinste verwegen. Als er jedoch ihren bösen Blick sah, blieb ihm das Lachen im Hals stecken.

»Was ist nur in dich gefahren?«, zischte sie.

Einige Passanten in der Nähe drehten ihnen die Köpfe zu.

»Cathien, wir sollten das nicht hier diskutieren«, murmelte Arnen und beäugte misstrauisch ihre Umgebung. »Wir sollten keine Aufmerksamkeit …«

Sie unterbrach ihn mit einer herrischen Geste. »Ich sage, wann und wo wir etwas diskutieren!«

Er senkte beschämt den Blick. »Ja, Herrin.«

»Demnächst überlässt du das Reden mir und schweigst still!« Sie stemmte die Hände in die Hüften, woraufhin einige Männer in der Nähe anfingen zu lachen.

»Ihr habt recht, Herrin. Bitte verzeiht mir.«

»Es ist gut«, sagte sie versöhnlich. »Auch wenn wir nun vertrauter miteinander umgehen, möchte ich, dass du meinem Urteil vertraust und dich beherrschst. Und nenne mich nicht mehr Herrin!«

»Sehr wohl, Cathien.« Arnen lächelte. »Es ist, wie die Soldaten sagten, Ihr seid wirklich einzigartig. Ihr habt ein Talent, andere zu überzeugen.«

Cathien schnaubte und schritt die Straße wieder hinab, in der Hand hielt sie immer noch die Mondpflanze. Das stete Pulsieren kitzelte ihre Handfläche.

Eine Weile gingen sie schweigend nebeneinander und kamen an einer Wegkreuzung vorbei. Mehrere Wandersträucher in verschiedenen blassen Farben krochen durch die Gegend. Kinder machten sich einen Spaß, die einzelnen Halme anzufassen. Jedes Mal, wenn eine Handfläche einen der langen Halme berührte, reagierte die Pflanze blitzschnell und verwurzelte sich im Boden.

Langsam, aber stetig spürte Cathien, wie die Wut in ihrem Inneren abnahm. Im Nachhinein betrachtet war sie der Meinung, dass sie zu harsch reagiert hatte. Der Händler hatte sie allerdings mit seiner Überheblichkeit aufgebracht. Hinzu war Arnens überraschender Ausbruch gekommen.

Ich verliere langsam die Nerven. Es muss am Tod der Soldaten gelegen haben, anders kann ich es mir nicht erklären.

Arnen blieb auf einmal stehen und senkte den Kopf.

»Was ist los?«, fragte sie.

Gedankenverloren rieb er an der Stirn. »Cathien, es gibt da etwas, was ich Euch sagen muss. Es ist sehr wichtig.«

Die Ernsthaftigkeit seiner Worte überraschte sie, weshalb sie auffordernd nickte.

»Es geht um Hauptmann Galdan«, flüsterte er.

»Was ist mit ihm? Er scheint ein recht erfahrener und disziplinierter Soldat zu sein.«

»Lasst uns ab jetzt bitte keine Namen mehr nennen.«

»In Ordnung. Was willst du mir sagen?«

»Cathien, Ihr habt recht, er ist ein Soldat. Ein Soldat durch und durch. Habe ich Euch je von meiner Vergangenheit erzählt?«

Zögerlich schüttelte sie den Kopf.

Er sah sie eindringlich an. »Das Dorf, von dem er berichtete … ich wuchs dort auf.«

»Oh Arnen, das wusste ich nicht, wie schrecklich!« Sie blieb stehen und berührte ihn am Arm.

Ein Schatten glitt über sein Gesicht. »Es gab die Verbrecher wirklich und die Soldaten des Herzogs sind tatsächlich zu Hilfe geeilt. Aber an diesem Punkt unterscheidet sich meine Erinnerung von seiner Ausführung. Es wurden einige Frauen entführt und vergewaltigt. Sie wurden aber weder abgeschlachtet, noch handelte es sich um eine große Anzahl Frauen. Es waren zwei oder drei … nicht mehr und nicht weniger. Und dann kamen die Soldaten. Sie schlachteten die Verbrecher regelrecht ab, rissen ihnen vor unseren Augen die Eingeweide heraus. Und dann vergingen sie sich an uns.« Er schwieg einen Augenblick. »Ich war damals noch ein kleiner Junge, ich war *der Junge* aus seiner Geschichte.«

Cathien bemerkte ihr Zittern.

»Er hat mich vergewaltigt. Erst haben sie sich an den Frauen vergangen, dann waren die Kinder an der Reihe. Ob Junge oder Mädchen war ihnen egal. Galdan war bereits damals der Hauptmann der Garnison, sie haben also in seinem Auftrag gehandelt! Ich habe mich gewehrt und mit einem Messer auf ihn eingestochen. Die Narbe am Mund … sie ist mir zu verdanken. Er wollte mich umbringen, ein Soldat schritt aber ein. Als das immer noch nicht half, warf sich meine Mutter flehend vor mich. Ich werde nie vergessen, was er zu mir sagte: Du hast mir etwas genommen, also nehme ich dir auch etwas!«

Sie schlug eine Hand vor den Mund und war nicht fähig, etwas zu sagen.

»Ich höre heute noch ihre Schreie, Cathien.«

Nun warf sie den Anstand über Bord und nahm ihn in den Arm. Erst, als sie an seiner Brust ihre Tränen vergaß, wurde ihr bewusst, wie groß Arnen war. Ein wahrer Hüne, mit stählernen Muskeln unter der Kleidung.

»Das tut mir so leid«, raunte sie, »so unendlich leid.«

Arnen streichelte ihren Kopf. »Deshalb rate ich Euch zur Vorsicht, Cathien. Er ist ein grausamer Mensch. Versucht, zu vermeiden, allein mit ihm im Raum zu sein. Seine Soldaten sind Euch treu ergeben. Ich weiß aber nicht, wie lange noch. Ich möchte Euch nicht beunruhigen, das ist aber nichts anderes als die Wahrheit.«

Eine Zeit lang standen sie eng umschlungen da, bis Arnen sie anlächelte und zaghaft die Umarmung löste.

»Ich danke dir für deine Offenheit«, sagte sie. »Soll Galdan es nur versuchen, ich werde sein Spiel durchschauen!« Sie presste die rechte Hand fest zusammen und spürte, wie die Fingernägel in das Fleisch stachen. Der Schmerz war ihr willkommen, er überdeckte ihren heißen Zorn. In der linken Hand pulsierte weiterhin die Mondpflanze.

Arnen sah sie eindringlich an. »Versprecht mir bitte, dass Ihr ihn nicht unterschätzt.«

Entschlossen erwiderte sie seinen Blick. »Das werde ich nicht. Lass uns zurückgehen. Wir sollten endlich diese Stadt verlassen!«

ENTSCHEIDUNGEN

Der Stein, der sich auf dem Rücken eines Steinkrabblers befindet, wächst mit jedem Umlauf. Mit acht Beinen kann er sich fortbewegen, Fühler an den Enden erkennen Schwingungen im Boden. Je größer der Stein wird, desto mehr Beine wachsen dem Tier. Dadurch kann es sich gut in felsigen Gebieten tarnen. Der Steinkrabbler ernährt sich hauptsächlich von kleineren Pflanzenarten.

Enzyklopädie der Wesensarten Andurals

Ein heftiger Windstoß traf das Fenster.

Getötet. Einfach so getötet.

Ein Kerzenhalter fiel um, heißes Wachs tropfte auf den Boden.

Ohne Gnade, ohne Gerechtigkeit.

Blätter und Schriftrollen wirbelten empor.

Diese eiskalten Augen. Diese Augen!

Der Wind ließ die Vorhänge des Bettes durcheinanderwirbeln.

So viel Hass, so viel Leid!

Sanft umfloss der Wind den jungen Mann. Er kitzelte ihn in der Nase, legte sich sacht auf seine Hand und trocknete die Tränen auf den Wangen.

Wie kann ein Mensch nur so grausam sein?

Der Wind wurde wieder schneller, schwoll empor. Der Raum erbebte, spürte seinen Zorn.

Wie konnte das nur geschehen?

Ein letztes Aufbäumen und der Wind verschwand nach draußen. Durch das Fenster, in die freie Wildnis. Frei. Ohne Grenzen.

Ein Blatt landete langsam auf dem Gesicht des jungen Mannes und ließ sich sacht nieder.

Alrael öffnete die Augen. Er spürte ein Pergament auf seinem Gesicht und nahm es vorsichtig herunter. Es war die Abschrift des Boten, die ihn seit geraumer Zeit nicht mehr losließ. Langsam überflog er die Zeilen und musste wie stets an einer stutzen:

Sah noch, wie einer dem eigenen Bruder das Schwert in den Nacken gestochen hat.

Jedes Mal, wenn er den Bericht las, blieb er an dieser Stelle hängen. Es ergab einfach keinen Sinn.

Ein Soldat hat den eigenen Bruder angegriffen. Wieso? Was war passiert? Was konnte der …

Es war zwecklos. Das Erlebnis lag zu kurz zurück, er erinnerte sich noch gut, wie der Knochen unter seinen Schlägen nachgab. Wie der Knochen brach und durch die Haut stach. Er erinnerte sich an seine Verzweiflung, seine Trauer und seine Ohnmacht. Ihm wurde übel, als er über den flehenden Ausdruck des Dieners nachdachte. Die stumme Schuld, die er in dessen Augen erkannt hatte. Und Alrael erinnerte sich auch an seinen Vater. An dessen schneidende Stimme und Kälte. Es war, als hätte Alrael zum ersten Mal begriffen, was der König für ein Mensch war. Eines stand jedenfalls fest: Thyr war ein Tyrann und kaltblütiger Mörder. Ein abtrünniger Herrscher, der die eigenen Untertanen folterte, seinen Sohn opferte und Unschuldige ermordete. Seit dem Erlebnis trieben ihm dunkle Gedanken durch den Kopf. Hatte der König womöglich seinen Sohn Ashron umgebracht? War es eine Falle gewesen? War alles nur ein großes Spiel und sie seine Spielfiguren?

»Ich verstehe die Welt nicht mehr«, murmelte er und ließ das Pergament fallen. »Ich habe meinen Vater unterschätzt.«

Insgeheim hatte er beschlossen, dass er sich seinem Vater nicht mehr entgegenstellen würde. König Thyr hatte bekommen, was er wollte. Alrael gab auf, er würde den Wünschen seines Vaters ab sofort nicht mehr im Wege stehen. Es war zwecklos, sein Vater hatte seine Intelligenz und Durchtriebenheit eiskalt unter Beweis gestellt. Er hatte ihn gebrochen, sein Wille lag wie ein Scherbenhaufen zu seinen Füßen.

Das Spiel neigte sich dem Ende, der König war am Gewinnen: Kallyen marschierte mit einer Armee nach Valentar, um den angeblichen Mörder des Herzogs zur Rechenschaft zu ziehen. Lynsan ging in einem Erbstreit unter, ein Feuer hatte die gesamte Blutlinie des Herzogs ausgelöscht. Norfall würde vermutlich den beiden anderen Herzogtümern in den Rücken fallen, sich dadurch aber schwächen. Und Landamar wurde durch Alrael an die Blutlinie des Königs gebunden. Dem König standen nun alle Wege offen, er hatte den meisten Einfluss auf die große Schlucht. Während sich die Herzogtümer jenseits der Schlucht niedermetzelten, konnte der König seine Macht immer weiter ausbauen und festigen. Waren die Herzöge erst einmal geschwächt, wäre es ein Leichtes, mit einer königlichen Armee einzumarschieren, um die Kontrolle zu sichern. Eines musste man dem König lassen: Er wusste, was er tat. Er hatte sein Ziel fast erreicht.

Verzweiflung überkam Alrael und er fühlte sich immer machtloser. Mit einem Seufzer erhob er sich vom Bett und schloss die Fensterläden. Der Wind blies an diesem Umlauf heftig über Illindar. In der letzten Zeit kam das häufiger vor.

Alrael wanderte durch das Zimmer und legte schwarze Garderobe an. Hochgeschlossen, eng und finster wie die Nacht passte sie perfekt zu seiner Stimmung. Seine Hand umschloss einen metallischen Gegenstand, der auf seinem Schreibtisch lag. Es handelte sich um eine flache Scheibe, auf der drei Kreise zu sehen waren. Als Gelehrter glaubte er an den Wandel und die Veränderung. Den Fortschritt, die Abkehr vom Gewöhnlichen. Stets bedacht, neue Erkenntnisse zu erzielen und diese in die Welt hinauszutragen. Sie zu verändern, zu beeinflussen und zu wandeln.

Die flache Scheibe bohrte sich in seine Handfläche, als er die Faust vor Wut ballte. Es war Zeit, sich dem abendlichen Ritual zu widmen: einer Mahlzeit mit seinem geschätzten Vater. Es würde genauso ablaufen wie an den Abenden zuvor. Sein Vater würde erst so tun, als hätte er nicht kaltblütig einen unschuldigen Mann ermordet, und sich im Anschluss mit ihm über seine Pläne und Machenschaften unterhalten. Er würde über das Wetter reden, Essen in sich stopfen und anzügliche Bemerkungen hinsichtlich des angehenden Bundes mit Ramors Tochter machen. Vielleicht würde er auch wieder eine Frau vor seinen Augen vergewaltigen, es wäre nicht das erste Mal. Und Alrael würde, wie stets, schweigend vor dem unangetasteten Mahl sitzen und nur ab und an seine Zustimmung geben. Danach würde er aufstehen, sich vor dem König verneigen und in seine Gemächer zurückkehren. Hungernd und doch ohne Hunger.

Er bestrafte sich.

Grimmig sah er sich im Spiegel an, während ihm ein verzerrtes Gesicht entgegenstarrte. Wann hatte er zuletzt richtig geschlafen? Wann hatte zuletzt ein Lachen dieses Gesicht erfüllt? Alrael konnte sich nicht erinnern. Es war unwichtig, wie alles mittlerweile unwichtig war. Sein Vater hatte ihm den Stolz ausgetrieben – mit Blut und Tod.

Der Knochen ist wie ein dünner Zweig gebrochen. Diese Kälte in der Stimme. Gebrochen, er hat mich wirklich gebrochen.

Gedankenversunken wanderte Alrael zur Tür, zog sie auf und stutzte. Davor stand jemand. Er blickte in das dunkle Gesicht Zohns, des Meisterspions und Attentäters des Königs.

»Willkommen zurück, Zohn«, sagte Alrael tonlos. »War es wieder einmal ein netter Ausflug? Ich hörte von einem prächtigen Feuer.«

»Das war es, in der Tat. Ein reinigendes Feuer. Lynsan ist nun bereit für einen Neuanfang. Natürlich unter der Hand und der

Kontrolle des Königs. Wie ich hörte, hattet Ihr einige interessante Erlebnisse mit unserem Gebieter.« Zohns Mundwinkel zuckten und dumpfes Lachen erklang. Es klang wie bei einem Schuppenhund, der einen Knochen hochwürgte: harr, harr, harr.

Du meine Güte, der Typ muss sich ja totlachen.

»Du hast die frohe Kunde also vernommen? Gut, das erspart überflüssige Worte. Kurz gesagt: Ich habe aufgegeben.« Alrael schob sich an ihm vorbei.

»Bitte gebt mir einen Moment Eurer kostbaren Zeit, Prinz.«

Alrael drehte sich um und sah den Mann an, der immer noch an der Tür stand. »Wofür?«

»Ich bitte Euch. Es dauert auch nicht lange.«

»Wenn du darauf bestehst, gerne. Auf mich wartet sowieso nur ein Abendessen voller Pein und Heuchelei.« Er begab sich ins Zimmer zurück.

Zohn folgte ihm und schloss die Tür. An ihm war alles vorsichtig. Jede Bewegung war ausgerichtet, nicht zu viel Energie zu verschwenden. Wie eine Feder, die langsam zurückgezogen wurde und gespannt blieb, um schließlich schlagartig zu reagieren. Einmal mehr fragte sich Alrael, was sich hinter der kalten Fassade des Meisterspions verbarg.

»Wir sind seine Diener, seine Spielfiguren«, säuselte Zohn. »Das dürftet Ihr mittlerweile herausgefunden haben.«

Alrael nickte stumm, ließ sich auf dem Bett nieder und wartete, was ihm der Meisterspion zu sagen hatte.

Während sich Zohn im Zimmer umsah, verzog er keine Miene. »Wie ich sehe, habt Ihr die letzten Umläufe häufig an diesem Ort verweilt.«

»Es ist immer wieder beeindruckend, über welche Macht du verfügst, oh großer Zohn! Wie hast du das nur herausgefunden?« Alrael verschränkte die Arme vor der Brust. »Was willst du? Ich bin der Spiele mittlerweile überdrüssig geworden!«

Zohn sah ihn eine Weile aus unergründlichen Augen an. Dann streifte er die Kapuze ab und gab einen kahlen Schädel preis. Vorsichtig fuhr seine dunkle Hand über die Kopfhaut.

Sie müssen also auch den Kopf rasieren. Bei Morgoris' Socken, das ist schon verrückt!

»Ihr seid ein weiser Mann, mein Prinz«, sagte Zohn. »Und Ihr seid voller Güte und Mitgefühl. Noch dazu seid Ihr intelligent und habt einen Blick für das Wesentliche.« Er zögerte. »Kurz gesagt: Ihr wärt niemals ein guter Herrscher in den Augen des Königs.«

Alrael schnaubte, war aber überrascht von Zohns Offenheit. Er kannte den Spion des Königs schon sein Leben lang und sie führten gewöhnlich nur belanglose Gespräche.

»Eurem Schnauben entnehme ich, dass Ihr anderer Meinung seid.«

»Nun, ich wäre also kein guter Herrscher in den Augen meines Vaters? Das überrascht mich nicht sonderlich.«

»Ja, mein Prinz. Der König weiß das natürlich und versucht daher, Euch zu beeinflussen und zu formen. Er weiß mittlerweile aber auch, dass ihm das nicht gelingen wird. Ihr seid zu weich und zu mitfühlend. Drückt er nur ein wenig zu fest zu, gebt Ihr sofort nach – Ihr seid einfach zu schlau und durchschaut sofort sein Spiel. Dadurch seid Ihr so ganz anders als Euer großer Bruder.« Zohn wanderte ein paar Schritte durch das Zimmer, ehe er fortfuhr. »Ashron wollte viel, verstand aber nichts. Seine Reden waren hohl, seine Absichten zwar ehrenhaft, aber unstrukturiert und ohne Plan.« Er verstummte und blickte aus dem Fenster.

»Und?«, fragte Alrael.

»Ihr würdet vermutlich strukturierter vorgehen, Ihr würdet die Macht der Krone erhalten und die Menschen zufrieden machen. Ihr würdet dafür sorgen, dass jeder weiß, wo sein Platz ist.« Zohn wandte ihm wieder sein ausdrucksloses Gesicht zu. »Der König erkennt das nicht, er will es nicht sehen.«

Alrael stand auf und rieb über die Stirn. »So viel Lob aus deinem Mund? Was ist los mit dir? Hast du etwa zu gut gefrühstückt?« Er lachte freudlos auf. »Mein lieber Zohn, komm endlich auf den Punkt!«

»Prinz Alrael, Thronerbe von Andural. Ihr werdet bald eine

Entscheidung treffen müssen. Was für eine Entscheidung das sein wird und wie sie aussehen wird, kann ich Euch noch nicht sagen. Wenn dieser Umlauf aber kommen wird – und er wird kommen – werde ich an Eurer Seite stehen. Ihr werdet eine Entscheidung treffen und das Schicksal dieses Königreiches verändern.« Zohn sah ihn noch einen Moment an, den Mund zu einer schmalen Linie zusammengepresst. Dann drehte er sich ruckartig um und verschwand aus den Gemächern.

Alrael stand schweigend da und dachte nach.

UNERWARTETE HILFE

Der Felswühler ist ein großes, wurmartiges Wesen, das sich durch die tieferen Erdschichten gräbt. Es ist nur wenig über diese Tierart bekannt, da sie nur selten in natürlicher Umgebung beobachtet werden. Oftmals enden Begegnungen mit einem Felswühler tödlich.

Enzyklopädie der Wesensarten Andurals

Immer wieder auf und ab. Metall prallte auf Stein, sank in den weichen Boden. Steine splitterten, Erde wurde aufgewühlt. Elhan packte die Spitzhacke mit der schwieligen Hand, seine sehnigen Muskeln spannten sich an und das Werkzeug fuhr mit brachialer Gewalt nieder. Vorsichtig befühlte er den Stein und untersuchte die Maserung. Als er sicher war, wo er ansetzen musste, hob er die Spitzhacke wieder hoch über den Kopf.

Schmerzen.

Steine zersprangen.

Hoffnungslos.

Erde rieselte von der Decke und Staub verdunkelte den Gang.

Sterben.

Elhan konnte nicht mehr. Sein ganzer Körper bestand aus einem einzigen unerbittlichen Schmerz. Wie lange sollte er dieser elenden, quälenden Arbeit noch nachkommen? Er konnte es nicht sagen, er konnte nicht mehr klar denken. Das ewige Hämmern dröhnte in seinen Ohren, seine Arme, Beine,

Brust, Hände und Finger waren mit Dreck verschmiert. Neben ihm ächzte ein Sklave, es war ein Neuling. Während Elhan einen gleichmäßigen Rhythmus gefunden hatte, mühte sich der junge Sklave mit verzweifelten, unsteten Schlägen ab.

»Du musst einen Takt finden, wie ein Lied«, riet er dem Neuling, während sein Arm niederfuhr. Der Sklave beachtete ihn nicht und hieb weiter wie ein Verzweifelter auf die Wand ein.

Ich weiß nicht, warum ich mir überhaupt die Mühe mache.

Itras arbeitete an diesem Umlauf in einem anderen Stollengang. Grinsend hatte er sich verabschiedet und Elhan zugerufen: »Vermisst du mich jetzt schon, Liebster?« Mit einem lauten Gackern war er in der Dunkelheit verschwunden.

Elhan hatte Glück. Einige Leuchtpilze waren über Nacht gewachsen und tauchten die Umgebung in blaugrünes Licht, wodurch er Stein und Erde leichter untersuchen konnte. Die Quote hatte er für diesen Umlauf bereits erfüllt, an seiner verkrüppelten Hand hing eine der grauen, rot-geäderten Knollen, die sich um gekrümmten Daumen gewickelt hatte. Das sanfte Pulsieren, das von ihr ausging, wirkte beruhigend. Wenn er nun seine linke Hand betrachtete, konnte er kaum erkennen, wo seine Finger anfingen und die Knolle endete. Noch immer war sie ihm ein Rätsel, da sie keinem eindeutigen Muster folgte. Warum wuchs die Knolle ausschließlich in Arakkur? Was war so besonders an der großen Schlucht? Wieso besaßen sie diese einzigartigen Eigenschaften?

Er hatte zwar seine Quote erfüllt, das hielt ihn aber nicht vom Weiterarbeiten ab. Sicherlich, er hatte sich das Essen in den Unterkünften bereits erworben, trotzdem bestand die Möglichkeit, dass er eine zusätzliche Knolle fand. In den Tiefen Arakkurs gab es keine Pausen, keine Rast und keine Erholung. Wer nicht arbeitete, war für die Aufseher wertlos.

Die Unterkünfte, wenn man sie überhaupt als solche bezeichnen konnte, bildeten einen größeren Höhlenkomplex in der Nähe der Schlucht-Eingänge. Über einen bewachten Zugang erhielt man Zutritt und konnte sich dort einige Kerzen ausruhen. Der Boden war glatt geschliffen, es war sauber, Leuchtpilze spendeten angenehmes Licht und der Platz reichte geradeso, um alle Arbeiter unterzubringen. Obwohl es nicht viel besser als in den Stollengängen war, vermittelten die Unterkünfte einen Ort der Geborgenheit. Einen Rückzugsort, um der tristen Dunkelheit ein Stück weit zu entkommen. Hochwohlgeborene hätten keinen Fuß hineingesetzt, wer aber wie die Sklavenarbeiter über nichts weiter verfügte als die Kleidung am Körper, konnte es sich nicht aussuchen.

Es gibt auch Frauen. Zwar kann man sie durch den vielen Schmutz kaum von Männern unterscheiden, aber es gibt trotzdem welche. Ich will mir nicht ausmalen, wie schrecklich es für eine Frau sein muss, hier unten zu leben …

Elhan ertappte sich, dass seine Gedanken zu den Ereignissen am vergangenen Umlauf wanderten. Es war zu einem schrecklichen Unglück in einem der nahe gelegenen Stollen gekommen: Ein Felswühler hatte sich quer durch den Stollen gegraben und die Arbeiter unvorbereitet getroffen.

Seine Spitzhacke sprengte den Stein auseinander, wodurch eine größere Kuhle entstand. Schmierige Fäden hingen darin, aber von einer Knolle war keine Spur zu sehen.

Die Felswühler sind wirklich eine Plage. Aber viele sind gestorben. Was hindert sie, meinen Stollengang zu durchqueren? Vielleicht wäre es sogar besser, dann müsste ich das alles hier nicht mehr ertragen.

Elhan höhlte das Loch aus, wischte die verschmierten Finger an der Kleidung ab und riss einen weiteren Brocken heraus. Nichts, keine Knolle.

Er erinnerte sich an das große Loch in dem abgelegenen Stollen. Ein finsteres schwarzes Loch, das in den Bauch der Erde zu reichen schien. Mehr war von dem Felswühler und den Opfern, die er gefordert hatte, nicht mehr geblieben. Niemand trauerte ihnen hinterher, niemand verschwendete einen weiteren Gedanken an sie. Sklaven waren in Arakkur nichts als Abfall, den man wegwerfen konnte. Genau in diesem Augenblick standen Sklaven wieder in dem Stollen bereit. Sie umrundeten das große Loch, versuchten, die Kanten etwas zuzuschütten, und arbeiteten unbeirrt weiter. Der Tod war in der Schlucht etwas Alltägliches, man hatte sich an ihn gewöhnt – wie an einen steten Begleiter oder einen guten Freund, der einem über die Schulter sah.

Andere Sklaven hatten berichtet, dass die Felswühler die Knollen fraßen und sich davon ernährten. Das wäre auch ein Grund, dass sie so aggressiv waren. Sie kämpften um ihr Territorium, um ihre Beute. Elhan fand es befremdlich, dass sich diese unbegreiflich großen Wesen einzig von der Knolle ernähren sollten. Er hinterfragte diese Tatsache jedoch nicht, sein Denken bezog sich auf einfache Dinge, wie die nächste Mahlzeit oder das Überleben. Er verspürte zwar keine Furcht vor den Tieren, trotzdem achtete er unentwegt auf die ersten Anzeichen eines Felswühlers. Ein derartiger Tod erschien ihm wenig ruhmreich, konnte er sich doch bessere Methoden vorstellen, um seine Atemseele auszuhauchen.

Der Sklave neben ihm hieb energisch auf die Wand ein.

Wenn er sich nicht beruhigt, bekommt er noch einen Anfall.

»Du musst dich beruhigen!«, mahnte Elhan und schritt auf den Neuling zu. »Du verschwendest Kraft, das kann hier unten tödlich sein.«

Der junge Mann ignorierte ihn und hieb ungeschickt weiter auf den Stein ein.

»Lass ihn, soll er doch abkratzen«, grollte jemand hinter ihm.

Elhan drehte sich überrascht um. Hinter ihm stand der Mann mit der Narbe im Gesicht und stützte sich lässig auf eine Schaufel.

Ah richtig. Er ist ja heute auch hier eingeteilt.

Elhan und Itras nannten ihn insgeheim Narbengesicht. Itras hatte etwas Theatralisches vorgeschlagen, wie Narbe des Grauens oder Gesicht der ewigen Verdammnis. Elhan hatte ihn überzeugen können, bei etwas Einfachem zu bleiben.

»Wenigstens versucht dieser Drecksack, die Quote zu erfüllen, nicht wie du, du kleiner Jammerlappen!« Narbengesicht sah ihn finster an. Trotz der kargen Mahlzeiten wölbten sich die Muskeln unter seinem Hemd. An den Armen traten sie wie verknotete Baumwurzeln hervor.

Elhans Hand verkrampfte sich um den Holzstiel. »Was willst du?«

Narbengesicht bleckte die Zähne. »Zuschauen. Ein Problem damit?«

»Nein, nicht wirklich.« Elhan hatte vermutet, dass bald so eine Situation eintreten würde. Aus irgendeinem Grund konnte der Kerl ihn nicht leiden. Oder er war einfach nur ein grausamer Mensch. Von dieser Sorte gab es einige hier unten in den Stollen.

»Ich habe dich beobachtet, kleiner Jammerlappen, und weißt du was? Du hast ungewöhnliches Glück. Fast jeden Umlauf findest du eine Knolle, fast jeden Umlauf kannst du dich vollstopfen und satt fressen!« Narbengesicht ließ die Muskeln spielen, während er seine Schaufel in die Hand nahm.

Neben Elhan erklang das verzweifelte Hämmern des Neulings.

»Fast wirkt es, als würdest du diese Drecksdinger anlocken.«

»Ich kann nichts dafür, ich bin hier eingeteilt worden. Frag den Aufseher Mort, ob wir die Plätze tauschen können.« Er kämpfte seine aufkommende Nervosität nieder.

»Erzähl keine Märchen, du Drecksack!«

»Ich sage nichts als die Wahrheit.«

»Klar, und ich bin deine Mutter.«

Elhan hob eine Augenbraue. »Wenn es dich glücklich macht?«

»Komm mir nicht so, du kleiner Scheißer! Weißt du, was ich glaube?«

»Nein, kläre mich bitte in deiner unendlichen Weisheit auf!«

Die Narbe in seinem Gesicht verzog sich. »Du ziehst diese Dinger an.«

»Aha, sonst noch einen Einfall?«

»Ja, schau dir doch das Drecksding an deiner Hand an.« Er zeigte auf Elhans linke Hand, in der eine Knolle in beruhigendem Rhythmus pulsierte. »Es sieht fast aus, als wäre sie dort glücklich.«

»Das ist eine normale Reaktion, die Knolle windet sich um Finger, Hände oder Arme, wenn man sie aus ihrer natürlichen Umgebung erntet.«

»Aus ihrer natürlichen Umgebung erntet«, echote Narbengesicht. »Willst du mich verscheißern? Das Ding hat sich um deine Hand gewunden, als würde es da hingehören! Scheiße, ich sag dir was: Du bist abartig. Du bist ein abartiger, dreckiger Betrüger!« Narbengesicht hob die Schaufel.

Es war still, zu still.

Elhan drehte den Kopf, um nach dem Neuling zu sehen. Der lag am Boden, atmete schwer und blickte mit weit aufgerissenen Augen zur Decke.

»Verdammt!«, rief Elhan.

»Hm?«

»Sieh doch, er hat einen Anfall!«

»Und?«

»Er wird sterben, wenn wir ihm nicht helfen. Wir müssen ihn beruhigen und ihm etwas Wasser geben. Er hat sich verausgabt, sein Körper kommt nicht mehr klar.«

»Scheiß auf ihn, er wird sowieso irgendwann abkratzen. Schau dir diesen Drecksack doch mal an!«

»Wir müssen etwas tun.«

»Ich muss gar nichts.« Er grinste böse. »Tatsächlich finde ich das sogar spannend.«

Elhan dachte kurz nach, wie er den Hünen überzeugen konnte. »Er verringert unsere Quote«, sagte er schließlich. »Erinnere dich an Morts Worte am gestrigen Umlauf!«

Das Argument gab Narbengesicht offenbar zu denken. Er kratzte am struppigen Bart und lehnte die Spitzhacke über die Schulter. Normalerweise halfen sich die Sklaven nicht. Jeder war auf sich allein gestellt, dafür sorgten die Umstände. Trotzdem gab es an gewissen Umläufen Vorgaben, sodass einzelne Abteilungen eine Gesamtquote erfüllen mussten. Schafften sie die nicht, zog es Konsequenzen nach sich.

»Er hat noch keine Knolle gefunden?«, fragte Narbengesicht.

»Nein, hat er nicht. Weder gestern noch an seinem ersten Umlauf.« Elhan ließ den Hünen nicht aus den Augen. »Er hat seit drei Umläufen nichts mehr gegessen.«

Der Neuling atmete nun stockend, seine Brust schien sich zu verkrampfen.

»Bitte, wir müssen etwas tun«, flüsterte Elhan. Er spürte wie der Hüne mit sich rang.

Es geht nicht anders, ich kann ihn sonst nicht überzeugen ...

»Ich gebe dir meine Knolle dafür«, sagte Elhan.

Narbengesicht blieb der Mund offen stehen. »Bist du jetzt vollkommen bescheuert?«

»Vielleicht. Möglich. Ich kann es nicht sagen.«

»Also bist du doch bescheuert.«

»Hör zu, ich kann arbeiten, ich habe noch Kraft. In den letzten Umläufen hatte ich Glück, ich konnte immer essen und schlafen.« Es war gelogen, Elhan hatte keine Kraft mehr und er war vollkommen am Ende.

Ich werde sterben ...

Narbengesicht musterte ihn. Elhan spürte dessen Unruhe, wie er innerlich mit sich rang und die Vor- und Nachteile abwog. Er fühlte, wie aufgewühlt der Mann war. Enttäuschung. Sorge. Unruhe. Hoffnung.

Eigenartig, er wirkt nicht wie ein schlechter Mensch.

Bevor Narbengesicht antwortete, wusste Elhan bereits, dass er ihm zustimmen würde. »Scheiße, du hast mich überzeugt. In Ordnung, her damit!«

»Du bist ein guter Mensch.«

Der Hüne lachte freudlos auf. »In diesem Land gibt es keine guten Menschen. Jetzt gib mir die Knolle oder ich haue ab.«

»Nein, erst helfen wir ihm, dann bekommst du die Knolle!«

Der Neuling atmete immer schwerer und zuckte unkontrolliert mit seinen Händen.

Widerwille. Leid. Hoffnung. Er sah es in den Augen des anderen Mannes.

»Sag mir, was zu tun ist, du elender Weichling!«

Elhan stieß zischend den Atem aus. Er hatte gar nicht bemerkt, dass er die Luft angehalten hatte. »Kennst du Trichterlinge?«

»Die gelben Dinger?«

»Ja. Wir brauchen sie und ein paar von den Leuchtpilzen.«

»Warum?«

»Weil ich das sage! Jetzt mach schon.«

»Ist ja gut.« Er folgte der Anweisung und war kurz verschwunden.

Elhan näherte sich dem Arbeiter und fühlte dessen schwachen Puls. Wenn ihm nicht bald geholfen wurde, würde er sterben.

Narbengesicht kehrte einen Moment später zurück und hielt ihm die entsprechenden Pflanzen hin.

»Schneide sie auseinander und versuche, die Flüssigkeit in deiner Hand aufzufangen. Es ist schwer, wir benötigen aber den Saft«, wies Elhan ihn an und betastete die Knolle an seiner linken Hand. Sie pulsierte warm und gleichmäßig.

Narbengesicht folgte der Anweisung und fing geschickt die Flüssigkeit auf. Einige Tropfen liefen an seiner schalenförmigen Hand hinab, der größte Teil blieb aber darin. Elhan kommentierte es mit einem Nicken. Er befühlte einen trockenen kleinen Abzweig am unteren Ende der Knolle und brach ihn ab. Die Knolle reagierte nicht und schmiegte sich nur ein bisschen enger um seine Hand.

»Normalerweise wehren sich diese Drecksdinger, wenn man an ihnen rumfummelt. Du bist abartig, abartig sag ich dir!«

Elhan würdigte Narbengesicht keines Blickes und schnitt das Knollenstück in feine kleine Scheiben. Flüssigkeit trat heraus, die er in der Hand auffing. Die Scheiben und die Flüssigkeit ließ er nun in die schalenförmige Hand des anderen Mannes gleiten und vermengte sie. Narbengesicht beobachtete ihn finster.

»Wir müssen ihm die Flüssigkeit jetzt einflößen. Ich halte den Mund auf.«

Narbengesicht zeigte eine bemerkenswerte Geschicklichkeit, die Elhan ihm nicht zugetraut hatte. Als der letzte Tropfen in den Mund floss, ließ Elhan den jungen Arbeiter los und sank auf den Boden.

»Was jetzt?«, fragte Narbengesicht.

»Jetzt warten wir«, murmelte Elhan und rieb müde die Augen. »Ich bin nicht sicher, ob es funktioniert. Der Saft der Pilze sollte entkrampfend wirken. Die Knolle belebend. Keine Ahnung, ob es wirkt. Ich war nie ein Heiler. Alles was ich weiß, stammt von meinem Vater.«

Der Hüne ging vor ihm in die Knie und streckte fordernd die Hand aus.

Zögernd kam Elhan der Aufforderung nach. Die Knolle wehrte sich, als er sie von seiner linken Hand löste, und zappelte wild, als sich die große Hand des anderen Mannes um sie schloss.

Plötzlich fing der Neuling an zu husten und starrte sie nervös an. Seine Hände zitterten, dann verzog er das Gesicht und sank wieder zurück.

»Schone dich einen Moment, es ist alles gut«, sagte Elhan beruhigend.

Der junge Mann nickte zaghaft und schloss die Augen. Narbengesicht hingegen stand langsam auf und schwieg eine Weile. Elhan beachtete ihn nicht, denn er war tief in Gedanken versunken.

Warum war ich nur so unglaublich dumm? Was bringt es mir, wenn dieser Junge überlebt und ich nichts zu essen bekomme?

Er verfluchte sich innerlich für seine Torheit.

Sterben.

Vor ihm fiel etwas zappelnd auf den Boden. Erstaunt sah Elhan auf.

»Die Hälfte der Knolle … war ein großes Stück«, brummte Narbengesicht. »War das erste und letzte Mal, dass ich dir geholfen habe. Ich bin immer noch der Meinung, dass du ein abartiger Drecksack bist!« Mit diesen Worten wandte er sich ab und stapfte den Gang hinaus.

Elhan sah ihm träge nach. Die Knolle zappelte wild am

Boden und kroch auf seine offene Hand zu. Langsam schloss sie sich um die gesunden Finger seiner rechten Hand und begann zu pulsieren.

Der junge Mann neben ihm setzte sich auf. »Wie ist dein Name?«, fragte er, kaum lauter als ein Flüstern.

Elhan sah ihn nicht an, sein Blick war in die Ferne gerichtet. »Mein Name ist unwichtig. Du musst lernen, auf dich aufzupassen.«

»Bitte, ich kann das nicht allein. Ich bin unschuldig, ich bin …«

»Das hier ist Arakkur, es ist egal, wer oder was du bist!«

»Warum hast du mir dann geholfen? Warum hast du mich nicht sterben lassen?«

»Das weiß ich nicht.« Elhan erhob sich ächzend. In der Ferne vernahm er das ewige Schlagen von Metall auf Stein. Staub rieselte von der Decke und benetzte seine Haut. Ein Leuchtpilz in der Nähe glühte greller, sachte wippte er hin und her und sandte bewegliche Schatten über die Wand.

»Du hast mich verdammt!«, flüsterte der Junge. »Wegen dir muss ich weiterarbeiten … du hättest mich sterben lassen sollen!«

Während Elhan sich von dem jungen Sklaven entfernte, spürte er dessen Blick im Rücken. Er spürte die Enttäuschung und Hoffnungslosigkeit. Vermutlich hatte der Neuling gehofft, dass er ihm einen Teil der Knolle überließ.

Als Elhan schließlich sprach, kratzte es in seiner Kehle. »Vielleicht hätte ich das tun sollen.«

ZWISCHENSPIEL – SATHUS

Das herzogliche Symbol Valentars geht auf eine ursprüngliche Bedeutung der Göttin Sydenia zurück. Der unvollendete Mond stellt eine Entfesselung dar, das Lösen altertümlicher Begebenheiten.

Enzyklopädie des Neunerbundes

Herzog Sathus nippte an dem Gerstenwein. Es war ein guter Wein - nicht zu süß, aber auch nicht zu trocken. Der leicht herbe Geschmack und die orangene Farbe zeugten von guter Qualität. Ihm war an diesem Umlauf nach etwas Leichtem zumute, einem Wein, der ihm nicht zu Kopf stieg. Genüsslich nahm Sathus einen weiteren Schluck aus dem grauen Steinkrug und lächelte zufrieden.

»Herr, hat Euch der Wein gemundet?«, fragte ein Diener und wollte den Krug entgegennehmen.

»Gemach, gemach«, sagte Sathus. »Ich bin noch nicht fertig.«

Schweigend blieb der Diener stehen und verneigte sich leicht. Er trug, wie es in Valentar Mode war, eine sandfarbene Robe in weitem Schnitt.

Sathus nahm einen letzten tiefen Schluck, behielt den Wein eine Weile im Mund, bis sich das gesamte Aroma ausgebreitet hatte, und schluckte dann hörbar. Mit einer anmutigen Geste gebot er dem Diener, seiner Aufgabe nachzukommen. Während er sich im Speisesaal umsah, verschwand der Diener lautlos in einem Nebengang.

Sathus betrachtete die dunkelgrauen Steinwände, die mit bunten Gemälden bestückt waren. Sie zeigten hauptsächlich weite Felder, Früchte und Wein – und sandfarbene Banner, die das Symbol seiner Ländereien trugen: einen unvollendeten Mond. Sathus fand das Symbol schon immer geschmacklos, obwohl es die Zustände seiner Ländereien gut umschrieb. Valentar war eines der ärmsten Herzogtümer in ganz Andural – manche behaupteten sogar, es wäre das ärmste Land. Weite Felder, grüne Wiesen, klare Flüsse. Und doch nur geringe Schürfrechte an der Schlucht. Die Bevölkerung des Herzogtums wurde größtenteils von Bauern und Viehtreibern, die mit ihrem einfachen Leben zufrieden waren, gebildet. Reichtum kümmerte sie nicht, Ehrgeiz war ihnen fremd. Was sollte ein Bauer mit einem Sack voll Som anfangen? Er hatte sein einfaches Heim, seine Familie und seine Arbeit. Das Wetter war gut geeignet für den Anbau verschiedenster Nahrungsmittel: milde Winter, warme Frühlinge, angenehme Sommer. In Valentar war alles irgendwie mild und mittelmäßig – unvollendet. Herzog Sathus hasste sein Land, er hatte es schon immer gehasst. Die Zufriedenheit, die Faulheit, den Stillstand.

»Nun, Herzog. Hat Euch der Wein gemundet?«

Sathus widmete sich seinen Gästen, die mit ihm am reich gedeckten Tisch saßen. Herzog Jachek von Norfall funkelte ihn mit hochrotem Kopf an, dessen Leibwächter schauten ebenfalls finster.

»Gemach, wozu die Eile?«, beschwichtigte Sathus lächelnd. Er griff nach einer unförmigen roten Frucht – einer Dornfrucht. In Wahrheit verspürte er nur Ekel für den nördlichen Herzog, der mit seiner stinkenden Kleidung, den barbarischen Ketten auf der Brust und dem unrasierten, verunstalteten Gesicht eher wie ein Verbrecher denn ein Würdenträger aussah. Sathus erinnerte sich an den Spruch seines Vaters: *Wie das Land, so die Menschen.* Auf Herzog Jachek traf das definitiv zu.

»Bedient Euch, meine Herren!«

Die Norfaller starrten ihn stumm an.

Schade darum, das Mahl ist vorzüglich.

»Ich bin quer durch das gesamte Land gereist, um deiner persönlichen Einladung nachzukommen, Herzog!«, knurrte Jachek.

Sathus fand, dass es immer klang, als hätten diese Männer Kiesel im Mund. Verunstaltet und zerkaut drangen die hohlen Worte aus ihren derben Mündern.

Unzivilisierte Bastarde!

»Mein lieber Mann, Ihr konntet meiner Nachricht doch den beabsichtigten Sinn entnehmen, oder nicht?«, fragte Sathus und wedelte mit der Frucht. »Es herrscht Krieg.« Er biss genüsslich in das süßliche Fleisch.

Ah, herrlich dieses Aroma. Vielleicht ein Stück der Mondbeere dazu?

»Ich habe deine Worte gelesen und will eine Antwort!« Jachek wurde immer ungezügelter. »Eine Antwort, und zwar sofort!«

Sathus verspürte immer mehr Ekel für diese Barbaren. Für ihn waren sie allesamt Wilde. Er glättete seine gelbe Robe und tupfte mit einer seidenen Serviette den Mund ab. Anmutig legte er die Fingerspitzen zusammen und sah seine Gäste aus unergründlichen Augen an.

»Kallyen wird demnächst Valentar, mein vorzügliches Herzogtum, angreifen«, eröffnete er und beobachtete, wie der andere Herzog die Augen zusammenkniff.

»Das stand nicht in deiner Botschaft, es war nur von einer Drohung gegen Norfall die Rede!«

»Gemach, mein lieber Freund. In der Tat, Norfall wird bedroht.«

»Norfall liegt aber nicht in Valentar!« Der Kopf des Norfallers wurde immer röter. Er hieb mit der Faust auf die Tischplatte und warf dabei einige Krüge um.

Sathus wunderte sich über die Beschränktheit seines Gastes, ließ sich allerdings nichts anmerken. Es war wichtig, den Schein zu wahren.

Wie einfältig er doch ist, dieser Wilde.

»Mein lieber Mann, lasst es mich doch erklären«, sagte er

lächelnd.

»Sprich, *Herzog*!«

Warum musste dieser Wilde ihn immer wieder mit seinem Titel anreden? Wollte er ihn beleidigen?

»Ich habe Spione in Illindar. Einer steht dem König sehr nahe.« Sathus legte eine kurze Pause ein, um seine Worte wirken zu lassen. »Der König hat den Herzog von Kallyen ermorden lassen.«

»Kannst du das beweisen?«, fragte Jachek, sein Interesse war offenbar geweckt.

»In der Tat, mein Freund. Ich sprach bereits von einem Spion. Der König hat den Herzog durch einen Diener ermorden lassen. Der Diener wusste jedoch nicht, wer seine wahren Auftraggeber waren. Im Grunde wusste er nicht einmal, dass er den Herzog jeden Umlauf vergiftete. Das Einzige, was dieser arme Mann wusste, war, dass die Bezahlung durch einen Mann aus Valentar erfolgte.«

»Und weiter?«

Sathus gönnte sich eine weitere Frucht. »Dieser Mann stammte natürlich nicht aus meinen Ländereien, es war ein Mann des Königs. Eine sehr einfache Methode, den Feind zu täuschen. Einfach, aber wirkungsvoll.«

Sathus sah, wie Jachek mit den Kiefermuskeln mahlte. Mit einer achtlosen Geste gebot der dem Herzog Valentars fortzufahren.

»Nun, wie ich schon sagte: Kallyen greift Valentar an. Unsere geschätzte Herzogin Ateria hat natürlich herausgefunden, wer angeblich hinter dem Anschlag steckt. Unglücklicherweise fällt der Verdacht nun auf mich. Und wie ich diese Stolzen und Edlen aus Kallyen kenne, werden sie meine Ländereien dem Erdboden gleichmachen.« Sathus breitete seine Hände aus, als würde er das gesamte Land umfassen wollen.

»Weiter!«, grollte Jachek.

»Kallyen wird folglich ausrücken und Valentar wird fallen. Geschickt eingefädelt durch den König, der sich die Schürfgegenden beider Herzogtümer aneignet. Kallyens Gebiete stehen bereits unter seiner Kontrolle. Meine Gebiete werden aufgrund des Krieges ebenfalls an die Krone fallen. Zwei Herzogtümer sind gefallen, der König tritt erstarkt aus der Asche.«

»Soll er doch, er versprach mir mehr Zugeständnisse im Bereich des Sklavenhandels.«

Sathus nickte ihm feierlich zu. Es war Zeit, den Plan ins Rollen zu bringen. »Der neue Thronerbe wird mit der Tochter des Herzogs von Landamar einen Bund vor den Göttern eingehen«, seufzte er und schüttelte bedauernd den Kopf.

Jachek fielen fast die Augen aus dem Kopf. »Er tut *was*?«

»Der König hat den Thronerben verkauft und dadurch den Herzog und dessen Einfluss an sich gebunden.« Sathus sah förmlich, wie es in dem breiten Schädel des Mannes arbeitete. Nun durfte er nicht mehr zögern. »Der König kontrolliert also mit dem Fall von Valentar bereits drei große Schürfgebiete. Lynsan ist in einen Erbstreit gefallen, nachdem ein ganzer Familienzweig des dortigen Herzogs unglücklicherweise bei einem Feuer ums Leben gekommen ist. Was für ein außerordentlicher Zufall, nicht wahr?«

Nun mach schon, du Horntier, so blöd kannst du doch nicht sein!

»Der König?«, raunte der Norfaller.

Sathus nickte langsam.

»Wenn also Valentar fällt, Lynsan keine Einigung erzielt und der Prinz die Tochter von Herzog Ramor vor die Götter führt«, Jachek hieb mit voller Wucht auf den Tisch, »dann kontrolliert der König alle Schürfgebiete bis auf meine.« Ein Ausdruck der Erkenntnis zeichnete sich auf dem verunstalteten Gesicht des Norfallers ab.

Sathus jubelte innerlich. Der hirnlose Schwachkopf verstand endlich. Nun war es Zeit, seinen letzten Trumpf auszuspielen. »In der Tat. Das ist wirklich eine glückliche Fügung, nachdem der Erstgeborene verstorben ist. Wo Ashron doch so lange hingearbeitet hat, die Krone zu schwächen und – wie hat er es noch gleich genannt?« Sathus betrachtete seine Fingernägel. »Ah ja, er sprach von dieser seltsamen Gleichberechtigung der Herzöge und des einfachen Mannes.«

Na, schaffst du es? Wo bleibt es? Ah, da. Ja, jetzt!

Der Tisch brach mit einem berstenden Geräusch zusammen. Früchte, Geschirr und Kerzenhalter fielen klirrend auf den Boden. In der Mitte des Tisches steckte ein riesiger Hammer.

»ICH WERDE IHN UMBRINGEN!«, brüllte Jachek und sprang um die Reste des Tisches. Seine Soldaten hielten ihre Waffen gezückt und betrachteten den Herzog unruhig. Sathus' Wachen standen vor der Tür, er hatte ihnen entsprechende Anweisungen gegeben und sich so absichtlich in eine schwächere Position gebracht. Ihm kam wieder ein Spruch seines Vaters in den Sinn: *Erscheine schwach und dein Feind wird dich unterschätzen. Gib ihm Macht und er wird blind sein für das Offenkundige.*

Sathus wischte angewidert die Früchte von der feinen Robe. Der teure Stoff war beschmutzt und ruiniert.

Diese widerlichen Barbaren!

Wutschnaubend ließ sich der Norfaller wieder auf seinem Stuhl nieder und funkelte Sathus an. »Norfall wird als nächstes fallen. Es war ein Trick, er wird den Sklavenhandel nicht erweitern!«

Na endlich hat dieser Hohlkopf verstanden!

»In der Tat, mein Freund. Deshalb lud ich Euch an meine Tafel: Wir müssen den König gemeinsam aufhalten. Zuerst gilt es aber, meine Ländereien zu schützen.«

Sathus nahm von seinem Diener einen Steinkrug entgegen und prostete dem Herzog zu. Norfall war der entscheidende Baustein in seinem Plan. Herzog Jachek verfügte zwar nur über eine schwächliche Sklavenarmee, sie würden aber den Feind überraschen und ablenken können.

Anscheinend muss ich nicht einmal meine Schürfrechte an diesen Schwachkopf abgeben. Wie einfältig er doch ist und so leicht zu manipulieren.

Lange schwieg der Herzog. Dann plötzlich, als hätte er eine Entscheidung gefällt, stand er auf, griff nach seinem Hammer und schritt auf den Ausgang zu. Dort blieb er kurz stehen und rief mit dunkler, tiefer Stimme: »Wir kämpfen an eurer Seite!«

Sathus lächelte.

ZWISCHENSPIEL – GALDAN

Der Nadelbaum ist größer und schmaler als der Rankenbaum oder der Dornling. Der schmale Stamm verästelt sich erst in den Kronen und ist mit unzähligen Nadeln versehen, die er bei Gefahr abwerfen kann. Ihnen haftet kein Gift an, sie sind aber sehr spitz und können durch ungeschütztes Fleisch dringen.

Enzyklopädie der Wesensarten Andurals

Hauptmann Galdan betrat das steinerne Gebäude mit festem Schritt, während ihm zwei seiner Gardisten folgten. Den keilförmigen Helm hielt er unter dem Arm, sein weißer Mantel bauschte sich spielerisch hinter ihm. Die gepanzerten Stiefel knirschten auf dem grauen Stein. Feuchte, warme Luft drang ihnen entgegen, geschwängert von Blütendüften, die ihn zum Niesen brachten. Das Licht war gedämpft, Musik und Gelächter erfüllten den Raum. Einige rostige Kerzenhalter standen in der Ecke, rote und blaue Tücher hingen an den Wänden. Abgebildet waren das gebrochene Wagenrad Jads sowie die gespreizte Hand der Valrysia.

Er schritt zielsicher durch den überfüllten Raum, in dem eine alte Frau zotige Lieder sang, während sich hübsche, junge Frauen in Leinenhemden und Fetzen aus farbiger Seide an lautstarke Freier drückten. Anschließend liefen sie an Männern vorbei, die ihnen betrunken und schläfrig hinterhersahen. Ein Mädchen räkelte sich grazil auf einem weichen Sofa, daneben saß eine andere und flüsterte ihr liebreizende Worte ins

Ohr. Gegenüber ließ sich eine Frau breitbeinig auf dem Schoß eines Mannes nieder und kicherte halbtrunken. Dunkler Wein wurde aus Krügen geschenkt, Som klimperten auf den Tischen und wechselten die Besitzer.

Galdan sog die stickige Luft ein und schritt zielsicher durch einen roten Vorhang. Der dahinter befindliche Raum war nur spärlich bestückt, ein alter Tisch stand an der Rückwand.

Er leckte nervös über die Kerbe in seiner Lippe. Entschlossen setzte er seinen Gang fort und ließ sich schließlich in einem abgetrennten Raum auf einem Sofa nieder, das mit roten Tüchern und Kissen bestückt war. Es fühlte sich weich unter seinem Hintern an, zu weich für seinen Geschmack. Galdan war ein harter Mann, ein Veteran vieler Schlachten. Tod und Verderben waren seine steten Begleiter, er hatte sich an deren Anblick längst gewöhnt. Aus den Augenwinkeln betrachtete er seine beiden Gefolgsleute. Sie waren ebenfalls kampferprobte Krieger, die ihm seit langer Zeit zu Treue verpflichtet waren. Er war sicher, dass sie Stillschweigen wahren würden, letztendlich waren sie auch nur Männer.

Die Rüstung stach ihm unangenehm in die Seite, da sie an der Hüfte zu eng saß. Mittlerweile spürte er das Alter mehr denn je. Seine ehemals strammen Muskeln waren einigen Fettpolstern gewichen. Sein volles langes Haar war ergraut und ging an der Stirn zurück. Ein Auge zuckte unentwegt, der feuchte Atem ging rasselnd. Er wusste nicht, wie lange er noch durchhalten würde. Letztendlich war das aber unerheblich, er hatte schon lange beschlossen, dass er seinen Tod im Kampf suchen würde. Zuvor wollte er es sich aber noch einmal richtig gutgehen lassen. Er war ein stolzer Mann, der seinen Gelüsten nicht entsagte.

Galdan trommelte nervös auf die metallische Lehne des Sofas. Seine Panzerhandschuhe verursachten ein klickendes Geräusch.

»Was für eine sucht Ihr Euch aus, Hauptmann?«, sprach ihn einer seiner Gardisten an.

Galdan zuckte mit den Schultern. Er wusste genau, welche

Frau er sich an diesem Umlauf aussuchen würde. Alleine die Vorstellung erregte ihn schon.

»Mir wäre eine aus Lynsan recht, mit schwarzer Haut wie Tinte. Sie sollen wild und unbändig sein«, seufzte der andere Soldat.

»Willst du sie bändigen oder dich wie ein schwaches Weib von ihr unterwerfen lassen?«, höhnte Galdan und versuchte, eine angenehmere Sitzposition zu finden. Das Sofa war wirklich viel zu weich.

»Ach, so eine Wilde aus dem Süden hat schon was. Ihr solltet so eine auch mal ausprobieren, Hauptmann.«

Sie wurden von einer älteren Frau unterbrochen, die elegant den Raum betrat. Sie war weder attraktiv noch hässlich. Galdan fand sie einfach nur unscheinbar. Eine typische Frau, die im Hintergrund stand und dafür sorgte, dass alles einen geregelten Ablauf nahm.

Sie schnippte mit den Fingern, woraufhin sich der Vorhang teilte und eine junge Dirne den Raum betrat. Gekleidet war sie in aufreizende Seidengewänder, mit braunem, mittellangem Haar und einem anmutigen Gesicht. Sie schwang die Hüften und bemühte sich, attraktiv zu wirken.

Die Männer neben Galdan fingen an zu grinsen, wussten aber, dass sie sich gedulden mussten. Erst oblag es ihm, eine Entscheidung zu treffen.

Der Hauptmann leckte über die gespaltene Lippe und verschränkte die Arme vor seinem Brustpanzer. Er schüttelte den Kopf. »Zu alt.«

Die ältere Frau nickte wissend und entließ die Dirne. Wenige Augenblicke vergingen, bis sich der Vorhang erneut teilte. Dieses Mal betrat eine etwas jüngere, gebräunte Frau den Raum. Sie war sehr attraktiv, seidene Fetzen verhüllten nur das Nötigste. Ihr langes schwarzes Haar fiel wie ein Schleier über den nackten Rücken. Ein großer Schmollmund zierte das spitze Gesicht. Sie drehte sich auf einem Bein im Kreis und besah die Soldaten mit einem lüsternen Blick.

»Zu dunkel«, murrte Galdan.

Die beiden Männer warfen ihm einen ungeduldigen Blick zu. Die ältere Frau hingegen tippte ans Kinn und verschwand wieder.

Einige Zeit verging und Galdan spürte, dass er langsam unruhig wurde. Schließlich teilte der Vorhang sich erneut und eine sehr junge Frau mit langen blonden Haaren trat in den kleinen Raum. Sie trug teure Gewänder, in der Mode, wie sie normalerweise Hochwohlgeborene anhatten. Das Kleid war dunkelgrün, die langen Haare zu vielen kleinen Zöpfen geflochten. Eine Strähne fiel ihr ins Gesicht, die sie sofort hinter ihr Ohr steckte.

Galdan blickte sie aus unergründlichen Augen an. Die Männer neben ihm rutschten nervös hin und her. »Gut«, sagte er nickend und stand auf. Dann griff er nach ihrem Handgelenk und zerrte sie hinter sich her. Sie schritten durch einen dunklen Vorhang und betraten einen kleinen Raum, der nur geringfügig beleuchtet war. Er drehte sich zu der jungen Frau und bedachte sie mit einem lüsternen Blick. Nervös leckte er über die gesprungene Lippe.

»Nun, mein Herr, wie kann ich Euch behilflich sein?«, säuselte sie mit lüsterner Stimme.

»Wie alt bist du?«, fragte er.

»Sechzehn Zyklen, mein Herr.« Sie spitzte die Lippen. »Habt Ihr irgendwelche Vorlieben?«

Galdan beugte sich zu ihr vor und blickte ihr tief in die Augen. Seine Zunge fuhr erneut nervös über seinen Mund. »Heute heißt du Cathien.«

VERDAMMNIS

Das Rankenkraut kommt vorzugsweise in städtischen Gebieten vor. Es wächst vorzugsweise zwischen Steinrillen und ernährt sich von den Überresten der Mahlzeiten, die auf den Boden fallen. Für Menschen ist diese Pflanze ungefährlich, kleinere Tierarten werden aber häufig von ihr gefangen und verzehrt.

Enzyklopädie der Wesensarten Andurals

Elhan blickte auf die Leiche einer jungen Sklavin, während ihm der Schweiß an den Armen hinablief. Sie lag mit dem Gesicht nach oben in einer steinernen Senke. Fast sah es aus, als würde sie friedlich schlafen - wären da nicht der entsetzliche Ausdruck in ihrem Gesicht und der geschundene, abgemagerte Körper gewesen. Ihr Werkzeug lag noch dort, wo sie es hatte fallen lassen.

Das gedämpfte Licht wirkte unruhig, als ein sanfter Windstoß durch den schummrigen Gang wehte. Er brachte einen Geruch nach Moder und Erde mit, aber auch nach Verwesung und Tod.

Elhan beobachtete die Leiche der Frau. Wer war sie gewesen? Warum war sie als Sklavin in der Schlucht gelandet? Hatte sie womöglich nur Pech gehabt oder verdiente sie, einsam in der Schlucht zu sterben?

Seine Knöchel traten hervor, als er den feuchten Stiel seiner Spitzhacke fester packte.

Was hatte das alles noch für einen Sinn? Er kam sich mittlerweile wie ein Tier vor. Nein, nicht wie ein Tier, dann würde er zumindest das Licht der Sonne auf seiner Haut spüren oder das Rauschen des Flusses hören können. Er war weniger als das, eher ein grober Stein, der unaufhaltsam einen Hang hinunterrollte. Irgendwann würde er am Boden aufprallen und dann würde sein Leiden endlich ein Ende finden.

Ich werde wahrscheinlich auch bald so enden. Die Schlucht hat mich schon fast gebrochen.

Wie lange er so stand, wusste er nicht. Irgendwann schrak er auf und bemerkte die graue Knolle, die in einer Kuhle seiner verkrüppelten Hand pulsierte. Vorsichtig strich er darüber und spürte die warme, schuppige Haut. Bereits am Morgen hatte er sie gefunden, es fiel ihm nun immer leichter. Warum das so war, konnte er sich nicht erklären. Fast schien es, als würde er sie spüren können – aber nur fast. Während Elhan die Knolle weiter ansah, bemerkte er, dass ihr Puls in einem klaren Rhythmus ging. Er war schwierig zu erkennen, wenn er sich aber konzentrierte, spürte er den regelmäßigen Takt.

Das ist wirklich seltsam. Es fühlt sich fast an, als würde die Knolle atmen. Das kann aber nicht sein, es ist nur eine Wurzel.

Einige Sklaven schlurften an einer nahen Kreuzung vorüber und einer schlug den Weg in den Gang ein. Er kam auf Elhan zu, sah die Leiche der jungen Frau am Boden und schritt stumm an ihr vorbei. Weder zeigte er eine Reaktion noch ließ er sich aufhalten.

Bei Cernunnos' Geweih! Der Tod ist uns mittlerweile gleichgültig. Wir stumpfen vollkommen ab.

Irgendwann würde jemand kommen und sie über den Rand der Schlucht werfen. Andernfalls würden die Leichen verwesen und Stechlinge oder Schlimmeres anlocken. Auch Krankheiten könnten sich verbreiten und die Sklaven dahinraffen. Es war richtig so, es musste so sein, aber er fand es grausam. Wie sollte ihre Atemseele den Weg zu den Göttern finden? Sie war verdammt, auf ewig.

Eine Weile stand Elhan stumm vor ihr, bis er seinen Blick abwandte und in Richtung des gekreuzten Ganges schritt. Er schlug den Gang in Richtung der Schluchtausgänge ein, die genaue Richtung kannte er bereits. Schummriges Licht begleitete ihn auf seinem Weg und die Leuchtpilze in der Umgebung wippten mit ihren breiten Stängeln hin und her.

Nach einer Weile betrat er einen schmalen Gang, der ihn zu den Plattformen führen würde. Dort war es meistens feuchter und vereinzelt wuchs Leuchtmoos an den Rändern und zwischen groben Steinformationen. Dicke, grünliche Flechten, die zu manchen Zeiten in einem blauen Licht glühten. Es war längst kein so starkes Licht wie bei einem Leuchtpilz. Trotzdem reichte es, um einzelne Stellen zu erhellen.

Vorsichtig schritt er durch den Gang, während ihm abgestandene Luft entgegenschlug. Sein Atem ging schwer, er fühlte sich matt und erschöpft von der harten Arbeit.

Immer einen Schritt vor dem anderen, hat Vater stets gesagt …

Elhan schüttelte den Kopf. Das waren falsche Gedanken, Erinnerungen aus einem anderen Leben. Er war nun ein anderer Mensch. Weggeworfen, wie Staub im Wind. Verdammt, seine Atemseele in der Finsternis auszuhauchen.

Nach einer halben Kerze erreichte er einen breiten Gang, der in einer weitläufigen Höhle mündete. In einiger Entfernung erkannte Elhan das ferne Sonnenlicht, das sanft glitzerte und den feinen Staub durchdrang, der stets über der Schlucht lag. Einige Sklaven hatten sich in der Höhle eingefunden und warteten, ihre Knolle abgeben zu können, um die geschliffene Kugel zu erhalten. Stumme, ausgehungerte Gestalten mit trüben Blicken, die zappelnde Knollen in den Händen hielten.

Als Elhan auf die Gruppe zu schritt und sich einreihen wollte, bemerkte er am vorderen Ende einen Tumult. Dort stand der Aufseher Mort und war von mehreren Soldaten in sandfarbenen Gewändern umgeben.

Ein dumpfer Aufschlag erklang.

»Geschieht dir recht, dreckiger Sklave!«, ereiferte sich der Aufseher.

Elhan umrundete einige Arbeiter und stellte sich auf die Zehenspitzen. Umringt von einem Pulk Soldaten lag dort ein junger Sklave. Sein Arm stand in einem unnatürlichen Winkel vom Körper ab, das Gesicht war geschwollen und blutig.

»Bitte, ich habe Hunger. Habt Gnade!«, flehte er.

Der Knüppel eines Soldaten ging auf ihn nieder. Ein anderer trat mit der Fußspitze zu, woraufhin der Sklave anfing zu würgen.

»Du hast Hunger?«, schrie Mort. »Dann arbeite, du verdammtes Stück Dreck!«

»Warum ... warum hilft mir niemand?«

Stumm standen die Arbeiter um den geschundenen Sklaven. Keiner bewegte sich, keiner zeigte Mitgefühl. Elhan bemerkte, dass ihn all das ebenfalls nicht berührte. Es hieß, zu überleben, nicht aufzufallen. Was konnte er schon ausrichten? Sie mussten lernen, sich anzupassen, dem Tod als stete Gewissheit ins Auge zu blicken. Wer das nicht verstand, war bereits verloren.

Ein Soldat schlug wieder zu, worauf ein knackendes Geräusch erklang. Der Kopf des Sklaven brach auf und verteilte Blut auf den Füßen der Umstehenden. Die Augen des jungen Mannes blickten starr nach oben. Er war tot.

»Jetzt habter ihn umgebracht, ihr verdammten Idioten!«, schimpfte Mort und bedachte die Soldaten mit einem finsteren Blick.

Der Soldat, der zugeschlagen hatte, zuckte gleichgültig die Schultern. »Belanglos, der kleine Wicht hat in den letzten Umläufen nichts gebracht. Er war wertlos.«

Mort winkte verächtlich mit der Hand. »Über den Rand mit ihm!«

Zwei Soldaten kamen der Aufforderung nach, ergriffen die Leiche an Armen und Beinen und traten auf die Plattform in das schwache Sonnenlicht. Sie holten Schwung und warfen die Leiche in hohem Bogen in den tiefen Abgrund Arakkurs. Weggeworfen, wie nutzloser Abfall.

Elhans Blick senkte sich zu der grauen Knolle, die in einem unhörbaren Takt pulsierte. Er strich wieder sanft darüber und schüttelte den Kopf.

Was hätte ich tun sollen?

Die verbliebenen Sklaven reihten sich wieder ein und taten, als wäre nichts geschehen. Mort nahm mit zufriedenem Gesicht ihre Knollen entgegen und verteilte im Gegenzug kleine, geschliffene Kugeln.

Elhan sah stumm auf die rote Pfütze, die sich am staubigen Boden gebildet hatte. Erst geschah nichts, dann drang ganz langsam feiner, weißer Rauch hervor. Kurz verweilte er in der Luft, ehe er verschwand.

DIE PASSAGE

Die Mondpflanze ist selten in der Natur vorzufinden, häufig wird sie von Menschenhand aus Ablegern gezüchtet. Sie wächst ausschließlich in der Nacht, während der zweite Mond scheint. Dadurch ist die Wachstumsrate sehr gering. Die Frucht bildet einen Kern und ist äußerst schmackhaft. Sie wirkt belebend und erfrischend.

Enzyklopädie der Wesensarten Andurals

Cathien stand am Rand der großen Schlucht und sah in die unendliche Tiefe. Es war beängstigend, kein Ende war in Sicht, nur unergründliche Schwärze. Von hier oben konnte sie die gesamte Schlucht überblicken und sah die vielen Arbeiter, die dort zugange waren. Erdiger Geruch kitzelte sie in der Nase, das stete Klopfen und Knirschen drang zu ihr herauf. Sie empfand es als direkten Widerspruch: Es war ganz eindeutig ein toter Ort und doch pulsierte im Inneren Leben. In gewisser Weise erfüllte der Anblick sie mit Zorn, die Verhältnisse in der Schlucht waren ihrer Meinung nach menschenunwürdig und barbarisch. Dort wurden Sklaven zu Tode gequält, während Aufseher ihrem Zorn freien Lauf ließen.

Sie beobachtete am Rande eines Stolleneingangs einen Aufseher, der mit seiner Keule auf einen Sklaven eindrosch. Immer wieder schlug er zu, obwohl der Sklave sich längst nicht mehr bewegte. Es war beängstigend, die Menschen verhielten sich wie Tiere.

Vater hätte diese Zustände niemals gutgeheißen … niemals!

»Beeindruckend, nicht wahr?«

Cathien spürte, wie sie sich verkrampfte. Galdan stand neben ihr und sah ebenfalls die Schlucht. Arnens Worte zuckten durch ihre Gedanken. Die gesamte Familie ermordet und erschlagen. Die Mutter vor den Augen des Kindes umgebracht. Wie konnte man nur so gnadenlos und verachtenswert handeln? Was trieb manche Menschen, anderen Leid zuzufügen? Sie wusste es nicht und wollte es auch nicht verstehen.

»So viel Tod, so viel Verschwendung von Leben«, sagte Cathien. »Die Schlucht wirkt wie ein Ort, der dient, Menschen wegzuwerfen.«

»Sie werden nicht weggeworfen, sie werden für das bestraft, was sie getan haben.«

»Muss das unter diesen Zuständen passieren?«

»Es ist göttliches Recht, Herrin.«

Kurz sah sie den Hauptmann an und betrachtete dann wieder die bodenlose Tiefe. »Wie konnte es nur soweit kommen? Das hier ist barbarisch, nichts weiter.«

Was planst du, Galdan … was planst du wirklich?

Der Hauptmann knackte laut mit den Fingerknöcheln. »Das ist das Leben, Herrin. Das sind zum Großteil Verbrecher, die ihre Chancen hatten. Verdammt mich ruhig für diese Antwort, aber es ist nun einmal gerecht.«

Ein Hinterhalt, ist es womöglich das, was du planst?

»Das nennt Ihr Gerechtigkeit? Dann haben wir wohl unterschiedliche Vorstellungen.«

»Ich bin Soldat, für mich ist es die gerechte Bestrafung eines Mörders«, hielt er tonlos dagegen.

So, ist das so? Ein Mörder sollte also in der Schlucht landen? Was passiert dann mit Vergewaltigern?

»Es sind nicht alles Mörder. Teilweise sind es Menschen, die Pech im Leben hatten. Die Götter waren ihnen nicht gewogen.«

»Wenn Ihr das sagt, Herrin. Vergesst aber nicht, dass sich dort unten auch Menschen befinden wie der Mörder eures Vaters.«

Cathien bemerkte, dass Galdan grau-braune Augen hatte, die nicht lächelten, wenn sein Mund es tat. Bisher war ihr das noch nicht aufgefallen. »Da mögt Ihr vielleicht recht haben, man sollte aber nicht alle Menschen über einen Kamm scheren. Mein Vater hat mir beigebracht, stets das Gute im Menschen zu sehen und nicht von dessen Schwächen auszugehen.«

»Als Soldat habe ich leider gelernt, immer Vorsicht walten zu lassen. In jedem Menschen steckt etwas Dunkles.« Er zögerte. »Euer Vater war aber ein weiser Mann und ich verehrte ihn.«

Du bist also ein vorsichtiger Mensch? Es sind bekanntlich die kleinen Messer, die tief schneiden. Würdest du wirklich so weit gehen und deine Herrin verraten?

»Ihr ratet mir also zur Vorsicht, Galdan?«, fragte sie spitz. »Wollt Ihr mir sagen, dass ich niemandem trauen soll? Nicht einmal meiner persönlichen Garde?«

»Wir sind Eure persönlichen Gardisten. Es lag mir fern, in irgendeiner Weise Misstrauen zu wecken. Aber wie immer sprecht Ihr weise, meine Herrin.«

Und da ist sie wieder, die gespielte Unterwürfigkeit. Bei Magaris Rock, das ist einfach nichts für mich! Ich bin zu jung und zu unerfahren für derlei Intrigen. Vater ... Vater hätte gewusst, was zu tun ist.

»Ich danke Euch für Euren Rat, Galdan. Nichts anderes erwarte ich von Euch.«

Galdan neigte den Kopf. »Was werdet Ihr nun wegen Eurer Mutter unternehmen, wenn Ihr mir diese Frage gestattet?«

Cathien erinnerte sich beunruhigt an die Botschaft, die sie am vergangenen Umlauf erreicht hatte. Der Mörder ihres Vaters war entlarvt und die Intrige Valentars aufgedeckt. Ein langanhaltendes und wirksames Gift hatte Bessyn getötet.

»Ich bin nicht sicher«, gab sie zu. »Laut meiner Mutter soll Herzog Sathus von Valentar dahinterstecken, aber das kann ich mir nicht vorstellen.«

»Weshalb? Die Rivalität beider Herzogtümer ist unübersehbar.«

»Aber was gewinnt er? Was springt für Sathus heraus? Nein, Galdan, das ergibt einfach keinen Sinn.«

»Ich kann Euch nicht ganz folgen.«

»Irgendjemand steht im Schatten. Vielleicht ist es die gleiche Person, die für den Tod des Prinzen verantwortlich ist?«

Galdan warf ihr einen Blick zu, den sie nicht deuten konnte. Er verbeugte sich, rief seinen Gardisten einen Befehl zu und stapfte davon. Sie sah ihm mit gerunzelter Stirn hinterher und wusste nicht, was sie von dem Gespräch halten sollte.

»Eure Mutter wird den Rachepakt einfordern, nicht wahr?« Arnens Frage riss sie aus ihren Gedanken.

»Ja, sie versammelt das Heer«, seufzte sie.

»Sie ist eine stolze Frau, die zu ihrem Wort steht. Ich bin sicher, dass Ihr genauso gehandelt hättet.«

Cathien schüttelte den Kopf. »Ja und nein. Ich halte die Reaktion für überstürzt. Es ist zu ungewiss, es gibt zu wenige Beweise. Vielleicht wurde der Diener von einer dritten Person bestochen? Einer Person, die einen Nutzen zieht.«

Er sah sie mit unergründlichen Augen an. »Wer sollte einen Nutzen ziehen? Valentar und Norfall bedrohen schon immer die Grenzen, es scheint ein logischer Schritt Eurer Mutter.«

»Ich bin nicht so sicher. Leider wird der Bote, den ich heute Abend zurückgeschickt habe, nicht rechtzeitig eintreffen.« Sie verzog das Gesicht, als ihr der Gestank der Schlucht in die Nase drang. »Bei Magaris Strümpfen! Wir wissen einfach zu wenig, uns fehlen zu viele Informationen!«

Arnen blieb stehen und sah in die Tiefe. »Das Heer befindet sich bestimmt mittlerweile auf dem Vormarsch nach Valentar, oder?«

»Ja, ich vermute es.« Sie zögerte. »Hör zu, Arnen, ich habe über das nachgedacht, was du mir gestern berichtet hast. Ich denke, wir sollten …« Sie verstummte, als sie sein finsteres Gesicht sah.

»Wir sollten nicht hier darüber sprechen, Cathien«, raunte er. »Es ist gut, ich habe Euch davon berichtet. Es gehört in die

Vergangenheit, lasst uns nicht mehr darüber reden. Vergesst aber bitte meine Worte nicht. Die Gefahr umgibt Euch, seid wachsam!«

Cathien nickte zustimmend und bewunderte ihn gleichzeitig für seinen Mut. Seit so vielen Umläufen musste er von morgens bis abends an der Seite des Mörders seiner Familie stehen. Und doch hielt er durch, um ihretwillen.

Nach einer Kerze erreichten sie einen Reiter, der sie über die Schlucht bringen würde. Er kippelte auf einem kleinen Stuhl, hinter ihm erhob sich ein großes Holzgebäude. Direkt am Rande der Schlucht saß ein riesiges, hellblaues Tier mit einem Gerüst auf dem Rücken. Cathien wusste sofort, dass es sich um eine Himmelsschwinge handeln musste: Gewaltige Flugtiere mit vier Flügeln, zwei Beinen, einem langen schmalen Kopf und mehreren Höckern auf dem Rücken. Der Körper war glatt und lederartig, einige dunkle Muster durchbrachen die helle Farbe. Die muskulösen Beine waren mit scharfen Krallen besetzt. Das mit spitzen Zähnen besetzte Maul sah zum Fürchten aus und der lange, gespaltene Schwanz peitschte wild durch die Gegend. Ein breiter Kamm am Hinterkopf fächerte immer wieder auf und zu.

Schon immer war Cathien von diesen Flugtieren beeindruckt gewesen, bereits in Kindestagen hatte sie den Geschichten ihres Vaters mit Begeisterung gelauscht. Seinen Erklärungen zufolge wurden sie in den Tiefen der Schlucht geboren und flogen erst im späteren Leben an die Oberfläche. Dort wurden sie von den Menschen aus Landamar eingefangen und gezähmt. Sie konnte sich kaum vorstellen, wie gefährlich diese Arbeit sein musste. Aber es schien sich zu lohnen, die Himmelsschwinge stand ruhig am Rande der Schlucht und wartete auf Befehle.

Cathien näherte sich dem Reiter und legte sich die nächsten

Worte zurecht. Er war ein dürrer Kerl, mit einem halbherzigen Grinsen im Gesicht. Eine braune Weste spannte über seiner nackten, dürren Brust und seine schwarze Hose besaß mehr Löcher als Stoff. Seine Haut war sonnengebräunt, die Haare struppig und ungepflegt. Die Füße wurden von schwarzen kastenförmigen Stiefeln umschlossen, die mehrere Stacheln an den Außenseiten besaßen. Sie wusste es nicht mit Sicherheit, vermutete aber, dass diese Stiefel irgendeine Bedeutung beim Reiten des Tieres haben mussten.

»So, ihr wollt also rüber, nich?«, fragte der Reiter und lächelte mit braunen Zähnen.

»In der Tat, wie viel verlangst du für eine Passage?«

Er kratzte sich am struppigen Kopf. »Lass mal überlegen, wie viel seid ihr? Zehn, nich?«

»Ja, wir sind mittlerweile nur noch zehn.«

»Na das macht dann achtzig Som, mein hübsches Mädel.« Sein Blick wanderte ihre Hüften hinauf und blieb an ihrem Busen haften.

Cathien verzog vor Ekel das Gesicht und rechnete in Gedanken den Preis durch. Es war zwar viel, aber nicht mehr als das, was wahrscheinlich andere Reiter von ihr verlangen würden. Wenn das der Preis war, um sein hohles Geschwätz ertragen zu müssen, würde sie ihn annehmen.

»Abgemacht.« Sie schlug ein. »Und ab sofort hältst du deine Klappe und sprichst uns nicht mehr an, nich?«

Sein Blick wanderte wieder ihren Körper entlang, woraufhin Galdan auf ihn zu trat und den Speer auf den Boden stieß. »Mäßige dich, du dreckiger Wicht!«, drohte er. Ausnahmsweise ließ Cathien den Soldaten gewähren.

Der Reiter fiel fast vom Stuhl und hob beschwichtigend die Hände. »Ach was. Man wird doch wohl mal ein hübsches Mädel anschauen dürfen, nich?«

Er pfiff einmal scharf durch die Finger, woraufhin sich die Himmelsschwinge auf dem Boden niederließ. Breitbeinig lief er zu dem Tier, die unförmigen Füße schlurften über die staubige Erde. Mit einem weiteren Pfiff ließ sich das Tier auf den

Bauch fallen. Der Reiter öffnete den Verschlag am Rücken und deutete hinein.

»Wenn ich bitten dürfte, Gnädigste? Wir wollen gleich loslegen, nich?«

Eher unbeholfen kletterten sie in den Verschlag, der innen eine geflochtene Holzmaserung besaß. Tücher und Holzstreben waren miteinander verbunden, in der hinteren Ecke gab es mehrere bequem aussehende Holzbänke mit Kissen. Die Größe der Himmelsschwinge war beeindruckend, der Verschlag erschien ihr riesig. Der Reiter wollte eine Klappe an der Front herunterlassen, damit der Raum geschlossen wurde, Cathien gebot ihm allerdings Einhalt. Sie wollte sehen und vor allem fühlen, wenn sich das majestätische Tier in die Luft erhob.

Der Schluchtreiter kletterte auf einen Sattel, der sich am vorderen Bereich des Halses befand. Als er im Sattel saß und die Füße seitlich anlegte, verstand Cathien nun den Sinn der unförmigen Stiefel: Am Hals der Himmelsschwinge befanden sich mehrere kleine metallene Einbuchtungen. Er trieb die Stacheln seiner Stiefel hinein und blaues Blut rann heraus. Mit Lederschnüren befestigte er sich am Sattel und gab wieder einen Pfiff von sich.

Offenbar lenkt er das Tier mit Schmerz. Was für eine grausame Methode, die Tiere unter Kontrolle zu halten!

In den Geschichten waren die Reiter stets edle Leute, die einen mutigen Tanz mit den riesigen Tieren eingingen. Eine Beziehung zwischen Mensch und Tier, eine Symbiose, basierend auf Verständnis und Respekt. Heldenhafte Reiter, die das Abenteuer suchten. Die Realität sah bedeutend anders aus: Vor ihr saß ein stinkender Rüpel, der ein armes Tier quälte.

Die Himmelsschwinge entfaltete die vier Schwingen und richtete sich auf. Mit einem massiven Ruck sprang das Tier in die Schlucht. Mit hoher Geschwindigkeit fielen sie in die tiefe Schwärze Arakkurs, bis die Himmelsschwinge ihre Flügel entfaltete und sie nach oben katapultiert wurden. Langsam gewannen sie an Höhe, während das Tier mit den riesigen Flügeln schlug. Als sie hunderte Schritte über der Schlucht segelten, offenbarte sich ihnen ein eindrucksvoller Blick über ganz Terez. Aus den Augenwinkeln bemerkte Cathien, dass ihren Begleitern der Flug nicht gefiel. Die Gardisten waren bleich im Gesicht und klammerten sich verzweifelt an die Holzstreben. Sie hingegen fühlte sich berauscht. Wild und frei – das waren die Gedanken, die ihr in den Sinn kamen.

Die Himmelsschwinge gewann an Höhe, bis sie schließlich weit über der Schlucht kreisten. Jedes Mal, wenn das Tier mit den Flügeln schlug, sprang der gesamte Verschlag ein Stück nach oben.

Was für eine Kraft, welch eine Anmut!

Cathien beugte sich etwas vor und sah in die Schlucht. Von hier oben sah sie wie eine gewaltige Wunde im Land aus. Als hätte irgendein alter Gott sein mächtiges Schwert geschwungen und den Boden aufgerissen. Es war ein atemberaubender Anblick, sie fühlte sich von dem Erlebnis berauscht. Jauchzend warf sie die Hände in die Luft und fing an, zu lachen. Als Cathien erneut seitlich hinausblickte, sah sie, dass sie fast die andere Seite der Schlucht erreicht hatten. Die Himmelsschwinge begann geschmeidig den Sinkflug. Währenddessen sah sich Cathien um und betrachtete die Klippen der Schlucht, die mit unzähligen Stolleneingängen versehen waren. An einer Stelle stand auf einer großen Plattform eine Gruppe Arbeiter, umringt von Soldaten. Ein Holzkonstrukt – es handelte sich offenbar um Aufzüge – fuhr hinab und blieb vor ihnen stehen. Die Sklaven blickten irritiert in den Himmel und hielten sich schützend die Hände vor die Gesichter.

Eine Weile glitt die Himmelsschwinge dahin, bis sie mit einem leichten Ruck auf der anderen Seite der Schlucht landete. Vor ihnen befand sich ein großflächiger Platz, der mehrere Himmelsschwingen in verschiedenen Farben und Größen beherbergte.

Der Schluchtreiter sprang aus seinem Sattel, schlurfte auf den Verschlag zu und rief einem anderen Mann etwas zu, der schallend lachte. »Gnädigste?«, fragte er, als er den Verschlag öffnete. »War eine schöne Reise, nich?« Er wies ihnen den Weg hinaus.

Cathien stürzte an ihm vorbei und näherte sich dem Kopf der Himmelsschwinge, den die auf dem staubigen Boden abgelegt hatte. Sie wollte es sehen, sie *musste* es sehen!

»Herrin, was tut Ihr da?«, rief ihr Galdan hinterher.

Vorsichtig ging sie auf den Kopf des Tieres zu, dessen gelbe schlitzförmige Augen sie musterten.

»Gnädigste, das würde ich nicht tun!«, rief der Reiter, hielt jedoch bewusst Abstand.

Cathien betrachtete die blutenden Wunden an der Seite. Die Himmelsschwinge musterte sie und schnaufte tief. »Was tun wir euch nur an?«, raunte sie und streckte die Hand aus. Langsam legte sie ihre Handfläche an den Hals des Tieres und fühlte die warme glatte Haut.

Poch. Poch. Poch.

Sie konnte es fühlen, sie konnte es spüren. Das Tier litt unglaubliche Qualen. Erst jetzt sah Cathien, dass der Verschlag, nicht wie bislang angenommen, auf den Rücken gebunden war, sondern mit Metallstreben am Körper festgehalten wurde. Längliche Stacheln drangen in den Leib und hielten das Konstrukt an seiner Position.

Was für eine grausame Folter!

»Gnädigste, bitte …«

»Schweigt!«, unterbrach sie den Reiter mit eiserner Stimme.

Er schloss den Mund und hantierte nervös an seiner Weste.

Cathien schloss ihre Augen und konnte das Leid des Tieres fühlen. Sie konnte es sich nicht erklären, es war eine Art Empfindung, die sie mit der Himmelsschwinge teilte.

Lange stand sie dort, die Hand am Hals und fühlte in sich. Ein sanfter Windstoß blies ihr entgegen, wirbelte ihre Kleidung auf. Er umtanzte sie, spielte mit ihren Haaren. Anmutig ließ sich der Wind auf ihrer Schulter nieder und kitzelte sie an der empfindlichen Haut. Es fühlte sich an, als würde die Welt den Atem anhalten. Und während Cathien so dastand, empfand sie Trauer. Sie empfand Schmerz und Wut. Und Hass. Ein verwurzeltes Gefühl tief in ihrem Inneren. Sie wartete, loszulassen, sich zu erheben – in die Luft, die Welt hinaus. Weg von alledem. In den Himmel, mit anmutigen Schwingen. Den Wind spüren, ihn durch die Schwingen gleiten lassen und …

Cathien riss die Hand zurück. Das waren nicht ihre Gedanken gewesen, das war nicht sie gewesen!

Die Himmelsschwinge schwenkte den Kopf in ihre Richtung und öffnete die Augen. Gelbe Augen starrten sie an, intelligente Augen und ein wacher Verstand.

Ein Windstoß traf Cathien.

Sie stolperte und fiel zu Boden. Die Soldaten standen plötzlich an ihrer Seite und halfen ihr hoch.

»Geht es Euch gut?«, drang Arnens Stimme zu ihr.

Cathien konnte weder denken noch empfinden. Auf einmal fühlte sie sich wie ausgebrannt und leer. Allmählich brachte sie ein Nicken zustande und ließ sich wegführen. Sie stolperte wieder, während sich die Welt um sie drehte.

Langsam erhob sich der Wind in die Luft, flog davon, stob auseinander. Er jagte über die Schlucht, spielte mit den Strahlen der Sonne. Ein Glitzern in der Ferne, eine Wolke am Horizont. Langsam sank der Wind aus dem Himmel herab und ließ sich neckisch am oberen Rand der Schlucht nieder. Menschen standen zusammen, scharrten mit den Füßen, zappelten herum. Spielerisch umfloss er sie, führte einen anmutigen Tanz auf und horchte. Und als der Wind lauschte, geschah etwas, was seit langer Zeit nicht mehr geschehen war.

Der Wind wurde gerufen.

DAS ERWACHEN

Der Leuchtpilz ist eine sehr vielseitige Pilzart und wächst ausschließlich an dunklen und feuchten Orten. Eine Reaktion im Inneren setzt Stoffe frei, die ihn zum Leuchten bringen. Der Pilz kann ohne Bedenken verzehrt werden, schmeckt allerdings sehr bitter. Je größer das Leuchten des Pilzes, desto weicher und schmackhafter ist er.

Enzyklopädie der Wesensarten Andurals

Blendend weißes Sonnenlicht stach in Elhans Augen. Er fühlte sich blind, die Welt um ihn drehte sich. Hastig riss er die Hände vor das Gesicht. Es half nicht, weiterhin tanzten grelle Lichter vor seinen Augen.

»Das geht vorbei, Kleiner.«

Elhan sah Itras nicht, spürte aber dessen Anwesenheit. Vermutlich würde der alte Mann gebeugt dastehen und sein typisches zahnloses Grinsen präsentieren. Trotz der Schmerzen musste er schmunzeln. Er gewöhnte sich langsam an den alten Mann, der mittlerweile der Einzige war, der ihm noch einen Halt im Leben bot – im richtigen Leben. Auf der anderen Seite stand der junge Sklave, dem er kürzlich das Leben gerettet hatte. Seltsamerweise konnte er dessen Unruhe spüren. Trotzdem passte sich der Junge langsam an die zermürbenden Zustände in der Schlucht an. Arakkur härtete ab - schnitt weg, was weich war. Zurück blieb ein harter, abgestumpfter Kern.

Sie befanden sich an der Oberfläche, oberhalb der Schlucht,

ein hölzerner Fahrstuhl hatte sie hingebracht. Elhan wusste nicht, wie lange es her war, seitdem er das letzte Mal Sonnenstrahlen auf der Haut gespürt hatte. Zu lange hatte er in der Dunkelheit der Stollen von Arakkur verbracht, die Umstellung auf die grelle Helligkeit brachte seine Sinne durcheinander.

Itras scheint es nicht so zu gehen. Er konnte bereits im Fahrstuhl wieder sehen, während ich durch die Gegend gestolpert bin. Blind und hilflos.

Elhan gewöhnte sich langsam an die harte Arbeit in der Schlucht, obwohl er aufgrund seines verkrüppelten Arms gehalten war, schneller als die anderen Sklaven zu arbeiten. Das hatte ihn zwar in den ersten Umläufen an seine körperlichen Grenzen gebracht, mittlerweile kam er aber klar. Er beklagte sich nicht mehr über den geschmacklosen Brei, die harten Unterkünfte oder die ewige Tortur. Itras stand ihm stets zur Seite und war ein Quell beeindruckender Lebensweisheiten. Elhan verstand ihn zwar nicht gänzlich, aber das machte nichts. Itras war verrückt, das sollte genügen.

Als das Sonnenlicht ihn nicht mehr blendete, ließ er die Hände sinken.

»Sag ich doch!«, bemerkte Itras.

Der alte Mann stand direkt neben ihm. Obwohl Elhan seine Stimme vernommen hatte, fand er es seltsam, dass er ihn so deutlich hatte spüren können.

Wir arbeiten seit unzähligen Umläufen gemeinsam in den Stollen. Ich scheine mich langsam an seine Nähe zu gewöhnen.

Andere Arbeiter berichteten stets von der Fahrt an die Oberfläche, die eine Art Überprüfung darstellte und einmal alle vierzehn Umläufe stattfand. Der Oberaufseher und ihr Besitzer würden erscheinen und weitere Anweisungen geben. Elhan verstand die Hierarchie und die einzelnen Zusammenhänge des Käufer- und Aufseher-Verhältnisses noch nicht ganz, glaubte aber, einige Fortschritte zu machen: Die Schürfgebiete unterstanden den Herzögen und dem König. Der Herzog von Landamar behielt die Aufsicht, besaß allerdings auch eigene

Schürfebenen. In diesen Gebieten wurden Hochwohlgeborene eingesetzt, welche die einzelnen Abläufe vor Ort kontrollierten und im Namen des Herzogs sprachen. Ihnen unterstanden Soldaten und Oberaufseher. Letzterer war für die Verwaltung der einzelnen Aufseher zuständig, die wiederum die Sklavenarbeiter beaufsichtigten. Jedes Gebiet umfasste mehrere Stollen, für je einen wurde ein Aufseher eingesetzt. Elhan konnte aber noch nicht ganz nachvollziehen, wie der Sklavenhändler Raschik in dieses System passte, schließlich war der ein Norfaller, welche bekanntermaßen Sklavenhandel betrieben, aber hinsichtlich der Ernte der Knolle das Nachsehen hatten. Irgendeinen Einfluss schien er aber zu haben und Elhan war nicht erpicht auf ihre nächste Begegnung. Er verspürte weder Furcht noch Angst, Gefühle dieser Art waren ihm mittlerweile ausgetrieben worden. Dennoch war da eine Art leichtes Zwicken in seiner Magengegend, das ihn verunsicherte.

»Ihr seid ein Haufen Dreck!«

Das war der laute Ausruf von Odgor, ihrem Oberaufseher. Er war ein großer und massiger Mann, mit einem Nacken wie ein Horntier. Alles an ihm war gewaltig, sogar seine Augenbrauen bedeckten die Hälfte seiner breiten Stirn. Wie bei allen Aufsehern in ihrem Schürfgebiet handelte es sich bei ihm um einen Valentarer in sandfarbenen Gewändern. Erst vor kurzem hatte Elhan erfahren, dass sie Eigentum des Herzogs von Valentar waren, dessen Schürfrechte das kleinste Gebiet an der Schlucht umfassten. Den Herzog kannte er nicht, wusste auch nicht viel über diesen. Allerdings kannte er die Aufseher, die in dessen Namen handelten, nur zu gut. Odgor war ein Mann, der gerne seine Laune an anderen ausließ. Es gab solche Menschen, die Freude verspürten, wenn sie anderen Schmerzen bereiteten. Odgor war einer von ihnen, ein ziemlicher Haufen Dreck.

Manchmal drifteten Elhans Gedanken ab und er erinnerte sich an sein früheres Leben. Es wirkte aber mittlerweile fremd auf ihn, er war nun ein anderer Mensch. Der neue Elhan war hart und gleichzeitig schwach. Ein Schatten seiner selbst. Blass, sehnig, dreckig und gebrochen.

Er blinzelte wieder.

Tatsächlich wurde es langsam besser, Itras hatte erneut recht behalten. Vereinzelt konnte Elhan seine Umgebung wahrnehmen. Sie standen an einer Anhöhe oberhalb der Schlucht, rund um sie befanden sich mehrere Soldaten in den Farben Valentars. Füße und Hände der Sklaven waren in Fesseln gekettet worden, das raue Metall kratzte bei jeder Bewegung und stach ins empfindliche Fleisch. Von der Anhöhe hatte man einen herrlichen Ausblick über die gesamte Schlucht. Den Ort seiner Pein - den Ort, an dem er sterben würde.

»Ihr seid der größte Abschaum, der mir je begegnet ist!«, rief Odgor.

Itras steckte Finger in die Ohren. »Bla, bla, bla. Was ein Schwätzer, nicht wahr?«

Elhan verzog das Gesicht. Der alte Mann schaffte es immer wieder, eine Situation punktgenau zu beschreiben. »So sind sie nun einmal«, raunte er ihm zu. »Erst halten sie eine wichtige Ansage, danach schlagen sie um sich und zuletzt erzählen sie einem erst, warum sie das tun.«

Hinter ihm vernahm Elhan ein unterdrücktes Lachen. Als er den Kopf leicht drehte, erkannte er im Augenwinkel das Narbengesicht.

Elhan sollte recht behalten. Odgor schimpfte noch eine Weile, dann schlug er auf einen Sklaven ein und anschließend erklärte er, weshalb er das tat.

»Unser ehrwürdiger Ferathu.« Odgor verbeugte sich leicht und wies in Richtung der Soldaten. Erst jetzt bemerkte Elhan, dass zwischen ihnen ein kleiner Mann mittleren Alters stand. Einen überheblichen Ausdruck im Gesicht, das lange, blonde Haar straff nach hinten gekämmt. Ein Sehglas prangte im linken Auge, der Mund war spöttisch verzogen. Er trug ein eng anliegendes, seidenes Gewand in blassgelber Farbe. Die Hände waren locker auf einen dunkelbraunen Holzstab gelegt. Ferathu war der Hochwohlgeborene, der im Namen des Herzogs von Valentar sprach und somit für das Schürfgebiet zuständig war. Der Mann verkörperte alles, was einen machtgierigen Hochwohlgeborenen ausmachte.

Elhan verspürte sofort Abscheu.

»Er ist mit eurer Quote nicht zufrieden«, fuhr Odgor fort. »Eine Knolle pro Umlauf ist zu wenig, deshalb hat er die Anforderungen erhöht. Jeden Umlauf müsst ihr nun mindestens zwei Knollen ernten, damit ihr Verpflegung und Unterkunft bekommt!«

Die Arbeiter wurden unruhig, vereinzeltes Gemurmel erklang.

Man konnte froh sein, wenn man überhaupt eine Knolle pro Umlauf fand. Die Quote nun auf zwei zu erhöhen, war grausam und verachtenswert. Es offenbarte einmal mehr, dass die Situation innerhalb der Schlucht keine Maßstäbe besaß. Selbst ein Verbrecher verdiente keine so unwürdige Behandlung. Es war eine Folter für Körper und Atemseele.

»Ruhe, Abschaum!«, schrie Odgor.

Die Sklaven verstummten.

Mort erschien neben dem Oberaufseher. »Zwei pro Umlauf, Meister? Das erscheint mir etwas zu ...«

Odgors Knüppel traf ihn mitten im Gesicht.

Elhan schüttelte den Kopf. So sehr er den kleinen Mann verachtete, so wenig wünschte er jemandem eine solche Behandlung.

Wahrscheinlich hat er ihm sogar gerade die Nase gebrochen ...

»Mitten in die Fresse! Hast du das gesehen?«, tuschelte jemand hinter ihm. Der grollenden Stimme nach zu urteilen, musste es sich um Narbengesicht handeln. »Ich würde dem verdammten Drecksack auch gerne mal eine reinhauen!«

Hohles Geschwätz, als ob irgendjemand von uns die Chance hätte!

Es wurde zwar von Ausbruchsversuchen berichtet, alle aber waren gescheitert und die Ausbrecher anschließend hingerichtet worden. Nur einem war es bislang gelungen. Elhan betrachtete Itras aus dem Augenwinkel, der den Blick erwiderte. Fast, als hätte er es gespürt.

»Verzeiht mir, Meister«, röchelte Mort und hielt die Hand vor die blutende Nase. Er stand auf, verbeugte sich unsicher und humpelte aus Elhans Sichtfeld.

Ferathu verfolgte das Geschehen schweigend und nickte Odgor auffordernd zu. Dann gab er seinen Soldaten ein Zeichen und gemeinsam verließen sie die Anhöhe. Ohne irgendein Wort zu sagen, ohne ein Zeichen von Menschlichkeit.

»Zwei Knollen pro Umlauf, ansonsten gibt es weder Unterkunft noch Essen! Ihr wartet hier, gleich geht es wieder nach unten!«, drohte Odgor noch einmal und folgte mit weiten Schritten dem Schlucht-Verwalter.

Einige Soldaten blieben zurück, um die Arbeiter zu überwachen und auf den nächsten Aufzug zu warten. Sie nahmen eine lässigere Haltung an und unterhielten sich leise. Nachdem die Sklaven das bemerkten, entspannten sie sich und setzten sich erschöpft auf den staubigen Boden.

Elhan setzte sich ebenfalls, ihm war einfach danach. Rau fühlte er die heiße Erde, den trockenen Staub. Eine leichte Brise wehte ihm ins Gesicht und er schloss die Augen. Die Welt in Arakkur stumpfte ab, er hatte gar nicht bemerkt, wie sehr er den Wind vermisst hatte. Seine Gedanken wanderten zu fernen Orten. Zu den kalten Gletschern Norfalls, den grünen Wiesen Valentars und den hohen Bergen Kallyens. Es war so lange her, seit er zuletzt das Sonnenlicht wahrgenommen hatte. Wieder spürte Elhan eine sanfte Brise auf der Haut, es tat gut. Irgendwie fühlte er sich hier draußen in der Sonne wohler. Wacher. Lebhafter. So, als würde er ein wenig aus tiefem Wasser auftauchen und nach Luft schnappen.

Er fühlte den Wind, er spürte das Leben um sich. Den Boden unter seinen schwieligen Handflächen, die Sonne in seinem Gesicht. Die nackten Füße gruben sich in den Sand, es fühlte sich gut an - lebendig.

Stimmen in seiner Umgebung erklangen, ein Mann fing an zu lachen. Füße scharrten über den Boden, in der Schlucht ertönte das ewige Schlagen von Metall auf Stein. Irgendwo in der Nähe fuhr ein Wagen über eine Anhöhe, während Horntiere tief schnauften.

Elhan streckte seine inneren Fühler aus und spürte die Gegenwart der Männer um sich. Neben ihm Itras, der mit dem Fuß wippte und ihm plötzlich einen Blick des Erstaunens zuwarf. Irgendwas sah der in ihm, Elhan verstand es nicht. Hinter ihm Narbengesicht, der sich leicht nach vorne lehnte und einen Stein in der Hand hielt, den er …

Schlagartig öffnete Elhan die Augen und riss den Kopf herum. Er starrte in das Gesicht des vernarbten Mannes, der ertappt innehielt. In der Hand hielt er einen scharfkantigen Stein. Narbengesicht zuckte mit den Schultern und ließ sich zurücksinken.

Was war denn das? Was ist nur los mit mir?

Die Sonne brannte heiß, der Wind blies stärker. Er wirbelte etwas Staub auf, der sachte auf seiner Schulter landete. Elhan betrachtete die feinen Körner, die wieder angehoben wurden und in einem kreiselnden Muster auseinanderstoben. Es war wie ein Tanz.

Wann hatte er zuletzt etwas so Wunderschönes gesehen? Es war das Leben um ihn, er konnte es spüren. Drehte er langsam durch? Wurde er mittlerweile so verrückt wie Itras?

Elhan schloss die Augen und entspannte sich. Er grub die rechte Hand in die Erde und spürte ein sanftes Pochen im Boden. Wie ein Pulsieren bewegte sich der Boden auf und ab. Seine Gedanken schweiften ab, sein Geist wurde leer. Er befreite sich von seinen Sorgen, blendete die Umgebung aus. Er fühlte sich frei, geborgen. Ein tiefer Friede überkam ihn, es wirkte, als würde er schweben. Irgendwie fühlte es sich richtig und natürlich an. Überall um ihn leuchteten Farben und Licht. Leben umgab ihn, durchströmte sein Bewusstsein und bildete unbekannte Formen. Elhan spürte, wie sich Itras zu ihm nach vorne beugte und ihn eingehend musterte. Und als er den alten Mann sah, richtig sah, erschien er ihm groß. Groß wie ein König und lebendig. Wie ein Licht in der Dunkelheit, eine brennende Sonne in der Einöde oder ein heller Stern am dunklen Horizont. Itras sprach nicht, trotzdem vernahm

Elhan seine Stimme.

Wir nennen es das Seelenband. Die Verbindung zweier Atemseelen. Du fühlst das Leben, du siehst es. Spürst du, wie der Wind sich dreht? Wie er sich windet, ohne erkennbares Muster? Berühre ihn, offenbare dich ihm. Er ist wild, aber auch gütig und weise. Du kannst ihn nicht fangen, er ist unberechenbar. Und doch kannst du ihn beeinflussen. Er muss dich sehen, dich fühlen. Kannst du ihn sehen?

Elhan spürte ihn. Er verstand nicht, wie, aber er spürte den Wind. Der Wind erkannte ihn, sah ihn. Die Kraft und die Wildheit waren gewaltig. Wie konnte etwas so mächtig und doch so friedlich sein? Der Wind hieß ihn willkommen und bot an, ihn davonzutragen. Es wäre so einfach, loszulassen. Elhan tauchte ein in den Fluss …

NEIN! Du bist noch nicht bereit, es ist zu gefährlich! Kehre um!

Elhan verlor kurz die Kontrolle. Es waren keine richtigen Worte, es fühlte sich eher an, als würde er den Sinn eines einzigen Gedankens entgegennehmen.

Es geht um Kontrolle, um Willensstärke.

Elhan formte einen Gedanken. *Was passiert hier, Itras? Ich verstehe das nicht. Bin ich tot?*

Nein, du bist weit davon entfernt. Du hast dich offenbart, dem Wind deine Atemseele geöffnet. Er bot dir an, dich davonzutragen. Öffne die Augen und fühle das Leben um dich. Es ist überall, in jedem Stein, in jeder Pflanze. Ein ewiger Kreislauf, ein Band.

Elhan bemerkte, dass er langsam zurückgezogen wurde. Dass ihn das Gefühl verließ und er seinen Körper wahrnahm. Die Schmerzen in den Beinen, die Schwielen an der Hand. Den Gestank seiner Umgebung. Füße scharrten, Stimmen erklangen.

Er öffnete die Augen und sah dem alten Mann in das runzlige Gesicht. Er sah ihn, sah ihn zum ersten Mal richtig und vollständig. Itras' Augen waren voller Mitgefühl, erfüllt mit Hoffnung. Sie waren aber auch alt und gebrochen. Sie sprachen von seinem Leben, von seinen Erfahrungen und Erinnerungen, von Enttäuschung, Verlust, Güte und Mitleid.

Ein Windstoß kam auf und blies heulend über die Schlucht. Die Zeit stand still.

Dann, ganz langsam, öffnete Itras den Mund und flüsterte voller Wärme: »Elhan Avar, du bist erwacht.«

ZWISCHENSPIEL – SYLON

Jad ist der Gott des Handels und der Wege. Er ist aber auch der Gott des Schabernacks und des Unheils. Ursprüngliche Glaubensrichtungen preisen ihn als zwei verschiedene Gottheiten, die in einer aufgegangen sind. Dargestellt wird er durch ein gebrochenes Wagenrad. Sehr verehrt in den zentralen Gebieten, ist der Glaube an Jad weit verbreitet. Kaufleute und Händler unterwerfen sich seinem Urteil.

Enzyklopädie des Neunerbundes

Sylon hatte wieder einmal Pech gehabt.

Seit einer Weile ging das so, aber er verstand nicht, weshalb. Angefangen hatte alles in seiner Heimat, einem kleinen Vorort in Landamar. An einem einzigen Umlauf hatte er seinen gesamten Besitz verspielt. Normalerweise war er eher ein Glückspilz, ein geborener Spieler, der immer einen Trumpf im Ärmel hatte. Das hatte aber schlagartig aufgehört, als er brutal aus seinem Leben gerissen worden war. Sein Heim: niedergebrannt und abgerissen. Seine Frau: vergewaltigt und geschändet. Sein Sohn: erschlagen und aufgehängt. Sein Glück schwand, seine Bestrafung folgte mit gnadenloser Härte. Die Narbe im Gesicht brannte immer noch, ein Mahnmal an seine ewige Schande.

Wenn er darüber nachdachte, fühlte er wieder die sengende Hitze und roch den Gestank nach verbranntem Fleisch. Sylon war ein guter Mensch, weder grausam noch in irgendeiner

Weise brutal. Zumindest früher. Damals, als die Welt noch in Ordnung war. Wo er früher an das Gute geglaubt hatte, sah er nun Dunkelheit. Wo er ehemals Hoffnung sah, nahm er nun Verzweiflung wahr. Einst hatte er ein Händchen für die Menschen gehabt. Er war ein liebender Vater und Ehemann gewesen. Aber er hatte verspielt und musste mit den Folgen leben. Irgendwann war er schließlich zu dem Schluss gekommen, dass die Welt ungerecht war. Es gab keine passendere Erklärung, sie war rücksichtslos und ungerecht. Und er war nur ein loser Kiesel im reißenden Fluss. Weggeworfen, davongeschwemmt und vergraben.

Sylon saß in den Unterkünften des Stollens und betrachtete seine Hände. Es waren große Hände, geschaffen für schwere Arbeit. Dicke Schwielen zogen sich kreuz und quer darüber und Flüssigkeit tropfte aus aufgeplatzten Blasen. Am linken Daumen hing loses Fleisch, der Fingernagel war irgendwann abgerissen. Narben verteilten sich über den Handrücken. An viele konnte er sich nicht mehr erinnern. Wann hatte er sich die große dunkle zugezogen? Wann war die kleine weiße in Erscheinung getreten? Es waren die Hände eines Verbrechers, eines Mörders. Wie geschaffen für einen Ort, der nur aus Schmerz und Tod bestand. Sylon war der Meinung, dass die Hände eine Verbindung zu den Göttern darstellten, eine Verbindung zu seiner Atemseele. Seine Hände waren in Blut getaucht, hatten Leben genommen und unsägliches Leid zugefügt. Sollten sie also wirklich den Göttern nahestehen, würde ihn kein Gott nach seinem Tod willkommen heißen.

Langsam ließ er die Hände sinken und sah zu dem merkwürdigen jungen Mann, den er bereits seit einer Weile beobachtete. Dessen Name war Elhan, wenn er sich recht entsann. Daneben saß der alte, runzlige Kerl, der ihn immer schief ansah. Wenn Sylon ihm in die Augen blickte, wurde er nervös. Es schien, als würde ihm der alte Drecksack bis tief ins verfaulte Innerste schauen. Als würde der seinen Blick spüren, grinste er ihn nun an.

Schnell sah Sylon weg, der befremdliche Blick ließ ihn frösteln. Etwas Seltsames war an diesen beiden, er spürte es. Besonders der junge Mann mit der verkrüppelten Hand machte ihm zu schaffen. Obwohl er nur einen Arm hatte, arbeitete er schneller als jeder andere im Stollen. Wie konnte das sein? Der Junge musste jedes Mal das Werkzeug fallen lassen, um die Maserung der Erde zu überprüfen, und doch saß er jeden Abend hier und stopfte sich voll. Das war wirklich seltsam, beinahe schon beängstigend! Irgendetwas war seltsam an ihm, er schien die Knollen anzulocken. Arbeitete Sylon in Elhans Nähe, fand er jedes Mal eine Knolle, manchmal sogar zwei! Es war wirklich merkwürdig …

Sylon erinnerte sich noch genau an den Umlauf, als der junge Mann dem schwächlichen Neuling geholfen hatte. Sylon hatte es gespürt und wieder Hoffnung geschöpft. Es war nur ein Augenblick gewesen, aber er hatte eine sanfte Wärme in der Brust fühlen können. Wie ein Feuer hatte es ihn langsam verzehrt und verbrannt. Alle schlechten Gedanken waren einen Augenblick von ihm gegangen, verzehrt von den Flammen der Hoffnung. Ein Licht in der Dunkelheit. Es hatte sich wirklich gut angefühlt, dem jungen Burschen zu helfen. Seine Hände hatten ein Leben gerettet, anstatt es zu nehmen. Als Sylon den Stollen schließlich verlassen hatte, war es ihm vorgekommen, als wäre er aus dem Licht in die Finsternis getreten. Es bereitete ihm Furcht und wenn er Angst verspürte, wurde er zornig. Und aus Zorn entstanden meistens sehr unangenehme Situationen.

Sylon stopfte eine Wurzel in den Mund und kaute gedankenverloren. Ein weiteres Vorkommnis gab ihm zu denken und er fand einfach keine Erklärung. Einen Umlauf zuvor, als sie zum ersten Mal seit längerer Zeit wieder an die Oberfläche gekommen waren, wollte Sylon etwas überprüfen. Natürlich hätte er den Burschen nicht vor den Augen der Soldaten angegriffen. Es war ein Test gewesen, der ihm sehr zu denken gab. Der Junge hatte *gespürt*, wie Sylon sich ihm mit dem scharfkantigen Stein genähert hatte. Er hatte es *gewusst*! Aber woher? War es der merkwürdige Alte gewesen? Nein, das konnte nicht sein, er war beschäftigt gewesen, in die Luft zu starren und seinen verrückten Trieben nachzugehen. Und dann dieser unergründliche und fremde Blick in den Augen Elhans. Es war beängstigend.

Sylon öffnete und schloss seine Hände immer wieder. Er war der Meinung, dass er ein weicher Mann war, aber das durfte er sich an diesem Ort nicht anmerken lassen.

»Harte Schale, weicher Kern«, murmelte er und erinnerte sich, wie sein Weib das einst zu ihm gesagt hatte. Er wusste, dass er in der Schlucht eines fernen Umlaufs sterben würde. An diesem Ort gab es keine Zukunft, keine Hoffnung.

Der Alte redete wieder auf den Weichling ein und lachte wie ein Verrückter. Elhan hingegen saß stumm daneben und begegnete Sylons Blick.

Sylon sah schnell wieder weg, er wusste nicht, wie er reagieren sollte.

Seine Hand wanderte langsam in die Hosentasche und zog eine kleine Metallscheibe hervor. Das eingeritzte Symbol zeigte ein gebrochenes Wagenrad, das Zeichen des Gottes Jad. Bei seiner Gefangennahme war ihm alles abgenommen worden, sogar seinen Willen hatten sie ihm gestohlen. Nur das Medaillon hatte er in seinem Mund verstecken können. Die kleine, runde Metallscheibe war alles, was er noch besaß. Seine Hand krampfte sich darum, er fühlte die schwache Wärme, die von dem Metall ausging. In Gedanken intonierte Sylon ein Gebet an seinen Schutzgott, den Gott des Handels und des Schabernacks. Jad hatte aber auch eine ursprüngliche Bedeutung, die mittlerweile in Vergessenheit geraten war: Er war der Gott, der zwischen Glück und Unglück stand, zwischen Hoffnung und Verderben. Er stand für den schmalen Grat zweier Wege, die unterschiedlicher nicht sein konnten.

Seine Handknöchel traten weiß hervor, als er die Metallscheibe immer fester presste. Das Symbol darauf war dreckig und zerkratzt und würde nicht mehr lange erkennbar sein. Sollte dieser Umlauf eintreten, wäre auch der letzte klägliche Rest seines alten Lebens für immer verschwunden.

Sylons Kiefermuskeln mahlten, als die Narbe im Gesicht brannte. Aus Gewohnheit wollte er kratzen, zwang sich aber, innezuhalten. Er wollte sie nicht berühren, er wollte nicht erinnert werden, was er alles verloren hatte.

Sylon sog zischend den Atem ein und öffnete seine Hand. Das warme Medaillon lag unscheinbar auf der Handfläche, zwischen zwei langen Narben und einer nässenden Blase. Wenn er genau hinsah, erkannte er sein verzerrtes Abbild in dem Metall. Ein verunstaltetes Gesicht, harte Kanten und dunkle Augen. So viel Tod hatten sie gesehen, so viel Leid. Würden sie jemals wieder etwas anderes sehen? Würden diese Hände jemals Leben schenken, anstatt Leben zu nehmen?

Seine Hand schloss sich wieder um die Scheibe, während er seinen Blick umherstreifen ließ. In einer hinteren Nische erkannte er eine Frau, die kaum von den Männern zu unterscheiden war. Es gab nicht viele Frauen in der großen Schlucht, denn sie hatten es hier nicht leicht. Männer wurden zu Tieren, wenn sie eingesperrt wurden.

Die Sklavin blickte sich nervös um. Als ihre Blicke sich kreuzten, erschrak sie und schlang hastig die Reste ihres Breis hinunter. Dann sprang sie auf die Füße und ging auf den Ausgang zu.

Ein Grinsen stahl sich auf Sylons Gesicht. Es war Zeit, seine Unsicherheit fallen zu lassen, es war Zeit, sich etwas abzureagieren. Er war ein Mörder, also musste er hier unten noch schwärzer als die Dunkelheit sein. Nur dann konnte überleben.

ZWISCHENSPIEL – JACHEK

Morgoris ist der Gott des Wandels und der Veränderung. Er wird dargestellt durch drei Kreise, die ineinander vereint sind. Hauptsächlich Gelehrte und Wissende verehren den Gott.

Enzyklopädie des Neunerbundes

Herzog Jachek überblickte von einem Hügel das wunderbare Gemetzel, das im weiten Tal unterhalb stattfand. Es war eine blutige Schlacht ganz nach seinem Geschmack, zumal er noch größeren Einfluss haben würde. Schlachtenlärm und das Klirren von Waffen drangen zu ihm. Er hieß beides willkommen, zog mit einem tiefen Atemzug den Geruch nach Verzweiflung und Tod ein. Die Götter waren mit ihm, er konnte es fühlen. Blut, Schmerz und Tod, es gab nichts Befriedigenderes.

Hart schloss sich seine Hand um eine kleine Metallscheibe, deren Ränder sich in sein Fleisch bohrten. Blut drang aus der geschlossenen Hand und tropfte allmählich zu Boden.

»Sathus von Valentar«, grollte er. »Du wirst ebenso bald fallen.«

Dieser kleine Weichling hatte ihn überzeugt, er hatte ihm unwiderlegbare Argumente geliefert. Jachek wusste jedoch um dessen trügerisches Handeln. Wie eine Fluggeißel stürzte Sathus sich auf die Schwächen seiner Feinde und versuchte, jene unbemerkt auszunutzen. Er hatte den Herzog beobachten lassen und gelernt. Sathus gab sich gerne schwach und unterwürfig, in Wahrheit war er wie eine Fächerblume, die ihre Opfer hinterlistig verschlang. Und genauso aufgeblasen war er, mit seinem Puder und den Seidengewändern. Jachek verachtete ihn, in seinen Augen war der sogenannte Bauernherzog ein Schwächling. Diesen Umstand würde er sich nun zunutze machen, sein Plan war einfach und präzise.

Schweigend beobachtete er das Schlachtgeschehen und versuchte, die Lage einzuschätzen. Zwar war Jachek kein begnadeter Taktiker - er war nicht einmal ein guter Kämpfer – trotzdem konnte er mit einem einzigen Blick erkennen, dass es nicht gut um Valentar stand. An der westlichen Flanke wurden die Kämpfer von der Kavallerie Kallyens bedroht. Eine Schwadron schwer gepanzerter Steppenläufer preschte in vollem Lauf in die feindlichen Reihen und metzelte die Fußtruppen nieder. Valentarische Soldaten fielen, erstochen, enthauptet oder zerschlitzt. Er sah einen Soldaten, der seine Finger um eine Bauchwunde schloss und versuchte, die glitschigen Gedärme am Herausfallen zu hindern. Ein anderer verlor bei dem Ansturm beide Arme, die ihm regelrecht abgerissen wurden.

Herzog Jachek leckte über seine Lippen. Das geschah diesen kleinen Bastarden recht! Er würde noch eine Weile warten und dann mit seiner Armee den Hang hinunterpreschen.

Eines muss man der alten Schachtel aus Kallyen lassen, sie versteht ihr Handwerk.

»Es war ein gut geplanter Angriff«, murmelte Jachek. Er kniff die Augen zusammen und überblickte das kallyenische Heer, das vor einer Kerze aus dem westlichen Wald geritten kam. Sathus hatte zuvor im Tal Stellung bezogen und sie mit kaltem Stahl empfangen, denn er hatte aufgrund seiner Informationen bereits im Voraus von dem Angriff gewusst. Er hatte allerdings seinen Feind unterschätzt. Aterias Armee war zeitgleich mit dem Sonnenaufgang und dem Untergang des zweiten Mondes auf das Schlachtfeld getreten. Da sie aus westlicher Richtung anrückte, waren die Truppen Valentars einige Zeit dem grellen Licht ausgesetzt und konnten den ersten Ansturm nur knapp zurückschlagen.

»Die Geißel wird fallen. Sie werden alle fallen.«

Eine Zeit lang bewegten sich die Armeen vor und zurück. Es war ein Hin und Her, eine blutige Schlacht, die den Göttern alle Ehre machte. Die alte Schachtel aus Kallyen ging taktisch wesentlich klüger vor. Eine Tatsache, mir der Sathus offenbar nicht gerechnet hatte.

Was für ein jämmerlicher Schwächling!

Weitere Valentarer fielen, während die Armee immer mehr eingekesselt wurde. Blut spritzte, sterbende Männer fielen zu Boden. Der Tod hatte viel zu tun und er würde noch mehr zu tun bekommen. Dafür würde Jachek sorgen!

Er befingerte seinen Brustpanzer - ein teures Stück aus Lynsan. Sie verstanden etwas von ihrer Arbeit, die dunkelhäutigen Bastarde! Sein grauer Mantel lag über den Schultern, die goldene lange Kette hing quer über die Brust geschnallt.

Mit einem Grinsen ließ er seinen Blick ein letztes Mal umherschweifen. Es war ein beeindruckendes Fest, ein wahres Schauspiel an Verzweiflung und Tod. Dann wandte er sich ab und begab sich die Anhöhe hinab zu seiner Armee. Sie bestand größtenteils aus Sklaven und deren Aufsehern. Zwar waren sie keine wirklich nützlichen Krieger, aber es waren viele – sehr viele. Aus allen Winkeln Andurals waren sie zusammengezogen worden: hochgewachsene aus Landamar, dunkelhäutige aus Lynsan, hagere aus Norfall, grobschlächtige aus Kallyen und sogar schmächtige aus Valentar. Welch eine Freude würde es sein, die Sklaven zu beobachten, wie sie stumpfsinnig auf die eigenen Landsmänner einschlugen? Sie waren gebrochen und lebten, um zu dienen. So war es richtig, so sollte es sein.

Aus der Ferne drangen weiterhin die Geräusche der Schlacht über den Hügel. Jachek hielt sich nicht für einen grausamen Mann, er war nur das Ergebnis seiner Umwelt. Die Welt war tückisch und falsch, also musste er es ebenfalls sein.

Sein Mantel umschlang seine Knie und die dicken Panzerstiefel wühlten die Erde auf. Dort, wo er entlang schritt, zog sich das Gras in Wellen in den Boden zurück.

Herrlich, wie das Gras werden auch sie vor mir zurückweichen!

Er stellte sich zu seinen Generälen und gab die nötigen Anweisungen. Jedem Sklaventrupp waren Soldaten und Aufseher zugeordnet. Sie würden die westliche Anhöhe hinabstürmen und Kallyens Soldaten in die Flanke fallen.

Der Herzog presste die Hand fester zusammen, wodurch noch mehr Blut hervorquoll.

Ah, diese Freude. Es wird Zeit.

Er gab den Generälen ein Zeichen und der Angriff begann.

Schweigend bewegte sich die Sklavenarmee über den Hügel, angetrieben von der eisernen Hand ihrer Peiniger. Man konnte jeden Geist brechen, dessen war Jachek sicher. Die Sklaven waren notdürftig bewaffnet, sie waren letztendlich nur Futter für den Feind. Lohnenswerte Opfer, um das Blatt zu seinen Gunsten zu wenden. Natürlich würden sie den Feind hart rannehmen, dumm und stumpf wie sie waren. Aber letztendlich würden sie sterben.

Bei diesem Gedanken leckte Jachek genüsslich über die Lippen. Die Sklaven waren Futter für die Geißel.

Er bewegte sich den Hügel hinauf und beobachtete, wie seine Armee immer schneller wurde und schließlich mit einem Krachen in die westliche Flanke der Soldaten aus Kallyen preschte. Jachek genoss den panischen Ausdruck eines Soldaten, als dem ein hölzerner Speer durch die Brust gerammt wurde. Ein anderer Soldat wurde von vier Sklaven gleichzeitig angegriffen, die nichts als Fetzen von ihm übrigließen. Der Herzog konnte es nicht ganz erkennen, glaubte aber, zu sehen, wie eine Sklavin dem Soldaten das Ohr abbiss.

So wild wie Tiere. Wir haben sie gut rangenommen.

Immer mehr Soldaten gingen nun unter dem brachialen Ansturm der Armee aus Norfall unter. Die Soldaten aus Valentar jubelten und warfen sich mit neuem Eifer in die Schlacht. Ein kallyenischer General befahl den Truppen, sich neu zu formieren, es misslang. Wie eine wilde Meute stürzte die Armee sich auf sie, ohne Rücksicht auf das eigene Leben. Es schien, als wären die Armeen nun gleichauf. Ein großer Teil der kallyenischen Truppen war abgekapselt und wurde von allen Seiten bedrängt. Der übriggebliebene Teil versuchte, nachzurücken, kam aber nicht durch die Mauer aus nackten Leibern. Sie stachen um sich, Schwerter drangen in weiches Fleisch, Schreie erklangen. Und doch konnten sie nicht durchbrechen.

Der Herzog genoss den Anblick noch eine Weile. Die Armee Valentars war im Begriff, zu siegen.

Gut, es wird Zeit.

Jachek begab sich den Hügel hinab und stieg auf seinen Gebirgsjäger. Es war ein schönes Tier, anmutig und gefährlich. Schwarz wie die Nacht, mit scharfen Schuppen versehen. Der Kopf endete in einer breiten Schnauze. Zwei lange Hauer drangen aus dem Oberkiefer und glitzerten feucht im klaren Sonnenlicht. Gebirgsjäger sahen ihren Artverwandten, den Schuppenhunden, ähnlich, waren aber ungleich größer und eindrucksvoller. Beeindruckende und tödliche Tiere, genau nach seinem Geschmack.

Der Gebirgsjäger trabte los, bewegte sich eher sprunghaft und legte große Strecken in kurzer Zeit zurück. Hier im Süden war es zu heiß für diese Tiere. Jachek bemerkte, dass das Reittier tief schnaufte und die Außenhaut feucht glitzerte. Er spürte die starken Muskeln unter seinen Beinen, wie sie vor jedem Sprung anschwollen und schlagartig anspannten. Der Ritt auf einem Gebirgsjäger war schwierig, der Herzog hatte aber bereits von Kindesbeinen an gelernt, damit umzugehen. Schweigend ritt er weiter, der Lärm der Schlacht begleitete ihn auf seinem Weg.

In einer halben Kerze umrundete Jachek den Hügel und begab sich auf einen Pfad nach Norden. Die Schlacht war noch in vollem Gang, es war wie Musik in seinen Ohren. Die Sklaven und seine Soldaten würden sterben, das war für ihn aber nicht weiter wichtig. Mit ihrem Einschreiten hatte er das Blatt gewendet, den Herzog von Valentar unterstützt. Vermutlich würde er ihm zum Sieg verhelfen. Es war unerheblich.

Die hügelige Umgebung wich einem bewaldeten Gebiet. Es wurde kühler, in der Ferne tobte die Schlacht. Er ritt weiter, tief in den Wald. Rankenbäume säumten den Weg, einige Nadelbäume wogen sich hin und her. Der Gebirgsjäger schnaufte tief, der Ritt schien ihn anzustrengen.

Nach einer Viertelkerze näherte er sich einer Lichtung. Die Geräusche der Schlacht waren hier nur noch gedämpft zu hören. Jachek trabte weiter und blieb vor einem Soldaten in silberner Rüstung stehen. Mit festem Blick salutierte er vor dem Herzog.

Der Salut wurde zehntausendfach erwidert.

Soweit das Auge reichte, blickte Jachek einer Armee entgegen. Panzerstiefel und Waffen waren mit Tüchern verbunden, um keine Geräusche zu verursachen. Kampferprobt und mit einem grimmigen Ausdruck im Gesicht wartete sie auf seinen Befehl.

Jachek musste grinsen. Sein Plan war aufgegangen, beide hatten ihn unterschätzt! Sogar die alte Schachtel rechnete nicht mit dieser Armee. So lange hatten sie gearbeitet, einen wilden und barbarischen Eindruck zu vermitteln. Der barbarische Herzog aus Norfall. Der Dummkopf. Der wilde, ungestüme Einfaltspinsel! Dieser Schwachkopf verfügte doch nur über Sklaven, Disziplin war ihm fremd! Seit Generationen hatten sie an diesem Plan gearbeitet, nun war es Zeit, ihn auszuführen. Eine grimmige Menge aus hartgesottenen Kriegern. Bereit, zu töten, bereit, für ihr Land zu sterben.

Jachek gab ein Zeichen.

Die Armee setzte sich in Bewegung.

DRITTER TEIL

FARBEN UND LICHT

[..] und das Blut soll mit einem Kelch aufgefangen werden. Und man verbrenne es, auf dass die rauchförmige Seele auf ewiggen Himmel schwebt! Die Götter werden über sie wachen und sie aufnehmen [..]

Enzyklopädie des Neunerbundes

Elhan saß in den Unterkünften und beobachtete, wie Narbengesicht am anderen Ende verschwand. Er hatte dessen Blick gespürt, als der ihn beobachtete und musterte. Das ging bereits seit einigen Umläufen so, vermutlich würde es bald zu einer weiteren Konfrontation kommen. Seit Elhans merkwürdigem Erlebnis an der Oberfläche, war ein ganzer Umlauf vergangen. Er konnte noch immer nicht richtig begreifen, was geschehen war. Seitdem er aber erwacht war – wie Itras zu sagen pflegte – fühlte er sich besser. Lebendiger, freier und kraftvoller. Er spürte jede Unebenheit unter seinen nackten Füßen, sein Blick war schärfer, seine Umgebung nahm er eingehender wahr und manchmal sah er Farben in der Nähe, Nebel und grelles Licht.

Langsam hob er seine rechte Hand und betrachtete die dicken Schwielen. Es war ein eigenartiges Gefühl, als wäre er aus einem tiefen Gewässer aufgetaucht und würde zum ersten Mal nach Luft schnappen. Aus dem Augenwinkel betrachtete er Itras, der wild gestikulierend einem Arbeiter irgendeine sonderbare Geschichte erzählte. Der andere Mann schien nicht sonderlich interessiert zu sein, schwieg aber und folgte Itras‘

Ausführungen mit großen Augen.

Ich habe ihn in meinem Kopf gespürt. Er war da. Und der Wind auch.

Elhan konnte sich an jede Einzelheit des Erlebnisses erinnern. Noch immer fühlte er die unbändige Kraft des Windes und dessen Präsenz. Auch erinnerte er sich, wie der Wind ihm angeboten hatte, ihn davonzutragen. Nur Itras' warnender Ausruf hatte ihn abgehalten. Es wäre so leicht gewesen, einfach loszulassen, all das hier. Das Leid, die Dunkelheit und den langsamen Tod.

Nachdenklich musterte er den alten Mann. Es war mehr an ihm, als er bislang angenommen hatte. Bereits als sie sich in dem Gefangenenkonvoi kennengelernt hatten, hatte er ein merkwürdiges Gefühl gehabt. Der Eindruck hatte sich nun bestätigt, Itras war offenbar ebenfalls ein Erwachter.

Es war wie in den alten Märchen, in denen der junge Reisende auf einen alten Meister traf, der ihm schließlich seine Geheimnisse offenbarte und dann in einer epischen Schlacht sein Leben aushauchte. Zum Wohl des Schülers, damit der in dessen Fußstapfen treten konnte. Elhan musste bei dem Gedanken schmunzeln, denn in all den Geschichten war der Meister weise, zurückhaltend und mysteriös gewesen. Ein Quell unerschöpflicher Weisheiten. Itras entsprach in keinerlei Hinsicht diesem Bild, er wusste noch nicht einmal, wie er den alten Mann überhaupt einschätzen sollte. Mehrfach hatte Elhan versucht, ihn darauf anzusprechen, die neue Quote ließ aber keine Ablenkungen zu.

Zwei Knollen an einem Umlauf, sie sind vollkommen verrückt!

Itras hatte ihn als Avar bezeichnet, als einen Erwachten. Was auch immer das bedeuten sollte, Elhan hoffte, dass er nicht genauso verrückt werden würde wie der alte Mann.

Avar, was bedeutet das? Es ist kein Ausdruck, der mir bekannt vorkommt. Vielleicht ist es eine andere Sprache? Eine alte Sprache, die wir heute nicht mehr kennen.

Der andere Arbeiter fand nun einen Vorwand, um Itras' Vortrag zu entgehen. Dieser sprang daraufhin zornig auf und schwenkte drohend die Faust. Der Flüchtende stolperte und fiel in den Dreck, worauf Itras gackernd lachte und sich ebenfalls hinwarf.

»Itras, was ist ein Avar?«, fragte Elhan.

»Na du. Aber nicht nur du, viele sind es«, sagte Itras und setzte sich neben ihn.

Elhan runzelte die Stirn. »Das verstehe ich nicht. Was sind denn genau ein Avar und ein Erwachter?«

»Wir sind alle Teile des Ganzen. Du. Ich. Wir alle. Du hast es nur noch nicht begriffen. Es gibt manche, die erwachen und die Zusammenhänge erkennen, Kleiner.«

»Was willst du damit sagen? Heißt das, diese dreckige Schüssel ist ein Teil von mir?« Er zeigte auf die Holzschüssel, die an den Kanten mehrere Risse aufwies.

Itras klatschte in die Hände. »Aber natürlich, bist ja auch kaum noch von ihr zu unterscheiden!«

»Aber wie kann das sein? Ein Leuchtpilz ist doch nur ein Leuchtpilz ...«

»Und der Wind ist nur der Wind, richtig?«, unterbrach Itras ihn.

Elhan verstand es noch immer nicht, der Wind war lebendig gewesen. Er hatte ihn gespürt, in jeder Faser seines Körpers. »Wie kann diese Schüssel ein Teil von mir sein? Es ist doch nur eine Schüssel. Nicht mehr und nicht weniger. Ich hingegen lebe, kann atmen und fühlen.«

»Sag mir, Junge. Woraus besteht die Schüssel, na?«

»Aus Holz?«

»Aus Holz, ja. Und wo kommt das Holz her?«

»Na aus dem Wald ... von Bäumen. Aufgrund der Maserung vermutlich ein dunkelbrauner Rankenbaum.« Elhan drehte die Schale hin und her, auf der Suche nach irgendeinem versteckten Hinweis.

»Was passiert, wenn man versucht, einen Baum seines Fleisches zu berauben?« Itras unterbrach sich. »Na du weißt schon, das Holz eben.«

»Der Rankenbaum wehrt sich. Manchmal schlagen sie mit

den Ranken um sich, in manchen Fällen entwurzeln sie sich sogar vollständig.«

Itras senkte seine Stimme zu einem rauen Flüstern. »Würdest du sagen, der Rankenbaum lebt?«

»Alles lebt in Andural, aber nicht so wie wir. Damit meine ich, nicht so wie wir Menschen.« Er warf dem Alten einen unsicheren Blick zu. »Oder?«

»Ist das so, Kleiner? Schon mal gesehen, wie eine Fächerblume einen Menschen gefressen hat?«

Nein, das hatte er nicht, kannte jedoch einige Geschichten darüber. Sein Vater hatte oft davon gesprochen. Lange, bevor er getötet worden war, lange, bevor sich sein Leben geändert hatte. Er musste sich eingestehen, dass sein Interesse nun doch geweckt war.

»In Ordnung, ich erkenne den Sinn hinter deinen Aussagen. Pflanzen leben auch. Aber was hat das damit zu tun, dass diese alte Schale ein Teil von mir sein soll?«

»Das habe ich nicht gesagt, Junge.«

»Was? Natürlich, du hast doch eben ...«

»Ja, du bist ein Teil des Ganzen. Aber wie soll denn bitteschön diese Schale zu dir gehören? Du kannst sie dir natürlich in den Hintern stecken, ich rate aber davon ab.«

»Itras, du verwirrst mich.«

»Ach was, Junge. Du kannst es noch nicht sehen, aber das wirst du noch. Habe Geduld.«

Wieder so eine seltsame Antwort, mit der ich überhaupt nichts anfangen kann!

Elhan schwieg eine Weile, bis er schließlich die Frage stellte, die ihn bereits seit mehreren Umläufen beschäftigte. »Was habe ich letztens getan, was ist dort passiert?«

»Hab ich dir doch bereits erklärt, Kleiner. Du bist erwacht und hast ein Seelenband hergestellt. Etwas mutig, direkt mit dem Wind. Dumm, um genau zu sein. Man fängt normalerweise kleiner an. Hätte dich beinahe erwischt, du musst vorsichtig sein, Kleiner!« Als hätte er einen genialen Einfall, hielt er inne und lachte wieder. »Kleiner, mach klein!« Er riss eine

Hand vor den Mund und unterdrückte einen Lachanfall.

Elhan wartete, bis Itras sich beruhigt hatte, »Wie kann ich es kontrollieren? Wie kann ich so ein Band erneut herstellen?«

»Geduld. Erst einmal musst du lernen, zu laufen, dann kannst du deine ersten Schritte machen.«

Normalerweise … normalerweise?

»Moment, sagtest du eben normalerweise?«, hakte Elhan nach. »Was soll das heißen? Gibt es noch weitere Erwachte? Mehr Menschen wie mich?«

Itras wippte mit dem Kopf hin und her. »Aber natürlich. Jeder verfügt über eine Atemseele und jeder ist Teil dieser Welt. Du. Ich. Wir alle. Aber nur wenige erkennen das Muster, nur wenige verfügen über den Willen, um wirklich zu erwachen. Nur wenige werden auserwählt. So war es schon immer und wird es auch immer bleiben.«

»Woher weißt du so viel darüber? Bist du bereits anderen begegnet?«

»Nein, ja … das letzte Mal ist sehr lange her.«

»Wer bist du wirklich, Itras?«, flüsterte Elhan.

»Ich bin Itras.« Er lachte gackernd. »Du bist ein Erwachter, das zählt.«

»Bin ich das wirklich?«

»Ja, es ist gut so, es ist wichtig!«

Elhan schwieg kurz und dachte über diese Worte nach. Ein weiteres Rätsel, das es zu lösen galt. Mit neuer Entschlossenheit richtete er sein Augenmerk wieder auf den alten Mann. »Warum ist es wichtig?«

Itras ließ sich Zeit mit der Antwort und blickte kurz in Richtung des Eingangs. Dort gaben die Soldaten ein Zeichen und stießen ihre Speere auf den Boden. Die Erholungspause war vorbei, sie mussten wieder an die Arbeit.

»Das weiß ich auch noch nicht, mein Junge.«

Eine Kerze später war Elhan beschäftigt, die Wand des Stollens zu bearbeiten. Seine rechte Hand bewegte sich auf und ab. Die Spitzhacke schlug in hörbarem Takt in die Erde und ließ Brocken aufspritzen. Die Belastung spürte er kaum noch, die Bewegung war ihm in Fleisch und Blut übergegangen. Er spürte die Kraft in seinem Arm, wie die Muskeln anschwollen und sich wieder entspannten. Nach wie vor übermannten ihn die Erschöpfung und die Sinnlosigkeit des Ganzen. Er hielt es aber nun etwas besser aus, es war eher ein Gefühl am Rande, das es zu verdrängen galt.

Die Worte des alten Mannes gaben ihm zu denken. Er konnte allerdings kaum einen Sinn erkennen. Das zurückliegende Erlebnis an den Hängen der Schlucht stand ihm weiterhin klar vor Augen. Trotzdem verstand er nicht, wie er erneut in den freien Zustand des Erwachens kommen sollte. Und was es mit dem Band auf sich hatte, stellte ihn vor ein noch größeres Rätsel.

Während er arbeitete, bemerkte er eine Bewegung in der Erde. Erst war es nur ein schwaches Vibrieren, dann wurde es jedoch schlagartig stärker. Die anderen Sklaven, mit denen er an diesem Umlauf zusammenarbeiten musste, sahen sich nervös um. Narbengesicht befand sich ebenfalls unter den Männern.

Die Wände wackelten, Staub rieselte von der Decke und benetzte die Leuchtpilze in der Umgebung. Dadurch wurde deren Licht gedämpft und die Wände in unruhige Muster getaucht.

Elhan wusste, was los war: Ein Felswühler grub sich irgendwo in der Nähe durch die tieferen Erdschichten. Die Wahrscheinlichkeit war gering, dass der Felswühler ihren Weg kreuzen würde, dennoch galt es, Sicherheit zu wahren. Er legte sein Werkzeug auf den Boden und horchte angestrengt.

Das Beben ließ nach.

Die Arbeiter wandten sich wieder der Arbeit zu.

Das war ein zu starkes Beben, zu nah.

»Wartet!«, rief Elhan und legte seine rechte Hand auf den Boden. Er schloss die Augen und konzentrierte sich auf seine Umgebung. Schwach bemerkte er, wie der Boden vibrierte.

Poch. Poch. Poch.

Es war ganz fein und leicht und doch war es da. Er beruhigte sich und atmete flacher. Sein Herzschlag verringerte sich, sein Verstand wurde träge.

Irgendwo in der Nähe hustete ein Arbeiter. Ein anderer schnaufte tief und wischte den Schweiß von der Stirn. Dreck rieselte von der Decke. Ein Staubkorn flog durch die Luft und ließ sich auf Elhans linker Schulter nieder.

Und dann spürte er den Felswühler. Eine riesige Präsenz, mit einem heiß brennenden Zorn in sich. Das Tier lag direkt über ihnen in einer Kuhle und verharrte still, ohne Bewegung. Es wartete auf irgendetwas und lag auf der Lauer. Das Erlebnis war nicht wie beim letzten Mal. Elhan wusste, dass er kein Seelenband hergestellt hatte. Er nahm nur die Eindrücke seiner Umgebung auf und spürte das Leben in seiner Nähe. Die Arbeiter, die Erde, die Knollen und den Wühler. Wie er das genau tat, konnte er sich nicht erklären. Es geschah einfach, als wäre es ganz natürlich.

Als sich Elhan auf die Knollen im Erdreich konzentrierte, verlor er kurzzeitig die Kontrolle. Sie waren voller Farben und Leben, grell wie eine Sonne. Wie bunter Rauch trieb eine Wolke aus Kraft und Leben um sie. Und als er die Knollen beobachtete und seinen Blick wieder auf die mächtige Präsenz des Felswühlers richtete, stutzte er.

»Ich hab eine! Ha, endlich mal wieder Glück!«, vernahm Elhan die Stimme eines Arbeiters in der Nähe. »Das ist aber auch ein kleines Drecksding, bleib hier …«

Elhan riss sich schlagartig von den vielen Eindrücken los und versuchte, seine Sinne beisammenzuhalten. Er öffnete den Mund, um zu schreien …

Die Decke explodierte mit einem ohrenbetäubenden Knall.

Der Felswühler brach hervor und stürzte sich mit seinem riesigen Schlund auf den triumphierenden Arbeiter, um ihn in einer Fontäne aus Blut zu verschlingen. Steinbrocken brachen gleichzeitig aus der Decke und eine Wolke aus Dreck und Staub tauchte den Gang in Dunkelheit. Die Sklaven in der Nähe wurden von dem Druck der Explosion erfasst und zu Boden geschleudert.

Elhan beobachtete mit schreckgeweiteten Augen, wie der massige Leib des Tieres sich durch die obere Öffnung zwängte. Der Felswühler war wurmartig und besaß keine Beine. Unzählige rotierende Zähne zierten den Schlund, der Körper war dunkelgrau und von schmierigen Fäden bedeckt. Das Tier passte nicht vollständig in den Gang, ein Teil des Körpers steckte noch in der oberen Öffnung fest.

Zwei Sklavenarbeiter versuchten zu fliehen und wurden von dem massigen Leib zerquetscht. Ein weiterer fiel kurze Zeit später dem Schlund zum Opfer. Blut spritzte und tränkte die Luft mit einem roten Schleier. Der Felswühler brüllte, schlug um sich und zerquetschte weitere Arbeiter.

Narbengesicht lag in einiger Entfernung am Boden und griff nach seiner Spitzhacke. Mit einem lauten Schrei schlug er die Waffe seitlich in den Körper des Tieres, sodass schwarzes Blut in einer riesigen Fontäne herausspritzte und ihn von oben bis unten tränkte. Ihm verging das Jubeln, als der Felswühler seinen massigen Leib herumwarf.

Was für eine Kraft! Wie kann man gegen etwas Derartiges bestehen?

Die Szene hatte gerade einmal ein Blinzeln gedauert. Elhan stand allerdings immer noch unentschlossen einige Schritt entfernt und war unschlüssig, was er tun sollte.

Dreh dich um und hau ab! Hau einfach ab!

Was sollte er gegen eine solche Kraft schon ausrichten? Was könnte er tun? Er hatte die Wut des Tieres gespürt, den ohnmächtigen Zorn und das Leiden.

Der Felswühler erhob sich mit dem vorderen Ende in die Luft. Es war abzusehen, was gleich mit Narbengesicht passieren würde.

Jeder verfügt über eine Atemseele und jeder ist Teil dieser Welt.

Du. Ich. Wir alle. Die Worte des alten Mannes.

Wenn die Schüssel Teil von mir ist, dann muss dieser Wühler ebenfalls Teil davon sein. Aber wie?

Elhan schloss die Augen. Er öffnete seine Sinne und konzentrierte sich. Sein Atem ging flacher, alle Geräusche in der Umgebung wurden schwächer. Langsam tauchte er ein, in den Strom aus Farben, Licht und Leben. Die Zeit stand still, das Leben um ihn pulsierte. Dann nahm er die Präsenz des Felswühlers wahr. Er griff hinaus und berührte sachte den nebligen Rauch, der das Tier umfloss, durchdrang und herausströmte. Es war, als würde er in dichten Nebel eintauchen, atmen und die Umgebung in sich aufnehmen. Wie weißen, feuchten Nebel, der in die Lunge strömte und sich dort verteilte.

Elhan warf sich hinein und offenbarte einen Teil von sich. Seine Atemseele. Als wäre er ein fester Teil des Tieres, wurde er sich dessen Atemseele bewusst. Er verband sich mit ihr, beeinflusste sie und besänftigte sie. Was genau er tat, wusste er nicht. Er handelte instinktiv.

Der Felswühler hielt in der Bewegung inne, schwenkte herum und ließ von dem zitternden Mann am Boden ab. Er bewegte sich ruckartig auf Elhan zu und zermalmte auf seinem Weg Erde und Steine. Nur wenige Schritte von Elhan entfernt blieb das Tier liegen.

Stille kehrte ein.

Elhan sah das Tier und das Tier sah ihn. Er lächelte und nahm weiterhin die fremdartige Präsenz wahr. Sie waren verbunden und hatten ein Seelenband geknüpft. Es war wie ein Tanz aus Gefühlen, Eindrücken und Wahrnehmungen. Es ging nicht um Macht, sondern um Kontrolle und Willenskraft. Sanft umflossen farbige Wolken das Tier: blau, orange, grün, gelb. Es war ein wunderschönes Muster. Elhan schmeckte es im Mund, roch es in der Luft und sah es in der Umgebung. Langsam hob er die rechte Hand.

Geh.

Es war kein Wort gewesen, kein Gedanke, eher ein Gefühl,

eine Empfindung. Tief aus seinem Innersten brach es und hallte still in der Luft nach.

Es verstand, es gehorchte. Langsam warf das Tier den massigen Leib herum und glitt vorsichtig mit dem hinteren Ende aus der oberen Öffnung. Die Arbeiter lagen starr am Boden, sie zitterten und hatten die Augen weit aufgerissen. Andere Sklaven erschienen am Ende des Gangs, darunter auch der Aufseher Mort. Für Elhan war es aber in diesem Moment erst einmal unwichtig.

Das riesige Tier umfloss die Ansammlung und füllte mit dem Leib den gesamten Stollen aus. Mit einem Knirschen grub es sich in die Erde. Der Schlund verschwand im Boden, während Brocken aufgewühlt wurden und durch die Gegend spritzten. Ein Rumpeln erklang, der Boden vibrierte. Unendlich langsam und doch schnell bewegte sich der Wühler durch die Erde und hinterließ ein schwarzes Loch.

Ein Moment verging, bis der Felswühler verschwunden war.

Elhan bemerkte, dass er immer noch die Hand erhoben hatte. Die Umgebung leuchtete in grellem Licht. Farben umflossen ihn, Eindrücke und Empfindungen. Rauch zerfaserte an den Rändern, durchdrang ihn. Es war ein unbeschreiblicher Anblick. Zum ersten Mal im Leben fühlte er sich vollständig und ganz.

Dann verblasste das Gefühl und er kehrte langsam zurück. Je mehr er sich der eigenen Atemseele bewusst wurde, desto mehr konnte er seine Umgebung wahrnehmen. Das atemlose Schnaufen der Männer. Den Geruch nach Blut. Staub, der durch die Gegend flog. Als er schließlich vollständig in seinen Körper sank und das Seelenband sich löste, traf ihn die Erschöpfung mit einer Wucht, die er nicht für möglich gehalten hätte. Er fühlte sich ausgelaugt, schwach und unendlich müde.

Narbengesicht stand auf und war von oben bis unten mit schwarzem Schleim bespritzt. Niemand sprach, alle starrten Elhan an. Der Hüne näherte sich und blieb vor ihm stehen. Er lächelte. Es war ein befremdlicher Ausdruck in dem entstellten Gesicht. Und doch war es ein freundliches und aufrichtiges

Lächeln, voller Hoffnung und Ehrfurcht.

Elhans Sicht verschwamm immer mehr und er konnte sich kaum noch aufrecht halten. Narbengesicht bewegte den Mund, aber er bekam es kaum noch mit.

»Mein Name ist Sylon.«

Dann nur noch Schwärze.

HAUPTMANN GALDAN

Gebirgsjäger sind gefährliche Tiere, die zurückgezogen in den westlichen und nördlichen Gebirgsketten leben. Sie sind Artverwandte der Schuppenhunde, allerdings wesentlich größer und aggressiver. Zwei lange Fangzähne wachsen aus dem Oberkiefer. Die Farbe variiert in Grau- und Schwarztönen. Sie greifen bevorzugt aus dem Hinterhalt an.

Enzyklopädie der Wesensarten Andurals

Cathien fühlte sich schwach und erschöpft. Das kürzlich zurückliegende Erlebnis hatte sich in ihr Gedächtnis gebrannt und sie konnte an nichts anderes mehr denken. Was sie auch tat, sie sah die Himmelsschwinge. Auf unerklärliche Weise hatte sie mit einer Berührung die Empfindungen des Tieres wahrgenommen. Sie erinnerte sich an das klare Gefühl von Freiheit, aber auch an den Hass und die Trauer, die tief in der Seele der Himmelschwinge verborgen waren.

»Geht es Euch besser, Herrin?«, fragte Arnen. Er saß neben ihr auf der Rückbank des Verschlages. Kurz nach ihrem Zusammenbruch hatten die Gardisten einen großen Wagen von einem örtlichen Händler erworben. Es war ein gutes Angebot gewesen und Hauptmann Galdan hatte darauf bestanden, diese Form der Weiterreise zu wählen. Seiner Meinung nach wäre es weitaus erschwinglicher, als sich einer festen Reisegruppe anzuschließen. So konnten sie unbemerkt im kastenförmigen Wagen sitzen, sich erholen und die Aussicht genießen.

»Ja, es ist alles in Ordnung«, sagte sie träge. »Ich war nur in Gedanken. Mir geht einfach das Erlebnis mit der Himmelsschwinge nicht aus dem Kopf.«

»Das kann ich nachvollziehen. Was ist passiert, Cathien? Ich meine, was ist wirklich passiert?«

Sie rutschte auf ihrem Kissen herum und versuchte, eine angenehmere Sitzposition zu finden. In dem Wagen war es stickig heiß, sodass ihr das Kleid am Rücken klebte.

»Ich kann es nicht beschreiben …«

»Versucht es! Mir ist fast das Herz in die Hose gerutscht, als Ihr zu Boden gefallen seid.«

»Es … ich weiß nicht, wie ich es beschreiben soll. Irgendwie war diese Erfahrung sehr merkwürdig.«

»Beängstigend?«

»Ja und nein. Ich weiß nicht, Arnen. Bitte bedränge mich nicht weiter.«

Er senkte den Kopf, anhand seiner Haltung war jedoch erkennbar, dass er gerne mehr erfahren hätte.

Cathien ließ ihre Gedanken treiben und sah sich im Wagen um. Das Innere war mit braunen Holzlamellen gesäumt, Kissen waren ausgelegt, um die Reise gemütlicher zu gestalten. Durch ein kleines Fenster an der Front konnte sie den Rücken eines Soldaten ausmachen, der auf einer erhöhten Plattform saß und von dort die Horntiere lenkte.

Als sie durch das seitliche Fenster sah, bemerkte sie, dass sie an den letzten Gebäuden von Süd-Terez vorbeirollten. Während in Nord-Terez die Häuser eher zweckmäßig angelegt waren, konnte der Unterschied im südlichen Stadtteil kaum größer sein. Die Straßen waren gepflegt und sauber, wahre Paläste mit wunderschönen Säulengebilden erhoben sich am Straßenrand, einer größer als der andere. Soweit das Auge reichte, wurde unermesslicher Reichtum geboten. Sie kam aber nicht umhin, einen gewissen Groll zu empfinden. Süd-Terez war der handfeste Beweis, wie groß die Kluft mittlerweile zwischen den gesellschaftlichen Schichten war. Alles, was sie hier sah, basierte auf den Rücken der Sklaven, die unter geradezu unmenschlichen Bedingungen in den Tiefen Arakkurs arbeiteten.

Was wird wohl passieren, wenn sich diese Menschen irgendwann einmal erheben? Es würde die Fundamente unseres Landes zum Einsturz bringen …

»Bitte verzeiht diese Forschheit, Cathien, aber ich muss nun doch meinen Unmut ausdrücken«, sagte Arnen.

»Diese Ernsthaftigkeit ist überraschend. Wenn dir etwas auf dem Herzen liegt, dann nur zu.«

»Bitte warnt uns das nächste Mal, wenn Ihr wieder etwas Vergleichbares vorhabt. Wenn ich Euer Vormund wäre, würde ich Euch maßregeln müssen.«

»Ich muss Eurem Diener zustimmen, Herrin«, mischte Galdan sich ein. »Das war töricht und unüberlegt. Ihr habt damit nicht nur Euer Leben, sondern auch die meiner Männer aufs Spiel gesetzt!« Seine Zunge fuhr nervös über die gespaltene Lippe. Ein deutlicheres Zeichen für seine Unsicherheit konnte es kaum geben.

Ich habe ihn vermutlich mit meiner Handlung beleidigt, schließlich ist er für meine Sicherheit zuständig. Aber es war ein Erlebnis, das ich niemals vergessen werde.

»Wir sind für Eure Sicherheit zuständig und Ihr …«

»Ihr habt recht«, unterbrach sie ihn. »Ich möchte mich für mein unüberlegtes Handeln entschuldigen.«

Trotzdem habe ich dich längst durchschaut, Galdan …

Der Hauptmann lächelte. Cathien überkam ein Frösteln, als sie sah, wie sich die Narbe in der Lippe verzog. »Und wieder einmal beweist Ihr Kühnheit und Weisheit.« Er verbeugte sich leicht und sah aus dem kleinen Fenster an der Seitenwand.

Ich bin lernfähig. Überrascht dich das?

Sie riss sich von dem Anblick seines Gesichtes los und musterte Arnen. Er gab durch nichts zu erkennen, was gerade in ihm vorging. Ganz vorsichtig berührte sie seine Hand. Erst zögerte er und sah sie erstaunt an, dann nahm er sie entgegen und bettete sie unter seine. Ihr entging nicht, dass Galdan sie finster beobachtete. Es lag aber nicht in seiner Macht, diese nicht standesgemäße Berührung zu kommentieren. Er war Hauptmann der Garde, nicht mehr und nicht weniger.

Da war wieder dieses Funkeln in seinen Augen. Er plant etwas … irgendetwas.

Cathien spürte die Wärme von Arnens Hand. Es war ein schönes Gefühl, seine Finger fühlten sich zwar rau, aber trotzdem sanft an. Seufzend schaute sie aus dem Fenster und ließ ihren Kopf langsam auf seine Schulter sinken, worauf er sich ein wenig verkrampfte. Dann ließ er allerdings locker und sackte in sich zusammen. Ein kleines Lächeln huschte über sein bärtiges Gesicht.

Während sie durch die Straßen von Süd-Terez fuhren, zogen Menschen und Gebäude an ihnen vorbei. Zwar kamen sie nur langsam voran, dafür war die Reise aber nun wesentlich angenehmer. Sie fühlte sich wohl und auf eine zufriedene Art geborgen. Arnen gab ihr in dieser unsicheren Zeit Halt. So viel hatte er aufgegeben, um in den Dienst ihres Vaters zu treten. Sie wusste, dass er keine Familie hatte. Sein Lebenssinn war, ihr zu dienen und sie auf den Lebensweg einer Herzogin vorzubereiten. Er war wie ein Bruder für sie, eine schützende Hand, ein Vertrauter.

Der Wagen schwankte, die sanfte Bewegung machte sie müde und schläfrig.

Nein, Arnen ist mehr als das.

Sie fühlte tief in sich und stellte überrascht fest, dass sie etwas für Arnen empfand. Wann und wie sich diese Empfindung entwickelt hatte, war ihr nicht bewusst. Sie wusste nur, dass es so war, klcin und doch vorhanden. Er war wesentlich älter als sie, aber das machte keinen Unterschied. Nicht für sie.

Eine sanfte Berührung glitt über ihren blonden Haarschopf. Es war seine Hand, er streichelte sie, berührte sie. Cathien lehnte sich etwas weiter zu ihm und bemerkte, wie er sie vorsichtig in den Arm zog. Sie lächelte, es fühlte sich richtig an. Mit diesem schönen Gedanken schlief sie friedlich ein.

Einige Kerzen später wurde Cathien plötzlich wach. Sie spürte, dass etwas nicht stimmte, konnte aber nicht sagen, was es war. Arnen schlief neben ihr. Sein Kopf lag auf der Seite und er atmete leise. Sanft löste sie sich aus seiner Umarmung und rieb den Schlaf aus den Augen. Einige Strähnen fielen ihr ins Gesicht. Hastig streifte sie die blonden Haare zurück und richtete ihr Gewand.

Cathien blickte aus dem kleinen Fenster und erkannte, dass sie an grünen Wiesen und kleinen Felsformationen vorbeirollten. Saftige, grüne Grashalme wogen sich im Wind und zogen sich sofort in den Boden zurück, sobald sie vorbeifuhren. Süd-Terez lag vermutlich bereits hinter ihnen. Am Horizont ging die Sonne unter, das Licht wurde weniger. Bald würde der erste Mond aufgehen. Sie vernahm nur das sanfte Knarren des Wagens, ansonsten war es still.

Irgendetwas kam ihr seltsam vor, sie wusste aber nicht, was es war. Direkt gegenüber saßen einige Gardisten und hielten die Augen geschlossen, der Hauptmann verweilte vermutlich im vorderen Abteil. Durch das schmale Fenster in der Front erkannte sie, dass nun ein anderer Soldat die Zugtiere lenkte. Seelenruhig saß er auf der Erhöhung und hielt die Zügel locker in der Hand.

Irgendwo in ihrem Hinterkopf nagte ein komisches Gefühl, machte sie rastlos und nervös. Sie blickte sich um. Was war nur los mit ihr?

Beruhige dich, wir sind sicher aus Terez gekommen. Eine weitere Etappe ist geschafft, wir werden bald Illindar erreichen.

Wieder ließ sie ihren Blick umherstreifen. Arnens Schnarchen machte sie schläfrig. Sie atmete einmal tief durch und versuchte, sich zu entspannen. Langsam lehnte sie sich zurück und schloss die Augen.

Ist es nicht etwas untypisch für Gardisten, zur gleichen Zeit im gleichen Abteil zu schlafen? Sie sind immerhin Leibwächter …

Schlagartig war sie hellwach. Der Wagen wurde langsamer, der vordere Platz des Lenkers war auf einmal leer. Sie sprang auf und betrachtete die Soldaten auf der gegenüberliegenden Sitzbank. Mit zwei Schritten war sie bei ihnen.

Die Soldaten bewegten sich nicht.

Cathien hielt die Finger an den Hals eines Soldaten. Nichts, kein Puls. Erschrocken schlug sie die Hand vor den Mund. Als sie genauer hinsah, erkannte sie rote Rinnsale, die aus den Mundwinkeln traten. Die anderen Soldaten wiesen die gleichen Merkmale auf.

Eine eiskalte Hand legte sich um ihr Herz.

Ganz ruhig, bewahre einen kühlen Kopf!

Der Wagen wurde langsamer und kam schließlich zum Stillstand.

Was ist mit den anderen Soldaten? Was ist passiert?

Sie ging zu Arnen, bemerkte aber, dass er noch immer schlief. Sie packte ihn an den Schultern und schüttelte ihn heftig. Keine Reaktion, offenbar war er bewusstlos. An der rechten Schläfe erkannte sie einen großen Bluterguss. Ein rotes Rinnsal trat aus seiner Nase. Er lebte allerdings noch, denn seine Brust hob und senkte sich gleichmäßig. Erleichtert atmete sie auf.

Galdan! Also habe ich mich doch nicht in ihm getäuscht. Ich wusste es!

Sie begann heftig zu zittern und stützte sich an einer Holzstrebe ab. Ein Schweißtropfen lief an ihrer Schläfe hinab, ihr Blick flackerte.

Verdammt, beruhige dich endlich!

In einer Eingebung fühlte sie nach dem Dolch, der in einer Halterung an ihrer Hüfte befestigt war. Auf Anraten ihres Vaters bewahrte sie den stets dort auf. Nur zur Sicherheit, hatte er gesagt. Sie war der Voraussicht ihres Vaters dankbar und griff nach dem runden Medaillon an ihrem Hals. Stumm sandte sie ein Gebet an ihre Schutzgöttin.

Die Tür des Verschlags knarrte.

Cathien griff nach ihrem Dolch.

Eine Hand erschien und stieß die Tür auf. Die Sonne war nur noch schwach am Horizont erkennbar, das Licht des aufgehenden ersten Mondes blendete sie. Die Umrisse einer Gestalt zeichneten sich gegen den Sonnenuntergang ab.

»Bleibt weg!«, zischte sie.

Leicht nach vorne gebeugt stand die Gestalt in der Tür und betrat den Wagen. Das Holz knirschte unter den Panzerstiefeln, der Brustpanzer mit dem Emblem Kallyens reflektierte das schwache Licht. Ein spöttisches Grinsen lag im Gesicht der Gestalt. Die Augen blickten finster und dunkel und die Narbe in der Lippe schimmerte feucht.

»Galdan!«, schrie sie. »Ich wusste es! Wie konntest du nur?«

Langsam ging sie zwei Schritte zurück und stieß gegen die hintere Wand. Ihre Brust bebte heftig, das Blut rauschte in ihren Ohren. »Was haben sie dir geboten? Du verrätst dein Land, alles, wofür du stehst!«

Galdan schwieg und stapfte in die Mitte des Wagens. Das Holz knirschte unter seinen schweren Schritten. Unendlich langsam hob er den Blick und nahm ihre Augen gefangen.

»Es tut mir leid, Herrin«, röchelte er und sank nach vorne. Ein dumpfer Schlag erklang, als er leblos wie ein Stein zu Boden sank.

Was, bei Magari, geht hier vor? Wieso …

Eine Hand legte sich auf ihre Schulter.

MESSER IM DUNKELN

Der Neunerbund der Götter besteht aus: Kelthor, Cernunnos, Morgoris, Valrysia, Jad, Magari, Sydenia, Herudar und Vorus.

Enzyklopädie des Neunerbundes

Der König schäumte vor Wut. Er saß im Speisesaal und warf mit seiner Mahlzeit um sich. Der Tisch sah mittlerweile wie ein buntes Gemälde aus, von oben bis unten mit verschiedenen Gerichten verschmiert. Ein Bote stand neben ihm und zuckte mit keiner Wimper, als ihm Früchte ins Gesicht und gegen die Rüstung knallten. Ein Fleischschenkel hing ihm auf der linken Schulter und verteilte seinen Saft über den orangefarbenen Umhang. Es sah aus wie eine Spur aus Blut, die sich ihren Weg nach unten bahnte.

»Norfall hat beide Armeen besiegt?«, schrie König Thyr und seine geröteten Hängebacken zitterten.

»Jawohl, mein König«, sagte der Bote geflissentlich. »Eine zehntausend Mann starke Armee ist bis zum Schluss zurückgehalten worden. Das berichten zumindest unsere Späher.« Er hielt inne und blickte den König unsicher an.

Wutschnaubend forderte Thyr ihn auf, weiterzureden.

»Herzog Jacheks Sklavenarmee kam über die westlichen Hügel und griff in das Geschehen ein. Die Armee Kallyens wurde von dem Angriff überrascht, konnte sich aber wieder sammeln und beide feindlichen Armeen in Schach halten. Sie waren eine Weile gleichauf, es schien eine ausgeglichene

Situation gewesen zu sein. Dann mischte sich aus nord-westlicher Richtung auf einmal eine zweite Armee Norfalls in das Geschehen. Es waren keine Sklaven, sondern ausgebildete Soldaten.« Eine blaue Frucht landete auf der Stirn des Boten und übergoss ihn mit Fruchtfleisch, er fuhr aber unbeirrt fort: »Die Sklaven schwärmten daraufhin, wie auf ein Zeichen, südlich aus und umzingelten beide Heere. Von Nordwesten rückte die zweite Armee vor und fiel dem Heer aus Kallyen in den Rücken.«

»Weiter!«, forderte der König und fegte sein Geschirr vom Tisch. Klirrend und polternd fiel es auf den Boden.

Alrael beobachtete von seinem Platz das Geschehen. Zohns Blick ruhte auf ihm, aber er ließ sich nicht beunruhigen. Der Spion stand am anderen Ende des Saals, die Kapuze tief ins Gesicht gezogen und die Arme hinter dem Rücken verschränkt.

»Sie sind Herzogin Ateria in den Rücken gefallen, die Sklaven hingegen haben die Truppen aus Valentar überschwemmt«, fuhr der Bote fort. »Kallyen blies zum Rückzug und konnte einige Truppen in die westlichen Wälder retten. Herzog Sathus von Valentar hatte weniger Glück, seine Armee wurde vollkommen aufgerieben und geschlagen.«

Der König sprang auf und stieß mit seinem Bauch gegen die Tischkante, worauf der Tisch sich hob und die bis dahin noch unversehrten Töpfe und Teller auf den Boden befördert wurden. Alrael sah regungslos zu, wie sein Teller über den Rand des Tisches schlitterte.

»Muss ich dir verdammtem Taugenichts alles aus der Nase ziehen?«, schrie Thyr. Er lief vor dem Tisch auf und ab, sein Hemd war von oben bis unten vollgeschmiert.

»Herzog Sathus ist geschlagen und nach Helles geflüchtet. Er verbarrikadiert sich in der Hauptstadt Valentars und bangt um sein Leben. Kallyens Herzogin Ateria konnte ebenfalls aus der Schlacht entkommen und ist mit den letzten verbliebenen Truppen in ihre Heimat geflüchtet. Herzog Jachek hingegen hat die Kontrolle über die Grenzgebiete Valentars übernommen und befindet sich nun auf dem Vormarsch zur

Festungsstadt Ardus. Alle Dörfer und Städte auf seinem Weg werden geplündert und gebrandschatzt. Es ist nur eine Frage der Zeit, bis Ardus und damit ganz Kallyen fallen.« Der Bote schloss seinen Bericht und wurde mit einer herrischen Geste entlassen.

»Wie konnte dieser Wilde eine ganze Armee zurückhalten, wie ist ihm das gelungen?« Thyr wandte sich seinem Meisterspion zu. »Es sollte keinen klaren Gewinner geben in dieser Situation! Sie sollten sich gegenseitig abschlachten und MIR DAS FELD ÜBERLASSEN!«

Zohn verbeugte sich steif. »Wir haben ihn unterschätzt, mein Gebieter. Wir haben ihm nicht genug Aufmerksamkeit geschenkt. Wie es ihm gelungen ist, kann ich zu diesem Zeitpunkt noch nicht sagen. Es bringt uns aber in eine interessante Position.«

»Interessant, sagst du? Wenn Kallyen fällt, kontrolliert er die gesamten Ländereien jenseits der Schlucht! Die gesamten Schürfrechte fallen an ihn, womöglich nimmt er sie sich sogar mit Gewalt!«

»In der Tat, mein Gebieter. Wir müssen schnell handeln.«

»Was schlägst du vor? Sprich!«

Zohn ließ sich mit der Antwort Zeit. »Es gibt zwei Möglichkeiten« sagte er schließlich. »Beide bergen Risiken. Entweder greift Ihr in das Geschehen ein, besetzt die Schlucht und postiert die königlichen Truppen auf der anderen Seite. Oder Ihr lasst ihn gewähren und arbeitet mit Messern im Dunkeln.«

Schweiß tropfte von Thyrs Stirn, die Brust wies bereits einen großen, dunklen Fleck auf. »Für einen Angriff ist das Heer zu klein«, schnaufte er. »Wir können nicht die gesamte Schlucht halten und ich denke nicht, dass dieser schwachköpfige Herzog von Landamar sonderlich begeistert wäre.«

»So ist es«, pflichtete Zohn bei. »Er ist zwar geneigt, einen Bund mit Euch einzugehen, um seine Blutlinie mit der des Königshauses zu vermischen, jedoch ergreift Landamar seit jeher keine Partei. Niemand hat es bislang gewagt, das zentrale Herzogtum anzugreifen.«

»Dieser Schwachkopf hat es bis jetzt geschafft, alle Herzöge von einem Angriff abzuhalten. Er hat sogar erreicht, die Krone in Abhängigkeit zu bringen! Ich sollte die Schlucht kontrollieren, ICH ALLEIN!«

»So ist es, mein Gebieter. Leider kommt die Tatsache hinzu, dass Landamar über ein beeindruckendes Heer verfügt, das immer weiter aufgestockt wird. Das Herzogtum ist aufgrund des Handels mittlerweile sogar das reichste Herzogtum in ganz Andural.«

»Wie eine Geißel hat sich dieser Drecksack entlang der Schlucht eingenistet. Er wird dem Vorschlag nicht zustimmen, er wird sich nicht unter Druck setzen lassen! Er ist zwar ein Schwachkopf, aber ein ziemlich gerissener und wohlhabender.«

»Dann gäbe es noch die zweite Möglichkeit, mein Gebieter. Lasst Herzog Jachek passieren und gebt ihm sein Schürfrecht. Natürlich müsst Ihr die Schürfgebiete Kallyens abtreten.« Der König warf ihm einen vernichtenden Blick zu, aber Zohn sprach unbeirrt weiter. »Aber ein Messer im Dunkeln kann die Situation zum Besseren wenden. Noch hat der Herzog seine Macht nicht gefestigt. Wenn Kallyen eine Weile durchhält und Herzog Jachek fällt, wird das die Karten neu mischen.«

»Ja, das wird es«, sagte Thyr nun ruhiger. »Der Armee wird der Kopf abgeschlagen, sie sind führerlos. Aber was ist mit den Generälen und den Erben?«

»Auch dafür gibt es das passende Messer. Ihr müsst sie verunsichern, die Spur darf aber nicht zurückverfolgt werden. Ein offener Krieg wäre nicht weise. Ich bin noch nicht sicher, wie wir handeln sollen, mein Gebieter. Gebt mir etwas Zeit, um einen Plan auszuarbeiten. Zu diesem Zeitpunkt rate ich, nichts zu überstürzen. Wir wissen noch nicht, wie sich die Situation entwickeln wird.«

Sie verfielen in Schweigen.

König Thyr ließ sich in die Lehnen seines Stuhls fallen und funkelte Alrael an. »Was ist los, mein ach so geliebter Sohn? Keinen passenden Spruch auf Lager?«

»Ausnahmsweise sind sie mir ausgegangen«, meinte Alrael. »Du wirst dich also mit meinem Vorschlag begnügen müssen.«

»Vorschlag?«

»Lass mich eine Frage stellen, Vater: Was wäre so schlimm, wenn er seine Schürfrechte einfordert und die Gebiete jenseits der Schlucht kontrolliert?«

Thyr schlug mit der flachen Hand auf den Tisch. Der letzte Kerzenständer, der wacker durchgehalten hatte, fiel auf den Boden. »Das ist er, der ganze Stolz meines Lebens. Mein schwachsinniger Sohn, ohne Sinn und Verstand für Politik!«

Alraels Fingernägel klackerten auf dem Holztisch, während er sich kurz sammelte. »Er hat keine Möglichkeit, mit einer Armee über die Schlucht zu kommen, richtig? Ein Angriff auf Terez wäre Selbstmord, hast du gesagt, Vater.« Er zögerte. »Gib ihm doch einfach seine Schürfrechte, lass ihn seine Macht über die Ländereien jenseits der Schlucht ausbauen.«

»Was, in Kelthors Namen, soll ...«

»Lass mich bitte ausreden! Ich werde Herzog Ramors Tochter heiraten, dadurch wird Landamar durch Blutrecht an uns gebunden. Der Herzog wird gezwungen sein, das königliche Recht einzuhalten. Er wird auf jeden Fall handeln müssen, wenn Norfall seine Grenzen erweitern sollte.«

»Das ist ... interessant. Sprich weiter, mein Sohn!«

Gut, wenigstens ahnst du mittlerweile, dass du mich nicht unterschätzen solltest.

»Die Situation an der Schlucht ist ein kalter Krieg, der jeden Augenblick ausbrechen könnte. Wir sitzen nicht am längeren Hebel, können aber mit etwas Einfluss dafür sorgen.« Alrael verschränkte seine Finger. »Lass Norfall eine Weile in Ungewissheit. Es wird lange dauern, bis Jachek alle Gebiete wirklich unter Kontrolle hält. Vermutlich wird ihm das überhaupt nicht gelingen, dafür ist Norfall viel zu abhängig von der Schlucht. Vergiss nicht, dass seine Haupteinnahmequelle die Sklaverei ist, das Kaufen und Verkaufen von Atemseelen. Trotzdem ist er weiterhin abhängig, dass die Menschen der einzelnen Ländereien ihren gewohnten Tätigkeiten nachkommen. Diese politische Tatsache kann er nicht einfach so übergehen. Wozu taugt ein Sklave, wenn er nichts zu essen hat? Wozu einen Sklaven halten, wenn keiner ihn erwerben kann?«

Der König nickte und kratzte mit dem wulstigen Finger an einer Kerbe im Tisch, die sein Wutausbruch hinterlassen hatte. »Und was soll das bringen?«

»Sein ganzes System steht auf wackeligen Beinen. Es funktioniert nur, wenn er auch die Krone erlangt. Irgendwann muss er Sicherheit und einen gewohnten Gang in das Land bringen. Dann kommt die Schlucht ins Spiel und natürlich Landamar. Herzog Sathus von Valentar ist zwar geschlagen, es wird jedoch zermürbend sein, seine Hauptstadt Helles zu belagern. Nicht zu vergessen Herzogin Ateria, die noch lange nicht besiegt ist. Herzog Jachek von Norfall wird also gleichzeitig an zwei Fronten kämpfen und stets Messer im Rücken fürchten müssen.« Alrael atmete tief durch und rieb die Nasenwurzel. »Lass ihm diese Unsicherheit, Vater. Unternimm nichts, er wird die Messer auch ohne dein Wirken spüren. Ateria von Kallyen ist eine nicht zu unterschätzende Gegnerin. Sie wird ihm schwer zusetzen. Bedenke bitte auch die geographische Lage jenseits der Schlucht. Im Norden und im Westen ist es sehr kalt, im Süden hingegen warm und trocken. Jachek ist kein Denker, kein Politiker mit starkem Rückhalt. Er ist ein Eroberer, irgendwann muss aber auch ein Eroberer für Stabilität sorgen.« Alrael pochte nun mit dem Zeigefinger auf das Holz. »Wenn wir schließlich unsere Macht über Landamar gefestigt haben, besteht immer noch die Möglichkeit, das Heer marschieren zu lassen. In diesem Fall aber ein ungleich größeres und mächtigeres. So lange richtet sich Jacheks Zorn nicht auf uns, er wird vollends mit anderen Dingen beschäftigt sein.«

»Weiter!«

»Daher komme ich zu der Überzeugung, dass wir im Gegenzug Herzog Ramor heimlich überzeugen müssen. Wir müssen ihn unterschwellig beeinflussen und von den Vorteilen dieses Bündnisses überzeugen. Er will seine Macht mehren, seinen Erben den Thron sichern? Also wird er sich nicht zufriedengeben, einem Patt zu erliegen.«

»Ich verstehe.« Thyr zögerte. »Was ist mit den verbleibenden Herzogtümern?«

»Nun, in Lynsan muss das Gleichgewicht wiederhergestellt werden. Wir kontrollieren zwar ihre Schürfgebiete, ein Bündnis ist in diesem Fall aber weitaus vorteilhafter für uns als diese Instabilität. Mehr Kontrolle. Mehr Einfluss. Mehr Truppen.« Alrael ließ sich in die Lehnen zurücksinken. Seine Kehle fühlte sich vom vielen Sprechen ganz rau an.

Lange bedachte ihn der König mit einem schmalen Blick, bis er schließlich in lautes Gelächter verfiel. »Na sieh mal einer an, mein kleiner Schwachkopf ist doch zu etwas nütze!« Schlagartig wurde er ernst. »Du willst also auf Zeit spielen, die Ländereien jenseits der Schlucht sich zerfleischen lassen. Wir spielen auf unschuldig und festigen unsere Macht auf der anderen Seite der Schlucht. Das ist gut. Sie abkapseln, sich selbst überlassen. Jachek, dieser Schwachkopf, wird alle Hände voll zu tun haben. Und irgendwann haben wir Landamar unter unserer Fuchtel und marschieren nach Norden. Hacken dem Drecksack den Kopf ab, stellen die Kontrolle der Krone wieder her!«

»So kann man es natürlich auch ausdrücken, geschätzter Vater.«

Thyr wandte sich an Zohn. »Was denkst du, sogenannter Meisterspion?«

»Es ist eine weitere Möglichkeit, die unnötiges Blutvergießen verhindert«, sagte der Angesprochene. »Der Prinz hat die Situation richtig erfasst. Eine weise Entscheidung, eines Königs würdig.«

»Was du nichts sagst.«

»Ihr könnt es nicht übersehen. Euer Sohn hat sich hier einen klugen Plan ausgedacht. Ein bislang unausgeschöpftes Talent.«

»Es scheint so«, murmelte der König. »Tatsächlich scheint es so.«

Alrael bemerkte, wie sich seine Hand um das warme Metall

in der Hosentasche schloss. Hart spürte er die scharfen Kanten in seiner Haut. »Das setzt natürlich voraus, dass Norfall nicht doch noch irgendeinen Weg findet, seine Armee unbemerkt über die Schlucht zu bringen«, erläuterte er. »Es ist auch wichtig, dass er seine Macht nicht zu schnell festigen kann. Wir sollten ihn nicht mehr unterschätzen. Folglich müssen wir Herzog Ramor teilweise in unsere Pläne einweihen. Er muss den Sinn erkennen. Er darf allerdings nicht merken, wie er unterschwellig manipuliert wird.«

Thyr winkte einen Diener heran, der ihm einen vollen Steinkrug reichte. Er trank einen großen Schluck, dann ließ er den Krug auf den Tisch fallen. »Wir brauchen also jemanden vor Ort, der unserem Herzog die Situation genau vor Augen führt.« Er grinste verschlagen. »Ich weiß schon, wer in Frage kommt.«

LICHT IN DER DUNKELHEIT

[..]und sie sprachen: Du sollst nicht das Fleisch deiner Brüder und Schwestern verzehren! Aber vor allem sollst du nicht[..]

Enzyklopädie des Neunerbundes

Elhan erwachte schweißgebadet. Er lag am Boden und spürte die harten Steine unter seinem Rücken. Es war dunkel, nur das gedämpfte grünblaue Licht einiger Leuchtpilze erhellte einen Teil der Umgebung. Vorsichtig rieb er Staub aus den Augen und blinzelte. Er fühlte sich schwach und ausgelaugt, seltsamerweise trotzdem lebendig. Langsam kehrten die Erinnerungen zurück, die sterbenden Männer, der Tod, der gewaltige Felswühler und die Macht, die er kurzzeitig in Händen gehalten hatte.

»Du bist wach, Junge, gut.«

Das war Itras' Stimme. Elhan richtete sich stöhnend auf und ließ seinen Blick umherschweifen. Er befand sich in den Unterkünften des Stollens, einige Sklaven saßen in der Nähe und beobachteten ihn mit schmalen Augen. Neben ihm hockte der alte Mann auf einem flachen Stein und grinste ihn zahnlos an. Direkt daneben Narbengesicht, der ihn ebenfalls aufmerksam musterte. Elhan erinnerte sich, was der ihm vor seiner Ohnmacht gesagt hatte. Der Name des Hünen war Sylon.

»Es wird Zeit. Der alte Itras muss dir ein paar wichtige Dinge erklären, Kleiner.«

Elhan massierte mit langsamen Bewegungen seine verkrüppelte Hand. Der ganze Arm schmerzte, die Muskeln fühlten sich steif und schwer an. »Erst mal brauche ich was zu essen«, murmelte er.

Sylon hielt ihm wortlos eine Schüssel mit Brei und einen Wasserkrug hin. In der Mitte schwamm ein weicher Trichterling.

»Danke ... Sylon«, sagte Elhan, was diesem ein Nicken entlockte.

Der Brei schmeckte schauderhaft und wie stets musste er sich zwingen, das Essen hinunterzuwürgen. Es war aber besser als gar nichts. Zwischen zwei Bissen winkte er auffordernd.

»Keine Sorge, das ist normal. Zu viel Anstrengung, he?« Der alte Mann klatschte in die Hände.

»Ich habe es wieder gesehen, Itras«, raunte Elhan. »Die Farben und das Licht. Ich habe den Felswühler gespürt und ein Seelenband hergestellt. Es war wunderschön. Die Lebendigkeit des Tieres, wie es auf meinen Befehl reagiert hat. Ich habe dessen Zorn gespürt, die gewaltige Kraft. Und doch verstehe ich es immer noch nicht.«

Itras nickte.

»Wie lange war ich weg?«

»Drei Umläufe. Die dachten schon, du wachst gar nicht mehr auf, mein Junge.«

Sein Kopf ruckte hoch. »Drei ganze Umläufe?«

Itras setzte zu einer Erklärung an, als ein Sklave an die Gruppe herantrat. Es war einer derjenigen, die während des Zwischenfalls in dem Stollen gewesen waren. Er war dunkelhäutig und hager, mit stechenden, grünen Augen und schwarzen, verfilzten Haaren. Der Arbeiter nickte Sylon knapp zu, verzog das Gesicht, als er Itras sah und richtete seinen Blick anschließend auf Elhan.

»Wer auch immer du bist, ich danke dir«, sagte er mit leichtem Akzent, der mehr an Gesang erinnerte.

»Es gibt nichts zu danken«, sagte Elhan zurückhaltend.

»Doch, so ist es, denn ich bin ein Mörder, ein Verbrecher. Ich habe es verdient, hier unten zu sein.« Er ging in die Knie und sein Gesicht nahm einen grimmigen Ausdruck an. »Aber ich will verdammt sein, wenn ich nicht leben will!«

Elhan wusste nicht, wie er reagieren sollte. Im Grunde verstand er nicht, was er getan hatte.

»Dieses Gefängnis hat mich gebrochen«, sprach der Dunkelhäutige weiter. »Ich weiß nicht, wie lange ich nicht mehr gesprochen habe. Es fühlt sich seltsam an, Worte zu benutzen. Ich weiß nicht, wieso du mich gerettet hast, und ich verstehe nicht, wie du es getan hast. Das ist aber auch egal. Alles, was ich dir geben kann, sind mein Dank und mein Name.«

Elhan stutzte. Der eigene Name war der letzte Rest Würde und Besitz, den ein Sklave in der Schlucht noch besaß. Normalerweise behielt man etwas Derartiges für sich.

Der hagere Mann nahm Elhans rechte Hand und drückte seine Stirn darauf. »Mein Name ist Konar. Ich stamme aus Terosa im südlichen Lynsan. Ich danke dir, Fremder.« Der Mann drückte weiterhin seine Stirn auf Elhans Hand. Offensichtlich handelte es sich um ein Ritual, das er nicht verstand. Er entschied sich, es dem Mann gleich zu tun.

»Mein Name ist Elhan. Ich stamme aus Barun.«

»Elhan«, flüsterte Konar lächelnd. »Ich werde mir diesen Namen merken und ihn im Herzen tragen. Ich schulde dir ewige Dankbarkeit.« Er ließ seine Hand los und stand auf. »Die Schlucht ist ein Ort der Dunkelheit, in den Menschen geworfen werden, um zu leiden und zu sterben. Aber manchmal bringt die Dunkelheit auch etwas hervor. Manchmal entsteht dort etwas, das größer ist als wir uns vorstellen können.« Er wandte sich ab und verschwand in die Richtung, aus der er gekommen war.

»Was war denn das?«, fragte Elhan.

»Er hat recht, auch ich verdanke dir mein Leben«, sagte Sylon, während er seine Hände betrachtete. »Ich verstehe zwar nicht, warum du mich nicht hast verrecken lassen. Aber das ist nicht weiter wichtig. Ich danke dir, meinen Namen habe ich dir bereits genannt.«

Elhan blickte stirnrunzelnd dem dunkelhäutigen Mann hinterher, widmete sich dann wieder dem restlichen Essen in der Schale. Hastig schlang er es hinunter und trank etwas trübes Wasser aus einem Krug.

»Ich habe einfach nur gehandelt«, meinte er. »Du brauchst dich nicht bei mir zu bedanken.«

Eine Weile saßen sie in angespanntem Schweigen da, bis Itras die Stille durchbrach. Er stemmte sich hoch und baute sich vor ihnen auf. »So, es wird Zeit.«

Elhan sah, wie sich die Rippen auf der Brust des alten Mannes abzeichneten. Er sah dessen kahlen Kopf und die vielen Runzeln im Gesicht. Die dreckige Kleidung hing ihm in Fetzen vom dürren Leib, die Füße waren von einer Dreckkruste und dicken Schwielen überzogen. Itras wirkte zu diesem Zeitpunkt allerdings lebendiger und entschlossener denn je.

»Itras kommt nicht aus Andural!«, rief der alte Mann und warf theatralisch seine Hände in die Luft.

Elhan verschluckte sich am Wasser. »Was?«

Sylon lachte schallend und klopfte auf den Oberschenkel.

»Lach du nur, Bursche!«, rief Itras und sandte dem Hünen einen bösen Blick zu. »Der alte Itras hat dich längst durchschaut!«

Sylon hielt im Lachen inne. »Was willst du damit sagen, du alter Drecksack?«

»Du gibst dich hart und gefährlich, in Wahrheit bist du aber ängstlich und verloren. Du bist auf der Suche nach Erlösung, nach einem Sinn. Du suchst nach Hoffnung!«

Der Hüne öffnete den Mund, brachte aber kein Wort heraus. Mit einem unverständlichen Brummen wandte er sich wieder seinem Essen zu.

»Hör mir jetzt genau zu, Junge«, fuhr Itras fort. »Hör zu, was der alte Itras zu sagen hat!« Er sog tief die Luft ein. »Mein Name ist Itra'tas und ich komme von jenseits der westlichen Gebirge. Ihr nennt es die fernen Lande, wir nennen es Vorlia.«

Elhan hatte schon länger vermutet, dass Itras nicht aus Andural stammte. Dafür war sein leichter Akzent zu fremdartig und sein ganzes verrücktes Gehabe zu seltsam. Es aber nun so deutlich aus seinem Mund zu hören, überraschte ihn ein wenig.

»Du stammst nicht aus Andural?«

»Nein, der alte Itra'tas ist ein Flüchtling. Ja, das ist er. Ich bin geflohen, schon vor langer Zeit. Einer der letzten Erwachten in Vorlia. Ich habe viel zurückgelassen … zurückgelassen. In meiner Heimat werden Menschen wie ich, Menschen wie wir ….« Er sah ihn eindringlich an. »Gesucht und geerntet.«

»Geerntet?«

»Musst du immer alles wiederholen? Ja, wir werden geerntet. Unsere Atemseele, unsere Kraft, unser Leben. Im Lauf der Zeit wurden wir immer weniger, Junge. Immer weniger.« Er schüttelte den Kopf. »Einige sind mächtiger, andere weniger. Meine Heimat steht am Rande des Abgrunds, wir … damit meine ich, *sie* haben uns alle vernichtet.«

»Warte, von wem sprichst du überhaupt?«

»Verzehrer, Brüchige, Erhobene. Es gibt viele Namen für sie. Zu viele. Einige sind besonders mächtige Fürsten und stehen hoch in der Gunst des Herrschers von Vorlia. Ich weiß es, ich kannte einst einen sehr gut. Zu gut.«

Elhan bemerkte, dass Itras – oder vielmehr Itra'tas – immer mehr in seinen abgehackten Akzent verfiel. Dadurch wurde es zwar schwieriger, ihn zu verstehen, er sprach aber flüssiger.

»Mächtige Fürsten? Du meinst so etwas wie Herzöge?«

Itras nickte. »Ja, man könnte sie miteinander vergleichen und doch sind sie in Vorlia ungleich grausamer.«

»Du sprachst eben von einem Herrscher, was hat es damit auf sich?«

»Er hat das gesamte Land mit seiner Grausamkeit unterjocht und ist das Zentrum allen Seins. Er ist der Tod. Glaube mir, er ist die wahrhaftige Finsternis. Mit jedem Umlauf wird er mächtiger und es gibt niemanden mehr, der ihm in Vorlia entgegentreten kann.« Itras seufzte schwer. »Ich befürchte, sie haben es auf Andural abgesehen. Es ist nur eine Frage der Zeit, bis sie die ersten Verzehrer hierher entsenden. Erst wird das Land von innen geschwächt, dann werden sie hier einfallen.

Sie sind viel mächtiger als eure Herzöge und deren einfache Armeen. Weitaus mächtiger, das musst du mir glauben!«

»Was geht uns das an?«, warf Sylon ein.

Elhan gab ihm stumm recht. In Arakkur war es unerheblich, wer an der Oberfläche herrschte. Sie waren niedere Sklaven, nicht mehr und nicht weniger.

Itras sprang nervös herum. »Was uns das angeht?«, rief er und fuchtelte mit den Händen. »Wenn der Sturm über uns hereinbricht, das kann euch der alte Itras sagen, heißt es nicht, schuften in den Höhlen. Dann heißt es Tod! Tod! Tod!« Die letzten Worte schrie er, worauf sich einige Sklaven zu ihm wandten. »Sie werden uns die Atemseele rauben und sich daran ergötzen. Wer über das Wissen eines Erwachten verfügt, dem reißen sie das Herz aus der Brust! Sie stecken es in den Mund und fressen es! Wie die Tiere, nur schlimmer. Sie stehlen unsere Gaben, unsere Kraft und unser Leben!«

Sie essen unsere Herzen? Ist das sein Ernst?

Ein kalter Schauer jagte Elhan den Rücken hinab. Itras' Worte waren verstörend. Fürsten und Verzehrer jenseits der Berge? Ein unbekanntes Land, mit einem mächtigen Herrscher?

»Itras, sind diese Menschen auch Erwachte?«, wollte er wissen.

»Nein, das sind sie nicht. Doch. Nein, ich kann es nicht sagen. Sie waren es vielleicht einmal, jetzt sind sie nur noch Verzehrer, Junge. Sie sind wesentlich mächtiger als wir.«

Elhan gefiel nicht, wie sich das Gespräch entwickelte. »Warum sind sie mächtiger, was unterscheidet einen Verzehrer von uns?«

»Na, weil sie kein Seelenband herstellen, sondern sich die Atemseelen einverleiben, mein Kleiner. Sie stellen kein Band her, sie tauchen nicht in den Strom des Lebens. Sie zerreißen den Schleier, entreißen das Leben, brechen es auf und stopfen sich damit voll. Wie ein Krug sammeln sie es in ihrem Körper und werden immer unmenschlicher. Je mehr Atemseelen sie aufnehmen, desto besser gelingt es ihnen, sich die Umgebung untertan zu machen. Die Gier nach mehr treibt sie voran. Es erregt sie.«

»Aber wie schaffen sie es, eine Atemseele zu entreißen? Was hat das Herz damit zu tun?«

»Du hast es immer noch nicht verstanden, he? Es liegt im Blut. Der Sitz der Atemseelen ist in unserem Blut, dem Wasser des Lebens.«

»Natürlich, deshalb auch unsere Bräuche bei der Bestattung eines Toten!«, rief er aus. »Das Blut wird aufgefangen und verbrannt. Dadurch wird die Atemseele freigelassen und schwebt zu den Göttern.« Er verstand zwar immer noch nicht alles, erkannte aber langsam die Zusammenhänge. In Gedanken rezitierte er die Überlieferungen des Glaubens: *Du sollst nicht das Fleisch deiner Brüder und Schwestern essen.* »Ich habe bei jedem Toten, dem ich im Leben begegnet bin, immer weißen Rauch beobachten können, der aus der Leiche strömte. Das war kein normaler Rauch, es war die Atemseele!«

Itras nickte.

»Schon bevor ich erwacht bin. Das ist unglaublich.« Elhan schüttelte den Kopf. »Wie hängen die Götter damit zusammen, wie …?«

Itras gebot ihm mit erhobener Hand Einhalt. »Alles zu seiner Zeit. Vieles verstehe ich selbst nicht, Junge. Ich bin immer nur eine Randfigur gewesen. Es gab Orden innerhalb der Erwachten, Meister und einen Rat. Vieles ist leider in Vergessenheit geraten. Viel wichtiger ist nun, dass der Herrscher Vorlias es vermutlich auf die große Schlucht abgesehen hat. Vorausgesetzt, meine Befürchtungen bewahrheiten sich.«

»Moment«, unterbrach ihn Elhan. »Was hat die Schlucht damit zu tun? Was gibt es hier schon …?«

Natürlich, die Knolle! Sie dehnt das Leben ungewöhnlich in die Länge. Vermutlich hat sie noch mehr Eigenschaften, von denen wir noch nichts wissen.

»Ganz recht, du weißt es. Die Knolle.«

»Ist ja alles schön und gut, du alter Knacker«, warf Sylon dazwischen. »Aber was soll der Weichling hier«, er zeigte auf

Elhan, »schon dagegen tun? Scheiße, wenn diese Verzehrer wirklich so mächtig sind wie du behauptest, verrecken wir doch sowieso alle!«

»Du müsstest es doch am besten wissen. Hat er nicht deinen fetten Arsch gerettet? Haste nicht gesehen, was er mit dem Felswühler gemacht hat?« Itras zwinkerte ihm zu.

Sylon öffnete den Mund, um etwas zu entgegnen, schloss ihn aber wieder und schwieg.

»Was erwartest du von mir?«, fragte Elhan ungehalten. Ein Krampf zuckte durch seine linke Hand. Nervös kratzte er sie. »Ich habe diese Kräfte gerade erst entdeckt. Ich weiß im Grunde nicht einmal, was ich tue. Verzehrer, Herrscher, Avar. Das wird mir gerade zu viel. Ich bin ein Sklave! In die Schlucht geworfen, Staub im Wind!«

»Da hat er vollkommen recht, wir sind nur Dreck unter ihren Fußsohlen«, schnaubte Sylon.

»Mein letzter Versuch hat mich drei Umläufe ohnmächtig gemacht, Itras!«

»Du wirst stärker werden«, hielt der alte Mann dagegen.

»Ich weiß nicht, wie.«

»Du musst stärker werden!«

»Warum, Itras? Sag mir einfach nur, warum!«

»Weil du unsere letzte Hoffnung bist!«

Elhan starrte Itras entgeistert an. Was auch immer gerade geschah, er verstand es nicht. Es war einer dieser Momente, bei denen die Zeit stillstand.

»Ich bin alt und müde«, flüsterte Itras. »Meine Kräfte sind erschöpft. Ich kann keine Seelenbänder herstellen, ich kann nur noch an der Oberfläche kratzen.« Er ließ sich seufzend auf den Stein sinken. »Es kommt immer wieder vor, dass manche Menschen unbewusst erwachen. Sie werden als Verrückte angesehen und begreifen nicht, was mit ihnen geschieht. Sie haben keine Anweisung, keine Hilfe. Manche verlieren sich, andere vergehen im ewigen Strom des Lebens.« Er zögerte. »Viel wichtiger ist aber, dass ich nicht geglaubt hätte, jemandem deines Formats zu begegnen, mein Junge. Es ist mir unbegreiflich, denn du hast bereits ein Seelenband mit dem Wind hergestellt und du hast die Atemseele eines Felswühlers beeinflusst. Das ist sehr beeindruckend, war aber auch naiv und dumm. Du bist mächtig, aber auch sehr unerfahren.«

»Hör zu, Itras. Ich sterbe hier unten, es macht keinen Unterschied. Wozu das Ganze?«

»Ah, du glaubst, das hier ist das Ende?« Itras lächelte. »Sag mir, wann hast du das Seelenband zum ersten Mal entdeckt, he?«

»Das war hier in Arakkur.«

»Richtig. Wo hast du den Felswühler kontrolliert, he?«

»Hier unten.« Elhan rieb gedankenverloren die Stirn.

»Arakkur ist ein Ort der Macht, ein Ort des Lebens. Es durchfließt uns, berührt uns. Du bemerkst es nicht, es macht dich aber stärker. Irgendetwas passiert hier unten. Ich kann es nicht gänzlich erklären, es ist einfach so.«

»Ich ... ich habe es auch bemerkt.«

»Es ist sehr wichtig, dass wir uns auf das Kommende vorbereiten. Es ist ein Krieg, Elhan.« Itras beugte sich zu ihm. »Ein Krieg zwischen dem Leben und dem Tod. Nur die Hoffnung wird sich dem entgegenstellen können. Wie es auch immer ausgehen mag, es hat bereits begonnen. Lerne, ich versuche, dir zu helfen. Der Bursche hier wird ebenfalls helfen.« Er klopfte Sylon auf die Schulter, der ihn mit finsterem Blick musterte.

»Hab ich gesagt, dass ich zu eurem Zweiergespann gehöre?«, fragte der Hüne. »Kann mich nicht erinnern.«

Itras gackerte laut. »Hör schon auf, Bursche. Natürlich gehörst du zu uns. Ich kann ganz genau fühlen, was in dir vorgeht. Vertrau einfach dem alten Itras.«

»Ich verstehe das alles immer noch nicht«, meinte Elhan. »Ich höre deine Worte, aber sie ergeben keinen Sinn.«

»Du wirst, du musst! Ich weiß nicht, wie lange ich noch Kraft haben werde. Der alte Itras springt bald in die Kiste, dann heißt es gute Nacht!« Er schenkte ihm sein zahnloses Grinsen. »Wir müssen bereit sein!«

Einige Zeit schwieg Elhan, die anderen beiden waren ebenfalls tief in Gedanken versunken. Dann stellte er Itras eine Frage, die ihm schon länger im Kopf herumspukte. »Was bedeutet Avar?«

»Ah, Avar.« Der alte Mann schloss die Augen. »Das ist ein Titel aus meiner Heimat. Genauer gesagt eine Bezeichnung. Es bedeutet Lebensbewahrer.«

Lebensbewahrer …

Itras legte seine Hand auf Elhans Schulter. Er sah ihn und Elhan sah ihn auch. Er bemerkte das Feuer in seinen Augen, die Leidenschaft, aber auch den Schmerz und die Müdigkeit.

»Lerne, ich werde dir helfen. Wir sind die letzte Hoffnung auf Erlösung, sie wissen es nur noch nicht. Alle da oben sind blind, eitel und gierig. Sie verstehen es nicht. Aber wenn es soweit ist, werden wir da sein. Fühle das Leben um dich, es ist alles ein ewiger Kreislauf, mein Junge. Wir sind ein Teil davon und es ist ein Teil von dir. Wenn du es erst einmal verstanden hast, nein, wenn du es gemeistert hast, wirst du etwas erfahren, was viel größer als alles ist, was du dir nur vorstellen kannst. Du musst verstehen, dass es Dinge gibt, die unseren Verstand bei weitem übersteigen. Es gibt einen Leitspruch, den ich schon lange nicht mehr vernommen habe.« Er holte tief Luft. »Wir werden das Licht in der Dunkelheit sein!«

Elhan erhob sich, ihm schwirrte der Kopf. Entschlossen blickte er sich um, während seine rechte Hand sich zur Faust ballte. Lange Zeit sagte er nichts und war tief in Gedanken versunken. Dann, als hätte er eine Entscheidung getroffen, wiederholte er flüsternd die Worte des alten Mannes: »Das Licht in der Dunkelheit.«

VERRAT

Herudar ist der Gott der Meere und der Voraussicht. Er wird hauptsächlich von Fischern und im südlichen Herzogtum Lynsan verehrt. Sein Symbol ist der Fischerhaken.

Enzyklopädie des Neunerbundes

Cathien sah durch die offene Tür in die Nacht. Der erste Mond schien hell und sandte weiße Strahlen über das Land. Ihre Brust zog sich zusammen, ihr Atem ging stoßweise und ihr Herz war nur noch ein schwarzer Klumpen.

»Cathien.«

Diese Stimme. Wie oft hatte sie seiner Stimme gelauscht?

»Bleib ruhig und tue jetzt nichts Unüberlegtes. Ich weiß von dem Dolch an deiner Hüfte.«

Tränen traten ihr in die Augen und ihre Knie wurden weich. Sie sackte zusammen und schlug die Hände vor das Gesicht.

Eine Hand tastete nach ihrem Dolch, strich ihre Hüfte entlang, bis sie sich schließlich um das kalte Eisen schloss und es aus der Halterung zog.

»Wie konntest du nur?«, raunte Cathien stockend. »Wie konntest du das nur tun?«

Arnen schwieg, während sein heißer Atem über ihren Rücken strich.

»Ich habe dir vertraut. Wir alle haben dir vertraut, Arnen.«

»Es geht hier um viel mehr als nur um dich und mich, Cathien«, sagte er. Seine Stimme klang stumpf und gefühllos, nichts erinnerte an den Mann, den sie schon ihr ganzes Leben kannte.

»Ich verstehe das alles nicht. Warum tust du das?«

»Es gibt Gründe.«

Cathien schlang ihre Arme um die Beine. »Gründe? Was für Gründe kann es schon geben, um solch einen Verrat zu erklären? Die Soldaten mit dem Sumpffieber ... das warst du?« Sie zögerte. »Ja, du warst es. Zu keiner Mahlzeit warst du anwesend, du warst in der Stadt unterwegs.«

Er hat mich verraten ...

»Du hast den Wirt bestochen und Gift in das Essen gemischt. Das Sumpffieber war zu stark, es hat zu schnell getötet.« Sie konnte die Tränen nicht mehr zurückhalten, die feucht ihr Gesicht hinabrannen. »Der Heiler hat es nicht erkannt. Vermutlich war er ebenfalls ein Verräter. Aber wieso? Du hättest mich schon lange umbringen können, du hast seit meiner Kindheit an meiner Seite gestanden. Du hättest ...«

Seine Hand presste ihre Schulter zusammen. »Du hast keine Ahnung, was dein elender Vater angerichtet hat!«, knurrte er. »Was seine dreckigen Soldaten für ein Leiden verursacht haben. Keine Ahnung hast du!« Sein Atem ging schwer. »Ich habe dir die Geschichte erzählt, jedes einzelne Wort ist wahr.«

Cathien schüttelte den Kopf. »Mein Vater war ein gutherziger Herzog und ein weiser Herrscher!« Sie spürte, wie der Zorn langsam überhandnahm.

Arnen lachte rau. Sein Lachen schnitt ihr durch Mark und Bein. »Herzöge?« Er drückte fester zu. »Herrscher?« Seine rechte Hand umfasste ihren linken Arm und drückte den ebenfalls zusammen, bis es schmerzte. »Das alles bedeutet nichts!«

Sie wehrte sich, aber er war viel zu stark.

Langsam beugte er sich zu ihr vor. »Sie sind alle korrupt«, flüsterte er. »Jeder hat sich der Gier verschrieben. Du hast es gesehen. Du hast gesehen, was in der großen Schlucht passiert. Das Leiden, die Grausamkeit, den Tod.«

Cathien nickte stumm.

»Und doch gestehst du dir diese Wahrheit nicht ein. Glaubst

du, dein Vater wusste nichts davon? Von dem Elend?« Er lachte wieder rau. »Er war der Herzog Kallyens. Unglaublich mächtig, reich und durchtrieben! Unzählige Menschen litten aufgrund seiner Befehle, sind gestorben wegen seiner Anweisungen! Eines der größten Schürfgebiete Arakkurs unterstand bis zu seinem Tod Kallyen. Was glaubst du wohl, warum das so war?«

»Ich … weiß es nicht.«

»Dein Vater hat seine Macht mit der Schwertspitze voran genommen. Er war ein Herzog, einer der einflussreichsten Hochwohlgeborenen im ganzen Königreich. Nichts geschah, ohne dass er es wusste.«

»Du lügst!«, schrie sie, erkannte aber im gleichen Augenblick, dass seine Worte einen Kern Wahrheit besaßen. Sie hatte sich bereits seit ihrer Ankunft an der Schlucht Gedanken darüber gemacht.

Er beugte sich näher zu ihr und senkte seine Stimme. »Deine Naivität ist maßlos, Cathien. Du weißt nicht, wie es ist, ein einfacher Mensch zu sein. Ein Bauer, ein Diener oder Niederes. Du bist eine Hochwohlgeborene, die stets wohlbehütet aufgewachsen ist. Dir hat es niemals an irgendetwas gefehlt, erzähle mir also nichts von Weisheit!«

»Warum bist du so grausam? Woher kommt das alles?«

»Es ist unerheblich. Du begreifst es nicht, noch nicht. Alles wird sich ändern.«

Cathien zitterte am ganzen Leib. Sein schmerzhafter Griff raubte ihr fast den Verstand. »Was wird sich ändern? Wovon sprichst du?«

»Hast du es immer noch nicht erkannt? Erinnere dich, was ich dir über das Horntier erzählt habe.«

Sie erinnerte sich an das Gespräch und an ihre Worte: *Erst wird der Feind geschwächt, dann wird ihm der Gnadenstoß versetzt.*

Sein eiserner Griff löste sich leicht, als sie sich umdrehte und nach dem Mann suchte, den sie Freund genannt hatte. Das Gesicht war starr und leblos, die Augen tief in den Höhlen versunken. Sie schob das Kinn vor und spürte die Tränen auf den Wangen.

»Andural liegt am Rande des Zusammenbruchs. Die Herzöge bekriegen sich gegenseitig, der König hat seinen Thronerben verloren.« Ihr Herzschlag beschleunigte sich, als sie langsam die Zusammenhänge erkannte. »Der König fürchtet um seine Macht.«

Nein, das kann einfach nicht sein!

»Er hat etwas mit dem Tod meines Vaters zu tun! Die Spur führt nach Valentar, das kann aber nicht sein! Jemand anderes steht im Hintergrund und sorgt dafür, dass wir uns gegenseitig an die Kehle gehen.« Sie redete sich in Rage und wurde immer lauter. »Das gesamte Land befindet sich in Aufruhr und ohne es zu merken, schwächen wir das Königreich für den Todesstoß!«

Arnen blieb stumm und sah sie weiter finster an.

»Aber es muss jemand für den Tod meines Vaters verantwortlich sein, jemand, der immer in seiner Nähe war. Eine Person, die Zugang zu ...« Sie stockte und taumelte benommen einige Schritte zurück. »Nein, das kann nicht sein! Du warst es, oder?«

Er nickte langsam.

»Du hast meinen Vater ermordet!« Ihr versagte die Stimme.

»Ja, das habe ich. Es war mein Diener, der deinem Vater das Gift verabreicht hat.« Er lächelte böse. »Es war mir ein Vergnügen, liebe Cathien.«

»Wie konnte ich mich nur so in dir täuschen?«, raunte sie tonlos. »Du bist ein Monster!«

Arnen packte ihr Handgelenk und riss es schmerzhaft auf ihren Rücken. »Endlich hast du es begriffen! Das Versteckspielen ist vorbei. Es darf natürlich nicht zugelassen werden, dass du dein Ziel erreichst. Es geht nicht unbedingt um den alten Fettsack, aber es gibt andere, die dich anhören würden. Das muss unterbunden werden. Du hast das Talent, andere Menschen zu überzeugen. Leider zu deinem Pech. Kallyen ist dem Untergang geweiht, mein Rachedurst ist gestillt. Für mich gibt es nichts mehr, wofür es sich noch zu leben lohnt. In Wahrheit lautete mein Auftrag, dich umzubringen.« Er zögerte. »Ich habe aber etwas Besseres mit dir vor. Du hast dich doch so sehr für die Zustände in der Schlucht interessiert, nicht wahr?«

Cathien war kurz davor, zusammenzubrechen. Der Schmerz raubte ihr die Sinne. Die ausgesprochenen Worte erschütterten sie tief in ihrer Seele. »Das bist nicht du, Arnen! Ich kenne dich mein Leben lang.«

»Hast du mir nicht zugehört? Rache, es ging nie um etwas anderes!«

»Wer sind sie ... wer sind die Puppenspieler hinter dem Ganzen?«, fragte sie mit brüchiger Stimme.

Arnen ließ sich viel Zeit mit der Antwort. Dann beugte er sich wieder zu ihrem Ohr. »Sie sind bereits hier.«

SCHWEIGSAME MAUERN

Cernunnos ist der Gott des Lebens und des Wachstums. Er wird dargestellt durch das Symbol eines Rankenbaums. Viele Heiler und Gelehrte verehren ihn als ihren Schutzgott.

Enzyklopädie des Neunerbundes

Alrael schritt durch die Flure des Palastes von Amerys. An diesem Umlauf hatte er kein Auge für die vielen Kunstwerke, die imposanten Marmorstatuen und die eindrucksvollen Säle. Seine Überlegungen trieben umher, wie Wasser in einem aufgewühlten Teich. Er konnte keinen klaren Gedanken fassen und war zu sehr von den jüngsten Entwicklungen abgelenkt. Die Erkenntnis, dass sein Vater ein grausamer, machtgieriger und durchtriebener Halunke war, dem es nur um das eigene Wohl ging, war zwar nicht weiter überraschend, es aber in diesem Maße feststellen zu müssen, hatte einen schalen Beigeschmack.

Vermutlich gehört es einfach zur Königswürde, ein gewisses Maß an Sadismus und Grausamkeit zu besitzen.

Ausnahmsweise hatte er während der kürzlich zurückliegenden Besprechung den Gelehrten durchblicken lassen. Eine Tatsache, die seit geraumer Zeit nur noch selten vorkam. Seine Ausführungen waren genial gewesen, aber gleichzeitig auch sehr gefährlich. Er wusste, dass es ihm nicht ohne weiteres gelingen würde, den Herzog Landamars soweit zu beeinflussen, dass er bedingungslos den Wünschen seines Vaters

Folge leistete. Aber das war erst einmal nicht weiter wichtig, er hatte Zeit erkauft. Zeit, um nachzudenken und die nächsten Schritte zu planen.

»Mein Prinz, erlaubt mir, Euch mitzuteilen, dass Eure persönlichen Diener bereits begonnen haben, Euer Gepäck für die Reise nach Terez vorzubereiten.«

Alrael runzelte die Stirn und sah zur Seite. Der oberste Palastdiener Vyron schritt neben ihm.

Wie soll ich ihm etwas erlauben, wenn er sich sowieso nicht abbringen lässt, es mir mitzuteilen?

»Es wird Euch bestimmt erfreuen, dass ich persönlich, als der oberste Palastdiener seiner königlichen Hochwürden, Eure Garderobe wissentlich und mit eingehenden Überlegungen ausgesucht habe.«

»Ich bin sicher, dass du viel Zeit investiert hast, Vyron«, sagte Alrael.

»Natürlich, mein Prinz. Es war mir eine große Ehre. Es obliegt schließlich dem obersten Palastdiener des Königs ...«

»Ja, ja. Schon gut, Vyron!«

Der Diener warf ihm einen erstaunten Blick zu.

»Du hast dich der Aufgabe natürlich mit Leib und Seele verschrieben. Bla, bla. Lass gut sein!«

»Was auch immer Euch beliebt, mein Prinz. Lasst mich aber bitte noch anfügen, wenn es Euch nichts ausmacht, dass wir vorzugsweise die Farben Rot für Eure Garderobe verwendet haben.«

Alrael winkte ab. Er hatte Wichtigeres im Kopf als seine Reisegarderobe. Es galt immerhin, ein politisches Debakel zu verhindern, einen mächtigen Herzog zu unterwandern und im gleichen Atemzug das eigene Ableben zu verhindern. Was auch immer in den kommenden Umläufen geschehen würde, er ahnte, dass es eine Zerreißprobe sein würde.

Vyron räusperte sich. Offenbar hatte er bemerkt, dass Alrael mit seinen Gedanken an einem anderen Ort weilte. »Es sollte vielleicht hinzugefügt werden, dass es ein sehr dunkles Rot ist, mein Prinz. Fast so rot wie Blut.«

Alrael stutzte und blieb stehen. »Rot wie Blut?«

Vyron rümpfte die Nase. »Die Mauern Amerys erscheinen von außen hart, dick und undurchdringlich. Sie strahlen im Licht der Sonne und wirken elegant, vielschichtig und rein. In Wahrheit sind sie aber dünn, so dünn wie Papier.« Er suchte Alraels Augen. »Die Mauern sprechen miteinander. Sie erzählen Geschichten von Entscheidungen. Und manchmal auch von Dingen, die besser unerwähnt bleiben.«

Interessant, so hätte ich ihn nicht eingeschätzt. Sonst ist Vyron doch aufgrund seiner Stellung eher bedacht, Distanz zu wahren.

»Sprich frei heraus, Vyron. Was willst du mir sagen?«

»Auch hier haben die Mauern Augen und Ohren, mein Prinz. An diesem Ort gibt es Geheimnisse, viele Geheimnisse. Und manche Menschen sind nicht das, wofür man sie hält.« Der hagere Mann verbeugte sich steif. »Wisset nur, dass die Mauern nicht vergessen. Sie erinnern sich an vieles, wie Ihr vielleicht zu wissen vermögt. Und selbst in Zeiten der Not, wenn ein Mann vor einer schweren Entscheidung steht, verweilen sie stumm im Hintergrund und erkennen den wahren Wert des Mannes, der sich erst in solch schwierigen Zeiten offenbart.« Er zögerte. »Vergesst bitte eines nicht: Was man mit Gewalt gewinnt, kann man nur mit Gewalt behalten.«

»Du sprichst in Rätseln, Vyron, und doch erkenne ich die Bedeutung hinter deinen Worten.«

Sie wissen, was in den Kerkern passiert ist, sie wissen von Loris. Und doch machen sie mir keine Vorwürfe?

»Mein Prinz ist weise und gütig.« Vyron verbeugte sich erneut. »In Zeiten der Not seid Ihr ein leuchtendes Beispiel für einen einfachen Diener. Er sehnt sich nach Ruhe und Geborgenheit in diesen unsicheren Zeiten. Denn auch Mauern, obschon sie kühl, distanziert und unnahbar wirken, benötigen eine schützende Hand.« Der Diener verneigte sich ein letztes Mal und verschwand in einem Nebengang.

Alrael sah dem älteren Mann nachdenklich hinterher. Die Worte hallten in seinen Gedanken nach und weckten eine unbekannte Entschlossenheit in ihm. Er atmete einmal tief durch und setzte seinen Weg fort.

Eine Viertelkerze später erreichte Alrael den Ausgang des Palastes. Die Wachen, die dort postiert waren, verbeugten sich und öffneten die hohen Tore, die mit einem Knirschen aufschwangen.

Alrael schritt hindurch und blieb am Rand der Treppe stehen. Sein Vater wartete dort bereits, umgeben von einer Schar Diener und Gardisten. Als er ihn sah, gab er den Versammelten ein Zeichen, worauf die sich sofort zerstreuten. Alrael stellte sich schweigend neben ihn und bemerkte einmal mehr, in welch schlechter Verfassung sein Vater war.

Irre ich mich oder ist er in den letzten Umläufen noch fetter geworden?

»Du weißt, was du zu tun hast?«, fragte der König, sah ihn jedoch nicht an.

Alrael verzog die Mundwinkel. Er konnte die Ausdünstungen seines Vaters riechen: Schweiß, Wein und den unverkennbaren, scharfen Geruch der Knolle.

»Oh, was genau meinst du, Vater?«, fragte er. »Doch nicht etwa die Tatsache, dass du mich wie einen Sklaven verkauft hast? Oder dass ich ein Horntier vor die Götter führen soll? Daran brauchst du mich nicht zu erinnern! Hab aber trotzdem Dank.«

»Du hast die Vorteile immer noch nicht erkannt? Was bist du doch für ein jämmerlicher Versager!«

»Vielleicht bin ich das.« Alrael schüttelte den Kopf. »Aber lass mich dir eine interessante Weisheit wiedergeben, die ich kürzlich hörte, Vater: Was man mit Gewalt gewinnt, kann man nur mit Gewalt behalten.«

Der König schnaubte. »Wieder so ein Quatsch, der deinem kleinen Gelehrtenkopf entspringt?«

»Ich habe noch eine Weisheit für dich: Stille Wasser sind

auch nass.« Alrael musste grinsen. »Und noch eines, was ...«

»Ich sagte *genug*!«

Alrael schloss den Mund. Der eiserne Blick seines Vaters erinnerte ihn wieder an die Erlebnisse in den Kerkern.

So viel Blut. Der Knochen, der wie ein dürrer Zweig gebrochen ist.

»Du wirst mir gehorchen und im Sinne der Krone handeln!«, schnauzte Thyr.

Alrael schauderte und konnte ein Zittern nicht verbergen. »Werde ich das?«

»Aber natürlich, mein kränklicher Sohn. Oder muss ich dich eine weitere Lektion lehren?«

»Besten Dank, ich bin aber deiner Lektionen mittlerweile überdrüssig. Der Plan entsprang meinen Überlegungen, du erinnerst dich vielleicht? Ich weiß, was ich zu tun habe.«

Der König war offenbar mit der Antwort zufrieden und setzte ein halbherziges Lächeln auf die Lippen. »Herzog Ramor muss unter unsere Kontrolle fallen. Zu lange hat er seine Unabhängigkeit genossen. Erinnere ihn an seine Stellung, sorge aber gleichzeitig dafür, dass er die wahre Bedrohung in den Ländern jenseits der Schlucht erkennt.«

Alrael nickte und bemerkte, wie seine Hände immer stärker zitterten. Um seine Unruhe zu verbergen, verschränkte er die Hände hinter dem Rücken.

Am unteren Ende der langen Treppe blieb ein von zwei Horntieren gezogener, schwarzer Wagen stehen. Soldaten eilten herbei und öffneten den Verschlag.

»So nervös, mein Sohn?«, feixte Thyr. »Ich weiß gar nicht, was du hast. Ich habe dir klare Aufgaben gegeben. Erfülle sie und mach dich einmal in deinem sinnlosen Leben nützlich!«

Alrael ging nicht darauf ein und sah dem Herzog von Landamar entgegen, der aus dem Verschlag trat, dicht gefolgt von seinen beiden Töchtern und deren Mutter. Mit Ekel stellte er fest, dass seine zukünftige Frau ein buntes, seidenes Gewand trug, das viel zu wenig von ihren Rundungen bedeckte. Die großen Brüste hüpften beim Gehen auf und ab und drohten aus dem weiten Ausschnitt zu rutschen.

»Ein Prachtexemplar, nicht wahr?«

»Wie du meinst, Vater.«

»Nun stelle dir einmal vor, wie eure Kinder aussehen werden.«

Alraels Kopf ruckte herum. »Kinder?«

»Aber selbstverständlich. Du musst immerhin das Blut unserer Familie sichern.«

»Ich … werde darüber nachdenken.«

»Natürlich, das wirst du.« Thyrs Blick gab zu verstehen, dass für ihn die Angelegenheit bereits beschlossen war.

Alrael bewegte sich die Treppe hinab und hielt auf den Herzog zu. Ramors linke Hand umfasste einen goldenen Spazierstock, die rechte ruhte auf seiner Brust. Sein geöltes, lockiges Haar fiel in Wellen auf die Schultern, der massige Leib war in eine blau-schwarze Gewandung gequetscht, die bei jeder Bewegung Falten warf.

»Mein Prinz.« Ramor verneigte sich elegant. »Bereit für einen Ausflug nach Terez?«

ZWISCHENSPIEL – JACHEK

[..]und er stieß sein gewaltiges Schwert in den weichen Bauch. Die Wunde des Lebens war gegeben. Das Leben erlosch und neues Leben erblühte.

Enzyklopädie des Neunerbundes

Jachek kniff die Augen zusammen und betrachtete die hohe Steinmauer von Ardus, die aus der Entfernung unüberwindbar wirkte. Dunkelgrau erhob sie sich in schwindelerregende Höhen und ging in ein eisenverstärktes Tor über, dessen Flügel größer waren als er vermutet hatte. Mehrere Türme mit dunkelbraunen Schindeldächern stachen hinter den Mauern hervor und sahen wie stumme Riesen auf sie herab. Die Festungsstadt Ardus war gewaltig und beeindruckend und direkt dahinter sah man die Eisgebirge, die von dunklen Wolken umrahmt wurden. Ab und an fuhr ein Blitz herab und tauchte die Stadt ein Blinzeln lang in gleißendes Licht. Schneeflocken fielen aus dem Himmel und bedeckten das Land mit einer weißen Decke. Mit jeder verstreichenden Kerze wurde es kälter. Obwohl Menschen aus Norfall eisige Kälte gewöhnt waren, hatten sie nicht genug Zeit gehabt, um sich vorzubereiten. Alles hing nun davon ab, dass er den verstümmelten Kopf der Herzogin in seinen Händen hielt. Ohne diesen Sieg konnte er seine Macht über die Ländereien diesseits der Schlucht nicht festigen. Sathus war keine große Herausforderung mehr, die Stadt Helles war längst nicht so gut verteidigt wie Ardus –

eher ein dreckiger Schuppen im Vergleich zu dem steinernen Bollwerk Kallyens. Er musste der alten Schachtel allerdings Respekt zollen, denn es war ihr tatsächlich gelungen, einen Teil ihrer Armee in die Festungsstadt zurückzuziehen.

Jachek spürte, wie der Zorn ihn von innen verbrannte. Er war machtlos, so viel stand fest. Während sie einen Kreis um die Festungsstadt gezogen hatten, war Ateria ihm immer einen Schritt voraus gewesen. Ein Großteil der Bevölkerung verharrte nun in Ardus, das sich grau und dunkel vor ihm erhob.

»Ich zolle dir Respekt, Ateria«, murmelte er und kniff angestrengt die Augen zusammen. »Du hast es hierher geschafft, aber nun wird dein Weg enden!«

Einer der Generäle, ein großer Kerl mit dichtem braunem Haar und breitem Kiefer trat räuspernd an ihn heran. »Mein Herr, wie lauten Eure Befehle?«

Jachek starrte finster zur Festungsstadt. Sie war an einer leichten Anhöhe errichtet und hatte einen taktischen Vorteil. Würden Belagerungsmaschinen dieses Hindernis umgehen können? Waren seine Truppen bereit? Bislang hatte er auf Zeit gespielt und gewartet, bis die gesamte Armee eingetroffen war. Nun galt es jedoch, eine Entscheidung zu treffen. Sie waren bereit, es musste so sein.

»Fällt Bäume, baut Katapulte!«, gab er den Befehl. »Wir beginnen im Morgengrauen mit der Belagerung!«

Donner grollte in der Ferne, ein Blitz tauchte den Berggipfel in grelles Licht. Fast wirkte es, als hätte seine Entscheidung Einfluss gehabt. Er wusste, dass Ardus einer Belagerung lange standhalten könnte, irgendwann würden aber die Vorräte der Stadt zur Neige gehen. Die Zeit war eindeutig auf seiner Seite.

Jachek richtete seinen Blick ostwärts und betrachtete seine Armee. Soweit das Auge reichte, sah er Stahl und Eisen aufblitzen. Banner flatterten im Wind, die Luft war mit klirrenden Geräuschen und Betriebsamkeit erfüllt. Zelte wurden aufgebaut, einige Holzwagen fuhren durch die Gegend und hinterließen tiefe Spuren in der Erde. Sie waren mit Nahrungsmitteln beladen, vermutlich auch mit anderen wichtigen Dingen. Er verstand davon nicht viel, dafür hatte er schließlich seine vielen Untergebenen.

Der General räusperte sich erneut.

Unwirsch richtete Jachek seine Aufmerksamkeit auf ihn. »Sonst noch was?«

»Mein Herr, es gibt da leider einige Schwierigkeiten.«

»Welche Schwierigkeiten?«

»Herr, ich befürchte, dass wir auf eine Belagerung nicht vorbereitet sind.«

»Nicht auf eine Belagerung vorbereitet?« Er deutete auf die Armee. »Ich sehe die Soldaten.« Er öffnete die Arme wie zu einer Umarmung. »Und ich sehe die Vorratswagen und Zelte. Wie können wir nicht vorbereitet sein?«

»Mein Herr.« Der General schluckte nervös. »Es sind zu wenige Vorräte, wir haben nicht mit einer Belagerung gerechnet. Trotz des beginnenden Sommers schlägt das Wetter wieder um.«

Jachek kniff die Augen zusammen. Er hatte keine Zeit für solche Dinge. Je schneller sie Ardus einnahmen, desto schneller konnte er seine Macht festigen. »Und das bedeutet?«

»Wir werden nicht lange durchhalten können.«

Seine Hand wanderte in die Hosentasche und fühlte die spitzen Ränder der Metallscheibe. Er packte fest zu und spürte, wie ihm die Spitzen ins Fleisch stachen und mit Blut benetzt wurden. »Erkläre dich endlich!«

»Seht, mein Herr. Es war nicht vorgesehen, dass die Herzogin nach Ardus flüchtet. Wir haben zwar eine Armee, aber wir haben einen Großteil unserer Verpflegung bereits aufgebraucht. Zu diesem Zeitpunkt sollten wir uns weit im Süden in Helles befinden ... so war zumindest der Plan. Das Schlachtfeld an der Grenze von Valentar haben wir aber, auf Euren Befehl, sofort wieder verlassen, um der Herzogin zu folgen. Es blieb dadurch keine Zeit, um uns mit Vorräten zu versorgen.«

Jachek packte den General mit der blutverschmierten Hand an der Schulter, drehte ihn gen Westen und zeigte in die Ferne.

»Es ist alles hier. Sieh!«

Der Soldat zitterte. »Herr?«

»Nehmt euch die Nahrungsmittel aus den umliegenden Städten. Plündert sie, raubt sie aus. Vergewaltigt ihre Frauen und die Kinder ebenfalls, wenn ihr wollt.« Er lächelte den General boshaft an und wollte sich wieder abwenden.

»Mein Herr, wir …«

Jacheks Hand zuckte an seiner Hüfte. Er spürte den Drang, sein Schwert zu packen und es diesem Schwachkopf in die Gedärme zu rammen. »Was ist?«, brüllte er, worauf der General einige Schritte zurückwich.

»Es ist nichts mehr da«, stotterte er. »Die Vorratslager der Städte waren zum Großteil leer. Vermutlich haben sie so viele Vorräte wie sie tragen konnten mit nach Ardus genommen. Der Rest wurde verbrannt. Diejenigen, die noch in den Städten verweilten, waren alt und krank …«

Herzog Jachek zog sein Schwert und stieß es mit einem lauten Schrei in die gefrorene Erde. Dann packte er den Soldaten am Brustpanzer und zog ihn ganz nahe zu sich, sodass sich fast ihre Nasenspitzen berühren konnten.

»Sie haben was getan?«

»Es ist nichts mehr da. Wir haben nicht genug Nahrungsmittel für eine Belagerung. Wir sind zu weit von unseren Städten entfernt!«

Jachek trat ihm gegen die Brust und beförderte ihn auf den Boden. Der General überschlug sich mehrfach und blieb wie ein Knäuel liegen. »Was ist?«, keifte Jachek die zwei anderen Generäle an, die das Geschehen schweigsam beobachteten.

»Ich bitte um Gnade, mein Herr«, wimmerte der General.

»Schickt einen Boten nach Norfall«, brüllte Jachek. »Lasst Nahrungsmittel herbeischaffen. Sofort!«

Der General hievte sich stöhnend auf die Füße. Als er etwas erwidern wollte, konnte Jachek spüren, dass eine Ader an seinem Hals wild pochte und die Wut sich durch seine Gedärme fraß.

»Sprich!«, spie er ihm entgegen.

»Herr.« Die Lippen des Generals bebten. »Das haben wir vor einigen Umläufen getan.«

»Und?«

»Es gibt keine Nachricht von dem Boten.«

Es gibt keine Nachricht von dem Boten, was soll das heißen? Sind denn alle nur noch unfähig?

Jachek ließ sich von seiner Wut treiben. Als er seinen Blick über die Männer wandern ließ, bemerkte er, dass sie alle frierend in der Kälte standen. Es war wirklich sehr kalt, die Schneeflocken fielen immer dichter.

Dann müssen sie eben frieren, diese Schwächlinge!

Er riss das Schwert aus dem Boden und näherte sich langsam dem General. Der Mann sah ihn furchtsam an und fiel auf die Knie. Jachek lächelte und umfasste das Kinn des Mannes.

»Wir beginnen mit der Belagerung!«, sagte er und griff in dessen Haare. »Sendet einen weiteren Boten nach Norfall!« Fast zärtlich zog er ihm die scharfe Schneide durch die Kehle. Der General fing an zu gurgeln, Blut lief in Strömen aus der Halswunde. Allmählich tränkte es den Brustpanzer und tropfte dampfend auf die Erde. »Lasst Nahrungsmittel herbeischaffen!« Jachek sah dem Sterbenden in die Augen und beobachtete, wie diese trüb wurden und schließlich brachen. Langsam schwand der Lebenshauch und die Pupillen nahmen eine milchige Farbe an. Es war ein beeindruckender Moment, ein wunderschöner Augenblick. Er fühlte sich erregt. »Holt mir den Kopf der Herzogin!«

Er ließ die Leiche in sich zusammensacken. Eine rote, dampfende Pfütze bildete sich zu seinen Füßen.

Die anderen Generäle salutierten und verließen die Anhöhe. Sie würden die Anweisungen weitergeben und alles Nötige veranlassen. Es war gut so, es musste so sein.

Ein Bote verschwunden? Nicht genügend Nahrungsmittel? Bin ich denn nur noch von Dummköpfen umgeben?

Er richtete seinen Blick auf die Armee und beobachtete das rege Treiben im Lager. Es war ein herrlicher Anblick, so viel Macht und so viel Tod! Er lächelte. Sie würden bald …

Was war das?

Am nördlichen Horizont funkelte etwas. Es war nur kurz sichtbar gewesen, deshalb war er unsicher. Jachek kniff die Augen zusammen und starrte in die Ferne. Tatsächlich, da war es wieder. Ein Aufblitzen, wie von Metall in der Sonne. Schnellen Schrittes ging er die Anhöhe hinunter und versuchte, durch den dichten Schneefall etwas zu erkennen.

Rufe erklangen.

Wie erstarrt blickte der feindlichen Armee entgegen.

ZWISCHENSPIEL – CHINIEL

Die Dornfrucht ist schwer zu ernten. Sie wächst in den hohen Kronen der Dornlinge und wird durch eine grüne, schleimige Schicht geschützt, die mit vielen kleinen Dornen versehen ist und reflexartig abgeworfen werden kann. Die Frucht ist dunkelrot und schmeckt sauer.

Enzyklopädie der Wesensarten Andurals

Chiniel litt Hunger. Sie litt tatsächlich immer Hunger. Es war ein nagendes Gefühl in ihrer Magengegend, das durch jede Zelle ihres Körpers sickerte. Sie fühlte sich ausgelaugt, schwach. Zwar war sie gewohnt, lange Zeit ohne Nahrung auszukommen, aber sie hatte mittlerweile eine Schmerzgrenze. Sie konnte sich nicht erinnern, wann sie zuletzt etwas zwischen den Zähnen gehabt hatte. Waren es vier Umläufe? Sie wusste es nicht, Zeit spielte keine Rolle.

Zitternd saß sie am Boden und beobachtete ihren Meister. Er stand direkt neben ihr und ließ immer wieder die Peitsche auf den Boden knallen. Er war nicht grausam, er war einfach nur ihr Meister. Und Meister hinterfragte man nicht.

Sie waren bereits eine Weile unterwegs, Chiniel wusste nicht, warum. Sie fragte nie und würde es auch niemals wagen, die Welt um sie verstehen zu wollen. Man sprach den Meister nicht an, das zog stets schwere Bestrafungen nach sich.

Zitternd rieb sie die Hände und blies hinein. Es war wirklich sehr kalt. Ein Windstoß kam auf und blies ihr stechend ins Gesicht. Schneeflocken trieben umher, wie sie funkelten! So schön und so klein! Chiniel lächelte nicht, sie wusste nicht mehr, wie das ging. Trotzdem zuckten kurz ihre Mundwinkel, als sie sah, wie eine Schneeflocke auf ihrer Hand schmolz.

In der Ferne erhob sich der Herrscher, er war wichtiger als die Meister. Er war der oberste Meister und ein sehr böser Mensch. Nein, so dachte man als Sklavin nicht. Er war nicht böse, er war ein Meister. Einem Meister musste man dienen.

Sie sah wieder auf ihre Füße, spürte die Kälte. Ein Zeh war blau, er war bestimmt verloren. Unruhig kratzte sie, wahrscheinlich würde er wie die Zehen des anderen Fußes bald abfallen. Aber das war egal, sie war eine Sklavin. Sie lebte, um zu dienen. Chiniel kniff die Augen zusammen und rieb die nackte Brust. Ihr Hemd war leider während des langen Marsches zerrissen. Aber das machte nichts, es machte keinen Unterschied. Sie war keine Lustsklavin, sie war hässlich und daher eine Arbeiterin.

Jetzt bemerkte sie auf einmal, wie die Krieger um sie nervös wurden. Das war nicht gut, denn das bedeutete immer Bestrafungen. Hastig duckte sich Chiniel etwas tiefer und sah ihren Meister furchtsam an. In der Ferne rief der Herrscher etwas, sie verstand es nicht. Nervös kratzte sie weiter an dem Zeh, ihr Meister beachtete sie nicht. Sie spürte die Unruhe, die langsam auch auf sie übersprang.

Die Krieger in ihrer Nähe zogen ihre Schwerter.

Sofort warf sich Chiniel flach auf den Boden und spürte, wie sich die kalte Erde in ihre Haut bohrte. Aber die Krieger und ihr Meister beachteten sie weiterhin nicht und blickten in die andere Richtung.

Chiniel sprang wieder auf die Füße, das kam ihr alles sehr ungewöhnlich vor. Rufe erklangen, ein Krieger gestikulierte wild mit den Händen. Hörner wurden in der Ferne geblasen. Sie empfand diese Töne immer als sehr beunruhigend, es erinnerte sie an Schmerz und Leid. Unschlüssig stand sie da und beobachtete ihren Meister aus dem Augenwinkel. Er war sehr nervös, das spürte sie. Sie fragte aber nicht, das tat man als

Sklavin nicht.

Ein Krieger rannte an ihr vorbei, sein Schild traf sie mit der Kante in die Seite. Stechender Schmerz explodierte, Chiniel reagierte allerdings nicht. Als Sklavin lernte man, zu schweigen, den Meister nicht zu belästigen. Schmerz war für sie etwas Alltägliches, es war nur ein lästiges Gefühl und ging bald vorbei. Viel schlimmer war der Hunger, denn wenn der aufhörte, war man erledigt. Tot, Aas für die Fluggeißel und so weiter.

Chiniel verstand nicht, was gerade geschah, und richtete sich noch ein wenig auf. Ihr Magen knurrte. Das Hungergefühl war ein ständiger Begleiter.

Sie blickte nach Norden und erstarrte. Ihr blieb der Mund offen stehen und sie konnte das Zittern nicht mehr unterdrücken. Von einem zum nächsten Horizont erstreckte sich eine schwarze Linie Krieger. Ihre Speere funkelten in der Sonne, ihre Stiefel stampften auf den Boden. Ein Blitz schlug in der Nähe ein, sie blieben stumm. Im Gleichschritt kamen sie näher und der Boden vibrierte unter ihren Schritten.

Die Krieger um sie stellten sich geordnet in einem Muster auf. Es sah seltsam aus, fand Chiniel. Sie kannte dieses Muster jedoch von der Schlacht in Valentar. Sie wusste nicht, was ein Valentar war. Vielleicht konnte man es essen? Ja, es klang ganz danach, worauf sie sich den knurrenden Magen reiben musste.

Die Krieger riefen sich Wörter zu. Sie schrien und zitterten, zappelten herum. Flüche drangen an Chiniels Ohren, derbe Flüche. Immer noch beachtete niemand sie.

Die feindlichen Krieger kamen über eine Anhöhe und schritten weiter auf ihre Meister zu. Sie riefen nicht, sie schrien nicht. Überhaupt zeigten sie keinerlei Reaktion. Unaufhaltsam schritten sie ihnen mit ausdruckslosen Gesichtern entgegen.

Vielleicht sind sie auch Sklaven? Vielleicht sind sie wie wir? Wir schreien auch nie, wir dienen nur.

Chiniel wurde nervös, sie erinnerte sich an die schrecklichen Bilder der vergangenen Schlacht. Den Geschmack von

Blut auf der Zunge, den Geruch nach Tod in der Nase. Sie war mittendrin gewesen, hatte gebissen und gekratzt. Der Speer, den sie ihr gegeben hatten, war nur ein Hindernis gewesen. Überall Leiber um sie, die sie zerquetschten und schlugen. Überall Blut, überall Schreie und Lärm. Ihr dröhnten immer noch die Ohren von dem vielen Gebrüll und den schrillen Geräuschen. Es war entsetzlich gewesen, aber Chiniel war klein und flink. Sie hatte überlebt. Sie fühlte Panik, sie wollte nicht wieder das abscheuliche Gebrüll ertragen müssen. Unruhig sah sie zu ihrem Meister hoch.

Die stummen Krieger waren mittlerweile ganz nah, Chiniel konnte bereits deren Gesichter sehen. Ausdruckslos, starr und ohne Leben, sie kamen ihr wie Sklaven vor – genau solche Sklaven wie sie. Ob sie ebenfalls Hunger hatten?

Der Herrscher schrie wild herum und schlug einen Meister. Das war wirklich sehr ungewöhnlich. Er war wütend, hieb immer wieder auf den Mann ein. Chiniel runzelte die Stirn und rieb den Nacken. Was ging hier vor?

Die Krieger des Herrschers rannten los und stürmten den feindlichen Kriegern entgegen. Bogenschützen schossen in die feindlichen Reihen. Ein Regen aus Pfeilen ging auf die Feinde nieder. Viele stürzten zu Boden, trotzdem schritten sie einfach weiter.

Mit einem lauten Knall prallten beide Armeen aufeinander. Krieger schrien und starben. Chiniel sah, wie einem Mann der Kopf abgehackt wurde. Er flog einfach so durch die Luft, wie eine Schneeflocke im Wind. Die Krieger stachen um sich, zerfetzten sich gegenseitig - es war ein grausamer Anblick.

Chiniel beobachtete ihren Meister, er zitterte und hatte die Augen weit aufgerissen.

Er hat Angst. Mein Meister hat Angst!

Musste sie ebenfalls bald kämpfen, genau wie beim letzten Mal? Die feindlichen Krieger sagten immer noch nichts. Sie schrien nicht, wenn sie getroffen wurden. Sie gab keinen Laut von sich, wenn sie mit toten Augen zu Boden stürzten. Chiniel sah, wie einem Feind die lange Klinge seitlich in den Bauch gerammt wurde. Glibberige Gedärme fielen heraus, aber er kämpfte trotzdem weiter.

Ja, das sind eindeutig Sklaven. Wer ist ihr Meister? Ich kann ihn nicht sehen, ich …

Dann sah Chiniel die Meister. Sie schritten mitten durch die Armee und trugen nachtschwarze Kleidung. Ein langer Mantel schwebte hinter ihnen her und es schien, als würden sich die Schatten um sie zusammenziehen. Chiniel erkannte sie sofort, es waren eindeutig die Meister der feindlichen Krieger. Sie bewegten sich anmutig durch die Armee und kamen langsam auf ihren Herrscher zu. Ihre Bewegungen sahen seltsam aus, irgendwie unnatürlich. Undurchdringliche Schwärze umgab sie, wie eine dunkle, verschlingende Wolke.

Chiniel hatte viele Meister in ihrem Leben gehabt und alle waren mächtig und groß gewesen. Diese Meister waren aber so groß wie die Berge in Norfall. Nein, viel größer! Sie spürte deren Macht, deren Willen, den sie ihr aufzwangen. Als Sklavin hatte sie gelernt, Menschen und deren Reaktionen abzuschätzen. Man musste wissen, wann ein Meister zornig war und sich entsprechend verhalten. Man musste wissen, wann er etwas wollte – auch ohne, dass der Meister etwas sagte. Aber diese Meister mit den bleichen Gesichtern waren viel mächtiger. Sie konnte es spüren, fühlte es in ihrem Inneren. Wie eine alles umfassende Präsenz drückten diese Meister auf ihren Verstand – machten sie taub und stumm.

Mehr Krieger stürmten nun aufeinander ein. Sie schlugen um sich, stachen und brachten den Tod. Dennoch starben zunehmend Krieger und Meister auf ihrer Seite, die Feinde setzten unaufhaltsam ihren Weg fort. Sie trampelten über die Gefallenen und Sterbenden, zeigten keinerlei Reaktion. Sie sah, dass sie längst nicht so viele waren wie die des Herrschers, und doch gewann die feindliche Armee langsam Oberhand.

Plötzlich fiel ihr Meister zu Boden. Ein Pfeil steckte seitlich in seinem Hals und ließ Blut spritzen. Er sah sie an und versuchte, ihr etwas zu sagen. Bevor es ihm gelang, brachen seine Augen. Die rote Flüssigkeit sickerte aus seinen Wunden und tränkte den Boden um ihn. Chiniel sah genau hin, sie hatte es schon etliche Male erlebt, wenn sie neben einem sterbenden Sklaven gelegen hatte. Heller Rauch drang aus dem Körper und dem Blut des Mannes. Der Rauch bildete langsam undeutliche Formen. Kurz verweilte er über dem Leichnam, dann schwebte er in den Himmel und stob auseinander.

Sie fand das seltsam, denn offenbar war sie die Einzige, die es sehen konnte. Andere Sklaven sahen sie immer ganz seltsam an, wenn sie darauf hinwies. Irgendwann hatte sie sich gehütet, darüber zu sprechen, es war unwichtig.

Chiniel war unschlüssig, was sie nun tun sollte. Wenn ein Meister starb, wurde sie normalerweise einem neuen Meister zugeteilt. Die befanden sich aber alle im Kampf und starben reihenweise vor ihren Augen. Sie war an den Tod gewöhnt, er war ihr ständiger Begleiter. Diese Schlacht aber war merkwürdig, es fühlte sich einfach nicht richtig an. Falsch.

Wieder richtete sie ihre Aufmerksamkeit auf einen der feindlichen Meister. Er leuchtete vor Bosheit und Macht. Langsam hob er seine Hand und entfesselte einen Windstoß, der reihenweise Krieger davonschleuderte. Ein anderer Meister hob ebenfalls die Hand, Wurzeln sprossen aus dem Boden und zogen Krieger in die Erde. Es war grausam, beinahe unmenschlich. Sie schrien um ihr Leben, beteten zu ihren Göttern und verstummten abrupt.

Dann, ganz langsam, blickte einer der Meister in Chiniels Richtung. Sie sah schnell wieder weg, spürte aber seinen Blick auf sich ruhen. Als sie erneut hinsah, kam er ihr entgegen. Die feindlichen Krieger bewegten sich mit ihm im Gleichschritt. Es sah seltsam aus, irgendwie unnatürlich.

Chiniel zitterte am ganzen Körper. Sie würde niemals weglaufen, sie war eine Sklavin. Trotzdem schrie alles in ihr, irgendwo anders sein zu wollen, nur nicht an diesem Ort. Jetzt fing er an zu lächeln, es sah nicht menschlich aus. Böse, dunkel und schrecklich. Kalt. Kalt wie Eis. Wie der Tod.

Der feindliche Meister hob die Hand und bewegte die Lippen.

Was passiert jetzt? Was passiert …

Sie spürte nichts mehr, fühlte nur noch Leere in sich. Etwas sprach in ihren Gedanken, umklammerte ihren Verstand, nahm ihn gefangen und betäubte ihn. Ein Schleier legte sich über ihre Augen, sie sah nur noch Schwärze. Chiniel versuchte, ihren Arm zu heben. Es gelang nicht. Panik überkam sie und erlosch im gleichen Augenblick wie eine ausgeblasene Kerze. Ihre Gedanken wurden schwer, wie Nebel trieben sie auseinander.

Auf einmal konnte sie wieder fühlen. Es war ein unbegreiflicher Schmerz in ihrer Brustgegend. Sie sah es nicht, sie hörte es nicht. Sie nahm es jedoch wahr.

Kurz hielt der Schmerz an, dann war es vorbei.

VON SKLAVEN UND HALUNKEN

Der Trichterling ist eine vielfältige Pilzart. Sein Hut ist trichterförmig angelegt und wechselt mit zunehmendem Alter die Farbe. Gelbe Trichterlinge sind sehr nahrhaft und ungefährlich. Rote Trichterlinge werden oft für die Heilung verwendet, wirken allerdings in größeren Mengen für den Menschen unverträglich. Der blaue Trichterling hingegen ist hochgiftig und sollte unter keinen Umständen verzehrt werden.

Enzyklopädie der Wesensarten Andurals

Du machst das sehr gut, Elhan. Fühlst du, wie es dich durchdringt?

Ja, ich kann es spüren.

Gut. Konzentriere dich genau auf deine Umgebung. Fühle, wie das Leben pulsiert.

Itras, es ist unbeschreiblich … einfach wunderschön! Diese Farben und das Licht, alles fließt in einem gemeinsamen Rhythmus.

Ja, es folgt einem Muster. Es ist wie ein Takt, den man nur verstehen kann, wenn man ihm wirklich lauscht. Du musst es erkennen und verstehen. Lerne und berühre es. Ergreife es aber noch nicht, sondern folge dem Fluss. Lass dich treiben, aber versuche, trotzdem dein Bewusstsein zu erhalten.

Was passiert, wenn ich das nicht tue? Wenn ich ein Seelenband herstelle und nicht mehr umkehren kann?

Dann bist du verloren, deine Atemseele verlässt deinen Körper und zerfällt. Wie ein Wasserkrug, der auf den Boden fällt und sei-

nen Inhalt verteilt, wird deine Atemseele auseinanderdriften. Zwar weiß ich nicht viel darüber, was ich aber gehört habe, mahnt zur Vorsicht.

Weshalb?

Weil es unmöglich ist, deine Atemseele zu diesem Zeitpunkt wieder zu vereinen. Nur mit äußerster Willenskraft ist etwas Derartiges möglich. Du bist aber noch nicht soweit. Es ist sehr gefährlich!

Diese unterschiedlichen Farben, wofür stehen sie, Itras?

Gefühle, Emotionen, Empfindungen. Ich kann es dir nicht gänzlich sagen, es ist aber ein Ausdruck des Inneren eines Lebewesens.

Das ist wirklich interessant. Eine Pflanze fühlt also auch? Ich kann die Farben des Leuchtpilzes dort hinten erkennen. Sie pulsieren schwach und verändern sich.

So ist es. Alles hängt zusammen. Der Lebensfluss verbindet alles Leben auf dieser Welt miteinander, Elhan.

Was ist der Lebensfluss? Was kann ich …

»Passiert da auch mal was?«

Elhan verlor beinahe die Konzentration.

Aufgepasst, Elhan! Konzentriere dich, es geht um Willenskraft und Kontrolle. Du musst stark sein. Noch bist du zu unerfahren, um gleichzeitig auf beiden Ebenen zu existieren. Du musst …

»Wisst ihr, wie bescheuert ihr ausseht?«

Die Farben verblassten, der Nebel schwand, das Bewusstsein schrumpfte. Elhan wurde aus seiner Konzentration gerissen und öffnete blinzelnd die Augen. Kurz war ihm etwas schwindelig und er bemühte sich, seine Umgebung deutlich wahrzunehmen. Dann war es vorbei und ihm schlug wieder der modrige Geruch der tiefen Stollen entgegen.

Sie standen in einem abgelegenen Gang. Neben ihm starrte Itras in die Luft, auf der anderen Seite stützte Sylon sich gelangweilt auf eine Schaufel und rieb die Nasenwurzel.

»Ich meine ja nur«, murrte der Hüne und zog eine Augenbraue hoch, was aufgrund seiner wulstigen Narbe etwas verstörend aussah. »Ihr starrt wie Bekloppte Löcher in die Luft. Ich dachte, da passiert auch mal was.«

»Bei Vorus' Sandalen, was bist du doch für ein Horntier!«,

schimpfte Itras und wedelte drohend mit dem Finger. »Ich habe dir doch gesagt, du sollst die Klappe halten, Bursche!«

Sylon zuckte die Achseln. »Ist ja schön und gut, wir müssen aber wirklich langsam loslegen. Die Quote für diesen Umlauf. Ihr wisst schon, was ich meine.«

Damit hatte er recht, sie hatten die Quote noch nicht erfüllt. Stattdessen waren Elhan und Itras beschäftigt gewesen, seine Kräfte zu erforschen und sich langsam in diese neue Welt vorzuarbeiten. Mittlerweile verstand er einiges und fühlte sich nicht mehr so ausgelaugt, wenn er die andere Ebene betrachtete - wie Itras zu sagen pflegte. Dabei handelte es sich um den Fluss des Lebens, in den er eintauchen konnte. Wie genau das funktionierte, konnte Elhan immer noch nicht ganz erklären. Jedes Mal gelang es ihm aber ein bisschen besser und jedes Mal fühlte er sich danach belebter. Itras hatte ihm erklärt, dass sie zwar kein Seelenband herstellten, aber auf der zweiten Ebene miteinander in Kontakt treten konnten. Es war alles etwas verwirrend, vor allem, wenn Itras von Bändern, Ebenen und Flüssen sprach. Elhan war kein Gelehrter, die Theorien des Alten überstiegen bei weitem seinen Verstand.

»Du darfst dich nicht ablenken lassen, Junge!«, schimpfte Itras. »Tatsächlich ist der große Klotz hier ein gutes Training. So wie er stinkt, ist das Ablenkung genug.«

Sylon pulte mit einem Finger im Ohr. »Wie du meinst«, brummte er. »Wir sollten uns jetzt wirklich an die Arbeit machen.«

»Du hast recht, Sylon«, stimmte Elhan ihm zu und hob seine Spitzhacke vom Boden auf.

Während er die Wand neben sich bearbeitete, dachte er über Itras' Lektionen nach. Diese neue Welt war beeindruckend und berauschend, er fühlte sich in diesen Momenten unendlich frei. Der alte Mann hatte ihn aber gewarnt, sich darin zu verlieren. Es war wichtig, sich der eigenen Identität bewusst zu sein, besonders, wenn man ein Seelenband zu einer anderen Atemseele herstellte. Sie hatten es an den letzten Umläufen mehrere Male mit Trichterlingen und Leuchtpilzen versucht. In beiden Fällen war es Elhan problemlos gelungen, ein Seelenband herzustellen und einfache Befehle zu erteilen. Er wurde besser, er verstand und erkannte langsam das große Zusammenspiel des Lebens. Trotzdem behauptete Itras, dass er zu langsam und zu unerfahren sei. Wenn wirklich bereits einige Verzehrer in Andural unterwegs waren, würde es unweigerlich auf eine Konfrontation hinauslaufen. Und er würde verlieren, dessen war er sich sicher.

Elhan schuftete Umlauf für Umlauf in der Schlucht und versuchte, seine Quote gewissenhaft zu erfüllen. Noch immer litt er unerträgliche Qualen und schwebte am Rande des Zusammenbruchs, doch die Nähe von Itras und Sylon half ihm, die Situation zu ertragen. Es änderte zwar nichts, war aber immerhin ein Anfang. Langsam, aber stetig begann die Dunkelheit von ihm abzubröckeln.

Er begann wieder zu hoffen.

Mit gleichmäßigem Rhythmus bearbeitete Elhan die Wand und dachte über den verrückten alten Mann nach. Itras sprach nicht viel von seiner Vergangenheit. Elhan hatte eine Menge Fragen zu den Verzehrern oder dem Herrscher in seiner Heimat. Auch hatte er den alten Mann gefragt, wie es ihm damals gelungen war, aus Arakkur zu fliehen. Jede Frage wurde allerdings mit der Antwort abgewiesen, dass noch nicht die Zeit gekommen wäre. *Geduld*, hatte er gesagt. *Alles braucht seine Zeit.*

Als Elhan weiter mit der Spitzhacke auf die weiche Erde einschlug, hörte er am Ende des Stollens lautes Geschrei. Sylon und Itras hatten es ebenfalls vernommen und hielten in ihren Bewegungen inne.

»Was ist da los?«, fragte er und ließ seine Spitzhacke auf den Boden fallen.

Das Geschrei erklang erneut, gefolgt von Morts Stimme. Es war aber zu weit entfernt, um wirklich etwas verstehen zu können.

Sylon zuckte mit den Schultern. »Mal nachsehen?«

Elhan nickte und gemeinsam begaben sie sich zum Stollenausgang.

Die Stimmen wurden nun lauter. Sie liefen an einigen verdutzt aussehenden Arbeitern vorbei, die unschlüssig im Gang standen. Eine Viertelkerze wanderten sie durch den Stollen, dann kamen sie schließlich in dem Stollenkomplex an, der direkt mit der Außenplattform verbunden war. Es war an diesem Ort etwas heller, in einiger Entfernung konnte man grelles Sonnenlicht erkennen. Ihr Augenmerk richtete sich auf das hintere Ende des Stollens, denn dort baute sich - umringt von mehreren Soldaten - eine Frau vor dem Aufseher auf und redete ununterbrochen auf ihn ein.

»Weißt du denn nicht, wer ich bin?«, zischte sie.

»Es ist mir egal, wer du bist!«, schrie Mort. »Du bist eine Sklavin! Du wurdest verkauft und nun biste hier! Kapiert?«

»Du räudiger, kleiner Halunke wirst mich gefälligst mit Herrin ansprechen! Wofür hältst du dich?«

Elhan runzelte die Stirn. Die Frau kam ihm bekannt vor. Klar, sie trug ein Sklavengewand, war mit Dreck verschmiert und man hatte ihr vermutlich ordentlich zugesetzt. Ein blaues Veilchen prangte in der linken Augenhöhle, sie blutete aus mehreren Schnitten und eine Platzwunde prangte an der Stirn. Aber irgendwo hatte er sie bereits gesehen, dessen war er sicher.

»Ich bin der Aufseher, dreckige Sklavin!« Mort zückte seine Keule und hielt sie drohend in der Hand.

Irgendwo habe ich sie schon einmal gesehen …

»Ach, ein Frauenschläger bist du auch noch?«, höhnte sie. »Na, das passt ja wirklich gut zusammen! Ich wurde hintergangen, überfallen und hierhergeschleppt. Was glaubst du, wie meine Mutter, die Herzogin, wohl reagieren wird, wenn sie davon erfährt?«

Der Aufseher warf den Soldaten einen hilfesuchenden Blick zu. Sie zuckten jedoch nur mit den Achseln und verschwanden auf die angrenzende Plattform.

»Bist du jetzt auf einmal taub oder einfach nur ein dummer Idiot?«, setzte die Frau nach. Sie verschränkte die Arme vor dem Busen und schob das Kinn vor.

»Hör zu, Weib. Entweder du gehst jetzt da rein oder du bekommst den Knüppel zu spüren!«

Elhan musste schmunzeln. Mort drohte der Frau den Knüppel an? Normalerweise schlug er zu und fragte dann erst nach.

»Die Kleine gefällt mir«, brummte Sylon. »Wahrscheinlich haut sie dem Drecksack gleich eine rein.«

Tatsächlich hörte man im gleichen Augenblick, wie der Schlag einer Backpfeife im Gang nachhallte. Verwirrt stand Mort da und hielt immer noch die Keule unschlüssig in der Hand. Ein Handabdruck zeichnete sich dunkelrot auf seiner stoppeligen Wange ab. Als Elhan zum zweiten Mal sah, wie die Frau den Aufseher verächtlich ansah und das Kinn vorschob, fiel ihm wieder ein, wer sie war.

Sie ist es! Aber wie? Was tut sie hier?

Er schüttelte den Kopf.

Egal, es wäre wohl besser, wenn ich dazwischengehe …

Ohne darüber nachzudenken näherte er sich den Streitenden. »Mort, ich würde gerne diese Dame herumführen und ihr die nötigen Dinge erklären.«

»Ja, tu das!«, sagte der Aufseher barsch. »Und sag ihr, wie‘s hier zu laufen hat. Ich meine … ach egal. Verschwindet!« Er stapfte auf die Plattform und tat, als würde er etwas in der Ferne betrachten.

»Und du, was willst du?«, fragte die Frau schneidig und warf ihm einen vernichtenden Blick zu.

»Verzeiht mir, ich wollte nicht unhöflich sein. Zwar war es das Schauspiel durchaus wert, es ist aber nicht ratsam, zu viel Aufmerksamkeit zu erregen. Nicht alle Aufseher sind solche Intelligenzbestien wie Mort.« Er zwinkerte der Frau zu, was ihr den Anflug eines Lächelns entlockte.

»Ich nehme dein Angebot gerne an, denn ich habe einige schlimme Umläufe hinter mir. Mein Name ist …«

»Cathien, die Tochter der Herzogin von Kallyen.«

»Nun gut, du bist mir etwas voraus«, sagte sie mit gerunzelter Stirn. »Mit wem habe ich die Ehre?«

Sie erinnert sich nicht an mich. Das ist aber wahrscheinlich besser so.

»Elhan, mein Name ist Elhan.«

DIE QUOTE

Schilflinge sind Pflanzen, die nachts während der Phasen des ersten und zweiten Mondes aktiv sind und nur in wässerigen Gebieten wachsen. Sie sind lang, dünn und von brauner Farbe. In ihrem Inneren wuchern Schilfbeeren, die während der Mondphasen grünlich leuchten.

Enzyklopädie der Wesensarten Andurals

Cathien fühlte sich erschöpft, verraten, hintergangen und mit den Kräften am Ende. Ihr Leben lag in Scherben, all ihre Hoffnungen waren unter Schutt und Stein begraben.

Wie konnte er das nur tun? Wie konnte er nur?

Sie begriff immer besser, in welcher Situation sie sich befand. Ihre Gardisten ermordet, die Mission gescheitert, ihr Leben verwirkt. Arnen, ein treuer Diener und Freund, den sie schon ihr Leben lang kannte, hatte sie verraten. Es war ernüchternd, zu erfahren, wie schnell man von einer Hochwohlgeborenen zu einer Rechtlosen herabgewürdigt werden konnte.

Und nun bin ich hier. Hinabgestoßen in ein Loch ohne Wiederkehr … Zum Leiden. Zum Sterben. Allein.

Cathien konnte noch immer nicht begreifen, wie das hatte passieren können. Immer wieder musste sie über Arnens Verrat nachdenken, kam aber stets zu dem Ergebnis, dass das, was man ihm angetan hatte, seine grausamen Taten nicht rechtfertigen konnte.

Er hat meinen Vater ermordet! Er hat ihn kaltblütig vergiftet!

Sie blickte stumm auf die dreckige Schale, die man ihr gegeben hatte. Der matschige graue Brei stank ekelerregend und ließ einen Würgereiz in ihr aufkommen, wenn sie darüber nachdachte, dass dies alles war, was die Schluchtarbeiter zu essen bekamen. Zum allerersten Mal in ihrem Leben fühlte sie so etwas wie Hass in ihrem Herzen. Heißen, verschlingenden Hass. Bislang war ihr dieses Gefühl fremd gewesen, nun brannte es aber lichterloh in ihrer Brust. Sie ließ es sich nicht anmerken, aber sie fürchtete sich. Nackte, kalte Furcht. Arakkur war ein Ort des Grauens, eine Welt des Todes. Niemand kam je wieder hinaus und sie wusste, dass sie hier ihren Tod finden würde.

Ich habe zu lange gebraucht, um es zu verstehen. Erst am Ende habe ich die Zusammenhänge erkannt. Es ist alles nur ein Spiel, um uns gegeneinander aufzubringen. Und der Puppenspieler steht noch immer im Hintergrund. Unentdeckt, unerkannt.

Lustlos stocherte sie in dem Brei herum. Es war hoffnungslos, ihr Wissen nützte ihr in Arakkur nichts mehr. Die Welt, die sie bislang gekannt hatte, würde bald untergehen. Alles, woran sie bislang geglaubt hatte, war verloren. Am schlimmsten traf sie jedoch die Erkenntnis, dass Arnen mit vielen seiner Worte recht gehabt hatte. Die Situation im Königreich war tatsächlich schlimmer als sie bislang gedacht hatte. Immer mehr Menschen starben an den grausamen Zuständen in der Schlucht und das nur, weil einige wenige immer mehr Macht und Reichtum anhäuften. Sie war eine Hochwohlgeborene, die in ihrer Heimat wohlbehütet aufgewachsen war – fern jeglicher Intrigen und der niederschmetternden Wahrheit. Noch immer glaubte sie, dass ihr Vater nichts von der Situation im Landesinneren gewusst hatte, dennoch kam diese feste Überzeugung langsam ins Wanken. Ihr Leben lang hatte sie in dem Glauben gelebt, dass Gerechtigkeit eine der Tugenden war, denen ihre Familie und ihre Ahnen seit jeher unterstanden. Nun bekam sie jedoch mit brutaler Wahrheit vor Augen geführt, dass dem nicht so war. Und sie war ein Teil dieser Ungerechtigkeit.

Cathien ließ den Tränen freien Lauf. Stolz war an diesem Ort etwas, das sie sich nicht leisten konnte. Vielleicht sollte sie einfach aufgeben, alles fallen lassen und nicht mehr denken. Das wäre besser als das Leid, das sie nun tief in ihrer Brust verspürte.

»Ihr müsst etwas essen«, sagte Elhan.

Cathien musterte den Sklaven, der sie durch den Stollen geführt hatte. Er war ein kleiner Mann, gerade einmal so groß wie sie, mit einem recht ansehnlichen Gesicht – wenn man den ganzen Schmutz, den wuchernden Bart und den grimmigen Ausdruck beiseiteließ. Auffällig war sein verkrüppelter Arm, dem ein sehr muskulöser Arm gegenüberstand. Seine Kleidung hing in Fetzen, lebendige blaue Augen musterten sie aufmerksam. Mit der rechten Hand tippte er gegen die Schüssel.

»Ich bitte Euch, Ihr müsst bei Kräften bleiben.« Sein Gesicht nahm einen flehenden Ausdruck an. »Ihr werdet ansonsten zu schwach sein und keine Chance haben, hier unten zu überleben.«

»Ich kann nicht, es ist sinnlos«, sagte sie tonlos und sprach aus, was in ihr vorging.

»Ich weiß.« Er sah nach unten. »Ich weiß, wie Ihr Euch fühlt. Ich bin nicht gut in so etwas, aber Ihr müsst versuchen, an Euren Erinnerungen festzuhalten. Ihr müsst ...«

»So, du weißt also, wie ich mich fühle?«, fragte sie schneidend. »Du weißt gar nichts! Du bist ein Dieb, ein Mörder oder Schlimmeres! Wir kennen uns nicht, belehre mich nicht mit deinem Unsinn!«

Er hielt ihr noch immer die Schüssel hin und starrte sie verdutzt an. »Es lag mir fern, Euch zu beleidigen. Ich möchte Euch nur helfen.«

»Wenn du mir wirklich helfen willst, lass mich in Ruhe.« Cathien wusste, dass sie unfair zu ihm war, musste aber ihre Wut hinauslassen. Sie musste etwas außer Trauer und Verzweiflung fühlen.

Er sah sie einen Moment finster an. Dann zuckte er gleichgültig mit den Schultern und setzte sich neben sie. Seine zwei Freunde, der alte Mann – offensichtlich ein Verrückter – und der breitschultrige Kerl, saßen in der Nähe und beobachteten sie. Als der alte Mann ihren Blick bemerkte, lächelte er mit einem zahnlosen Mund.

Elhan schwieg eine Weile und nahm von dem Brei. Er achtete peinlichst darauf, nur den Teil des Breis zu essen, den er mit den Fingern berührte.

Er war immerhin freundlich zu mir.

Cathien stieß einen Seufzer aus. »Es tut mir leid, es ist nicht meine Art … es ist dieser Ort«, stotterte sie und wischte trotzig über die Augen. »Sieh mich doch nur einmal an, ich habe einen Sack an! Einen Sack, wie entwürdigend!«

»Seid froh, der Sack ist immerhin noch vollständig. Mein Hemd sah schon so aus, als ich hier ankam. Normalerweise trage ich es nicht. Ich habe es alleine wegen Euch angezogen.«

Hat der etwa gerade einen Witz gemacht? Das war aber etwas holprig.

Sie lächelte gezwungen und griff nach der Schüssel. Einige Sklaven saßen in der Nähe und beobachteten sie. Sollten sie doch, es war ihr egal. Als sie die Schüssel in der Hand hielt, bemerkte sie Elhans hungrigen Blick. Ein Blinzeln später war der Blick aus seinem Gesicht gewichen.

Sie hielt inne und starrte ihn an. »Dieses Essen«, fragte sie und stocherte darin herum. »Man bekommt es nicht einfach so, oder?«

Er wandte den Kopf ab.

»Und trotzdem gibst du es mir. Weshalb?«

»Ihr seid neu hier.« Er zögerte. »Esst! Ich erfülle stets meine Quote. Es ist in Ordnung.«

Da war wieder dieses Wort: Quote. Sie hatte es seit dem vorherigen Umlauf öfter gehört, verstand aber den Sinn noch nicht.

»Diese Quote, was hat es damit auf sich?«, fragte sie neugierig und begann, den grauen Brei zu essen. Er schmeckte, wie er aussah. Widerlich.

»Hat man Euch das nicht gesagt?«

»Nein, dieser kleine Halunke kam nicht dazu.«

»Nun«, begann er und befühlte den abstehenden Daumen seiner linken Hand. »Unsere Aufgabe ist, in den Stollen zu graben und die Knolle zu ernten. Die Quote besagt, dass wir pro Umlauf zwei Knollen finden und in den vorderen Eingang des Tunnels bringen müssen. Ihr wisst schon, zu dem kleinen Halunken Mort. Dort bekommt Ihr eine kleine geschliffene Kugel, die Ihr im Austausch für eine Mahlzeit in diesem Stollenbereich abgeben könnt. Es gibt nur eine Kugel pro Umlauf und Ihr solltet immer darauf achten, dass Ihr sie nicht verliert.«

Nur eine Kugel pro Umlauf. Und das auch nur, wenn man diese Quote erfüllt?

Ihr fiel alles aus dem Gesicht. Die Zustände in der Schlucht waren noch schlimmer als sie befürchtet hatte. Sie fühlte, wie die Verzweiflung wieder überhandnahm. Ihre Arme wurden schwach, ihre Sicht trübte sich. Ungeschickt ließ sie die Schüssel fallen, er hatte aber gute Reflexe und fing sie mit einer Hand auf.

»Essen ist wichtig. Ihr müsst bei Kräften bleiben«, belehrte er sie erneut und stahl noch ein wenig von dem Brei. »Falls Ihr Fragen habt oder Unterstützung benötigt, könnt Ihr Euch immer an mich wenden. Wenn ich Euch aber einen Rat geben darf, bewegt Euch niemals allein durch die Gänge. Niemals, habt Ihr das verstanden? Hier unten gibt es keine Regeln, kein Gesetz. Manchmal passieren Dinge, schreckliche Dinge.«

Er stand auf, nickte ihr zu und wollte sich abwenden. Cathien griff nach seiner Hand und hinderte ihn.

»Bitte, geh nicht«, flüsterte sie mit bebender Stimme, während ihr Tränen über die Wangen liefen.

Elhan nickte knapp und setzte sich wieder.

»Verzeih mir bitte mein Benehmen, Elhan. Aber …« Sie stockte und wusste nicht mehr, was sie sagen sollte. Es erschien ihr alles wie in einem Albtraum. Langsam breitete sich Kälte in ihrer Brust aus. Ihr Puls raste, das Blut rauschte in ihren Ohren.

Es ist vollkommen hoffnungslos, ich werde hier unten sterben!

Ihre Sicht verschleierte sich und die Schüssel fiel ihr aus der kraftlosen Hand.

»Beruhigt Euch und atmet tief durch!«

Elhans Stimme klang ruhig und gelassen. Wie ein Windhauch strich sie über ihr Bewusstsein. Eine Hand legte sich auf ihre Schulter. Wärme drang aus ihr und breitete sich in ihrem Körper aus. Es fühlte sich gut an und erinnerte sie an ihre Heimat. Sie schmeckte Morgentau und Blütenduft auf der Zunge.

»Ihr erleidet gerade einen Schock. Ihr müsst Euch auf Eure Atmung konzentrieren! Atmet tief durch, leert Euren Verstand. Einatmen. Ausatmen. Ja, so ist es richtig.«

Wie aus weiter Ferne vernahm sie seine Stimme und begann langsam, sich zu beruhigen. Ihre Atmung wurde kontrollierter, ihr Körper gehorchte ihr wieder. Sie schlug die Augen auf und sah den jungen Mann an. Er saß vor ihr und hatte seine Hand auf ihre Schulter gelegt. Seine blauen Augen waren starr auf sie gerichtet. Es war seltsam, etwas an diesen Augen kam ihr vertraut vor.

»Geht es wieder?«, fragte er und versuchte sich an einem aufmunternden Lächeln. Anscheinend war es eine Weile her und es sah eher aus, als würde er die Zähne fletschen.

Cathien musste leise lachen. Sein starrer Blick verschlimmerte die Situation nur noch und sie lachte lauter. Als sie wieder zu Atem kam, legte sie ihre Hand auf seinen Arm, worauf er zurückzuckte, als hätte er sich verbrannt.

»Ich danke dir«, sagte sie. »Ich weiß zwar nicht, was du gerade getan hast, aber es hat geholfen. Ich muss dich allerdings um einen Gefallen bitten, wenn du so nett bist.«

Er runzelte die Stirn.

»Übe dich im Lächeln, es sieht schauderhaft aus.«

Elhan gab eine Art Brummen von sich.

»Bitte?«

»Es ist nichts«, winkte er ab. »Ich werde versuchen, Eurem Ratschlag nachzukommen.«

»Mit nichts anderem habe ich gerechnet.« Sie ließ ihren Blick umherschweifen. »Dieser Ort erscheint mir so unwirklich. Es kommt mir vor, als wären wir Tiere. In ein Loch geworfen und vergessen. Wie kann man nur so leben? Wie soll man das alles hier aushalten?«

Er knirschte mit den Zähnen. »Überlebt.«

»Wie genau meinst du das?«

»Jeder Umlauf an diesem Ort macht Euch härter. Stählt Euch gegen das Leid und den Schmerz. Ihr müsst kämpfen und überleben.«

»Überleben ... mehr wird mir wohl nicht bleiben.« Sie wischte die letzten Tränen fort.

»Ihr müsst an irgendetwas festhalten.«

»Das fällt mir schwer. Wie gelingt es dir?«

Elhan schüttelte den Kopf. »Es gelingt mir nicht.«

Sieht so meine Zukunft aus? Nein, das will ich nicht glauben! Ich werde nicht in diesem Loch sterben! Ich bin die Tochter eines Herzogs, ich bin stark und werde überleben!

Cathien beobachtete die anderen Sklaven in der Höhle. Sie saßen schweigend da und schlangen hastig ihre Mahlzeiten hinunter. Es stand die unausgesprochene Wahrheit im Raum, dass an diesem Ort jeder für sich kämpfte. Weder gab es Zusammenhalt noch eine richtige Gemeinschaft. Es ging um das nackte Überleben. Elhan allerdings wirkte offener, obwohl sie nicht verstand, warum er ihr überhaupt half. Es gab also doch einen kleinen Funken Hoffnung hier unten. Sie würde ihn schüren und ein gewaltiges Feuer entfachen. Hoffnung, es gab trotzdem Hoffnung an diesem Ort.

OFFENE WORTE

Leuchtmoos ist eine vielfältig vertretene Pflanzenart in Andural. Es wächst flechtenartig auf Steinformationen und besitzt bei Sonneneinstrahlung eine grüne Farbe. Scheint jedoch der zweite Mond, fängt das Moos an, in blauer Farbe zu glühen.

Enzyklopädie der Wesensarten Andurals

Alrael lungerte gelangweilt auf seinem Kissen. Das stete Schwanken des Wagens machte ihn schläfrig und es gelang ihm zunehmend schwerer, ein Gähnen zu unterdrücken. Um sich von seiner Langeweile abzulenken, beobachtete er seine zukünftige Frau. Ihre Arme waren fleischig, ihr Bauch machte dem ihres Vaters alle Ehre und ihr üppiger Busen rutschte immer wieder aus den seidenen Gewändern. Wenn das geschah, fummelte sie daran herum und machte merkwürdige Geräusche.

Ich kann mich gar nicht entscheiden, wer von diesem Pack fetter ist. Der Herzog hat einiges auf den Rippen, die Mutter ist aber auch nicht ohne.

Herzog Ramor saß ihm gegenüber und funkelte ihn an. Offenbar hatte er seinen verächtlichen Blick bemerkt.

Egal, ich werde mich noch früh genug mit ihm auseinandersetzen müssen.

Alrael sah wieder aus dem Fenster. Noch immer wirkte seine Heimat beeindruckend auf ihn: groß, mächtig und imposant. Und wie es sich für eine Stadt dieser Größe gehörte, gab es auch eine ganze Menge Bettler, die am Wegesrand lungerten und dem überaus prächtigen Wagen einen verzweifelten Blick hinterherwarfen.

Amerys ist hell und dunkel zugleich. Je heller das Licht, desto dunkler der Schatten. Was würde passieren, wenn sich das Volk gegen uns erhebt? Wenn irgendjemand mal sagt, dass es genug sei ...

Während die Wohlhabenden mächtiger und reicher wurden, gab es zunehmend Menschen, die verarmten und auf der Straße landeten. Die Kluft zwischen Arm und Reich wurde mit jedem Umlauf größer. Es gab keine Mittelschicht mehr, der einfache Händler war nun ein armer Schlucker, der gerade so über die Runden kam oder sich die letzten Überreste am Boden zusammenkratzte, die irgendein Mächtiger achtlos hatte fallen lassen. Tatsächlich sah Alrael einen Bettler am Straßenrand, der ihm bekannt vorkam.

In weiter Entfernung erkannte Alrael die weißen, hohen Türme, die erhaben in der Sonne schimmerten. Er musste den Blick abwenden, ihm war nicht danach, die Missstände der Stadt länger zu betrachten. Das alles ging ihn einstweilen nichts mehr an.

So begebe ich mich also aus der Höhle des Gebirgsjägers direkt in die nächste Höhle.

Er nickte seiner Zukünftigen freundlich zu, die ihn daraufhin wieder mit einem anzüglichen Blick bedachte.

Bei Morgoris' Unterhosen, ich ertrage diesen Blick nicht!

Es würde eine längere Reise nach Terez werden, dem Hauptsitz des Herzogs. Das war im Grunde für Alrael nicht weiter schlimm, wenn da nicht die unangenehme Begleitung wäre. Er atmete aber insgeheim auf, so kam er von seinem Vater fort, den er immer mehr verachtete.

Gedankenversunken sah er wieder aus dem Fenster. Einige Händler standen in ihren Läden und boten Wurzeln, Gewürzbier oder andere Dinge feil. Und natürlich auch die Knolle. Die Knolle, die für den Untergang sorgte. Alraels Gesicht verfinsterte sich. Einige Menschen standen am Straßenrand und pafften Pfeifen. Graublauer Rauch umschwirrte ihre Köpfe und gab Hinweis, dass es sich um eine Knollenmischung handeln musste.

Mittlerweile wird das Zeug sogar geraucht. Sie sind alle süchtig! Sehen sie das denn nicht?

Alrael wusste nicht, was er davon halten sollte. Einst war die Knolle die erlesene Frucht des reichen Mannes gewesen und nur Hochwohlgeborene konnten sich einen Bissen leisten. Dann wurde der Markt förmlich überschwemmt. Ob gegessen, geraucht, getrunken oder sogar angebetet, die Knolle wurde jedem zugänglich gemacht. Und doch bestimmte sie den Preis und sorgte an vielen Stellen des Landes für Armut.

Der Wagen rollte an den letzten Häusern vorbei. Direkt davor wuchs grünes Rankenkraut aus den Rillen der Straßen und kroch suchend über den Boden.

Selbst die Pflanzen in Amerys wirken wie Bettler.

Kurze Zeit später durchquerten sie das Stadttor und begaben sich somit langsam aus der glorreichen Stadt des göttlichen Königs von Andural. Alrael schnaubte und blickte wieder in den Verschlag.

»Ein Drecksloch, nicht wahr?«, fragte der Herzog grinsend.

Alrael war von den offenen Worten überrascht und prostete ihm mit seinem Krug zu. »In der Tat, das größte Drecksloch in ganz Illindar. So dreckig und hinterhältig wie der König.« Er nahm genüsslich einen Schluck.

»Ich sehe schon, wir werden gut miteinander auskommen, Kronprinz.«

»Das hoffe ich doch sehr.«

»Tatsächlich? Das überrascht mich.«

Alrael bemerkte mit Ekel, wie die blaue Hose des Herzogs eng um dessen Bauchwölbung spannte. Dunkle Schweißflecken waren in faltigen Mustern bereits erkennbar.

»Weshalb?«

»Ich hatte bislang nicht den Eindruck, dass der Kronprinz sonderliches Interesse an meiner Familie hegt.«

Alrael legte sein herzlichstes Lächeln auf. »Aber selbstverständlich! Ich darf Euch schließlich bald Vater nennen.«

Ramor warf ihm einen unergründlichen Blick zu, der ihn verunsicherte. War er womöglich zu weit gegangen? Es galt, taktvoll vorzugehen, er war aber kein Politiker. Er war kein Mann der großen Reden.

»Lassen wir das!«, schnaubte Ramor schließlich. »Ich weiß alles über dich.«

Alrael stutzte und trank einen großen Schluck, um seine Unsicherheit zu überspielen. Mit diesem Verlauf des Gesprächs hatte er nicht gerechnet.

Hätte ich nur meine große Klappe gehalten! Ich habe anscheinend ein Talent, reiche Fettsäcke gegen mich aufzubringen.

»Nun, ich bin kein Mann der großen Geheimnisse, mein lieber Ramor. Tatsächlich stehe ich stets im Zentrum der allgemeinen Aufmerksamkeit.«

Ein verschlagenes Lächeln stahl sich auf das Gesicht des Herzogs. »Du bist ein Knabenliebhaber. Aber das ist egal. Ich brauche nicht dich, sondern dein Blut.«

Alrael verschluckte sich am Wein.

»Oh, was hast du denn gedacht?«, lachte Ramor. »Du bist der Thronerbe, du wirst schließlich irgendwann einmal König sein. Das bedeutet wiederum, dass du meine äußerst liebreizende Tochter schwängern wirst. Wie du das anstellst, ist mir egal. Nimm dir einen Knaben dazu oder besser gleich zwei, wenn es dich glücklich macht.«

Alrael bemerkte, dass ihm der Mund offen stand und schloss ihn hastig. »Verzeiht mir, aber habe ich mich gerade verhört?«

»Spreche ich so undeutlich?«

»Nein, aber …«

»Wir gehen nach Terez, da sind solche Nebensächlichkeiten unwichtig. Ob Mann, ob Frau, interessiert keinen. Wenn meine Tochter schwanger ist, kannst du es meinetwegen mit meinem ganzen Dienerbestand treiben. Aber du wirst mir einen Erben schenken, du wirst mir Zugriff auf den Thron ermöglichen!« Mit den letzten Worten pochte er auf seinen Oberschenkel.

»Das sind offene Worte, Herzog Ramor«, merkte Alrael an.

»Wie ich sehe, bin ich ein offenes Buch für Euch und Ihr benötigt keinerlei weitere Anmerkungen meinerseits.«

Der Herzog schnaubte verächtlich. »Du weißt es noch nicht, aber der König hat meinem Vorschlag zugestimmt.«

»Eurem Vorschlag?«

»Richtig, meinem Vorschlag. Du wirst eine Weile in Terez verbringen und ihr werdet dort auch den Bund vor den Augen der Götter eingehen. Unter meiner Hand wirst du einen Erben zeugen. Sollte es ein Mädchen werden, versuchst du es eben nochmal. Immer und immer wieder.« Genüsslich steckte der Herzog eine rote Dornfrucht in den Mund.

Was soll das denn nun wieder? Vater hat dem zugestimmt? Ernsthaft? Nun, dann soll es mir recht sein.

Alrael prostete ihm mit seinem Krug zu. »Nun dann, auf nach Terez. Nachdem wir diesen Wagen verlassen haben, erwarte ich aber doch die nötige Ehrerbietung von Euch, ich bin schließlich …«

Der Herzog brach in schallendes Gelächter aus.

»Habe ich den Witz übersehen?«

»Du bist der elende Sohn eines kränklichen und schwachen Königs. Ihr seid eurer Macht beraubt, niemand nimmt euch noch wirklich ernst. König Thyr versucht, seine Intrigen zu spinnen, und will mich für seine Pläne missbrauchen. Glaubst du, dass ich das nicht längst durchschaut habe?«

Er weiß es?

»Ich bin der König der Händler, *Prinz* Alrael! Ich bin der reichste Mann in diesem Königreich. Meine gesamten Ländereien verlaufen direkt entlang der Schlucht.« Ramor begann, seine Finger abzuzählen. »Ich kontrolliere die Schlucht.« Er tippte auf einen Finger. »Ich kontrolliere den Handel.« Er berührte den zweiten Finger. »Ich rekrutiere seit hunderten Umläufen eine Armee, die eurer mittlerweile weit überlegen ist.« Er tippte auf den dritten Finger. »Und ich habe den Prinzen in meinem Gewahrsam, der mich auch auf dem Papier zu einem König macht. Nun nicht mich, aber meine Blutlinie.«

Wo bin ich nur hineingeraten? Der Herzog rekrutiert insgeheim eine Armee? Weiß Vater davon?

Um seine Unsicherheit zu überspielen, klatschte er in die Hände. »In der Tat, mein lieber Ramor, Ihr seid ein wahrhaft mächtiger Mann. Trotzdem könnt Ihr Euch über gewisse Dinge nicht hinwegsetzen. Da wäre zum Beispiel das königliche Recht. Ihr seid gezwungen, die Schürfgebiete der Krone zu überlassen, ansonsten können wir uns alle gleich an die Gurgel gehen.« Alrael tippte auf einen Finger und ahmte den Herzog nach. »Eure geographische Lage, das heißt, Ihr seid von allen Seiten von anderen Herzogtümern umgeben. Jeder wird sich auf Euch stürzen, wenn Ihr Euch nicht an die Regeln haltet.« Er berührte einen zweiten Finger. »Und dann wäre da noch das kleine Problem mit Herzog Jachek, der wahrscheinlich bald auf Eurer Türschwelle steht.« Er tastete auf einen dritten Finger. »Kurz gesagt: Ihr seid eingekesselt und könnt nicht viel ausrichten.« Während Alrael auf den letzten Finger zeigte, fing der Herzog ebenfalls an zu applaudieren.

»Du hast es erfasst. Sowohl der König als auch der König der Händler sind im Grunde festgefahren.« Ramor nahm seinen Krug und prostete ihm zu. »Deshalb habe ich auch dich.«

»Wie ich sehe, wisst Ihr um Eure Position. Dann wisst Ihr bestimmt auch, dass Ihr Jachek irgendwann die Stirn bieten müsst. Natürlich vorausgesetzt, dass er sich die Macht jenseits der Schlucht sichern kann.« Alrael nahm eine Frucht. Es handelte sich um eine Mondfrucht, die er genüsslich in den Mund schob. Das belebende Aroma entfaltete sich sofort in seiner Brust. Er fühlte sich wacher und aufmerksamer.

»Du bist doch ein Gelehrter, hörte ich«, spöttelte Herzog Ramor. »Sag mir, du schlauer Bursche, warum ziehe ich eine Armee zusammen?«

»Offensichtlich habt Ihr vermutet, dass Norfall als Gewinner aus der Schlacht jenseits der Schlucht hervorgehen wird.«

»Nein, das habe ich nicht.« Ramor verschränkte die fleischigen Arme vor der Brust. »Ich habe mit Kallyen gerechnet. Und ich habe erwartet, dass Herzogin Ateria die Intrige des Königs durchschaut.« Er schnaubte laut. »Ehrlich gesagt, bin ich etwas enttäuscht. Man nennt sie mittlerweile die eiserne Dame. Und doch hat sie versagt. Aber das Ergebnis ist das Gleiche.«

»Ihr habt also, wenn ich den Gedanken fortführen darf, vermutet, dass bald jemand vor Eurer Haustür steht und über Euch hinwegfegt. Zwar stellt die Schlucht ein sehr großes Hindernis dar, irgendwie ließe sich das aber auch bewältigen. Ich weiß nicht, wie, Ihr aber offensichtlich schon.«

Der Herzog lachte schallend und schlug auf den Oberschenkel. Klatschend fuhr die Hand immer wieder auf und ab. »Du weißt also nichts von den Übergängen?«

Alrael wurde nun etwas unwirsch, da es sich tatsächlich um eine Sache handelte, von der er nichts wusste. Wenn er darüber nachdachte, dann wusste sein Vater ebenfalls nicht Bescheid. »Nein, lasst mich bitte an Eurer unendlichen Weisheit teilhaben. Aber auch nur, wenn es Euch nichts ausmacht.«

»Die Schlucht ist nicht begrenzt, sie verläuft unter ganz Andural, *Prinz*.«

Alrael sah den Herzog erstaunt an. Wieder bemerkte er, dass ihm der Mund offen stand. »Ist das Euer Ernst?«

»Ah, da habe ich mir ja ganz umsonst Sorgen gemacht, nicht wahr?«, kicherte Ramor. »Wenn das nicht einmal der König weiß, wussten es Ateria und Jachek ebenfalls nicht. Sathus weiß es vermutlich, er ist ein gerissener Kerl und wird auch bestimmt irgendwann einen Nutzen ziehen.«

Alrael fühlte sich unwissend und vorgeführt. Er befand sich in einem Spiel, dessen Spielregeln er nicht verstand. Noch nie war die Politik sein Interessengebiet gewesen und nun musste er erkennen, warum das so war. Um über Ramors Worte nachdenken zu können, sah er eine Weile aus dem Fenster und beobachtete das bewaldete Gebiet, das sie durchquerten. Das Jaulen von Schuppenhunden erklang in der Nähe, grüne Rankenbäume mit roten Blättern säumten den Wegesrand.

»Die Minen von Deregon sagen dir etwas?«, riss ihn der Herzog aus den Gedanken. »Sie liegen im Süden Lynsans.«

Wir haben ihn vollkommen falsch eingeschätzt. Er weiß ganz genau, was er tut. Er weiß es.

Alrael rieb müde die Augen. »Wie ich sehe, seid Ihr mit allen Wassern gewaschen, Herzog.« Er lächelte verkniffen. Ramor war entwaffnend, so viel stand fest. »Ich vermute, dass die Minen quer unter Andural verlaufen, bis zur Schlucht. Wahrscheinlich gibt es sogar Abzweigungen, die nach Valentar und Kallyen führen. Vielleicht sogar in die fernen Lande. Und niemand weiß davon. Außer Euch.« Er hielt kurz inne und sah dem Herzog in die Augen. »Und natürlich Lynsan.«

Der Herzog gab ihm mit einem Wink zu verstehen, dass er fortfahren sollte.

»Das Herzogtum Lynsan, dessen Erbstreitfolge derzeitig ein großes Thema ist. Vermutlich wisst Ihr, dass der König dahintersteckt?«

Herzog Ramor nickte gewichtig.

»Ihr werdet wahrscheinlich Einfluss haben und Euch somit die Unterstützung des neuen Herzogs sichern. Wenn man die Entwicklungen betrachtet, wird es der schwächliche Lotharien sein, der auf wundersame Weise über die nötigen Mittel verfügt. Ein Knollensüchtiger, der sich bereits seit Kindesbeinen mit dem Zeug vollstopft. Abhängig von der Knolle … und natürlich abhängig von Euch. Vermutlich haben wir Euch sogar in die Hände gespielt. Ein Süchtiger, der vom König der Händler unterstützt wird, ist letztendlich wesentlich leichter zu beeinflussen, nicht wahr?«

Du durchtriebener Fettsack, du bist noch schlimmer als der König!

Alrael schwirrte mittlerweile der Kopf vor Intrigen und Scheinbündnissen. Wer sollte da noch durchblicken?

»Wie ist es Euch gelungen, die Truppen zu rekrutieren?«, hakte er nach. »Wenn ich mich recht entsinne, wart Ihr stets die neutrale Position in diesem Spiel. Natürlich verfügt jeder Herzog über ein gewisses Kontingent, wenn aber nun jemand beginnt, eine ganze Armee zu rekrutieren,« Alrael blickte ihn über den Rand des Kruges an, »wäre das doch sicherlich aufgefallen.«

Der Herzog grinste. »Terez ist eine sehr große Stadt. Für manchen eine viel zu große Stadt. Mittlerweile zählt sie wesentlich mehr Einwohner als ganz Illindar. Es ist ein Leichtes, zu rekrutieren, während sich alle Blicke auf die Schlucht richten. Gier kann ein starker Verbündeter sein, macht aber auch blind für das Wesentliche.«

»Sehr geschickt, ich gratuliere!«

»Du hast es erkannt.« Ramor hob seinen Krug.

Alrael stieß an. »Und so geht das Spiel weiter.«

ZWEI LEBEN GENOMMEN

Der Peitschling ist agil und beweglich, häufig in wärmeren Gebieten auffindbar. Seine Außenhaut ist glatt und ledrig. Er verfügt über sechs Gliedmaßen und bewegt sich sprunghaft vorwärts. Sein Maul weist zwei lange Fangzähne auf, eine sehr lange, verhornte Zunge schnellt hervor. Es werden gelbe und rote Farbtöne beobachtet.

Enzyklopädie der Wesensarten Andurals

Cathien öffnete träge die Augen. Ihr tat alles weh. Der Boden der Höhle war zwar glatt und abgeschliffen, dennoch gab es keinerlei Möglichkeit, um sich in irgendeiner Weise bequem niederzulegen. Sie fühlte sich vollkommen zerschlagen und müde, die vielen Geräusche und die harte Erde halfen ihr aber nicht, sich zu entspannen. Sie wusste nicht, wie spät es war, hier unten in den Stollen der Schlucht gab es keinen Sonnenstand, an dem man sich hätte orientieren können. Wenn sie von den barschen Stimmen der Soldaten geweckt wurde, wusste sie, dass ein neuer Morgen angebrochen war. Wurde sie hingegen aufgefordert, die Arbeit niederzulegen, konnte das als Zeichen einer beginnenden Nacht gewertet werden. Wie viele Kerzen sie jedoch an jedem Umlauf arbeiten musste und zur Erholung hatte, konnte sie nicht feststellen. Jeder Umlauf war gleich, es war eine ewige Tortur, die kein Ende fand.

Steif und ungelenk stand Cathien auf und rieb die Müdigkeit

aus den Augen. Ein paar Sklaven schliefen noch, andere saßen auf Steinblöcken und starrten trübselig in die Luft. Vermutlich war der Verstand dieser Menschen gebrochen, die Atemseele bereits verkümmert. Sie schauderte bei der Vorstellung, ebenfalls so zu verfallen.

Nein, ich werde nicht so werden!

Sie sah an ihrer Kleidung hinunter und fingerte an den klaffenden Löchern - man konnte sogar die nackten Knöchel ihrer Beine sehen. Ihr gesamter Körper war von Schnitten übersät, die Platzwunde am Kopf blutete unentwegt. Elhan hatte ihr empfohlen, die Wunde mit etwas Saft des Leuchtpilzes einzureiben. Erst hatte sie sich gesträubt, dann war sie seinem Hinweis jedoch nachgekommen. Tatsächlich hatte sich die milchige, weiße Flüssigkeit als schmerzlindernd erwiesen und den steten Juckreiz verringert. Einmal mehr hatte sie über den hilfsbereiten Sklaven staunen müssen. Trotz der niederen Umstände stand er ihr zur Seite und begegnete ihr sogar mit einem Hauch Respekt.

Cathien sah sich in dem Raum um, erkannte allerdings kein bekanntes Gesicht. Elhan war nicht zu sehen, vermutlich war er an diesem Umlauf in einem anderen Stollen eingeteilt. Der alte Mann und der Hüne mit der breiten Narbe im Gesicht waren ebenfalls nicht da.

Mit einem Seufzer begab sie sich zum Ausgang der Unterkünfte. Zwei Soldaten in sandfarbenen Gewändern sahen ihr grimmig hinterher, ließen sie aber unbehelligt passieren.

Wie stets spürte sie die Blicke einiger Männer im Rücken. Während andere Sklavinnen versuchten, nicht aufzufallen, dachte Cathien überhaupt nicht daran. Sie war noch nicht gebrochen und würde sich hüten, irgendein Zeichen von Schwäche zu vermitteln. Ihr Vater hatte stets gesagt, dass sie sich ihre Stärken zunutze machen müsste, egal, in welcher Situation sie sich befand. Nun, dies war eine Situation, die mehr als nur kriecherisches Verhalten erforderte. Sie war stolz, mutig und musste den Schein wahren, dass sie die Situation vollkommen unter Kontrolle hatte, trotz der schlimmen

Situation, in der sie sich befand. Sie konnte sich keine Schwäche leisten, nicht hier, nicht an diesem Ort. Hier überlebte nur der Stärkste und wenn Cathien sich einer Eigenschaft rühmen konnte, war es ihr ungebrochener Wille.

Während sie durch die dunklen Stollen wanderte, beobachtete sie die Leuchtpilze an den Rändern, die blaugrünes Licht spendeten. Sie wippten mit ihren breiten Hüten und leuchteten matter, sobald man sich ihnen näherte. Kleinere zogen sich sogar ganz in Erdspalten zurück, größere hingegen bewegten sich immer schneller, als würden sie Drohgebärden auslösen. Am schlimmsten empfand Cathien die drückende Last des Steins über ihr. Es gab keine Sonne, keinen Wind – nicht einmal Regen. Nur Staub, Erde und Stein.

Cathien unterdrückte ein Gähnen und nahm die Abzweigung in den nächsten Gang. Mit Unbehagen bemerkte sie, dass hier weniger Leuchtpilze wuchsen. Tief in Gedanken versunken begab sie sich tiefer in die Dunkelheit des Stollens.

So viele Sklaven sind hier unten und das ist nur einer von unzähligen Gängen. Was für eine Verschwendung von Leben. Wo soll das alles hinführen? Ich würde …

Ein Rascheln hinter ihr ließ sie innehalten. Sie riss den Kopf herum, konnte in der Dunkelheit des Stollens aber nichts erkennen.

Habe ich mir das nur eingebildet?

Obwohl eine Stimme in ihr riet, umzukehren, folgte sie dem Gang, nahm die nächste Abbiegung, drückte sich gegen die Wand und rang nach Atem. Sie sah sich um, spähte um die Ecke, aber da war nichts als Schwärze. Als sie sich wieder in Bewegung setzte, vernahm sie erneut das verräterische Rascheln in der Ferne. Dieses Mal blieb sie aber nicht stehen, verfiel in einen schnellen Trott und sah angestrengt dem hellen Lichtfleck in der Ferne entgegen. Die Dunkelheit gähnte weiter und weiter, bis sie schließlich gänzlich eintauchte.

Schritte erklangen hinter ihr.

Ihr Herz begann wie der Hammer eines Zimmermans zu trommeln. Das Blut rauschte ihr in den Ohren und ihr Mund wurde ganz trocken.

Er hat mir ausdrücklich gesagt, dass ich nicht allein durch die Gänge gehen soll!

Erneut das Geräusch von Schritten. Dieses Mal wesentlich näher.

Ich und mein verdammter Stolz!

Cathien brach Schweiß aus. Während sie schneller wurde, kamen die Schritte immer näher. Sie wagte einen Blick zurück und hatte auf einmal das Gefühl, den Boden unter den Füßen zu verlieren. Zwei Männer folgten ihr.

»Wie wäre es mit einem Kuss, Süße?«, rief einer der Verfolger.

Ihr ganzes Denken war auf den hellen Lichtpunkt in der Ferne gerichtet, während die dunklen Wände an ihr vorüberzogen. Halb rennend, halb stolpernd hastete sie durch den Stollen.

Finger grapschten nach ihren Haaren und rissen sie zurück. Alle Luft wurde aus ihrer Lunge gepresst, als sie hart auf den Rücken schlug. Nur einen Moment später saß einer der Verfolger rittlings auf ihr und presste ihre Arme auf den Boden.

»Runter von mir, du stinkendes Horntier!«, schrie sie.

»Hui, die hat ganz schön Feuer. Hilf mir mal.«

Der zweite Mann grinste mit braunen Zähnen und hielt ihre Beine fest. Sein Gesicht war von Pockennarben und Geschwüren entstellt. »Weißt du, Süße, du hast nicht ganz verstanden, wie das hier läuft. Hier gibt's keine edlen Prinzen. Hier gibt's nur uns!«

Cathien dachte fieberhaft nach, aber ihr fiel nichts ein. Der andere Mann leckte ihre Beine ab, fuhr mit der schmierigen Zunge an ihrer Haut entlang und grunzte wie ein Horntier.

»Bist mir gleich aufgefallen, so stolz und so edel«, lachte er derb und beugte sich tiefer über ihr Gesicht. Sein Atem stank nach Fäulnis. Als er sich weiter zu ihr beugte, bemerkte sie, dass er seine Arme ein wenig lockerte.

Jetzt!

Mit Wucht trat Cathien in seinen Unterleib, das andere Bein

rammte sie in das Gesicht des zweiten. Vor Schmerz aufheulend, ließen sie von ihr ab. Schnell sprang sie auf und versuchte, wegzulaufen.

Eine Faust landete in ihrem Gesicht.

Aufschreiend ging sie wieder zu Boden. Die Wunde am Kopf platzte auf, Blut lief an der Stirn hinab. Ihr ganzes Gesicht fühlte sich taub und wund an.

»Das Miststück hat mich getreten!«

Ein Fuß grub sich tief in ihre Magengegend und ließ sie würgen.

Bitte, ich brauche Hilfe!

»Jetzt werd ich's ihr besorgen, dem Drecksstück! Halt sie fest!«

»Versuch ich doch!«

Pockengesicht beugte sich zu ihr und leckte ihr über die Wange. »Das gefällt dir, Süße, oder? Jetzt gibt's ...«

»Was geht hier vor?«, rief jemand aus dem Gang.

Das Blut sammelte sich in Cathiens Augen, sie konnte nichts mehr sehen. Zitternd rollte sie sich zusammen.

»Halt dich da raus, Krüppel!«

»Warum sollte ich? Ich sehe hier zwei Verbrecher, die sich an einer Frau vergehen.«

»Und? Hab schon Schlimmeres gemacht. Wir sind zwei, du bist allein!« Der Sklave fing höhnisch zu lachen an.

Cathien regte sich vorsichtig und blinzelte. Schwach erkannte sie die Umrisse Elhans, der allein im Gang stand. »Bitte ...«, keuchte sie.

Wieder krachte eine Faust gegen ihren Kopf.

»Stillhalten, Schlampe!«

»Es ist doch immer das Gleiche«, sagte Elhan. »Zwei dreckige Halunken lauern einer einsamen Frau in der Dunkelheit auf. Hättet ihr euch nicht etwas weniger Theatralisches ausdenken können?«

»Halts Maul, Krüppel!«

»Weiß nicht«, bemerkte der andere. »Der Alte und der Riese sind doch immer mit dem unterwegs. Vielleicht sollten wir

…«

Sein Partner verpasste ihm eine Kopfnuss. »Kriegst du jetzt auf einmal Schiss, oder was? Wir schaffen das!«

Elhan stand ruhig da und packte den Stiel seiner Spitzhacke fester. »Ich habe keinen Zwist mit euch. Lasst sie gehen!«

»Wieso sollten wir?«

»Ich gebe euch meinen Anteil an der heutigen Quote.«

»Meinst du das ernst?«

»So ist es.«

»Na, wenn das so ist, dann …«

Weiter kam er nicht. Ein dumpfer Aufschlag erklang, gefolgt von einem zweiten knackenden Geräusch. Einer der Männer fiel leblos neben Cathien zu Boden.

»He, was …«, rief der andere, seine Worte gingen aber in ein Gurgeln über.

Cathien stemmte sich vorsichtig hoch und sah, wie das Ende einer Spitzhacke aus dem Mund des Angreifers stach. Blut quoll aus dem offenen Mund, dann fiel er leblos zu Boden. Dahinter stand der breitschultrige Mann mit der Narbe im Gesicht und schnaubte laut.

Hastig wandte Cathien den Blick ab und erkannte nun auch den anderen Angreifer am Boden, dessen Schädel zertrümmert war. Der Knochen war gespalten, Teile des Inneren traten hervor.

Überall Blut. Ihr Magen rebellierte und sie spie aus.

Elhans Hand legte sich zaghaft auf ihre Schulter. »Ich sagte Euch doch, Ihr sollt nicht allein in den Gängen herumwandern.«

Eine halbe Kerze später ging es Cathien wieder besser. Gemeinsam mit Elhan und dem breitschultrigen Mann saß sie auf einem flachen Stein und musterte die Leichen der beiden Angreifer, die nicht weit von ihr in einer großen roten Pfütze lagen. Laut Elhans Aussagen würde sich irgendwann jemand kümmern und die Leichen über den Rand der Schlucht werfen.

»Geht es wieder?«, fragte er.

Cathien nickte, die Bilder gingen ihr aber nicht aus dem Kopf. Der aufgebrochene Schädel, der entstellte Kiefer und das viele Blut.

»Ich kann mir vorstellen, dass das nicht leicht sein muss.«

»Das ist es nicht«, flüsterte sie kopfschüttelnd. »Ich wollte nie so sein. So schutzlos und schwach. Es stimmt, es war eine Dummheit.«

»Ach was«, murrte Narbengesicht neben ihr. »Wir haben's den Drecksäcken gezeigt und das ist alles, was zählt.«

»Ich danke euch, ihr habt mich gerettet. Aber ich schäme mich so sehr.«

»Es gibt keinen Grund, sich zu schämen«, meinte Elhan lächelnd. »Hier unten muss man sich schnell anpassen und lernen. Ihr seid eine intelligente Frau. Ich bin sicher, dass Ihr das noch hinbekommen werdet.«

Cathien musste trotz ihrer Schmerzen schmunzeln. Sein Lächeln sah immer noch seltsam aus, allerdings wesentlich besser als bei ihrer ersten Begegnung.

»Euer Retter heißt übrigens Sylon«, fuhr er fort und klopfte dem Hünen auf die Schulter. »Allein hätte ich diese Männer nicht überwinden können. Auch wenn ich es nicht gutheiße, dass er die Männer umgebracht hat, gab es keine andere Möglichkeit. Er musste handeln, deshalb bin ich froh, dass er zur Stelle war.«

Sylon nickte grimmig.

»Der alte Mann, der normalerweise mit uns unterwegs ist, heißt Itras. Nehmt ihn nicht beim Wort, er kann manchmal etwas eigenartig sein. Ehrlich gesagt, weiß ich nicht, was mich vorhin geritten hat.«

Sie nickte erst Elhan und dann dem großen Mann dankbar zu. »Ich war naiv. Ich habe geglaubt, dass sie mich in Ruhe lassen, wenn ich Stärke zeige. Das hat sie aber anscheinend noch mehr angestachelt.« Sie ließ die Schultern hängen, die Scham verdrängte längst die Schmerzen.

»Ihr seid zu hart mit Euch. Aber tatsächlich hat eine solche Haltung bei manchen Männern die gegenteilige Wirkung.«

»Ja, das habe ich jetzt auch erkannt. Es ist so, dass ich ...« Sie verstummte und wusste nicht, wie sie weiterreden sollte. Obwohl die beiden Männer Fremde waren, war sie von ihnen gerettet worden.

»Was habt Ihr, Cathien?«

»Seit einiger Zeit gerät bei mir wirklich alles außer Kontrolle. Ich fühle mich so machtlos und verloren.«

»Ob Ihr es glaubt oder nicht, aber ich kenne das Gefühl sehr gut. Was ist Euch widerfahren?«

»Vieles und noch mehr. Erst wurde mein Verlobter ermordet, dann mein Vater und zum Schluss wurde ich von meinem Diener verraten und verkauft. Die unfähige Närrin, die nicht auf sich aufpassen kann!« Sie schlug die Hände vor das Gesicht. »Am schlimmsten ist jedoch, dass ich im Grunde überhaupt nichts weiß. Ich bin blind, wo ich sehen sollte.«

»Wie meint Ihr das?«

»Ich bin eine Hochwohlgeborene, die Erbin des westlichen Herzogtums. Wohlhabend, mächtig und einflussreich. Und doch scheitere ich an den einfachsten Dingen. Ohne euch wäre ich vermutlich bereits tot.«

»Geht nicht zu hart mit Euch ins Gericht. So etwas kann jedem passieren.«

»Ich danke dir für diese aufmunternden Worte, Elhan, trotzdem beginne ich langsam zu begreifen, dass mein bisheriges Leben nur eine Farce war. Wie ein Bühnenstück mit schlechten Schauspielern. Meiner Familie wurde Unrecht zuteil, also machte ich mich auf den Weg, um ihre Ehre wiederherzustellen. Mittlerweile erscheint mir dieses Unterfangen aber vollkommen unbedeutend im Vergleich zu dem, was an diesem Ort geschieht. Dies ist das wahre Leben, mitleidlos, grausam und brutal.«

Elhan nickte langsam.

»Das Leben ist ungerecht, unsere Gesetze sind gnadenlos

und falsch! Je länger ich in Arakkur verweile, desto mehr wird mir das bewusst. Mein Vater war ein Teil davon. Ich wehre mich noch immer, ihn mit dieser Wahrheit in Verbindung zu bringen. Es wäre aber naiv, sich eine unliebsame Wahrheit nicht einzugestehen.«

»Mit dieser Erkenntnis beweist Ihr Weisheit, Cathien. Nicht viele *Hochwohlgeborene* würden so denken.«

Sie stutzte, als sie bemerkte, wie er das Wort Hochwohlgeborene betonte. »Du verabscheust Menschen wie mich, nicht wahr?«

Sein Kopf ruckte hoch. »Das wollte ich nicht sagen. Ich meinte nur, dass Ihr nicht wie die anderen seid.«

»Das war nicht meine Frage, Elhan.«

»Nein, ich …«

»Sei bitte ehrlich.«

Er knirschte mit den Zähnen. »Nein und ja. In Arakkur fällt es schwer, das Gute in einem Menschen zu erkennen. Ich bin aber sicher, dass nicht alle schlecht sind. Viele …«

»Viele sind es aber«, vollendete sie seinen Satz und schaute beschämt nach unten.

Er antwortete nicht, was sie als Zustimmung wertete.

»Warum hilfst du mir?«, fragte sie.

»Ihr gehört nicht an diesen Ort. Es ist falsch.«

»Ist das alles? Das ist der Grund?«

»Ist es wirklich wichtig?«

»Für mich schon.«

»Lasst uns ein anderes Mal darüber sprechen. Ich verspreche Euch, dass ich irgendwann eine Antwort geben werde.«

Sie lächelte. »In Ordnung.«

Sie schwiegen eine Weile, bis Elhan die Stille schließlich durchbrach. »Ihr seid ein guter Mensch, Cathien. Ich danke Euch für Eure Offenheit. Auch wenn Ihr mir nicht glaubt, aber ich kann vollkommen nachvollziehen, wie Ihr Euch momentan fühlt.«

»Wie meinst du das?«

»Die Niedergeschlagenheit, die Hoffnungslosigkeit. Das Gefühl, dass alles keinen Sinn mehr macht. Wie Sand, der durch die Hände rinnt, stürzen die Ereignisse auf Euch ein. Ihr versucht, danach zu greifen und doch scheitert ihr.«

Ihr Gesicht verhärtete sich. Damit sprach er genau aus, was ihr seit geraumer Zeit immer wieder durch den Kopf ging.

»Ich habe auch meinen Vater verloren, Cathien.«

»Das tut mir so leid, Elhan.«

»Habt Dank für Eure Anteilnahme, aber es ist, wie es nun einmal ist. In den letzten Zyklen habe ich so viel Schmerz und Leid erfahren, dass ich mich immer wieder frage, warum ich noch nicht zerbrochen bin.«

Sylon gab einige unverständliche Worte von sich. Fast hätte sie vergessen, dass er auch noch da war.

»Wir sind zum Spielball des Schicksals geworden«, sagte Elhan. »Ich würde Euch gerne mehr von meiner Vergangenheit berichten.«

Cathien nickte zaghaft. Mittlerweile verstand sie, dass der Name und die Geschichte eines Mannes in der Schlucht sehr viel wert waren. Mehr als man sich vorstellen konnte.

»In meinem früheren Leben war ich ein Händler.« Er lächelte traurig.

»Scheiße, du warst ein Händler?«, grollte Sylon. »Das hätte ich niemals erwartet!«

Elhan zuckte mit den Schultern. »Meine Mutter ist bereits bei meiner Geburt gestorben, ich kann mich nicht an sie erinnern. Aber mein Vater war immer für mich da.« Er schloss die Augen. »Wir hatten einen großen, braunen Wagen und natürlich zwei prächtige Horntiere. Hauptsächlich haben wir mit Wurzel- und Pilzarten gehandelt. Mein Vater war in ganz Norfall dafür bekannt gewesen.«

»Als Händler hast du bestimmt viel von der Welt gesehen«, bemerkte Cathien.

»Ja, das ist es auch, was mir am meisten fehlt. Hier unten ist alles gleich, dort oben gibt es unzählige Wege, hohe Berge und tiefe Täler. Ich vermisse es, den Wind und das Sonnenlicht auf meiner Haut zu spüren. Ich vermisse das Rauschen der Flüsse und das Leben um mich.« Sein Gesicht verzerrte sich. »Als wir uns eines Umlaufes auf den Weg von Merun nach Terez begaben, um unseren Vorrat aufzustocken, wurden wir am Wegesrand überfallen. Sie kamen in der Nacht und schlichen an unser Lagerfeuer. Erst haben sie meinen Vater getötet, dann den gesamten Wagen ausgeraubt. Ich wurde geschlagen, gedemütigt und mitgenommen.« Er wurde immer leiser und schwieg einen Moment. »Und wie das Leben so spielt, wurde ich an einen Sklavenhändler verkauft und bin nach langer Zeit in einem Konvoi gelandet. Ich erinnere mich kaum an die Zeit nach dem Angriff und vor der Schlucht.«

Cathien drückte seine Hand. »Das tut mir wirklich sehr leid. Es war bestimmt schrecklich, das alles erleben zu müssen.«

Diesen Menschen ist so viel genommen worden. Ich habe mir bereits gedacht, dass viele vollkommen schuldlos sind.

»Ich habe bislang mit niemandem darüber gesprochen«, raunte Elhan. »Es fällt mir schwer, der Schmerz ist noch zu groß. Trotzdem habe ich gelernt, damit zu leben. Ich habe es akzeptiert.«

»Ich danke dir für diese Geschichte.« Sie ließ seine Hand wieder los.

Sylon griff in seine Hosentasche und förderte eine kleine Metallscheibe hervor. Er betrachtete die matte Fläche und rieb mit dem Daumen darüber. Cathien erkannte, dass es sich um das Medaillon eines Schutzgottes handelte. Sie besaß ihres nicht mehr, da Arnen es ihr abgenommen hatte.

»Dein Schutzgott ist Jad?« Sie zeigte auf das Symbol – ein gebrochenes Wagenrad.

»Ja, ist das Letzte, was mir noch geblieben ist.«

»Ich habe Magari immer um Vorsicht und Wachsamkeit gebeten. Das hätte mir vor einer Kerze bestimmt eine unangenehme Situation erspart.«

»Manche Dinge kann man nicht vorhersehen«, brummte der Hüne.

»Ich glaube, du bist tief in dir ein guter Mann. Du hast mich gerettet.«

Er schüttelte den Kopf und stand auf. »Vielleicht früher einmal.« Langsam schlurfte er in die Dunkelheit des Stollens, bevor er verschwand, warf er ihr noch einen langen Blick zu. »Meine Hände haben ein Leben gerettet, aber zwei genommen.«

HERZÖGE UND DIENER

Wer gegen das göttliche Gesetz verstößt, wird von den Göttern des Neunerbundes gerichtet und bestraft. Es ist unumstößlich und über jeden Zweifel erhaben.

Enzyklopädie des Neunerbundes

Es war mitten in der Nacht und der erste Mond schien hell, als sie durch das heiße, drückende Straßengewirr der Stadt Terez fuhren. Alrael spürte, wie das seidene Gewand unangenehm an seiner Brust klebte. Die Luft war schwül, drückend und lag über dem Land wie eine nasse Wolldecke, nur ein leichter Wind wehte ihm durch das schmale Fenster entgegen.

Es war eine lange Reise gewesen und Alrael war froh, am Ziel angekommen zu sein. Zwar waren die Gespräche mit dem Herzog Landamars ein steter Quell interessanter Informationen gewesen, er konnte es jedoch kaum erwarten, den stickigen Wagen zu verlassen und endlich wieder tief durchatmen zu können. Er war der Meinung, dass solche beschwerlichen und langen Reisen nichts für ihn waren, hatte er es doch sonst lieber ruhig und gemütlich. Zurückgezogen mit einem Buch in sein Arbeitszimmer und bedient von einem attraktiven, jungen Mann. Vielleicht noch einen kühlen Steinkrug in der Hand, serviert mit frischen Mondbeeren.

Während er darüber nachdachte, ertappte er sich, wie seine Gedanken wieder zu dem schrecklichen Erlebnis in den Kerkern von Amerys wanderten. Er erinnerte sich an den Diener Loris, dessen flehenden Ausdruck im Gesicht und dessen gebrochene Knochen, die durch das weiche Fleisch traten. Je öfter Alrael daran dachte, desto mehr brannte sich die Erinnerung in seinen Kopf. Es war wie der Stachel einer Dornfrucht, der sich immer tiefer hineindrängte, bis alleine der Gedanke einen unüberwindbaren Schmerz auslöste. Je weiter er sich jedoch von seiner Heimat entfernte, desto befreiter fühlte er sich. Es kam ihm vor, als würde er eine faule Hülle langsam von sich abstreifen und zurücklassen.

Alrael beobachtete aus dem Augenwinkel den Herzog von Landamar. Der war ein Mann, den man nicht unterschätzen sollte. Gerissen und intelligent, besaß er gleichzeitig eine ernüchternde Offenheit. Ohne Umschweife hatte Ramor ihm eröffnet, was er von Alrael erwartete. Seine Ehrlichkeit war entwaffnend, seine Pläne gut durchdacht und nachvollziehbar. Der Herzog war kein Mann des Krieges, er war ein Mann der Vorsicht, ein Denker – genau wie Alrael. Das hatte er in ihren vielen Gesprächen während der Reise feststellen müssen. Das machte den Herzog aber auch zu einem sehr gefährlichen Gegner, den man nicht unterschätzen sollte. Ramor wusste genau, wie er die anderen Herzöge und den König unter Druck setzen konnte, alles war durchdacht, alles folgte einem System. Während die sich um die Schürfrechte an der Schlucht stritten, stand er zurückhaltend im Hintergrund und wurde mit jedem verstreichenden Umlauf reicher und mächtiger.

Gezielte Manipulation. Der Gelehrte Phinius schrieb in einem seiner Werke davon. Es ist beeindruckend, man sollte Ramor Respekt zollen. Sie merken nicht einmal, wer tatsächlich im Hintergrund die Fäden in der Hand hält.

Alrael schüttelte den Kopf und sah aus dem Fenster. Während er seine Umgebung betrachtete, kam er nicht mehr aus dem Staunen. Bereits zuvor hatte er gewusst, dass Süd-Terez eine wohlhabende Stadt war. Nun musste er aber feststellen, dass seine Vorstellung sich noch deutlich von dem unterschied, was er zu sehen bekam: unbegreiflichen Reichtum.

Nach einer Weile blieben sie vor einem beeindruckenden Gebäude stehen – es war geradezu ein Palast – und stiegen aus. Natürlich hielt Alrael seiner Anvertrauten die Hand hin, während sie aus dem Wagen ins Freie trat. Er wusste nicht einmal ihren Namen, im Grunde war der aber für ihn auch vollkommen unwichtig. Sie war seine Zukünftige, das musste genügen.

Gemeinsam schritten sie auf den Palast zu und Alrael bestaunte die weißen Marmorsäulen, die vielen Verzierungen in den hohen Wänden und die wunderschönen Schnitzarbeiten, die an den Eingängen angebracht waren. Darauf war das gebrochene Wagenrad des Jad zu erkennen, es war naheliegend, dass der Herzog Landamars den Gott der Händler als seinen Schutzgott auserwählt hatte.

Soldaten in blauen Gewändern und aufwendig verzierten Harnischen standen an den Eingängen, in der Hand hielten sie lange und gefährlich aussehende Hellebarden. Sie salutierten vor dem Herzog und öffneten das Tor.

Erschien das Gebäude von außen schon wie ein Palast, kam Alrael nicht mehr aus dem Staunen, als er über die Türschwelle trat. Es war ein unglaublicher Reichtum, der die Hallen des Königs bei weitem in den Schatten stellte. Überall leuchteten Edelsteine, wertvolle Gemälde hingen an den Wänden und veredelte Marmorbüsten säumten die Wände. Seine Absätze klackten auf dem Grund und als er den genauer begutachtete, fiel ihm auf, dass der gesamte Boden mit einem wunderschönen Muster aus unzähligen kleinen Steinchen zusammengesetzt war. Sie schritten durch einen langen Gang, an der Decke leuchteten bunte Glasgemälde, spielerische, goldene Einlagerungen reflektierten das Licht.

Alrael konnte sein Erstaunen nicht verbergen. »Ich bin beeindruckt, Herzog Ramor. Selten so eine Pracht gesehen. Selten so eine Verschwendung.«

»Verschwendung?«, fragte der Herzog. »Ich weiß einfach nur mit Reichtum umzugehen, das ist alles. Neben meinem Palast sieht der Hauptsitz des Königs geradezu lächerlich aus.«

»Es scheint, als würden sich mittlerweile alle Augen auf

Terez richten, nicht wahr?«

»So ist es. Es dauert nicht mehr lange und diese Stadt wird das Zentrum der Macht sein. Zumal ich mich in Begleitung des Kronprinzen höchstpersönlich befinde, der mir einen Erben schenken wird!«

Ah, die Spiele der Reichen und Mächtigen. Ausnahmsweise hat einer aber wirklich mal die Situation durchschaut.

Sie schritten durch einen Nebengang und Alrael bestaunte weiter die Pracht, die ihm geboten wurde. »Lasst Ihr die Marmorplatten den ganzen Weg von den großen Steinbrüchen des nördlichen Merun nach Terez transportieren?«, fragte er.

»Natürlich. Tatsächlich sind es aber Marmorplatten vom Nordpass.«

Alrael zog erstaunt eine Augenbraue hoch. »Vom Nordpass? Du meine Güte, das ist ja das andere Ende Andurals.«

»Es kostet zwar ein Vermögen, wie man jedoch deutlich sehen kann, lohnt es sich.«

»In der Tat, es ist ein erstaunlicher Anblick. Und doch sehe ich immer noch eine unvergleichliche Verschwendung darin.«

»Nennen wir es eine Art Interesse«, entgegnete der Herzog verschlagen.

»Ein Interesse also? Höchst bemerkenswert. Mein Vater hält Euch für eine Geißel, die sich an der Macht der anderen Herzöge labt. Sagt mir, Herzog Ramor, ist da womöglich etwas dran?«

Ramor faltete die Hände hinter dem Rücken. »Nun, sag du es mir, Kronprinz. Ist dem so?«

»Ihr seid schlau und unberechenbar. Und doch erkenne ich, dass Ihr mit Voraussicht handelt. Die anderen Herzöge sollten bei Euch in die Lehre gehen, Ramor. Sie könnten noch einiges lernen.«

Und das meine ich sogar so.

Der Herzog lachte schallend. »Dann würden sie womöglich noch erkennen, wie armselig sie doch im Vergleich zu mir sind.«

Sie kamen in einer weitläufigen Halle an. Mehrere Diener

verneigten sich, als sie an ihnen vorbeischritten.

»Meine Tochter Ilonora wird dich gleich zu deinen Gemächern bringen«, sagte Ramor. »Dann könnt ihr euch etwas besser kennenlernen und über eure zukünftigen Pläne diskutieren.« Er zwinkerte Alrael zu. »Ein Diener wird euch etwas zu essen bringen. Es ist ein sehr attraktiver Diener, wohlgemerkt. Mit einem hübschen Gesicht und einem straffen ...«

»Ich habe verstanden«, fuhr Alrael dazwischen. Der Herzog war offen - ein wenig zu offen für seinen Geschmack.

Ramor klopfte ihm freundschaftlich auf die Schulter. »Ich sag dir was: Ich mag dich, Kronprinz. Wir werden uns bestimmt gut verstehen.«

Alrael entgegnete nichts und lief stillschweigend neben ihm her. Er war erschöpft von der Reise und benötigte dringend etwas Ruhe. Zwar war es in Illindar auch beinahe den ganzen Zyklus über warm, in Landamar herrschten jedoch andere Temperaturen, die ihm mit jeder verstreichenden Kerze mehr zusetzten. Sein gesamtes Gewand war mittlerweile mit Schweiß durchtränkt, es war widerlich.

Der Herzog bemerkte seinen unsteten Blick und gab einem Diener sofort die entsprechenden Anweisungen. »Ruhe dich aus«, sagte er. »Wir werden in den nächsten Umläufen die Schlucht aufsuchen, damit du dir ein eigenes Bild machen kannst.« Er nickte seiner Tochter auffordernd zu.

»Habt Dank für Eure Gastfreundschaft, Herzog Ramor. Ich ziehe es aber heute vor, allein zu speisen und mich etwas zu erfrischen.«

Kurz grübelte der Herzog, setzte aber schließlich ein strahlendes Lächeln auf. »In Ordnung. Frisch machen, das ist gut. Passt zu dir.« Er kicherte leise. »Ein Diener wird dich in deine Gemächer führen. Aber behalte deine Finger noch etwas bei dir!«

Er verbeugte sich. Dann machte er auf dem Absatz kehrt und verschwand mit seiner Familie in einem Seitengang. Seine Tochter warf Alrael kurz einen bösen Blick zu, den er mit einem Schulterzucken quittierte.

»Mein Prinz, wenn Ihr mir bitte folgen würdet?«, säuselte eine Stimme hinter ihm.

Ach richtig, der Diener, den ich nicht anfassen soll.

Er wandte sich dem jungen Diener zu, der sein Gepäck trug.

Obwohl es mir bestimmt nicht leichtfallen wird.

Alrael grinste.

ZWISCHENSPIEL – SATHUS

Die Fluggeißel jagt in Gruppen. Sie wartet, bis das Opfer ihr den Rücken zuwendet, und schwingt sich dann darauf. Der Kopf ist lang, spitz und geht in einen verhornten Stachel über. Die Flügel besitzen ebenfalls einen langen Hornstachel, der scharfkantig und nach innen gewölbt ist. Dadurch kann sich die Geißel am Rücken ihres Opfers festkrallen und mit dem Kopf zustoßen. Diese Tierart gilt als Aasfresser und ihr Name wird oft als Schimpfwort benutzt.

Enzyklopädie der Wesensarten Andurals

Wünscht Ihr noch etwas, mein Herr?«

Herzog Sathus sah seinen Diener finster an.

»Ähm, vielleicht noch einen Schluck dieses hervorragenden Weines? Er ist gut und sehr viele Zyklen alt.«

Sathus verzog vor Schmerz das Gesicht. »Aufpassen, du Schwachkopf!«

Der Heiler, der ihm gerade die Fäden aus seinem Arm entfernte, blickte erschrocken auf. »Mein Herr, es geht nicht anders! Ich muss das tun, wenn die Wunde sich nicht entzünden soll.«

Sathus wedelte verächtlich mit der Hand und nahm einen Krug von seinem Diener entgegen. Vorsichtig nippte er an dem violetten Gerstenwein. Er schmeckte stark und brannte im Rachen – genau richtig für seinen Gemütszustand.

Sein Diener verneigte sich und eilte aus dem Raum.

Er widmete sich wieder dem Heiler, dem nun Schweißperlen auf der kahlen Stirn standen. »Wenn der nächste Faden so schmerzt wie bisher, wird das der letzte ein, den du in deinem jämmerlichen Leben gezogen hast.«

»Mit Verlaub mein Herr, es ist notwendig, dass …«

»Schweig und arbeite!«

»Sehr wohl, mein Herr.«

Sathus nahm einen weiteren Schluck und behielt den Wein einen Augenblick im Mund. Das Aroma entfaltete sich, kitzelte am Gaumen und brannte fast schmerzhaft auf der Zunge. Es war wirklich ein guter Wein, der Diener hatte recht. Der Alkohol entfaltete bereits seine Wirkung, er fühlte sich gleichzeitig schläfrig und berauscht. Das machte seine Situation wenigstens erträglich. Besiegt und geschlagen, fristete er seit geraumer Zeit sein Dasein in seinem Anwesen in der Stadt Helles. Sollte sich Norfall irgendwann entscheiden, die Stadt zu nehmen, würde das ohne große Gegenwehr möglich sein.

Schweigend beobachtete er den Heiler bei der Arbeit. Er musste zugeben, dass der Mann die wirklich gut verrichtete. Die lange Wunde am rechten Unterarm war gut genäht worden, es würde keine Narbe zurückbleiben.

Wie schafft es dieser Mann, nicht zu zittern? Bemerkenswert, wirklich äußerst bemerkenswert.

»Sag mir, wie konnte das passieren?« Sathus nahm einen weiteren tiefen Schluck aus seinem Krug.

»Herr?«, fragte der Heiler unsicher und unterbrach seine Arbeit.

Der Herzog ignorierte ihn jedoch und blickte in die hintere Ecke seines Schlafgemaches. Eine Gestalt trat aus den Schatten, gehüllt in braune, lange Gewänder. Das Gesicht tief unter der Kapuze verborgen.

»Es war nicht absehbar, mein Gebieter«, flüsterte die Gestalt.

»Nicht absehbar? Mein lieber Mann, das war eine zehntausend Mann starke Armee! Wie konnte etwas Derartiges *übersehen* werden?«

Die Gestalt schwieg und verbeugte sich leicht.

»Wenn ich mich recht entsinne,« Sathus stockte und verzog vor Schmerz das Gesicht. Drohend sah er den Heiler an, der sichtlich nervös wurde, »gab es eine Abmachung. Vielleicht erinnerst du dich?«

Die hagere Gestalt trat nun vollends aus den Schatten. »So ist es, mein Gebieter. Wie ich aber bereits sagte, war das eine nicht vorhersehbare Situation. Niemand rechnete damit, dass Herzog Jachek eine ganze Armee in der Hinterhand hatte.«

»Niemand? Mein lieber Mann, sonst ist euresgleichen doch immer allwissend!«

Der Heiler entfernte den letzten Faden, verneigte sich und verließ anschließend den Raum. Sathus sah ihm nicht nach, er hatte nur Augen für den Spion, dessen unzulängliche Informationen den Untergang für sein Herzogtum bedeuteten. Er wollte einen Schluck aus seinem Krug trinken, bemerkte aber zu seinem Leidwesen, dass der schon leer war.

Wo ist dieser Diener abgeblieben? Diese verdammten Bauern! Alles Tölpel, keiner hat einen Blick für das Wesentliche.

»Das ist ja alles schön und gut, mein Lieber«, säuselte Sathus. »Leider bringt uns das in eine sehr unangenehme Position, nicht wahr? Wenn ich mich recht entsinne, wurden mir Macht und Einfluss im Austausch für einige persönliche Gefälligkeiten versprochen.« Er machte eine gewichtige Pause. »Du erinnerst dich vielleicht?«

»Natürlich wird man sich noch erkenntlich zeigen, mein Gebieter«, sagte der Spion. »Es braucht aber Zeit. Die Räder drehen sich, der Plan schreitet voran.«

»Mein guter Mann, du sprichst erneut in Rätseln. Ich bin der Bauernherzog, wie du dich sicherlich erinnern kannst.« Sathus wedelte verächtlich mit der Hand.

»Mein Gebieter, habt bitte Verständnis. Eure Zeit wird kommen, aber noch ist es nicht soweit.«

»Ah ja, ich vergaß. Der große Plan. Die Rädchen in den Rädchen, nicht wahr?«

Der Spion verneigte sich so tief, dass er beinahe den Boden lecken konnte.

»Allerdings ist die große Frage, wie es nun weitergehen soll? Wir erinnern uns, meine Armee ist geschlagen, Jachek wird vermutlich gerade dabei sein, Ardus zu belagern, und wenn Ardus fällt, fällt auch Kallyen. Dann, mein Lieber, dann ist Helles als Nächstes an der Reihe. Leider verfügt meine geschätzte Hauptstadt über keinerlei Mauern.« Sathus schnaubte. »Wir haben Gräben und Acker.«

»Deshalb bin ich hier, mein Gebieter.«

Sathus runzelte die Stirn.

»Es gibt Neuigkeiten aus Kallyen. Die Stadt wird nicht mehr belagert.«

»Tatsächlich?«

»Tatsächlich!«

»Würdest du vielleicht die Freundlichkeit besitzen, einen armen Bauernherzog aufzuklären? Aber nur, wenn es dir nichts AUSMACHT!«

»Gemach, mein Gebieter. Herzog Jachek ist gefallen, seine Armee wurde vernichtet.«

Ungläubig sah Sathus auf. »Tatsächlich?«

»Tatsächlich!«

Er griff nach einer kleinen Glocke und klingelte. Sofort öffnete sich der Vorhang und ein Diener schritt hindurch. Wortlos hielt er seinen Krug in die Höhe. Der Diener füllte nach und verließ geschwind den Raum.

»Nun, dann lasse bitte einen ärmlichen Bauern an deiner unendlichen Weisheit teilhaben.«

Der Spion verschränkte die Arme hinter dem Rücken. »Die Pläne sind ins Rollen gekommen.«

»Ah, der große Plan«, schmunzelte Sathus und lehnte sich zufrieden zurück. Sanft schwenkte er den violetten Wein in dem Krug.

»So ist es, mein Gebieter. Norfall hat seine Armeen eingebüßt und liegt schutzlos da. Sie wurden bis auf den letzten Mann abgeschlachtet.«

»Hat es diesen Barbaren also tatsächlich erwischt? Ich muss sagen, ich bin sehr erfreut. Wie steht es um die Herzogin?«

»Herzogin Ateria harrt in der Festung aus und musste zusehen, wie der Feind ein ganzes Heer niedergerungen hat.«

»Sie marschieren zur großen Schlucht, nehme ich an?«

Der Spion nickte. »Euch droht keinerlei Gefahr, Ihr seid einstweilen sicher und werdet schon bald Eure Belohnung erhalten.«

»Wie geht es danach weiter?«

»Es ist noch nicht absehbar, mein Gebieter. Wir werden es aber erfahren.«

Sathus lächelte.

VIERTER TEIL

EIN WUNDERSAMER ORT

Die Knolle wächst ausschließlich in den tieferen Ebenen Arakkurs. Sie verlängert das Leben desjenigen, der sie verzehrt. Wie genau die Knolle wirkt und warum sie diese einzigartige Wirkung entfaltet, stellt Gelehrte weiterhin vor ein großes Rätsel.

Enzyklopädie der Wesensarten Andurals

Elhan rieb die Stirn. Seine Finger hinterließen schwarze Schlieren auf der verschwitzten Haut.

»Wirf mal die Schaufel rüber!«, rief Sylon. Er saß am Boden und kratzte mit einer Hand in der Erde.

»Moment, ich bin hier gerade am Graben«, sagte Elhan und versuchte, einen größeren Stein auszuhebeln. Mit einem kräftigen Ruck fiel der Brocken aus der Senke. Eine graue Knolle war darunter erkennbar, die sich tiefer in die feuchte Erde graben wollte, aber Elhan war schneller. Seine Hand zuckte vor und hielt sie gepackt. Sofort wickelten sich die einzelnen Verästelungen der Knolle um seine Hand und verharrten in der Bewegung. Einige feuchte Fäden hingen noch daran, die er vorsichtig entfernte. Währenddessen konnte er den sanften Puls spüren, der von ihr ausging.

»Würde wirklich gern mal wissen, wie du kleiner Halunke das machst!« Sylon stand mit verschränkten Armen vor ihm.

»Spricht da Neid aus dir, Sylon?«

»Neid? Ich piss mir gleich in die Hose, so beängstigend finde ich das! Wie machst du das?«

»Keine Ahnung. Itras' Anweisungen helfen mir. Ich werde einfach immer besser, die Knollen zu finden.« Tatsächlich bekam Elhan mittlerweile ein Gespür für seine Umgebung. Wenn er sich konzentrierte, konnte er die Knollen in der Nähe irgendwie *empfinden*. Durch diesen Umstand stellte die vorgegebene Quote der Schlucht-Aufseher für ihre kleine Gruppe nun kein Problem mehr dar, er sammelte an jedem Umlauf mindestens zwei Knollen und half seinen Gefährten ebenfalls.

»Welche Anweisungen?«, bemerkte Cathien. »Ich sehe nur, wie du und der alte Mann eure kleinen Aussetzer habt und anschließend eine neue Richtung vorgebt.«

Mittlerweile wurde sie an jedem Umlauf ihrem Stollen zugewiesen. Vermutlich war Mort einfach nur froh, dass sie sich möglichst weit weg von ihm befand. Vielleicht hatte er aber auch bemerkt, dass sie in Elhans Nähe nicht ganz so unerträglich war.

Wenn sie mit dem gleichen Enthusiasmus graben würde, wie sie sich beschweren kann, wäre sie vermutlich wesentlich erfolgreicher.

Er musste schmunzeln, die Anwesenheit der jungen Frau beflügelte die Truppe. Ihre sture Art war zwar zeitweise anstrengend, es brachte aber Farbe in die triste Welt Arakkurs. Mit jedem weiteren Umlauf fühlte er sich in ihrer Nähe wohler. Sie war wie ein ungezähmter Steppenläufer, der wutschnaubend über die Ebenen jagte. Unaufhaltsam und herrisch. Nein, eher wie ein wildes Feuer, das unerschütterlich in der Dunkelheit brannte. Die versuchte Vergewaltigung hatte sie schwer erschüttert, seitdem wich sie ihm nicht mehr von der Seite. Er hatte aber nichts dagegen, sie ergänzte seine kleine Truppe sehr gut.

»Das war das falsche Wort, ich meinte Hilfestellungen und Ähnliches«, meinte Elhan. Natürlich wusste sie bislang nichts von seinen Kräften. Er war der Meinung, dass es nicht nötig wäre, sie aufzuklären. Noch nicht. Unglücklicherweise war sie eine sehr intelligente Frau, daher lag die Vermutung nahe, dass sie dem Geheimnis bald auf die Spur kommen würde.

Elhan beobachtete seine Gefährten. Während der letzten Umläufe hatte sich aus ihnen eine eingeschworene Gemeinschaft gebildet. Da waren der alte Itras, der mit seiner Verrücktheit stets für überraschende Momente sorgte, der grimmige Sylon, der tiefgründiger war als er zugeben wollte, Cathien, die mit Feuer und Flamme die Gruppe zusammenhielt, und natürlich Elhan. Seit langer Zeit fühlte er sich geborgen – es war seltsam. Wie ein warmes Feuer breitete sich das Gefühl in seiner Brust aus und erfüllte ihn mit einem Funken Hoffnung. Er verstand nicht, weshalb er diese Zuversicht verspürte, aber er beschwerte sich auch nicht.

Cathien mühte sich an ihrer Schaufel ab. Ihre ehemals blonden Haare nahmen langsam eine schmutzige, bräunliche Farbe an. Der unförmige Leinensack riss an den Seiten immer mehr auf. Ein entschlossener Ausdruck erfüllte ihr Gesicht, die Lippen waren zu einer schmalen Linie zusammengepresst und das Kinn wie stets vorgeschoben. Sie setzte die Schaufel an und wollte einen Brocken aushebeln, aber man erkannte auf den ersten Blick, dass sie in ihrem bisherigen Leben noch nie schwere körperliche Tätigkeiten ausgeführt hatte. Sie schaffte es zwar, den Brocken ein Stück weit anzuheben, setzte allerdings falsch an, sodass dieser in die Kuhle zurückfiel.

»Bei Magaris Socken!«, fluchte sie und ließ die Schaufel auf den Boden fallen. »Soll das nun ewig so weitergehen? Ich habe schon Blasen an den Händen!«

»Wenn‘s nur Blasen sind, kannste beruhigt sein, Schnuckelchen«, bemerkte Sylon.

Elhan ging zu ihr und zeigte ihr, wie sie die Schaufel ansetzen musste. Es war zwar mit einer Hand schwierig vorzuführen, trotzdem gelang es ihr anhand seiner Anweisungen, den Erdbrocken auszuhebeln. Sie wischte über die feuchte Stirn und sah die Gruppe mit erhabenem Ausdruck an.

Sie kann wohl nicht aus ihrer Haut.

Elhan griff wieder nach seiner Spitzhacke und konzentrierte sich auf seine Umgebung. Er erinnerte sich an die Lektionen des alten Mannes und tauchte in den Lebensfluss ein. Die Welt um ihn verblasste und löste sich in Fetzen und farbigen Rauch auf. Hier gab es keine festen Formen, nur Empfindungen und Gefühle. Es war eine Art Sehen und Spüren, obwohl er nicht mit den Augen sah.

Als er sich treiben ließ und schließlich auf einen entfernten Punkt fokussierte, musste er stutzen. In einigen Schritten Entfernung waberten dichte Rauchschwaden, die in unzähligen bunten Farben pulsierten. Es war beinahe so grell wie eine leuchtende Sonne. Elhan schmeckte es auf der Zunge und spürte, wie der Lebensfluss in seiner Brust bebte. Vorsichtig betrachtete er das Pulsieren und stellte fest, dass es sich um unzählige verschiedene Lichter handelte, die auf eine ihm unverständliche Weise verbunden waren. Nachdenklich sank er langsam zurück und wurde sich seiner Gegenwart bewusst. Die Farben verblassten, die Ebenen splitterten auf. Er atmete einmal tief durch und öffnete die Augen.

»Schon wieder am Träumen?«, fragte Cathien neben ihm.

Als Elhan sich ihr zuwandte, riss sie erschrocken die Hände vor den Mund und starrte ihn an. Er versuchte, sich auf seine Atmung zu konzentrieren. Es war schwer, zurückzufinden, nachdem man so tief in den Lebensfluss eingetaucht war.

»Was ist, habe ich was im Gesicht?«, fragte er.

»Deine Augen … sie sind blau!«, rief sie und starrte ihn noch immer an.

Elhan wurde unsicher und wischte Dreck aus dem Gesicht. »In der Tat, sogar schon seit meiner Geburt«, scherzte er.

»Jetzt sind sie wieder normal. Ich … ich hätte schwören können, dass deine Augen eben geleuchtet haben, Elhan!«

»Geleuchtet?« Verwirrt drehte Elhan sich zu Itras.

»Sieh mich nicht so an, Kleiner!«, gackerte er. »Ich war abgelenkt.«

Leuchtende Augen? Was kommt als Nächstes … glühende Ohren?

Er schenkte dem Umstand keine weitere Beachtung und ging auf die nächst gelegene Wand zu. Das gleißende Leuchten und die vielen pulsierenden Farben waren aus dieser Richtung gekommen. Cathien folgte ihm. Er wusste, dass diese Diskussion noch nicht beendet war. Sie war hartnäckig, wenn sie etwas nicht auf Anhieb verstand.

Vorsichtig fühlte Elhan mit seiner rechten Hand über die Maserung der Wand. Als er einen Ansatzpunkt gefunden hatte, setzte er die Spitzhacke zielgenau an.

»Hast du nichts zu sagen, Elhan?«

»Nein.« Er hielt kurz inne. »Verzeiht mir, aber ich muss etwas überprüfen. Bitte tretet ein Stück zurück.«

Sie runzelte die Stirn und ging aus dem Weg.

Er drückte mit seiner Hand auf die abgewetzte Maserung des Holzstiels, holte aus und ließ das Werkzeug mit Schwung niedersausen. Es traf genau in den Ansatzpunkt und mit einem ohrenbetäubenden Krachen brach die gesamte Seitenwand ein.

Elhan stolperte zur Seite und riss Cathien mit sich, die einen spitzen Schrei ausstieß. Steine prasselten nieder, eine graue Staubwolke flog durch den Stollen.

»Was zum …?«, rief Sylon.

Ein Brocken knallte Elhan auf die Schulter und er musste schmerzhaft aufschreien. Ein Moment verging, ehe das Rumpeln endete.

Ächzend und stöhnend befreiten sie sich von dem Schutt. Es war schwer, etwas durch den dichten Staubvorhang zu erkennen, und er musste husten. Als der Staub sich schließlich legte, stand Cathien mit schreckgeweiteten Augen vor ihm. Sie war von oben bis unten mit kleinen Steinbrocken und Dreck bespritzt, das Gröbste hatte aber er mit seinem Körper abgefangen. Seine Schulter pochte dumpf, ansonsten war er unversehrt.

Vermutlich eine Prellung. Nichts gebrochen, nichts ausgerenkt.

»Hast du dich verletzt?«, fragte sie.

»Nein, es geht schon. Wie steht es mit Euch?«

»Du lagst auf mir, ich habe nichts abbekommen.«

»Auf dir lag er also, ja?«, höhnte Sylon und kam mit einem breiten Grinsen zu ihnen. »Sagt mir demnächst vorher Bescheid, dann mache ich mit.«

Cathien errötete, was Elhan ein Kichern entlockte.

Gemeinsam betrachteten sie das große Loch, das sich in der Seitenwand gebildet hatte. Einige größere Brocken lagen da, ansonsten war nur Schwärze erkennbar.

»Na, was hast du denn jetzt wieder angestellt, Junge?«, fragte Itras und klatschte freudig in die Hände.

Elhan zuckte mit den Schultern. »Keine Ahnung. Ich hatte so ein Gefühl, wusste aber nicht, dass gleich die ganze Wand einstürzt.«

»Du hattest also ein Gefühl ... was meinst du damit?«, warf Cathien dazwischen.

»Nichts weiter. Wollen wir nachsehen?«

Sie beobachtete ihn stirnrunzelnd, schwieg aber.

Sie wird sich mit dieser Erklärung nicht abfinden ...

Gemeinsam entschlossen sie sich, durch das Loch zu klettern und die Umgebung dahinter näher in Augenschein zu nehmen. Ein leichter Abhang war erkennbar, die Wände rillenförmig abgetragen. Das gleichmäßige Muster legte die Vermutung nahe, dass es sich um den von einem Felswühler gegrabenen Gang handelte. Nach einigem Hin und Her entschieden sie sich, ihm weiter zu folgen, und kletterten in die Finsternis.

»Hier wachsen keine Leuchtpilze in den Rillen«, bemerkte Elhan.

»Und?«, brummte Sylon.

»Das heißt, dass der Tunnel frisch sein muss.«

»Soll mir recht sein. Diese kleinen Drecksdinger sollen bloß fernbleiben!«

»Warum? Willst du sie piksen, Bursche?« Itras lachte gackernd.

Elhan versuchte, das Gespräch in eine andere Richtung zu lenken. »Was denkt ihr, wo führt der Gang uns hin?«

»Nach unten?«, fragte Sylon.

»Ach wirklich? Das war mir bislang nicht bewusst.«

»Siehste mal, du Weichling, man kann immer dazulernen.«

Eine Weile schritten sie schweigend den dunklen Tunnel hinab und orientierten sich an den Wänden, bis schließlich in einiger Entfernung eine leichte Neigung erkennbar war. Langsam umrundeten sie das Ende des Tunnels und kamen in einem neuen Höhlenkomplex an.

Sprachlos blieben sie stehen.

Eine riesige Höhle erstreckte sich vor ihnen. Unzählige Leuchtpilze wuchsen an den Wänden und tauchten die Umgebung in sanftes Licht. Der gesamte Boden war mit grauen Knollen ausgelegt. Sie stachen überall hervor: aus dem Boden, den Wänden und sogar der Decke. Sanft wogten sie hin und her, als würden sie einem gleichmäßigen Rhythmus lauschen. An der gegenüberliegenden Seite war ein weiterer Tunnel erkennbar, offenbar hatte sich der Felswühler durch die Höhle gegraben und war wieder verschwunden. Es war ein atemberaubender und wunderschöner Anblick.

»Was ist das?«, fragte Cathien, während sie sich staunend umsah.

»Ich habe keine Ahnung«, sagte Elhan. »Das sieht nach Knollen aus. Ich habe aber noch niemals so viele an einem Fleck gesehen.«

Als er sich Itras zuwandte, bemerkte er, wie der alte Mann die Augen geschlossen hielt und sachte den Kopf hin und her wiegte.

»Den Alten hat's jetzt endgültig erwischt, er ...«, setzte Sylon an, Elhan gebot ihm, zu schweigen. Er hielt den Atem an und sah noch einmal zu den Knollen. Dann beobachtete er wieder Itras.

Sie wiegten sich im gleichen Takt.

Bei Cernunnos!

»Itras, was geht hier vor?«, flüsterte er.

»Schließe deine Augen, Junge!«, murmelte der alte Mann. »Fühle das Leben um dich!«

Elhan tat wie geheißen, blendete alles um sich aus und tauchte in den Lebensfluss ein. Seine Umgebung verschwamm, zerfaserte und wurde substanzlos. Beinahe wurde er aus seiner Konzentration gerissen, als er das Leben um sich wahrnahm. Es fühlte sich an, als würde er sich im Zentrum einer gewaltigen Sonne befinden. Eine wahre Explosion an Pulsen, Farben und Rauch umgab ihn. Ein gemeinsamer Puls drang durch den Raum, fast wie ein Herzschlag.

Poch. Poch. Poch.

Es war eine einzelne Empfindung und doch waren es unzählige.

Einfach nur wunderschön, Itras. Ich habe so etwas noch niemals zuvor erlebt.

Es ist das Leben, Elhan. Das ursprüngliche Leben, konzentriert, rein und unangetastet. Ein Ort der Ruhe und des Wachstums. Siehst du, wie die Farben in deiner näheren Umgebung kräftiger aufleuchten? Und wie der Nebel stärker auseinandergetrieben wird?

Ja, ich sehe es. Was bedeutet das, Itras?

Elhan, denke nach. Berühre eines der Lichter in deiner Umgebung. Du musst es erkennen.

Er kam der Aufforderung nach und stellte ein Seelenband mit einem der pulsierenden Lichter her. Langsam griff er in den formlosen Nebel und offenbarte seine Atemseele. Und als er das tat, nahm er eine Existenz wahr, so rein und natürlich wie das Leben. Es war aber nicht die Empfindung einer einfachen Pflanze, wie er erwartet hatte. Es war ein tieferes Bewusstsein. Unendlich mächtig, aber trotzdem schwach. Es trieb hin und her, wie Wasser in einem zerbrochenen Krug. Es fühlte sich an, als würde er nur einen Teil von etwas Größerem erkennen.

Die Knollen, sie sind keine Pflanzen, nicht wahr?

Ja … nein, sie sind viel mehr als das. Sie sind ein Teil eines größeren Bewusstseins, Elhan. Ein Rätsel, ein Geheimnis, das du irgendwann ergründen musst.

Das verstehe ich nicht, Itras.

Ich bin sicher, dass du es irgendwann verstehen wirst.

Langsam sank Elhan zurück, verließ den Fluss des Lebens und löste das Band. Er konzentrierte sich auf seine Umgebung und öffnete die Augen. Der Nebel zerfaserte, die Welt kam zum Stillstand. Als er jedoch seine Umgebung richtig wahrnahm, stellte er fest, dass er mitten im Zentrum der Höhle stand.

Es war still, zu still.

Er senkte seine Hand und sah sich verwirrt um. Jede einzelne Knolle, ob in den Wänden, der Decke oder dem Boden, hielt in der Bewegung inne. Und dann, ganz sachte, bewegten sich die Knollen wieder.

Elhan drehte sich um und sah, dass seine Gefährten ihm bis auf einige Schritte gefolgt waren. Itras stand lächelnd da, Sylon kratzte am Kopf, Cathien hingegen beobachtete ihn mit einem eigenartigen Ausdruck im Gesicht. Sie öffnete den Mund und lächelte.

»Wir sind uns bereits begegnet«, sagte sie. »Jetzt erinnere ich mich an dich, du warst der junge Mann in dem Wagen.«

Elhan zuckte verlegen mit den Schultern.

»Ach, und Elhan …«

»Ja?«

»Deine Augen leuchten wieder.«

ZWISCHENSPIEL – ITRAS

Je mehr wir die substanziellen Ereignisse untersuchen und je mehr wir über die einzelnen Reaktionen erfahren, desto weniger verstehen wir es. Jeder Antwort folgt eine neue Fragestellung.

Prinzip von Ursache und Wirkung in der Natur

Farben schimmerten in der Luft, überall um ihn war Licht. So hell, so rein und wunderschön.

Itras schloss die Augen und lauschte. Töne und Klänge drangen aus der Ferne an seine Ohren. Laut, klar und sanft – wie Musik. Ja, es war ein anmutiges Lied, das Lied des Lebens. Es pochte, es schlug, es erfüllte ihn ganz und gar. Sein Kopf wippte im Takt. Hin, her und wieder zurück. Er ließ sich treiben, schmeckte die Klänge auf der Zunge, spürte sie auf der Haut und sah sie mit wachen Augen an. Sacht strichen sie an ihm vorüber, hießen ihn willkommen und sprachen von einem anderen Leben. Einer Zukunft fernab des irdischen Daseins. Irgendwo in der Ferne riefen sie nach ihm – aber Itras war noch nicht bereit.

Er schwamm in dem Strom, tauchte hinab und stieg wieder auf. Vorsichtig öffnete er seine Augen und sah einen kleinen Lichtschimmer, der an ihm vorbeiflog. Es war ein Staubkorn, kaum erkennbar in der Luft, und doch war es da, wurde träge umhergewirbelt. Wie in einem Tanz drehte und wand sich das kleine Licht, glühte mal heller, mal dunkler. Spielerisch umfasste der Wind das Staubkorn, schmiegte sich an und strich vorüber. Wie ein alter Freund hieß der neckische Wind das Licht willkommen. Sanft und rein.

Itras musste bei dem Anblick lächeln.

Lange hatte er die Präsenz des Windes nicht mehr gespürt. Etwas war geschehen, etwas hatte das Bewusstsein wiedererweckt. Natürlich war es niemals fort gewesen, nun lag es allerdings ausgestreckt vor ihm – wie ein sorgsam beschriebenes Blatt. Itras las, er durchschaute die Zusammenhänge und doch war er nicht fähig, danach zu greifen. Er konnte es nicht, hatte es nie gekonnt. Aber es gab wieder jemanden, der es konnte. Jemanden, der in der Lage war, alles zu ändern.

Hoffnung, Itras spürte es ganz tief in seiner Atemseele. Es brachte sie zum Schwingen, trieb sie aufwärts, durchströmte sie. Natürlich galt die Hoffnung nicht ihm, er war längst bereit, zu gehen. Er musste jedoch ausharren, beobachten und Einfluss auf die Geschehnisse nehmen. Irgendwann würde es Zeit sein, irgendwann würde er wieder zu einem festen Teil des großen Ganzen werden. Er musste bei diesem Gedanken lachen, er sehnte sich schon seit langer Zeit danach. Aber wenn es geschah, würde es schwer werden, erneut Einfluss zu nehmen.

Das Lied schwoll an, die Klänge wurden lauter. Itras hob seine Arme und versuchte, die Musik aus der Luft zu greifen. Seine Hand fuhr hindurch, hielt sie kurze Zeit fest und ließ sie wieder los. Anmutig schwebte das Lied davon und er sah zufrieden hinterher.

Als er sich wieder seiner Arbeit zuwandte, sah er am Rande seines Sichtfeldes Elhan. Dessen Licht war unübersehbar. Wie eine Sonne brannte es und beeinflusste dessen Umgebung. Alles veränderte sich um ihn und wurde berührt. Itras musste grinsen, er konnte kaum hinsehen, so grell war das Licht.

»Ist alles in Ordnung mit dir, Itras? Du wirkst heute so abwesend«, sprach der junge Mann ihn an. »Ich meine natürlich, abwesender als sonst.«

»Alles gut, mein Junge«, sagte Itras.

Elhan zuckte mit den Schultern und bearbeitete wieder die

Wand vor sich. Itras lauschte. Die Schläge gegen die Wand folgten einem Takt, einem geheimen Rhythmus. Elhan wusste es nicht, verstand es noch nicht. Es war wie Musik, er folgte dem Lied des Lebens.

Lebensbewahrer.

Itras wippte mit dem Kopf und hörte hin. Aus dem Augenwinkel sah er, wie die junge Frau ihn mit gefurchter Stirn beobachtete. Vermutlich versuchte sie, einen Sinn hinter seinen Handlungen zu erkennen. Cathien war einfach zu lesen, vorhersehbar. Ihr Streben galt dem Verständnis, sie wurde getrieben, Geheimnisse zu offenbaren, Rätsel zu lösen. Ihr Licht brannte ebenfalls hell, wenn auch nicht so hell wie das von Elhan. Es war anders, sanfter. Itras vermutete, dass sie auch bald erwachen würde, noch war es aber nicht Zeit.

»Habe ich etwas im Gesicht hängen?«, fragte sie.

»Eine Nase, zwei Augen und einen viel zu großen Mund!«, gackerte er.

Sie runzelte die Stirn. Vermutlich würde sie wieder versuchen, einen Sinn in seiner Aussage zu finden. Sollte sie doch, das hielt sie wenigstens von ihrem Gejammer ab!

Ein sanfter Windhauch strich an ihm vorbei.

»Hallo, Freund«, flüsterte er und sah hinterher.

»Ich glaube, heute hat's den Alten echt erwischt«, grollte Sylon. »Ich meine, der ist sonst auch nicht ganz richtig im Kopf. Heute scheint er aber vollkommen einen Schaden abbekommen zu haben.«

Itras spitzte die Lippen und pfiff eine alte Weise aus seiner Heimat. Er hatte den Burschen bereits zu Beginn durchschaut, als sie noch gemeinsam in dem Wagen verrottet waren. Verrottet, das klang gut! Sylon war ein weicher Mensch, außen ganz zäh, innen ganz klein. Itras sah es, konnte es fühlen. Irgendwann in ferner Zukunft würde die Narbe des Grauens noch Einfluss auf den Lauf der Geschichte nehmen. Das Schicksal der Welt wurde von kleinen Handlungen beeinflusst. Nicht jenen großen, die sofort offenkundig waren. Nein, von den vielen kleinen Entscheidungen, die stetig die Umgebung beeinflussten.

»Ich geb's auf«, winkte Sylon ab. Er schüttelte den Kopf und schlug brutal auf einen Stein ein.

Itras ergriff nun die abgewetzte Schaufel und grub die weiche Erde auf. Seine Arme zitterten, als er einen schweren Brocken aus einer Kuhle wuchtete. Sein Atem ging rasselnd, ihm brach Schweiß aus. Er war so müde, so schwach. Alles fand irgendwann ein Ende, das war der Kreislauf der Natur. Seine Zeit war längst gekommen, wieder hörte er die Klänge in der Ferne. Er konnte aber noch nicht, durfte noch nicht. Zu viel hing von ihm ab - hing von dem ab, was er der Nachwelt hinterließ.

»Junge!«, rief er Elhan zu. »Hast du die Übungen ausgeführt, die ich dir aufgetragen hatte?«

»Natürlich, ich erkenne aber keinen Sinn!«, beschwerte er sich.

»Das ist immer so, wenn man etwas machen muss, was man nicht tun sollte. Das ist wie bei einer Frau, die versucht, im Stehen zu pinkeln.«

Cathien sah ihn empört an. Sollte sie mal versuchen, diese Aussage zu enthüllen, viel Spaß! Sie würde noch viel lernen müssen, war aber auf einem guten Weg. Einzig der Stolz stand ihr im Weg, denn Stolz machte blind in einer lichten Welt.

»Du musst dich konzentrieren, Kleiner!«, rief Itras, worauf Elhan ein schnaubendes Geräusch von sich gab. Schnaubendes Geräusch, das klang gut! Es erinnerte Itras an Zuhause, an seine Heimat. Es war so lange Zeit her, seit er zuletzt einen Fuß nach Vorlia gesetzt hatte. Alles hatte sich verändert …

Itras bemerkte, wie es ihm eiskalt den Rücken hinunterlief. Er rieb die Augen, das waren schlechte Gedanken, schlimme Erinnerungen. Er sollte nicht darüber nachdenken, sich konzentrieren auf das Hier und Jetzt. Manchmal glaubte Itras, nicht er selbst zu sein. Da war noch etwas anderes, etwas, das er sich nicht erklären konnte. Es sprach zu ihm und doch tat es das nicht. Seltsam.

Itras' Hand presste sich um den rissigen Holzstiel der Schaufel, weiß traten die alten Knöchel hervor. Kraftlos setzte er an und versuchte, einen weiteren Brocken auszuhebeln.

Plötzlich war er wieder da, der Wind. Umtoste ihn, schwoll an und tanzte zu einem leisen Lied. Itras lachte laut und warf die Hände in die Luft. Er tanzte auf einem Bein, sprang hinterher und versuchte, den Wind einzufangen. Es war ein altes Spiel, die neckischen Winde zu greifen – niemand erinnerte sich heute noch. Folge dem Sturm, beobachte ihn und erkenne ihn.

»Ich geb's auf, der Alte ist verrückt!«, murrte Sylon.

Cathien und Elhan hingegen fingen an, zu lachen.

Itras wusste, dass er lächerlich aussah – grazil auf einem Bein, die Hände gespreizt und einen irren Ausdruck im Gesicht. Es war richtig so, es musste so sein. Sich nicht von Äußerlichkeiten blenden lassen, den Fluss spüren, das Leben fühlen. Sie würden es noch erkennen – bald.

Der Wind verschwand in der Dunkelheit des Stollens. Itras sprang wie ein junges Kind hinterher und pfiff durch einen zahnlosen Mund.

Es war ein altes Lied.

Es war das Lied des Lebens.

ERKENNTNISSE

Die Himmelsschwinge stellt uns vor ein Rätsel. Offensichtlich wird sie in den tiefen Schluchten Arakkurs geboren und fliegt erst in fortgeschrittenem Alter an die Oberfläche. Wo und wie genau sie aufwächst, konnte bislang nicht festgestellt werden. Die Nester müssen sich am fernen Grund befinden. Aber wie können diese großen Tiere dort überleben?

Enzyklopädie der Wesensarten Andurals

Alrael stand oberhalb der großen Schlucht und sah in die Tiefe. Vieles war ihm darüber berichtet worden, nun sah er Arakkur zum ersten Mal mit eigenen Augen. Tief, schwarz und faulig wie ein verwesender Leichnam lag sie vor ihm ausgebreitet. Es stank bestialisch und der Lärm war unerträglich. Er spürte Schweiß auf seiner Stirn, der sich mit dem dichten Staub, der über dem Abgrund lag, vermischte und unangenehm auf der Haut kratzte.

»Das sind schlimmere Zustände als ich erwartet habe«, sagte er und kniff die Augen zusammen.

»In der Tat, das allseits geliebte göttliche Recht«, sagte Herzog Ramor neben ihm. »Es sind Sklaven, Mörder und Diebe. Der Abschaum der Gesellschaft.«

»Natürlich sind sie das«, meinte Alrael sarkastisch. »Es wäre schließlich nicht auszumalen, wenn sich herausstellen würde, dass einige unberechtigterweise da unten hocken. Wo kämen wir sonst hin?«

Ramor faltete die Hände vor dem Bauch und ließ sie dort ruhen. »Genau so ist es. Ich hoffe, du hast den Ausflug genossen, Kronprinz.«

»Genossen? Es stinkt wie die Ausscheidungen eines Horntiers und ich fürchte, dass mein Gehör längerfristig Schäden von diesem Lärm davontragen wird!« Alrael beobachtete in weiter Entfernung ein Holzgerüst, das in der Tiefe verschwand. Sklaven mühten sich an einer Seilwinde ab, dahinter standen Soldaten und beaufsichtigten die Arbeit. »Wann kommen die Sklaven wieder an die Oberfläche?«

»Einmal alle vierzehn Umläufe.«

Er sah verdutzt auf. »Das erscheint mir doch etwas grausam, findet Ihr nicht?«

»Nun, der König hat es vor langer Zeit angeordnet. Ich habe keinen Einfluss. Ich versuche zwar, die Reichen und Mächtigen gegeneinander auszuspielen, letztendlich bin ich aber nur ein bescheidener Verwalter.«

Einmal alle vierzehn Umläufe? Mein Vater ist wirklich ein elender Bastard! Auch wenn es Sklaven sind, erscheint es mir irgendwie ... falsch.

Alrael erinnerte sich, wie er am Morgen gemeinsam mit dem Herzog und einigen Gardisten nach Arakkur aufgebrochen war, um sich die Zustände dort mit eigenen Augen anzusehen. Er hatte nicht viel erwartet, es verschlug ihm aber die Sprache, was er zu sehen bekam. Er hielt sich nicht für einen Menschen, den das Schicksal einzelner Menschen interessierte. Genau genommen hatte sich sein bisheriges Leben nur um ihn gedreht. Die Situation in Arakkur erschien ihm aber verachtenswert und verabscheuungswürdig.

Ah, hat Ashrons ewiges Gebrabbel von Gleichberechtigung und Sklavenrechten jetzt doch auf mich abgefärbt? Das kommt irgendwie unerwartet, ich hätte nicht geglaubt, dass ich mich jemals dafür interessieren würde.

»Warum zeigt Ihr mir das alles?«, fragte Alrael.

»Beantworte mir bitte eine Frage, Kronprinz«, sagte Herzog Ramor ungewohnt ernst.

»Nur zu!«

»Was würdest du tun, wenn du etwas an der Situation in der großen Schlucht ändern könntest?«

Eine Fangfrage, natürlich. Politik. Es muss immer um Politik gehen. Dann spiele ich eben mit.

»Was würdet Ihr tun, Herzog Ramor von Landamar?«, stellte er die Gegenfrage.

»Nun, ich würde sie zumindest zweimal alle vierzehn Umläufe nach oben kommen lassen«, lachte Ramor.

Herrje, das war nicht mal ansatzweise lustig.

Alrael wandte sich der Schlucht zu, zuckte jedoch zurück, als ihm modriger Gestank in die Nase drang.

Das stinkt ja schlimmer als in den Kerkern von Amerys!

»Ich finde es richtig, dass Verbrecher bestraft werden.« Alrael zögerte. »Aber so?«

Er kniff die Augen zusammen und beobachtete das rege Treiben in der Tiefe. In der Ferne waren einige riesige Himmelsschwingen erkennbar, die Reisende über die Schlucht brachten. Er hatte diese Tiere noch nie aus der Nähe gesehen, aber einiges über sie in den königlichen Archiven gelesen.

»Mir erscheint alles etwas übertrieben grausam«, fuhr er fort. »Ich würde ihnen zumindest alle zwei Umläufe den Zugang an die Oberfläche erlauben«, Alrael hob die Hand und unterbrach den Herzog, als dieser etwas erwidern wollte, »aber das würde Zeit und damit Ressourcen kosten, ich weiß. Noch dazu haben die anderen Herzöge durchaus einen gewissen Einfluss auf die Arbeiten in ihren Schluchtgebieten.«

Ramor nickte zustimmend.

»Man müsste vermutlich einen Mittelweg finden und die Arbeitsprozesse erleichtern. Die allgemeinen Bedingungen in der Schlucht verbessern. Diese Aufzüge«, Alrael zeigte auf ein Holzgerüst, das nicht mehr ganz so stabil aussah, »sie sind nicht nur eine Bedrohung für die Arbeiter, sondern auch für die Ware.«

Wieder nickte der Herzog und forderte ihn auf, weiterzureden.

»Ich vermute, viele Aufzüge fallen hinunter und mit ihnen Soldaten, Arbeiter und natürlich die wichtige Ware. Das schafft große Verluste, die nicht sein müssten. Richtige Seilwinden mit großen, begehbaren Plattformen wären wesentlich effizienter. Wie ich also sagte,« er wandte sich dem Herzog zu, »man müsste an der Infrastruktur arbeiten und die Gesamtgrundlage überdenken. Der wirtschaftliche Ertrag könnte wesentlich größer sein, die Arbeitsverhältnisse weitaus besser. Müssen es unbedingt Sklaven da unten sein? Warum nicht normale Arbeiter, die ihren Lebensunterhalt verdienen? Ein Arbeiter, der gut bezahlt wird, arbeitet fleißiger.« Er schwieg kurz und richtete seine Aufmerksamkeit wieder auf die Schlucht. »Getrennte Abteilungen, Sklaven erhalten weniger Annehmlichkeiten, werden allerdings besser in den Arbeitsprozess eingebunden und vor allem«, er wedelte mit der Hand in der Luft herum, »sollen sie zumindest ansatzweise leben können. Wie bereits mein überaus glorreicher Bruder stets betonte, ist ein zufriedener Mann wesentlich umgänglicher und produktiver als ein hungernder Sklave.«

»Ich stimme dir voll und ganz zu, mein Kronprinz.« Ramor verbeugte sich lächelnd.

Alrael bedachte den Herzog mit einem kühlen Blick. Es war das erste Mal, dass der Herzog ihn mit einer gewissen Achtung ansprach. »Da gäbe es nur das Problem mit Norfall, das vom Sklavenhandel abhängig ist. Im Grunde genommen decken sich diese Überlegungen mit den Absichten meines verstorbenen Bruders. Obwohl er keinerlei Ahnung hatte, wie genau man etwas ändern könnte, waren seine Absichten stets edel und rein. Natürlich musste er mit seinem Leben bezahlen.«

»Ja, man müsste grundlegend alles hinterfragen«, pflichtete ihm Ramor bei. »Qualität, statt dieser Zustände hier. Dein Bruder, Prinz Ashron, hat tatsächlich daran gearbeitet.«

Höre ich etwa gerade richtig?

»Ich dachte, das alles hier macht Euch reich?«, fragte Alrael neugierig. »Ihr werdet mächtig, sogar mächtiger als der König.«

Der Herzog ließ sich mit einer Antwort Zeit. »So einfach ist das nicht, mein Prinz«, sagte er schließlich. »Es geht nicht nur um Reichtum. Wir haben in Landamar einen Spruch: Eine ausgetrocknete Frucht kann man nicht mehr auspressen.«

Das ist in der Tat ein weiser Spruch. Noch dazu fasst es die Situation ziemlich gut zusammen.

»Dein Vater ist schuld an dieser Situation. Ich bin zwar ein geiziger Fettsack«, Ramor lachte, als er Alraels verwirrten Blick sah, »aber ich sorge mich auch um das Wohlergehen meines Landes. Letztendlich entwickelt sich die Situation Andurals in eine Richtung, die ich nicht mehr gutheißen kann. Verzeih mir meine vorherige Forschheit und mein Verhalten. Ich war mir Deiner aber unsicher und glaubte, einem verzogenen Bengel gegenüberzustehen, der bereits dem Willen seines Vaters verfallen ist.«

»Es gibt nichts zu verzeihen, Ramor.«

»Es gibt da noch etwas, Kronprinz Alrael. Die Schlucht ist nicht der einzige Grund, warum ich mit dir das Gespräch gesucht habe.«

»Sprecht frei heraus!«

»Wusstest du, dass es einen Imperator jenseits der westlichen Gebirge gibt?«

Jetzt hatte der Herzog vollends sein Interesse geweckt. »In den fernen Landen? Nein, das wusste ich nicht.«

»Ich auch nicht.« Ramor starrte in die Ferne. »Aber es landen immer wieder Flüchtlinge von dort in der Schlucht. Sie reden, oh ja sie reden viel. Dieser Imperator soll mächtig und grausam sein. Ein ganzes Land unterjocht, weitaus größer noch als Andural. Das ist zumindest das, was ich immer wieder vernehme.«

»Was geht uns das an?«

»Nun, was passiert wohl, mein Prinz, wenn dieser Imperator beschließt, in Andural einzumarschieren?«

Alrael rieb an der Stirn, der Gestank setzte ihm immer mehr zu. Diese Neuigkeiten brachten ihn etwas aus dem Konzept, sonst waren die fernen Lande einfach nur fern und unwichtig gewesen.

»Ihr bereitet Euch vor«, stellte er fest. »Ihr wisst zwar nicht, was genau auf uns zukommt, aber Ihr wägt bereits alle Schritte ab. Es geht Euch nicht um die Krone ... nicht nur. Ihr rekrutiert die Armee nicht wegen des Königs und seiner Intrigen.« Er begann, den Herzog immer mehr zu verstehen, und verspürte einen tiefen Respekt.

»Wie ich sehe, hast du den Kernpunkt erfasst, mein Prinz«, sagte Ramor und verbeugte sich wieder. »Ich denke, es ist wichtig, auf den Sturm vorbereitet zu sein, falls er irgendwann losbrechen sollte.«

»Verzeiht mir meine Offenheit, aber an Euch ist mehr, als man vermuten würde.«

»Wie so oft trügt der Schein.«

»Ah ja, das hörte ich schon einmal.«

Alrael richtete seinen Blick wieder auf die Schlucht. Er sah in nicht weiter Entfernung einige Sklaven, die mit einem Aufzug an die Oberfläche gebracht wurden. Als er genauer hinsah, erkannte er, dass die Sklaven von Soldaten in den Farben Valentars begleitet wurden.

»Ich dachte, das Herzogtum Valentar ist gefallen?«, fragte er überrascht.

»Die Armee wurde besiegt, das Land ist aber noch lange nicht am Ende. Herzog Sathus harrt zurückgezogen in seiner Hauptstadt Helles aus. Zwar hat Herzog Jachek dort Truppen stationiert, allerdings befindet er sich zurzeit in Kallyen und versucht, die Mauern von Ardus zu überwinden. Er wird sich die Zähne ausbeißen.« Ramor schnaufte tief. »Der König hat bereits einen Erlass erstellt und fordert die Kontrolle über das Schürfgebiet. Solange jedoch die Situation unklar ist, wird Valentar weiterhin Zugriff haben. Irgendwie muss es für die Bevölkerung weitergehen.«

Ich komme mir vor wie auf einem Spielbrett. Überall werden die Figuren sortiert und für die nächsten Züge aufgestellt. Jeder Spieler bereitet sich vor, nur, was wird am Ende herauskommen?

Alrael spürte eine ungewohnte Entschlossenheit in sich reifen. Immer wieder hatte sein Bruder vergebens auf ihn eingeredet und von seinen Träumen berichtet. Gleichberechtigung, Einheit und Frieden – das waren seine großen Ziele gewesen. Bislang hatte Alrael geglaubt, dass Ashrons Worte spurlos an ihm vorübergegangen waren. Offensichtlich war dem nicht so. Er stellte zu seinem Erstaunen fest, dass ihm die Situation nicht vollends gleichgültig war.

»Herzog Ramor, es überrascht mich selbst, das zu sagen, aber so kann es nicht weitergehen!«

»Ich komme zu den gleichen Ergebnissen, mein Prinz«, sagte Herzog Ramor nickend.

Alrael sah in die Tiefe und beobachtete eine Sklavengruppe, die sich am Rand der Schlucht aufstellte. Er atmete einmal tief durch und schritt energisch in ihre Richtung. »Ich will dabei sein. Ich muss wissen, was dort passiert!«

UNERWARTETE BEGEGNUNGEN

Der Schaumschläger ist eine Pilzart, die weißen Schaum absondert, sobald man sich ihm nähert. Die Flüssigkeit wirkt ätzend und ist hochgiftig. Der Schaumschläger ist die meistverbreitete Pilzart und verfügt über einen spitzen Hut und gelbe Punkte an einem dünnen Stiel.

Enzyklopädie der Wesensarten Andurals

Cathien blinzelte in die Sonne. Das grelle Licht schmerzte in den Augen, aber sie hieß es willkommen. Das sanfte Prickeln und die Wärme auf der Haut erfüllten sie mit einem inneren Frieden, den sie seit geraumer Zeit vermisst hatte. Sie musste lächeln und erfreute sich an dieser einfachen Sache.

Ratternd blieb der Aufzug stehen. Der Lärm der Schlucht drang zwar weiterhin zu ihnen herauf, die dumpfen Klänge waren hier oben allerdings nur schwach zu hören. Elhan, Itras und Sylon standen neben ihr. Cathien konnte die Anwesenheit der drei Männer deutlich spüren. Obwohl sie die bunte Truppe nicht wirklich als Freunde bezeichnen konnte, hatten diese doch dafür gesorgt, dass sie sich in den Stollen der Schlucht zurechtfand.

Elhan stellte nach wie vor ein Rätsel für sie dar. Er war schweigsam, mitfühlend und freundlich, zu manchen Zeiten aber auch voller Zorn. Wenn da nicht das seltsame Ereignis in der Höhle gewesen wäre …

»Es wird gleich besser werden«, sagte Elhan. Er musste sich

direkt neben ihr befinden.

Vermutlich kann er bereits wieder sehen. Irgendwie ist das alles ein wenig unheimlich.

»Ich möchte Euch nicht zu nahe treten, aber wenn Ihr mir Eure Hand gebt, kann ich Euch führen. Es ist anfangs schwierig, sich zurechtzufinden.«

Cathien musste schmunzeln. Er war stets vorsichtig und zurückhaltend. Nur ihm und den beiden anderen Männern war es zu verdanken, dass ihre innere Flamme noch nicht erloschen war. Die Trauer, die Verzweiflung und die Wut erfassten zwar in stillen Stunden ihren Verstand, sie begann aber dagegen zu kämpfen. Sie musste einfach kämpfen!

»Wenn du darauf bestehst, Elhan«, sagte sie. »Aber nur die Hand. Wir wollen es doch nicht gleich übertreiben.« Sie stellte sich vor, wie er errötete.

Sanft nahm er ihre Hand und führte sie über den schmalen Spalt auf die Anhöhe. Sie fühlte die Erde unter ihren nackten Füßen, den rauen Stein und den Staub. Obwohl sie vollkommen zerschlagen und erschöpft war, wollte sie vermeiden, Schwäche zu zeigen. Halb blind und innerlich aufschreiend vor Schmerzen, stolperte sie den Weg entlang und vertraute, dass Elhan ihr die richtige Route wies. Tatsächlich wurde es allmählich besser und sie konnte die Augen einen schmalen Spalt öffnen. Ein schwacher Wind kam auf und berührte sie sacht an den Wangen. Es fühlte sich gut an, auf eine eigene Art und Weise beruhigend. Noch immer hielt Elhan ihre Hand eng umschlungen.

Sie lächelte verlegen. »Du kannst meine Hand jetzt loslassen.«

Ruckartig riss er seine Hand weg.

Cathien widmete ihre Aufmerksamkeit den vielen Sklaven, die sich um sie einfanden. Darunter waren auch einige Frauen, die sich bemühten, in keiner Weise aufzufallen. Sie erkannte es an der gebückten Haltung und dem gehetzten Blick, der immer wieder hin und her wanderte.

Ob ich auch bald so aussehen werde? Noch bin ich nicht gebro-

chen! Noch steckt ein Lebensfunke in mir!

Es war schwer, in dieser Umgebung an etwas so Ungreifbarem wie Hoffnung festzuhalten. Cathien hatte sich aber geschworen, nicht aufzugeben. Sie würde ihren Tod nicht in der Schlucht finden und sie würde nicht vergessen, woran sie bislang geglaubt hatte.

Der Aufseher Mort stand in einiger Entfernung und gab sich Mühe, ihrem Blick auszuweichen. Sie musste grinsen, er wusste offenbar nicht, wie er mit ihr umgehen sollte. Daneben stand ein wahrer Hüne, bei dem es sich um Odgor handeln musste, den Oberaufseher. Sie war ihm bislang noch nicht begegnet, erkannte ihn aber anhand von Beschreibungen. Er hielt einen Knüppel in der Hand und hieb ihn sich immer wieder drohend in die andere Hand. Cathien kannte solche Männer, sie waren wild, laut und versuchten, Furcht zu verbreiten. Beim kleinsten Gegenwind würden sie aber umknicken wie ein dünner Zweig.

Der Wind frischte auf und vertrieb den Gestank. Es fühlte sich gut an. Elhan stand neben ihr und hielt die Augen geschlossen, ein leichtes Lächeln auf den Lippen. Der alte Itras stand daneben und wippte mit dem Kopf hin und her. Mittlerweile gewöhnte sie sich an das seltsame Verhalten der beiden und glaubte, einen tieferen Sinn zu erkennen, den sie noch nicht ganz durchschaute.

Kurze Zeit später erschien ein weiterer Mann in sandfarbenen Seidengewändern. Er wurde von einigen Soldaten aus Valentar begleitet, folglich musste es sich um Ferathu handeln, den Schlucht-Verwalter Valentars. Sie war ihm zuvor noch nie begegnet, hatte aber einiges von ihrem Vater über ihn gehört. Ferathu galt als unnahbar und ziemlich gerissen. Aufgrund seines Äußeren wirkte er unscheinbar, sie wusste aber, dass er kein zu unterschätzender Mann war.

»Ihr seid Abschaum!«, schrie der Oberaufseher Odgor und ließ den Knüppel in seine Hand klatschen.

Cathien bemerkte aus den Augenwinkeln, wie Elhan mit den Augen rollte und musste schmunzeln.

»Ich würde euch am liebsten alle in die Tiefen Arakkurs werfen!« Odgor machte eine gewichtige Pause, offenbar wollte er seine drohenden Worte wirken lassen. »Unser geschätzter Herr und Meister Ferathu hat befohlen«, er verbeugte sich unbeholfen vor dem Hochwohlgeborenen, »dass ihr zu …«

Er hielt plötzlich inne und starrte die Anhöhe hinauf. Von dort hielt ein ganzes Bataillon Soldaten auf ihre Versammlung zu, an dessen Spitze sich ein untersetzter Mann befand – allem Anschein nach ein Hochwohlgeborener – sowie ein eleganter Mann in roten Gewändern. Dessen federnder Gang, die dunkelblonden Haare und das schelmische Lächeln erinnerten sie an jemanden. Er wirkte edel und wie ein Mann, der sich seiner Stellung bewusst war.

Irgendwie kommt er mir bekannt vor … wo habe ich ihn schon einmal gesehen? Dieses Gesicht …

Ihr fielen fast die Augen aus dem Kopf, als sie ihn erkannte: Es handelte sich bei dem Mann um keinen Geringeren als den Kronprinzen Alrael, Ashrons Bruder. Verblüfft starrte sie den Männern entgegen, während die in kurzer Entfernung stehen blieben. Der stämmige Mann lachte und sagte etwas zum Prinzen, woraufhin der mit der Hand wedelte und weiter auf die Versammlung zu schritt.

Das ist meine Chance! Ich muss etwas tun!

Der Kronprinz blieb vor Ferathu stehen und bedachte ihn mit einem geringschätzigen Blick, worauf der Valentarer in die Knie ging und die Soldaten seinem Beispiel folgten. Odgor stampfte einmal mit dem Fuß auf und die Sklaven verbeugten sich ebenfalls. Alle ließen sich nieder, außer Cathien.

»Was tust du, Cathien?«, flüsterte Elhan und blickte zu ihr auf. »Er wird dich nicht erkennen! Bitte, du musst …«

Sie ignorierte ihn und starrte den Prinzen weiter an, der begegnete ihrem Blick und legte ein breites Grinsen auf.

Jetzt heißt es wohl alles oder nichts …

Der Prinz schritt zwischen den Sklaven hindurch, die ihm hastig Platz machten. »Eine Sklavin, die noch einen Rest Würde besitzt?«, fragte er amüsiert. »Ich bin beeindruckt!« Er blieb vor ihr stehen und verbeugte sich elegant. »So viel Courage sollte geehrt werden.«

Cathien nahm allen Mut zusammen und ignorierte die finsteren Blicke, die ihr die Aufseher zuwarfen. »Kronprinz Alrael, Bruder Ashrons aus dem Hause Thyr und zukünftiger Thronerbe von Andural. Ich ersuche Euch hiermit um Beistand.« Sie hatte einen höfischen Ton angeschlagen, was man von einer Sklavin in diesen Zuständen nicht erwarten würde. Nur Hochwohlgeborene sprachen so.

»Na so was, dieser Umlauf wird wirklich immer interessanter«, meinte er und zog eine Augenbraue hoch. »Mit wem habe ich denn das Vergnügen?«

Sie sog in einem langen Atemzug die Luft ein. »Mein Name ist Cathien, Tochter des Bessyn, Tochter der Ateria. Ich bin die rechtmäßige Erbin des westlichen Herzogtums Kallyen.«

Die Sklaven und die Aufseher glotzten sie an. Zischende Stimmen erklangen.

»Mein Prinz, wenn ich ...«, setzte Ferathu an, wurde jedoch von Alrael unterbrochen.

»SCHWEIGT!«, rief er mit harter Stimme. Seine Augen blickten zornig, sein Mund war fest zu einer Linie zusammengepresst. Mit einer ruppigen Handbewegung bedeutete er ihr, fortzufahren.

Cathien zitterte am ganzen Körper, als sie zu sprechen begann. Sie erzählte ihre gesamte Geschichte und ließ nichts aus. Sie sprach von ihrem Auftrag, ihrer Reise, wie sie von dem Tod ihres Vaters erfahren hatte, den Nachrichten ihrer Mutter. Sie berichtete vom Verrat ihres Dieners und dessen genauen Worten. Schließlich beendete sie ihre Rede mit den Erlebnissen in der Schlucht. Als sie nach einer Weile ihren Mund schloss, fühlte sie sich erschöpft und müde. Eine tiefe Last war ihr von den Schultern genommen worden.

Alles schwieg, während der Kronprinz nachdenklich an die Schläfen tippte. Lange Zeit stand er still da und sagte nichts. Dann fing er auf einmal an, zu lächeln und verbeugte sich leicht.

»Cathien, würdet Ihr mich auf einen Trunk in den Palast des Herzogs begleiten?«

EINE URSPRÜNGLICHE BEDEUTUNG

[..]und somit kommen wir zu dem grundlegenden Ergebnis: Wir wissen im Grunde nichts.

Prinzip von Ursache und Wirkung in der Natur

Elhan saß in gebeugter Haltung da, als Cathien so elegant wie eine Königin durch die Menge schritt und die Hand des Kronprinzen entgegennahm. Es war ihr tatsächlich gelungen, den Prinzen zu überzeugen. Seine Mundwinkel zuckten und Wärme breitete sich in seiner Brust aus - ein Gefühl, das er seit langer Zeit nicht mehr wahrgenommen hatte. Er freute sich für sie.

Seltsam, in dieser kurzen Zeit habe ich Cathien zu schätzen gelernt. Sie ist etwas Besonderes und hat verdient, ein anderes Leben zu führen. Ein anderes als das hier.

Elhan schielte zu Itras und Sylon. Der alte Mann fing leise an zu klatschen, der Hüne schaute grimmig.

Sogar Sylon hat sie in dieser kurzen Zeit überzeugen können …

»Augenblick noch bitte, mein Prinz«, sagte Cathien mit honigsüßer Stimme, worauf der Angesprochene neugierig stehen blieb. »Ich danke Euch sehr, dass Ihr meinem Ersuchen entgegenkommt. Es gibt aber noch etwas, das keinerlei Aufschub duldet.«

Sie drehte sich um und blickte der stillen Menge entgegen. Trotz ihres verwahrlosten Aussehens reckte sie stolz das Kinn und bewegte sich zielsicher durch die Menge. In der Mitte, direkt neben Elhan, blieb sie schließlich stehen.

»Viele von diesen Männern und Frauen sind keine Verbrecher!«, rief sie. »Es sind zum Großteil Menschen, die durch unglückliche Umstände den schändlichen Taten der Sklavenhändler zum Opfer gefallen sind.« Sie machte eine kurze Pause und sah sich um. »Es ist grausam, was diese Menschen dort unten erleben müssen und wie schändlich sie von den Sklavenhändlern ausgebeutet und tyrannisiert werden. Ich habe es am eigenen Leib zu spüren bekommen!«

Sie richtete ihren Blick auf Elhan und bedeutete ihm, sich zu erheben. Unsicher stand er auf, hielt aber weiter den Blick gesenkt. Er wollte nicht noch mehr Aufmerksamkeit auf sich lenken.

»Es entspricht nicht dem göttlichen Recht, was hier geschieht!«, rief sie hart. »Nichts davon!«

Der Prinz richtete seine Aufmerksamkeit auf den untersetzten Mann, der nur einige Schritte entfernt stand und schweigend die ganze Situation verfolgt hatte. Dieser nickte dem Thronerben zu und verbeugte sich leicht.

»Ihr sprecht wahr«, sagte der Prinz an Cathien gewandt. »Was hier geschieht, ist nicht im Sinne der Götter.«

Elhans Kopf ruckte hoch. Hatte er sich gerade verhört? Zischende Stimmen und Gemurmel innerhalb der Sklaven erklang.

»Ein Verbrecher muss bestraft werden«, fuhr der Prinz fort. »Aber nicht auf diese Art und Weise. Der Herzog und ich,« damit zeigte er auf den anderen Mann, »wir haben bereits beraten und arbeiten an einer Lösung.«

Cathien nickte und wandte sich Elhan zu. Er zwang sich zu einem Lächeln, das sie erwiderte.

»Ich hole euch hier raus«, flüsterte sie. »Das verspreche ich bei der Ehre meiner Familie! Haltet noch etwas durch, Elhan.«

Er verneigte sich und formte stumm mit den Lippen die Worte: »Ich danke Euch. Lebt wohl.«

Sie ging zu dem Prinzen zurück, der ihr auffordernd die Hand entgegenhielt. Wie der Zufall es wollte, kreuzte Elhans

Blick den des Hochwohlgeborenen Ferathu, der kaum hasserfüllter sein könnte. Es war von Cathien gut gemeint gewesen, allerdings hatte sie alles nur noch schlimmer gemacht.

Cathien wusste, dass sie die Situation für die Sklaven vorläufig verschlimmert hatte, aber es war notwendig gewesen, die Chance zu ergreifen und ihre Absichten deutlich zu machen. Sie hatte jedes Wort ernst gemeint, sogar das Versprechen, das sie Elhan gegeben hatte. Er war ein guter Mensch und ihr wurde warm, wenn sie an ihn dachte. Obwohl sie nur einige Umläufe miteinander verbracht hatten, fühlte sie sich ihm nahe. Er war, trotz der schlimmen Situation, in der er sich befand, mitfühlend und aufopfernd - Eigenschaften, die sie bei einem Sklaven nicht vermutet hätte. Hinzu kam das mysteriöse Geheimnis, das ihn umgab. Irgendein Rätsel hütete Elhan und sie war sicher, dass es in irgendeiner Weise mit ihren Erlebnissen zusammenhing.

Cathien sah sich in dem Wagen um und betrachtete den Prinzen und den Herzog, die ihr gegenüber saßen. Das sanfte Schwanken machte sie schläfrig, aber noch war nicht der Zeitpunkt gekommen, ihrer Müdigkeit nachzugeben. Alrael wirkte mit seinem roten Gewand elegant, sein Haar war ordentlich frisiert und ein leicht spöttisches Lächeln belebte sein Gesicht. Er besaß unterschiedlich farbige Augen, was etwas verstörend wirkte. Herzog Ramor von Landamar hingegen war kräftig gebaut und in blaue Gewänder gekleidet. Goldene Ketten zierten seine Brust und sein lockiges Haar fiel in Wellen auf seine Schultern. Er lächelte und nickte immer wieder.

»Nun, meine liebreizende Dame«, sagte der Prinz, als er ihren Blick bemerkte, »welch außergewöhnliche Umstände unserer ersten Begegnung.« Er nahm mit zwei Fingern eine rote Frucht vermutlich handelte es sich um eine Dornfrucht

– und steckte sie genüsslich in den Mund.

Cathien blickte kurz aus dem Fenster und sah, wie sie an den weißen Gebäuden Landamars vorbeifuhren. »Ich schulde Euch Dank, mein Prinz«, sagte sie und wandte sich den beiden Männern zu. »Ihr habt mich aus der Schlucht gerettet. Das werde ich Euch nicht vergessen. Kallyen steht tief in Eurer Schuld.«

Alrael lächelte und klemmte mit vorsichtigen Bewegungen eine dunkelblonde Strähne hinter das Ohr. »Ah, Lebensretter, Frauenheld und auch noch Prinz. Was für ein glorreicher Umlauf!«

Die Gerüchte stimmen eindeutig. Alrael hat wirklich etwas sehr Weibisches an sich.

»Meine Dame.« Der Herzog sprach sie zum ersten Mal an. »Uns interessieren natürlich die genauen Umstände Eurer zuvor erwähnten Mission. Ihr sagtet, es hätte mit der Ermordung des Thronerben zu tun?«

Cathien verkroch sich etwas tiefer in die blaue Decke, die man ihr gegeben hatte. Die Luft war zwar sehr warm und drückend, die Erschöpfung brachte sie jedoch zum Zittern. Sie wusste, dass sie dreckig war und stank, im Moment war das aber erst einmal unerheblich.

Ich muss meine Worte jetzt mit Bedacht wählen.

»Wie Ihr sicherlich wisst, sollten der ehemals verstorbene Kronprinz Ashron und ich einen Bund vor den Göttern eingehen«, sagte sie.

Alrael zwinkerte ihr zu. »Ah ja, der Bund. Ihr wart sehr fleißig, wie ich hörte.«

»Richtig. Die genauen Gründe werde ich nicht nochmal erläutern. Tatsache ist aber, dass das Attentat auf Ashron nichts mit dem Herzogtum Kallyen zu tun hatte. Das schwöre ich bei Magari und allen Göttern des Neunerbundes. Er wurde nicht ...«

»Von Eurem Vater ermordet«, beendete der Prinz ihre Ausführungen.

»Ihr wisst es?«, stutzte Cathien.

»Nein, ich kann aber eins und eins zusammenzählen, meine

Liebe.«

Dann war alles umsonst? Es ist alles ein trügerisches Spiel?

»Wenn Ihr es wusstet, Kronprinz, warum habt Ihr nichts unternommen?«, fragte sie. »Warum habt Ihr nicht …?«

»Gemach!«, unterbrach er sie. »Ich wusste es nicht, ich habe es mir nur gedacht. Ich bin jedoch Kronprinz und nicht König Andurals.« Er sah aus dem Fenster und senkte die Stimme. »Noch nicht.«

»Was der Prinz sagen will, ist«, mischte sich der Herzog in das Gespräch. »dass er keinen Einfluss auf die Entscheidungen seines Vaters hat. Wir sind alle voneinander abhängig. Der König hingegen hat um den Verlust seines Sohnes getrauert. Es schien naheliegend, dass Euer Vater etwas damit zu tun hatte. Das ist Politik, meine Dame. Ihr solltet als Hochwohlgeborene und Tochter eines Herzogs über derlei Dinge Bescheid wissen.«

Cathien nickte flüchtig. In der Tat, sie wusste über die Intrigen der Reichen und Mächtigen Bescheid. In den vergangenen Umläufen hatte sie diese schonungslos am eigenen Leib erfahren müssen.

Der Herzog beugte sich ein wenig vor. »Aber einmal unter uns, meine Dame. Der König ist ein verdammter Versager, der seine besten Umläufe bereits hinter sich hat. Findet Ihr nicht auch?«

König Thyr hat sich anscheinend im Lauf der Zeit mächtige Feinde gemacht. Das sollte ich zu meinem Vorteil nutzen. Ich muss aber vorsichtig vorgehen, immerhin sitzt der Thronerbe des Reiches vor mir.

»Ich bin nicht sicher, was ich antworten soll.«

»Wir sind unter uns. Ihr könnt sagen, was Ihr wollt.«

Sie schielte zu Alrael, der zur Bestätigung nickte.

Cathien entspannte sich etwas. »Ihr wollt also tatsächlich alles wissen? Die Ereignisse, die mich zu Euch geführt haben?«

»Das wollen wir«, sagte Alrael.

»So ist es«, sagte Herzog Ramor.

Also begann sie von den Leichen zu berichten, die sie nahe

der Grenzwacht aufgefunden hatten, sowie von dem geheimnisvollen Symbol, das in der Hand des Prinzen geklemmt hatte. Als Cathien das Symbol eingehender beschrieb, ruckte der Kopf des Prinzen nach oben.

»Was sagt Ihr da?«, fragte er und kramte in einer kleinen Tasche, um Kohlestift und Pergament hervorzuholen. »Malt es mir auf, sofort!«

Cathien nahm mit leichter Verwirrung das Pergament entgegen und malte das verschlungene Symbol: Eine Linie, die sich spiralförmig nach innen verjüngte. Als sie wieder aufsah, bemerkte sie eine tiefe Furche in der Stirn des Prinzen. Selbst der Herzog sah das Symbol aufmerksam an.

»Bei den Göttern, was hat das zu bedeuten?«, flüsterte Alrael.

Cathien hielt das Pergament immer noch in der Hand und sah sich ratlos um. Als die Männer weiterhin schwiegen, hielt sie es nicht mehr aus. »Raus damit! Was hat es damit auf sich?«

»Ihr wisst es?«, fragte Alrael den Herzog, der stumm nickte. »Nun, meine liebe Cathien, das ist das ursprüngliche Symbol des Gottes Morgoris.«

»Morgoris, dem Gott des Wandels und der Veränderung?«, fragte sie. »Aber sein Symbol sind doch die drei Kreise?«

»Ja, aber das ist sein ursprüngliches Symbol. Es ist viel älter. Ihr müsst wissen, dass sich die Götter im Lauf der Zeit wandeln. Sie nehmen neue Identitäten an, abhängig vom Glauben der Menschen. So wie sich die Bedürfnisse der Menschen verändern, wandeln sich auch ihre Sichtweisen über die Götter. Valrysia war beispielsweise früher eine Liebes- und Fruchtbarkeitsgöttin. Heute wird sie auch als Gerechtigkeitsgöttin verehrt. Morgoris hingegen,« er zögerte, »wurde früher auch als der Gott der Vergänglichkeit angesehen.«

»Moment, Vergänglichkeit? Ihr meint Tod? Der Gott der Gelehrten und Wissenschaft war früher ein Totengott?« Sie lachte ungläubig auf. »Das könnt Ihr unmöglich ernst meinen.«

Der Herzog räusperte sich. »Wenn ich etwas beitragen

dürfte? Der Prinz spricht wahr. Ihr wisst es vielleicht nicht, weil Ihr keine Gelehrte seid. Ich habe das Symbol ebenfalls erst ein einziges Mal in meinem Leben gesehen. Morgoris wurde in früheren Zeiten als der Gott der Veränderung und Vergänglichkeit verehrt. Aber wenn man es genau nimmt, war er nichts anderes als ein Totengott.«

Alrael nickte zustimmend. »Das bedeutet nicht unbedingt, dass er eine sinngemäße Gleichsetzung des Todes war. Morgoris stand für die Schwelle zwischen Leben und Tod, genau genommen für die Veränderung und den Übergang. Eine Kraft, die dem chaotischen Zustand des Lebens gegenüberstand, wenn man es genau nimmt. Letztendlich wirft dies aber nun ein ganz neues Bild auf die Ereignisse. Entweder haben wir es also mit irgendwelchen Okkultisten zu tun, was ich, offengestanden, für sehr abwegig halte, oder Eure Befürchtungen bewahrheiten sich, Ramor.«

»Welche Befürchtungen meint Ihr, Herzog?«, hakte Cathien nach.

Alrael antwortete für ihn: »Es gibt keine Herzogtümer in Andural, die Morgoris' ursprüngliche Bedeutung noch anbeten. Wir müssen also davon ausgehen, dass es eine Einflussnahme von außerhalb des Reiches ist.«

»Außerhalb?«

Alrael wand sich unruhig auf seinem Kissen. »Der Herzog befürchtet eine Invasion aus den fernen Landen. Es gibt dort wohl eine Art … Imperator, der sich die westlichen Länder bereits untertan gemacht hat. Was auch immer stimmen mag, es ist eine Situation, die wir genauestens abwägen sollten.«

Cathien dachte über diese Worte nach. Sollte es stimmen, befanden sie sich in einem Spiel, das sie nicht einmal ansatzweise verstanden.

»Ihr sagtet, Ihr seid von Eurem Vater geschickt worden und habt unterwegs von seinem Ableben erfahren?«, fragte der Prinz.

»Ja, ich habe von meiner Mutter auch mitgeteilt bekommen, dass sie den Mörder gefunden haben und die Spur nach

Valentar führt. Sie werden wohl längst dort sein und sich gegenseitig die Köpfe einschlagen. Dabei war dieser Mann gar nicht der Mörder. Es ist niemand anderes als mein ehemaliger Diener gewesen. Ich berichtete an der Schlucht von ihm.«

»Dann wisst Ihr es nicht?«, fragte er.

»Was weiß ich nicht?«

Der Prinz hielt kurz inne und bedachte sie mit einem seltsamen Blick. »Valentar ist gefallen. Kallyen beinahe auch.«

»*Was?*«, rief Cathien. Sie sprang auf und war plötzlich hellwach.

»Beruhigt Euch!«, versuchte Alrael, sie zu beschwichtigen, und berichtete kurz und knapp von den Ereignissen in Kallyen und Valentar. Der Herzog machte ab und an einige Bemerkungen oder ergänzte die Ausführungen.

»Bei Magaris Rock!«, fluchte sie. »Meine Mutter lebt also noch und Herzog Jachek von Norfall belagert Ardus? Wir wussten schon immer, dass er die Intelligenz eines Horntiers besitzt!«

»Wir haben noch keine aktuellen Informationen, meine Dame«, sagte Ramor. »Wir können also nicht mit Sicherheit sagen, ob Ardus noch standhält.«

Er ist ein sehr vorsichtiger Mann. Ganz so, wie wir immer vermuteten.

Der Wagen wurde langsamer und blieb schließlich vor einem beeindruckenden Gebäude stehen. Es sah aus wie ein Palast.

Alrael sah, wie die junge Frau den Palast anglotzte. Cathien war genauso, wie sein Vater ihre Mutter immer beschrieben hatte: stolz, fordernd und stur. Es gefiel ihm, auf eine befriedigende Art und Weise. Sie war ihren Eltern bestimmt ein stetes Ärgernis gewesen, was ihn an sich erinnerte. Er musste bei dem Gedanken schmunzeln.

Sie stiegen aus dem Wagen und näherten sich Ramors Palast. Die neuen Erkenntnisse waren beunruhigend. Sein Bruder von wahnsinnigen Okkultisten ermordet? Eine mögliche Invasion durch einen Imperator aus fernen Landen? Das war alles etwas verwirrend, er durfte sich nicht auf Annahmen stützen – er brauchte Gewissheit. Als Gelehrter arbeitete man mit Fakten und Belegen. Es wurden zwar Vermutungen angestellt, der Sinn eines Gelehrten bestand aber, Beweise für jene Annahmen zu finden.

Das ursprüngliche Symbol von Morgoris wird wieder genutzt? Vielleicht aber einfach immer noch …

Während sie sich dem Palast näherten, bemerkte Alrael aus den Augenwinkeln, wie Cathien immer wieder den Kopf schüttelte.

»Kronprinz Alrael, wir müssen wirklich über die Zustände in der Schlucht sprechen«, sagte sie. »Ich habe Euch meine Besorgnis bereits ausgedrückt. Es ist äußerst wichtig!«

»Tatsächlich haben Herzog Ramor und ich bereits darüber debattiert. Wir stimmen Euch zu. Damit wir aber etwas ändern können, benötigt es mehr als unsere Zustimmung. Hinzu kommt die etwas ungünstige Situation in den Herzogtümern jenseits der Schlucht.«

»Ihr habt recht, wir müssen aber …« Sie unterbrach sich, als ein Soldat zu dem Herzog trat und ihm ein versiegeltes Dokument reichte.

Alrael runzelte die Stirn, als er das Siegel erkannte: das stilisierte Auge Magaris, das Symbol des Herzogtums Kallyen. Verwirrt wandte er sich Cathien zu, die das Symbol ebenfalls mit großen Augen musterte.

»Mein Herr, soeben ist eine wichtige Nachricht aus Kallyen eingetroffen«, sagte der Soldat und verneigte sich.

Der Herzog entließ den Untergebenen mit einem Wink. Unwirsch brach er das Siegel und entrollte das Pergament. Je länger er die Botschaft las, desto finsterer wurde sein Gesicht, bis er schließlich die Botschaft kommentarlos an Alrael übergab. Der nahm das Dokument entgegen und überflog den Text:

Herzog Ramor von Landamar,
diese Nachricht wurde in Eile verfasst, entschuldigt bitte, dass ich direkt zum Punkt komme:
Ich befinde mich mit den Resten meiner Truppen in der Festungsstadt Ardus. Bis vor kurzem wurden wir von Herzog Jachek von Norfall belagert, der meine Armee und die der Valentarer überraschend geschlagen hat. Die Einzelheiten sind unwichtig, ich wurde überrascht und besiegt. Das wisst Ihr aber vermutlich mittlerweile.
Zwei Umläufe hat die Armee Norfalls vor unserer Mauer verweilt, bis ein neuer Feind aufgetaucht ist und sie vernichtend geschlagen hat. Bis auf den letzten Mann ist sie ausgelöscht, es gibt keine Überlebenden! Das Seltsame ist: Jene Armee bestand aus Truppen ganz Andurals. Es waren sogar Soldaten aus Norfall darunter. Ich verstehe es nicht, die feindlichen Generäle haben keine Erklärung abgegeben, sie haben alle und jeden getötet! Ich habe etwas Derartiges noch nie gesehen, die Soldaten dieser Armee haben nicht geschrien, als sie verletzt wurden. Sie haben weder geredet noch sonst irgendeine menschliche Regung gezeigt. Ich kann es nicht beschreiben, habe es aber mit eigenen Augen von den Zinnen meiner Festung gesehen. Selbst die Natur hat sich erhoben und sie unterstützt!
Es gibt einen Grund, warum ich Euch schreibe: Die Armee ist nach der Schlacht direkt westwärts gezogen, sie hat uns einfach nicht beachtet. Ich vermute, sie befindet sich auf dem Marsch nach Terez. Euer Land ist in großer Gefahr!
Ich habe verschiedene Boten ausgesandt und hoffe, dass Euch einer erreichen wird. Ich weiß um Eure Armeen, ich weiß um Euren Einfluss. Ich bitte Euch im Namen der Göttinnen Magari und Valrysia: Ihr müsst mir vertrauen! Ich werde die Reste meiner Armee sammeln und ostwärts ziehen, um dem Feind in den Rücken zu fallen. Das Schicksal ganz Andurals steht auf dem Spiel.
Des Weiteren bitte ich Euch noch um einen persönlichen Gefallen: Meine Tochter, Cathien, ist verschollen. Ich habe seit mehreren Umläufen keine Botschaft von ihr erhalten. Solltet Ihr um ihren Aufenthaltsort wissen, bitte ich Euch um persönlichen Geleit-

schutz. Sie befindet sich in großer Gefahr!

In Hochachtung
Ateria, Herzogin von Kallyen

Alrael ließ das Dokument sinken und stellte fest, dass ihm einmal mehr der Mund offen stand. Cathien riss ihm das Dokument aus der Hand und begann zu lesen. Er ließ sie gewähren.

Sie haben nicht gesprochen. Eine Armee aus verschiedenen Soldaten Andurals. Die Natur hat sich gegen sie erhoben.

Es fiel ihm wie Schuppen von den Augen. Auf einmal erkannte er die Zusammenhänge: Der Mord an seinem Bruder, die Unsicherheit im Land und nun die Armee, die Richtung Arakkur schritt. Hastig ging er auf den Diener zu, der sein Gepäck trug und kramte in seiner Tasche. Er zog das mittlerweile zerknitterte Dokument hervor und las erneut den Bericht des Gardisten seines Bruders.

Ja, das ist eindeutig. Es gibt einen Zusammenhang. Die Befürchtungen des Herzogs bewahrheiten sich!

Alrael übergab schweigend die alte Abschrift an den Herzog, der eilig die Zeilen überflog. Aus den Augenwinkeln bemerkte er, wie Cathien nervös auf die Lippen biss.

»Ist dieser Abschrift zu trauen?«, fragte der Herzog und las den zerknitterten Bericht erneut.

»Ja, ich habe die Leiche des Mannes gesehen. Es war ein Leibwächter meines Bruders. Ich kannte ihn, sein Name war Nilrem.« Alrael spürte, wie es ihm eiskalt den Rücken hinablief.

Der Herzog überflog erneut die Zeilen. »Cathien von Kallyen. Die Nachricht stammt wirklich von Eurer Mutter?«

Sie nickte stumm.

»Was, bei Jad, geht hier vor?«, raunte Ramor.

»Ich weiß es nicht, Herzog«, sagte Alrael unruhig. »Ich habe lange nach Hinweisen gesucht und versucht, meinen Vater von der Dringlichkeit der Situation zu überzeugen, er hat mir aber nicht zugehört. Es passt alles zusammen. Die Ermordung meines Bruders, die unsichere Situation im gesamten Land, dass die Tochter des Herzogs an ihrer Mission gehindert wurde und das Symbol. Auch wenn ich noch nicht verstehe, wie der Okkultismus passt.«

»Euer Vater weiß nicht, was er angerichtet hat«, sagte Ramor. »Den Herzog von Kallyen ermorden zu lassen war nicht sehr klug.« Zu spät fiel ihm auf, was er gerade gesagt hatte und schlug hastig eine Hand vor den Mund.

Alrael atmete tief durch und wandte sich der jungen Frau zu, die wie ein wütendes Horntier schnaufte.

Das wird jetzt lustig.

Ihre Wangen röteten sich, das Gesicht war zornig verkniffen. »Der König hat es befohlen?«, zischte sie. »Erklärt Euch!«

Alrael schilderte kurz die Pläne seines Vaters.

»Dieser Halunke!«, rief sie und stampfte mit dem Fuß auf. »Er weiß überhaupt nicht, was er tut. Wie kann so ein Mann König sein?«

»Oh, ich glaube, dass er genau weiß, was er tut. Bitte beruhigt Euch, meine Liebe. Irgendwann wird er zur Rechenschaft gezogen werden, keine Sorge.« Alrael nickte ihr grimmig zu. »Aber nicht heute. Letztendlich war er auch nur eine Spielfigur und hat nicht begriffen, was geschehen ist.«

»Vielleicht hängt die Ermordung Eures Bruders irgendwie damit zusammen«, warf der Herzog ein.

»Ja, ich komme zu dem gleichen Ergebnis. Ich hatte es bereits befürchtet, somit ist aber zumindest ein Rätsel gelöst. Aterias Nachricht ist eine ernste Sache.«

»Unsere Männer ziehen gegen uns? Wie kann so etwas sein?«, fragte Ramor.

»Ich weiß es nicht«, meinte Alrael kopfschüttelnd. »Es scheint, als würde sich eine unbekannte Macht gegen uns erheben. Ihr wisst aber, was das für uns bedeutet?«

Der Herzog forderte mit einem Wink einen Soldaten auf, näher zu treten. »Herr?«, fragte dieser.

Ramor tippte an die Stirn und schwieg eine Weile. Alrael verschränkte gelassen die Arme hinter dem Rücken. Als der Herzog schließlich sprach, klang seine Stimme fest und entschlossen. »In einer Kerze erwarte ich meine Generäle im Kriegssaal!«

ALRAELS PLAN

Jad handelt
Kelthor richtet
Valrysia vergibt
Herudar erleuchtet
Sydenia verschleiert
Morgoris verändert
Magari offenbart
Vorus inspiriert
Cernunnos lebt

Enzyklopädie des Neunerbundes

Cathien saß im Kriegssaal des Herzogs, einem runden und schmucklosen Raum, dessen Wände weiß verputzt waren. Kronprinz Alrael, Herzog Ramor und drei seiner Generäle standen um einen großen Tisch und berieten die aktuelle Lage. Eine Karte war ausgebreitet, kleinere Figuren kennzeichneten die Positionen der feindlichen Armee. In der Zwischenzeit waren weitere Botschaften aus den Grenzgebieten Landamars eingetroffen. Sie bestätigten die Worte der Herzogin von Kallyen. Der Feind befand sich auf direktem Vormarsch nach Terez.

Wo sind wir nur hineingeraten?

Cathien sorgte sich um ihre Mutter. Ateria war nur knapp dem Tod entronnen und harrte nun mit einem kläglichen Rest Soldaten in ihrer Heimat aus. Sollte sie ihr Wort halten, würde sie dem Feind folgen und auf direktem Weg in den Rücken fallen. Cathien wusste nicht, ob ihre Mutter bereits losgezogen war, war aber sicher, dass sie nichts unversucht lassen würde, um zum Wohl des gesamten Königreichs zu handeln.

Erneut las sie die kürzlich erhaltene Botschaft und spürte, wie die Worte ihrer Mutter ihr einen tiefen Stich versetzten. Weder wusste Ateria von Arnens Verrat noch von Cathiens gescheiterter Mission und dem folgenden Aufenthalt in der großen Schlucht.

Cathien wischte eine Strähne aus der Stirn. Die Situation war mittlerweile beängstigend. Laut den Mitteilungen der Boten aus den Grenzgebieten hatten die Armeen des Feindes bereits die Grenze von Landamar überschritten und zogen gen Arakkur. Soldaten, die sich dem Feind auf dem Weg entgegenstellten, wurden ohne weiteres getötet oder schlossen sich ihm an. Das Heer ignorierte die Städte und schritt im Eilmarsch auf das Zentrum Landamars zu. Noch immer war unklar, wie die Absichten des Feindes waren. Insbesondere verstanden sie nicht, wie es dem gelang, sich die Menschen untertan zu machen. Meldungen berichteten, dass sich die Armee des Feindes vollständig aus ehemaligen Soldaten der Ländereien jenseits der Schlucht zusammensetzte. Unter anderem waren es Menschen aus Valentar, Norfall und Kallyen.

In einer Eingebung befühlte sie den seidenen Stoff ihres blauen Kleides. Sie hatte sich gewaschen, ihre Wunden versorgt und anschließend neu eingekleidet. Der Herzog war so frei gewesen, sie mit allem zu versorgen, zuzüglich einer geradezu luxuriösen Mahlzeit. Gesättigt und zufrieden saß sie nun auf einem geradezu verschwenderisch gepolsterten Stuhl und beobachtete das Treiben in der Mitte des Saals. Aufgrund ihrer Stellung hatte man sie in dem Kriegssaal zugelassen, immerhin galt Kallyen nun als Bündnispartner. Das war aber schon alles, weder war ihre Meinung gefragt noch durfte sie sich in die Planungen einmischen. Trotzdem würde Cathien das nicht lange abhalten, man wusste mittlerweile um ihre Sturheit.

»Wir haben zu wenige Soldaten, mein Herr! Unsere Meldungen sprechen von zehntausend Männern. Zehntausend!«

Einer der Generäle erläuterte diese Tatsache nun zum dritten Mal. Cathien konnte sich seinen Namen einfach nicht merken. Wie sein Name war das Äußere des Mannes vollkommen unscheinbar.

»Mein lieber General, sagtet Ihr das nicht bereits?«, fragte Prinz Alrael. Er hielt ein Glas in der Hand und schwenkte den Wein darin. »Ihr könnt es aber gerne noch einmal tun. Nur bitte nicht hier«. Er schien sich zu amüsieren, zumindest deutete sein erheitertes Gesicht das an.

Der angesprochene General nahm den Tadel gelassen hin.

»Zwar verstehe ich nicht viel von Kriegsführung, ich stimme aber unserem tapferen General zu«, fuhr Alrael fort. »Wir haben nicht genügend Männer und können ihnen nicht im offenen Feld entgegentreten.«

»Was schlagt Ihr vor, mein Prinz?«, fragte Herzog Ramor.

Alrael grinste schelmisch. »Heimvorteil.«

»Wie genau meint Ihr das?«

»Logik und Verstand.« Der Prinz machte eine kurze Pause und nippte an seinem Glas. »Ein unbekannter Feind bewegt sich mit unbekannten Absichten und einer unbekannten Armee in unbekanntes Gebiet. Fast wie in der Wissenschaft liegt hier eine Gleichung vor. Für mich sind das ein paar unbekannte Variablen zu viel, findet Ihr nicht auch?«

Der Herzog und die Generäle nickten.

»Lasst uns eine Variable austauschen und wir besitzen nur noch drei Unbekannte.« Der Prinz umrundete den Tisch. »Wir wissen, dass der Feind auf dem Weg zur großen Schlucht ist. Was er genau vorhat, ist erst einmal unerheblich. Für uns bedeutet das, dass wir ihn entweder vorher abfangen müssen oder«, er tippte an seine Stirn, »wir warten, dass er zu uns kommt.«

»Ich sagte doch bereits, wir haben ...«

Alrael unterbrach den Redefluss des Generals mit erhobener Hand. »Ich war noch nicht fertig, oh du tapferer Kerl. Wie ich bereits erläutert habe, wissen wir, dass der Feind in diese Richtung zieht und sich unserer Truppen bedient. Wir wissen aber nicht, wie, und wir wissen nicht, wer dieser Feind tatsächlich ist. Wenn ich unseren geschätzten Herzog dieser blühenden Stadt erinnern dürfte, dann sprach besagter Bericht davon, dass die Gardisten meines göttlichen Bruders sich selbst angegriffen haben. Es war die Rede von wenigen Angreifern, die viele Soldaten besiegt haben. Was sagt uns das?«

Die Männer sahen den Prinzen verwirrt an.

»Dass die Armee von wenigen Feinden kontrolliert wird«, warf Cathien dazwischen.

»Exakt!« Der Prinz verbeugte sich in ihre Richtung. »Aber wie macht unser Feind das? Welche finstere Macht ist hier am Werk? Diese Frage können wir nicht beantworten. Ersetzen wir aber nun unsere Theorie durch eine weitere bekannte Variable, wissen wir, dass wir uns auf die Heerführer der Armee konzentrieren müssen und nicht auf die Armee an sich.«

»Worauf wollt Ihr hinaus?«, fragte der Herzog neugierig.

»Ich meine, dass selbst die größte Armee keinen Unterschied machen wird. Unser Feind verfügt über eine uns unbekannte Waffe. Valentars Armee wurde vernichtet, die letzten Reste des Heeres treiben vermutlich irgendwo ihr Unwesen und zünden Bauernhöfe an oder was auch immer ihnen beliebt.« Alrael zuckte die Schultern und trank genüsslich einen Schluck. »Von Norfall hört man nichts mehr, vermutlich können wir auch nicht mit Unterstützung von dort rechnen. Mein geschätzter Vater hat noch nicht auf unsere Botschaft reagiert, ich rechne aber nicht mit Truppen aus Illindar. Bis Lynsan in Landamar angekommen ist, werden wir tot am Boden liegen. Es erscheint also wenig sinnvoll, zu diesem Zeitpunkt noch einen Boten nach Lynsan zu schicken, zumal der dort herrschende Erbstreit noch keinen klaren Sieger hervorgebracht hat. Nur Kallyen,« damit deutete der Prinz in Cathiens Richtung, »wird uns zu Hilfe eilen. Wir müssen uns also das Schlachtfeld aussuchen und dadurch einen Vorteil erwirken. Es bringt nichts, dem Feind irgendwo in der Einöde entgegenzutreten, wir müssen hier, direkt auf der anderen Seite der Schlucht, das Heer empfangen und uns vorbereiten! Und wir müssen dem Feind natürlich einen Hinterhalt stellen!«

»Ich erkenne die Weisheit in Euren Worten, aber was genau schwebt Euch vor?«, hakte Ramor nach.

Alrael grinste und ließ sich Zeit mit der Antwort. Er genoss es anscheinend, im allgemeinen Zentrum der Aufmerksamkeit zu stehen. »Mein lieber Herzog Ramor, Ihr spracht kürzlich von der Schlucht. Erinnert Ihr Euch?«

»Was genau meint Ihr, ich habe nur …« Ramor hielt inne, und fing schallend an zu lachen. »Ihr seid gerissen, mein Prinz. Ihr seid wahrlich gerissen.«

Die Generäle sahen sich begriffsstutzig an.

»Würde einer der hier anwesenden Herren bitte eine unwissende Dame aufklären?«, fragte Cathien und erhob sich von ihrem Stuhl. Sie steckte die Botschaft in eine kleine Tasche und begab sich zu den anwesenden Männern. »Nun?«, sagte sie auffordernd.

»Unser geschätzter Herzog hat uns einiges verschwiegen, meine Teure«, erläuterte der Prinz. »Die Schlucht ist nicht begrenzt, sie verläuft unter ganz Andural und besitzt an einigen Stellen sogar bislang unbekannte Ausgänge. Natürlich werden die einzelnen Gänge von Soldaten bewacht und man spricht nicht darüber. Es kommt aber ab und zu vor, dass jemand darauf stößt.« Alrael zwinkerte dem Herzog zu. »Ich gehe natürlich fest davon aus, dass er weiß, wo sich die einzelnen Passagen befinden. Auch vermute ich, dass direkt an der Grenze zu Terez ein Ausgang ist.«

Der Herzog neigte den Kopf.

Wenn das wirklich stimmt, haben wir einen Vorteil! Wir könnten dem Feind in den Rücken fallen.

»Ich erkenne anhand Eures Gesichtsausdrucks, dass Ihr den Sinn hinter meinen Überlegungen erkannt habt.«

Cathien lächelte.

»Wir lassen den Feind nach Terez kommen und empfangen ihn mit einem Teil des Heeres an der Schlucht. In der Zwischenzeit wird der andere Teil durch einen Stollen in der Schlucht wandern und im Rücken des Feindes herauskommen. Unser vordringliches Ziel gilt natürlich den Anführern dieser Armee. Ich gehe fest davon aus, dass wir sie erkennen werden, wenn sich die Armee vor uns befindet. Sie mögen anscheinend eine große Bühne!« Alrael grinste, schwenkte sachte den roten Wein in seinem Glas und nahm einen großen Schluck.

STRAFEN

Der Moorkrabbler lebt vorzugsweise in sumpfigen Gebieten. Er ernährt sich von Lebewesen, die sich in den Mooren verirren. Ein sehr breites, großes Maul geht in einen grau-grün geschuppten Körper über. Mehrere Zahnreihen zieren den Schlund.

Enzyklopädie der Wesensarten Andurals

Unser ehrwürdiger Ferathu ist sehr enttäuscht!«, rief Odgor und fuchtelte drohend mit den Händen in der Luft herum. »Euer Herr wurde beleidigt, geradezu erniedrigt! Das hat verständlicherweise seinen Unwillen geweckt.«

Elhan sah, wie die Muskelberge an den Armen des breiten Hünen anschwollen. Mort stand daneben und bedachte die Versammlung mit finsterem Blick. Die Nase war auf die doppelte Größe angeschwollen, am linken Auge prangte ein blaues Veilchen. Einige schwer bewaffnete Soldaten verharrten hinter ihnen und blickten gelangweilt.

»Es werden Strafen folgen, das sollte euch dreckigem Pack klar sein!«, sprach der Oberaufseher weiter. Er ließ seinen Knüppel in die Hand klatschen. »Die erste Strafe wird einen jungen Sklaven treffen, der es gewagt hat, unseren Herrn zu erzürnen!« Odgor sah sich suchend um. Als sein Blick an Elhan haften blieb, bleckte er die Zähne.

Elhan hatte bereits geahnt, dass das passieren würde. Er hatte damit gerechnet, allerdings nicht schon so kurz nach den Ereignissen an der Oberfläche. Es war erst wenige Umläufe her, trotzdem schien es Ferathu ein Anliegen zu sein, seine Schmach möglichst schnell zu vergelten.

Dabei habe ich nicht einmal etwas getan. Es war gut gemeint gewesen von Cathien, sie hätte es aber nicht machen sollen.

Elhan ließ die Schultern hängen, nickte Itras und Sylon zu und trat einen Schritt vor. Die Spitzhacke ließ er einfach fallen. Womöglich würden sie es noch als Angriff werten, wenn er das Werkzeug in der Hand behielt.

Odgor gab den Soldaten einen Befehl, worauf die sich einen Weg durch die Sklavenmenge bahnten und Elhan an den Schultern packten. Die Menge wich furchtsam zurück.

»Auf den Boden mit ihm!«, befahl Odgor.

»Wenn ich etwas …« die Hand des Oberaufsehers traf Elhan mitten im Gesicht. Er taumelte, die Soldaten hielten ihn jedoch in eisernem Griff fest.

»Schweig, du dreckiger Sklave!«, schrie Odgor. »Dreht ihn um und haltet ihn gut fest. Fünf Schläge auf den Rücken. Wenn er sich bewegt, machen wir so lange weiter, bis er es verstanden hat!«

Elhan wurde herumgerissen. Seine Wange pochte dumpf, ein wenig Blut rann aus dem Mundwinkel. Sein Blick streifte Sylon und Itras in der Menschenmenge, die grimmig nickten.

Er zog vorsichtig das lädierte Hemd über den Kopf. Es würde nichts an den Schlägen ändern, vermutlich sogar vollends zerreißen. Schon jetzt war es nur noch eine Sammlung von Fetzen – dennoch behielt er es, als letzte Erinnerung an sein früheres Leben. Es war merkwürdig, so viel hatte er bereits verloren und doch hing er an diesem einfachen Hemd.

Na gut, dann bringen wir es hinter uns.

Elhan stellte sich aufrecht hin und erwartete den ersten Schlag. Die Menge schwieg, sie beobachtete das Geschehen mit trübseligem Blick.

Als der Knüppel schließlich durch die Luft fuhr und in seinen Rücken krachte, stöhnte er schmerzhaft auf. Die Haut platzte auf und heißes Blut lief seinen Rücken hinunter. Mit zusammengebissenen Zähnen versuchte er, bei Bewusstsein zu bleiben.

Wieder ging der Knüppel nieder und traf ihn an der Schulter. Sie explodierte vor Schmerz und der ganze Arm wurde sofort taub.

Ich muss durchhalten!

Ein drittes Mal ging der Knüppel nieder, dieses Mal gegen die Hüfte. Elhan taumelte, bemühte sich allerdings, nicht auf den Boden zu fallen. Er biss auf die Lippen, bis Blut hervortrat. Trotzdem blieb er aufrecht stehen.

Den vierten Hieb spürte er kaum noch, sein ganzer Körper bestand nur noch aus Pein. Schwach nahm er am Rande wahr, dass einige Sklaven nun den Blick gesenkt hielten.

Seine Sicht verschleierte sich.

Ein fünfter Hieb erfolgte und traf ihn am Hinterkopf. Dann fiel er bewusstlos zu Boden.

»Und da isser wieder!«

Elhan öffnete die Augen und sah in das zerfurchte Gesicht des alten Mannes. Sein gesamter Körper pochte, er fühlte sich schwach und hilflos.

»Trink das, Junge!« Itras hielt ihm eine Holzschale an die Lippen.

Vorsichtig griff er mit der rechten Hand danach und trank einen Schluck. Hustend versuchte er, sich aufzusetzen, es gelang jedoch nur mit einiger Mühe. Ein schummriges Licht erhellte den Gang, offenbar lag er nicht in der Eingangshöhle.

»Was ist passiert?«, fragte er.

»Na, bist ohnmächtig geworden, Kleiner!«, gackerte Itras. »Hast aber auch lange durchgehalten!«

»Ich erinnere mich. Wann bin ich umgefallen?«

»Beim letzten Hieb.« Itras ließ sich neben ihm nieder und pulte an seinem großen Zeh. »Es war beeindruckend. Ja, beeindruckend, muss man schon sagen. Hättest mal das verdatterte

Gesicht dieses großen Burschen sehen müssen, als du nach dem vierten Hieb immer noch gestanden bist.« Er grinste verschmitzt. »Dem ist beinahe alles aus dem Gesicht gefallen.«

Elhan verzog den Mund und besah seine Wunden. Es war weit weniger schlimm als vermutet. Zwar schmerzten Rücken, Kopf und Schulter, an solche Dinge war er aber mittlerweile gewöhnt. Der Rücken spannte an einigen Stellen, vermutlich hatte sich bereits Schorf gebildet.

»Hättest auch mal Sylon sehen müssen. Der wurde ganz grün im Gesicht.«

»Wirklich?«

»Ja, wenn ich's doch sage? Der gibt sich immer hart, im Grunde ist der Bursche aber schwer in Ordnung. Ich habe dir etwas Leuchtpilzsaft auf die Wunden getan, Junge. Wär gut, wenn du dich in den nächsten Umläufen nicht überanstrengst. Wir werden zusammen nach den Knollen suchen. Du zeigst uns, wo, wir graben.«

Elhan fuhr vorsichtig über den pochenden Hinterkopf. »Danke. Aber Itras ... es ist alles so sinnlos. Ich meine, wie soll es weitergehen? Ich weiß nicht, wie lange ich das noch durchhalten kann. Das war bereits das dritte Mal, dass ich Odgors Knüppel zu spüren bekommen habe. Wir wissen es beide, irgendwann werde ich zerbrechen.« Er stockte. »Wir werden hier unten sterben.«

»Nein, das werden wir nicht!«

»Aber sieh dich doch einmal um! Ich kann kaum aufstehen, wir schuften uns zu Tode! Was macht es für einen Unterschied, ob ich ein Avar bin oder nicht?«

»Einen großen.«

»Warum?«

»Weil es wichtig ist!«

»Warum ist es wichtig, Itras?«, flüsterte Elhan.

»All das hier!« Itras öffnete die Arme und richtete seinen Blick in die Ferne. »All das hier ist wichtig! Du bist nicht einfach nur ein Erwachter. Du bist ein Avar, ein Lebensbewahrer! Ein großes Schicksal wartet auf dich, eine Bestimmung fernab jeglicher Vorstellungskraft. Das musst du verstehen, Junge! Du bist unsere Hoffnung. Die Hoffnung auf Ausgleich, auf Frieden. Auf ein Ende des Leidens. Du bist der Schlüssel zu unserer Erlösung.«

Elhan seufzte schwer. »Du sprichst wie immer in Rätseln, Itras, und du siehst etwas in mir, was ich nicht sein kann. Ich bin ein Sklave, schon vergessen? Es macht keinen Unterschied, ob ich an deinen Unsinn glaube oder nicht.«

»Doch, es macht einen Unterschied, Junge!«

»Nein, Itras. Wir werden hier unten sterben. Wer auch immer diese Verzehrer sind und was auch immer sie tun werden, wir werden es nicht mehr mitbekommen. Es wird niemals enden. Niemals ...« Elhan ließ sich auf den Boden zurücksinken.

Itras kaute nervös auf seiner Unterlippe. »Du darfst nicht aufgeben, Junge!«, sagte er. »Du hast eine Aufgabe zu erfüllen, ein Schicksal!«

Elhan stemmte sich mühsam wieder hoch. Er spürte, wie die Wut seine Schmerzen verdrängte. »Warum?«, schrie er. »Wozu das alles? Warum, Itras? Sag mir einfach nur, warum!«

»Ich weiß es auch nicht!« Itras sprang auf und warf die Hände in die Luft. »Ich habe keine Ahnung, Kleiner.«

»Du bist verrückt, Itras. Nichts, was du sagst, ergibt einen Sinn.«

»Hör mir zu, Elhan. Ich bin nicht wie du ... nicht gänzlich. Ich wünschte, ich könnte dir helfen! Du musst es aber selbst erfahren! Ich kann dir nur zur Seite stehen und mein weniges Wissen weitergeben. Ich bin alt und schwach.«

»Ich verstehe das alles einfach nicht, Itras.« Elhan kam ein Gedanke, der ihn bereits seit längerem beschäftigte. »Warum heilen meine Wunden so schnell?«

Itras tippelte nervös auf einem Bein. »Auch das weiß ich nicht gänzlich. Es ist in meinem Kopf ... ich kann es nicht richtig greifen.«

»Was soll das heißen?«

»Ich weiß nicht. Es ist, als wäre ich nicht ich.« Itras atmete tief durch. »Irgendetwas passiert mit dir, Junge. Du veränderst deine Umgebung. Es muss an deiner Atemseele liegen, anders kann ich es mir nicht erklären. Sie reagiert mit dem Lebensfluss, lässt deine Wunden heilen. Sieh sie dir auf der anderen Ebene an!«

Elhan kam der Aufforderung nach und sank langsam in den Lebensfluss hinab. Die Welt um ihn zerfaserte in Nebel und Rauch. Farben schimmerten, Lichter tanzten durch die Luft. Es fühlte sich jedes Mal an, als würde die Welt tief Luft holen und den Atem anhalten. Elhan sah das reine Licht von Itras, das grell wie eine Sonne vor ihm schwebte. Dennoch stellte Elhan mit Unmut fest, dass es blasser als beim letzten Mal wirkte. Sein Blick richtete sich nach unten und er bemühte sich, seine Atemseele zu betrachten. Sie bewegte sich hin und her, mal nach vorne, dann wieder nach hinten. Einzelne Fäden drifteten ab und wirbelten empor. In der Nähe erkannte er das reine Licht einer Knolle, die im Erdreich verharrte und schwach in leuchtenden Farben pulsierte. Während er die Knolle beobachtete, bemerkte er mit Erschrecken, dass sein Lebenshauch kurz ausfächerte und das Licht berührte. Es war nur eine flüchtige Berührung, trotzdem reichte es, um zu bemerken, dass er sich wacher fühlte.

Seine Konzentration ließ nach und er wurde schlagartig aus der anderen Ebene hinausgeworfen.

»Was passiert hier?«, raunte Elhan.

Itras grinste schief. »Wenn ich das wüsste, wäre ich wohl ein weiser Meister, nicht wahr?« Er ließ sich neben ihm nieder. »Deine Atemseele ist einzigartig, es scheint, als würde sie in irgendeiner Weise mit der Umgebung reagieren. Sie ist fast wie der Wind, der sich unstet durch die Luft bewegt und allgegenwärtig ist. Deshalb hab ich ja auch gesagt, du sollst auf den alten Itras hören.«

»Wie auch immer«, seufzte Elhan. »Danke, dass du mich versorgt hast.« Er stand schwerfällig auf und massierte den Nacken. Tatsächlich ging es ihm bereits etwas besser. »Wirst du mir irgendwann deine Geschichte erzählen?«, fragte er und warf dem alten Mann einen Seitenblick zu.

Itras klatschte in die Hände. »Da gibt es nicht viel zu erzählen, mein Kleiner. Aber lass einem alten Mann doch seinen Spaß. Vergiss nur eines nicht: Halte durch, du darfst nicht aufgeben! Irgendwann wirst du es verstehen. Irgendwann.«

Elhan nickte müde. Er wusste ganz tief in seinem Inneren, dass Itras ihm etwas verschwieg. Worum auch immer es sich handelte, der alte Mann war der Meinung, dass er noch nicht bereit war.

DUNKELHEIT IN DER FERNE

Der Stechling ist eine der kleinsten Tierarten Andurals. Er ist so groß und lang wie eine Fingerkuppe und von weißer Farbe. Er frisst sich mit einem verhornten Stachel unter die Haut seiner Opfer und ernährt sich von ihrem Fleisch. Zwei Umläufe verweilt der Stechling dort, danach bricht er in roter Farbe hervor und sucht sich ein neues Opfer.

Enzyklopädie der Wesensarten Andurals

Elhan wischte den Schweiß von der Stirn. Er bewegte sich vorsichtig durch den Stollen und konzentrierte sich auf seine Umgebung. Die Ebenen überlagerten sich und in einiger Entfernung nahm er den steten Puls einer Knolle wahr.

»Sylon, grabe etwas weiter links!«, sagte er und griff nach seiner Spitzhacke. »Itras, zwei Schritte rechts von dir auf Hüfthöhe.«

Elhan vernahm eine schwache Vibration im Boden. Er wusste aber, dass der Felswühler ihren Stollen nicht kreuzen würde, da er die Ebenen bereits überprüft hatte.

»Du wirst immer besser, Junge!«, lobte Itras ihn. Der alte Mann nahm zwar den Lebensfluss wahr, konnte aber nicht darin eintauchen und somit keine Seelenbänder herstellen. Laut seiner Erklärung war er zu schwach und zu alt, um das zu bewerkstelligen. Elhan vermutete aber, dass Itras ihm weiterhin etwas verschwieg.

Die Wunden der kürzlich erfolgten Bestrafung waren mittlerweile verheilt. Es reichte, dass er wieder anpacken konnte. Seitdem Cathien an die Oberfläche zurückgekehrt war, fehlte ihm etwas. Er spürte, wie er langsam in seine Lethargie zurückfiel und immer verschlossener wurde. Zwar erfreute er sich weiterhin an der Nähe Sylons und des alten Mannes, es war aber, als wäre ein inneres Feuer langsam geschrumpft, bis nur noch ein kleiner Funke übrig blieb. Einzig seine neu entdeckten Kräfte bildeten eine willkommene Ablenkung. In den Momenten, in denen er seine Atemseele öffnete und in den Lebensfluss eintauchte, fühlte er sich frei, geborgen und glücklich. Sobald er jedoch in seinen Körper zurücksank, stürzten die Eindrücke mit brachialer Gewalt wieder auf ihn ein. Es war niederschmetternd.

»Wenn du so weitermachst, brauchen wir keine Leuchtpilze mehr!«, murrte Sylon und zeigte auf Elhans Augen, die mittlerweile jedes Mal glühten, wenn er in die andere Ebene blickte.

Seltsam.

Mit Schwung hob Elhan seine Spitzhacke über den Kopf und bearbeitete die Wand vor sich. Steine splitterten und spritzten in die Umgebung. Einer schlug ihm gegen die Stirn. Er spürte den Schmerz kaum noch und arbeitete tief in Gedanken versunken weiter, bis schließlich ein größerer Brocken zu Boden fiel und darunter eine Knolle zum Vorschein kam. Blitzschnell griff er zu, hielt aber aus einer Eingebung inne. Er wollte etwas überprüfen und nahm die Eindrücke seiner Umgebung deutlicher wahr. Behutsam tauchte er in den Lebensfluss ein und ließ sich dahingleiten. Einen Augenblick blieb er in dieser Schwebe, dann richtete er seinen Blick auf die Knolle.

Vor ihm leuchtete eine grelle Sonne.

Elhan öffnete seine Atemseele, griff hinein und stellte ein Seelenband her. Sofort spürte er wieder die fremdartige Präsenz, die nur einen Teil eines großen Ganzen bildete. Er betrachtete die strahlenden Farben und den wabernden Nebel und ließ die Ebenen sich überlagern. Langsam streckte er die Hand aus und berührte die Knolle. Sie bewegte sich nicht und blieb ganz starr. Als er sie anfasste, schmiegte sich die raue, leicht schuppige Außenhaut an seine rechte Hand und blieb dort haften.

Elhan lächelte, blieb aber mit der Knolle verbunden. Als er sich umdrehte, stand an der Stelle des alten Mannes ein gleißendes Licht, das unruhig flackerte. Elhan erschrak und löste das Seelenband zu der Knolle, blieb jedoch auf der Ebene des Lebensflusses. Er versuchte, gleichzeitig mit seiner Umgebung verbunden und sich seines Körpers bewusst zu sein. Obwohl es schwierig war, die Konzentration aufrechtzuerhalten, gelang es ihm problemlos.

Wieder flackerte das Licht und verschwamm an den Rändern. Es sah aus, als würde der Lebensfluss nach Itras greifen und ihn langsam aufnehmen. Elhan bewegte sich auf Itras zu und blieb vor ihm stehen. Erst jetzt fiel ihm auf, dass Itras sich gar nicht bewegte, er stand weiterhin da, den linken Arm auf die Schaufel gestützt und den rechten Arm an der Stirn, um den Schweiß abzuwischen.

Was geht hier vor?

Seine Konzentration ließ nach und er sank vollends in seinen Körper zurück. Der Nebel zerfaserte, die Farben verblassten und mit einem Ruck war alles wieder normal.

Itras wischte den Schweiß von der Stirn, sah ihn an und riss die Augen weit auf. Dann setzte er sein zahnloses Grinsen auf.

»Bei Jads Unterhosen, was war denn das?«, rief Sylon von der anderen Seite des Stollens.

Elhan achtete nicht auf ihn. »Itras, deine Atemseele verändert sich«, flüsterte er und erkannte den Schmerz und das Leid in den Augen des alten Mannes. »Du stirbst.« Er spürte einen tiefen Stich in der Seite.

»Verdammt nochmal, was war das?«, schimpfte Sylon nun direkt hinter ihm. »Eben warst du noch da, dann warst du plötzlich woanders!«

Elhan beachtete ihn noch immer nicht und legte Itras sanft die rechte Hand auf die Schulter.

»Ja, Junge. Mit mir geht es schon lange zu Ende«, sagte Itras.

»Das ist der Lauf der Dinge. Ich bin schließlich dein Meister. Wie in den alten Geschichten, nicht wahr, Kleiner? Du wirst noch viel …« Er riss den Kopf herum.

Elhan hatte es auch gespürt, irgendetwas zog an den Rändern seines Bewusstseins. Es war ganz schwach und doch konnte er es deutlich wahrnehmen. Wie ein Schatten senkte sich etwas über seinen Verstand und versuchte, ihn zu schwächen.

»Nein, nicht jetzt schon«, murmelte Itras und ging einen Schritt auf die Wand zu. »Bitte nicht jetzt schon.«

»Was ist los? Was ist?«, rief Sylon und ließ die Schaufel fallen. Mit einem dumpfen Schlag landete sie mit der Spitze in der Erde. »Redet mal jemand von euch Drecksäcken mit mir?«

Elhan konzentrierte sich, wurde sich seiner Umgebung bewusst und tauchte in den Lebensfluss ein. Seine Hand hob sich, als würde er eine Tür aufstoßen. Ruckartig zerfaserte die Umgebung und löste sich in Nebelschwaden auf, grelle Lichter und Farben tanzten umher. Er richtete seinen Blick in die Ferne. In dieser Welt gab es keine Mauern oder feste Gegenstände, die ihn einschränkten. Alles war substanzlos.

Als er den Blick schließlich hob, sah er es in weiter Entfernung: Wie eine dunkle Gewitterwolke zog dichter schwarzer Nebel durch die Luft und sog die Farben um sich auf. Die Wolke verschlang alles in der Umgebung und wurde immer größer. Fäden stachen hervor und umschlangen kleinere Lichter, die in gleichmäßiger Bewegung immer näher kamen. Die Wolke sah aus wie der Tod. Alles verschlingend, ein dichtes Knäuel Schmerz und Pein. Panik durchflutete ihn. Elhan wusste, dass sein Mund offen stand.

Er schwieg eine Weile, dann lenkte er sein Bewusstsein auf das flackernde Licht des alten Mannes.

Was ist das, Itras?

Das, mein Junge, ist unser Ende.

HOFFNUNG

Das herzogliche Symbol Norfalls ist eine sinngemäße Wiedergabe der wirtschaftlichen Grundpfeiler des Landes. Die überkreuzten Ketten werden nicht nur als Symbol angesehen, sondern auch als leibhaftige Gestaltung eines Würdenträgers.
In Norfall ist der Glaube des Neunerbundes nicht weit verbreitet. Die Akzeptanz des Gehorsams überwiegt die Bedeutung göttlicher Elemente.

Historie und Geographie in Andural

Alrael überblickte von der Anhöhe ein Meer aus Stahl und Silber. Soweit das Auge reichte, glänzte das Dämmerlicht der untergehenden Sonne auf tausenden Helmen, tausenden Schilden, tausenden Äxten, Speeren, Pfeilspitzen und Schwertern. Ein großer Teil der Armee des Herzogs war dabei, Stellung zu beziehen und sich für die kommende Schlacht zu wappnen, nachdem der nördliche Bevölkerungsteil der Stadt evakuiert und über die Schlucht gebracht worden war. Es hatte eine Weile gedauert, bis alle den Anweisungen Folge geleistet hatten. Es war allerdings notwendig gewesen, denn es sollten nicht leichtfertig Menschenleben aufs Spiel gesetzt werden. Genau hier, an den Hängen der großen Schlucht und der Stadtgrenze von Terez, würden sie den Feind erwarten und zuschlagen.

Es begann.

Was habe ich mir nur gedacht? Bin ich jetzt vollkommen überge-

schnappt?

Alrael saß auf einem blauen Steppenläufer und trug eine silbern glänzende Rüstung. Seinen Kopf umschloss ein reich verzierter Helm, auf der Brust prangte das gebrochene Wagenrad des Gottes Jad. Schwert und Speer waren an seinem Sattel befestigt, er hoffte jedoch, dass er die Waffen nicht benutzen musste. Die Arm- und Beinschienen drückten furchtbar, die schwüle Luft ließ ihn unter dem ganzen Metall unangenehm schwitzen und er fühlte sich so fehl am Platz wie noch niemals zuvor in seinem ganzen Leben.

An seiner linken Seite saß Herzog Ramor ebenfalls im Sattel eines Steppenläufers, gekleidet in eine auf Hochglanz polierte Rüstung. Seine Fettpolster quollen aus den seitlichen Ritzen, der Helm saß viel zu eng auf dem runden Kopf. Er schnaufte tief und kratzte immer wieder am Hals. Alrael fand, dass der Herzog in seiner Ausrüstung lächerlich aussah. Diese Tatsache war aber mittlerweile unwichtig, denn in Ramor steckte wesentlich mehr als man auf den ersten Blick vermuten würde. Es war schwer, sich diese Erkenntnis einzugestehen, aber der Herzog war anscheinend ein guter Mensch.

Auf der anderen Seite schritten vier Diener und hielten respektvoll Abstand. Sie trugen die typischen blauen Gewänder Landamars und erfüllten keinen sonderlichen Zweck. Sie waren auf Geheiß des Herzogs da, als stumme Zeugen der Schlacht. Alrael war es einerlei, sein ganzes Augenmerk war auf die beginnende Schlacht gerichtet.

Finster blickte er Richtung Westen. Die Sonne war dort nur noch als schmaler Streifen erkennbar, aufziehende Wolken ließen alles matt erscheinen. Es würde tiefste Nacht sein, wenn das feindliche Heer eintraf, ob das zum Vorteil gereichen würde, konnte er noch nicht beurteilen.

Alrael konzentrierte sich wieder auf den schmalen Pfad, dem sie seit einer halben Kerze folgten. In leichtem Trab umrundeten sie einen Hügel und richteten ihre Aufmerksamkeit auf das Hauptkontingent der Truppen.

Jetzt sitze ich hier und versuche, etwas zu beweisen. Wem?

Er besah die Truppen und spürte die Angst und die Anspannung, die von den Soldaten ausgingen. Sie standen allzu steif da, niemand streckte sich oder tippelte von einem Bein auf das andere. Überdies schwiegen sie und warfen sich nervöse Blicke zu, kein Geflüster war zu hören, kein Geplauder. Die einzigen Stimmen, die zu dem Prinzen drangen, waren bellende Befehle, während Hauptmänner die Linien ausrichteten. Bald erkannte der Prinz, was den Soldaten so großes Unbehagen bereitete: Eine geschlossene Linie bewegte sich am Horizont. Schweigend und im Gleichschritt marschierte sie auf die Stadt zu. Der Boden vibrierte unter ihren Schritten, es war bis hierher zu spüren. Die gleichmäßige Bewegung sah unnatürlich und unmenschlich aus.

Alrael verstand nicht, was ihn bewogen hatte, sich dem Feldzug anzuschließen. Es war eine Entscheidung zwischen leichter Trunkenheit und Größenwahn gewesen. Er hatte sich von seiner Genialität berauscht gefühlt, ein wahrer Prinz, ein Feldherr, unnahbar und unbesiegbar. Zwar würde er der direkten Schlacht fernbleiben, trotzdem gefiel ihm ganz und gar nicht, was er sah.

»Natürlich wirst du der Schlacht fernbleiben, mein Prinz«, bemerkte der Herzog.

Alrael sah, dass sich der Herzog ein Lachen verkniff.

Ich weiß nicht, warum ich überhaupt hier bin.

Er räusperte sich und setzte eine entschlossene Miene auf, in der Hoffnung, entsprechend würdevoll auszusehen. »Ja, nun meine Herren«, sagte er. »Dann heißt es wohl Schlacht, Verderben und so weiter. Der Ruf des Schicksals.«

Ramor konnte sich nun nicht mehr zurückhalten und begann lauthals zu lachen. »Was auch immer dich dazu gebracht hat, mein Prinz.« Er wischte über die Augen. »Es war eine gute Entscheidung und ich bin dir dankbar. Aber bitte komme nicht auf die Idee, an der Spitze der Armee zu reiten!«

Alrael ignorierte diese Reaktion geflissentlich und blickte starr gen Westen. Am Horizont kam die schwarze Linie immer näher, der Feind war auf dem Vormarsch.

»Bei Morgoris' Augenbrauen!«, fluchte er. »Wie konnte das nur passieren?«

»Ich kann es dir nicht sagen, mein Prinz. Wir kämpfen gegen die eigenen Leute. Gelenkt von einem Feind, den wir nicht verstehen.«

»Gibt es Nachricht von den anderen Truppen?«

»Ein Bote ist vor einer Viertelkerze eingetroffen und hat berichtet, dass die Soldaten bald am Ausgang der Schlucht ankommen. Sie sind bereit und warten auf das Zeichen.«

»Gut. Das ist gut.«

Was sagt man bei so was? Ich habe keinen blassen Schimmer. Vielleicht sollte ich einfach so tun, als wüsste ich über alles Bescheid.

»Nun dann, das ist gut!«, fügte er an.

Geht doch, gar nicht mal so übel.

Aus dem Augenwinkel sah er, wie der Herzog sich ein Lachen verkniff.

Der hat doch genauso wenig Ahnung wie ich!

Alrael blickte dem feindlichen Heer entgegen. Alles war vorbereitet, sie hatten einen guten Plan. Dennoch verspürte er ein ungutes Gefühl bei dieser Sache, letztendlich wussten sie überhaupt nicht, was ihr Feind vorhatte. Warum zog er gen Schlucht? Wollte er weiter nach Illindar marschieren, um den König zu entthronen? Ging es ihm um die Knolle? Oder steckte vielleicht ein ganz anderer Grund dahinter? Sein Vater hatte immer betont, dass man einen Feind nur besiegen konnte, wenn man ihn auch verstand. Alrael aber verstand diesen Feind nicht, er fühlte sich vollkommen blind. Am wenigsten begriff er allerdings, warum er nicht seine Sachen packte und mit dem nächsten Wagen schnurstracks nach Illindar flüchtete. Das war sehr untypisch für ihn, er fühlte sich fremd im eigenen Verstand. Er machte sich nichts vor, ein Feind, der den Willen einer ganzen Armee brechen konnte, würde auch nicht vor ihnen Halt machen. Was könnte den Feind abhalten, sich nicht auch noch die Armee Landamars einzuverleiben? Alraels Plan war zwar gut durchdacht, sie wussten aber immer noch nicht, welche finsteren Mächte hier am Werk waren. Wieder auferstehende ursprüngliche Bedeutungen der Götter? Dunkle Mächte, die mit dem Geist eines Menschen spielten? Das alles passte irgendwie nicht zusammen.

Die Linie des Feindes war nun deutlich erkennbar.

»Wie soll man gegen einen Feind kämpfen, der uns selbst gegeneinander kämpfen lässt?«, fragte Alrael.

Der Herzog schüttelte den Kopf. »Ich weiß es nicht. Ich bin Händler, kein Feldherr.«

»Als Händler kennt Ihr aber die Menschen, mein lieber Ramor. Ihr wisst, was sie bewegt, was sie antreibt, vollkommen unverständliche Dinge zu tun.« Er warf ihm einen Seitenblick zu. »Im Grunde genommen manipuliert Ihr ebenfalls gezielt die Menschen um Euch.«

Der Herzog grinste. »In gewisser Weise hast du recht, mein Prinz. Deine Ausführungen unterscheiden sich allerdings von dem, was uns nun bevorsteht. Ebenso wenig wie du vermag ich die Absichten und Handlungen unseres Feindes vorherzusehen.«

»Es erscheint mir so sinnlos, Ramor. Wir schlachten uns selbst ab.«

»So ist es, es liegt aber nicht in unserer Macht, das zu verhindern. Es ist unsere Aufgabe, dieses Land vor dem Untergang zu bewahren, mein Prinz. Wenn es das Leben unserer Männer erfordert, werden wir dieses Opfer bringen müssen.«

Der Feind kam immer näher, Alrael konnte bereits einzelne Symbole auf den Rüstungen erkennen. Es waren aber nicht nur Soldaten, die ihnen entgegenschritten, auch Bauern und einfache Leute konnte man sehen.

Einmal mehr musste er sich fragen, was er hier tat.

Elhan fragte sich, was er hier tat. Er stand im Stollen und beobachtete voller Furcht, wie die drohende Dunkelheit immer näher kam. Er konnte spüren, wie der Lebensfluss unter der Anwesenheit dieser Bosheit vibrierte. Es sah aus wie ein schwarzes Gespinst, das trichterförmig alles um sich aufsaugte. Was konnte er schon tun? Er war ein einfacher Sklave, der gerade erst seine Kräfte entdeckt hatte.

Je länger er die Finsternis betrachtete, desto mehr übermannte ihn die Verzweiflung. Er löste die Verbindung zum Lebensfluss, wurde sich seiner Atemseele bewusst und atmete tief aus.

»Es ist hoffnungslos«, flüsterte er. »Wie soll man gegen so etwas kämpfen?«

»Was ist los?«, fragte Sylon neben ihm.

»Es ist schwer zu beschreiben, ich …«

»Verdammt, Elhan!« Der Hüne packte ihn an den Schultern. »Was siehst du?«

Elhan ließ sich Zeit mit der Antwort. »Den Tod.«

»Bei Jads braunen Unterhosen!«, fluchte Sylon. »Erkläre es mir, ich muss es wissen!«

Elhan erzählte ihm von der Dunkelheit, die sich ihnen näherte, von den Lichtern, dem Nebel und den Farben. Er ließ nichts aus, beschrieb den Einfluss der Finsternis und wie alles an seinem Bewusstsein zerrte. Nachdem er geendet hatte, sah er ihm fest in die Augen.

»Ich war früher ein guter Mensch«, begann Sylon. »Das musst du mir glauben.«

»Ich glaube es dir.«

»Ich … wirklich?«

Elhan lächelte. »Natürlich, in dir steckt mehr als man auf den ersten Blick vermuten würde. Du bist ein Freund, Sylon, und ich bin froh, dass wir uns begegnet sind.«

»Hm, naja«, wand sich Sylon. »Wie auch immer, ich habe früher Pech gehabt. Scheiße, passiert einfach manchmal. Zwischenzeitlich war ich ein richtiger Drecksack, einer von der übelsten Sorte.« Er schloss die Augen, als würde er die Erlebnisse erneut durchleben. »Ich habe Dinge getan, schlechte Dinge. Dann sah ich dich in diesem Tunnel stehen und wie du es dem Felswühler gezeigt hast. Du hast mir das Leben gerettet, obwohl ich dich zuvor wie Dreck behandelt hatte. Damals habe ich es erkannt, obwohl ich es noch immer nicht verstehe. In deiner Nähe fühle ich mich seltsamerweise wohl. Ich kann es nicht beschreiben, aber es fühlt sich richtig an. Wie der Alte gesagt hat, du bist wie ein Licht ... ein Licht in der Dunkelheit.«

Wie sehr wir uns doch verändert haben. Einst hat Sylon noch zu meinen erbitterten Feinden gezählt, nun sagt er mir, dass er sich in meiner Nähe wohlfühlt.

»Verstehst du, was ich meine, Elhan?«

»Ich weiß nicht ... ich bin unsicher«, sagte er zurückhaltend.

»Du gibst mir Hoffnung. Ich kann an etwas glauben.« Sylon sah auf seine Hände. »Und ich glaube an dich, Elhan. Da ist etwas Seltsames an dir, das ich nicht verstehe. Was auch immer gerade da oben passiert, du musst etwas tun. Scheiße, *wir* müssen etwas tun!«

Elhan fuhr unruhig an seiner verkrüppelten Hand entlang. Sylons Worte gaben ihm zu denken.

»Junge, er hat recht«, warf Itras mit rauer Stimme dazwischen. »Wir müssen etwas tun.«

Elhan richtete seine Aufmerksamkeit auf den alten Mann und bemerkte beunruhigt, dass der am ganzen Leib zitterte. Er tauchte sofort in den Lebensfluss hinab und beobachtete Itras' Licht, das immer mehr abnahm. Die Ränder seiner Atemseele flackerten und fransten aus.

Er wird immer schwächer. Ich habe es schon zuvor gespürt ...

»Aber was sollen wir tun?«, fragte Elhan.

»Sie aufhalten, Junge.«

»Itras, du kannst diese Macht sehen. Was kann ich dagegen schon ausrichten?«

»Nichts und doch alles.«

»Bei Cernunnos! Wir sind drei einfache Sklaven, die in dieses Loch geworfen wurden, um zu sterben! Verstehst du das nicht?«

»Natürlich verstehe ich das, Kleiner.«

»Aber wie? Wie soll ich gegen etwas Derartiges bestehen?«

Der alte Mann lächelte schwach. »Gemeinsam.«.

Elhan presste die rechte Hand zusammen bis die Knöchel weiß hervortraten. Er wollte etwas entgegnen, konnte sich aber zu keiner Antwort durchringen. Die Freundschaft zu Sylon und Itras war das Einzige, das ihm in diesem Leben noch etwas bedeutete. Er wollte ihr Leben nicht aufs Spiel setzen. Er *konnte* es einfach nicht.

»Ich habe dir erklärt, dass wir ein Teil des großen Ganzen sind, mein Junge. Wir sind alle eins. Der Stein, die Pflanze und der Wind. Erinnere dich, was ich dir beigebracht habe. Das Leben fließt durch uns. Wir können es nutzen und weitergeben. Das musst du begreifen!«

»Ich habe absolut keine Ahnung, wovon du sprichst.«

»Sieh mich an, Junge!«

Elhan hob den Blick.

»Sieh mich richtig an!«

Er tauchte in den Lebensfluss, worauf die Welt in Fetzen und Nebel auseinanderriss. Und er sah ihn.

»Sieh dir an, wie mein Licht mit der Umgebung verschmilzt! Du musst es verstehen, das ist sehr wichtig! Ich bin ein Teil davon, meine Atemseele verlässt diese Ebene und taucht in den Fluss des Lebens ein.« Itras zitterte am ganzen Körper.

Elhan liefen Tränen die Wangen hinab. Eine eiskalte Hand schloss sich um sein Herz. Er sah es wirklich, er konnte erkennen, wie Itras in den Lebensfluss überging. Die Farben wurden blasser, die Ränder vereinigten sich mit der Umgebung. Es war seltsam, sonst sammelten sich die Atemseelen der Menschen erst und stoben dann in den Himmel davon.

»Itras, bitte lass mich nicht allein!«, flehte er. »Ich brauche dich, ich habe noch so viel zu lernen.«

»Moment!«, warf Sylon ein. »Er stirbt?«

Elhan beachtete ihn nicht und ging auf den alten Mann zu. »Du darfst mich jetzt nicht allein lassen, Itras! Wir werden scheitern ...«

»Ich habe doch gesagt, dass ich bald in die Kiste hüpfe.« Itras lachte gackernd. »Du musst es selbst herausfinden. So steht es doch in jeder Geschichte geschrieben, mein Junge: Der Meister schwindet, der Schüler tritt an dessen Stelle. In all den Geschichten kommt aber leider kein Verrückter vor, der stinkt und kein Benehmen hat.« Sein Kopf sank langsam auf die Brust und er atmete nur noch schwach.

Elhan legte ihm eine Hand auf die Schulter und bemerkte, dass sie ebenfalls zitterte. »Ich schaffe das nicht ohne dich. Ich habe keine Ahnung, was zu tun ist. Es gibt immer noch so vieles, was du mir nicht beigebracht hast. Ich weiß noch nicht einmal, wie ich aus diesem Loch herauskommen soll.« Er wagte nicht, dem alten Mann in die Augen zu sehen.

»Oh, ich denke, das weißt du ganz genau.« Itras' Stimme war nur noch ein Flüstern. »Es geht um Vertrauen. Es ging nie um etwas anderes, mein Junge. Das Seelenband entsteht nicht willkürlich, es ist ein Akt des gegenseitigen Verständnisses.«

»Ich verstehe es nicht, Itras.«

»Doch, tief in deinem Herzen beginnst du, zu verstehen.« Er zögerte. »Ich muss dir etwas gestehen, Junge. Ich war nie wie du.«

»Was meinst du damit? Natürlich bist du wie ich. Du nimmst den Lebensfluss wahr, du siehst es.«

Itras schüttelte den Kopf. »Ja, ich nehme den Lebensfluss wahr. Ich bin aber kein Avar. Ich bin nie einer gewesen.« Er holte entschlossen Luft. »Denke an den Wind. Wenn es soweit ist, wirst du wissen, was zu tun ist. Ich glaube an dich, Elhan.«

Itras' Blick flackerte, dann sank er langsam auf den Boden. Gleichzeitig sah Elhan auf der anderen Ebene, wie seine grelle Sonne schlagartig erlosch und in den Lebensfluss aufgenommen wurde.

Erschüttert stand er da und sah auf den alten Mann hinab, der ihm so viel gegeben hatte. Er beugte das Knie und nahm dessen Hand in seine. Itras war tot, seine Atemseele stieg rauchförmig auf, verweilte einen Augenblick in der Luft und löste sich auf.

Sylon ließ sich ebenfalls auf den Boden nieder. »Er war ein

guter Mensch«, flüsterte er. »Besser als wir und das ist alles, was zählt.« Er legte Itras seine Hand auf die Stirn und stand wieder auf.

Elhan starrte tief zusammengesunken in die leblosen Augen des einstigen Weggefährten. Obwohl er eindeutig sehen konnte, dass der alte Mann gestorben war, konnte er es noch immer nicht glauben. Er wusste nicht, was er denken sollte. Alle Menschen, die ihm einst etwas bedeutet hatten, verließen ihn.

Erst meine Familie, dann Itras.

Er war allein, eine einsame Seele. Ihm war gar nicht bewusst gewesen, wie sehr er den alten Mann geachtet und respektiert hatte. Dicke Tränen liefen seine Wangen hinab. Er wischte sie nicht weg, da er sich ihrer nicht schämte.

Wie soll es nun weitergehen? So viele Fragen bleiben unbeantwortet, so viele Rätsel müssen gelüftet werden. Ich kann das nicht allein …

Sachte streichelte er über das runzlige Gesicht des alten Mannes. Er war nur eine Hülle gewesen, eine Hülle eines unbeugsamen Willens. »Lebe wohl, mein Freund. Ich danke dir für alles«, raunte er und neigte den Kopf. »Du warst ein großer Mann. Größer als wir alle. Und doch hattest du deine Geheimnisse.«

»Kommst du?«, fragte Sylon.

Elhan hob verwirrt den Kopf.

»Scheiße, wir müssen doch schließlich aus diesem Drecksloch hier raus! Und ich weiß, wie wir das schaffen.«

Cathien wusste nicht, wie sie alles schaffen sollten. Sie saß auf einem kleinen Schemel im Palast des Herzogs und spürte, wie sie immer ungeduldiger wurde. Sie war zwar eine Frau, die im Kriegsgebiet normalerweise nichts zu suchen hatten, aber es war ihr gelungen, den Prinzen zu überzeugen, zumindest in Reichweite bleiben zu dürfen. Wäre es nach ihm gegangen, würde sie sich im nächstbesten Wagen nach Illindar befinden.

Der König hatte bislang nicht auf ihre Botschaft geantwortet. Obwohl es ein weiter Weg nach Amerys war, hätte längst ein Meldebote von dort sie erreichen müssen. Alraels Befürchtungen schienen sich zu bewahrheiten: Bis auf die Unterstützung des stark dezimierten Heeres ihrer Mutter waren sie auf sich gestellt.

Ein Diener trat an sie heran und wollte das Würzbier in ihrem Krug nachfüllen. Mit erhobener Hand hielt sie ihn auf, sie musste ihre Sinne beisammenhalten.

»Das reicht, danke!«

Er verneigte sich und verließ den Saal.

Die ganze Situation erschien ihr so unwirklich: Ein Feind, der ganze Armeen versklaven konnte und unaufhaltsam in Richtung der Schlucht schritt. Götter, deren ursprüngliche Bedeutungen wieder zum Vorschein traten.

Wo sind wir nur hineingeraten?

Alrael hatte behauptet, der Feind hätte es auf die Knollen abgesehen. Cathien war aber nicht sicher. Wozu die ganzen Vorbereitungen? Die Ermordung des Thronerben. Das befohlene Attentat auf sie. Die unterschwelligen Intrigen, um das Land zu schwächen. Irgendwie passte das nicht ganz zusammen. Es schien, als ginge es dem Feind um mehr. Als wären sie blind in einem Spiel, das sie nicht verstanden.

Sie haben den Soldaten die Herzen herausgerissen. Wieso? Was steckt dahinter? Sind sie einfach nur grausam oder entgeht uns etwas? Wer ist der wahre Puppenspieler? Wer steckt hinter all dem?

Cathien stand auf und wanderte unruhig durch den Saal. Sie hatte keine Augen für die Pracht, die ihr geboten wurde.

Ashron war ein talentierter Mann, der andere Menschen begeistern konnte. Alles fing mit seiner Ermordung an. Er hatte Talent … sehr viel Talent. Elhans Augen haben geleuchtet. Ich habe die Himmelsschwinge gespürt. Gibt es vielleicht einen Zusammenhang? Verbindet uns alle eventuell etwas Besonderes?

»Verdammt!«, fluchte sie. »Was soll das alles?«

»Was soll das?«, knurrte Mort, während Elhan und Sylon entschlossen auf den Stollenausgang zu schritten. Einige Sklaven standen in der Nähe und warteten, dass sie eine geschliffene Kugel für ihre Quote erhielten. Darunter befand sich auch der dunkelhäutige Konar, der ihnen grimmig zunickte.

»Mort, du elender Drecksack wirst uns jetzt zuhören!«, sagte Sylon und bleckte die Zähne.

Die anderen Sklaven drehten sich verwirrt zu ihnen und machten hastig Platz. Die Höhle war fast voll, am anderen Ende beförderten einige Soldaten die vollen Kisten mit den geernteten Knollen auf den hölzernen Außensteg. Mort sah ihnen finster entgegen und gab den Soldaten ein Zeichen, woraufhin die sich sofort um ihn aufstellten. Die Gesichter entschlossen, die Hände an der Schwertscheide griffbereit.

»Da oben passiert gerade etwas.« Sylon zeigte mit dem Daumen in die angesprochene Richtung. »Und wir werden nicht hier unten verrecken und sinnlos zusehen.«

»Was fällt dir ein, dreckiger Sklave?«, schrie der Aufseher und nahm seinen Knüppel in die Hand.

Elhan blieb stehen und sah die Sklaven um sich nacheinander an. Dann ging er noch einen Schritt auf den Aufseher zu und atmete tief durch. »Mort, das ist der Zeitpunkt, eine Entscheidung zu treffen. Bitte höre mich an.«

»Was willst du, Sklave?«

Elhan warf Sylon einen auffordernden Blick zu, der schwieg jedoch und trat mit einem frechen Grinsen zur Seite. »Ich weiß nicht, was gerade an der Oberfläche geschieht«, sagte er. »Es ist aber sehr wichtig, dass ich dort oben bin. Das musst du mir glauben.«

»Warum?«

»Ich weiß es nicht, es ist einfach ein Gefühl.«

»Du bleibst hier, wie alle anderen Sklaven auch. Wachen!«

Die Soldaten zogen ihre Schwerter und schritten auf ihn zu.

Elhan ließ seine Unsicherheit fahren, stieß die Tür zur anderen Seite auf und tauchte in den Lebensfluss ein. Die Welt um ihn explodierte in Farben und Nebel. In Zeitlupe sah er, wie sich vier glühende Lichter auf ihn zu bewegten. Er wurde sich seiner Umgebung bewusst, öffnete seine Atemseele und griff durch den Nebel in die Lichter. Farben wirbelten umher, die Schwaden teilten sich und Elhan spürte, wie er die Atemseelen der Soldaten berührte und gleichzeitig vier Seelenbänder herstellte.

Mit Wucht prasselten Gefühle auf ihn ein: Wut, Trauer, Hass, Freude – unzählige Empfindungen zur gleichen Zeit. Schnell versuchte er, sich gegen die vielen Eindrücke abzuschirmen, er hatte nicht mit ihnen gerechnet. Es gelang ihm nicht, es war einfach zu viel. Er bemerkte, wie seine Konzentration nachließ, wie er durch den Nebel zurückgedrängt wurde und in seinen Körper sank.

Etwas krachte ihm gegen den Kopf und beförderte ihn auf den Boden.

»Du bist nur ein dreckiger Sklave, ein Nichts!«, spie ihm Mort entgegen. »Verschwinde, sonst gebe ich den Befehl, dich umzubringen!«

Elhan stemmte sich hoch, während ihm Blut von der Stirn tropfte.

Der Schwertgriff eines Soldaten ging nieder. Erneut explodierte sein Kopf vor Schmerz und er fiel auf den Boden zurück.

Verzeih mir Itras, ich habe versagt. Es ist hoffnungslos …

Sein Blick richtete sich auf die Plattform, hinter der schwaches Sonnenlicht erkennbar war. Es sah wunderschön aus, so fern und doch so nah. Blut lief ihm ins Auge, der Schmerz raubte ihm fast die Sinne. Am Rande bekam er mit, wie sich jemand vor ihn stellte.

»Wenn ihr ihn umbringt, müsst ihr verdammten Drecksäcke mich ebenfalls umbringen!«, grollte Sylon.

Warum war er so dumm, sich zu opfern? Es war sinnlos …

Der dunkelhäutige Konar trat nun ebenfalls vor Elhan. »Er hat mir das Leben gerettet«, sagte er.

Was ist los mit ihnen? Sind sie lebensmüde?

Mort lachte böse. »Na, sieh sich einmal einer diese dummen Sklaven an. Ihr wollt also sterben?« Er klatschte in die Hände. Zwei weitere Soldaten zogen ihre Schwerter und kamen auf sie zu.

Elhan sah in die Gesichter derjenigen, die ihm beistanden. Das Vertrauen erfüllte ihn mit Freude und auch mit Stolz. Er lächelte und gebot ihnen, zurückzutreten. Mit entschlossenem Gesicht kamen sie seiner Aufforderung nach, Konar neigte sogar ein wenig den Kopf.

»Ich danke euch für euer Vertrauen«, sagte Elhan mit schwacher Stimme. »Aber es hat keinen Sinn. Er wird es nicht einsehen. Setzt nicht euer Leben für eine verlorene Sache aufs Spiel.«

Konar neigte wieder den Kopf, sah ihn aber mit einem merkwürdigen Blick an. Fast wirkte es, als würde er auf etwas warten.

Kühler Wind wehte von der Plattform in den Gang. Elhan blickte dem Wind hinterher.

Vertrauen.

Ein Soldat hob sein Schwert in die Luft. Die silberne Schneide reflektierte das Licht.

Ein Teil des Ganzen.

Elhan schloss die Augen. Ein sanfter Hauch kitzelte ihn an der Schläfe.

Hoffnung.

Entschlossen atmete er ein.

Itras hat gesagt, ich soll an den Wind denken, wenn es soweit ist. Was hat er damit gemeint?

Es war wie ein Tanz, der Wind war gleichzeitig hier und doch an einem anderen Ort.

Itras hat mich gewarnt, mich vollständig dem Seelenband hinzugeben. Ich war noch nicht bereit. Der Wind ist gleichzeitig hier und doch woanders. Er wirkt wie eine Präsenz, ein Bewusstsein. Wie ich ist er ein Teil des Ganzen. Das bedeutet …

Elhan riss die Augen auf.

Götter!

Die Schneide fuhr nieder.

Schlagartig stieß er die Tür zum Lebensfluss auf. Die Umgebung zersplitterte, die Welt zerfaserte um ihn. Das Leben pulsierte und er glitt vollständig hinein. Er hielt nichts zurück, gab sich vollständig dem Fluss hin. Dann knüpfte er das Seelenband zum Wind und folgte dem Ruf. Sein Körper löste sich auf.

Elhan blinzelte …

… und trat hinter den Soldaten hervor. Die Welt nahm augenblicklich wieder ihre Form an, die Klinge fuhr durch die leere Luft und stieß in den Boden.

Erschrocken sprangen die Soldaten einen Schritt zurück. Die Menge hielt den Atem an.

Stille.

Elhan wandte sich dem Aufseher zu, der nun vor ihm stand. Mort sah ihn fassungslos an.

»Wie …?«, stotterte er.

Sanft legte Elhan ihm die rechte Hand auf die Brust und spürte den Blick der Soldaten in seinem Rücken. Sie hielten noch immer unschlüssig ihre Schwerter in den Händen. Elhan sah Mort tief in die Augen. Er sah dessen Atemseele und griff hinein. Wut, Trauer und Enttäuschung brandeten ihm entgegen. Er wappnete sich und ließ die Gefühle an sich abgleiten. Immer tiefer drang er vor, bis er schließlich das fand, wonach er suchte: einen kleinen Funken Hoffnung. Einen letzten Rest Menschlichkeit und Glauben an das Gute. Er schützte den Funken, beeinflusste ihn und speiste ihn mit seiner Hoffnung. Der Funke wurde zu einer kleinen Flamme und brach schließlich als grelles Feuer hervor. Elhan zog sich zurück, ließ den Nebel fallen und wurde sich wieder seiner Umgebung bewusst.

Mort sah ihn ungläubig an. Mit einer vorsichtigen Bewegung hob er die Hand, woraufhin die Soldaten ihre Schwerter in die Scheiden zurücksteckten. Mit großen Augen fühlte er nach seiner Brust und seufzte. »Was hast du getan?«

Elhan bemerkte die vielen Blicke, die auf ihm ruhten. »Ich

gab dir Hoffnung«, sagte er leise. Seine Worte hallten in der Luft nach. »Ganz tief in dir verborgen gab es etwas Gutes. Hoffnung.«

Dem Aufseher stand der Mund offen. Er rieb über die Augen und begann zu lächeln. »Hoffnung. Es ist so lange her.«

Elhan lächelte ebenfalls. »Halte daran fest, Mort. Auch wenn er tief verborgen ist, einen kleinen Funken gibt es immer.«

Der Aufseher nickte und gab den Soldaten ein Zeichen. Unsicher kamen sie näher, hielten jedoch Abstand zu Elhan. Aus dem Augenwinkel sah er, wie Sylon grinsend die Arme vor der Brust verschränkte. Konar hob die rechte Hand und spreizte die Fingerspitzen. Er schloss die Augen, seine Lippen bewegten sich stumm im Gebet. Die anderen Sklaven sahen ihn erstaunt an, folgten aber zögernd seinem Beispiel, bis schließlich ein Meer aus schweigenden Männern im Stollen stand und die Hand zur Ehrerbietung erhoben hielt.

»Der Fahrstuhl!«, gab Mort die Anweisung.

»Aber Mort, wir ...«

»Sofort!«

Die Soldaten sahen Elhan nervös an, senkten jedoch die Blicke und gingen auf die Plattform zum Fahrstuhl.

Elhan folgte ihnen und trat in das hölzerne Gerüst. Er lächelte und rief dem Aufseher ein letztes Mal etwas zu: »Du bist ein guter Mensch, Mort. Vergiss das nicht!«

ENTSCHEIDUNG AN DER SCHLUCHT

Der ewige Bund zwischen Mann und Frau muss vor den Augen der Götter vollzogen werden. Der Rankenbaum, das göttliche Symbol des Gottes Cernunnos, ist Altar und gleichzeitig Zeuge dieses Bundes.

Enzyklopädie des Neunerbundes

Die Armeen prallten aufeinander. Wie ein stählernes Meer brachen die Wellen übereinander und rissen alles mit sich. Ein Gemetzel aus Eisen, Blut, Fleisch und Knochen. Es gab kein Entrinnen. Wer einmal drinsteckte, stand auf der Schwelle des Todes.

Alrael hielt mit Herzog Ramor Abstand auf einer nahegelegenen Anhöhe und beobachtete die Schlacht aus sicherer Entfernung. In der Ferne konnte er das Licht des aufgehenden ersten Mondes erkennen, dessen silbrige Strahlen von den stählernen Rüstungen der Soldaten reflektiert wurden. Die Sonne war nur noch ein schmaler Streifen am Horizont, Dunkelheit senkte sich mit jeder verstreichenden Kerze über das Land. Vor ihnen breitete sich das gesamte Schlachtfeld aus. Pfeile flogen durch die Gegend, scheppernd und klirrend hieben Waffen aufeinander ein. Beide Heere warfen sich gegeneinander, die Luft war erfüllt von panischem Geschrei und Tod.

Alraels Steppenläufer tänzelte hin und her, das Gemetzel schien ihn zu beunruhigen. Sachte legte Alrael eine Hand auf die Flanke des Tieres und versuchte, es zu beruhigen. Die Haut war feucht und glitschig, heißer Dampf entstieg den schwarzen Nüstern am Halsansatz.

An der westlichen Flanke der landamarischen Armee begann der Feind durchzubrechen. Es wirkte unmenschlich, wie sich die feindliche Armee im Gleichschritt vorwärts bewegte, als würde sie einen Gedanken teilen. Er sah, wie ein General den Befehl gab, die Flanke mit weiteren Truppen zu verstärken. Bevor er zu Ende sprechen konnte, wurde er aus dem Sattel gerissen und ging zwischen seinen Soldaten unter.

Alrael warf dem Herzog einen unruhigen Blick zu. Ramor sah weiterhin mit gefurchter Stirn die Anhöhe hinab. Als er sein Augenmerk wieder auf das Schlachtgeschehen richtete, konnte er sehen, wie ein ganzes Bataillon im Boden versank. Erde türmte sich über den Soldaten auf, sie schrien angsterfüllt und waren auf einmal nicht mehr zu sehen.

Ramor fluchte laut.

Insgeheim musste Alrael ihm zustimmen. Er versuchte, die feindlichen Heerführer auszumachen. Es war aber schwierig, aus dieser Entfernung genauere Details zu erkennen. Sein Blick folgte den feindlichen Soldaten, die ohne Rücksicht auf Verluste über die eigenen Leute trampelten. Einem Feind wurde ein Speer durch den Leib gerammt, er lief jedoch noch einige Schritte weiter, schlug seinem Angreifer den Arm ab und fiel anschließend zu Boden. Er klappte einfach zusammen, als hätte jemand einen Faden durchgeschnitten.

»Das ist nicht normal, das ist einfach nicht normal!«, schimpfte Herzog Ramor und hieb scheppernd auf den gepanzerten Oberschenkel.

Wie auf ein Zeichen schwenkte eine ganze Gruppe des feindlichen Heeres herum und rannte auf einen landamarischen Befehlshaber zu. Der General erkannte die drohende Gefahr und begann, Verbündete um sich zu scharen. Es war zu spät, die Feinde drangen auf ihn ein und rissen ihn aus dem Sattel.

Alrael wandte den Blick ab.

Langsam, aber sicher verloren die Verteidiger an Boden. Es war nur eine Frage der Zeit, bis die Schlacht zugunsten des Feindes ausging. Als er abermals seinen Blick über das Schlachtfeld wandern ließ, sprangen ihm zwei Gestalten ins Auge. Sie bewegten sich in der Mitte des feindlichen Heeres und waren in nachtschwarze Gewänder gekleidet. Einer hob einen Arm, woraufhin erneut ein Truppenverband schlagartig im Boden versank.

Alrael kniff die Augen zusammen und versuchte zu verstehen, was da unten geschah. »Ramor, ich sehe die Heerführer. Ich sehe sie und begreife es nicht.«

Der Herzog nickte stumm.

»Es wird Zeit, der andere Teil unserer Armee muss sofort eingreifen!«

Immer mehr Verbündete fielen.

»Wo bleiben sie?«, fragte Alrael unruhig. »Bei den ersten Mondstrahlen sollten sie angreifen.« Er warf dem Herzog einen gehetzten Blick zu. »Ramor, wo bleiben die Truppen?« Ihm schwante Schlimmes und als er den Blick des Herzogs sah, verkrampfte sich seine Brust.

»Ich fürchte, wir haben unseren Feind unterschätzt«, flüsterte Ramor. Er nickte entschlossen und zog langsam sein Schwert aus der Scheide. Hell sirrend glitt es heraus und reflektierte das abnehmende Licht der Sonne.

»Was meint Ihr damit?«

»Denk nach!«

»Ihr meint, der Feind wusste davon? Aber wie? Ich meine, wie konnte der Feind es wissen?«

Ramors Gesicht verhärtete sich. »Ich weiß es nicht. Ich verstehe in diesem seltsamen Land überhaupt nichts mehr. Wir können aber davon ausgehen, dass der Feind unseren Plan durchschaut hat. Ich habe das Gefühl, hier steht weitaus mehr auf dem Spiel, als wir bisher geahnt haben. Mögen die Götter uns schützen.« Er hieb dem Steppenläufer auf die Flanke und trabte langsam die Anhöhe hinab.

»Was tut Ihr?«, rief Alrael ihm nach.

Der Herzog sprach, ohne sich umzudrehen. »Das, was notwendig ist, mein Prinz.«

Alrael blickte ihm unschlüssig hinterher. Am unteren Schlachtfeld nahm das Sterben seinen Lauf. Ein frischer Wind kam auf und trieb ihm Tränen in die Augen. Seine gepanzerte Hand wanderte an seinen Hals und schloss sich um das kleine Medaillon. Es fühlte sich warm in seiner Hand an. Er konnte die sanften Rillen des Symbols spüren: drei kleine Kreise. Stumm sandte er ein Gebet an seinen Schutzgott Morgoris. Mit neuer Entschlossenheit sah er in Richtung des weiten Schlachtfeldes.

»Dann sei es so«, flüsterte er.

»Dann sei es so!«, schimpfte Cathien und sah den Diener neben sich ungehalten an.

»Aber Herrin, Ihr müsst Euch erholen!«

Sie gebot ihm mit erhobener Hand Einhalt. »Ich werde mich nicht niederlegen und abwarten, was passiert! Wenn unsere Armee die Schlacht verliert, *muss* ich bereit sein!« Sie stemmte die Hände in die Hüften.

Der Diener verneigte sich tief und verließ den Saal.

Unruhig wanderte Cathien auf und ab. Tief in ihrem Inneren verspürte sie ein ungutes Gefühl, das sie nicht mehr losließ. Was auch immer gerade auf dem Schlachtfeld passierte, sie spürte, dass es einen schlechten Verlauf nahm.

Was wollen sie hier? Worum geht es ihnen? Geht es ihnen wirklich um die Schlucht?

Sie hielt inne und rieb die Nasenwurzel. Obwohl sie sich erschöpft und müde fühlte, wollte sie nicht ruhen, ehe sie Nachricht von der Schlacht erhalten hatte.

Ashron und einigen Männern hat das Herz gefehlt, aber nicht allen. Weshalb?

Sie setzte sich auf einen hölzernen Stuhl und fuhr mit den Fingern die Rillen der Verzierung nach, die Jads gebrochenes Rad formten. Mit einem Wink ließ sie einen anderen Diener nähertreten.

»Wie ist dein Name?«, fragte sie.

»Waron, Herrin«, antwortete der Diener und neigte den Kopf. Er trug die typischen, weitgeschnittenen blauen Roben Landamars.

»Sag mir, bist du ein gläubiger Mensch, Waron?«

»Aber natürlich, Herrin. Ich habe bereits in meiner Kindheit meinen Schutzgott gewählt.«

Cathien nickte und umschloss das Medaillon an ihrem Hals. »Ich habe Magari als meine Schutzgöttin erwählt, sie ist auch gleichzeitig die Schutzgöttin Kallyens. Ich bete um Wachsamkeit und Vorsicht. Eigenschaften, die leider nicht zu meinen Stärken zählen.«

Der Diener griff unter sein Gewand und förderte ebenfalls eine flache Scheibe hervor. Das Symbol Morgoris' war abgebildet: drei ineinander gesetzte Kreise.

»Du betest den Gott des Wandels und der Veränderung an?«, fragte sie neugierig. »Das erscheint mir untypisch für einen Diener.«

Waron errötete und fuhr sachte mit dem Daumen über die Metallscheibe. »Ja, ich habe mich dem Dienen verschrieben, Herrin. Ich hatte aber keine andere Wahl.«

»Du bist in niederem Stand geboren, nicht wahr?«

»So ist es Herrin.« Er verneigte sich unbeholfen und wollte sich entfernen. Sie hielt ihn jedoch mit erhobener Hand auf.

»Es lag mir fern, dich in irgendeiner Weise zu beleidigen, Waron. Verzeihe bitte meine Forschheit.«

»Es gibt nichts zu verzeihen, Herrin.«

»Morgoris wird normalerweise von Gelehrten und Denkern verehrt. Manchmal auch von Umstürzlern.« Sie tippte ans Kinn. »Wusstest du, dass Morgoris früher der Gott der Toten war?«

Der Diener starrte sie verdutzt an.

»Ich habe es auch erst kürzlich erfahren und frage mich, wie wir diese Tatsache vergessen konnten.«

»Das wusste ich nicht, Herrin«, gab Waron zu und fuhr wieder die flache Scheibe an seinem Hals entlang. »Es macht aber für mich keinen Unterschied. Götter ändern sich. Es ist eine tiefe Verbindung, die wir mit ihnen eingehen.«

»Ja, das ergibt durchaus Sinn. Mich wundert nur eine Tatsache.«

»Herrin?«

»Götter sind für uns keine Wesenheiten, keine Menschen aus Fleisch und Blut. Würdest du mir zustimmen?«

»Natürlich, Herrin.«

»Sie stellen Kräfte da, ein übergeordnetes Bewusstsein.«

»So ist es, Herrin. Wir werden bei unserem Tod wieder ein Teil von ihnen. Unsere Atemseele wandert hinauf und wird von den Göttern aufgenommen.«

»Aufgenommen«, flüsterte Cathien und blickte in die Ferne. Sie spürte den neugierigen Blick des Dieners, ließ sich jedoch Zeit, bevor sie weitersprach: »Die Knolle, hast du sie je probiert?«

Er wand sich verlegen. »Ein wenig, Herrin. Hauptsächlich habe ich sie geraucht.«

»Die Knolle wirkt belebend, sie verlängert unser Leben. Wie kann das sein?«

Waron zuckte mit den Schultern.

»Ein Rätsel ...«

»Ein Rätsel, Herrin?«

»Ja. Was wäre, wenn es dem Feind nicht nur um die Schlucht geht?« Sie stand auf und ging unruhig einige Schritte hin und her. »Unser Feind kann offensichtlich unseren Verstand brechen.«

Der Diener stand schweigend neben ihr und verfolgte sie mit wachen Augen.

»Aber wie macht er das? Geht es wirklich um die Schlucht? Geht es wirklich alleine um die Knolle? Oder geht es ihm um etwas anderes?« Ihre Stiefel klackerten auf dem Marmor. »Was, wenn es ihm nicht um die Schlucht, sondern um die Menschen in Andural geht?«

Ich habe die Himmelsschwinge ganz deutlich gespürt und Elhans

Augen haben geleuchtet …

Da war etwas Merkwürdiges, etwas Einzigartiges an dem Sklaven. Sie verstand es nicht, es entzog sich vollkommen ihrem logischen Verständnis. Obwohl sie ihn eine Weile begleitet hatte, erkannte sie keinen Sinn in seinen Handlungen. Sie erinnerte sich an den großen Höhlenkomplex, wie seine Augen blau geschimmert hatten. In irgendeiner Weise hatten die Knollen in der Schlucht auf ihn reagiert. Es war eine seltsame Erfahrung gewesen, beinahe schon beängstigend.

Soldaten fallen übereinander her, werden durch die Luft geschleudert. Dem Prinzen hat das Herz gefehlt, er war ein begnadeter und talentierter Anführer gewesen. Was wollen sie?

»Was, wenn es unserem Feind um ganz spezielle Menschen geht?«

Cathien runzelte die Stirn, als der Diener nicht antwortete und starr in die Luft sah.

»Seid gegrüßt, Cathien«, rief eine Stimme hinter ihr.

Erschrocken fuhr sie herum und riss die Augen weit auf.

Alrael riss die Augen weit auf. Es war ein grausamer Anblick, der sich ihm offenbarte. Sein Steppenläufer preschte den Hügel hinab und folgte dem Herzog.

Der erste Mond stand nun hell und klar am Himmel und war Zeuge der grausamen Schlacht. Überall lagen Leichen, es stank nach Blut und Tod. Verirrte Pfeile landeten in seiner Nähe, Waffen schlugen aufeinander ein. Die Luft war erfüllt von entsetzlichem Geschrei und Waffengeklirr, es war nervenaufreibend. Einige verbündete Generäle waren mittlerweile niedergemetzelt worden, er sah einen am Boden liegen. Die Augen blickten starr und tot in den Himmel, der Mund war zu einem stummen Schrei geöffnet. In der Brust steckte ein Speer, der sich leicht im Wind hin und her wog.

Alrael wandte den Blick ab und konzentrierte sich auf den

Herzog, der sich nur wenige Schritte vor ihm einen Weg in die Schlacht bahnte. Schneller als er beabsichtigt hatte, erreichten sie den Feind. Ramor preschte mit seinem Reittier mitten in eine Gruppe Feinde und ließ sein Schwert niederfahren. Scharenweise fielen Männer zu Boden, für jeden Gefallenen füllten jedoch zwei neue Feinde die Lücke. Offenbar war der Herzog kampferprobter als der Prinz – es sah jedenfalls aus, als wüsste er, was er tat. Der Steppenläufer stieß Männer zur Seite und preschte durch eine Lücke weiter nach vorne. Mit einem Schrei riss Ramor sein Schwert in die Höhe und ließ das Tier auf die Hinterläufe steigen. Truppen in den blauen Farben des Herzogs erkannten, wer sich dem Schlachtgeschehen anschloss und schrien ihren Mut hinaus. Die Armee sammelte sich und drang von neuem auf den Feind ein.

Alrael folgte ihnen und galoppierte in das Zentrum der Schlacht, vorbei an kämpfenden und sterbenden Männern. Nervös schloss sich seine Hand um das lange Schwert. Er wusste weder, wie man damit umging, noch ob er überhaupt in der Lage wäre, einen anderen Menschen zu töten. Der lederne Schwertgriff fühlte sich in seiner Hand fremd an, ganz anders als eine Feder oder ein Buch.

Bei Morgoris' Sandalen, was tue ich hier? Ich werde sterben. Sterben, weil ich diesem Narren in die Schlacht folge!

Alraels rechtes Auge zuckte unkontrolliert, die Hand verkrampfte sich um den Schwertgriff. Nur noch wenige Schritte trennten ihn von seinem Ziel.

Das ist falsch, einfach nur falsch!

Mit einem gewaltigen Satz warf er sich in eine Gruppe Feinde und ließ das Schwert niederfahren. Es drang mit einem Schmatzen in die Schulter eines Soldaten und blieb stecken. Alrael riss an der Klinge, konnte sie aber nicht wieder befreien, da sie sich zwischen dem Schulterpanzer und dem Helmansatz verkeilt hatte.

»Was …?«, grunzte er.

Plötzlich bäumte sich sein Steppenläufer auf. Seine Hand löste sich vom Schwertgriff und er wurde in hohem Bogen aus dem Sattel geworfen. Mit lautem Knirschen landete er auf dem Boden und stöhnte schmerzhaft auf. Der Steppenläufer gab ein schrilles Geräusch von sich, dann fiel das Tier neben ihm zu Boden. Zwei lange Speere bohrten sich in die weiche, blaue Flanke. Dunkelrot spritzte das Blut heraus, ein Schwall traf Alrael im Gesicht. Er rieb das Blut aus den Augen und schnappte nach Luft. Seine Hand schmerzte, er war unglücklich darauf gelandet. Mühsam stemmte er sich hoch und blickte in das Gesicht des Soldaten, dem er eben noch das Schwert in die Schulter geschlagen hatte. Mit Entsetzen erkannte er, dass es noch immer feststeckte. Der Feind schien jedoch keinen Schmerz zu empfinden, er starrte ihn mit ausdruckslosem Gesicht an und kam immer näher.

Alrael sprang einen Schritt zurück und stieß gegen einen anderen Feind, der gerade einem jungen Mann das Schwert in den Hals stach. Röchelnd ging der Mann zu Boden und blieb reglos liegen.

Das ist das Ende, das ist wirklich das Ende! Welche finsteren Mächte sind hier am Werk?

Er stolperte und fiel wieder hin, seine Rüstung schepperte beim Aufprall. Sein Atem ging stoßweise, die Hände zitterten unkontrolliert. Reflexartig griff er nach seinem Schwert, erinnerte sich dann aber, dass es immer noch in der Schulter des feindlichen Soldaten steckte.

Ein Ring aus Feinden schloss sich um ihn.

Am Rande seines Sichtfelds bekam Alrael mit, wie einige seiner Soldaten zu ihm durchdringen wollten. Sie schrien und reckten die Schwerter in die Luft. Plötzlich kam ein heftiger Windstoß auf und schleuderte sie in hohem Bogen davon. Aufschreiend landeten sie weit entfernt zwischen den eigenen Verbündeten.

Das ist wirklich das Ende.

Alrael ließ sich zurücksinken und starrte in den Himmel, zum hellen ersten Mond. Er war kein Kämpfer, das war nun der unumstößliche Beweis. Er hatte es nicht einmal geschafft, einen Mann umzubringen. Stattdessen hatte er das Schwert verloren und war über die eigenen Füße gestolpert. Niedergeschlagen schüttelte er den Kopf und nahm seinen Helm ab. Es würde keinen Unterschied machen. Er würde sterben.

Ich bin ein elender Versager.

Verzweifelt betrachtete er den Ring aus Stahl, der ihn immer enger umschloss. Bleiche Gesichter blickten ihn an, bewegten sich jedoch nicht von der Stelle.

Auf einmal bildeten sie eine kleine Gasse.

Was bedeutet das nun wieder?

Aus der Gasse trat ein schwarz gekleideter, hagerer Mann. Er bewegte sich mit einer Anmut und Zielstrebigkeit, die von Macht und absoluter Beherrschtheit sprach. Tiefe Risse zogen sich quer durch das bleiche Gesicht, die Augen glühten rot und stechend wie der Tod. Ein spöttisches Grinsen lag in dem verunstalteten Gesicht. Der weite, dunkle Mantel bauschte sich bei jedem seiner Schritte auf.

»Ich heiße Euch willkommen, Prinz Alrael«, sprach der Fremde ihn an. Seine Stimme hörte sich so trocken an wie raschelndes Papier.

Alrael hievte sich auf die Füße und rieb den schmerzenden Arm. »Ihr seid mir etwas voraus«, sagte er. »Ihr wisst anscheinend, wer ich bin. Leider kam ich noch nicht in den Genuss, Euch kennenzulernen.«

Verdammt, klang meine Stimme schon immer so schwach?

Der Fremde grinste boshaft. »So redegewandt? Ganz anders als der große Bruder.« Er lachte leise. Es klang, als würde er würgen: harr, harr, harr.

»Ah, Ihr seid also der verräterische Mörder meines Bruders Ashron? Ich würde gerne sagen, dass es mich freut, Euch endlich kennenzulernen. Aber leider ist dem nicht so.« Alrael zuckte die Schultern. »Ich würde Euch ja Rache schwören und all diesen sinnlosen Quatsch, der Menschen treibt, kopflos durch die Gegend zu rennen und wild schreiend um sich zu schlagen. Das würde letztendlich aber keinen Unterschied machen. Ihr habt ihn getötet. Einen guten Menschen. Einen weitaus besseren Menschen als ich bin.«

Der hagere Mann ging einen Schritt auf ihn zu und blieb dicht vor ihm stehen. Sein schwerer Atem stank nach Blut und Verwesung. »Der Tod des Prinzen war der Schlüssel zu unserem Erfolg«, sagte der Fremde. »Er war begabt, genau wie Ihr es seid, Prinz Alrael. Ihr wisst es nur nicht. Es geht mit Euch allen zu Ende.«

In einiger Entfernung fielen immer mehr Verbündete den Klingen des Feindes zum Opfer. Wie im Auge eines Sturmes tobte die Schlacht um sie, während der stählerne Kreis schweigend und still verharrte.

Der Fremde trat einen Schritt zurück und verbeugte sich leicht. »Lasst mich Euch vorstellen«, rief er. »Mein Name ist Kael'tir. Ich stamme aus Vorlia, dem Land des ewigen Herrschers. Er ist unser Wille, unser Gott.«

Warum müssen solche Leute immer so viel reden? Er soll es hinter sich bringen. Das erspart mir wenigstens dieses Geschwätz!

»Der Herrscher war der Meinung, dass es noch nicht Zeit ist, Andural einen Besuch abzustatten«, fuhr er mit seiner seltsamen Stimme fort.

»Dann gibt es diesen berüchtigten Kerl also wirklich?«, fragte Alrael belustigt.

»Aber natürlich. Wie ich schon sagte, er entschied, es sei noch nicht Zeit, Andural einen neuen Besuch abzustatten.« Der Fremde machte eine gewichtige Pause und verzog spöttisch den Mund. »Ich bin anderer Meinung. Nicht alle sind ihm so bedingungslos ergeben, wie er denkt. Er will die Macht für sich ganz allein. Nun, es wurde Zeit, dass ihm jemand gegenübertritt. Es gibt andere, die in euch ein Werkzeug sehen, wir sehen in euch nur Ernte.«

»Ist das so?«

»Ich hatte recht, ihr seid schwach! Es gibt aber einige, für die es sich lohnt, hier zu erscheinen.«

Wie bitte?

»Ihr seid ebenfalls jemand, den ich bereits vor einiger Zeit gespürt habe. Ihr seid noch nicht erwacht, aber das ist unwichtig. Es gibt weitere begabte Menschen hier, die uns wesentlich mehr interessieren.«

Auf einmal erscholl in der Ferne ein tiefes Horn.

Er blickte gen Westen und sah in weiter Entfernung, wie sich eine dunkle Linie am Horizont bildete. Im Gleichschritt preschte sie den Hang herab. Sie würde dem Feind in den Rücken fallen. Herzogin Ateria kam zu Hilfe und ein letzter kläglicher Rest Soldaten folgte ihrem Ruf. Alraels Herz schnürte sich bei dem Anblick zusammen, es würde keinen Unterschied machen.

»Ah, sie kommt also wirklich«, bemerkte der Fremde. »Wir wollten uns nicht mit ihr aufhalten, sie erschien nicht mehr stark genug. Nun denn, Fehler wurden begangen. Ein letzter sinnloser Verzweiflungsakt, der keinen Unterschied machen wird.«

»Nun, sie kämpft wenigstens gegen Euch. Das ist alles, was zählt.«

Der Mann wandte sich wieder Alrael zu. »Ihr seid Eurem Vater wirklich sehr ähnlich, Kronprinz.«

Diese Äußerung machte ihn einen Moment sprachlos. »Meinem Vater?«, fragte er. »Das ist das erste Mal, dass jemand etwas Derartiges zu mir sagt. Alleine der Körperumfang entkräftet Euer Argument.«

»In der Tat, Ihr seid ihm ähnlicher, als Ihr wisst. Euer Bruder war vollkommen anders. So stolz, mutig und unendlich dumm.«

Der Fremde streckte die Hand aus und Alrael sah beunruhigt, wie sie in Zeitlupe auf ihn zukam.

Nun endet es also? Das alles und wofür?

Plötzlich hielt der Fremde inne. Er riss den Kopf herum und ließ die Hand sinken. Alrael hatte ebenfalls etwas Seltsames gespürt, ein warmes Gefühl, das langsam durch seine Brust sickerte.

Wenigstens werde ich nicht als Feigling in die Geschichte eingehen.

Der Druck in der Luft nahm zu. Alrael bemerkte, wie ihm das Atmen schwerfiel.

Ich …

Was war das?

Weißer Rauch bildete sich in der Luft und wirbelte umher. Mit einem Knall stob der Rauch ringförmig auseinander und enthüllte einen jungen Mann in seiner Mitte. Er trug ein zerrissenes Gewand, zwei leuchtend blaue Augen blickten aus einem grimmigen Gesicht. Eine Hand erhoben, die andere hing verkrüppelt an der Seite. Dampf und Nebelschwaden drifteten von seinem Körper ab.

Der Mann ließ die Hand langsam sinken, atmete hörbar aus und sprach: »Es endet hier.«

DER LEBENSFLUSS

Die Untersuchung ergibt eine interessante Schlussfolgerung: Zwischen zwei gegensätzlichen Kräften existiert nicht, wie bisher angenommen, ein leerer Raum. Es gibt kein Nichts, stets ist eine Übergangskraft vorhanden. Was sagt uns das also über die Gesetzmäßigkeit der Ursache und Wirkung? Auf eine Aktion erfolgt eine Reaktion. Die Schnittstelle, der Berührungspunkt ist die wesentliche Konstante, die unser Interesse weckt.

Prinzip von Ursache und Wirkung in der Natur

Gleich nachdem Elhan die Worte ausgesprochen hatte, übermannte ihn Erschöpfung. Den ganzen Weg von der Schlucht her hatte er sich durch den Lebensfluss bewegt. Noch immer spürte er den starken Sog, die geballte Kraft, die an ihm zerrte. Nur mit eisernem Willen war es ihm gelungen, aus dem gewaltigen Strom zu treten.

Es war eine seltsame Erfahrung gewesen, gleichsam berauschend, aber auch bedrückend. Er hatte so viel Tod um sich gespürt, so viel Leid und Schmerz. Stetig war er der schwarzen Finsternis entgegengeschritten. Sein ganzer Körper sträubte sich noch immer, trotzdem wusste er, dass es keinen anderen Weg gab.

Elhan hatte geblinzelt, anders konnte er es nicht beschreiben. Es fühlte sich wie ein Wimpernschlag oder ein großer Sprung an, die gesamte Welt um ihn wurde zusammengepresst und schlagartig befand er sich an einem anderen Ort. Er wusste nicht, wie, aber es fühlte sich wie atmen oder laufen an. Itras hatte ihn anfangs gewarnt, sich vollends dem Lebensfluss hinzugeben, Elhan erinnerte sich noch genau an dessen mahnende Worte. Irgendwie fühlte es sich aber ganz natürlich an, er war merkwürdigerweise in der Lage, sich frei und grenzenlos durch den Fluss des Lebens zu bewegen.

Elhan beobachtete den hageren Mann vor sich, dessen rote Augen aussahen wie der Tod. Wabernde Dunkelheit umgab ihn wie ein Kokon und fächerte immer wieder in schwarzen Fäden aus. Elhan wusste, dass seine Augen nun in schimmerndem, blauem Licht leuchteten. Noch immer verstand er nicht, weshalb es so war, erkannte aber den Unterschied zu seinem Feind. Er bediente sich des Lebensflusses, schwamm darin, tauchte ab und trat wieder hervor. Stets offenbarte er dem Fluss seine Atemseele und bewahrte ihn. Der Fremde hingegen stahl das Leben, verschlang es und speicherte es in seiner Atemseele. Er war wie ein Schwamm, der alles Leben um sich aufsaugte.

Was nun? Wie kann ich ihn besiegen?

Der bislang schweigende Ring aus Soldaten erwachte zum Leben und kam allmählich näher.

»Wir hatten es vermutet, es gibt also tatsächlich wieder einen Avar in Andural«, sagte der Fremde. Eine tiefe Furche erschien in seinem bleichen Gesicht.

Elhan lief es eiskalt den Rücken hinab, als er die seltsame Stimme vernahm. Der Kronprinz Andurals stand nur einige Schritte entfernt und starrte ihn mit offenem Mund an. Sollte es hart auf hart kommen, wusste er, dass er nicht auf ihn zählen konnte. Es sah nicht gut für sie aus.

»Ich weiß nicht, wer Ihr seid«, sagte Elhan. »Ich werde Euch aber aufhalten!«

Ein Soldat trat vor, holte mit seinem Schwert aus und stach zu. Die Schneide fuhr durch leere Luft, ein Nebelschleier driftete auseinander. Elhan tauchte einen Schritt entfernt wieder auf.

»Wie ich sehe, seid Ihr wirklich erwacht. Das macht es umso

schmackhafter.« Der Fremde leckte über die Lippen, hob die Hand und ballte sie zur Faust.

Ein Windstoß krachte Elhan gegen die Brust und stieß ihn rückwärts gegen einen Schild. Sein Kopf explodierte vor Schmerz, Sterne tanzten vor seinen Augen. Mit einer Seitwärtsdrehung entging er einem Schwerthieb, tauchte wieder in den Lebensfluss hinab und trat an einer anderen Stelle hervor. Der Nebel um ihn zerfaserte, die Welt kam zum Stillstand. Direkt neben ihm stand der Kronprinz und starrte immer noch mit offenem Mund Löcher in die Luft.

»Wer seid Ihr? Was …?«

»Konzentriert Euch!«, herrschte Elhan ihn an.

Der Prinz schloss den Mund und zog einen Dolch aus einer Scheide an seiner Hüfte, den er beinahe wieder fallen ließ.

Elhan bedachte die kleine Klinge mit gerunzelter Stirn. »Mehr habt Ihr nicht dabei?«

Prinz Alrael grinste schief. »Ich hatte nicht damit gerechnet, an vorderster Front zu stehen. Nun, ehrlich gesagt habe ich überhaupt nicht damit gerechnet, jemals an *irgendeiner* Front zu stehen.«

Elhan bedachte ihn mit einem weiteren Blick und bemerkte die verschiedenfarbigen Augen. Sie waren tief, voller Geheimnisse und gegensätzlich. »Dann muss es genügen.« Er nickte und richtete seine Aufmerksamkeit wieder auf ihren Feind.

Der Fremde hob die Hand, Elhan sank gleichzeitig in den Lebensfluss hinab und beobachtete, was sein Feind tat. Er sah, wie der Fremde einen Riss im Nebel verursachte, eine formlose schwarze Masse bildete und diese nach vorne katapultierte.

Er reißt den Wind auseinander und manipuliert einzelne Fetzen. Sie werden nicht verbunden, sondern gelenkt.

Schwarzer Rauch flog Elhan entgegen. Er spürte die vielen Lichter um sich, sah genau zu und beobachtete. Ein Augenblick verging, dann krachte die schwarze Masse brutal gegen seine Schulter. Er drehte sich im Kreis und fiel zu Boden. Die Schulter schmerzte und pochte dumpf, es war aber weitaus weniger schlimm, als er erwartet hatte.

Der Fremde lachte dunkel und hob erneut die Hand.

Wieder sank Elhan in den Lebensfluss hinab und sah ihm zu. Überall flackerten Lichter auf und erloschen. Farben wirbelten in unbeschreiblicher Geschwindigkeit durch die Gegend. Unendlich viele Eindrücke und Gefühle, die gleichzeitig auftraten und verschwanden.

Ich bin ein Teil des Ganzen. Genauso ist der Wind ein Teil von mir, ich kann es fühlen.

Elhan öffnete seine Atemseele und griff in die Leere hinaus. Erst nahm er es schwach wahr, dann war auf einmal eine unbeschreiblich mächtige Präsenz vorhanden. Wild, tosend wie ein Wasserfall und unbeherrschbar breitete sich ein Teil des mächtigen Bewusstseins vor ihm aus.

Wenn er dieses Bewusstsein beeinflussen kann, muss ich in der Lage sein, es ebenfalls zu tun.

Er stellte ein Seelenband her und sprach einen Gedanken aus. Es war kein Wort, eher eine tiefe Empfindung, die aus ihm brach. Sie sprach von einem unbeugsamen Willen, von Zorn, aber auch von Gerechtigkeit. Die formlose, schwarze Masse schoss auf ihn zu und kam immer näher. Bevor sie ihn jedoch erreichte, rief Elhan den Wind und die Masse zerplatzte in unzählige Fäden. Einzelne Schwaden stoben zischend auseinander, bis sie verschwanden.

Elhan öffnete die Augen. Sein Feind stand regungslos vor ihm und starrte ihn ungläubig an.

Kann ich das auch? Kann ich den Wind ebenfalls derart beeinflussen, dass er zu einem Stoß umgeformt wird?

Er hob die Hand, spürte die unbändige Kraft darin und sprach einen weiteren Befehl. Es war ganz einfach, obwohl er nicht einmal genau wusste, was er tat. Die Luft um ihn vibrierte und mit einem Krachen wurde eine Schneise in die feindlichen Soldaten gerissen. Sie flogen durch die Luft, Rüstungen und Panzer formlos eingedrückt.

Das ist … unglaublich!

Einige Schritte entfernt klaffte die Luft auf und aus einem

schwarzen Riss entstieg der hagere Mann. Dunkle Schlieren perlten von ihm ab und gaben ihn nur widerwillig preis.

»Talentiert und geschickt«, sagte er und packte sein Schwert. »Damit haben wir nicht gerechnet. Dann eben auf die alte Art.«

Wurzeln schossen aus dem Boden und schlangen sich um Elhans Füße. Vor Schreck ließ er sich fallen und entging somit nur knapp dem Hieb des Feindes. Haarscharf fuhr die sirrende Schneide an seinem Kopf vorbei.

Er kann die Erde auch beeinflussen? Das ist wirklich außergewöhnlich.

Elhan tauchte in den Lebensfluss, worauf die Wurzeln von ihm abließen. Er blinzelte und trat an einer anderen Stelle hervor. Offenbar hatte sein Widersacher damit gerechnet, denn zeitgleich traf ihn etwas mit brachialer Wucht in die Brust. Elhan überschlug sich einmal und prallte auf den Boden. Die Wunde an der Stirn platzte wieder auf und Blut tropfte ihm in die Augen.

Wie lange kann ich das noch durchhalten?

Eine gepanzerte Hand ergriff Elhan am Arm und half ihm auf die Füße. Er sah auf und blickte in das ernste Gesicht des Prinzen.

»Ich begreife zwar nicht, was Ihr da tut«, Prinz Alrael sah dem Fremden entgegen, der langsam auf sie zukam, »aber wir müssen uns etwas einfallen lassen. Wenn er seine Soldaten wieder auf uns hetzt, sind wir erledigt!«

Elhan nickte entschlossen. »Dieser Dolch, den Ihr in der Hand habt ... ist der auch scharf?«

»Um ehrlich zu sein, habe ich keine Ahnung. Ich hatte bislang noch nicht einmal ein Küchenmesser in der Hand.«

»Wirklich?«

»Ja, was habt Ihr vor?«

»Abwarten. Seid bereit.«

Ich habe den Wind von mir gedrückt. Vielleicht ist es auch möglich, ihn zu mir zu ziehen ...

Elhan streckte die Hand nach vorne.

Der Fremde hob ebenfalls die Hand.

Blitzschnell tauchte Elhan in den Lebensfluss hinab und rief nach der mächtigen Präsenz des Windes. Sie war um ihn, es dauerte nur einen Wimpernschlag und Elhan hielt erneut die geballte Macht in der Hand. Anstatt jedoch die Macht von sich zu schleudern, lenkte er sie zu sich. Er riss ruckartig die Hand zurück, gleichzeitig wurde der Fremde nach vorne katapultiert. Er flog, stolperte und landete direkt in dem ausgestreckten Arm des Prinzen. Alrael sprang erschrocken einen Schritt zurück, sein Dolch steckte bis zum Heft im Hals des Feindes.

Das war Glück. Nochmal wird es mir nicht gelingen, ihn zu überraschen.

»Mein lieber Mann, das kam etwas unerwartet«, rief der Prinz. »Seid so gut und warnt mich demnächst vorher!«

»Ich habe auch nicht damit gerechnet, dass es klappt«, meinte Elhan und ging auf den Fremden zu, der nun röchelnd und zuckend am Boden lag. Aus der Wunde am Hals quoll kein Blut, sondern Sand, der sich langsam auf der Erde verteilte.

»Sand?«, fragte der Prinz. »Was geht hier vor?«

Elhan schüttelte den Kopf. »Ich weiß es nicht.«

Die leblosen Soldaten in der Nähe regten sich. Einer ließ seine Waffe fallen und starrte seinen Nebenmann voll Panik an. Dann ging ein Ruck durch sie und sie wurden wieder still.

»Könnt Ihr das nochmal machen?«, fragte der Prinz und zeigte zur Seite.

Elhan nickte flüchtig und drehte sich um. Beunruhigt bemerkte er, dass er immer schwächer wurde. Der Lebensfluss hämmerte wie ein eiserner Schmiedehammer auf ihn ein und zerrte an seinem Bewusstsein. Sein ganzer Körper schmerzte, Blut lief ihm in die Augenwinkel. Vorsichtig wischte er darüber und verteilte rote Schlieren auf seinem Arm. Er kam sich vor wie ein Kind, das seine ersten zaghaften Schritte machte. Viele seiner Handlungen tat er instinktiv, ohne vorher nachzudenken.

Ein weiterer schwarz gewandeter Fremder kam ihnen durch die Menge entgegen. Er war ebenfalls bleich, mit Rissen im Gesicht und stechend roten Augen.

Als Elhan in den Lebensfluss hinabtauchte, erkannte er die schwarze Finsternis, die den Mann wie eine Wolke umgab. Eingehend beobachtete er die schwarzen Fäden, die mit den Lichtern um ihn verbunden waren und diese zu umschlingen schienen. Es wirkte, als würden die Fäden die Atemseelen der Menschen gefangen halten. Er dachte kurz darüber nach und griff dann bedenkenlos nach einem Faden. Sofort verlor er die Kontrolle, sein gesamtes Bewusstsein füllte sich mit Taubheit. Schwäche durchdrang seinen Körper, dennoch kämpfte er dagegen an. Unaufhaltsam bahnte sich die Taubheit durch jede Faser seines Körpers und verbrannte ihn von innen. Es wurde immer stärker, gleich würde er ...

Irgendwo, am Rande seines Bewusstseins, durchströmte ihn neue Wärme. Sie saugte die Taubheit auf und befreite ihn aus der Starre. Wie ein tosender Sturm strömte sie durch seinen Körper und weckte ungeahnte Kräfte.

Elhan hob seinen Blick und sah das grelle Licht des Prinzen vor sich. Es umfloss ihn, einzelne Fäden verschmolzen mit seiner Atemseele.

Was ist das? Es fühlt sich an, als würde er mir Kraft spenden. Ich kann es fühlen. Weiß er, was er gerade tut?

Elhan atmete tief ein und schöpfte neue Hoffnung. Er fühlte sich auf einmal wacher, stärker – beinahe, als würde die Kraft des Prinzen seine Macht verstärken. Entschlossen griff er wieder nach einem Faden und war dieses Mal auf die Taubheit vorbereitet. Er sprach in Gedanken einen Befehl und versuchte, die Verbindung zwischen dem Fremden und den Menschen um sich zu lösen.

Einen Augenblick später löste sich der Faden mit einem Zischen auf. Schlagartig hellte das schwache Licht auf und der Soldat wurde von dem dunklen Einfluss befreit. Weitere Fäden in der Umgebung fielen Elhan zum Opfer und die schwarze Dunkelheit nahm immer mehr ab.

Elhan begann, die Ebenen zu überlagern und blickte gleichzeitig in den Fluss des Lebens und die reale Welt. Er sah, wie der Fremde innehielt und nervös mit der Hand in der Luft wedelte. Die Soldaten um ihn erwachten augenblicklich aus ihrer Starre und sahen sich verwirrt um. Elhan wusste nicht, ob sie mitbekamen, was um sie geschah, konnte sich aber vorstellen, wie schlimm es für sie sein musste, mitten in einer Schlacht zu erwachen. Neben sich Menschen, die man nicht kannte, und um sich nur Blut und Tod.

Plötzlich fächerte die Dunkelheit rasant aus und versuchte, die Atemseelen der Soldaten erneut zu umschlingen. Am Rande seines Bewusstseins spürte Elhan, dass sein totgeglaubter erster Kontrahent immer noch am Leben war und erneut einen schwachen Einfluss spann.

Ohne Rücksicht auf Verluste warf sich Elhan diesem Einfluss entgegen und stürzte sich auf jeden neuen Faden. Immer schneller, immer stärker zerfielen sie. Gefühle, Taubheit und Finsternis prasselten auf ihn ein, doch er hielt stand. Ob ihm das ohne die Kraft des Prinzen gelungen wäre, wusste er nicht. Der Prinz stand weiterhin neben ihm, hielt seine Hand auf der rechten Schulter und presste den Mund grimmig zusammen. Je länger sie dort verweilte, desto mehr spürte Elhan jedoch, wie der Zustrom neuer Kraft versiegte.

Wir müssen handeln, solange wir in der Lage sind …

Die Dunkelheit wollte wieder ausfächern, als sie auf einmal erzitterte. Auf der anderen Ebene sah Elhan, wie zwei Soldaten in den weißen Farben Kallyens auf den korpulenten Heerführer einstachen. Die Spitze einer Klinge drang aus dessen Hals, es spritzte allerdings kein Blut. Es war Sand, der langsam aus der Wunde floss und auf den Boden rieselte. Die Soldaten in seiner Nähe erwachten aus ihrer Starre.

Elhan schöpfte Hoffnung und wandte sich wieder seinem ersten Feind zu, der ihm mit verzerrtem Gesicht eine schwarze Wolke entgegenwarf. Der Dolch steckte immer noch in seinem Hals.

Er zögerte nicht, stieß die Tür auf und trat einen Schritt weiter vor. Seine Hand hob sich, er erneuerte das Band und eine weitere Welle traf den Fremden mit Wucht auf die Brust.

Er landete auf dem Boden, Sand spritzte aus dem Schnitt an seinem Hals. Der Wind erfasste den Sand und trieb ihn in Schlieren davon. Gleichzeitig spürte Elhan, wie der Lebensfluss immer stärker an ihm zerrte. Er atmete tief durch und versuchte, seine Sinne beisammenzuhalten. Schwach krochen einige Wurzeln aus dem Boden und versuchten, sich um seine Beine zu schlingen, aber Elhan schritt einfach über sie hinweg.

»Das ändert gar nichts«, röchelte der Fremde und setzte sich auf. »Nichts, hörst du?«

Elhan erkannte auf der anderen Ebene, wie die schwarze Wolke erzitterte, immer kleiner wurde und die Kontrolle über die Umgebung verlor. Er trat vor und beugte sich zu dem fremden Mann. Entschlossen blickte er ihm in die roten Augen und sah ihn. Er sah die Dunkelheit, den Zorn und den Hass. Dort gab es kein Mitleid, keine Gnade, nur den Tod. Er sah ihn und er verstand.

Der Fremde verzog spöttisch das Gesicht, während Sand aus unzähligen Wunden an seinem Körper sickerte. »Wir haben euch unterschätzt, aber ihr werdet trotzdem alle untergehen!«

»Es endet hier«, erwiderte Elhan mit fester Stimme.

Er stieß die Tür auf, spürte die mächtige Präsenz, verband sich damit und sprach einen Befehl. Seine Hand stieß von oben herab und gewaltiger Druck prasselte auf den fremden Mann am Boden. Sand spritzte in hohem Bogen aus dem Körper und verteilte sich in der Luft.

Der Fremde war tot.

NACHWIRKUNGEN

Ist das Glück auf ewig zerronnen,
gedenkt der Götter, es ist gut.
Und hat das Schicksal nichts gewonnen,
gedenkt der Götter, es ist gut.
Vorüber geht Sonne, Nacht hat begonnen,
gedenkt der Götter, es ist gut.
Von Sonne, Monden und Göttern

Alrael betrachtete den jungen Sklaven sprachlos, während seine Hand noch immer auf dessen Schulter ruhte. Vorsichtig, äußerst vorsichtig zog er sie zurück und spürte ein seltsames Kribbeln, als seine Hand sich löste. Auf einmal fühlte er sich schwach und erschöpft, als hätte er mehrere Umläufe nicht geschlafen. Da war aber noch etwas anderes, etwas Tieferes, das sich wie ein warmes Feuer in seinem Körper ausbreitete. Irgendetwas war während der Schlacht geschehen und er verstand es nicht. Im Grunde verstand er überhaupt nichts mehr.

Der feindliche Heerführer lag tot am Boden. Feiner Sand rieselte aus dessen Wunden und wurde von einer sanften Brise davongetragen. Es war merkwürdig, wie anstelle von rotem Blut die feinen Körner hervorquollen und vom Wind erfasst wurden. Nicht weit von ihm lag der zweite Heerführer, der sich ebenfalls langsam in Sand auflöste.

Alrael beobachtete die Soldaten, die allmählich aus ihrer

Starre erwachten. Einige taumelten und stürzten zu Boden, andere schrien ihr Leid hinaus oder brabbelten vor sich hin. Weitere sahen sich gehetzt um.

Mit Unbehagen bemerkte Alrael zwei Soldaten, die brüllend aufeinander einschlugen. Die feindlichen Heerführer waren zwar besiegt, die Schlacht kam aber offenbar noch nicht vollends zum Erliegen. Er konnte ihnen keinen Vorwurf machen, die Situation erschien ihm ebenfalls unwirklich.

Alrael näherte sich den Kämpfenden und war von dieser neu gewonnenen Entschlossenheit überrascht. Von dem einstigen Gelehrten, der zurückgezogen in seiner stillen Kammer vor sich hin brütete, war nicht mehr viel übriggeblieben. Er hatte sich zum Wohl des Landes verändern müssen.

»Halt!«, rief er, aber sein Ruf blieb ungehört.

Bevor er dazwischengehen konnte, packten Soldaten die Kämpfenden und zogen sie auseinander. Sie redeten auf sie ein und zeigten immer wieder auf Alrael. Nachdem die Soldaten schließlich erkannten, in wessen Anwesenheit sie sich befanden, fielen sie steif in die Knie. Ihm entgingen aber nicht das glühende Feuer und der Trotz in ihren Augen. Es war noch nicht vorbei, dessen war er sicher. Das Misstrauen saß zu tief.

Es wird viel Arbeit auf uns zukommen. Werden wir das Misstrauen jemals überwinden können?

Mit Zufriedenheit bemerkte Alrael, dass die Kämpfe auf dem Schlachtfeld allmählich zum Erliegen kamen. Nach und nach wurde man sich bewusst, was geschehen war. Es wurde ruhig, einzelne Klageschreie durchdrangen die Nacht, selbst der Wind traute sich nicht, die Ruhe zu stören. Wer noch immer gegen seine Verbündeten vorging, wurde zur Vernunft gerufen oder gar niedergerungen. Vereinzelt gingen Hauptmänner umher, man vernahm ihre bellenden Befehle bis ans Ende des Schlachtfeldes. Die Kluft zwischen den Herzogtümern schien unüberwindbarer denn je, noch immer warfen sich die Soldaten feindselige Blicke zu. Trotzdem begannen sie langsam, aber stetig zu begreifen, dass sie nichts anderes als willenlose Sklaven gewesen waren. Mittel zum Zweck, manipuliert von einem Feind, der eine Macht besaß, die ihnen gänzlich unbekannt war.

Alrael stand unschlüssig da, bemerkte aber, dass er immer mehr zum Zentrum der Aufmerksamkeit wurde. Ratlose, verwirrte oder teilweise sogar ängstliche Gesichter wandten sich ihm zu. Sie warteten auf etwas, suchten an irgendeiner ihnen vertrauten Sache Halt. Fürchteten sie sich vielleicht oder empfanden sie eine Art Ehrfurcht? Hatte Ashron womöglich mit seinen Worten recht behalten? Er wusste es nicht, es war zu viel auf einmal passiert.

Alraels Hand schmerzte von dem Sturz, es war aber nichts gegen die vielen kleinen Schnitte, die er während des Kampfes erlitten hatte. Er sah zur Seite und betrachtete den jungen Sklaven, der wie gebannt in die Ferne starrte, als würde er überhaupt nicht mitbekommen, was um ihn geschah. Ein Windstoß kam auf und erfasste das lädierte Hemd, ließ es zu Boden gleiten und enthüllte einen dürren und mit Narben übersäten Körper. Blutergüsse, Schnitte und lange Kratzer zogen sich über jeden Zoll des Körpers und unwillkürlich fragte sich Alrael, wie der Sklave noch aufrecht stehen konnte.

Diese innere Stärke … das ist fast beängstigend.

Er wandte den Blick ab und ließ ihn über die Ebene schweifen. Der zweite Mond schien hell neben dem ersten Mond und zum ersten Mal fiel ihm auf, dass er wesentlich größer war. Am Rand seines Sichtfelds nahm er die Gebäude der Stadt Terez wahr, die sich gegen den Nachthimmel erhoben. Sie wirkten unversehrt im Vergleich zu dem Chaos und der Grausamkeit, die das Schlachtfeld heimgesucht hatten.

Haben wir es geschafft? Ist Andural wirklich gerettet?

Zögernd hob Alrael sein Schwert vom Boden und bemerkte die unzähligen Blicke der Soldaten, die auf ihm ruhten.

Vermutlich sollte ich jetzt etwas tun. Was würde Ashron machen?

Er fuhr vorsichtig an der Schneide entlang, betrachtete sein Spiegelbild darin und reckte das Schwert schließlich nach oben.

Ohrenbetäubender Lärm erklang. Speere, Schwerter und Schilde wurden in die Luft gestoßen, Männer schrien sich die Seelen aus den Leibern und manche lagen sich in den Armen und konnten ihr Glück kaum fassen.

Alrael wusste, dass er niemals ein guter Anführer sein würde, er war nicht einmal ein sonderlich guter Prinz. Aber eines wurde ihm in diesem Augenblick bewusst: Für diese Menschen war er kein einfacher Mensch mehr. Er verkörperte etwas anderes. Er verkörperte ein Symbol der Hoffnung. Die Furcht stand ihnen weiterhin in die Gesichter geschrieben und das Misstrauen würde nicht von einem auf den anderen Moment verschwinden. Trotzdem verstand er, dass es ein Anfang war.

Es ist beinahe, wie Ashron stets behauptet hat. Wie hat er es genannt? Gib ihnen ein Ziel. Sei ein Symbol der Hoffnung und gehe mit gutem Beispiel voran. Sie benötigen etwas, woran sie glauben und worauf sie stolz sein können. Aus diesem gemeinsamen Gedanken wird etwas erwachsen. Es ist der Beginn des Vertrauens, der Beginn von etwas Neuem.

Alrael musste grinsen. Sein verdammter Bruder hatte tatsächlich richtig gelegen. Er stellte fest, dass ihm diese Situation gefiel - ein Prinz zu sein hatte doch Vorteile.

Sein Name wurde mehrfach skandiert und über die gesamte Ebene getragen. In einiger Entfernung sah er den Herzog von Landamar auf einem Steppenreiter sitzen und das Schwert gen Himmel strecken. Soldaten umschwärmten ihn und schrien ihre Freude hinaus.

Er schrak hoch, als ein harscher Befehl in der Nähe erklang. Wie auf ein Zeichen bildeten die umstehenden Soldaten eine Gasse und verfielen in Schweigen. Aus der Gasse trat Herzogin Ateria und ging eiligen Schrittes auf Alrael zu. Sie trug einen silbernen Harnisch mit dem Zeichen der Magari auf der Brust. Ihre grauen Haare flatterten im Wind und tiefe Falten durchzogen ihr hageres Gesicht. Alles an ihr gab Hinweis auf ihre Stellung, sie wirkte unnahbar, zielsicher und förmlich.

Ganz anders als mein Vater. Alleine ihre Erscheinung und ihr

Gebaren zeugen von Würde und Stolz. Eine Herzogin durch und durch.

»Wie es aussieht, sind wir gerade rechtzeitig gekommen, Kronprinz Alrael«, sagte sie und vollführte einen steifen Knicks.

»In der Tat, Herzogin Ateria. Wir schulden Euch Dank für Euer beherztes Eingreifen.«

»Ich tat, was jeder an meiner Stelle getan hätte.«

»Jeder?«, echote er. »Wohl kaum. Dennoch habt Ihr bewiesen, dass Ihr zu Recht den Rang einer Herzogin tragt.«

Sie nickte kaum wahrnehmbar. »Ich kann nicht einmal in Worte fassen, was ich von alledem halte. Erklärt mir, was hier geschehen ist.«

Ah, sie ist genauso forsch wie Cathien.

»Leider kann ich Euch keine genaue Erklärung geben, ich verstehe es ebenfalls nicht. Anscheinend haben diese beiden Männer«, er zeigte auf die Leichen der Heerführer, die sich immer mehr in Sand auflösten, »das gesamte Heer kontrolliert.« Vorsichtig massierte er den Arm und spürte die tiefe Erschöpfung, die sich immer mehr seiner bemächtigte.

»Nun, offensichtlich ist die Schlacht vorbei«, sagte Ateria. »Das Rätsel um unsere Feinde müssen wir einstweilen aufschieben. Glücklicherweise sind unsere Soldaten aus ihren dunklen Träumen erwacht. Es fällt mir schwer, es angesichts der großen Verluste zu sagen, aber wir haben gesiegt.«

»So ist es und ich danke Euch im Namen aller Menschen Andurals für Eure Unterstützung.«

Ateria lächelte. »Ihr seid anders als Euer Vater, Kronprinz Alrael.«

»Das hoffe ich doch sehr, immerhin bin ich hier, während er …«

»Nicht hier ist«, vollendete sie seinen Satz und eine tiefe Furche erschien auf ihrer Stirn. »Ein Thema, dem wir uns beizeiten zuwenden sollten. Nun müssen wir rasch handeln und die Situation unter Kontrolle bringen. Ich habe bereits einige Tumulte innerhalb der Armee unterbrochen, es wird aber das tiefe Misstrauen nicht gänzlich versiegen lassen.«

»Ich stimme Euch uneingeschränkt zu. Es liegt auch in meinem Interesse, schnellstmöglich Aufklärung zu betreiben. Es wird schwer werden, von vorne anzufangen. Ich habe allerdings Vertrauen, dass es uns gelingen wird.«

»Wie ich sehe, habt Ihr mit Eurem Bruder viel gemein.«

»Tatsächlich?«, fragte er grinsend.

»Das ist gut so, ich habe ihm zwar zu Beginn nicht viel abgewinnen können, letztendlich aber erkannt, dass er für seine Überzeugung mit grimmiger Entschlossenheit eingestanden hatte.«

»Das überrascht mich sehr, zu hören. Ich vernahm vielerorts anderes.«

»Nun, man sollte nicht viel auf solches Gerede geben. Mein anfängliches Misstrauen war ein Fehler in einer Reihe von weiteren Fehlern. Allen voran der sinnlose Feldzug gegen Sathus von Valentar. Es schmerzt mich, es zugeben zu müssen, dennoch komme ich nicht umhin, mir Vorwürfe zu machen. Es war die Reaktion einer trauernden Witwe, einer verantwortungsvollen Herzogin nicht würdig.«

»Eine Hochwohlgeborene, die vor den Augen ihrer Männer einen Fehler zugibt? Das finde ich äußerst erfrischend, Ateria von Kallyen.«

Er hielt ihr die Hand hin, die sie lächelnd entgegennahm. Als ihr Blick auf den jungen Sklaven fiel, schlug sie die Hand vor den Mund und blieb erstaunt stehen. Alrael war das blaue Schimmern in den Augen des Sklaven zuvor nicht aufgefallen und stutzte ebenfalls. Das Schimmern sah aus wie Wasser, das auf und ab floss. Nein, eher wie Wind, der wild und tosend durch dessen Körper rauschte. Nach dem, was Alrael aber zuvor erlebt hatte, konnte ihn das kaum noch überraschen.

Die Augen der Fremden waren rot, seine Augen sind blau. Gibt es womöglich einen Zusammenhang?

Alrael nahm seinen Mut zusammen und näherte sich dem Sklaven. »Ich weiß zwar nicht wie, aber du hast uns alle gerettet. Die Ermordung meines Bruders ist gerächt, Andural ist gerettet. Wir sind dir offenbar zu großem Dank verpflichtet.« Er näherte sich einen weiteren Schritt. »Wie ist dein Name?«

»Es waren nur zwei«, murmelte der Sklave.

»Was?«

»Nur zwei.«

»Was meinst du?«

»Cathien«, flüsterte er.

»Cathien?«, rief Ateria. »Was ist mit meiner Tochter?«

Er sah sie an, sein Blick verweilte jedoch an einem anderen Ort. »Sie ist in Gefahr. Es gibt noch jemanden.«

»Was ist hier los?« Der eiserne Blick der Herzogin richtete sich auf Alrael. »Was meint dieser Sklave?«

Bevor Alrael antworten konnte, flimmerte die Luft und eine weiße Wolke aus Nebel umhüllte den Sklaven. Schlagartig stob sie ringförmig auseinander, aber er war verschwunden.

SAND UND WIND

[..]und Magari sprach: Sehet dort, wie das Licht erstrahlt. Es offenbart den Weg, es zeigt die Richtung. Nutzet es, denn auf ewig ist es rein. Und dies ist sein Leib auf ewig. Nehmet und esset davon. Es ist ein Teil von euch, eure Vergangenheit und Zukunft. Erkennet, bewahret, erstarket und lebet.[..]

Enzyklopädie des Neunerbundes

Cathien wirbelte herum und sah eine Gestalt am Ende des Saals stehen. Etwas drückte auf ihre Brust und erschwerte ihr das Atmen, sie konnte sich den Grund aber nicht erklären. Es fühlte sich fast an, als würde sie sich unter Wasser befinden.

»Wer seid Ihr?«, fragte sie stockend.

Die Gestalt näherte sich langsam, als würde jeder Schritt gesonderte Beachtung erfordern. Sie war in schwarze Roben gehüllt und trug einen ebenfalls schwarzen Mantel, der sich eng um ihren Körper schmiegte.

»Also hat er tatsächlich den Auftrag nicht zu Ende gebracht«, flüsterte die Gestalt rau. »Das ist bedauerlich.« Sie hob den Kopf und enthüllte bleiche, gesprungene Haut und einen farblosen Mund. Ihre roten Augen wirkten verstörend. Die Fremde zog ihre Kapuze hinunter und enthüllte lange, weiße Haare, die ihr wie ein Wasserfall auf den Rücken fielen und bis zur Hüfte reichten. Die Haare bauschten sich hinter ihr, als wären sie lebendig. Entfernt erinnerte sie an eine der mystischen Gestalten aus den Erzählungen ihres Vaters: Schön wie ein kalter Wintermorgen, aber auch gefährlich und heimtückisch.

»Es ist erstaunlich, dass er unseren eindeutigen Befehlen zuwidergehandelt hat«, sagte die Frau. »Wir glaubten ihn vollends unter unserer Kontrolle. Es war ein Experiment, das gescheitert ist.«

»Nein, mein verräterischer Diener hat seinen Auftrag nicht erfüllt«, hielt Cathien dagegen. »Er war nahe daran, ist aber gescheitert.« Sie lächelte grimmig. »Genauso, wie Ihr scheitern werdet!«

Die Fremde blieb nur wenige Schritte vor ihr stehen. Ihr Mund verzerrte sich zu einer grausamen Fratze, ihre roten Augen wanderten Cathiens Körper hinab. Cathien konnte derweil spüren, wie etwas an ihrem Bewusstsein zog. Sie konnte es nicht beschreiben, fühlte jedoch deutlich den leisen Puls.

»Interessant, das ist unerwartet«, sagte die Fremde und legte den Kopf schief. »Wirklich äußerst interessant.«

Cathiens Brust zog sich immer weiter zusammen. Furcht überkam sie, sickerte durch ihre Adern, betäubte ihren Verstand. »Schluss damit!«, schrie sie und spürte, wie die Taubheit aus ihrem Körper verschwand.

»Bemerkenswert«, sagte die Fremde. »Es scheint, dass wir gerade zur rechten Zeit kommen. Eure Stimme ist stark, aber längst nicht so wie wir befürchtet hatten. Wir hätten ihn gar nicht auf Euch hetzen müssen.«

»Was meint Ihr?«, keuchte Cathien.

»Es ist lange her, dass ich eine Erwachte in reinster Form gesehen habe. Nicht dieses verwässerte Blut, sondern klar und rein. Erstaunlich, wie sich der Lebensfluss um Euch zusammenzieht. Es muss die Wunde sein, anders kann es nicht sein. Was auch immer ...« Die Fremde unterbrach sich und begann auf einmal zu schreien. Es war kein menschlicher Laut, sondern etwas anderes. Fürchterlich, grausam und voller Hass.

Cathien wich einen Schritt zurück.

Irgendetwas hat sie erzürnt, irgendetwas ist geschehen. Haben sie es womöglich geschafft? Ist Alraels Plan aufgegangen?

Der Schrei der Fremden verstummte abrupt und sie presste die gesprungenen Lippen zu einer schmalen Linie zusammen. »Sie haben also versagt, Eure Verbündeten waren mächtiger. Unerwartet.«

Plötzlich riss sie eine Hand nach oben. Gleichzeitig krachte etwas gegen Cathiens Brust und schleuderte sie quer durch den weiten Saal. Sie stieß sich den Kopf an einer Tischkante und wurde kurz benommen. Als sie wieder zu sich kam, stand die Fremde über ihr und lächelte grausam.

»Wie ich vermutet habe, Ihr seid keine richtige Erwachte. Das macht es einfacher. Bringen wir es hinter uns. Wenn er sie wirklich besiegt hat, rinnt mir die Zeit davon.«

Cathien wurde von einer unsichtbaren Kraft in die Luft gehoben. Sie wollte aufbegehren, aber ihr Körper gehorchte nicht mehr. Einzig ihre Lippen konnte sie noch bewegen.

»Es geht nicht um die Schlucht, nicht wahr?«, presste sie aus zusammengebissenen Zähnen hervor.

Die Fremde legte den Kopf schief. »Natürlich geht es nicht nur um die Wunde. Es geht um Euch, kleine Herzogin. Um Euch und die anderen Erwachten in Andural.«

Cathien erzitterte innerlich. Ihre Vermutung bestätigte sich. Das Ziel des Feindes waren ganz spezielle Menschen und sie war ebenfalls einer.

Sie hat mich eine Erwachte genannt. Was bedeutet das?

Die Frau zog einen schwarzen Handschuh aus und offenbarte eine bleiche, klauenartige Hand.

»Was habt Ihr vor?«, rief Cathien panisch.

Die Fremde riss ihr das blaue Gewand auf Brusthöhe auf. »Der Sitz der Atemseele ist im Blut«, sagte sie und leckte über die Lippen. »Der zentrale Punkt eurer Atemseele liegt jedoch im Herzen. So sanft und zart pumpt es den Lebenshauch durch Euren Körper. Euer Licht wird mich stärker und mächtiger machen. Weitaus mächtiger als diese elenden Fürsten von Vorlia.«

Cathien bemerkte mit Ekel, wie erregt die Fremde war. Sie versuchte, sich zu wehren, es gelang ihr allerdings nicht.

Die Fremde legte ihr eine Hand auf die Brust. »Oh, es ist so rein, ich kann es fühlen.«

»Ihr stehlt uns das Leben, nicht wahr? Unsere Atemseele.«

Die Frau blickte belustigt auf. »Natürlich, was dachtet Ihr denn? Ihr werdet geerntet. Ihr seid nur Nahrung, nichts weiter.«

»Aber wie kann das sein? Was unterscheidet uns von euch?«

»Alles. Oh, natürlich waren wir einst wie ihr. Das ist aber lange her, lange vor unserer Erhebung. In Vorlia gibt es heute nur noch Reto, wie mich. Keine Erwachten mehr. Ihr seid fort, besiegt, verschlungen oder erhoben.«

Cathien sah die Fremde sprachlos an.

»Ihr wisst nicht, was Erwachte oder Reto sind?«, höhnte die Fremde. »Das finde ich amüsant.«

»Was ist mit der Knolle?«

»Mit dem Leib? Was soll schon damit sein? Erst einmal unwichtig, Ihr seid derzeit viel effizienter.«

Elhan.

Die Hand drückte langsam zu.

Elhan.

Cathien schrie vor Schmerz auf.

Elhan bitte!

Auf einmal zog sich die Luft um sie zusammen. Es fühlte sich seltsam an, wie die Stille vor einem Sturm. Mit einem Knall wurde die Fremde zur Seite geschleudert. Nur zwei Schritte von ihr kräuselte sich weißer Rauch und driftete ringförmig auseinander. Eine Gestalt schälte sich aus den Schwaden, die Hand hoch erhoben. Langsam zerstob der Nebel und enthüllte einen jungen Sklaven mit blau schimmernden Augen. Es war Elhan.

Noch nie zuvor hatte Cathien etwas Derartiges gesehen. Ihre Lähmung löste sich im gleichen Moment auf und sie fiel kraftlos zu Boden. Verzweifelt rang sie nach Luft. Mit zwei Schritten war Elhan bei ihr und strich eine Strähne aus ihrem Gesicht.

»Ich habe dich gerufen und du bist gekommen«, flüsterte sie.

»Ja, ich habe dich gehört«, sagte er sanft.

»Wie? Ich verstehe das nicht.«

»Ich auch nicht, aber es ist alles gut. Wir haben gesiegt, bleib liegen.«

Seine blauen Augen strahlten so hell wie zwei gleißende Sonnen. Und als sie in seine Augen blickte, sah sie ihn. Vollständig und ganz, voller Hoffnung, Freude und Zuversicht. Sie sah aber auch Trauer und Leid. Es war ein eigenartiges, aber vertrautes Gefühl, das sie nicht beschreiben konnte.

Elhan erhob sich und richtete seine Aufmerksamkeit auf die Fremde, die mit vor Wut verzerrtem Gesicht ebenfalls wieder auf den Füßen stand.

»Ich habe es gewusst!«, schrie sie. »Sie haben mir nicht geglaubt!« Sie fluchte in einer unverständlichen Sprache und bewegte sich auf ihn zu.

Cathien sah nicht, was sie tat, spürte aber, wie die Luft zu vibrieren begann. Die Fremde hob die Hand und schrie ihren Hass hinaus. Elhan hingegen hob ebenfalls die Hand, löste sich in Nebel auf und tauchte hinter ihr wieder auf. Er riss seine Hand herunter und im selben Augenblick wurde die Frau von einer unsichtbaren Kraft zu Boden geschleudert. Der Marmor unter ihren Füßen platzte auf.

Sie riss erneut eine Hand empor, worauf die Decke mit einem lauten Knall zersplitterte. Steine und Glas stürzten herunter, prasselten auf den Boden und bedeckten alles unter ihrem Gewicht. Elhan wurde in die Luft geschleudert und landete einige Schritt entfernt. Direkt neben Cathien fiel ein großer Brocken herunter und zerplatzte in viele kleine Splitter. Sie sah durch das große Loch in der Decke und erkannte den zweiten Mond hell strahlend am Himmel.

Die Fremde bewegte sich gemächlich auf Elhan zu. Ihre Haare regten sich spielerisch in der Luft - fast wirkte es, als würden sie ein Eigenleben führen. Elhan stemmte sich hoch, sah sie an und lächelte grimmig. Blut lief aus unzähligen Wunden an seinem Körper hinab.

»Das kannte ich noch nicht«, sagte er. »Aber ich habe festgestellt, dass ich lernfähig bin.«

Wieder hob er die Hand und ballte sie zur Faust. Die Frau wurde in seine Richtung gerissen und knallte mit dem Gesicht voran gegen seine Faust. Bevor sie auf dem Boden aufschlug, umgaben schwarze Schlieren sie und ein Blinzeln später tauchte sie in Elhans Nähe wieder auf. Die Finsternis haftete an ihrem Körper, als würde die sie nur widerwillig preisgeben.

»Oh, ich werde es genießen, dich zu verschlingen!«, zischte sie und zog einen langen, gebogenen Dolch aus einer Scheide an der Hüfte. Sie stürmte vorwärts, die Klinge fest mit der Hand gepackt. Elhan stand ruhig da und beobachtete das Herannahen der Feindin. Kurz bevor sie ihn erreichte, hob er die Hand. Mit einem dumpfen Aufprall rannte sie gegen eine unsichtbare Wand und ging wieder zu Boden. Sand spritzte in hohem Bogen aus einer Wunde an ihrem Kopf.

Cathien näherte sich mit unsicheren Schritten. »Es ist der Wind, nicht wahr?«, raunte sie.

Er nickte kurz und widmete sich wieder der fremden Frau, die sich, sich vor Schmerz windend, am Boden krümmte.

»Ich habe es gespürt.«

Elhan warf ihr einen erstaunten Blick zu. »Du kannst es spüren?«

»Ja. Erst war ich nicht sicher … nun aber schon.«

»Wir reden später darüber«, sagte er und dann an die Fremde gewandt: »Wieso seid Ihr hier?«

Erst jetzt bemerkte Cathien, dass Elhan unsicher auf den Beinen stand. Er atmete gepresst aus zusammengebissenen Zähnen, seine Augen blickten fiebrig. Blut tropfte von seiner Stirn, der Körper war mit unzähligen Schnitten versehen.

»Wieso?«, lachte die Fremde dunkel. »Ihr seid so einfältig und schwach! Glaubst du etwa, dass ihr gewonnen habt?« Ihr irres Lachen wurde immer lauter. »Es war nichts weiter als ein Auftrag. Ihr seid so naiv, wir hätten euch alle retten können! Wir hätten uns alle vor dem Untergang bewahren können!«

»Untergang? Wieso Untergang?«

»Wir hätten uns dank eurer einverleibten Kraft gegen ihn

wenden können.«

Elhan runzelte die Stirn. »Gegen wen?«

»Gegen den Herrscher Vorlias, unseren Gott! Aber ihr habt euch alle verdammt. Wir sind nichts gegen den Sturm, der nun über euch hereinbrechen wird!«

Sie bäumte sich plötzlich auf und hob die Hand. Elhan reagierte schneller und kam ihr zuvor. Die Luft um sie veränderte sich. Ein heftiger Stoß folgte und prasselte auf ihren Körper. Unmenschliche Laute entrangen ihrer Kehle, Sand spritzte aus ihrem Mund und den roten, stechenden Augen. Mit einem dumpfen Geräusch platzte der Körper auf, Sand flog durch die Gegend und verteilte sich auf dem Boden.

Elhan ließ die Hand sinken und stürzte kraftlos zu Boden. Mit zwei Schritten war Cathien bei ihm und hielt ihn im Arm.

»Ich bin so müde, Cathien. So müde.«

Sie lächelte und strich ihm sanft über die Stirn. Er lächelte ebenfalls. »Jetzt ist alles gut«, flüsterte sie.

AVAR

[..]Der Erlöser wird euch schützen und auf ewig ein Leitstern am Himmel sein. Ein Streiter des Lichts, ein Bewahrer und Hüter der Menschheit. Suchet und erkennet. Die Erlösung ist nahe.

Enzyklopädie des Neunerbundes

Elhan stand gemeinsam mit Prinz Alrael und Cathien am Rand der Schlucht und überblickte das Schlachtfeld. Der Boden war gepflastert mit Leichen, abgebrochenen Pfeilen und Stahl. Soweit das Auge reichte, wurden Leichen aufeinander getürmt und mit Karren weggebracht. Man würde sie verbrennen, sodass ihre Atemseelen zu den Göttern aufsteigen konnten. Ein letzter Rest Würde, den sie verdient hatten.

Er beobachtete Soldaten in unterschiedlichen Farben und Gewändern, die Seite an Seite über die weite Ebene wanderten, Verwundete versorgten oder achtlos liegengelassene Waffen und Rüstungen aufsammelten. Zwischen ihnen gingen Heiler in weißen Gewändern umher. Einer schnürte einem schwer verletzten Mann das Bein ab, ein anderer beugte sich über einen Verletzten. Schreie drangen zu Elhan, es wurde gefleht und gebettelt. Am Himmel kreisten bereits einige Fluggeißeln und warteten, dass sie sich an dem toten Fleisch laben konnten. Es gab viel Beute für sie zu holen, weitere Tote würden in den kommenden Umläufen folgen.

Elhan sah nach Osten. Eine blutrote Sonne ging am Horizont auf, der zweite Mond versank langsam hinter den hohen Gebirgen. Ein neuer Umlauf begann, ein neues Leben.

»Sie beginnen, die Leichen wegzuräumen«, sagte Prinz Alrael mit gerunzelter Stirn. »Das ist gut. Irgendjemand muss den Anfang machen.«

»Ja, es wird Zeit«, sagte Elhan. »Das große Erwachen beginnt.«

»Leider muss ich anmerken, dass es nicht die einzigen Leichen sind, die sie werden bergen müssen.«

»Weshalb?«

»Nun, wir hatten vor, dem Feind durch einen Ausgang nahe der großen Schlucht in den Rücken zu fallen.« Der Prinz fuhr durch die langen Haare. »Ein Überlebender des Heeres suchte direkt nach der Schlacht unseren geschätzten Herzog Ramor auf und berichtete von den Ereignissen.«

»Sie sind alle … tot?«, mischte sich Cathien in das Gespräch ein.

Alrael nickte. »Ausnahmslos.«

»Wie konnte der Feind davon wissen?«

»Es ist die Atemseele«, erklärte Elhan. »Sie konnten die Atemseelen der Soldaten wahrnehmen, obwohl sie sich mehrere hundert Schritte unter ihnen befunden hatten.«

»Der Soldat hat es nicht so ausgedrückt«, meinte der Prinz. »Er sagte aber etwas Vergleichbares. Offenbar sind diese tapferen Soldaten gar nicht erst an die Oberfläche vorgedrungen, sondern wurden direkt am Ausgang mit Stahl und Tod empfangen.«

»Es ist einfach grausam«, raunte Cathien. »So viele Tote, so viel Leid. Wie soll es nun weitergehen? Wie können wir vergessen, was geschehen ist?«

Elhan rieb an der verstümmelten Hand. »Ich weiß es nicht. Einige Dinge müssen sich aber ändern. Wir müssen beginnen, aus unseren Fehlern zu lernen. Gemeinsam.«

»Ich komme zu dem gleichen Ergebnis«, stimmte der Prinz zu. »Es liegt an uns, etwas zu verändern.«

»Werdet Ihr Euer Versprechen halten?«

»Mein lieber Mann, ich kann nichts versprechen.«

Elhan runzelte die Stirn.

»Aber ich werde alles in meiner Macht Stehende tun, um diese Probleme anzugehen. Ich habe bereits mit Herzog Ramor über einige Dinge gesprochen. Es wird von nun an schwerer werden, da der Krieg die tiefe Kluft zwischen den einzelnen Herzogtümern noch mehr geweitet hat. Bevor wir alle nötigen Schritte veranlassen können, müssen wir das Misstrauen überwinden.«

»Meine Mutter sieht das anders«, warf Cathien ein.

»Gemach.« Alrael lächelte. »Ich sprach nicht von allen Herzögen oder in diesem Fall Herzoginnen. Es wird eine große Aufgabe sein, allen voran wird mir mein verleumderischer Vater im Weg stehen. Letztendlich glaube ich aber, dass wir Erfolg haben werden.«

»Was wird nun mit den Sklaven in der Schlucht passieren?«, fragte Elhan.

»Nun«, begann Alrael. »Die nötigen Vorkehrungen wurden getroffen. Die Sklaven, darunter auch ein Mann namens Sylon, werden zu dieser Kerze an die Oberfläche gebracht und befragt. Ateria und Ramor haben zugestimmt, wie es aber um die Herzogtümer Lynsan, Norfall und Valentar steht, ist zu diesem Zeitpunkt noch nicht absehbar. Vor allem mein Vater wird vermutlich mit diesen Schritten nicht einverstanden sein.« Er zögerte. »Wir müssen einiges überdenken, von vorne anfangen. Wir müssen die anderen Herzöge überzeugen, miteinander statt gegeneinander zu arbeiten. Zunächst wird es als Erstes notwendig sein, an der Schlucht den Abbau zu verändern und das gegenseitige Misstrauen zu überwinden. Letztendlich hängt alles zusammen und läuft auf die sogenannte Gleichberechtigung hinaus, die mein glorreicher Bruder immer wieder betont hat.«

»Es ist die richtige Entscheidung«, bekundete Cathien.

Elhan fuhr über den weichen Stoff seiner hellblauen Gewandung. Es fühlte sich ungewohnt an, wieder richtige Kleidung zu tragen. Der Stoff kratzte auf der Haut und ihm war warm. Wie merkwürdig.

»Glaubt Ihr wirklich, dass der König zustimmen wird?«

Der Prinz regte sich nervös. »Wie ich bereits sagte, kann ich nur Vermutungen anstellen. Ich bin nicht sicher, das ist aber einstweilen mein Problem. Viel wichtiger ist es, den Kontakt zu den anderen Herzögen zu suchen und Konflikte im Land gezielt anzugehen. Das dort ausgebrochene Chaos schwächt das gesamte Königreich, weitere Unsicherheiten können wir uns nicht erlauben.«

»Was ist mit der Tochter des Herzogs, werdet Ihr den abgesprochenen Bund eingehen?«

Prinz Alrael sah wieder auf das Schlachtfeld. »Dieses Opfer muss gebracht werden. Wie sehr ich mich doch darauf freue.« Er zuckte mit den Schultern. »Wir brauchen Stabilität im Land und Ramors Tochter ist das beste Mittel. Auch wenn mir durchaus bewusst ist, in welch außerordentlich vorzüglicher Situation ich mich bewege.«

Elhan nickte.

»Es waren nur drei Menschen, drei Feinde. Und doch sind sie Ursprung für diesen Krieg.«

»Wir waren unvorbereitet«, sagte Elhan und beobachtete den Herzog Landamars, der in einiger Entfernung stolz auf seinem Steppenläufer saß und Anweisungen gab. Daneben verweilte ebenfalls auf einem dunkelblauen Steppenläufer, die Herzogin Kallyens und beobachtete alle Abläufe.

»So ist es, wir waren wirklich unvorbereitet.«

»Der Herzog Landamars hat Kühnheit bewiesen. Es ist ihm zu verdanken, dass wir den Ansturm überlebt haben.«

»Es ist mehr an unserem geschätzten Herzog als man glauben würde«, pflichtete Alrael bei. »Er ist schlau und denkt voraus. Ich glaube sogar, dass er uns noch nicht alle seine Geheimnisse offenbart hat. Ja, er könnte ein starker Verbündeter sein.«

Sie schwiegen eine Weile und hingen ihren Gedanken nach, als Cathien schließlich die Stille durchbrach. »Elhan«, sagte sie und legte ihm zaghaft eine Hand auf die Schulter. »Wir müssen darüber sprechen. Über das, was geschehen ist.« Sie senkte die Stimme. »Über dich.«

Elhan lächelte. Er wusste, dass seine Augen nun dauerhaft in einem hellen blauen Licht leuchteten, seit der Schlacht ging das nicht mehr weg. Langsam sank er in den Lebensfluss und betrachtete den Prinzen und Cathien auf der anderen Ebene. Beide erstrahlten in gleißendem Schein. Viel heller und reiner als es bei Itras der Fall gewesen war. Er wusste noch nicht, was es bedeutete, verstand nicht, was geschah. Er war ein Avar und laut den Aussagen Cathiens waren ihre Feinde Reto gewesen – was auch immer das bedeuten mochte.

»Beantworte mir eine Frage«, sagte der Prinz und sah ihn mit unergründlichen Augen an. »Was bist du?«

»Ein Mensch, genau wie ihr. Und doch bin ich mehr. Ich bin ein Avar.«

»Aber was ist ein Avar?«

»Das weiß ich leider nicht. Die Übersetzung lautet Lebensbewahrer und es gab in früheren Zeiten eine Art Orden. Sie waren so etwas wie Hüter oder Wächter. Alles, was ich weiß, stammt von einem verrückten, alten Mann.«

»Es gehen mittlerweile Gerüchte um. Sie berichten von einem Erlöser und zitieren die Überlieferungen des Neunerbundes.«

Elhan wusste nicht, was er entgegnen sollte.

»Avar, Reto und Götter … wo führt uns das alles hin?«, fragte Cathien.

Elhan umschloss ihre Hand, die immer noch auf seiner Schulter ruhte. »Ich weiß es nicht. Itras hatte viele Geheimnisse, so viele Fragen blieben unbeantwortet. Ich weiß aber, dass wir bereit sein müssen. Wir wissen nicht, was hinter den westlichen Grenzen lauert. Wir wissen nicht, wann der Imperator Vorlias seine Hand nach Andural ausstrecken wird. Ich befürchte aber, dass das erst der Anfang war.«

»Alles hat mit dem Tod meines Bruders angefangen«, sagte Alrael. »Bisher war es mir nicht bewusst, aber ich vermisse ihn. Er wäre der Richtige für diese Situation gewesen, er hätte eine Lösung gefunden. Zwar war er naiv und ein wenig zu vertrauensselig, aber er war ein geborener Anführer.«

»Ihr habt Euch in der Schlacht bewährt, Alrael«, erwiderte Cathien. »Ich kannte Ashron nicht sehr gut, Ihr habt aber etwas an Euch, das ihn von Euch unterscheidet.«

Der Prinz sah erstaunt auf. »Das kann ich mir nicht vorstellen. Er war geboren, zu regieren. Er war ...«

»Nur ein Mensch, der Fehler beging«, vollendete sie seinen Satz. »Gerechtigkeit, Mut und Weisheit. Das sind Dinge, über die Ihr verfügt. Vor allem Letzteres hat uns einen entscheidenden Vorteil gebracht. Ihr seid stärker, als Ihr Euch gebt, Alrael. Haltet daran fest, gemeinsam werden wir Andural wieder aufbauen und die Träume Eures Bruders verwirklichen.«

Der Prinz nickte entschlossen und holte tief Luft. »Ich danke Euch. Was auch immer geschehen mag, wir werden bereit sein!«

Er griff nach Elhans Hand und einen Augenblick sahen sie sich fest in die Augen. Dann verließ er die Anhöhe in Richtung des Schlachtfelds, während Elhan und Cathien ihm eine Weile hinterhersahen.

Sie lehnte ihren Kopf an seine Schulter. »Er ist ein guter Mann, besser als sein Vater.«

»Ich habe dir erklärt, was wir sind ... was du bist«, flüsterte Elhan. »Prinz Alrael ist genau wie wir.«

Cathien hob erstaunt den Kopf. »Er ist auch ein Avar?«

»Avar bedeutet Lebensbewahrer. Man muss erwacht sein, um vollends zu einem Avar zu werden. Ihr seid beide noch nicht wirklich erwacht, besitzt jedoch die Gabe. Ich kann aber nicht sicher sein, es gibt so vieles, was wir noch nicht wissen.« Elhan rieb über die Augen. »Ich wünschte, Itras wäre nicht von uns gegangen.«

Cathien seufzte schwer. »Zwar habe ich ihn nicht wirklich gekannt, dennoch betrauere auch ich seinen Tod.«

»Ja, ich kann es noch immer nicht ganz fassen, dass er wirklich nicht mehr da ist.«

Sie schwiegen eine Weile.

»Elhan, diese Menschen ... Verzehrer, wie du sie genannt

hast«, bemerkte sie. »Sie waren unglaublich mächtig, aber du hast sie besiegt. Wie ist das möglich?«

»Ich weiß es nicht«, murmelte er. »Prinz Alrael hat mir aber während der Schlacht geholfen. Irgendwie hat er mich gestärkt, mich unterstützt. Ich verstehe es nicht, noch nicht.«

»Die Verzehrerin sprach von einer reinen Form und reinem Blut. Sie nannte die große Schlucht eine Wunde. Sagt dir das etwas?«

Elhan schüttelte den Kopf und blickte weiter in die Ferne.

»Wie geht es nun weiter? Was wirst du tun, Elhan?«

»Um ehrlich zu sein, weiß ich es nicht. Ich war früher ... in einem anderen Leben, meine ich.« Er zuckte mit den Schultern. »Nun, ich war ein Händler. Ich habe lange Zeit in Gefangenschaft verbracht, es ist seltsam, in eine ungewisse Zukunft zu blicken. Ich glaube, ich werde reisen und mit den Menschen Andurals sprechen. Es gilt, die Geheimnisse der Avar zu ergründen. Geheimnisse zu offenbaren, Rätsel zu lüften. Wer weiß, vielleicht gibt es irgendwo weitere Menschen wie uns? So vieles wissen wir nicht, so vieles bleibt uns verborgen. Alles hängt irgendwie zusammen: die Knolle, der Lebensfluss, das Land, die Götter. Ich weiß aber nicht wie!«

»Wir werden es herausfinden!«, sagte Cathien mit fester Stimme.

»Ich bin gespannt, wie Sylon die ganzen Neuigkeiten aufnehmen wird«, schmunzelte er.

»Sylon? Bei dem ganzen Durcheinander habe ich ihn fast vergessen. Vermutlich wird er irgendwas in seinen Bart grummeln und finster dreinblicken.«

»Vermutlich.«

Sie lachten beide.

»Was wirst du tun?«, fragte er. »Du bist immerhin die Tochter der westlichen Herzogin.«

»Ich werde zurückkehren und meine Mutter unterstützen. Wir werden wohl ein Bündnis mit Valentar anstreben müssen. Herzog Sathus ist eine durchtriebene Geißel, aber er wird das richtige Mittel sein, um Stabilität zu fördern. Gleichzeitig werden wir uns an Norfall wenden müssen. Noch ist nicht klar, wie die nördlichen Städte des Herzogtums gelitten haben und wer die Nachfolge von Jachek antritt.«

»Es ist richtig so, deine Mutter wird jede erdenkliche Hilfe benötigen.«

Er bemerkte ihr Zögern. »Was ist los?«

Sie sah ihn mit ihren großen Augen an. »Ich habe mich noch nicht bei dir bedankt.«

»Dafür, dass ich dir das Leben gerettet habe?«

»Nein. Doch, das auch. Ich meine die Zeit in der Schlucht.« Sie kaute auf ihrer Unterlippe.

»Wieso solltest du dich dafür bedanken?«

»Ich war schrecklich zu dir und doch hast du zu mir gehalten.«

»Das war das Mindeste, was ich tun konnte. Du hast mich mit deiner Art aus der Lethargie gerissen.«

»Wie auch immer, danke«, flüsterte Cathien.

Sie fühlte nach seiner Hand und drückte sie innig. Gemeinsam standen sie auf der Anhöhe und blickten dem Sonnenaufgang entgegen.

Ein neuer Umlauf begann, eine ungewisse Zukunft.

EPILOG

König Thyr stopfte mit der einen Hand eine Mondfrucht in den Mund, die andere hielt eine graue Knolle umklammert, die sich zaghaft um seine schwulstigen Finger wickelte. Brutal zerrte er daran und brach sie schließlich auf, wodurch weiße Flüssigkeit herausspritzte und über seinen Handrücken lief. Er wischte achtlos darüber und wollte nach einer der zappelnden Hälften greifen, die sich jedoch seinem Griff entwand und klatschend auf den Boden fiel.

»Aufheben, sofort!«, schimpfte er und winkte einen Diener heran, der sich nach der Knolle bückte.

Unruhig rutschte Thyr auf seinem Stuhl herum und beobachtete die vielen Wachen und Diener, die sich auf sein Geheiß an den Wänden des Speisesaals postiert hatten. So liebte er es, stets die Kontrolle wahren, sich durch nichts einschüchtern lassen. Sie waren seine Untergebenen, seine Untertanen und so sollte es auch bleiben!

Das Hilfegesuch seines unnützen Sohnes lag vor ihm auf dem Tisch. Fettflecken machten die Schrift teilweise unleserlich, aber das war letztendlich unerheblich. Er wusste, was dort stand: die Schmähung, das erbärmliche Hilfegesuch. Sie verstanden es alle nicht, sie wollten es nicht verstehen! Es ging um so viel mehr als um ein paar Menschen. Es ging um Sicherheit, um Kontrolle und natürlich um Macht. Wer war er schon, dass er sich einem Imperator in den Weg stellen konnte? Er war der König Andurals und so sollte es auch bleiben!

Thyr stopfte eine zweite Mondbeere in den Mund und

spürte den berauschenden Geschmack, der allerdings nur kurze Zeit anhielt. Der rege Verzehr der Knolle und der Mondbeeren forderte langsam Opfer, wodurch er die belebende Wirkung kaum noch spürte. Er wusste, dass er bald sterben würde, es gab nichts, was seinen Tod noch verhindern konnte. Bis auf eine Sache, die aber abhing, wie sich die nächsten Umläufe entwickeln würden.

Bei dem Gedanken an die Versprechungen, die ihm gemacht worden waren, musste er schmunzeln: ewiges Leben, unantastbare Macht und die vollkommene Kontrolle über ganz Andural. Diese jämmerlichen Herzöge würden wieder vor ihm knien und seine Macht preisen! Natürlich ließ er sich nicht beirren. Er wusste ganz genau, dass er letztendlich nur eine Figur im großen Spiel sein würde. Deshalb hatte er auch entsprechende Vorkehrungen getroffen. Sie verstanden es einfach nicht, sie würden es niemals verstehen! Alles folgte einem Plan, auch er war nur ein einfacher Diener. Es ging alleine darum, schwach zu erscheinen und im entscheidenden Moment wahre Größe zu zeigen.

Sein Blick fiel auf das Dokument. Was für ein jämmerlicher Schwachkopf sein Sohn doch war! Er würde der Nächste sein, den er opfern würde. Es musste sein, es ging nicht anders! Hatte er zuvor noch geglaubt, aus ihm einen würdigen Nachfolger zu formen, war das Dokument ein eindeutiges Zeugnis seiner Unfähigkeit.

Thyr winkte einen Diener heran und faltete die Hände vor dem Bauch. »Sag ihr jetzt Bescheid, dass sie sich in einer halben Kerze in meinen Gemächern einzufinden hat.« Er leckte erregt über die Lippen. Die große, brünette Frau war ganz nach seinem Geschmack.

Er griff nach seinem Würzbier, ließ den Krug aber ungeschickt auf den Tisch fallen, als die hohe Tür des Speisesaals mit lautem Krachen aufgestoßen wurde. Verdutzt starrte er seinen Sohn an, der mit geschwollener Brust durch die Tür schritt. Alrael trug einen silberneren Harnisch und stapfte entschlossen durch den weiten Saal, während seine schweren

Panzerstiefel auf dem weißen Marmor knirschten. Er blickte die Wachen und Diener ungewohnt ernst an. Nervös suchten sie den Blick des Königs, der ihnen mit einem Wink den Befehl gab, den Raum zu verlassen.

Aus dem Augenwinkel bemerkte Thyr, wie Zohn aus den Schatten trat und sich neben ihm aufstellte.

Er ist immer aufmerksam. So sollte das auch sein.

Alrael schritt durch den Saal und blieb nur wenige Schritte vor ihm stehen. Diese ganze Situation hatte eine unfreiwillige Komik und Thyr musste sich beherrschen, um nicht in lautes Gelächter zu verfallen.

»Ah, mein nichtsnutziger Sohn, du bist also zurückgekehrt?«, fragte er.

»In der Tat, Vater«, zischte Alrael.

Thyr musste nun doch lachen. Sein kränklicher Sohn in einer Rüstung. An der Seite ein Schwert – dieser Schwächling wusste nicht einmal, wie man eine derartige Waffe aus der Scheide zog. Als er seinem Sohn in die Augen sah, musste er sich wie so oft innerlich ekeln.

Alrael machte einen weiteren Schritt auf ihn zu. »Die Frage ist nur, warum bist du noch hier? Und warum ist das königliche Heer nicht ausgerückt?«

»Wieso sollte es?«, fragte Thyr mit honigsüßer Stimme. »Es scheint ja nicht weiter schlimm gewesen zu sein, wenn du hier stehst. Unversehrt, ohne dein Schwert gezogen zu haben.« Leicht irritiert bemerkte er, dass die Rüstung einige Kratzer und Blutspritzer aufwies.

Soll das etwa bedeuten, dass sie tatsächlich gewonnen haben? Verdammt nochmal, so war das nicht geplant!

Alrael folgte seinem Blick und lächelte grimmig. »Ja, ich war an vorderster Front. Mitten in der Schlacht. Und falls du es dich bereits gefragt hast: Wir haben gesiegt, unser Feind ist vernichtet.« Er bedachte seinen Vater mit einem seltsamen Blick. »Unerwartet, nicht wahr?«

Thyr erschrak innerlich, ließ sich aber nichts anmerken. »Das klingt ganz nach einem Grund zum Feiern!«, rief er. »Mein nichtsnutziger Sohn geht in die Annalen Andurals ein, als kriegerischer Prinz, der das Volk zum Sieg führt!«

Alrael verschränkte die Arme vor der gepanzerten Brust. »Du wusstest es.«

Thyr verschluckte sich am Gewürzbier und musste husten. Als er sich gefangen hatte, ließ er den Krug auf den Tisch knallen. »Natürlich wusste ich es! Was glaubst du denn?«

»Wieso?«

»Wieso, was?«

»Wieso willst du zusehen, wie dein Land untergeht?«

»Ah, mein naiver Sohn. Du verstehst überhaupt nichts.« Thyr stand mühsam auf. Es fiel ihm immer schwerer, sich aus eigener Kraft zu erheben, die Muskeln litten unter seinem Gewicht. Langsam ging er auf seinen Sohn zu und faltete die Hände hinter dem Rücken. »Man muss erst etwas niederreißen, um es neu aufbauen zu können.« Er schlug einen lehrreichen Ton an, weil er wusste, dass das seinen Sohn verunsicherte. »Wenn ein Wald zu sehr wuchert, brennt man ihn nieder. Dieses ganze Reich wurde aus einem Haufen Asche errichtet und genau dorthin müssen wir zurück. Es ist alles nur ein Spiel, wir sind nur Figuren auf einem Spielbrett. Du bist zu unfähig, um es zu verstehen. Deshalb wirst du auch bald vom Spielbrett verschwinden.«.

»Du denkst immer noch, all das wäre ein Spiel?«

Er scheint ehrlich erstaunt zu sein. Wie einfältig er doch trotz seiner Intelligenz ist! Wie dumm und naiv!

»Alles ist ein Spiel. Es kommt nur auf die Sichtweise an. Dieses Land ist dem Untergang geweiht, das habe ich schon vor langer Zeit erkannt. Und aus der Asche werde ich mich wieder erheben und dieses Mal mit eiserner Hand regieren.«

»Das wirst du nicht mehr erleben können. Du stirbst, Vater.«

Was für ein Jammerlappen! Ich sollte ihm sofort den Gnadenstoß versetzen.

»Auch dafür gibt es eine Lösung«, entgegnete Thyr und musste grinsen, als er das erstaunte Gesicht seines Sohnes sah. »Nun, nachdem du so tapfer gekämpft hast, freut es dich sicherlich zu hören, dass wir ohne Probleme unsere Macht über das Reich festigen können.« Freudig klatschte er in seine Hände. »Sathus ist geschlagen und verkriecht sich in Helles. Jachek ist tot, sein Leichnam verrottet im Nirgendwo. Ateria hat den Großteil ihres Heeres eingebüßt und ist vollkommen schutzlos. Lynsan vergeht im Chaos, der angehende Herzog Lotharien wird bald Besuch von meinem Attentäter erhalten. Und Landamar hat sehr große Verluste erlitten. Ich gebe zu, dass Herzog Ramor mich überrascht hat. Eine ganze Armee hinter meinem Rücken rekrutieren?« Er schwenkte drohend den Finger. »Es wird wohl Zeit, den Herzog langsam in seine Schranken zu weisen!«

Alrael schüttelte den Kopf. »Du hast Ashron ermorden lassen, du pflasterst den Weg mit den Leichen deiner Familie … mit deinem Blut!«

»Genau genommen habe ich meinen schwachsinnigen Erstgeborenen nicht ermordet. Er war ein Opfer, das gebracht werden musste. Ein Versprechen. Tu doch nicht so, als würde dir der Tod dieses elenden Schwachkopfs nahegehen! Er war kurz davor, die Krone zu vernichten. Macht abgeben? Gleichberechtigung? Pah!« Thyr wedelte verächtlich mit der Hand. »Wozu Macht, wenn man sie nicht nutzt? Die Krone ist uns von Kelthor höchstpersönlich gegeben. Es ist göttliches Recht!«

Zu seinem Erstaunen nickte Alrael. »Du hast recht, Vater. Die meisten Menschen würden eine unliebsame Wahrheit eher leugnen als sie sich einzugestehen.« Alrael verbeugte sich leicht. »Ashron hat die Krone geschwächt, seine Handlungen haben die Stabilität des Reiches ins Wanken gebracht. Die Macht über Andural sollte durch Kontrolle gefestigt werden.«

Thyr stutzte. »Ist das so?«

Alrael nickte entschlossen. »Ja, ich habe den Sinn hinter deinen Ausführungen erkannt. Es geht alleine um Kontrolle, das Land muss erstarken. Illindar muss wieder erblühen, die Macht der Krone muss gesichert bleiben. Die Menschen sind noch nicht bereit, eigene Entscheidungen zu treffen. Sie benötigen Führung und Menschen, zu denen sie aufsehen können.

Ein Sturm zieht auf und wir müssen bereit sein.«

Vielleicht kann ich doch etwas mit ihm anfangen.

Thyr applaudierte und verbeugte sich theatralisch vor seinem Sohn. Die Bewegung fiel ihm schwer, er spürte, dass er außer Atem war. »Hast du das gehört, Zohn?«, rief er laut. »Unser kleiner Jammerlappen hat es endlich verstanden. Lange hat es gedauert und endlich kann er einen klaren Gedanken fassen. Ich bin erstaunt!«

Alrael schwieg eine Weile, bis er auf einmal sein Schwert zog, welches sirrend aus der Scheide glitt und das Licht der Kerzenleuchter reflektierte.

»Was hast du vor, willst du mich piksen?« Thyr brach in Gelächter aus. Er gab Zohn ein verstohlenes Zeichen, der sich hinter ihn stellte. »Pass auf, dass du dich nicht selbst erstichst, du Nichtsnutz!«

Alrael wog die lange Klinge in der Hand. Sein Gesicht war verzerrt, die verschiedenfarbigen Augen blickten hart.

»Du willst das also wirklich durchziehen?«, spottete Thyr. »Deinen Vater ermorden, in dessen eigenen Hallen? Vor den Augen seiner Untergebenen? Das finde ich irgendwie amüsant. Ganz ehrlich, ich bewundere dich sogar für deinen sinnlosen Edelmut.«

Alrael antwortete nicht, er stand noch immer unschlüssig da.

Thyr holte tief Luft. »Wache!«, schrie er und fing an, böse zu grinsen.

Nichts geschah.

Verwundert rief er erneut, alles blieb jedoch still. Er wollte sich gerade abwenden, als ihm ein dunkler Schatten in den Weg trat. Verwirrt blickte er auf, direkt in das Gesicht seines Attentäters Zohn. Von hinten schloss sich sanft eine Hand um seine Kehle und er spürte scharfes Metall die empfindliche Haut ritzen.

»Zohn, du widerlicher Hurenbock! Töte ihn!«, zischte Thyr.

Der Spion trat jedoch einen Schritt zurück, sein Gesicht war verschlossen und ausdruckslos.

»Ich verachte dich, Vater«, flüsterte Alrael an seinem Ohr.

Thyr roch das weibische Parfüm seines Sohnes, das ihn anekelte. »Ist das so?«

»Ja, ich habe dich immer verachtet. Ich danke dir aber auch.«

»Warum? Hast du endlich gelernt, zu tun, was nötig ist?« Seine Stimme zitterte.

»Du hast mir das Mitleid ausgetrieben. Erinnerst du dich? Du hast mich von innen heraus verbrannt, mich für immer gezeichnet. Du hast mich gebrochen.« Alrael fing an zu lachen, aber es klang seltsam verzerrt – so gar nicht nach dem kränklichen jungen Mann. »Hab Dank für deine ganze Vorarbeit, das macht es für mich nun leichter. Du hast mich stärker gemacht, geformt. Ich stimme vollkommen mit deinen Plänen überein.« Er zögerte. »Allerdings tauschen wir eine Spielfigur aus … dich gegen mich.«

Damit zog Alrael den Dolch langsam durch Thyrs Kehle. Unerträglicher Schmerz schoss durch seinen Körper. Warm spritzte das Blut aus dem tiefen Schnitt, er fing an zu röcheln. Kraftlos sank er auf den Boden und blickte in das finstere Gesicht seines Sohnes hinauf.

Der Prinz steckte den Dolch weg und wog das lange Schwert in der Hand und stieß es ihm mitten in die Brust. Thyr spürte es kaum noch, sein Blick galt Zohn. Der Spion stand mit verschlossener Miene neben seinem Sohn. Dann, ganz langsam, zuckten Zohns Mundwinkel und er formte stumm ein einzelnes Wort: »Danke.«

ENDE

NACHWORT

Ein eigenes Buch zu schreiben, bedeutet Zeit, Nerven und sehr viel Kaffee. Ich bin mir sicher, dass jeder Autor davon ein Lied singen kann – ob Self-Publisher oder Verlagsautor. Die Geschichte um »Arakkur« geistert schon seit vielen Jahren in meinem Kopf herum, leider waren stets andere Dinge im Leben wichtiger. Irgendwann habe ich dieser Aufgabe dann doch die Aufmerksamkeit gewidmet, die ihr zusteht. Nun ist es tatsächlich geschafft, eine erste Etappe der Reise vorüber. Ich entschuldige mich schon einmal jetzt für die überraschende Schlusshandlung mit Prinz Alrael. Es hat mich einfach in den Fingern gejuckt. Ganz ehrlich, wer hat es vorausgesehen?

Das alles wäre natürlich nicht möglich gewesen, ohne die Unterstützung einiger wichtiger Menschen. Bedanken möchte ich mich bei Jacqueline Herget, die immer ein offenes Ohr hat, wenn die Geschichte nicht so verläuft, wie man es gerne hätte. Des Weiteren möchte ich David Lieder, Maurice Weber und Matthias Klaas danken, die sich viele Stunden lang mit meinen Gedanken und vor allem meinen Texten rumschlagen mussten. Ebenfalls einen ganz großen Dank möchte ich an Raschi für die phänomenale Gestaltung des Buchcovers richten. Danken möchte ich auch Gabi Rögner, die das Korrektorat übernommen hat und deren Anmerkungen mir in vielerlei Hinsicht geholfen haben. Zuletzt gilt mein Dank natürlich den vielen Lesern, die sich dafür entschieden haben, dieses Buch zu kaufen und dann auch noch bis hierhin zu lesen. Ja, etwas Derartiges geht nicht zwangsweise Hand in Hand.

Der abgewandelte Liedtext zu »Trampt durch Länder« stammt ursprünglich von Dirk Hespers aka Drikkes. Es ist zwar nicht der gleiche Text, dennoch kommt daher meine Inspiration. Es ist mir an dieser Stelle also sehr wichtig, einen klaren Hinweis zu geben. Besten Dank für dieses phänomenale Lied, es bereichert bestimmt jede Mittelalter-Spelunke.

Wenn euch das Buch gefallen hat, dann sagt mir das doch einfach. Amazon bietet die perfekte Möglichkeit, um eine Bewertung abzugeben. Mittlerweile bin ich auch auf Lovelybooks vertreten www.lovelybooks.de/autor/Pascal-Wokan/. Ansonsten könnt ihr mir auch gerne persönlich Schreiben. Entweder über Twitter www.twitter.com/PascalWokan/ , über Facebook www.facebook.com/PascalWokan/ oder über meine offizielle Webseite unter www.pwokan.com. Abonnenten meiner Webseite erhalten besondere Vorteile und Hintergrundinformationen. Folgen lohnt sich also!

Wohin wird uns die Reise führen und was lauert hinter den Grenzen Vorlias? Wie wird es mit Elhan, Cathien und Alrael weitergehen? Das alles und viel mehr erfahrt ihr im nächsten Band …

Pascal Wokan, März 2017

ANHANG

Dramatis Personae

Andural

Herzogtum Illindar
Alrael: Zweitgeborener
Ashron: Erstgeborener
Ilonora: Ramors Tochter
Larik: Hauptmann
Loris: Diener
Malrin: General
Nilrem: Bote und Prinzengardist
Phinius: Gelehrter
Thyr: König von Andural
Vyron: oberster Palastdiener

Herzogtum Kallyen
Arnen: Cathiens Diener
Ateria: Herzogin von Kallyen
Bessyn: Herzog von Kallyen
Cathien: Erbin von Kallyen
Galdan: Hauptmann der Garde
Gret: Bäuerin
Ladrian: ehemaliger Heerführer, Gardist

Herzogtum Landamar
Mort: Aufseher in der Schlucht
Odgor: Oberaufseher in der Schlucht
Ramor: Herzog von Landamar

Sylon: Schluchtarbeiter

<u>Herzogtum Lynsan</u>
Lotharien: Herzog von Lynsan
Konar: Schluchtarbeiter

<u>Herzogtum Norfall</u>
Chiniel: Sklavin
Jachek: Herzog von Norfall
Moran: Viehtreiber
Raschik: Sklaventreiber

<u>Herzogtum Valentar</u>
Feratu: Schlucht-Verwalter
Sathus: Herzog von Valentar

<u>Weitere Personen</u>
Elhan: Schluchtarbeiter
Itras*:* Schluchtarbeiter

Begriffe

Avar: Orden der Lebensbewahrer.
Bund/Ewiger Bund: Verehelichung zweier Menschen vor den Augen der Götter.
Göttliches Recht: Eine Gesetzgebung, die von den Göttern des Neunerbundes überliefert wurde.
Göttlicher Schutz: Glaubensbekenntnisse an die Götter, gewähren und verstärken bestimmte Eigenschaften.
Kerze: Maßeinheit für Zeit.
Lebensfluss: Eine mystische Kraft, die das Land durchfließt und alles Leben miteinander verbindet.
Neunerbund: Bezeichnet die neun Götter Andurals - Cernunnos, Vorus, Jad, Sydenia, Valrysia, Kelthor, Magari, Morgoris und Herudar.

Quellsklave: Persönlicher Sklave eines Erhobenen, der diesem seine Kraft spendet.
Schritt: Maßeinheit für Länge und Entfernung.
Som: Währungseinheit in Andural. Hundert Klein-Som entsprechen einem Som. Hundert Som entsprechen einem Groß-Som.
Sumpffieber: Krankheit, die Atemwege verstopft. Führt unbehandelt zu Erstickungen und Tod.
Umlauf: Ein Umlauf entspricht vierundzwanzig Kerzen.
Zyklus: 356 Umläufe entsprechen einem Zyklus.

Länder und Städte

Amerys: Hauptstadt des Herzogtums Illindar.
Andural: Das Königreich.
Arakkur: Die große Schlucht, spaltet Andural in zwei Gebiete.
Ardus: Hauptstadt des Herzogtums Kallyen.
Barun: Kleine Stadt an der Grenze zwischen Norfall und Kallyen.
Deregon: Minen im Süden Lynsans.
Elyrien: Handelsstadt an der Grenze zwischen Illindar und Lynsan.
Elyrische See: Großer See in Lynsan.
Grenzwacht: Wachturm zwischen Kallyen und Norfall.
Helles: Hauptstadt des Herzogtums Valentar.
Illindar: Östliches Herzogtum.
Kallyen: Westliches Herzogtum.
Kelisan: Kleiner Ort in Kallyen an der Grenze zwischen Valentar und Kallyen.
Kreuzweg: Große Handelsroute an der Kreuzung zwischen Kallyen, Norfall und Landamar.
Lynsan: Süd-östliches Herzogtum.
Merun: Hauptstadt des Herzogtums Norfall.
Nebeltal: Talgebiet zwischen Kallyen und Landamar.
Nordpass: Gebiet im Norden Norfalls.

Norfall: Nördliches Herzogtum.
Vessyn: Stadt an der Grenze zwischen Illindar, Landamar und Lynsan.

Glaube und Götter

Götter

Cernunnos: Gott des Wachstums und des Lebens. Wird durch einen verästelten Baum dargestellt.
Herudar: Gott der Meere und der Voraussicht. Wird durch einen Fischerhaken dargestellt.
Jad: Gott des Handels und des Schabernacks. Ältere Überlieferungen sprechen ihm zusätzlich die Entscheidungsfindung zu. Wird durch ein gebrochenes Wagenrad dargestellt.
Kelthor: Gott des Feuers und des Lichts. Wird auch als Richtergott angesehen. Sein Symbol ist die Sonne.
Magari: Göttin des zweiten Mondes und der Wachsamkeit. Sie wird durch ein stilisiertes Auge dargestellt.
Morgoris: Gott des Wandels und der Veränderung. In früheren Zeiten als Totengott angesehen. Wird dargestellt durch drei Kreise.
Sydenia: Göttin des ersten Mondes und der Nacht. Ihr Symbol ist der unvollendete Mond.
Valrysia: Göttin der Zuneigung und Liebe. In früheren Zeiten als Gerechtigkeitsgöttin verehrt. Wird durch eine gespreizte Hand dargestellt.
Vorus: Gott der Träume und Erkenntnis. Dargestellt durch einen geflochtenen Kreis – auch Traumnetz genannt.

Über den Glauben

Götter sind keine greifbaren Wesenheiten, sondern existieren als Kräfte in der Natur. Sie sind ein Teil der Welt und besitzen ein übergeordnetes Bewusstsein. Metallscheiben mit dem eingravierten Symbol des gewählten Schutzgottes sind

Zeichen der Anerkennung und des Glaubens. Dadurch entsteht ein tiefes Band zwischen dem erwählten Gott und der betreffenden Person. Hat man sich einmal für einen persönlichen Schutzgott entschieden, ist diese Wahl lebensbindend und sollte nicht mehr geändert werden. Einige Herzöge wählen einen allgemeingültigen Schutzgott. Das Banner Kallyens wird beispielsweise von dem Auge der Magari, der Göttin des zweiten Mondes, geziert. Diese Wahl ist allerdings nicht bindend für das gesamte Land, beziehungsweise für die gesamte Familie. Es gilt als übergeordneter Schutz. Die persönliche Entscheidungsfindung ist davon nicht abhängig.
Die eingravierte Metallscheibe dient als Verbindung und soll bestimmte Eigenschaften verstärken. Ein Anhänger des Kelthor erbittet beispielsweise mehr Überzeugungskraft in seiner Entscheidungsfindung. Daher beten viele Menschen mit Einfluss und Macht diesen Gott an. Magari hingegen spendet Wachsamkeit und wird oftmals von Menschen verehrt, die überlegt handeln und sich nicht in den Vordergrund drängen. Ein anderes Beispiel ist Jad, der Gott des Handels und des Schabernacks. Der Glaube an ihn gilt als Schutz vor Unglück – der Gläubige wird im Grunde genommen von Jads unstetem Einfluss befreit.

Die Atemseele

Der Sitz der Atemseele ist im Blut des Menschen. Rauchförmig durchdringt sie den Körper und enthält Kraft, Intelligenz und Mut. Beim Tod verlässt sie den Körper und steigt zu den Göttern auf. Es gilt der Glaube, dass die Atemseele nur ein Teil eines größeren Bewusstseins ist. Geborgt, verweilt sie eine Zeitlang im Menschen. Nach dessen Tod steigt sie hinauf und verschmilzt wieder mit der Ursprungsform.

Bestattungsrituale

Das Blut des Toten wird in sogenannten Blutschalen aufgefangen. Papierfetzen werden eingetaucht, bis das gesamte Blut aufgesogen wurde. Der Tote wird nackt auf Holzscheite gebettet und die Hände gespreizt, sodass die Atemseele den Leichnam ohne Hindernisse verlassen kann. Anschließend wird der Körper angezündet und verbrannt. Sobald das Feuer entfacht wurde, werden die Papierfetzen mit dem aufgesogenen Blut ebenfalls in das Feuer geworfen. Anschließend wird eine Bitte an die Götter gesprochen, auf dass sie die Atemseele bei ihrem Aufstieg bewachen und schützen.

Tier- und Pflanzenarten

Tierarten

Felswühler: Riesige, wurmartige Tiere, die sich durch die Gesteinsschichten in Arakkur graben.
Fluggeißeln: Flugtiere mit verhornten Schnäbeln und klauenartigen Schwingen. Zählen als Aasfresser.
Gebirgsjäger: Artverwandte der Schuppenhunde, jedoch wesentlich größer und gefährlicher. Verfügen über zwei lange Fangzähne.
Himmelsschwingen: Sehr große Tiere mit vier Flügeln. Wachsen in den Tiefen von Arakkur auf und werden als Transportmittel genutzt.
Horntiere: Große, schwerfällige Tiere mit breiten Hornplatten. Werden häufig als Zug- und Lasttiere verwendet.
Moorkrabbler: Kleines Tier, das in Sumpfgebieten lebt. Verbreitet das Sumpffieber.
Peitschlinge: Agile, gelbliche Tiere mit einer langen, verhornten Zunge. Bewegen sich sprunghaft vorwärts.
Schirmspringer: Schwarze, kleine Tiere, die einen Schirm am Rücken aufspannen können, um durch die Gegend zu fliegen.
Schuppenhund: Raubtier mit unzähligen Schuppen am Körper, die in Blautönen schimmern. Werden oft von Jägern und Viehtreibern verwendet.
Stechling: Kleine Tierart, die sich unter die Haut ihrer Opfer gräbt.
Steinkrabbler: Scheue Tierart mit steinförmigen Auswüchsen

auf dem Rücken, die im Lauf des Lebens wachsen.
Steppenläufer: Werden als Reittiere gezüchtet und besitzen zwei Vorder- und vier Hinterbeine.
Wandkrabbler: Kleine Tierart, die sich innerhalb von Gebäuden aufhält. Sie verfügt über mehrere Beine und einen langen Stachel am hinteren Ende.

Pflanzenarten
Dornling: Zählt zu den kleineren Baumarten Andurals. In den Kronen wächst die Dornfrucht, die eine Delikatesse darstellt.
Farbtupfer: Hüfthohe Pflanzen mit vielen runden Blättern, die bei Berührung die Farbe wechseln.
Fächerblume: Fächerartige Pflanze, die Opfer unter die Erde zieht.
Felsknospe: Besitzt Blütenblätter, die in Ruhephasen aufklappen und einen süßlichen Duft verströmen.
Knolle: Graue, rot-geäderte Wurzel mit vielen Abzweigungen. Verlängert bei Verzehr das Leben und wächst nur in der großen Schlucht.
Leuchtmoos: Flechtenartige Pflanze, die bei Mondeinstrahlung anfängt, zu glühen.
Leuchtpilz: Pilzart, die an dunklen und feuchten Orten wächst. Spendet sanftes Licht.
Messerblatt: Parasitäre Pflanze, die sich tarnt und unachtsame Opfer lähmt.
Nadelbaum: Hohe Bäume in kälteren Regionen. Werfen bei Gefahr ihre scharfen Nadeln ab.
Rankenbaum: Verästelte, hohe Bäume, deren Ranken durch die Umgebung kriechen.
Rankenkraut: Flechtenartige Pflanzenart, die in Steinritzen großer Städte wächst und sich von Nahrungsresten ernährt.
Saugstängel: Glockenförmige Blumen, die Feuchtigkeit aufsaugen. Ihr Saft wird zu Heilzwecken verwendet.
Schaumschläger: Pilzart, die giftigen und ätzenden Schaum absondert.
Schupfwurzel: Sandfarbene Wurzel, schmeckt süßlich mit

einem scharfen Aroma.

Trichterling: Pilzart, die trichterförmig aufgebaut ist. Je dunkler und kräftiger die Farbe, desto giftiger.

Wandersträucher: Pflanzenart mit länglichen Halmen, die meist in trockenen Gebieten zu finden ist.

LESEPROBE

»Die Einherjer - Feuer und Meer«

Schnee und Asche fielen vom Himmel.
Trygg umrundete einen vereisten Felsvorsprung und kam taumelnd vor dem Leichnam eines Frostriesen zum Stehen. Das gewaltige Ungeheuer lag auf der Seite, die blaue Haut war mit einer feinen Eisschicht bedeckt und spiegelte das fahle Licht der untergehenden Sonne. Eine Körperseite war mit Runen versehen, deren Leuchten mit dem Tod verglommen war. *Isa*, die Rune des Eises und der Stille. Der Frostriese erinnerte entfernt an einen Menschen, war aber um ein Vielfaches größer und hatte unnatürlich lange Glieder, die aus den breiten Schultern sprossen. Der Kopf war unförmig und mit mehreren scharfkantigen Zähnen bestückt. Die Augen blickten starr in den Himmel und leuchteten in weißer Farbe, so dass es aussah, als wäre die klirrende Kälte des Winters in ihnen gefangen. Doch allmählich verblasste es.

Nach den vielen Jahrhunderten des Krieges war Trygg immer noch erstaunt, dass diese Ungeheuer getötet werden konnten. Die Pranke des Frostriesen war so lang wie ein ausgewachsener Mann und krümmte sich zusammen, als stünde sie kurz davor verheerende Kräfte zu entfesseln. Die unbeschreibliche Kälte, die von ihm ausging, war selbst im Tod noch nicht verschwunden. Feiner Nebel umhüllte den Leichnam und zog sich zusammen, als könnte die Kälte sich nicht entscheiden, was sie tun sollte. Der Boden um den Frostriesen war gefroren, obwohl es kein kalter Umlauf gewesen war.

Trygg spürte die bleierne Müdigkeit und die heißen Schmerzen, die seinen Körper peinigten, als er den Frostriesen hinter sich zurückließ. Er kletterte auf einen Felsenvorsprung, umrundete eine weitere Leiche und nahm vorsichtig seinen Weg über das Schlachtfeld. Die Umgebung wirkte totenstill, als hätte sich der Tod wie ein riesiges Tuch darüber gesenkt. Zerborstene Felsen ragten über ihm auf, Krater wiesen den Weg und waren Zeugen dafür, wie heftig die Kämpfe gewütet hatten. Kein Stein stand mehr über dem anderen. Der angrenzende Wald war vollständig von den Flammen der Feuerriesen niedergebrannt worden. Die Bäume waren ein gefundenes Fressen gewesen und Trygg verdammte seine Kampfgefährten immer noch dafür, dass sie diesen Ort für die letzte Schlacht gewählt hatten.

Migandi – das Zentrum von Skaldheim.

Viel war von der einst prachtvollen Stadt nicht mehr übrig. Die Klippen und Hügel trugen zahlreiche Wunden. Einige waren zerschmettert und wiesen tiefe Löcher auf. Andere besaßen höhlenartige Ausbuchtungen, aus denen sich Steinriesen befreit hatten, um einen Hinterhalt zu stellen. Von ihren Leichen war nicht mehr viel zu sehen. Trygg kam an losen Steinhaufen vorbei, die die Überreste dieser Ungeheuer bildeten. Selbst in zerstörter Form erzitterte Trygg unwillkürlich bei ihrem Anblick.

Viele Leichen um ihn herum waren menschlich – viel zu viele. Verbündete Menschen aus dem gesamten Königreich, zusammengekommen, um ihnen beizustehen. Sie waren diejenigen gewesen, die keinen besonderen Heldentod gestorben waren, um als Streiter der Götter wiedergeboren zu werden. Sie waren tot und würden es auch bleiben.

Je weiter sich Trygg dem Zentrum der Schlacht näherte, desto mehr stapelten sich die Leichen. Menschen, Riesen und Ungeheuer, deren Namen er sich nicht auszusprechen traute. Das Blut tränkte den Boden und mischte sich mit dem Schnee zu einem braunen, matschigen Brei. Wenn das Rot eines Menschen auf das Blau eines Frostriesen traf, dann entstand ein leises Zischen und Rauch stieg empor. Es stank fürchterlich, das war bei einer Schlacht aber immer der Fall.

Nun vernahm er auch die ersten Kummerschreie und das Schmerzstöhnen der Sterbenden. Die Menschheit würde die Nachwirkungen des Krieges noch lange zu spüren bekommen. Er sah einen Mann, der versuchte, sich die Gedärme in den Bauch zu schieben. Ein anderer starrte auf die zersplitterten Überreste eines Arms, den ihm ein Frostriese mit seinem Kälteschwall eingefroren hatte. Wiederum ein anderer war zu einem kümmerlichen Haufen zusammengequetscht – anscheinend war er mit einem Steinriesen aneinandergeraten. Sein Röcheln währte nicht lange, bis er still wurde.

In der Ferne loderten die Flammen und griffen weiter um sich. Dunkle Rauchwolken stiegen in den Himmel empor, Asche bedeckte die Schneelandschaft, und kündete davon, dass die Feuerriesen ihr Werk verrichtet hatten. Aber sie waren tot, genauso wie der Rest ihrer Armeen.

Ich habe überlebt, dachte Trygg und spürte, wie sich seine Hand um den ledernen Griff seiner Axt klammerte. *Ich habe tatsächlich die Schlacht überlebt und muss nicht wiedergeboren werden.*

Eine Rune glühte in fahlem Licht auf dem Axtblatt. Es war *Gebo*, die Rune der Gefolgschaft, die seinem Wesen entsprach. Er war vor langer Zeit den ruhmreichen Heldentod gestorben und von den Göttern zu ihrem Streiter auserwählt worden. Ein *Einherjer*, ein ehrenvoll Gefallener. Dies war nun schon zwei Jahrhunderte her – zwei Jahrhunderte dieses Krieges gegen die Riesen. Es war möglich zu sterben, doch der Schmerz und das Leid hörten erst auf, wenn er wiedergeboren wurde. Nicht in Skaldheim, sondern in den stillen Hallen der Götter. Erst wenn er seine Aufgabe erfüllt hatte und der Krieg vorbei war, würde er von der Pflicht entbunden werden und könnte sein Leben für immer aushauchen. Was wäre, wenn es nun endlich so weit wäre?

Trygg kam an anderen Einherjern vorbei, die ihm grimmig zunickten. Sie säuberten ihre runenbesetzten Waffen an den Leichen ihrer Feinde – jede Rune stand für eine andere Eigenschaft, mit der sie ihren Ruhm erlangt hatte – und erlösten die

Sterbenden von ihrer Qual.

Als er seine Axt in das Gehänge auf seinem Rücken zurückstecken wollte, fiel ihm etwas auf und ein leidendes Stöhnen entrang sich seiner Kehle. Er war verwundet worden und hatte es überhaupt nicht bemerkt. Rotes, warmes Blut verklebte die rechte Seite seiner Lederrüstung. Also würde er doch sterben, vielleicht dieses Mal für immer.

»Trygg«, sagte jemand hinter ihm.

Er wandte sich um und blickte seinem alten Kampfgefährten ins Gesicht. Selbst nach all den Jahrhunderten wirkte Orin noch immer wie ein Mann, der noch nicht das dreißigste Lebensjahr erreicht hatte. Er war von breiter Statur, sein blonder Bart umrahmte sein fülliges Gesicht und die Kopfseiten hatte er sich geschoren, um dort die Rune einzubrennen, die er gemeistert hatte und die seinem Wesen entsprach: *Eihwaz*, die Rune der Zielstrebigkeit und des Schutzes. Wie jeder von ihnen trug er eine mit stahl verstärkte Lederrüstung, über den Schultern ruhte ein dicker Pelz und an der Hüfte baumelten blutverschmierte Waffen. Ein goldener Schimmer umgab ihn und schien aus seinem Inneren zu kommen. Und natürlich war er ein namhafter Mann, weshalb man ihn auch Orin Eisenschädel nannte.

»Du bist verletzt«, bemerkte Orin und blieb neben ihm stehen. Er hatte eine tiefe und volle Stimme.

»Es scheint so«, seufzte Trygg und spürte die Taubheit, die sich langsam in seinem gesamten Körper ausbreitete. Es war nicht das erste Mal, dass er starb, trotzdem fürchtete er sich davor.

»Wirst du sterben?«

»Vermutlich.«

»Ich fühle mit dir, mein Bruder.« Er deutete zum Schlachtfeld. »Thorvald hat recht behalten. *Skjalmir* hat den Unterschied gemacht.«

Trygg nickte. Es war unverkennbar, dass ihnen der Hammer der Macht einen großen Vorteil in der Schlacht beschert hatte. Ohne diesen wäre es vermutlich nicht möglich gewesen, das gewaltige Heer der Riesen zu bezwingen. Die vielen Einherjer, die Vorbehalte gegen das Schmieden dieser Wunderwaffe gehabt hatten, würden nun ihre Meinung ändern müssen. Und doch war Trygg noch immer nicht überzeugt. Es gab einen Grund, warum die Götter die ehrenvoll Gefallenen zu Einherjern erhoben, um somit in ihrem Namen in die Schlacht zu ziehen. Eine Runenwaffe zu schmieden, deren Macht den Göttern gleichkam, könnte Folgen nach sich ziehen, die nicht absehbar waren.

»Du zögerst«, bemerkte Orin. »Hast du es immer noch nicht erkannt?«

»Ich frage mich, ob *du* es nicht erkannt hast, mein alter Freund. Mit Skjalmir haben wir den ewigen Kreis durchbrochen. Wir haben unsere Treue zu den Göttern in Frage gestellt und wir haben ...«

»Wir haben gewonnen.« Orin schüttelte tadelnd den Kopf. »Willst du diesen Krieg bis in die Ewigkeit ausfechten? Immer wieder sterben, obwohl es keinen Unterschied macht?«

»Nein«, gab Trygg zu. »Nein, das habe ich nicht vor.«

»Das alles war eine Lüge, Trygg. Die stillen Hallen der Götter wären uns auf ewig verwehrt geblieben, weil der Krieg niemals ein Ende gefunden hätte. Skjalmir hat uns von diesem Schicksal erlöst.«

Das waren gefährliche Gedanken. Trygg war von Anfang an dagegen gewesen, den Hammer der Macht zu schmieden, aber er war überstimmt worden. Wenn es weitere Einherjer gab, die Orins Meinung waren, dann könnte dies einem Verrat an den Göttern gleichkommen.

»Um ehrlich zu sein sehne ich mich schon seit langer Zeit danach, all das hier zu beenden.«

Orin lächelte. »Dein Wunsch wird an diesem glorreichen Umlauf erfüllt.« Er öffnete die Arme und versuchte damit das gesamte Schlachtfeld zu umfassen. Es war ein grauenvoller Anblick. Der Tod hatte an diesem Umlauf reiche Ernte. »Die Armee der Riesen wurde bezwungen. Die finsteren Ungeheuer wurden zurückgetrieben und fürchten sich vor Skjalmir und denjenigen, die ihn führen.«

»Es ist nicht nur Skjalmir. Auch wir haben an diesem Umlauf ruhmreich gekämpft.«

Orin packte ihn am Unterarm. »Heute Nacht werden wir aus den Schädeln der Gefallenen so viel Met saufen, dass wir daran verrecken werden!«

Trygg verzog vor Schmerz das Gesicht. »Ich werde leider nicht dabei sein können, mein alter Freund. Trinke für mich, als wäre es der letzte Umlauf, den wir gemeinsam verbringen. Bald wird es vorbei sein.« Seine Stimme nahm einen wehmütigen Klang an. »Wir werden die stillen Hallen aufsuchen und für immer dort verweilen.«

Zweifel regten sich in Trygg, die er nicht unterdrücken konnte. Er sah seinem Freund in die Augen, erkannte dort aber keine Reue, kein Zögern. Orin war der Meinung, dass es gerecht gewesen war, dass sie mit allen vierundzwanzig Runen des Futharks den Hammer der Macht geschmiedet hatten.

»Was ist?«, fragte Orin. »Zweifelst du immer noch?«

»Ich bin mir nicht so sicher. Mit Skjalmir haben wir Blasphemie an den Göttern begangen. Es war nicht vorgesehen, dass wir als ihre Streiter vergleichbare Mächte wie sie erlangen.«

Orins Augen blickten hart. »Es waren nicht die Götter, die diesen Krieg gewonnen haben, sondern wir. Wir haben etwas erreicht, was größer als sie ist.«

Trygg wurde immer unruhiger. Die Worte seines Freundes entsprachen der Wahrheit, aber es fühlte sich falsch an. Nichts sollte mächtiger als die Götter sein, schon gar nicht ein Gegenstand, den ihre Streiter geschmiedet hatten.

Wie es der Zufall wollte, ging in nicht weiter Entfernung ein Blitz nieder. Thorvald hatte die schrecklichen Kräfte von Skjalmir ein weiteres Mal entfesselt.

Sie nickten entschlossen und näherten sich dem Zentrum des Blitzeinschlags. Auf ihrem Weg umrundeten sie Leichen von Riesen, die sich zu hunderten vor ihnen auftürmten, und ignorierten die Blicke der vielen Toten, die ihnen im Rücken brannten. Einige der überlebenden Einherjer wurde auf ihren

Tross aufmerksam und schlossen sich ihnen an. Sie wirkten erschöpft von der Schlacht, aber in ihren Augen loderte ein geheimes Feuer. Jeder von ihnen ahnte, was an diesem Umlauf vollbracht worden war, weshalb sie aufgeregt waren und dies kaum verbergen konnten. Nichts würde mehr so sein, wie es einst war. Es waren wenige Einherjer – viel zu viele waren gestorben.

Die Sonne war mittlerweile hinter den westlichen Gebirgsketten erkennbar und tauchte das Schlachtfeld in unwirkliches Licht. Der gefrorene Schnee knirschte unter ihren Füßen, als sie auf das Zentrum zugingen und sich die Asche der Feuerriesen mit dem Aufziehen eines Schneesturms mischte. Es war kalt, die Kälte spürte Trygg aber schon längst nicht mehr.

Eine gefühlte Ewigkeit später erreichten sie Thorvald, der in der Mitte eines Kraters stand. Die Ränder waren verbrannt und sahen aus wie geschwärzte Rippen, die aus der Erde herauswuchsen. Je näher sie dem Anführer der Einherjer kamen, desto wärmer wurde es und selbst das ewige Eis der Frostriesen konnte dieser Umgebung nichts mehr anhaben.

Ihr Tross blieb stehen und erblickte eine Gestalt in Schwarz und Rot. Thorvald Graufell war von großer Statue, manch einer behauptete, dass er ein Halbblut gewesen war, bevor er den ehrenvollen Tod gestorben war. Sein grauer Bart wucherte im narbenübersäten Gesicht. Ein Auge war mit einer Augenklappe bedeckt, auf dem Kopf trug er einen Flügelhelm, wie es vor langer Zeit Sitte gewesen war. Als einziger der Einherjer trug er keine Rüstung, sondern war über und über mit Pelz bedeckt. Alles an ihm wirkte massiv und fest, als wäre er einer der Götter höchstpersönlich. Auffällig war das goldene Schimmern, das bei ihm wesentlich stärker zu sein schien. Eine Sache nahm Trygg an ihm aber besonders gefangen. Skjalmir, der Hammer der Macht, ruhte in seiner rechten Hand. Der Stil bestand aus dem schwarzen Holz eines Ahnenholzbaums, der abgeflachte Kopf war gewaltig und aus dem härtesten und seltensten Metall gefertigt, dass es auf dieser Welt zu finden gab: Sternenstahl. Alle Reste waren aufgebraucht worden, um eine Waffe zu schmieden, die den entscheidenden Unterschied in diesem Krieg herbeiführen sollte. Die vierundzwanzig Runen des Futharks bedeckten den Hammerkopf und glühten derart grell, dass man den Blick davon abwenden musste. Isa, Eihwaz, Tiwaz, aber auch Algiz, die Rune der Götter, prangten darauf. Blaues Elmsfeuer und Blitze zuckten über den Kopf und entluden sich mit einem Knall.

Trygg konnte die Anspannung spüren, die in der Luft lag. Etwas war geschehen, was niemand für möglich gehalten hätte. Sie standen im Zentrum des Schlachtfelds und hier hatte sich alles entschieden. Unendlich langsam hob Thorvald den Hammer der Macht in die Luft und als dieser den höchsten Punkt erreichte, zuckte ein Blitz aus dem Himmel und tauchte ihre Umgebung in grelles Licht.

Trotz der Taubheit, die sich immer mehr in Tryggs Körper ausbreitete, und der Müdigkeit, riss er seine Axt nach oben und stieß einen lauten Schrei aus. Schreie aus hundert Kehlen begrüßten den neuen Umlauf und sprachen von so viel Leid und Schmerz, dass es ihm beinahe das Herz zerriss. Es war dort aber auch Hoffnung erkennbar und Stolz. Sie hatten gesiegt, und das Dank des Anführers und der Waffe, die er in den Händen hielt.

»Sieg!«, schrie Thorvald und das Wort wurde immer wieder skandiert, bis Trygg keine Stimme mehr hatte. Selbst dann schrie er weiter und hoffte auf ein Ende seiner Bürde.

Thorvald ließ den Hammer sinken und sah jedem von ihnen in die Augen. Sein Blick sprach von unbändigem Stolz, aber da war auch etwas anderes, das Trygg innehalten ließ. Er versuchte es zuzuordnen, und als er es endlich verstand, jagte ihm ein kalter Schauer über den Rücken: Es war Gier.

»Meine Brüder und Schwestern«, erhob der Anführer die Stimme. Sie klang tief, rau und wohltönend zugleich. »An diesem Umlauf haben wir Geschichte geschrieben. Die Riesen sind geschlagen und ihre letzten, kümmerlichen Truppen fliehen vor unserer gewaltigen Macht. Sie werden es nie wieder wagen einen Fuß in Skaldheim, das Land unserer Väter, zu setzen, denn sie fürchten uns zurecht.« Er holte tief Luft. »Wir sind die Streiter der Götter. Man nennt uns Einherjer, die ehrenvoll Gefallenen. Aber nicht die Götter waren es, die diesen Sieg errungen haben. Wisst ihr, wer dies war?« Ein Geräusch von Stahl auf Stahl war zu hören. Wie in einem Takt schlugen die Einherjer ihre Waffen aneinander. »Wir waren es! Wir haben Skjalmir geschmiedet, der eine größere Macht als die Götter besitzt!«

Trygg hielt den Atem an. Die Worte des Anführers waren mitreißend und sprachen von dem Groll, der auch in ihm ruhte. Es kam ihm aber falsch vor. Sie sollten nicht die Götter herabsetzen. Ihre Aufgabe war es, sie zu ehren und in ihrem Namen das Land vor den Ungeheuern zu beschützen.

Er sah sich um und hoffte auf Unterstützung bei seinen Kampfgefährten zu finden. Aber genau wie es bei Orin Eisenschädel der Fall war, reckten sie alle ihre Waffen in den Himmel und schrien ihre Wut heraus. Sie fühlten sich alleine gelassen und verraten, da ihnen seit Jahrhunderten der endgültige Tod vorenthalten worden war.

Wo wird das enden?

Die Unruhe fraß sich durch seinen Verstand und verdrängte die Schmerzen, die er kaum noch spürte. Das war ein schlechtes Zeichen, denn wenn man den Schmerz erst einmal nicht mehr wahrnahm, dann war es bald vorbei.

Ohne, dass er es beabsichtigt hatte, drangen Worte über seine Lippen. »Die Götter waren es, die uns die vierundzwanzig Runen des Futharks gaben«, rief er mit lauter Stimme.

Schlagartig kehrte Ruhe ein und alle Augen richteten sich auf ihn. Er spürte Orins brennenden Blick, aber die ausgesprochenen Worte konnten nicht mehr zurückgenommen werden.

Thorvald schob sich durch die Menge und blieb vor Trygg stehen. Wie ein Berg ragte er vor ihm auf. »Das ist richtig, mein Bruder«, sagte er. Thorvalds Pranke landete auf seiner Schulter und drückte sie sanft. »Das Futhark wurde uns von den Göttern gegeben, damit wir die Runen der Macht meistern und den Schwur vollziehen können. Genau das haben wir getan.«

Der Anführer sah ihm tief in die Augen. »Wir haben diese Macht genutzt, um eine Waffe zu schmieden, die über die Elemente gebietet.«

Thorvald hielt ihm Skjalmir hin, doch er zuckte zurück. Eine sengende Hitze ging davon aus, die sich immer mehr zu steigern schien. Fast glaubte er in einer Sonne zu stehen.

»Du hast Recht, mein Bruder.« Thorvald ließ von ihm ab und bahnte sich seinen Weg zurück. »Diese Waffe sollte derjenige tragen, der sich als würdig erwiesen hat.« Waffen schlugen gegeneinander. »Ein Einherjer, der uns seit Jahrhunderten geführt hat.« Erneut erklang Waffengeklirr – selbst Trygg konnte sich dem Moment nicht entziehen. »Wir werden die Gefallenen ehren und hoffen, dass sie nun endlich ihre Ruhe finden werden. Und danach ... danach werden wir unser Schicksal selbst in die Hand nehmen!«

Lautes Gegröle erklang. Niemand war fähig in Worte zu fassen, was in diesem Augenblick geschah. Alles schien sich für immer zu verändern.

»Ich werde Skjalmir führen und uns in ein neues Zeitalter der Menschen führen!« Thorvald reckte den Hammer zum Himmel, der immer greller glühte. Es schien, als würde sich die Macht der Götter darin sammeln. »Ich werde auch die letzten Ungeheuer vernichten, die sich hinter den Grenzen unserer Länder zusammenrotten und ihnen beweisen, dass unsere Macht ungebrochen ist! Wer schließt sich mir an?«

Erneut drang das Gegröle der Versammelten an Tryggs Ohren, seltsamerweise endete es aber abrupt. Er hatte es ebenfalls wahrgenommen - eine leichte Veränderung in der Luft. Verwirrt blickte er sich um, bis er die Quelle der Veränderung ausmachen konnte. Es war Skjalmir, der auf einmal derart schnell begann zu vibrieren, dass er kaum noch für das bloße Auge wahrnehmbar war.

Thorvald hatte es ebenfalls bemerkt und versuchte den Hammer festzuhalten, doch auf einmal entlud sich dieser mit einem ohrenbetäubenden Knall und warf die Versammelten zu Boden. Trygg ächzte laut und stemmte sich wieder auf die

Füße. Der aufgewirbelte Staub hüllte sie ein und es brauchte einige Sekunden, bis sich dieser wieder gelegt hatte. Als dies allerdings soweit war, musste er sich die Augen gegen das grelle Leuchten des Hammers abschirmen, der vor ihnen in der Luft schwebte. Der Anführer der Einherjer stand nicht unweit von Skjalmir entfernt und versuchte seine Hand danach auszustrecken. Es gelang ihm nicht und er zuckte mit einem schmerzhaften Aufschrei zurück. Seine Hand war angesengt und es roch nach verbranntem Fleisch.

Plötzlich wurde die Umgebung in sanften Schimmer getaucht und die Zeit schien still zu stehen. Lichter tanzten durch die Luft, ein Elmsfeuer breitete sich an den Rändern des Kraters aus und ein Leuchten erfüllte den Hammer – so wunderschön, dass Trygg wie gebannt davon war. Es fühlte sich so an, als würde er sich unter Wasser befinden und von dem Leuchten durchdrungen werden.

Es ist so wunderschön …

Gleichzeitig erfüllte ihn das Grauen. Sie hatten etwas erschaffen, das zu groß für sie war. Er war nicht der Einzige, der dies in diesem Moment begriff.

Thorvald Weißauge streckte seine Hand nach Skjalmir aus und schrie, während ihm das Fleisch von den Knochen gebrannt wurde.

Ein hoher und reiner Ton erklang, der sich immer mehr steigerte. Ein Sturm breitete sich über ihnen aus und brodelte wie der gewaltige Schlund eines Ungeheuers. Die Sonne wurde davon geschluckte, die Asche und der Schnee wurden aufgewirbelt und tanzten durch die Luft, als würden sie einem geheimen Lied lauschen.

Dann verging die gesamte Umgebung in einer gewaltigen Explosion. Die Flammen lechzten über das Schlachtfeld, der Sturm fegte darüber hinweg und es wirkte, als hätten die Götter ihre Hand erhoben, um all jene zu strafen, die es gewagt hatten, an ihnen zu zweifeln. Kein Stein blieb auf dem anderen und die Leichen und Zeichen der Schlacht wurden innerhalb eines Wimpernschlags hinweggefegt. Ein Krater entstand, der ganz Migandi vernichtete. Die Stürme jagten über ganz Skaldheim, rissen Städte nieder, setzten Wälder in Brand und prüften erneut die letzten Überlebenden des Krieges. Der Krieg war zwar gewonnen, Skjalmir hatte aber seine unbändige Macht freigesetzt und damit alles verwüstet.

Davon bekam Trygg nichts mehr mit. Er starb genau wie der Rest seiner Kampfgefährten einen ehrenvollen Tod mit der Waffe in der Hand.

Dieses Mal für immer.

ÜBER DEN AUTOR

Pascal Wokan

Pascal Wokan, geboren 1986 in Frankfurt am Main, entdeckte bereits im Alter von 14 Jahren seine Leidenschaft für die wundersame Welt der Bücher. Nach seinem Studium zum Maschinenbau-Ingenieur ging er einen Schritt weiter und veröffentlichte seinen Debüt-Roman »Arakkur - Die große Schlucht«. Er lebt mit seiner Familie in Karben, Hessen und widmet sich in seiner Freizeit nicht nur dem Schreiben neuer Romane, sondern auch der grundlegenden Frage, warum die Pizza immer auf der belegten Seite landet.

Printed in Poland
by Amazon Fulfillment
Poland Sp. z o.o., Wrocław

88824297R00294